Als der junge Tenamaxtli im Jahre 1531 sein Heimatdorf verläßt und in Begleitung seiner Mutter und seines Onkels in Technochtítlan, dem heutigen Mexico City, eintrifft, wird er dort gleich nach seiner Ankunft Zeuge eines dramatischen Geschehens: Die Spanier verbrennen einen Mann auf dem Scheiterhaufen. Und der Junge erfährt, daß der Mann, der dort mit dem Tode ringt, sein eigener Vater ist, den er nie zuvor gesehen hat: der große, sagenumwobene Azteke.
Tenamaxtli weiß jetzt, daß seine unbeschwerte Jugend vorbei ist, daß er das Erbe des Vaters antreten und dessen Tod rächen muß. Während seine Mutter und ihre Begleiter in die Heimat zurückkehren, bleibt er in der fremden Stadt zurück. Er hat vor, die Sitten und Gebräuche der Eroberer kennenzulernen, ihr Vertrauen zu gewinnen und sie schließlich mit ihren eigenen Waffen zu schlagen.
Aber bevor er tatsächlich wagt, zur Tat zu schreiten und Mexiko von den »Weißen Göttern« zu befreien, lernt Tenamaxtli die Liebe kennen, er gewinnt Verbündete für sein Vorhaben und muß manches Abenteuer bestehen.
Mit ›Der Sohn des Azteken‹ beweist Gary Jennings erneut, daß er zu den Meistern des historischen Romans gehört. Atemberaubend spannend erzählt er von einer fremden, faszinierenden Welt, in der er sich so gut auskennt wie kein anderer.

Gary Jennings wurde 1928 in Buena Vista, Panama, geboren und lebt jetzt in Virginia, USA. Er hat bislang 18 Bücher veröffentlicht. 1980 erschien sein weltweit erfolgreicher historischer Roman ›Der Azteke‹ (Fischer Taschenbuch 8089).
Weitere lieferbare Titel im Fischer Taschenbuch Verlag: ›Marco Polo. Der Besessene‹ (Bd. 8201 und 8202), ›Der Prinzipal‹ (Bd. 10391).

Gary Jennings

Der Sohn des Azteken

Roman

Aus dem Amerikanischen von
Manfred Ohl und Hans Sartorius

Fischer Taschenbuch Verlag

Veröffentlicht im Fischer Taschenbuch Verlag GmbH,
Frankfurt am Main, Mai 1999

Lizenzausgabe mit Genehmigung des
Wolfgang Krüger Verlags GmbH, Frankfurt am Main
Die amerikanische Originalausgabe erschien 1997
unter dem Titel ›Aztec Autumn‹
im Verlag FORGE Books. St. Martin's Press, New York
Copyright © Gary Jennings 1997
Für die deutsche Übersetzung:
© Wolfgang Krüger Verlag GmbH, Frankfurt am Main 1997
Satz: Wagner GmbH, Nördlingen
Druck und Bindung: Clausen & Bosse, Leck
Printed in Germany
ISBN 3-596-14377-2

Für
HUGO N. GERSTL
in unermeßlicher Brüderlichkeit

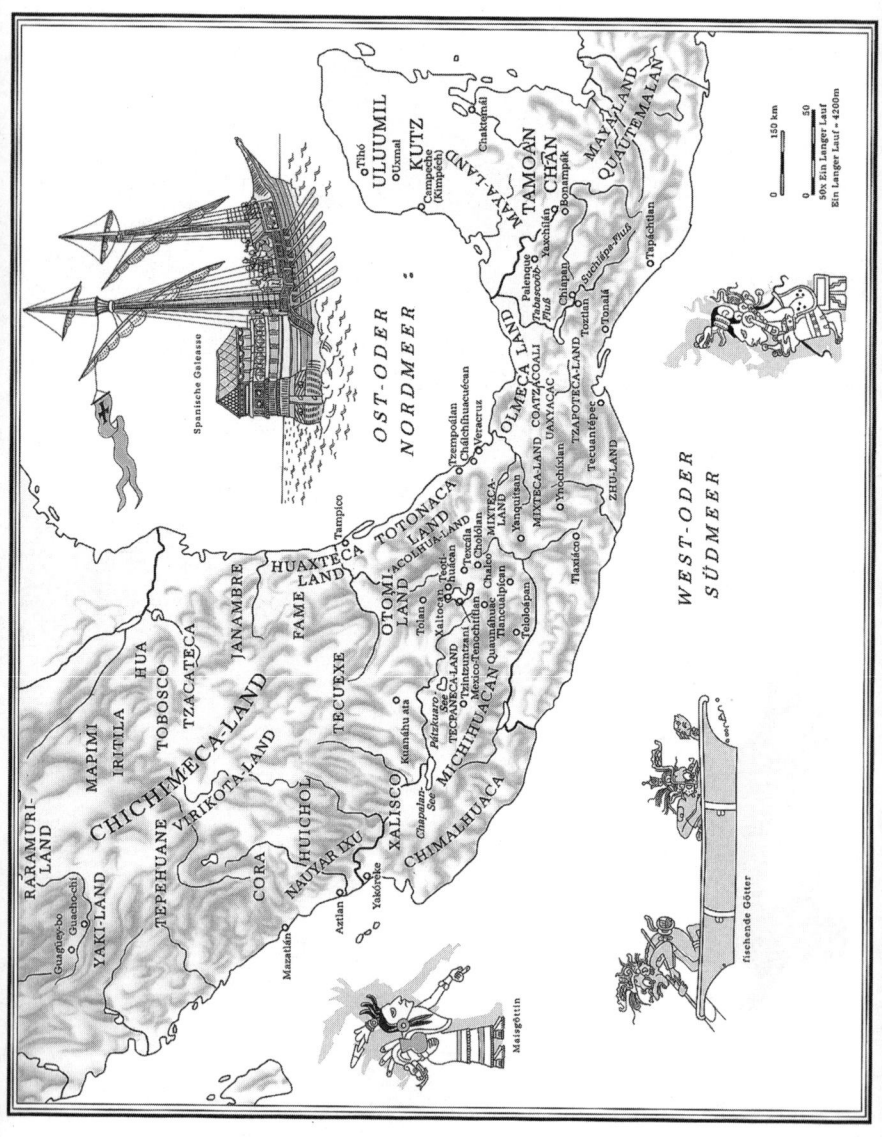

1

Ich kann immer noch sehen, wie er brennt.
Damals, und das ist lange her, als ich zusah, wie der Mann durch das Feuer hingerichtet wurde, war ich bereits achtzehn Jahre alt und hatte schon andere Menschen sterben sehen. Man hatte sie entweder den Göttern geopfert oder wegen eines schweren Verbrechens hingerichtet, oder aber sie waren einfach durch einen Unfall ums Leben gekommen.
Für die Opferungen benutzten die Priester immer ein Obsidianmesser, mit dem sie das Herz herausschnitten. Bei Hinrichtungen enthauptete man den Verbrecher stets mit dem Maquáhuitl-Schwert oder erdrosselte ihn mit einer Blumengirlande. Da unsere Stadt am Meer liegt, waren es häufig die Fischer, die tödlich verunglückten, in den hohen Wellen der Brandung ertranken oder aufgrund eines Frevels gegen unsere Göttin, die Herrin des Wassers, den Tod fanden.
In den Jahren, die seit jenem Tag vergangen sind, habe ich mit angesehen, wie Menschen im Krieg getötet wurden oder auf andere Weise gestorben sind. Doch niemals zuvor und auch nicht später habe ich erlebt, daß man einen Menschen dem Tod durch Feuer ausgeliefert hätte.
Ich, meine Mutter und mein Onkel standen in der großen Menschenmenge, die von den spanischen Soldaten der Stadt gezwungen wurde, der Hinrichtung beizu-

wohnen. Deshalb vermutete ich, daß es als eine Art Lektion für alle Nichtspanier gedacht war. Die spanischen Soldaten trieben unnachgiebig so viele von uns auf den Hauptplatz der Stadt zusammen, daß wir dort wie Vieh dicht an dicht gedrängt standen. In der Mitte einer Fläche, die von Soldaten freigehalten wurde, hatte man einen Metallpfahl in das Pflaster des Platzes eingelassen. Seitlich davon standen oder saßen spanische Christenpriester auf einer Tribüne, die offensichtlich zu diesem Anlaß errichtet worden war. Wie unsere Priester trugen sie weite schwarze Gewänder.
Zwei starke spanische Wachen führten den Verurteilten herbei und stießen ihn grob auf den freien Platz. Als wir sahen, daß es kein blasser, bärtiger Spanier war, sondern ein Mann unseres Volkes, hörte ich meine Mutter wie so viele andere in der Menge seufzen.
»Ayya ouíya …«
Der Mann trug ein armseliges, weites und ungefärbtes Gewand. Auf seinem Kopf saß eine schlecht geflochtene Krone aus Stroh. Der einzige Schmuck, den ich sah, war ein Anhänger, der an einer Lederschnur um seinen Hals hing und funkelte, wenn die Sonnenstrahlen ihn trafen. Der Mann war alt, sogar älter als mein Onkel, und er leistete keinen Widerstand. Ich hatte den Eindruck, als habe er sich mit seinem Schicksal abgefunden. Es schien ihm gleichgültig zu sein, was mit ihm geschah. Deshalb verstand ich nicht, weshalb man ihm sofort eine riesige Metallkette anlegte. Die Soldaten schoben ihm eines der schweren Kettenglieder über den Kopf und preßten es bis auf seine Schultern. Dann legten die Wachen die klirrende Kette um den Metallpfahl und begannen um seine Füße herum Brennholz aufzuschichten. Währenddessen richtete der älteste Priester auf der Tribüne – ich nahm

an, es handelte sich um den Oberpriester – das Wort an den Gefangenen und sprach ihn mit dem spanischen Namen *Juan Damasceno* an. Es folgte eine lange Tirade, selbstverständlich auf spanisch, einer Sprache, die ich zu dieser Zeit noch nicht verstand. Doch ein jüngerer, etwas anders gekleideter Priester übersetzte zu meiner großen Überraschung die Worte ohne Stocken ins Náhuatl.
So verstand ich, daß der alte Priester die Anklagen gegen den Verurteilten aufzählte und abwechselnd salbungsvoll und drohend versuchte, den Mann so weit zu bringen, daß er Abbitte leistete oder so etwas wie Reue zeigte. Doch auch in meine Sprache übersetzt, waren die Ausdrücke und Begriffe des Oberpriesters sehr verwirrend für mich. Es war eine lange und wortreiche Rede, doch schließlich erhielt der Verurteilte die Erlaubnis zu sprechen. Er tat es auf spanisch. Als seine Worte ins Náhuatl übersetzt wurden, hatte ich keine Mühe, ihren Sinn zu verstehen.
»Euer Exzellenz, als kleiner Junge habe ich mir geschworen, wenn ich jemals für den Blumentod bestimmt sein sollte, und sei es auch auf einem fremden Altar, so würde ich die Ehre, die mein Sterben bedeutet, nicht herabwürdigen.«
Mehr sagte Juan Damasceno nicht. Doch die Priester, Wachen und die anderen Würdenträger begannen sofort, erregt miteinander zu tuscheln. Sie gestikulierten und berieten, bis schließlich ein knapper Befehl gegeben wurde. Daraufhin trat ein Soldat vor und hielt die Fackel an den Holzstoß zu Füßen des Verurteilten.
Es ist allgemein bekannt, daß es den Göttern und Göttinnen ein großes Vergnügen bereitet, uns Sterbliche zu verwirren. Sie durchkreuzen immer wieder unsere besten Absichten, komplizieren unsere einfachsten Pläne

und vereiteln selbst unbedeutendes Streben. Oft gelingt ihnen das ohne jede Mühe, indem sie sich Dinge ausdenken, die scheinbar zufällig geschehen. Hätte ich es nicht besser gewußt, würde ich mir gesagt haben, daß nur ein Zufall uns drei – meinen Onkel Mixtzin, seine Schwester Cuicáni und mich, ihren Sohn Tenamáxtli – an jenem bestimmten Tag in diese Stadt Mexícos geführt hatte. Natürlich war es kein Zufall, aber das sollte ich erst sehr viel später begreifen.

Zwölf Jahre waren vergangen, seit wir in unserer Stadt Aztlan, der Heimat der Schneereiher, die weit im Nordwesten an der Küste des Westmeeres liegt, zum ersten Mal eine wirklich aufsehenerregende Nachricht gehört hatten. Fremde mit blasser Haut und dichten Bärten waren in der EINEN WELT erschienen. Es hieß, sie seien in großen Häusern, die auf dem Wasser schwammen und ähnlich wie Vögel von gewaltigen Schwingen vorwärtsbewegt wurden, über das Ostmeer gekommen.

Ich war damals erst sechs Jahre alt und mußte noch ganze sieben Jahre warten, bevor ich unter dem Mantel das Máxtlatl-Schamtuch tragen durfte, das Zeichen des erwachsenen Mannes. Deshalb war ich zu dieser Zeit ein völlig unbedeutender Mensch ohne jede Wichtigkeit. Doch ich besaß eine beachtliche frühreife Neugier und hatte gute Ohren. Außerdem lebten meine Mutter Cuicáni und ich zusammen mit meinem Onkel Mixtzin, seinem Sohn Yeyac und seiner Tochter Améyatl im Palast von Aztlan. So entging mir keine der eintreffenden Nachrichten, und ich hörte mir aufmerksam die Reaktionen an, die sie in der Ratsversammlung meines Onkels hervorriefen.

Die Endung -tzin, die dem Namen meines Onkels hinzugefügt ist, verrät seine Stellung als ein Edelmann unseres Volkes. Er war der höchste Adlige unter uns Aztéca und der Uey-Tecútli, der Ehrwürdige Statthalter, von Aztlan. Als ich gerade laufen lernte, hatte der damalige Uey-Tlatoáni Motecuzóma, der Ehrwürdige Sprecher der Mexíca, der mächtigsten Nation der EINEN WELT, unserem damals kleinen Dorf den Status einer autonomen Kolonie der Mexíca verliehen. Er machte meinen Onkel Mixtli zu einem Edelmann, zum Herrn Mixtzin, übertrug ihm die Herrschaft über Aztlan und befahl ihm, es zu einer wohlhabenden und menschenreichen, zivilisierten Kolonie zu machen, auf die jeder Mexíca stolz sein konnte. Deshalb brachten Motecuzómas Boten regelmäßig alle Nachrichten, die für seine Statthalter von Interesse sein mochten, nicht nur in die anderen Kolonien, sondern auch in den Palast von Aztlan, obwohl wir sehr weit von der Hauptstadt Tenochtítlan, dem Herzen der EINEN WELT, entfernt waren. Natürlich war die Nachricht von jenen rätselhaften Eindringlingen vom anderen Ufer des Meeres keineswegs etwas Alltägliches. Sie rief in der Ratsversammlung von Aztlan Bestürzung und viele Spekulationen hervor.

»In den Annalen verschiedener Völker unserer EINEN WELT«, erklärte Canaútli, unser Geschichtserinnerer, der ein Großvater meines Onkels und meiner Mutter war, »ist verzeichnet, daß Quetzalcóatl, die Gefiederte Schlange, der ehemals größte aller Herrscher, der Herr der Toltéca, der später als der höchste Gott verehrt wurde, eine eher weiße Hautfarbe und ein bärtiges Gesicht hatte.«

»Wollt Ihr damit andeuten ...?« unterbrach ein anderes Ratsmitglied, ein Priester unseres Kriegsgottes Huitzilopóchtli, meinen Urgroßvater. Doch Canaútli beachtete ihn nicht. Das hätte ich dem Priester vorher sagen

11

können, denn ich wußte sehr gut, wie gerne mein Urgroßvater redete.
»Es ist auch verzeichnet, daß Quetzalcóatl die Herrschaft über die Toltéca niederlegte, weil er einen Frevel begangen hatte. Sein Volk hätte vielleicht nie etwas davon erfahren, doch er gestand das Vergehen ein. Er hatte einmal zuviel Octli getrunken und im Rausch mit seiner eigenen Schwester den Akt der Ahuilnéma vollzogen. Die Toltéca verehrten Gefiederte Schlange so sehr, daß sie ihm den Fehltritt zweifellos verziehen hätten, doch er selbst konnte sich nicht verzeihen.«
Mehrere Räte nickten ernst. Canaútli fuhr fort:
»Das ist der Grund, weshalb er am Strand ein Floß baute – manche sagen, es habe aus Federn bestanden, die irgendwie zu Filz verarbeitet worden waren; andere behaupten, aus ineinander verschlungenen Schlangen – und damit über das Ostmeer fuhr. Seine Untertanen warfen sich am Strand zu Boden und beklagten laut seinen Abschied. Vermutlich rief er ihnen deshalb beruhigend zu, eines Tages, wenn er lange genug in der Verbannung für sein Vergehen gebüßt habe, werde er zurückkehren. Doch im Laufe der Zeit verschwand das Volk der Toltéca selbst allmählich von der Erde. Inzwischen ist es beinahe ausgestorben, und Quetzalcóatl wurde nie wieder gesehen.«
»Willst du andeuten, er wurde bis heute nicht mehr gesehen?« fragte Onkel Mixtzin ungnädig. Er war im Grunde niemals freundlich oder fröhlich. Die Nachricht des Boten hatte verständlicherweise wenig dazu beigetragen, seine Laune zu bessern. »Ist es das, was du meinst, Canaútli?«
Der alte Mann zuckte die Schultern und sagte: »Aquin ixnéntla?«

»Wer weiß?« wiederholte ein anderes älteres Ratsmitglied und fügte mit einem langen Seufzer hinzu: »Ich bin mein Leben lang Fischer gewesen und soviel kann ich sagen: Es ist so gut wie unmöglich, mit einem Floß das Meer zu überqueren. Es gelingt niemandem, vom Strand ein Floß durch die Brecher, die Strömung und die auf das Land zulaufende Brandung hindurch ins offene Wasser zu bringen.«
»Vielleicht gelingt es einem Gott«, gab ein anderer zu bedenken. »Und wenn Gefiederte Schlange damals vielleicht auch große Schwierigkeiten hatte, so muß er inzwischen etwas gelernt haben, sonst könnte er jetzt nicht in Häusern mit Flügeln zu uns zurückkehren.«
»Aber warum würde er dazu mehr als *eines* dieser schwimmenden Gefährte benutzen?« fragte ein anderer.
»Er ist allein davongefahren. Aber wie es scheint, kommt er mit einer großen Mannschaft oder mit vielen Begleitern zurück.«
Canaútli erwiderte: »Seit seinem Abschied sind zahllose Jahre vergangen. Er könnte überall dort, wohin er kam, eine Frau geheiratet und ganze Völkerscharen von Nachkommen gezeugt haben.«
»Kann einer von euch voraussagen, welche Auswirkungen diese Rückkehr haben wird?« fragte der Priester des Kriegsgottes mit einem leichten Zittern in der Stimme. »Vorausgesetzt natürlich, daß es sich tatsächlich um Quetzalcóatl handelt?«
»Ich nehme an, es wird sich vieles zum Guten ändern«, erwiderte mein Onkel, der sich ein Vergnügen daraus machte, den Priester aus der Fassung zu bringen. »Die Gefiederte Schlange war freundlich und gütig. Alle Aufzeichnungen der Vergangenheit stimmen darin überein, daß es in der EINEN WELT niemals zuvor und niemals da-

nach einen so dauerhaften Frieden, soviel Glück und solches Wohlergehen gegeben hat.«

»Aber die anderen Götter werden sich ihm dann unterordnen müssen oder sogar in Vergessenheit geraten«, jammerte der Priester des Huitzilopóchtli sichtlich bekümmert. »Und uns, den Priestern aller Götter, wird es nicht anders ergehen. Wir werden gedemütigt werden, weniger gelten als die erbärmlichsten Sklaven. Wir werden abgesetzt ... entlassen ... ausgestoßen, so daß wir betteln und hungern müssen.«

»Wie ich gesagt habe«, brummte mein Onkel unbeeindruckt, »alles Veränderungen zum Guten.«

Der Uey-Tecútli Mixtzin und seine Räte mußten jedoch bald einsehen, daß sich der Gott Quetzalcóatl nicht unter den Ankömmlingen befand und auch keiner der Fremden in seinem Auftrag erschienen war. In den folgenden eineinhalb Jahren verging kaum ein Monat, ohne daß ein Bote aus Tenochtítlan nicht noch erstaunlichere und beunruhigendere Nachrichten überbrachte. Von einem Läufer erfuhren wir, daß es sich bei den Fremden nur um Menschen handelte, nicht um Götter oder um die Nachkommen von Göttern, und daß sie sich selbst Españoles oder Castellanos nannten. Die beiden Namen schienen austauschbar, doch den letzteren konnten wir leichter ins Náhuatl übertragen. Und so nannten wir die Fremden lange Zeit Caxtiltéca. Der nächste Läufer, der eintraf, setzte uns davon in Kenntnis, daß die Caxtiltéca Göttern ähnelten – zumindest Kriegsgöttern –, denn sie waren raubgierig, grausam, unbarmherzig und eroberungslustig. Es dauerte nicht lange, und sie erzwangen sich ihren Weg vom Ostmeer landeinwärts.

Ein weiterer Bote berichtete, die Caxtiltéca seien in ihrer Kriegsführung und in ihren Waffen in der Tat den Göttern ähnlich oder zumindest in den Künsten der Magie bewandert. Viele ritten auf riesigen, geweihlosen Hirschen, und fast alle besäßen furchteinflößende Rohre, die Blitz und Donner spien. Andere hätten Pfeile und Speere mit Spitzen aus einem Metall, das sich nicht verbog oder brach. Alle trügen sie Rüstungen aus diesem Metall, das normale Geschosse nicht zu durchdringen vermochten.

Dann traf ein Bote ein, der den weißen Mantel der Trauer trug und dessen Haar auf eine Weise geflochten war, die schlechte Neuigkeiten verhieß. Er brachte die Nachricht, daß die Eindringlinge auf ihrem Weg nach Westen ein Volk und einen Stamm nach dem anderen besiegt hatten – die Totonáca, die Tepeyahuáca, die Texcaltéca – und daß sie alle überlebenden Krieger in ihre eigenen Reihen gezwungen hatten. Dadurch verringerte sich die Zahl ihrer Kämpfer auf dem Vormarsch nicht, sondern wuchs ständig. Rückblickend will ich anmerken, daß sich viele dieser einheimischen Krieger der Streitmacht der Fremden nicht unbedingt widerstrebend anschlossen, denn ihre Völker hatten Tenochtítlan seit langem zähneknirschend hohe Tribute geleistet. Nun bot sich ihnen die Gelegenheit zur Rache an den herrschenden Mexíca. Schließlich erreichte ein weiterer Bote im weißen Umhang und mit geflochtenem Haar Aztlan. Er berichtete, daß die weißen Caxtiltéca und ihre einheimischen Verbündeten nun in Tenochtítlan selbst, dem Herzen der EINEN WELT, einmarschiert seien. Unvorstellbarerweise befanden sie sich dank der *persönlichen Einladung* des einst mächtigen, inzwischen jedoch wankelmütigen Verehrten Sprechers Motecuzóma in der Stadt. Die Eindringlinge waren nicht einfach durch den Ort marschiert und in Richtung Westen weitergezogen, sondern hatten die Stadt besetzt und schienen die Absicht zu haben, dort zu bleiben.

Der Priester des Gottes Huitzilopóchtli, der die Ankunft der Fremden am meisten gefürchtet hatte, schien in letzter Zeit sehr zufrieden, weil er jetzt sicher sein konnte, nicht von dem zurückkehrenden Quetzalcóatl um Amt und Würden gebracht zu werden. Doch seine Ängste erfaßten ihn gleich von neuem, als der Bote fortfuhr: »Auf ihrem Weg nach Westen haben die barbarischen Caxtiltéca in allen Städten und Dörfern jeden Teocáli-Tempel zerstört und jede Tlamanacáli-Pyramide dem Erdboden gleichgemacht. Sie haben die Statuen unserer Götter und Göttinnen umgestürzt und zerschlagen. An ihrer Stelle haben die Fremden das häßliche Bildnis einer nichtssagenden und einfältigen weißen Frau errichtet, die ein weißes Kind in den Armen hält. Diese Statuen, so sagen die Caxtiltéca, stellen eine menschliche Mutter dar, die einen kleinen Gott geboren hat, und sind das Fundament ihrer Religion, des Crixtanóyotl.«

Unser Priester rang erneut die Hände. Offenbar war er dazu verurteilt, in jedem Fall von den Eindringlingen verdrängt zu werden, allerdings nicht von einem der großen und erhabenen Götter unseres Landes, sondern von einer neuen, unverständlichen Religion, die ihre Anhänger zwang, eine gewöhnliche *Frau* zu verehren und ein dummes kleines *Kind*.

Dieser Bote war der letzte, der aus Tenochtítlan oder aus einem anderen Ort im Land der Mexíca zu uns kam und Nachrichten überbrachte, die wir als zuverlässig und glaubwürdig ansehen konnten. Danach hörten wir nur noch Gerüchte, die sich von einem Ort zum anderen verbreiteten und uns schließlich durch Reisende erreichten, die über Land zogen oder in Acáli-Kanus die Küste

entlangfuhren. Aus diesen Gerüchten mußte man erst einmal alles Unmögliche und Unlogische aussondern – Wunder und Zeichen, die angeblich von Priestern und Hellsehern vorhergesagt worden waren, oder Übertreibungen, die man dem Aberglauben des niedrigen Volks zuzuschreiben hatte, und ähnliches mehr. Was danach übrigblieb und zumindest für möglich gehalten werden konnte, war schlimm genug.
Im Laufe der Zeit hörten wir erstaunliche Dinge und hatten keinen Grund, sie nicht zu glauben: Motecuzóma war durch die Hand der Caxtiltéca gestorben; zwei Verehrte Sprecher, die jeweils für kurze Zeit seine Nachfolge antraten, waren ebenfalls ums Leben gekommen; die ganze Stadt Tenochtítlan – Häuser, Paläste, Tempel, Marktplätze, ja sogar die mächtige Icpac Tlamanacáli, die Große Pyramide – war dem Erdboden gleichgemacht worden; alle Kolonien der Mexíca und ihre tributpflichtigen Völker gehörten nun den Caxtiltéca; mehr und mehr schwimmende Häuser kamen über das Ostmeer und brachten immer neue weiße Männer ins Land. Die fremden Krieger schwärmten nach Norden, Westen und Süden aus, um auch andere, weiter entfernt lebende Völkerschaften und Länder zu erobern und zu unterwerfen. Den Gerüchten zufolge brauchten die Caxtiltéca, wohin sie auf dem Siegeszug auch kamen, ihre tödlichen Waffen kaum zu benutzen.
Einer unserer Informanten sagte: »Es müssen ihre Götter sein, die für sie töten. Die weiße Frau und das Kind sind blutdürstig und geradezu unersättlich. Mögen sie zur Míctlan fahren! Sie schlagen ganze Völker mit Krankheiten, an denen alle außer den Weißen sterben.«
»Es sind entsetzliche Krankheiten«, flüsterte ein anderer. »Ich habe gehört, daß sich auf der Haut der Leute

schreckliche Beulen und Pusteln bilden. Die Kranken müssen lange Zeit unvorstellbare Qualen leiden, bevor der Tod sie endlich gnädig erlöst.«
»Die Menschen sterben scharenweise an dieser Plage«, rief ein Dritter. »Doch die Weißen scheinen dagegen gefeit zu sein. Es muß ein böser Zauber der weißen Göttin und des kleinen Gottes sein!«
Wir hörten auch, daß in Tenochtítlan und Umgebung alle gesunden und überlebenden Männer, Frauen und Kinder zu Sklavenarbeit gezwungen wurden. Sie mußten aus den Trümmern und Ruinen die Stadt neu aufbauen. Doch auf Anordnung der Eroberer hieß sie von nun an Mexico. Sie war immer noch die Hauptstadt der ehemaligen EINEN WELT, doch auf Befehl der Weißen war daraus Nueva España, Neuspanien, geworden. Und, so ging das Gerücht, die neue Stadt gliche in keiner Weise der alten – Architektur und Verzierungen der Gebäude seien fremdartig und verwirrend. Offenbar hatten die Caxtiltéca die Pläne aus ihrem ›Altspanien‹ mitgebracht, wo immer das liegen mochte.
Als wir in Aztlan schließlich erfuhren, daß sich die Weißen daranmachten, die Länder der Otomí und der Purémpecha zu unterwerfen, waren wir darauf gefaßt, die Räuber in allernächster Zeit auch bei uns zu sehen, denn Michihuácan, das nördlichste Gebiet des Purémpecha-Landes, liegt nur neunzig Lange Läufe von Aztlan entfernt. Doch die Purémpecha leisteten erbitterten und beharrlichen Widerstand, und das hielt die Eindringlinge jahrelang in Michihuácan fest. Die Otomí dagegen zogen sich vor den Angreifern zurück und überließen ihnen das Land, was immer es wert sein mochte. Es besaß für niemanden, auch nicht für die räuberischen Caxtiltéca, einen großen Wert, denn es war und ist, was wir das

›Tote-Knochen-Land‹ nennen – eine trockene, trostlose und ungastliche Wüste, die das ganze Land nördlich von Michihuácan umschließt.

Die Weißen gaben sich schließlich zufrieden und beendeten ihren Vormarsch am Südrand dieser einförmigen Wüste, die sie den ›Großen öden Ort‹ nannten. Sie zogen die Nordgrenze ihres ›Neuspanien‹ entlang einer Linie, die ungefähr vom Chápalan-See im Westen bis zur Küste des Ostmeeres verläuft. Bei dieser Grenze ist es bis heute geblieben. Wo die Südgrenze von Neuspanien schließlich gezogen wurde, weiß ich nicht. Doch ich weiß, daß die Soldaten der Caxtiltéca die ehemaligen Maya-Gebiete Uluümil Kutz und Quautemálan unterwarfen und die noch weiter südlich gelegenen, feuchten heißen Länder besiedelten. Die Mexíca hatten früher mit diesen Ländern Handel getrieben, doch selbst auf dem Höhepunkt ihrer Macht nie das Verlangen gehabt, sie ihrem Reich einzugliedern oder dort zu leben.

In diesen ereignisreichen Jahren, über die ich hier in groben Zügen berichtet habe, fielen auch die leichter vorhersehbaren und weniger aufsehenerregenden Ereignisse meiner Jugend. An dem Tag, an dem ich sieben Jahre alt wurde, brachte man mich zu dem runzligen alten Tonalpóqui, dem Namensgeber von Aztlan. Er zog sein Tonálmatl, das Buch der Namen, zu Rate, erwog alle guten und schlechten Zeichen bei meiner Geburt und gab mir den Namen, den ich von nun an tragen würde. Mein erster Name war natürlich nur der des Tages, an dem ich auf die Welt kam: Chicuáce-Xóchitl, die ›Sechs Blüten der Blume‹. Als meinen zweiten Namen wählte der alte Seher Téotl-Tenamáxtli, ›Gegürtet und stark wie Stein‹, weil der Stein, wie er sagte, ›ein gutes Omen‹ sei. Zur gleichen Zeit, als ich Tenamáxtli wurde, begann mein Unterricht an den beiden Telpochcáltin, den Schulen von Aztlan – im Haus der Körperstärkung und im Haus der Sittenlehre. Als ich dreizehn war und das Schamtuch des Mannes anlegte, schloß ich die Ausbildung an diesen Einführungsschulen ab und besuchte nur noch die Calmécac der Stadt. Dort unterrichteten Priester aus Tenochtítlan Wortkunde und viele andere Fächer wie Geschichte, Medizin, Geographie und Dichtkunst – also fast jede Art von Wissen, das ein Schüler vielleicht erwerben mochte.

»Jetzt ist auch die Zeit«, sagte Onkel Mixtzin an meinem dreizehnten Geburtstag, »für dich noch eine andere Art Reife zu feiern. Komm mit, Tenamáxtli!«

Er führte mich durch die Straßen zum besten Anyanicáti von Aztlan. Von den zahlreichen Bewohnerinnen wählte er die hübscheste aus – ein Mädchen, das beinahe so jung und so schön war wie seine Tochter Améyatl – und sagte zu ihr: »Dieser junge Mann ist heute zum *Mann* geworden. Ich möchte, daß du ihm alles zeigst, was ein Mann über das Ahuilnéma wissen sollte. Nimm dir dafür die ganze Nacht Zeit.«

Das Mädchen versprach es ihm lächelnd, und sie löste ihr Versprechen ein. Ich muß gestehen, mir gefielen ihre Aufmerksamkeiten und alles, was wir in jener Nacht taten, und ich war meinem großzügigen Onkel entsprechend dankbar. Doch ich muß hinzufügen, daß ich ohne sein Wissen bereits einige Monate bevor ich das Schamtuch anlegte, einen Vorgeschmack solcher Freuden bekommen hatte.

Jedenfalls wurden in jenen und in den folgenden Jahren weder Aztlan noch die umliegenden Gemeinden, mit denen wir Aztéca Handel trieben, von den Caxtiltéca-Streitkräften heimgesucht. Natürlich waren die Gebiete nördlich von Neuspanien im Vergleich zur Mitte des Landes schon immer spärlich bevölkert gewesen. Es hätte mich nicht überrascht, wenn Stämme, die nördlich von unserem Land in noch größerer Abgeschiedenheit lebten, nicht einmal erfahren hätten, daß die EINE WELT überfallen worden war oder daß es so etwas wie weiße Männer gab.

Aztlan und die anderen Gemeinden waren begreiflicherweise erleichtert, daß sie von den Eroberern unbehelligt blieben. Wir stellten jedoch fest, daß die Sicherheit, die wir dank unserer Abgeschiedenheit genossen, auch Nachteile mit sich brachte. Da wir und unsere Nachbarn nicht die Aufmerksamkeit der Caxtiltéca erregen wollten, schickten wir keine unserer Pochtéca, unserer reisenden Fernhändler, ja nicht einmal Boten über die Grenze nach Neuspanien. Das bedeutete, daß wir uns freiwillig vom Handel mit den Gemeinden südlich dieser Linie abschnitten. Früher waren dort die besten Absatzmärkte für unsere selbst erzeugten Waren wie Kokosmilch, Süßigkeiten, alkoholische Getränke, Seife, Perlen und Schwämme gewesen. Und wir hatten Dinge erworben, die es in unserem Land nicht gab, das heißt alle möglichen Güter von Kakaobohnen bis hin zu Baumwolle und selbst Obsidian, den wir für Werkzeuge und Waffen benötigten. Deshalb begannen die Vorsteher mehrerer Gemeinden in unserer Umgebung – Yakóreke, Tépiz, Tecuéxe und andere – unauffällig Spähtrupps nach Süden zu schicken. Dabei handelte es sich um Gruppen von drei unbewaffneten Personen, unter denen sich immer eine Frau befand. Sie trugen schlichte ländliche Kleidung und wirkten wie einfache Leute vom Lande auf dem Weg zu einem harmlosen Familientreffen. Sie hatten nichts bei sich, was die Grenzwachen der

Caxtiltéca argwöhnisch gemacht oder ihre Habgier geweckt hätte; üblich war ein Lederbeutel voll Wasser und ein anderer aus Pinóli für die Verpflegung.

Die Kundschafter machten sich mit verständlicher Beklommenheit auf den Weg, denn sie wußten nicht, welche Gefahren unterwegs auf sie warten würden. Aber sie waren auch neugierig, denn sie hatten den Auftrag, ihren Häuptlingen zu berichten, was sie vom Leben im Inland, in den kleinen und großen Städten und vor allem in der Stadt Mexíco erfuhren, die inzwischen alle unter der Herrschaft der Weißen standen. Von solchen Berichten hingen die Entscheidungen unseres Volkes ab. Sollten wir uns in der Hoffnung auf die Wiederaufnahme des normalen Handels und gesellschaftlicher Kontakte an die Eroberer wenden und uns mit ihnen verbünden, oder sollten wir uns von ihnen fernhalten und unauffällig und unabhängig bleiben, selbst wenn wir dadurch ärmer wurden? Oder sollten wir uns auf den Aufbau starker Streitkräfte konzentrieren, uneinnehmbare Verteidigungsanlagen errichten, Waffenarsenale anlegen und um unser Land kämpfen, wenn die Caxtiltéca eines Tages tatsächlich kamen?

Im Laufe der Zeit kehrten beinahe alle Kundschafter unbehelligt von irgendwelchen Zwischenfällen zurück. Nur ein oder zwei Gruppen hatten einen Grenzposten zu Gesicht bekommen. Abgesehen davon, daß die Kundschafter beim ersten Anblick eines weißen Mannes vor Ehrfurcht erstarrt waren, wußten sie von ihrem Grenzübergang nichts Besonderes zu berichten. Die Wachen hatten sie so wenig beachtet wie Eidechsen auf der Suche nach neuen Futterplätzen. In ganz Neuspanien hatten die Kundschafter weder in den Dörfern auf dem Land noch in den kleinen und großen Städten einschließlich der Hauptstadt México Anzeichen dafür gesehen oder von den Einwohnern gehört, daß die neuen Herren strenger oder härter waren als die Mexíca.

»Meine Kundschafter berichten«, sagte Kévari, der Tlatocapíli des Dorfes Yakóreke, »allen überlebenden Pípiltin des Hofes von Tenochtítlan und den Erben jener, die nicht überlebt haben, sind die Ländereien, der Besitz und die Privilegien ihrer Familien bestätigt worden. Die Eroberer haben ihnen gegenüber größte Milde gezeigt.«

»Allerdings«, erklärte Teciuápil, der Häuptling von Tecuéxe, »gibt es außer den wenigen, die als Herren oder Edelleute gelten, keine Pípiltin mehr. Ebensowenig findet man noch Macehuáltin der arbeitenden Klasse oder Tlacótin-Sklaven. Alle Angehörigen unseres Volkes sind jetzt gleich. Sie arbeiten das, was der weiße Mann ihnen befiehlt. So berichten es meine Kundschafter.«

»Von meinen Kundschaftern ist nur einer zurückgekommen«, sagte Tototl, der Häuptling von Tépiz. »Er erzählt, daß die Stadt México bis auf ein paar wenige, sehr prächtige Gebäude, an denen noch gearbeitet wird, wieder beinahe völlig aufgebaut ist. Natürlich gibt es keine Tempel der alten Götter mehr. Aber auf den Marktplätzen, sagt er, herrscht großes Gedränge, und die Geschäfte gehen sehr gut. Deshalb haben sich meine beiden anderen Kundschafter, Netzlin und Citláli, ein verheiratetes Paar, entschlossen, ihr Glück zu versuchen. Sie wollen dort bleiben.«

»Das überrascht mich nicht«, knurrte mein Onkel Mixtzin, dem die Oberhäupter der Gemeinden Bericht erstatteten. »Dumme Bauern wie sie haben in ihrem ganzen Leben noch nie eine Stadt gesehen. Kein Wunder, daß sie nur Gutes über die neuen Herren melden. Sie sind zu unwissend, um Vergleiche anstellen zu können«.

»Ayya!« fuhr Kévari auf. »Wir und unsere Leute haben uns wenigstens darum bemüht, etwas in Erfahrung zu bringen, während Ihr und Eure Aztéca faul und zufrieden hier herumsitzt.«

»Kévari hat recht«, sagte Teciuápil. »Es war vereinbart, daß wir Häuptlinge zusammenkommen, um über das zu sprechen, was wir in Erfahrung gebracht haben. Dann wollten wir entscheiden, welche Haltung wir in Hinblick auf die Eindringlinge einnehmen. Doch Ihr, Herr Mixtzin, zeigt uns nur Eure Geringschätzung.«

»Jawohl«, rief Tototl. »Wenn Ihr die ehrlichen Bemühungen unserer *dummen Bauern* so verächtlich abtut, Herr Mixtzin, dann schickt doch ein paar Eurer gebildeten und kultivierten Aztéca! Warum laßt Ihr nicht ein paar Eurer Mexíca-Einwanderer die Lage auskundschaften? Wir werden alle Entscheidungen aufschieben, bis sie zurückkommen.«

»Nein«, erwiderte mein Onkel, nachdem er einen Augenblick nachgedacht hatte. »Auch ich habe, wie die Mexíca, die bei uns leben, die Stadt Tenochtítlan auf dem Gipfel ihrer Macht und Herrlichkeit gesehen. Ich werde selbst gehen.« Er wandte sich an mich. »Tenamáxtli, mach dich bereit und sag deiner Mutter, sie soll sich ebenfalls bereit machen. Ihr beiden werdet mich begleiten.«

Das waren die Ereignisse, die uns drei in die Stadt Mexíco führten, wo mir schließlich mein Onkel widerstrebend die Erlaubnis gab, eine Weile zu bleiben. Dort lernte ich vieles, auch die spanische Sprache. Ich habe mir jedoch nie die Zeit genommen, mi querida muchacha, mi inteligente y bellísima y adorada Verónica, deine Sprache lesen und schreiben zu lernen. Deshalb berichte ich dir jetzt meine Erinnerungen, damit du die Worte für

alle meine Kinder und alle unsere Kindeskinder niederschreibst, die sie eines Tages lesen sollen.
Der Höhepunkt dieser Kette von Ereignissen war, daß mein Onkel, meine Mutter und ich im Monat Panquétzalíztli, im Jahr der Dreizehn Schilfrohre – du würdest sagen im Oktober im Jahre des Herrn fünfzehnhunderteinunddreißig – in der Stadt Mexíco eintrafen, und zwar genau an dem Tag, an dem der alte Mann Juan Damasceno durch Feuer hingerichtet wurde.
Ich kann immer noch sehen, wie er brennt.

2

Mixtzin ernannte seine Tochter Améyatl und ihren Gemahl Káuri zu Mitregenten. Sie sollten während seiner Abwesenheit in Aztlan herrschen. Mein Urgroßvater Canaútli, der inzwischen weit über hundert Jahre alt sein mußte und offenbar die Absicht hatte, ewig zu leben, würde ihr kluger Ratgeber sein. Danach nahmen Mixtzin, Cuicáni und ich ohne weitere Umstände und ohne jedes Zeremoniell Abschied und schlugen den Weg nach Süden ein.

Ich verließ den Ort meiner Geburt zum ersten Mal, um eine weite Reise zu unternehmen. Mir war der ernste Anlaß unseres Unternehmens deutlich bewußt, doch der weite Horizont schien verlockend wie ein freundliches Lächeln. Die Ferne lud mich verheißungsvoll ein, alle möglichen neuen Dinge zu sehen und vielfältige Erfahrungen zu machen. Der Tag in Aztlan begann immer spät, denn nachdem die Sonne aufgegangen war, mußte sie zuerst über die Berge im Inland steigen und hoch am Himmel stehen. Aber dann tauchte sie unsere Stadt in ein strahlendes Licht. Nachdem ich diese Berge überquert hatte und mich im flacheren Land östlich davon befand, konnte ich zum ersten Mal erleben, wie der Morgen graute oder genauer gesagt, wie sich ein farbiges Band nach dem anderen über den Himmel legte – violett, blau, rosa, perlweiß und gold. Bald darauf begannen die Vögel jubilierend den Tag zu begrüßen. Sie sangen Lieder in allen Tönen. Es war Herbst, und deshalb fiel kein Regen. Doch der Himmel hatte die Farbe des Windes, und die Wolken, die über ihn zogen, sahen immer gleich aus, waren aber immer andere. Die rauschenden, tanzenden Bäume machten Musik für die Augen, und die sich wiegenden, sich neigenden Blumen wurden zu Gebeten, in einer Sprache, die sie in ihrer ganzen Schönheit verkörperten. Wenn sich die Abenddämmerung über das Land senkte, schlossen sich die Blumen, doch am Himmel öffneten sich die Sterne. Ich war immer froh, daß sich die Sternenblumen außer Reichweite der Menschen befinden, denn sonst wären sie schon lange gepflückt und gestohlen worden. Bei Einbruch der Dunkelheit stiegen schließlich sanfte, taubengraue Nebel auf. Ich glaube, sie sind die dankbaren Seufzer der Erde, die müde zu Bett geht.

Es war eine lange Strecke – über zweihundert Lange Läufe, denn wir konnten selten den geraden und direkten Weg nehmen. Manchmal war die Reise mühsam und oft ermüdend, aber nie wirklich gefährlich, denn Mixtzin hatte die Strecke schon einmal zurückgelegt. Das war vor etwa fünfzehn Jahren gewesen, doch er erinnerte sich noch an die kürzesten Routen durch die glühend heißen Wüstenabschnitte und an den einfachsten Weg um den Fuß der Berge, so daß wir nicht darübersteigen mußten. Er kannte die flachen Stellen, wo wir durch die Flüsse waten konnten und nicht lange warten oder vergebens hoffen mußten, daß jemand in einem Acáli vorbeikommen werde. Oft waren wir jedoch gezwungen, von den Pfaden abzuweichen, an die er sich erinnerte, um vorsichtig die Abschnitte von Michihuácan zu umgehen, wo immer noch, wie uns die Bewohner der Gegend sag-

ten, die unerbittlichen Caxtiltéca und die stolzen, hartnäckigen Purémpecha miteinander kämpften.
Als wir im Land der Tecpanéca schließlich hin und wieder einem weißen Mann begegneten und den Tieren, die ›Pferde‹, ›Kühe‹ und ›Bluthunde‹ genannt wurden, taten wir unser Bestes, um gleichgültig zu wirken, als seien wir ein Leben lang an ihren Anblick gewöhnt. Den Weißen schien unser Vorübergehen ebenso gleichgültig zu sein. In ihren Augen schienen wir nichts anderes als gewöhnliche, allgemein verbreitete Tiere zu sein.
Unterwegs wies Onkel Mixtzin meine Mutter und mich immer wieder auf besondere Wahrzeichen hin, die er von seiner früheren Reise her kannte – seltsam geformte Berge, Seen, deren Wasser so bitter war, daß man es nicht trinken konnte, aber so heiß, daß es sogar in der Sonne dampfte, Bäume und Kakteen, wie sie in unserer Heimat nicht wuchsen und von denen einige köstlich schmeckende Früchte trugen. Außerdem erzählte er viel von den Schwierigkeiten jener ersten Reise nach Tenochtítlan, obwohl wir die Geschichten bereits mehr als einmal gehört hatten.
»Ihr wißt, daß meine Männer und ich die riesige, runde gemeißelte Steinplatte mit dem Bildnis der Mondgöttin Coyolxaúqui nach Tenochtítlan gerollt haben, um sie dem Verehrten Sprecher Motecuzóma zum Geschenk zu machen. Ja, die Platte war rund, und man sollte annehmen, daß sie mühelos gerollt wäre. Aber sie war auch auf beiden Seiten flach. Deshalb ist sie bei jeder leichten Vertiefung in der Erde oder einer Unebenheit, die wir nicht bemerkten, umgekippt. Obwohl meine Männer kräftig und ganz bei der Sache waren, konnten sie nicht immer verhindern, daß der kippende Stein auf der Seite zu liegen kam. So ungern ich das auch gestehe, aber

manchmal ist die Göttin im wahrsten Sinne des Wortes auf die Nase gefallen. Und sie war *schwer*! Um sie wieder aufzurichten, mußten wir jeden Mann in der Umgebung, den wir auftreiben konnten, um Hilfe bitten. Ja, so war es, das schwöre ich bei Míctlan.«
Onkel Mixtzin erzählte dann, wie schon so manches Mal zuvor: »Ich wäre dem Uey-Tlatoáni Motecuzóma vielleicht nie begegnet, denn seine Palastwachen haben mich festgenommen und beinahe eingesperrt, weil ich in der Stadt einen solchen Schaden angerichtet hatte. Ihr könnt euch vorstellen, als wir ankamen, waren wir alle verdreckt und erschöpft. Unsere Umhänge waren zerrissen und zerfetzt, und wir haben wahrscheinlich wie Barbaren ausgesehen, die aus der Wildnis gekommen sind. Außerdem hatte Tenochtítlan als erste und einzige Stadt, in die wir kamen, schön gepflasterte Straßen und Dämme. Uns ist nicht in den Sinn gekommen, daß das wertvolle Pflaster brechen und zerbröckeln könnte, als wir unseren schweren Mondstein durch die Straßen rollten. Aber es dauerte nicht lange, bis die wütenden Wachen über uns hergefallen sind...« Mixtzin lachte bei der Erinnerung.
Als wir uns Tenochtítlan näherten, erfuhren wir von den Leuten, durch deren Dörfer und Städte wir kamen, einiges Neues, was uns vorbereitete, so daß wir nicht ganz wie dumme Bauern wirken würden, wenn wir unser Ziel erreichten. Zum einen sagte man uns, daß die weißen Männer es nicht gerne hörten, wenn man sie Caxtiltéca nannte. Wir hatten uns in der Annahme geirrt, die beiden Namen, Castellanos und Españoles seien austauschbar. Natürlich lernte ich später, daß die Castellanos alle Españoles waren, aber nicht alle Españoles auch Castellanos. Letztere kamen aus einer bestimmten Provinz von

Altspanien, die Kastilien hieß. Wie auch immer, wir drei achteten von nun an darauf, die Weißen als ›Spanier‹ zu bezeichnen und ihre Sprache als ›Spanisch‹. Man riet uns auch, vorsichtig zu sein, um nicht die Aufmerksamkeit eines Spaniers auf uns zu ziehen.

»Lauft nicht einfach durch die Stadt und starrt alles an«, riet ein Mann, der vor kurzem dort gewesen war. »Geht immer schnell, als hättet ihr ein bestimmtes Ziel. Und es ist besser, ständig etwas bei sich zu tragen. Ich meine einen Ziegelstein, vielleicht einen Holzklotz oder eine Rolle Seil, als wäret ihr unterwegs in einem Auftrag, der euch bereits übertragen wurde. Wenn ihr mit leeren Händen auf der Straße seid, wird euch mit Sicherheit ein spanischer Aufseher eine Arbeit zuweisen. Und wenn das geschieht, dann solltet ihr diese Arbeit besser ohne Widerspruch erledigen.«

Auf diese Weise vorgewarnt, setzten wir unsere Reise fort. Beim ersten Anblick aus der Ferne wirkte die Stadt Mexíco wahrhaft ehrfurchtgebietend. Sie überragt alles in der Senke, in der sie liegt. Unsere ersten Eindrücke von der Stadt waren jedoch eher enttäuschend. Während wir auf einem breiten, gepflasterten und von Balustraden gesäumten Damm gingen, der die Stadt Tepayáca auf dem Festland mit den Inseln der Stadt Mexíco verband, murmelte mein Onkel: »Merkwürdig. Dieser Damm führte früher über einen See, auf dem die flinken Acáltin in allen Größen hin und her fuhren. Aber seht euch das hier an!«

Wir blickten uns schweigend um und sahen unter uns nichts als einen großen, übelriechenden Sumpf voller Schlamm, Unkraut, Fröschen und ein paar Reihern. Es glich den Sümpfen um Aztlan, bevor sie trockengelegt worden waren.

Doch hinter dem Damm lag die Stadt. Obwohl man mich gewarnt hatte, wollte ich nichts anderes tun als das, was ich nicht tun sollte. Die Größe und Pracht der Stadt Mexíco überwältigte mich so sehr, daß ich immer wieder wie gebannt vor Bewunderung stehenblieb und mich mit großen Augen umsah. Das geschah an diesem ersten Tag sehr oft. Zum Glück schob mich mein Onkel jedesmal weiter, denn ihn beeindruckte die Stadt nicht sonderlich. Er hatte natürlich das verschwundene Tenochtítlan gesehen und erklärte mir und meiner Mutter die Unterschiede zwischen damals und heute. Ja, mein Onkel kannte sich aus.
»Wir sind jetzt im Ixacuálco-Viertel der Stadt, dem allerbesten Wohnbezirk. Dort lebte mein Freund, der auch Mixtli hieß und der mich überredet hatte, den Mondstein hierher zu bringen. Ich habe ihn während meines Aufenthalts in seinem Haus besucht.« Mein Onkel musterte mit zusammengezogenen Brauen die Umgebung. Dann brummte er: »Sein Haus und die anderen in der Nachbarschaft waren sehr viel hübscher. Jedes hatte einen eigenen Charakter. Diese neuen Häuser hier sehen alle gleich aus.« Er schüttelte nachdenklich den Kopf. »Mein Freund ...«, er griff nach der Hand eines Vorübergehenden, der eine Ladung Feuerholz trug, die an einem Tragriemen hing, den er um den Kopf geschlungen hatte, »mein Freund, heißt dieses Viertel immer noch Ixacuálco?«
»Ayya«, murmelte der Mann und sah Onkel Mixtzin mißtrauisch an. »Wieso fragst du mich das? Das Viertel heißt jetzt San Sebastián Ixacuálco.«
»Und was bedeutet ›San Sebastián‹?« wollte mein Onkel wissen.
Als der Mann die Schultern zuckte, bewegte sich das

Holz auf seinem Rücken. »›San‹ bedeutet ›Santo‹, das ist ein unbedeutender Gott der spanischen Christen. ›Sebastián‹ ist der Name eines solchen ›Santos‹, aber was für eine Art Gott das ist, hat man mir nie gesagt.«
Also gingen wir weiter, und Onkel Mixtzin fuhr mit seinen Erklärungen fort: »Stellt euch vor, hier war ein breiter Kanal, auf dem sich Tag und Nacht die großen Fracht-Acáltin drängten. Ich kann nicht verstehen, weshalb er zugeschüttet und gepflastert wurde und jetzt eine Straße ist. Und dort, ayyo!« Er vergaß jede Vorsicht und hob beide Arme. »Hier vor euch, liebe Schwester und lieber Neffe, hier befand sich inmitten der gewundenen Schlangenmauer, die in vielen leuchtenden Farben strahlte, der atemberaubend große und in hellem Marmor schimmernde Platz. Er war die Mitte des Herzens der EINEN WELT. Und in diesem Herzen stand Motecuzómas prächtiger Palast. Dort drüben befand sich der Platz für das zeremonielle Tlachtli-Ballspiel. Da, etwas weiter hinten, erhob sich der Tizoc-Stein, auf dem die Krieger ihre Zweikämpfe austrugen, bei denen nur der Sieger überlebte. Und ...«, er schwieg und legte einem vorübergehenden Mann, der einen Korb mit Kalkmörtel trug, die Hand auf den Arm. »Mein Freund, sag mir, was ist das für eine riesige und häßliche Baustelle da drüben? Was soll das werden?«
»Das? Das weißt du nicht? Das wird der große Tempel der christlichen Priester. Ich meine, die ›Kathedrale‹ ... die Kathedrale des San Francisco.«
»Ist das auch einer ihrer Santos?« erwiderte Onkel Mixtzin. »Für welchen Bereich der Welt ist dieser unbedeutende Gott zuständig?«
Der Mann erwiderte unruhig: »Soweit ich weiß, Frem-

der, ist er der persönliche Lieblingsgott des Bischofs Zumárraga, des Oberhaupts aller christlichen Priester.« Damit ging er eilig davon.

»Yya ayya«, sagte Onkel Mixtzin traurig.

»Nínotlancuícui in Teo Francisco. Der kleine Gott Francisco. Wenn das sein Tempel werden soll, ist es ein armseliger Ersatz für das, was sich früher dort befand.« Er machte eine lange, bedeutungsvolle Pause. »Denn dort, Schwester und Neffe, *dort* stand das erhabenste Bauwerk, das jemals in der EINEN WELT errichtet wurde. Es war die mächtige, aber anmutige Große Pyramide. Sie ragte so hoch in den Himmel, daß man einhundertsechsundfünfzig Stufen hinaufsteigen mußte. Oben angekommen, bestaunte man voll Ehrfurcht die leuchtend bunten Tempel der Götter Tlaloc und Huitzilopóchtli mit ihren einzigartigen stufenförmigen Giebeln. Ayyo! Damals hatte die Stadt noch Götter, die es verdienten, von den Menschen angebetet und verherrlicht zu werden! Und ...«

Er verstummte, da wir alle drei plötzlich vorwärts geschoben wurden. Es war, als hätten wir am Strand mit dem Rücken zum Meer gestanden und vergessen, die Wellen zu zählen, und wären deshalb plötzlich von der hohen siebten Welle erfaßt worden. Was uns jedoch vorwärts schob, war die Menschenmenge, die von den Soldaten auf den großen Platz getrieben wurde, den wir betrachtet hatten. Wir befanden uns in vorderster Linie. Es gelang uns wenigstens, in dem Gedränge zusammenzubleiben. Als die Menschen schließlich dicht an dicht auf dem Platz standen und allmählich Ruhe einkehrte, hatten wir einen freien Blick auf die Tribüne, auf die Priester, die langsam die Stufen hinaufstiegen, und auf den Metallpfahl, zu dem der Verurteilte geführt und an den

er gekettet wurde. Der Blick war sogar besser, als ich es mir im nachhinein gewünscht hätte.
Denn ich kann immer noch sehen, wie er brennt.
Wie ich berichtet habe, sprach der alte Mann Juan Damasceno nur ein paar Worte, bevor das Holz zu seinen Füßen entzündet wurde. Er stöhnte weder noch schrie oder wimmerte er, als sich die Flammen an seinem Leib nach oben fraßen. Keiner von uns Zuschauern gab einen Laut von sich. Nur meine Mutter schluchzte ein einziges Mal. Trotzdem gab es Geräusche.
Ich kann immer noch hören, wie er brennt.
Zu den Geräuschen gehörten das vertraute Knistern und Prasseln von Holz, das seinen Zweck als Brennmaterial erfüllte, das gierige Züngeln und Lecken der Flammen, das Zischen, als die Haut des Mannes Blasen warf, die sofort platzten, das Knacken und Brutzeln seines Fleischs, das Blubbern, mit dem sein Blut verdampfte, das Knallen und Knirschen, mit dem sich seine Muskeln in der Hitze ruckartig zusammenzogen und ihm die Knochen im Leib brachen, und gegen Ende das unbeschreiblich erschreckende Geräusch, mit dem sein Schädel durch den Druck des kochenden Gehirns barst.
Inzwischen *rochen* wir auch, daß er brannte.
Der Geruch von menschlichem Fleisch ist zunächst so köstlich und appetitlich wie der von jedem anderen Fleisch, das richtig gebraten wird. Doch in diesem Fall wurde daraus ein Verbrennen, und bald hing in der Luft der Gestank von verkohltem, rauchendem Fleisch, zu dem sich der ranzige Geruch des Fettes gesellte. In diesen Gestank mischte sich der beißende Qualm des schwelenden Gewandes sowie ein flüchtiger, aber scharfer Geruch, als seine Haare aufflammten. Erst nach einer Weile erreichte uns in Wellen ein scharfer metallischer

Gestank, als die Kette Feuer zu fangen schien, ein seltsam staubiger Geruch von Knochen, die sich in Asche verwandelten.

Da der Mann am Pfahl die verschiedenen Dinge, die mit ihm geschahen, ebenfalls sehen, hören und riechen konnte, begann ich zu überlegen, was wohl in seinem Kopf vorgehen mochte. Kein Laut kam über seine Lippen, aber er mußte doch bestimmt etwas denken.

Woran mochte er denken?

Bedauerte er Dinge, die er getan oder nicht getan und die zu diesem schrecklichen Ende geführt hatten? Oder verweilte er bei den kleinen Freuden oder sogar Abenteuern, die manchmal sein Leben verschönt hatten? Dachte er an geliebte Menschen, die er zurückließ? Nein, bei seinem Alter hatte er bis auf mögliche Kinder und Enkelkinder vermutlich alle überlebt. In seinem Leben mußte es Frauen gegeben haben. Selbst im Alter, als man ihn zum Pfahl führte, hatte er gut ausgesehen. Und er war diesem erschreckenden Schicksal furchtlos und ungebeugt entgegengegangen. Er mußte einmal ein bedeutender Mann gewesen sein. Lachte er vielleicht insgeheim trotz der unerträglichen Qualen über die Ironie, daß er einmal groß und mächtig gewesen war und an diesem Tag so tief hinabgestürzt und gedemütigt wurde?

Welcher seiner Sinne, fragte ich mich, versagte als erster? Hielt sein Sehvermögen lange genug an, damit er die Henker und seine Landsleute sah, die sich auf dem Platz drängten? Überlegte er, was die Lebenden angesichts seiner Qualen dachten? Vermochte er zu sehen, wie seine Beine schrumpften, verkohlten und sich, während er von der Kette gehalten in der Luft hing, vor dem Unterleib verkrümmten? Seine Arme schrumpften ebenfalls, verkohlten und legten sich vor die Brust, als versuchten die Gliedmaßen, den Körper zu schützen, dem sie ein Leben lang treu gedient hatten. Oder waren seine Augäpfel in der Hitze inzwischen geplatzt, so daß es für ihn kein Licht und kein Sehvermögen mehr gab, mit dem er das alles hätte beobachten können?

Verfolgte er demnach blind mit Hilfe der Geräusche und Gerüche seine unbarmherzige Vernichtung? Oder *spürte* er diese Dinge nur? Wenn ja, empfand er sie als einzelne, deutlich unterscheidbare Schmerzen oder nur als eine dumpfe, überwältigende Qual?

Selbst nachdem ihm das Sehvermögen, Hörvermögen, der Geruchssinn und, wie ich hoffte, der Gefühlssinn genommen waren, blieb ihm eine Zeitlang immer noch das Bewußtsein. *Dachte* er bis zum Ende? Fürchtete er die endlose Nacht und das Nichts von Míctlan, der Unterwelt? Oder träumte er von einem neuen und ewigen Leben im hellen, reichen und glücklichen Land des Sonnengottes Tonatíu? Versuchte er möglicherweise verzweifelt, ein wenig länger die Erinnerungen an diese Welt und das Leben hier festzuhalten, an all das, was ihm am wertvollsten gewesen war? An die Jugend, an den Himmel und das Sonnenlicht, an Zärtlichkeiten, an kleine und große Taten, an Plätze, die er einmal besucht hatte und nie mehr besuchen würde? War es ihm gelungen, diese Gedanken und Erinnerungen fieberhaft als einen letzten kleinen Trost bis zu dem Augenblick festzuhalten, als sein Kopf in tausend Stücke zersprang und *alles* zu Ende war?

Ich glaube, falls das Schauspiel in der Tat als eine lehrreiche Lektion für uns gedacht war, der wir gezwungenermaßen zusahen, dann hätten wir sehr schnell genug davon gehabt. Vor allem deshalb, weil jeder von uns wußte,

daß Juan Damasceno nicht für einen guten Zweck starb. Sein Herz und sein Blut nährten keinen Gott, weder einen der unseren noch den der Christen. Doch die Soldaten ließen uns nicht gehen, solange die Priester nicht gingen. Und sie blieben auf der Tribüne, bis von ihrem Opfer wenig mehr als Rauch und Gestank übriggeblieben war. Sie beobachteten die Hinrichtung mit dem strengen Gesichtsausdruck wie bei einer unangenehmen, aber zu erfüllenden Pflicht. Jeder Priester, gleich welcher Religion, kann diese Fassade der Rechtschaffenheit überzeugend zur Schau tragen.
Doch die Augen straften ihre Gesichter Lügen. Die Augen der Priester glänzten. In ihnen spiegelte sich die Freude der Genugtuung und der Zustimmung zu dem, was sie sahen. Die Augen beinahe aller, sollte ich der Wahrheit zuliebe sagen. Die Augen des jungen Priesters, der die Rede des Oberpriesters ins Náhuatl übersetzt hatte, verrieten etwas anderes.
Er machte kein strenges, sondern ein trauriges Gesicht, und sein Blick war nicht hämisch, sondern mitfühlend. Als die anderen Priester endlich die Tribüne verließen und uns die Soldaten befahlen, den Platz zu räumen, blieb der junge Priester zurück.
Er stand vor der Kette, die am Pfahl hing und deren Glieder noch glühten, und blickte traurig auf die wenigen Überreste dessen, den die Kette gefesselt hatte.
Alle anderen, auch meine Mutter und mein Onkel, beeilten sich, den Platz zu verlassen. Aber ich blieb ebenfalls zurück. Ich näherte mich dem Priester und sprach ihn in der Sprache an, die wir beide beherrschten.
»Tlamacázqui«, sagte ich ehrerbietig, doch er hob abwehrend die Hand.
»Priester? Ich bin kein Priester. Ich kann einen rufen,

wenn du mir sagst, weshalb du einen Priester sprechen willst.«

»Ich wollte mit Euch sprechen«, erwiderte ich. »Ich beherrsche das Spanisch der anderen Priester nicht.«

»Und ich wiederhole, ich bin kein Priester. Manchmal bin ich froh darüber. Ich bin nur Alonso de Molina, der Notarius des Herrn Bischofs Zumárraga. Weil ich mir die Mühe gemacht habe, deine Sprache zu lernen, bin ich auch der Dolmetscher Seiner Exzellenz für unsere und eure Leute.«

Ich hatte keine Ahnung, was ein Notarius sein mochte, doch der Mann schien umgänglich zu sein, und im Gegensatz zu den anderen hatte er während der Hinrichtung menschliches Mitgefühl gezeigt. Deshalb sprach ich ihn jetzt mit dem ehrenvollen Namen an, der mehr bedeutet als Freund, nämlich ›Bruder‹ oder sogar ›Zwilling‹.

»Cuatl Alonso«, sagte ich. »Ich heiße Tenamáxtli. Ich und ein paar Verwandte sind gerade von weit her gekommen, um Eure Stadt México zum ersten Mal zu bewundern. Wir hatten nicht erwartet, daß uns Besuchern eine ... eine öffentliche Unterhaltung geboten werden würde. Ich habe nur eine Frage. Trotz Eurer hervorragenden Übersetzung konnte ich in meiner ländlichen Unwissenheit nicht alle diese rechtskundlich klingenden Begriffe verstehen. Würdet ihr mir den Gefallen tun und mir in einfachen Worten erklären, was man dem Mann vorgeworfen und warum man ihn verbrannt hat?«

Der Notarius musterte mich einen Augenblick und fragte dann: »Bist du kein Christ?«

»Nein, Cuatl Alonso. Ich habe von Crixtanóyotl gehört, aber ich weiß nichts über diese Religion.«

»Nun ja ...«, er zögerte. »Deinem Wunsch zufolge in ein-

fachen Worten ausgedrückt, kann man sagen, Don Juan Damasceno wurde für schuldig befunden, den Anschein erweckt zu haben, er sei zum christlichen Glauben übergetreten, während er in Wirklichkeit ein Ungläubiger blieb. Er hat sich geweigert, das zu gestehen und seiner alten Religion abzuschwören. Deshalb wurde er zum Tode verurteilt.«
»Ich fange an zu verstehen. Vielen Dank, Cuatl. Ein Mann hat also die Wahl, den christlichen Glauben anzunehmen oder getötet zu werden?«
»Nein, nein, ganz so ist es nicht, Tenamáxtli. Aber wenn er einmal Christ geworden ist, muß er es bleiben.«
»Oder euer Gericht verurteilt ihn zum Flammentod.«
»Auch das ist nicht ganz richtig«, erklärte der Notarius stirnrunzelnd. »Die weltlichen Gerichte können für unterschiedliche Vergehen unterschiedliche Strafen verhängen. Wenn sie jemanden zum Tode verurteilen, gibt es mehrere Möglichkeiten – die Kugel, das Schwert, das Beil des Henkers oder …«
»Oder die grausamste Methode von allen«, beendete ich die Aufzählung für ihn, »das Verbrennen.«
»Nein.« Der Notar schüttelte den Kopf. Er wirkte inzwischen leicht betreten. »Nur das Kirchengericht, die Inquisition, kann dieses Urteil verhängen. Es ist sogar die einzige Art Hinrichtung, welche die Kirche anordnen kann. Verstehst du, die Kirche ist verpflichtet, Zauberer, Hexen und Ketzer wie diesen Juan Damasceno zu bestrafen, aber es ist ihr verboten, Blut zu vergießen. Deshalb ist im Kirchenrecht festgelegt, wie solche Menschen hinzurichten sind. Wie du gesehen hast, durch das Feuer und nur durch das Feuer.«
»Ich verstehe«, sagte ich. »Ja, Gesetze muß man befolgen.«

»Es freut mich, dir sagen zu können, daß solche Urteile nur selten vonnöten sind. Es ist drei Jahre her, daß an dieser Stelle ein Marrano verbrannt wurde, weil er den Glauben auf ähnliche Weise verhöhnt hatte.«
»Verzeihung, Cuatl Alonso«, fragte ich. »Was ist ein Marrano?«
»Ein Jude. Das heißt jemand, der einmal Jude war und zum Christentum übergetreten ist. Und Hernando Halevi de Leon schien ein aufrichtig Bekehrter zu sein. Er hat sogar Schweinefleisch gegessen. Deshalb verlieh ihm die Krone auch eine eigene einträgliche Encomienda in Actópan, nördlich von hier. Ihm wurde gestattet, die schöne Isabel de Aguilar zu heiraten, die Tochter einer der besten spanischen Familien. Doch dann stellte man fest, daß der Marrano seiner Gemahlin Doña Isabel verbot, während ihrer monatlichen Blutungen die Messe zu besuchen. Offensichtlich war er ein scheinheiliger Bekehrter, der insgeheim immer noch die ketzerischen Gebote des jüdischen Glaubens befolgte.«
Ich verstand nichts von alldem und wandte mich deshalb wieder dem Thema zu, das mir näherlag. »Der Mann heute, Cuatl ... Ihr scheint nicht glücklich darüber gewesen zu sein, daß er verbrannt wurde.«
»Ayya, täusche dich nicht«, erwiderte er schnell. »Nach allen Glaubensgrundsätzen, Gesetzen und Regeln unserer Kirche hatte dieser Damasceno sein Schicksal zweifellos verdient. Das will ich nicht in Abrede stellen, keineswegs. Es ist nur ... nun ja, im Laufe der Jahre war mir der alte Mann beinahe ans Herz gewachsen.« Er blickte ein letztes Mal auf die Asche. »Und jetzt, Cuatl Tenamáxtli, mußt du mich entschuldigen. Ich habe Pflichten. Aber ich werde mich gern wieder mit dir unterhalten, wann immer du in der Stadt bist.«

Ich war seinem Blick auf die Asche gefolgt und hatte bemerkt, daß außer dem Metallpfahl und der Kette noch etwas das Feuer überstanden hatte. Es war der Anhänger, der mir schon vorher an der Lederschnur um den Hals des Mannes aufgefallen war, weil sich die Sonnenstrahlen darin brachen.
Der Notarius Alonso wandte sich ab, und ich bückte mich schnell und hob den Gegenstand auf. Er war so heiß, daß ich ihn eine Weile von einer Hand in die andere werfen mußte. Es handelte sich um eine kleine runde Scheibe aus einem gelben Kristall. Sie war eigenartig geschliffen – auf einer Seite flach, auf der anderen nach innen gewölbt. Die Lederschnur war natürlich verbrannt, und offensichtlich war der Kristall in Kupfer gefaßt gewesen, denn Spuren davon hingen immer noch am Rand, obwohl das meiste geschmolzen war.
Keiner der Wachposten oder der anderen Spanier, die geschäftig über den großen Platz eilten oder müßig dahinschlenderten, nahm Notiz davon, daß ich den gelben Talisman oder was immer es war, an mich nahm. Ich steckte ihn in meinen Mantel und machte mich auf die Suche nach meiner Mutter und meinem Onkel.
Ich fand sie auf einer Brücke, die über einen der verbliebenen Kanäle in der Stadt führte. Meine Mutter mußte geweint haben – ihr Gesicht war noch naß von Tränen. Onkel Mixtzin hatte ihr tröstend den Arm um die Schulter gelegt. Er knurrte vor sich hin: »Diese anderen Kundschafter, die Gutes über die Herrschaft der Weißen berichten, können unmöglich etwas Derartiges gesehen haben. Wenn wir zurück sind, werde ich darauf bestehen, daß wir Aztéca uns von diesen abscheulichen Barbaren fernhalten ...« Er brach ab und fragte mich ungehalten: »Was hast du so lange gemacht, Neffe? Wir hätten sehr

wohl beschließen können, uns ohne dich auf den Weg nach Hause zu machen.«

»Ich bin zurückgeblieben, um ein paar Worte mit diesem Spanier zu wechseln, der unsere Sprache versteht. Er hat gesagt, er habe den alten Juan Damasceno gemocht.«

»Das war nicht der richtige Name des Mannes«, erklärte mein Onkel barsch, und meine Mutter schluchzte leise. Ich sah sie mißtrauisch an und sagte zögernd: »Tene, du hast dort auf dem Platz geseufzt und geschluchzt. Was um alles in der Welt kann dir dieser Mann bedeutet haben?«

»Ich habe ihn gekannt.«

»Wie ist das möglich, liebe Tene? Du bist nie zuvor in dieser Stadt gewesen.«

»Nein«, erwiderte sie. »Aber er war vor langer Zeit einmal in Aztlan.«

»Auch ohne das gelbe Auge«, sagte mein Onkel, »hätten Cuicáni und ich ihn erkannt.«

»Das gelbe Auge?« wiederholte ich. »Meinst du das?« Ich zog den Kristall hervor, den ich in der Asche gefunden hatte.

»Ayyo!« rief meine Mutter erfreut. »Eine Erinnerung an den lieben Toten.«

»Wieso hast du das ein ›Auge‹ genannt?« fragte ich Onkel Mixtzin. »Und wenn dieser Mann nicht, wie die Spanier behaupten, Juan Damasceno gewesen ist, wer war er dann?«

»Ich habe dir oft von ihm erzählt, Neffe, aber wahrscheinlich habe ich vergessen, das gelbe Auge zu erwähnen. Er war dieser fremde Mexícatl, der nach Aztlan kam und, wie sich herausstellte, denselben Namen trug wie ich, nämlich Tliléctic-Mixtli. Er hat mir nahegelegt, die Wortkunde zu erlernen. Er war auch dafür verantwortlich, daß ich später den Mondstein hierher gebracht habe und daß mich unser Uey-Tlatoáni Motecuzóma empfing und mir die Krieger, Künstler, Lehrer und Handwerker anvertraute, mit denen ich nach Aztlan zurückkam...«

»Natürlich erinnere ich mich daran, daß du das erzählt hast, Onkel. Aber was hat das gelbe Auge damit zu tun?«

»Ayya, der arme Cuatl Mixtli hatte ein Leiden, eine Sehschwäche. Was du da in der Hand hältst, ist eine Scheibe aus gelbem Topas, die auf besondere, vielleicht magische Weise geschliffen und poliert wurde. Der andere Mixtli hat sie sich immer ans Auge gehalten, wenn er etwas klar und deutlich sehen wollte. Doch die Sehschwäche hat ihn nie von seinen Abenteuern und Forschungen abgehalten. Wenn ich so sagen darf, hat sie ihn zumindest im Fall von Aztlan nicht daran gehindert, gute und große Taten zu vollbringen.«

»Das kannst du wirklich sagen«, murmelte ich beeindruckt. »Und wir sollten um ihn trauern. Diesem Mixtli haben wir viel zu verdanken.«

»Du, Tenamáxtli, sogar noch mehr als alle anderen«, flüsterte meine Mutter. »Mixtli war dein Vater.«

Ich stand stumm und wie vom Donner gerührt da. Eine Ewigkeit lang konnte ich nur auf den Topas in meiner Hand starren. Es war die letzte Erinnerung an den Mann, der mich gezeugt hatte. Obwohl ich zu ersticken glaubte, stieß ich schließlich hervor. »Warum stehen wir dann einfach hier herum? Wollen wir nichts tun? Soll ich, *sein Sohn*, nichts tun, um den grausamen Tod meines Vaters an seinen Mördern zu rächen?«

3

Zu jener Zeit lebten in Aztlan immer noch viele Menschen, die sich an den Besuch des Mexícatl erinnerten. Er trug den Namen Tliléctic-Mixtli, ›Dunkle Wolke‹. Natürlich erinnerten sich auch Onkel Mixtzin und seine Kinder Yeyac und Améyatl daran, obwohl die beiden damals noch klein gewesen waren. Ihre Mutter, die Frau meines Onkels, die als erste der Aztéca mit dem Besucher gesprochen hatte, war bald darauf gestorben. Ein anderer, der sich an den hohen Gast erinnerte, war mein Urgroßvater Canaútli, denn er hatte mit Mixtli viele lange Gespräche geführt und ihm die Geschichte von Aztlan erzählt. Und natürlich hatte Canaútlis Enkeltochter diesen Mann nicht vergessen, denn sie, Cuicáni, war die Aztécatl gewesen, die den Besucher am herzlichsten und gastfreundlichsten willkommen hieß, ihr Lager mit ihm teilte, von ihm schwanger wurde und schließlich seinen Sohn, das heißt *mich*, zur Welt brachte.
Sie alle und viele andere Aztéca würden auch niemals vergessen, wie sich mein Onkel später mit zahlreichen Männern, die ihm halfen, den Mondstein zu rollen, auf den Weg nach Tenochtítlan machte. Die triumphale Rückkehr meines Onkels von jener Reise ist jedem in Aztlan im Gedächtnis geblieben, der sie erlebte. Auch ich war dabei, denn ich war zu dieser Zeit ein drei- oder vierjähriger Junge. Bei seiner Abreise war er nur Tliléc-

tic-Mixtli gewesen, der Tlatocapíli von Aztlan. Tlatocapíli war kein besonderer Titel, er bedeutete einfach ›Stammeshäuptling‹. Sein Herrschaftsgebiet umfaßte nur ein unbedeutendes Dorf in den Sümpfen. Er selbst hatte Aztlan wiederholt als ›die Spalte im Hintern der Welt‹ bezeichnet. Doch bei seiner Rückkehr trug er einen unglaublich schönen Federkopfschmuck und einen prächtigen Federmantel. Er kam mit einem Gefolge von vielen Dienern, und funkelnde Juwelen schmückten seine Hände. Er trug nicht nur den neuen, edlen Namen Tliléctic-Mixt*zin*, Dunkle Wolke, sondern auch den Titel Uey-Tecútli, Verehrter Statthalter, und war somit ein ›Herr‹, ein Edelmann.
Sofort bei seiner Ankunft, denn die gesamte erwachsene Bevölkerung hatte sich versammelt, um ihn in seiner neuen Herrlichkeit zu sehen und zu bewundern, sprach er zu seinem Volk. Ich kann seine Worte ziemlich genau wiederholen, denn Canaútli lernte sie auswendig und wiederholte mir die ganze Rede, als ich alt genug war, sie zu verstehen.
»Mitglieder der Aztéca«, begann der Uey-Tecútli Mixtzin laut und entschlossen. »An diesem geschichtsträchtigen Tag beleben wir von neuem die lange vergessenen Familienbande mit unseren Vettern, den Mexíca, dem mächtigsten Volk der EINEN WELT. Von nun an sind wir eine Kolonie dieser Mexíca. Ich kann euch versichern, wir sind eine wichtige Kolonie, denn die Mexíca hatten bisher so weit im Norden von Tenochtítlan keinen Vorposten und kein Bollwerk am Westmeer. Und wir werden ein uneinnehmbares Bollwerk sein!«
Er wies auf sein stattliches Gefolge. »Die Männer, die mich begleiten, sind nicht nur gekommen, um meine Rückkehr zu einem eindrucksvollen Ereignis zu machen.

Sie und ihre Familien werden sich bei uns niederlassen. Aztlan wird ihre Heimat sein, wie es einst die Heimat ihrer Vorväter war. Jeder dieser Getreuen – von den Kriegern bis zu den Wortkundigen – wurde wegen seines Könnens und seiner Erfahrung in den verschiedenen Künsten und Handwerken ausgewählt. Sie werden euch zeigen, was diese entfernteste Bastion Tenochtítlans sein kann! Und ich frage euch: Was kann sie sein? Ich werde euch die Antwort geben: ein kleines Tenochtítlan, das stark, zivilisiert, kultiviert und stolz in die lange und glückliche Zukunft blicken kann, die vor uns allen liegt.«
Seine Stimme hob sich noch mehr, als er gebieterisch fortfuhr: »Ihr werdet alle auf eure Lehrer hören und ihnen folgen. Wir in Aztlan werden nicht länger träge und unwissende Fischer ohne Manieren sein und uns mit diesem einfachen Leben zufriedengeben. Von diesem Tag an werdet ihr alle, Männer, Frauen und Kinder, lernen und arbeiten. Ihr werdet euch um das neue Wissen bemühen, bis wir in jeder Hinsicht auf einer Höhe mit unseren bewundernswerten Mexíca-Vettern stehen.«
Ich erinnere mich nur undeutlich daran, wie Aztlan in jener Zeit aussah, denn ich war schließlich noch ein Kind. Und ein Kind achtet oder verachtet seine Heimatstadt nicht, nimmt sie nie als prächtig oder armselig wahr. Sie ist vertraut und das, woran es gewöhnt ist.
Doch entweder dank bruchstückhafter Erinnerungen oder dank dessen, was man mir in späteren Jahren erzählte, kann ich recht gut beschreiben, in welchem Zustand sich die Heimat der Schneereiher befand, als jener andere Tliléctic-Mixtli, der Forschungsreisende, sie betrat.
Zum einen besaß der Palast, in dem mein Tlatocapíli-Onkel und seine beiden Kinder lebten – außerdem ich und meine Mutter, denn sie führte ihm nach dem Tod

seiner Frau den Haushalt –, eine größere Zahl von Räumen, aber nur ein Stockwerk. Das Gebäude bestand aus Holz, Schilf und Palmblättern. Ein Putz aus zerstoßenen Muschelschalen ›schmückte‹ die Wände und verlieh ihnen einen gewissen Halt und Festigkeit. Die übrigen Wohn- und Handelshäuser von Aztlan waren, wenn man das glauben darf, noch sehr viel weniger widerstandsfähig und hübsch gebaut.

Die Stadt lag auf einer ovalen Insel in der Mitte eines ausgedehnten Sees. Er war nicht durch klar gezogene Ufer begrenzt. Das brackige, ungenießbare Salzwasser wurde immer seichter und ging auf allen Seiten in Sumpfland über, an das sich im Westen das Meer anschloß. Aus den Sümpfen stiegen feuchte Nachtnebel auf, die von lästigen Insekten und möglicherweise von bösen Geistern bevölkert wurden. Meine Tante war nur eine unter vielen, die Jahr für Jahr von einem heimtückischen Fieber dahingerafft wurden. Unsere Ärzte behaupteten, dieses Fieber sei irgendwie auf die Sümpfe zurückzuführen.

Ungeachtet unserer Rückständigkeit auf vielen Gebieten gab es für uns Aztéca stets viel und gut zu essen. Hinter dem Sumpfland lag das Westmeer. Dort fingen unsere Fischer mit Netzen, Leinen und Haken nicht nur die gewöhnlichen und in großer Zahl vorhandenen Fische wie Rochen, Schwertfisch, Plattfisch sowie Tintenfisch und Krabben, sondern auch köstliche Delikatessen, die sie zum Teil vom Meeresboden lösten: Austern, Herzmuscheln, Abalone, Schildkröten und Schildkröteneier, Garnelen und Panzerkrebse. Manchmal gelang es ihnen nach heftigen und langen Kämpfen, bei denen gewöhnlich ein oder mehrere Fischer ertranken oder verletzt wurden, einen Yeyemíchi an Land zu bringen. Das ist ein riesiger grauer Fisch – manche so groß wie ein Palast –, und es lohnt sich, ihn zu erlegen. Für uns, die Bewohner von Aztlan, gab es dann einen Überfluß köstlicher Filetstücke, die man aus einem einzigen dieser gewaltigen Fische herausschneiden konnte. Im Meer gab es auch Perl-Austern, doch wir ernteten sie nicht. Über den Grund dafür werde ich später sprechen.

An Gemüsen gab es außer den zahlreichen eßbaren Arten von Seetang und Algen eine Vielfalt von Sumpfpflanzen. Überall wuchsen Pilze, manchmal sogar an unerwünschten Stellen, etwa auf den immer feuchten Lehmfußböden unserer Häuser. Das einzige Grün, das wir tatsächlich anpflanzten, war Picíetl, das getrocknet und dann geraucht wurde. Aus dem Fleisch der Kokosnüsse wurden unsere Süßigkeiten zubereitet. Vergorene Kokosmilch ergab ein sehr viel stärker berauschendes Getränk als das überall sonst in der EINEN WELT so beliebte Octli. Eine andere Palmenart schenkte uns die Coyacapúli-Früchte. Das Mark einer dritten Art wurde getrocknet und zu wohlschmeckendem Mehl zermahlen. Wieder eine andere Palmenart lieferte Fasern, aus denen Stoffe gewebt wurde. Haifischhaut ergab das feinste, dauerhafteste Leder, das man sich wünschen konnte. Die Pelze von Seeottern lagen als Decken auf unseren weichen Lagern und wurden für jene, die in die hohen kalten Berge im Inland wanderten, zu Umhängen verarbeitet. Das Öl von Kokosnüssen und Fischen diente als Brennstoff für unsere Lampen. Ich gebe zu, für jeden, der an den Geruch dieser Öle nicht gewöhnt ist, muß es in unseren Häusern entsetzlich gerochen haben.

Als die Handwerksmeister der Mexíca ihren ersten Rundgang durch Aztlan machten, um zu sehen, was sie zur Verschönerung und Verbesserung der Stadt beitragen konnten, muß es ihnen schwergefallen sein, nicht laut zu lachen oder die Nase zu rümpfen. Mit Sicherheit fanden sie unsere Vorstellung von einem ›Palast‹ einfach lächerlich. Der einzige, der Mondgöttin Coyolxáuqui geweihte Tempel der Insel war nicht prächtiger als der Palast meines Onkels, wenn man davon absah, daß in den Putz um seinen Eingang kunstvoll die Schalen verschiedener Seemuschelarten eingelassen waren.

Immerhin, das, was sie vorfanden, entmutigte die Handwerker nicht. Sie machten sich sofort an die Arbeit. Zuerst suchten sie einen Platz, wo sie für sich und ihre Familien Behelfsunterkünfte bauen konnten, und fanden in einiger Entfernung von Aztlan eine verhältnismäßig trockene, flache Bodenerhebung. Die Frauen übernahmen die meiste Arbeit beim Bau der Häuser und benutzten dazu alles, was gerade zur Hand war: Schilf, Palmblätter und Lehm. Die Männer erkundeten das Land in Richtung Osten und hatten keinen weiten Weg zurückzulegen, bis sie die Berge erreichten. In den Wäldern fällten sie Eichen und Kiefern und schleppten die Stämme hinunter ins flachere Land an das Ufer eines Flusses. Dort wurden sie gespalten, gebrannt, behauen und zu Acáltin zusammengefügt, die sehr viel größer waren als alle unsere Fischerboote. Sie waren groß genug, um schwere Lasten zu befördern. Diese Lasten kamen ebenfalls aus den Bergen, denn einige der Männer waren erfahrene Steinhauer, die Kalksteinlager suchten, Steinbrüche anlegten und große Quader und Platten brachen. Die Steine wurden an Ort und Stelle grob behauen und geglättet, dann in die Acáltin geladen, die den Fluß hinunter zum Meer fuhren, und dort an der Küste entlang bis zu dem schmalen Arm gebracht, der zu unserem See führte.
Die Steinmetze glätteten die ersten ankommenden

Steine weiter, polierten sie und bauten daraus, wie es sich gehörte, einen neuen Palast für Onkel Mixtzin. Nach seiner Fertigstellung konnte er sich wahrscheinlich nicht mit einem der Paläste in Tenochtítlan messen, doch in unserer Stadt war es ein Gebäude, das man bestaunte. Der Palast hatte zwei Stockwerke und ein stufenförmig zurückspringendes Dach, das ihn noch einmal so hoch machte. Es gab darin so viele Räume, einschließlich eines eindrucksvollen Thronsaals für den Uey-Tecútli, daß sogar Yeyac, Améyatl und ich eigene Zimmer hatten. Damals war das in Aztlan etwas Unvorstellbares, vor allem, wenn es sich um Kinder im Alter von zwölf, neun und fünf Jahren handelte. Doch bevor einer von uns einzog, kam eine Schar Handwerker – Zimmerleute, Bildhauer, Maler und Weberinnen –, die jeden Raum mit Statuetten, Wandbildern, Wandteppichen und ähnlichem ausschmückten.

Unterdessen säuberten andere Mexíca die Gewässer in Aztlan und der Umgebung und leiteten sie um. Sie entfernten den alten Schlamm und die Abfälle aus den Kanälen, die schon immer die Insel wie ein Netz durchzogen, und faßten sie in Stein. Sie legten die Sümpfe um den See trocken, indem sie neue Kanäle gruben, die das Wasser abzogen. Dann wurde aus weiter landeinwärts fließenden Bächen frisches Wasser eingeleitet. Der See blieb brackig, da sich Süßwasser und Salzwasser mischten, doch er war kein stehendes Gewässer mehr. Die Sümpfe trockneten aus und wurden zu festem Land. Danach verringerten sich schlagartig die ungesunden Nachtnebel und die Wolken lästiger Insekten. Es war der Beweis dafür, daß unsere Ärzte recht gehabt hatten. Fortan quälten die Sumpfgeister jedes Jahr nur noch ein oder zwei Personen mit dem tückischen Fieber.

Nachdem der Palast fertig war, machten sich die Steinmetze daran, einen Steintempel für Coyolxaúqui, die Schutzgöttin unserer Stadt, zu errichten, der den alten weit in den Schatten stellte. Er war so schön, daß Onkel Mixtzin brummte: »Ich wünschte, ich hätte den Stein mit dem Abbild der Göttin nicht nach Tenochtítlan gerollt, denn jetzt hätten wir für den Stein einen Tempel, der ihrer stillen Schönheit und Güte angemessen ist.«
»Wie kannst du so etwas sagen?« erwiderte meine Mutter. »Hättest du das nicht getan, gäbe es keinen neuen Tempel und auch keine der anderen Wohltaten, die uns das Geschenk des Mondsteins für Motecuzóma eingebracht hat.«
Mein Onkel brummte noch eine Weile vor sich hin, denn er mochte es nicht, wenn seine Meinung in Zweifel gezogen wurde, doch er mußte schließlich zugeben, daß seine Schwester recht hatte.
Als nächstes errichteten die Baumeister eine Tlamanacáli auf eine Weise, die wir alle höchst sinnreich, praktisch und interessant zu beobachten fanden. Die Männer schichteten stufenförmig zurückspringende Steine aufeinander und bauten so die Hohlform einer Pyramide. Andere Arbeiter brachten gleichzeitig Traglasten von Erde, Steinen, Kieseln, Treibholz und allem möglichen Schutt und Abfall herbei, den man sich vorstellen konnte. Der Inhalt ihrer Körbe wurde in den Hohlraum geschüttet und festgestampft. Auf diese Weise wuchs eine vollkommen geformte Pyramide in die Höhe, die aus glänzendem Kalkstein zu bestehen schien.
Mit Sicherheit war sie solide genug, um hoch oben die beiden kleinen, sie krönenden Tempel, dem Gott Huizilopóchtli und dem Regengott Tlaloc geweiht, zu tragen und der Treppe an der Vorderseite festen Halt zu geben,

auf der in den folgenden Jahren zahllose Priester, Gläubige, Würdenträger und Opfer hinaufsteigen sollten. Ich behaupte nicht, unsere Tlamanacáli sei so ehrfurchtgebietend gewesen wie die berühmte Große Pyramide von Tenochtítlan, die ich natürlich nie gesehen habe, aber bestimmt war sie das erhabenste Bauwerk nördlich der Länder Mexícas.

Es folgten Steintempel für andere Götter und Göttinnen der Mexíca – ich nehme an, für alle überirdischen Wesen, obwohl einige unbedeutendere Gottheiten sich zu dreien oder vieren einen Tempel teilen mußten. Unter den vielen, vielen Mexíca, die mit meinem Onkel gekommen waren, befanden sich auch Priester all jener Götter. In den ersten Jahren halfen sie den Baumeistern, und sie arbeiteten ebenso schwer wie alle anderen. Nachdem sie jedoch alle ihre Tempel hatten, widmeten die Priester neben der Erfüllung der geistlichen Pflichten einen Teil ihrer Zeit dem Unterricht an unseren Schulen, die als nächstes gebaut worden waren. Danach wandten sich die Mexíca weniger wichtigen Gebäuden zu – einem Getreidespeicher, Werkstätten, Lagerhäusern, einem Zeughaus und anderen für ein zivilisiertes Leben unerläßlichen Dingen. Schließlich brachten sie Holz aus den Wäldern der Berge und bauten feste Holzhäuser für sich sowie für jede Aztecá-Familie, die es wünschte – das waren alle, bis auf ein paar Eigenbrötler, die das alte Leben vorzogen.

Wenn ich sage ›die Mexíca‹ taten dieses oder jenes, soll das nicht heißen, sie hätten es ohne Hilfe getan. Jede Gruppe Steinhauer, Steinmetze und Zimmerleute verpflichtete einen Trupp unserer Männer, die sie bei diesen Vorhaben unterstützten. Für leichtere Arbeiten wurden auch Frauen und sogar Kinder herangezogen. Die Mexíca zeigten den Aztéca, wie die Arbeit verrichtet wurde, und beaufsichtigten sie dann. Dabei gaben sie Anweisungen, schimpften, korrigierten, tadelten und lobten, bis die Aztéca nach einiger Zeit viele neue Dinge selbständig tun konnten. Ich selbst habe lange vor dem Tag meiner Namensgebung leichte Lasten getragen, den Männern Werkzeuge gebracht und Essen und Trinken an die Arbeiter verteilt. Frauen und Mädchen lernten, mit neuen Materialien zu weben und zu nähen – Baumwolle, Metl-Stoff und Faden und Reiherfedern –, die sehr viel feiner waren als die bisher verwendeten Palmfasern.

Am Ende eines Arbeitstages ließen die Mexíca-Aufseher unsere Männer nicht einfach nach Hause gehen, damit sie herumlagen und sich mit der vergorenen Kokosmilch betranken. Nein, die Aufseher übergaben unsere Männer den Mexíca-Kriegern. Auch diese hatten im allgemeinen den ganzen Tag schwer gearbeitet, aber das hinderte sie nicht daran, ihre eigentliche Aufgabe zu erfüllen. Unsere Männer bekamen von ihnen eine militärische Grundausbildung. Sie lernten exerzieren, paradieren, den Kampf mit dem Obsidianschwert sowie den Umgang mit Pfeil und Bogen und Speer. Der Einsatz lohnte sich, denn im Laufe der Zeit stellten sie ihren meisterhaften Gebrauch dieser Waffen unter Beweis. Danach übten sie verschiedene Kampftaktiken und Manöver.

Frauen und Kinder waren von der militärischen Ausbildung befreit. Von den Frauen neigten jedoch nur wenige dazu, sich die freie Zeit mit Trinken und Nichtstun zu vertreiben. Die Knaben, und dazu gehörte auch ich, wären überglücklich gewesen, an der militärischen Ausbildung teilnehmen zu dürfen, aber das wurde uns nicht erlaubt, solange wir nicht alt genug waren, das Schamtuch zu tragen.

Ich möchte darauf hinweisen, daß die völlige Umgestaltung von Aztlan und die grundlegende Veränderung seiner Bewohner natürlich nicht so plötzlich geschah, wie es meinem Bericht nach den Anschein haben mag. Ich wiederhole, zu Beginn dieser Ereignisse war ich noch ein Kind. Also schien sich für mich das Niederreißen des alten Aztlan und das Errichten des neuen im gleichen Tempo und ebenso unmerklich und unauffällig zu vollziehen, wie ich selbst wuchs, stärker, reifer und klüger wurde. Erst im Rückblick kann ich mir die vielen Versuche und Irrtümer, die mühsame Arbeit, den Schweiß und die schweren, langen Jahre, die notwendig waren, um Aztlan zu kultivieren, vor Augen führen. In meinem Bericht übergehe ich, daß es beinahe ebenso viele Rückschläge, Enttäuschungen und mißlungene Versuche gab, die ebenfalls mit diesem Vorgang verbunden waren. Doch das Unternehmen gelang, wie Onkel Mixtzin es befohlen hatte, und am Tag meiner Namensgebung, nur wenige Jahre nach der Ankunft der Mexíca, waren bereits die Telpochcáltin-Schulen erbaut und warteten darauf, daß ich dort am Unterricht teilnahm.

Morgens gingen ich und die anderen Jungen meines Alters sowie eine ganze Reihe älterer Jungen, die vorher keine Schule besucht hatten, in das Haus der Körperstärkung. Dort machten wir unter Anleitung eines Mexíca-Kriegers Übungen zur Kräftigung unserer Muskeln. Bei ihm lernten wir das äußerst komplizierte rituelle Ballspiel, das Tlachtli. Schließlich brachte er uns auch die Grundzüge des Kampfs von Mann gegen Mann bei. Allerdings hatten unsere Schwerter, Pfeile und Speere keine Klingen oder Spitzen aus Obsidian, sondern nur mit roter Farbe getränkte Federbüsche, die blutige Treffer vortäuschen sollten.

Nachmittags besuchten ich und die Jungen zusammen mit gleichaltrigen Mädchen das Haus für Anstand und Sitte. Dort unterrichtete uns ein Priester in Hygiene und Sauberkeit – Dinge, von denen sehr viele Kinder der unteren Schichten keine Ahnung hatten. Außerdem erlernten wir das Singen ritueller Lieder und die Aufführung zeremonieller Tänze sowie das Spielen einiger Musikinstrumente – zum Beispiel verschieden großer, unterschiedlich gestimmter Trommeln, der Flöte mit vier Löchern und des Trillerkrugs. Um die Zeremonien und Rituale richtig vollziehen zu können, mußten wir lernen, die Lieder, die Trommelschläge, die Bewegungen und Gesten genauso wiederzugeben, wie es seit alter Zeit geschah. Der Priester verteilte dazu ein Blatt mit gezeichneten Anweisungen. Auf diese Weise erlernten wir bereits in Ansätzen die Wortkunde. Meine Mutter konnte nicht lesen oder schreiben, obwohl sie dem höchsten Adelsgeschlecht von Aztlan angehörte.

Onkel Mixtzin hatte bereits vor langer Zeit als Dorf-Tlatocapíli unter Anleitung jenes Mexícatl-Besuchers, des anderen Mixtli, angefangen, beides zu studieren. Er lernte sein ganzes Leben lang. Auf dem Rückweg von Tenochtítlan setzte er sich jeden Abend im Lager mit einem Priester aus seinem großen Gefolge von Mexíca zusammen und ließ sich unterrichten. Nach der Ankunft in Aztlan behielt er diesen Priester als persönlichen Lehrer bei sich. Als ich die Schule begann, konnte er bereits Berichte in Wortbildern über die Fortschritte in Aztlan an Motecuzóma schicken. Mehr noch, er gönnte sich das Vergnügen, Gedichte zu verfassen – die Art Gedichte, die wir, die ihn kannten, auch von ihm erwartet hatten – spöttische Betrachtungen über die Unvollkommenheiten des Menschen, der Welt und des Lebens im allgemeinen. Er las sie uns vor. An eines kann ich mich noch gut erinnern.

Verzeihen?
Du darfst niemals verzeihen!
Aber gib vor zu verzeihen.
Sag freundlich, du würdest verzeihen.
Überzeuge die anderen, daß du verziehen hast.
Dann ist die Wirkung verheerend,
Wenn du ihnen schließlich mit einem vernichtenden
Satz an die Kehle springst.

Selbst in den niederen Schulen lernten wir ein wenig von der Geschichte der EINEN WELT. Obwohl ich noch klein war, fiel mir auf, daß sich manches, was man uns sagte, beachtlich von dem unterschied, was uns mein Urgroßvater, der Geschichtserinnerer von Atzlan, gelegentlich im Familienkreis anvertraute. So konnte man nach den Erklärungen des Mexícatl-Priesters glauben, das ganze Volk der Mexíca sei eines Tages plötzlich der Erde der Insel Tenochtítlan entsprungen, und zwar gebildet, zivilisiert und kultiviert und im Vollbesitz seiner Kräfte. Das widersprach jedoch dem, was ich, mein Vetter und seine Schwester von Urgroßvater Canaútli gehört hatten. Deshalb gingen Yeyac, Améyatl und ich zu ihm und baten um eine Erklärung.
Er lachte und sagte nachsichtig: »Ayya, die Mexíca sind ein Volk von Aufschneidern. Manche verdrehen ohne Gewissensbisse unbequeme Tatsachen, damit sie dem edlen Bild entsprechen, das sie von sich haben.«
Ich sagte: »Als Onkel Mixtzin die Mexíca mitbrachte, hat er sie als ›unsere Vettern‹ vorgestellt und von irgendwelchen lange vergessenen Familienbanden gesprochen.«

»Ich könnte mir denken«, antwortete der alte Canaútli, »daß die meisten lieber nichts von diesen Banden gehört hätten. Aber es ist die Wahrheit, die sich nicht verheimlichen oder verdrehen läßt, nicht seitdem dein ..., ich meine, seitdem dieser andere Mixtli den Ort zufällig gefunden und Motecuzóma von unserer Existenz berichtet hatte. Wißt ihr, dieser andere Mixtli hat mich, so wie ihr drei es gerade getan habt, nach der wahren Geschichte der Aztéca und ihrer Beziehung zu den Mexíca gefragt. Er glaubte alles, was ich ihm erzählt habe.«
»Wir werden dir auch glauben!« rief Yeyac. »Sag uns die Wahrheit.«
»Unter einer Bedingung. Benutzt nichts von dem, was ihr von mir erfahrt, dazu, eure Lehrer zu verbessern oder ihnen zu widersprechen. Die Mexíca sind sehr gut zu uns. Es wäre nicht richtig von euch Kindern, wenn ihr die lächerlichen, aber harmlosen Täuschungen widerlegen würdet, an denen die Mexíca festhalten.«
Wir versprachen ihm alle drei, das nicht zu tun.
»Dann hört zu, Yeyac-Chichiquíli, Patzcatl-Améyatl und Téotl-Tenamáxtli. Vor langer Zeit, vor vielen, vielen Jahren, aber zu einer Zeit, die jedem Geschichtserinnerer bekannt ist und von der er seinem Nachfolger berichtet, war Aztlan nicht nur eine kleine Stadt am Meer. Es war die Hauptstadt eines Landes, das sich bis weit in die Berge erstreckte. Wir lebten einfach – heute würden die Leute sagen ›primitiv‹. Aber es ging uns gut, und wir litten selten Not. Das hatten wir unserer Mondgöttin Coyolxaúqui zu verdanken, die sicherstellte, daß uns die dunklen Fluten des Meeres und die dunklen Wälder der Berge reichlich mit Nahrung versorgten.«
Améyatl unterbrach ihn: »Du hast einmal gesagt, daß wir Aztéca früher keine anderen Götter verehrten.«

»Das stimmt. Wir haben nicht einmal jene Götter verehrt, die ebenso wohltätig sind wie Coyolxaúqui.« Er lachte. »Der Regengott Tlaloc, um nur einen zu nennen. Sieh dich um, Mädchen. Was brauchen wir Tlaloc darum zu bitten, daß er uns Wasser schenkt?« Er schüttelte bedächtig den Kopf. »Nein, wir waren zufrieden mit den Dingen, wie sie waren. Das bedeutet nicht, daß wir Schwächlinge gewesen wären. Ayyo, wir verteidigten unsere Grenzen unerbittlich, wenn ein anderes, neidisches Volk versuchte, sie zu überschreiten. Aber im allgemeinen waren wir friedlich. Wenn wir Coyolxaúqui Opfer darbrachten, töteten wir niemals eine Jungfrau oder auch nur einen der gefangenen Gegner. Wir legten kleine Geschöpfe des Meeres und der Nacht auf den Altar der Mondgöttin ... etwa die makellose Schale einer vollkommen geformten Flügelschnecke oder einen der sanftgrünen Mondfalter mit den großen Flügeln ...«

Er schwieg eine Weile und dachte offenbar über die gute alte Zeit nach. Aber die lag schon lange zurück, sogar schon als *sein* Urgroßvater geboren wurde. Deshalb half ich behutsam nach, damit er die Geschichte nicht vergaß, die er erzählen wollte.

»Bis die Frau kam ...«

»Ja, ausgerechnet eine Frau. Stellt euch vor, es war eine Frau der Yaki. Die Yaki sind das wildeste und bösartigste Volk der EINEN WELT. Ein paar unserer Jäger fanden sie, als sie hoch oben in unseren Bergen, unvorstellbar weit von der Wüste der Yaki entfernt, ziellos herumwanderte. Die Männer gaben ihr zu essen, etwas anzuziehen und brachten sie hierher nach Aztlan. Aber, ayya ouíya, sie war eine verbitterte Frau. Zum Dank dafür, daß unsere Vorfahren so freundlich zu ihr waren, hetzte sie Freund gegen Freund, Familie gegen Familie, Bruder gegen Bruder.«

Yeyac fragte: »Hatte sie einen Namen?«
»Ja, einen häßlich klingenden Yaki-Namen. *G'nda Ké.* Und dann begann sie, unsere einfache Lebensweise und unsere gütige Göttin Coyolxaúqui zu verspotten. Warum, so fragte sie, verehrten wir nicht den Kriegsgott Huitzilopóchtli? Er würde uns in allen Kriegen den Sieg schenken, damit wir andere Völker unterwerfen und viele Gefangene machen könnten. Die müßten wir dem Gott opfern, der sich dadurch überreden lassen werde, uns zu anderen Eroberungen zu verhelfen, bis wir schließlich die unangefochtenen Herrscher über die EINE WELT sein würden.«
»Aber wieso«, wollte Améyatl wissen, »hatte sie Interesse daran, solche Leidenschaften zu wecken und Kriegsgelüste zu schüren, die unserem Volk fremd waren? Was hätte *ihr* das genutzt?«
»Die Antwort auf deine Frage wird nicht schmeichelhaft sein. Die meisten der früheren Erinnerer schrieben das dem widerspenstigen Wesen *aller* Frauen zu.«
Améyatl sah ihn mit großen Augen an und rümpfte die hübsche Nase. Canaútli grinste zahnlos und fuhr fort: »Dann sollte es dich freuen zu hören, daß ich eine etwas andere Meinung vertrete. Es ist eine bekannte Tatsache, daß die Männer der Yaki ebenso grausam zu ihren Frauen sind wie zu allen Nicht-Yaki. Ich glaube, diese Frau war von dem Wunsch besessen, daß jeder Mann so unmenschlich behandelt würde, wie sie von den Yaki-Männern behandelt worden war. Sie wollte *alle* Männer der EINEN WELT dahin bringen, daß sie sich im Krieg gegenseitig töteten und daß den Gefangenen zur größten Zufriedenheit des einen oder anderen Gottes auf den Altären die Herzen aus dem Leib geschnitten wurden.«
»Wie es bei fast allen Völkern und Stämmen der EINEN

WELT in unserer Zeit geschieht«, sagte Yeyac. »Und wie es uns die Priester und Krieger der Mexíca lehren. Aber wir haben ein gutes Verhältnis zu allen unseren Nachbarn. Wir müßten bis weit hinter die Berge marschieren, um Krieg zu führen oder Gefangene zu machen, die wir opfern könnten. Aber offenbar hatte die niederträchtige G'nda Ké tatsächlich großen Erfolg.«

»Beinahe wäre ihr Plan nicht gelungen«, sagte Canaútli. »Sie brachte Hunderte der Bewohner von Aztlan dazu, ihrem Beispiel zu folgen und den blutrünstigen Gott Huitzilopóchtli zu verehren. Aber ebenso viele andere lehnten es vernünftigerweise ab, sich bekehren zu lassen. Im Laufe der Zeit hatte sie die Aztéca in zwei unversöhnliche Lager gespalten. Ich habe bereits gesagt, damals stand Bruder gegen Bruder. Schließlich verließen sie und ihre Anhänger die Stadt und suchten in sieben Höhlen in den Bergen Unterschlupf. Dort bewaffneten sie sich, übten sich im Kriegshandwerk und warteten auf den Befehl der Yaki-Frau, loszumarschieren und andere Völker zu unterwerfen.«

»Bestimmt wären die ersten Opfer die friedlichen Einwohner von Aztlan gewesen«, sagte Améyatl, die ein weiches Herz hatte.

»Ganz bestimmt. Aber glücklicherweise war der damalige Tlatocapíli von Aztlan ebenso jähzornig, reizbar und unduldsam gegenüber Dummköpfen wie dein Vater Mixtzin. Er und die ihm treu ergebene Stadtwache zogen in die Berge, kreisten die Abtrünnigen ein und erschlugen viele von ihnen. Zu den Überlebenden sagte er, ›nehmt euren abscheulichen neuen Gott und eure Familien und verschwindet, oder ihr werdet bis auf den letzten Mann, die letzte Frau und das letzte Kind, selbst bis auf das letzte Kind im Mutterleib erschlagen.‹«

»Und sie sind gegangen«, sagte ich.
»Das haben sie getan. Nachdem sie mehrere lange Jahre herumgezogen waren und neue Generationen geboren worden waren, erreichten sie schließlich eine andere Insel in einem anderen See, wo sie das Wahrzeichen ihres Kriegsgottes sahen – einen Adler, der auf einem Nopáli-Kaktus saß. Also ließen sie sich dort nieder. Sie nannten die Insel Tenochtítlan, Ort des Tenoch. Das war in einem inzwischen vergessenen örtlichen Dialekt das Wort für den Nopáli-Kaktus. Aus einem Grund, den herauszufinden ich mir nie die Mühe gemacht habe, gaben sie sich einen neuen Namen: ›Mexíca‹. Im Laufe vieler Jahre waren sie erfolgreich; sie führten Kriege und unterwarfen zuerst ihre Nachbarn und dann weiter entfernt lebende Völker.« Canaútli zuckte resigniert die knochigen Schultern. »Und nun, Tenamáxtli, sind wir durch die Bemühungen deines Onkels und jenes Mexícatl, der ebenfalls Mixtli heißt, zum Guten oder zum Schlechten wieder miteinander vereint. Wir werden sehen, was daraus entsteht. Aber jetzt will ich mich nicht länger erinnern. Geht Kinder, laßt mich allein.«
Wir wandten uns zum Gehen, doch ich drehte mich noch einmal um und fragte: »Die Yaki-Frau, G'nda Ké ..., was ist aus ihr geworden?«
»Als der Tlantocapíli die sieben Höhlen stürmte, war sie unter den ersten, die erschlagen wurden. Aber sie hatte sich mit mehreren ihrer Anhänger gepaart. Deshalb fließt ihr Blut zweifellos in den Adern vieler Mexíca-Familien. Vielleicht in den Adern aller. Das würde erklären, daß die Mexíca immer noch so kriegerisch und blutrünstig sind, wie diese Frau es war.«
Ich werde nie erfahren, weshalb Canaútli es damals unterließ, mir zu sagen, daß ich mit großer Wahrscheinlich-

keit zumindest *einen* Tropfen von dem Blut der Yaki-Frau in mir hatte und in Anspruch nehmen konnte, das erste Ergebnis einer Familienverbindung von Aztéca und Mexíca zu sein. Denn ich war von einer Aztéca-Mutter geboren und von Mixtli, dem Mexícatl, gezeugt worden. Vielleicht zögerte der alte Mann, mir das zu sagen, weil er es seiner Enkeltochter überlassen wollte, das Familiengeheimnis entweder zu enthüllen oder zu wahren.
Eigentlich kann ich mir nicht erklären, warum sie es verschwieg. In meiner Kindheit lebten in Aztlan so wenige Menschen und sie waren so eng miteinander verbunden, daß viele gewußt haben müssen, wer mein Vater war. Eine gewöhnliche Frau der Macehuáli-Schicht, die ein uneheliches Kind zur Welt gebracht hätte, wäre wahrscheinlich streng getadelt und möglicherweise bestraft worden. Aber als Schwester des damaligen Tlatocapíli und späteren Uey-Tecútli mußte Cuicáni einen Skandal kaum fürchten. Trotzdem ließ sie mich bis zu jenem schrecklichen Tag in der Stadt Mexíco in Unwissenheit über meinen Vater. Ich kann nur vermuten, daß sie all die Jahre hoffte, der andere Mixtli werde eines Tages nach Aztlan und in ihre Arme zurückkehren und sich darüber freuen, daß sie einen Sohn hatten.
Um ehrlich zu sein, ich weiß auch nicht, weshalb ich mich weder in meiner Kindheit noch später nach meinem Vater erkundigte. Yeyac und Améyatl hatten einen Vater und keine Mutter; ich hatte eine Mutter, aber keinen Vater. Ich muß mir gesagt haben, daß etwas so Offensichtliches nur normal und allgemein üblich sein konnte. Weshalb sollte ich dann darüber nachdenken?
Meine Mutter machte gelegentlich stolze mütterliche Bemerkungen. »Ich sehe, Tenamáxtli, daß du einmal ein gutaussehender Mann mit ausgeprägten Zügen werden

wirst, genau wie dein Vater.« Oder: »Du bist sehr groß für dein Alter, mein Sohn. Aber das war dein Vater auch. Er war viel größer als die meisten Männer.« Doch ich achtete kaum auf solche Äußerungen. Jede Mutter glaubt, ihr Küken werde sich als Adler entpuppen.

Sicherlich würde mich, wenn jemand eine anzügliche Andeutung gemacht hätte, so etwas dazu veranlaßt haben, Fragen nach meinem Vater zu stellen. Doch ich war der Neffe des Herrschers und der Sohn seiner Schwester, die im Palast wohnten, und niemand mit einem Funken Vernunft hätte es gewagt, Mixtzins Unwillen zu erregen. Ich wurde nie von meinen Spielkameraden oder den Kindern in der Nachbarschaft gehänselt. Zu Hause lebten Yeyac, Améyatl und ich in Freundschaft und Eintracht zusammen, fast so als sei ich ihr Halbbruder und nicht ihr Vetter.

Um bei der Wahrheit zu bleiben, war das nur bis zu einem bestimmten Tag der Fall.

4

Yeyac war damals vierzehn und ich sieben Jahre alt. Ich hatte gerade meinen Namen bekommen und angefangen die Schule zu besuchen. Inzwischen lebten wir in dem prächtigen Palast, freuten uns über die eigenen Zimmer und hüteten unsere persönlichen Bereiche voll kindlicher Eifersucht. Deshalb überraschte es mich sehr, als Yeyac eines Abends, als es gerade dunkel wurde, unaufgefordert und ohne um Erlaubnis zu bitten, in mein Zimmer kam. Er und ich waren allein im Palast – abgesehen von den Dienern, die in der Küche oder irgendwo im Erdgeschoß ihrer Arbeit nachgingen. Sein Vater und meine Mutter waren zum Großen Platz gegangen, um Améyatl zu sehen, die in einer öffentlichen Tanzaufführung der Mädchen mitwirkte. Noch mehr überraschte mich, daß Yeyac so leise eintrat, während ich der Tür den Rücken zuwandte, daß ich nicht einmal wußte, daß er im Zimmer war, bis er mir unter den Mantel und zwischen die Beine griff und sanft mein Tepúli und meine Olóltin in seine Hand nahm, so als wollte er sie wiegen. Ich erschrak so sehr, als wäre eine Krabbe mit ihren Scheren klappernd unter meinen Mantel geraten, und machte einen Satz in die Luft. Dann fuhr ich herum und sah zu meiner Verwirrung Yeyac vor mir. Mein Vetter hatte nicht nur meinen persönlichen Bereich verletzt, er hatte meine intimen Teile berührt.

»Ayya, bist du aber empfindlich, so *empfindlich*!« sagte er

grinsend. »Offenbar bist du immer noch ganz der kleine Junge, wie?«
Ich stotterte: »Ich habe nicht gewußt ... ich habe nicht gehört ...«
»Sieh mich nicht so wütend an, Vetter. Ich habe nur verglichen.«
»Was hast du?« fragte ich verblüfft.
»Ich bin sicher, meiner muß auch so winzig gewesen sein, als ich in deinem Alter war. Wie würde dir so etwas gefallen, kleiner Vetter, wie ich es jetzt habe?«
Er hob den Mantel, löste sein Máxtlatl-Schamtuch, und darunter kam ein Tepúli zum Vorschein – genau genommen, sprang er heraus –, wie ich ihn noch nie gesehen hatte. Allerdings hatte ich noch nicht viele gesehen, höchstens die meiner Spielkameraden, mit denen ich manchmal nackt im See schwamm und spielte. Yeyacs Tepúli war viel länger, dicker, aufgerichtet, und die rundliche Spitze leuchtete rot.
Nun ja, sagte ich mir, sein Name war schließlich Yeyac-Chichiquíli, »Langer Pfeil«. Vielleicht hatte der alte Seher, der die Namen vergab, in seinem Fall wirklich Voraussicht bewiesen. Aber Yeyacs Tepúli wirkte so geschwollen und entzündet, daß ich mitfühlend fragte: »Ist er wund?«
Er lachte laut. »Nur hungrig«, sagte er. »*So* soll der Tepúli eines Mannes sein, Tenamáxtli. Je größer, desto besser. Willst du nicht auch so etwas haben?«
»Also ...«, erwiderte ich zögernd. »Ich nehme an, das werde ich, wenn ich erwachsen bin wie du.«
»Du solltest jetzt anfangen, dein Tepúli zu bearbeiten, Vetter, denn er vergrößert und verbessert sich, je mehr er benutzt wird. Auf diese Weise kannst du sicher sein, als erwachsener Mann etwas Eindrucksvolles zu haben.«

»Benutzen ... wie?«
»Ich werde es dir zeigen«, sagt er. »Nimm meinen in die Hand.«
Er griff nach meiner Hand und legte sie um sein Tepúli, aber ich zog die Hand schnell zurück und sagte atemlos: »Du weißt, daß der Priester uns ermahnt hat, mit diesen Teilen an uns nicht zu spielen. Du bist im Haus des Anstands und der Sitten in derselben Klasse wie ich.«
Yeyac gehörte zu den älteren Jungen, die gezwungenermaßen zusammen mit uns Kleinen in der Grundstufe angefangen hatten. Obwohl er seit einem Jahr oder noch länger das Máxtlatl trug, besaß er noch nicht die Eignung, eine Calmécac zu besuchen.
»Sitten!« schnaubte er verächtlich. »Du bist wirklich die Unschuld in Person. Die Priester warnen uns davor, uns selbst Lust zu verschaffen, weil sie hoffen, daß wir ihnen irgendwann zu Befriedigung dienen.«
»Lust?« fragte ich noch verwirrter.
»Natürlich ist das Tepúli für die Lust da, du Schwachkopf! Hast du gedacht, das Ding dient nur zum Wasserlassen?«
»Etwas anderes hat meines noch nie gemacht«, flüsterte ich.
Yeyac drängte ungeduldig. »Ich habe dir doch gesagt, ich werde dir zeigen, wie du dir damit Lust verschaffst. Sieh her. Nimm meinen in die Hand und mach das damit.« Er fuhr schnell mit seiner Hand die ganze Länge seines Tepúli auf und ab. Dann ließ er los, drückte mich an sich und schloß meine Hand fest darum.
Ich wiederholte das, was er getan hatte, so gut ich konnte. Er schloß die Augen; sein Gesicht wurde beinahe so rot wie sein Tepúli, und er atmete schnell und flach.

Nachdem eine Weile sonst nichts geschah, sagte ich: »Das ist ziemlich langweilig.«
»Du stellst dich auch wirklich ungeschickt an«, erwiderte er mit zitternder Stimme. »Los, fester! Schneller! Und stör mich nicht in meiner Konzentration.«
Nachdem wieder eine Weile vergangen war, sagte ich: »Das ist wirklich furchtbar langweilig. Außerdem, wie soll das *meinem* Tepúli nützen?«
»Pochéoa!« knurrte er. Das ist ein unanständiges Wort. »Also gut. Wir werden beide Tepúli gleichzeitig bearbeiten.« Er ließ zu, daß ich meine Hand zurückzog, und fuhr fort, seinen Tepúli mit der eigenen Hand zu reiben. »Leg dich hin. Heb deinen Mantel hoch.«
Ich tat es, und er legte sich neben mich auf das Bett, aber umgekehrt, so daß sein Kopf zwischen meinen Beinen lag und meiner zwischen seinen.
»Jetzt«, sagte er, während er sich immer noch bearbeitete. »Nimm ihn in den Mund – so.« Zu meinem ungläubigen Staunen tat er genau das mit meinem kleinen Ding. Ich rief empört: »Das tu ich nicht! Ich kenne deine Art Humor, Yeyac. Du wirst in meinem Mund Wasser lassen.«
Er stieß vor Enttäuschung ein wütendes ›Ahhhh‹ hervor, ohne jedoch mein Tepúli loszulassen oder aus dem Rhythmus zu geraten, in dem er vor meinen Augen seinen eigenen bearbeitete. Im ersten Augenblick hatte ich Angst, er könnte wütend genug sein, um mein Ding abzubeißen. Aber er hielt nur die Lippen fest darum geschlossen, saugte daran und fuhr mit der Zunge darüber. Ich gestehe, ich hatte nach einer Weile Gefühle, die keineswegs unangenehm waren. Es kam mir sogar vor, als habe er recht – mein kleines Glied schien durch diese Behandlung tatsächlich länger zu werden. Aber es ver-

steifte sich nicht, Yeyac konnte nur damit herumspielen. Das dauerte nicht so lange, daß ich mich wieder gelangweilt hätte, denn plötzlich verkrampfte sich sein ganzer Körper. Er zuckte und öffnete den Mund weiter, um meine Olóltin ebenfalls mit den Lippen zu umfassen. Er saugte heftig auch daran. Dann schoß aus seinem Tepúli eine weiße Flüssigkeit hervor.

Diesmal rief ich wütend und angeekelt: »Ahhhh!«, und Yeyac drehte sich zur Seite. Als sein Keuchen nachließ und er wieder zu Atem kam, sagte er: »Ayya, hör auf, dich wie ein albernes Kind zu benehmen. Das ist nur Omícetl. Das verschafft den höchsten Genuß. Außerdem macht das Omícetl kleine Kinder.«

»Ich will keine kleinen Kinder!« rief ich.

»Du Dummkopf! Das kann das Omícetl nur bei Frauen. Wenn es zwischen Männern getauscht wird, ist es ein Zeichen von ... von tiefer Zuneigung und gemeinsamer Leidenschaft.«

»Ich empfinde keine Zuneigung zu dir, Yeyac, jetzt nicht mehr.«

»Ach sei nicht so«, sagte er versöhnlich. »Mit der Zeit wird es dir gefallen, wenn wir zusammen spielen. Ich verspreche dir, du wirst dich bald danach sehnen.«

»Nein. Die Priester haben recht, wenn sie diese Art Spiele verbieten. Onkel Mixtzin ist zwar selten einer Meinung mit einem Priester, aber ich bin sicher, in diesem Fall wäre er es, wenn ich es ihm sagen würde.«

»Ayya, was bist du empfindlich, so *empfindlich*«, stöhnte Yeyac, aber diesmal klang es nicht gutmütig, sondern eher drohend.

»Keine Angst. Ich werde ihm nichts sagen. Du bist mein Vetter, und ich möchte nicht, daß du Prügel bekommst. Aber du darfst meinen Tepúli nie mehr berühren oder mir deinen zeigen. Spiel damit woanders. Küß die Erde darauf.«

Er schien enttäuscht und verärgert, als er sich langsam bückte und mit dem Finger zuerst den Steinboden und dann seine Lippen berührte. Das war eine förmliche Geste, die bedeutete: Ich schwöre es.

Er hielt diesen Schwur. Er versuchte nie mehr, mich zu berühren, und ich sah ihn fortan nur noch angekleidet. Offensichtlich fand er andere Jungen, die im Gegensatz zu mir nichts dagegen hatten, etwas von ihm zu lernen. Denn wenn der Mexícatl-Krieger im Haus der Körperstärkung Schüler für die langweilige Aufgabe suchte, an irgendeinem entfernten Platz Wache zu stehen, meldeten sich Yeyac und drei oder vier Jungen unterschiedlichen Alters immer sofort freiwillig. Möglicherweise hatte Yeyac recht mit seiner Behauptung über die Priester. Es gab einen, der jedesmal, wenn er etwas auf sein Zimmer gebracht haben wollte, Yeyac damit beauftragte. Und dann sah man längere Zeit keinen von beiden.

Ich nahm Yeyac das alles nicht übel und trug ihm den Vorfall auch nicht nach. Unser Verhältnis war eine Weile gespannt, doch allmählich kühlte die Beziehung einfach ab, und wir waren fortan vielleicht eher betont höflich zueinander. Ich zumindest vergaß die Episode schließlich, bis sehr viel später etwas geschah, das mich wieder daran erinnerte.

Im Laufe der Zeit wuchs mein Tepúli von selbst und war dabei nicht auf fremde Hilfe angewiesen.

In jenen Jahren gewöhnten sich die Aztéca an die dicht bevölkerte Welt der Götter, welche die Mexíca mitgebracht und denen sie Tempel errichtet hatten. Unser Volk nahm an den Ritualen für diese oder jene Gottheit

teil – anfangs glaube ich nur aus Höflichkeit und Achtung vor den Mexíca, die jetzt unter uns lebten. Doch mit der Zeit schienen die Aztéca festzustellen, daß es ihnen etwas gab – Sicherheit, Erbauung, Trost? Ich weiß es nicht –, wenn sie diese Götter verehrten, sogar jene, die sie früher möglicherweise abstoßend gefunden hätten, etwa den Kriegsgott Huitzilopóchtli und die Wassergöttin Chalchihuítlicué mit ihrem häßlichen Froschgesicht. Mädchen im heiratsfähigen Alter wandten sich an Xochiquétzal, die Göttin der Liebe und der Blumen, damit sie einen begehrenswerten jungen Mann finden und eine gute Ehe führen würden. Bevor unsere Fischer aufs Meer hinausfuhren, beteten sie nicht nur wie gewohnt zu Coyolxaúqui, damit sie ihnen einen guten Fang bescheren möge, sondern sie baten auch Ehécatl, den Windgott der Mexíca, darum, keinen Sturm zu schicken.
Niemand erwartete, daß man seine Verehrung auf eine bestimmte Gottheit beschränkte, wie das bei den Christen der Fall ist. Die Menschen wurden auch nicht bestraft, wenn sie, je nach Laune, anstatt zu dem einen Gott zu einem anderen oder zu allen gleichermaßen beteten. Die meisten Aztéca verehrten am aufrichtigsten unsere altvertraute Schutzgöttin. Doch hielten sie es für angebracht und ratsam, etwas von dieser Verehrung auf die Mexíca-Gottheiten zu übertragen. Zum Teil lag es daran, daß ihnen die neuen Götter und Göttinnen so viele zusätzliche Festtage, eindrucksvolle Zeremonien und Anlässe zum Singen und Tanzen schenkten. Daß viele Gottheiten ihren Tribut in Form menschlicher Herzen und Menschenblut verlangten, schreckte sie gar nicht so sehr ab.
Wir führten in jenen Jahren keine Kriege, um Gefangene

zu machen, die wir opfern konnten. Doch überraschenderweise herrschte nie Mangel an Menschen, sowohl Aztéca als auch Mexíca, die bereit waren, freiwillig zu sterben, um die Götter zu nähren und zufriedenzustellen.
Die Priester überzeugten diese Leute davon, daß es unverantwortlich sei, sorglos in den Tag hineinzuleben und darauf zu warten, daß sie aus Altersschwäche oder auf normale Weise sterben würden, denn mit dieser Einstellung riskierten sie den Absturz in die Tiefen der Míctlan, den Dunklen Ort, wo sie bis in alle Ewigkeit ohne Freuden, Zerstreuungen, Empfindungen, ja sogar ohne Leiden verharren müßten. Im Gegensatz dazu, so behaupteten die Priester, werde jeder, der sich für den Blumentod entscheide, sofort in das erhabene Reich des Sonnengottes Tonatíu aufgenommen, wo ihn ein ewiges Leben in Glückseligkeit erwarte.
Deshalb boten sich den Priestern viele Sklaven an, denen es gleichgültig war, welchem Gott sie geopfert werden würden, weil sie glaubten, dadurch ihr Los zu verbessern. Doch soviel himmelschreiende Leichtgläubigkeit beschränkte sich nicht auf die Sklaven. Ein freier junger Mann ließ sich bereitwillig töten, damit seiner Leiche die Haut abgezogen wurde, die dann ein Priester trug, um Xipe Totec, den Gott der Aussaat, zu verkörpern und zu ehren. Ein frei geborenes junges Mädchen ließ sich das Herz aus dem Leib schneiden und versinnbildlichte damit den Tod der Muttergöttin Teteoínan bei der Geburt des Maisgottes Centéotl. Eltern boten sogar freiwillig ihre kleinen Kinder als Opfer für Tlaloc den Regengott an, die dann den Erstickungstod fanden.
Ich verspürte nie die Neigung, mich als Opfer darzubringen. Durch den Einfluß meines respektlosen Onkels

Mixtzin interessierte ich mich für keinen der Götter und noch weniger für die Priester. Die Priester der neuen Mexíca-Gottheiten fand ich besonders abstoßend, denn zum Zeichen ihrer Berufung nahmen sie verschiedene Formen der Selbstverstümmelung vor. Noch schlimmer fand ich, daß sie weder sich noch ihre Kleidung jemals reinigten. Nach ihrer Ankunft in Aztlan hatten sie grobe Arbeitskleider getragen und sich wie alle anderen am Ende eines harten Arbeitstages gewaschen. Doch nachdem sie von allen Arbeiten befreit waren und ihre Priestergewänder trugen, badeten sie nicht einmal mehr im See oder reinigten sich im Dampfbad. Sehr schnell waren sie so abstoßend schmutzig, daß sie die Luft um sich herum im wahrsten Sinne des Wortes verpesteten. Würde ich mir jemals die Mühe gemacht haben, über die eigenartigen sexuellen Neigungen meines Vetters Yeyac nachzudenken, hätte ich mich nur voll Schaudern darüber wundern können, wie er es über sich brachte, etwas so Abstoßendes wie einen Priester zu umarmen.

Doch wie ich gesagt habe, dauerte es lange Zeit, ganze fünf Jahre, bis ich wieder Grund hatte, an Yeyacs Annäherungsversuche zu denken, und auch dann nur flüchtig. Ich war inzwischen zwölf Jahre alt. Meine Stimme begann sich gerade zu verändern und schwankte zwischen Brummen und Piepsen. Ich wartete darauf, bald das Schamtuch des Mannes anlegen zu dürfen. Was ich dann erlebte, war absurderweise eine Wiederholung dessen, was damals geschehen war.

Ich weiß sehr wohl, die Götter haben ihren größten Spaß daran, uns Menschen in scheinbar zufällige Situationen zu bringen. Ich stand mit dem Rücken zur Tür in meinem Zimmer im Palast, als eine Hand verstohlen unter meinen Mantel glitt und zärtlich meine Geschlechtsteile drückte. Wieder machte ich vor Schreck einen Luftsprung.

»Yya ouíya, nicht noch einmal!« schrie ich, als ich in die Luft sprang, wieder auf dem Boden landete und mich umdrehte.

»Noch einmal?« fragte sie überrascht.

Es war meine Cousine Améyatl. Falls ich früher nicht erwähnt habe, daß sie schön war, möchte ich das jetzt nachholen. Sie war wirklich bezaubernd. Mit sechzehn hatte sie ein schöneres Gesicht und eine anmutigere Gestalt als alle anderen Mädchen und Frauen von Aztlan. Vermutlich befand sie sich damals auf dem Höhepunkt ihrer Schönheit.

»Das schickt sich nicht«, schimpfte ich, und es klang dank des Stimmbruchs wie ein Knurren. »Warum machst du so etwas?«

Sie erwiderte in aller Unschuld: »Ich hatte gehofft, dich zu verführen.«

»*Verführen?*« piepste ich wie ein kleiner Junge. »Wie das?«

»Ich möchte dich auf den Tag vorbereiten, wenn du das Máxtlatl anlegen wirst. Möchtest du nicht schon vor diesem Tag lernen, dich wie ein Mann zu benehmen?«

»Wie benimmt sich ein Mann?« knurrte ich.

»Wenn ein Mann und eine Frau allein sind, machen sie etwas zusammen. Ich muß gestehen, ich würde es sehr gerne lernen. Ich dachte, wir könnten es uns gegenseitig beibringen.«

»Aber ... wieso mit mir?« piepste ich

Sie lächelte kokett. »Weil du es wie ich noch nicht gelernt hast. Was ich eben bei dir gefühlt habe, zeigt mir, daß du erwachsen und fähig dazu bist. Das bin ich auch. Ich ziehe mich aus, dann wirst du es sehen.«

»Ich habe dich ohne Kleider gesehen. Wir haben zusammen gebadet und zusammen im Dampfbad gesessen.«
Sie schob meinen Einwand beiseite. »Damals waren wir Kinder. Du hast mich nicht mehr nackt gesehen, seit ich das Untergewand einer erwachsenen Frau trage. Du wirst feststellen, daß ich mich inzwischen verändert habe ... hier und hier. Du kannst mich berühren. Ich werde das auch bei dir tun, und danach machen wir einfach das, wozu wir Lust haben.«
Ich und meine Freunde hatten oft über die Unterschiede zwischen dem männlichen und dem weiblichen Körper nachgedacht, ich vermute, christliche Jungen tun das ebenfalls. Wir hatten darüber gesprochen, was Männer und Frauen unserer Meinung nach taten, wenn sie allein waren, und *wie* sie es taten. Ich meine in welchen Stellungen, wer oben lag, wie lange es dauerte und wie viele Male hintereinander sich das alles wiederholen ließ. Jeder von uns fand erst allein und dann bei unseren Zusammenkünften in einer Art Wettbewerb heraus, daß sich der eigene Tepúli auf Wunsch aufrichtete und daß unsere Olóltin eine Menge männliches Omícetl enthielten.
Wenn wir bei einer der nie enden wollenden Arbeiten zur Umgestaltung der Stadt als Hilfskräfte eingeteilt wurden, hörten wir gespannt zu, wenn die Erwachsenen unanständige Witze machten oder von ihren Abenteuern mit Frauen berichteten, die beim Erzählen mit Sicherheit übertrieben wurden. Was auch immer wir auf diese Weise erfuhren, es blieben ungenaue Kenntnisse aus zweiter Hand. Ein großer Teil davon waren Fehlinformationen, die vom Unwahrscheinlichen bis zum körperlich Unmöglichen reichten. Unsere erregten Diskussionen brachten uns keine Klarheit. Und so hatten wir

alle nur den einen Wunsch, selbst tiefer in diese Geheimnisse vorzudringen.
Und plötzlich wurde mir der Körper des hübschesten Mädchens von Aztlan angeboten – keine billige und gewöhnliche Maátitl, nicht einmal eine teure Auyaními, sondern eine echte Prinzessin. Als Tochter des Uey-Tecútli war sie berechtigt, mit Améyatzin angesprochen zu werden, und das einfache Volk hielt sich auch daran. Alle meine Freunde hätten sich glücklich gepriesen, die Gelegenheit ohne Zögern ergriffen und den Göttern für diese Gelegenheit gedankt.
Obwohl diese Prinzessin vier Jahre älter war als ich, ließ sich nicht leugnen, daß wir zusammen aufgewachsen waren. Ich hatte sie schon als kleines Mädchen gekannt, dem ständig die Nase lief und dessen knochige Knie oft aufgeschürft waren. Hin und wieder hatte dieses Mädchen geweint, hatte Wutausbrüche gehabt und war im allgemeinen nicht nur für mich eine wahre Plage gewesen. Später hatte sie mir gegenüber nicht gerade liebevoll die Rolle der großen Schwester gespielt und mich ständig gequält. Natürlich war die Prinzessin inzwischen damenhafter geworden, doch für mich war sie immer noch die ältere Schwester. Ich durchschaute sie, und ich kannte ihre Allüren. Deshalb besaß sie für mich auch wenig Anziehungskraft.
Trotzdem konnte ich mir diese Gelegenheit kaum entgehen lassen. Selbst wenn sich herausstellen sollte, daß die Intimität mit meiner Cousine so langweilig, ja sogar so abstoßend sein würde wie vor langer Zeit mein flüchtiges Erlebnis mit ihrem Bruder, endlich bot sich mir die Möglichkeit, einen erwachsenen weiblichen Körper und all seine geheimen Reize kennenzulernen. Endlich würde ich herausfinden, wie die Paarung wirklich voll-

zogen wurde. Das hatte mir leider bisher niemand zufriedenstellend erklärt. Zu meiner Ehrenrettung sei gesagt, daß ich trotzdem zögerte und, wenn auch schwach, einen Einwand erhob: »Wieso ich? Wieso nicht Yeyac? Er ist der Älteste von uns dreien. Yeyac müßte dir mehr beibringen können als ich und ...«
»Ayya!« Sie zog eine Grimasse. »Du mußt doch gemerkt haben, daß mein Bruder ein Cuilóntli ist und daß er und seine Freunde nur Cuilónyotl machen.«
Ja, das wußte ich. Inzwischen kannte ich die Worte für diese Art Männer und für das, was sie taten. Aber es überraschte mich sehr, daß ein wohlbehütetes Mädchen wie sie solche Worte kannte. Noch mehr staunte ich darüber, daß ein wohlbehütetes Mädchen so beiläufig, aber höchst verführerisch, wie Améyatl es gerade tat, ihre Bluse auszog, so daß sie einen Atemzug später bis zur Hüfte nackt vor mir stand. Doch plötzlich verwandelte sich ihre freudige Erwartung in Enttäuschung.
»Hast du *das* mit ›nicht noch einmal‹ gemeint? Hast du mit Yeyac –? Ayya, Vetter, bist du auch ein Cuilóntli?«
Ich konnte nicht sofort etwas erwidern, denn ich starrte sprachlos auf ihre prallen, runden, glatten und einladenden Brüste. Ich verschlang mit meinen Blicken die rotbraunen, aufgerichteten Spitzen, die ganz bestimmt wie Blütennektar schmecken würden. O ja, Améyatl hatte sich in der Tat verändert. Sie war dort so flach gewesen wie ich, und ihre Brustwarzen waren so wenig ausgeprägt gewesen wie meine. Nach einem Augenblick der Sprachlosigkeit beteuerte ich hastig:
»Nein, nein, das bin ich nicht. Yeyac hat mich einmal da angefaßt wie du eben. Aber ich habe ihn abgewiesen. Mich interessiert Cuilónyotl nicht.«
Ihre Miene hellte sich auf, und sie lächelte. »Dann wollen

wir es gleich auf die *richtige* Art machen.« Es klang wie ein Gurren, und sie ließ den Rock zu Boden fallen.
»Die richtige Art?« wiederholte ich wie ein Papagei und hatte plötzlich eine trockene Kehle. »Aber das ist die Art, wie kleine Kinder gemacht werden.«
»Nur dann, wenn kleine Kinder gewollt sind«, erwiderte sie selbstsicher. »Hältst du mich etwa auch für ein kleines Kind? Ich bin eine erwachsene Frau, und ich habe von anderen erwachsenen Frauen gelernt, wie man eine Schwangerschaft vermeidet. Ich schlucke jeden Tag eine kleine Menge zerstoßene Tlatlaohuéhuetl-Wurzel.«
Ich hatte keine Ahnung, was das sein sollte, doch ich glaubte ihr. Trotzdem, und ich meine, auch das spricht für mich, versuchte ich es mit einem letzten Einwand: »Du wirst eines Tages heiraten, Améyatl. Und du willst sicher einen Píli deines Ranges heiraten. Er wird erwarten, daß du Jungfrau bist.« Als sie langsam und aufreizend begann, das Tochómitl zu lösen, das sie um die Hüfte geschlungen trug, sagte ich mit Piepsstimme: »Ich habe gehört, daß eine Frau keine Jungfrau mehr ist, selbst wenn sie sich nur ein einziges Mal gepaart hat, und daß sich das in ihrer Hochzeitsnacht herausstellt. In einem solchen Fall könntest du von Glück reden, wenn dich auch nur ein ...«
Améyatl seufzte, als bringe sie mein panisches Gerede zur Verzweiflung. »Ich sage dir doch, Tenamáxtli, ich habe von anderen Frauen gelernt. Wenn es für mich jemals eine Hochzeitsnacht geben sollte, werde ich vorbereitet sein. Ich kenne ein Mittel, das mich enger macht als ein unberührtes achtjähriges Mädchen. Außerdem gibt es eine bestimmte Art Taubenei, das ich einführen kann. Es wird im richtigen Augenblick zerbrechen, ohne daß mein Zukünftiger etwas davon merkt.«

Meine Stimme klang tief und grollend, als ich sagte: »Du scheinst sehr gründlich nachgedacht zu haben, bevor du mich ...«

»Ayya. Wirst du endlich still sein? Hast du Angst vor mir? Hör auf, dummes Zeug zu reden, du Schwachkopf, und komm her!« Sie legte sich auf mein Bett, griff nach meinen Händen und zog mich neben sich.

Ich stellte fest, daß Améyatl die Wahrheit gesagt hatte, als sie behauptete, sich an mehreren Stellen verändert zu haben. Wenn ich sie früher nackt gesehen hatte, war zwischen ihren Schenkeln nur eine kleine kaum ausgeprägte Spalte gewesen. Das Tipíli, das ich jetzt vor mir sah, war mehr als ein Spalt, und darin befand sich etwas Wunderbares ... wahrhaft *Wunderbares*.

Ich bin sicher, jeder, selbst ein absolut desinteressierter Cuilóntli, der unser unbeholfenes Fummeln beobachtet hätte, wäre in schallendes Gelächter ausgebrochen. Mit meiner unzuverlässigen Stimme, die von der Rohrflöte über das Muschelhorn bis zur Trommel aus Schildkrötenpanzer jede Tonart durchlief, stammelte ich so alberne Dinge wie: »Ist es so richtig?« und »Was soll ich jetzt machen?« oder »Hättest du es lieber, wenn ich das ... oder das?«

Améyatl war sehr viel ruhiger als ich und gab mir flüsternd Anweisungen. »Wenn du es sanft mit den Fingern auseinanderschiebst, spürst du eine kleine Perle, mein Xacapílé ...« Als ich gehorsam ihren Anweisungen folgte, verlor auch sie die Beherrschung. »Ja! Da! Ayyo, ja!«

Da ich als guter Schüler schnell lernte, war es natürlich nach einer Weile völlig mit ihrer Beherrschung vorbei, und ich verlor meine Unsicherheit. Es dauerte nicht lange, und wir stießen beide unverständliche Laute der Verzückung und der Lust aus.

Von dieser Paarung und den darauf folgenden ist mir am deutlichsten im Gedächtnis geblieben, daß Patzcatl-Améyatl ihrem Namen, Quelle der Säfte, alle Ehre machte. Wenn wir beisammen lagen, wurde sie zu einer wahren Quelle. Ich habe seither viele Frauen gekannt, aber keine wie sie gefunden. An jenem Nachmittag löste bereits meine erste Berührung eine wahre Flut aus. Ihrem Tipíli entsprang eine wasserklare, glänzende Flüssigkeit, und bald waren wir beide und mein Lager naß. Buchstäblich alles wurde glitschig davon. Das Chitóli-Häutchen, das Améyatls Jungfernschaft schützte, gab widerstandslos nach. Sie war natürlich eng, aber es bedurfte keiner krampfhaften Anstrengungen. Die Säfte hießen meinen Tepúli willkommen, der mühelos hineinglitt. Später begann Améyatls Quelle bereits zu fließen, sobald sie ihr Tochómitl löste, und noch später, sobald sie mein Zimmer betrat. Danach kam es manchmal vor, wenn wir uns beide in Gesellschaft anderer befanden und uns völlig sittsam verhielten, daß sie mir einen gewissen Blick zuwarf, den ich sofort verstand.

Deshalb lächelte ich an meinem dreizehnten Geburtstag insgeheim, als mich Améyatls Vater, mein Onkel, etwas unverblümt, aber wohlmeinend aufforderte, ihn zum besten Auyaníme-Haus von Aztlan zu begleiten, wo er für mich ein Mädchen mit hervorragenden Fähigkeiten auswählte. Ich war damals selbstgefällig und altklug und glaubte bereits alles zu wissen, was ein Mann über das Ahuilnéma mit einer Frau wissen mußte. Bei dem Freudenmädchen fand ich jedoch nach mehreren Augenblicken echter Überraschung und sogar mit leichtem Erschrecken voll Wonne heraus, daß ich sehr viele Dinge *nicht* wußte – Dinge, die auszuprobieren meine Cousine und ich uns niemals hätten träumen lassen.

So war ich zum Beispiel im ersten Augenblick verblüfft, als das Mädchen mit dem Mund bei mir das tat, was, wie ich glaubte, nur Cuilóntli miteinander machten, denn das hatte Yeyac damals versucht. Doch mein Tepúli war inzwischen reifer, und das Mädchen erregte mich so geschickt, daß sie mich mit ihrer Zunge erstaunlich befriedigte. Danach zeigte sie mir, wie ich das gleiche bei ihrem Xacapíli tun konnte. Ich lernte bei ihr, daß die unauffällige Perle zwar sehr viel kleiner ist als das Tepúli eines Mannes, aber ebenso in den Mund genommen und mit der Zunge befriedigt werden kann. Nachdem ich das wußte, kam mir der Verdacht, daß eine Frau eigentlich keinen Mann braucht – das heißt, sein Tepúli –, da ihr eine andere Frau den gleichen Genuß verschaffen kann. Das Mädchen lachte, stimmte aber zu und erklärte mir, daß die Liebe zwischen Frauen Patlachúia genannt wird.
Als ich am nächsten Morgen in den Palast zurückkam, wartete Améyatl bereits ungeduldig. Sie zog mich in eine Ecke, damit wir uns ungestört unterhalten konnten. Sie wußte, wo ich die Nacht verbracht und was ich getan hatte, doch sie war weder eifersüchtig noch traurig. Im Gegenteil! Sie brannte darauf herauszufinden, ob ich ihr neue, lustvolle Dinge beibringen würde. Als ich das grinsend bestätigte, wäre sie mit mir am liebsten auf der Stelle in mein oder in ihr Zimmer verschwunden. Doch ich bat sie, mir Zeit zu lassen, damit ich mich ausruhen, erholen und wieder zu Kräften kommen könne. Améyatl hatte wenig Geduld und Lust zu warten, doch ich versicherte ihr, sie werde die neuen Dinge sehr viel mehr genießen, wenn ich wieder die nötige Kraft hätte, sie ihr *richtig* beizubringen.
Améyatl geduldete sich, ich löste mein Versprechen ein, und wir beide erfreuten uns in den nächsten fünf Jah-

ren an unseren Körpern, sobald wir einen Augenblick ungestört allein waren. Wir wurden bei unseren Zusammenkünften nie überrascht, und soweit ich weiß, schöpfte niemand den geringsten Verdacht, weder ihr Vater noch ihr Bruder, noch meine Mutter. Ich möchte betonen, wir liebten uns nicht wirklich. Wir waren füreinander einfach wie ein zuverlässiges und stets greifbares Utensil. Wie an meinem dreizehnten Geburtstag, so zeigte sich Améyatl die wenigen Male, wenn ihr aufgefallen sein mußte, daß ich die Reize einer Dienerin oder einer Sklavin genossen hatte, keineswegs verärgert oder empört. Es waren wirklich nur seltene Ausnahmen. Ich küsse die Erde. Und keines der Mädchen ließ sich mit meiner Cousine vergleichen. Ich wäre mir auch nicht betrogen vorgekommen, wenn Améyatl das gleiche getan hätte. Aber ich weiß, sie hat es nie getan. Sie war eine Prinzessin und hätte niemals ihren Ruf wegen eines Mannes gefährdet, dem sie nicht so rückhaltlos vertrauen konnte wie mir.

Es brach mir auch nicht das Herz, als Améyatl mich mit einundzwanzig als Liebhaber aufgeben und heiraten mußte. Wie die meisten Ehen junger Pípiltin wurde auch diese von den Vätern beschlossen, von Mixtzin und Kévari, dem Tlatocapíli von Yakóreke, der nächsten Gemeinde südlich von uns. Améyatl wurde in aller Förmlichkeit Káuri, dem etwa gleichaltrigen Sohn Kévaris, versprochen. Mir war klar – und Canaútli, unserem Geschichtserinnerer, natürlich ebenfalls –, daß mein Onkel mit dieser Ehe unser und Yakórekes Volk miteinander verband und auf diese Weise klug seinem Ziel einen Schritt näher kam, Aztlan wieder zur Hauptstadt aller umliegenden Gebiete und ihrer Völkerschaften zu machen, so wie es vor langer Zeit einmal gewesen war.

Ich wußte nicht, ob sich Améyatl und Káuri vor der Hochzeit richtig kennen-, um nicht zu sagen *lieben* lernten, aber sie hätten sich den Wünschen ihrer Väter so oder so beugen müssen. Außerdem war Káuri in meinen Augen ein recht gutaussehender und annehmbarer Mann für meine Cousine. Deshalb war das einzige Gefühl, das mich am Tag der Zeremonie bewegte, eine gewisse Sorge. Doch nachdem der Priester der Xochiquétzal die Zipfel ihrer Umhänge zum Hochzeitsknoten verbunden hatte, die traditionellen Festlichkeiten vorüber waren und sich das Paar in die eigens zu diesem Anlaß geschmückten Räume im Palast zurückzog, hörte keiner der Hochzeitsgäste von dort einen empörten Aufschrei. Ich vermutete erleichtert, daß das verengende Mittel und das eingeführte Taubenei, das Améyatls Ratgeberinnen ihr vor vielen Jahren empfohlen hatten, genügten, um Káuri davon zu überzeugen, eine Jungfrau geheiratet zu haben. Zweifellos überzeugte sie ihn zusätzlich mit gespielter jungmädchenhafter Unwissenheit und gab zumindest in ihrer Hochzeitsnacht vor, alles vergessen zu haben, was sie mit mir so lange geübt hatte.
Améyatl und Káuri heirateten nur wenige Tage bevor ich, meine Mutter Cuicáni und Onkel Mixtzin uns auf den Weg in die Stadt Mexíco machten. Mein Onkel bewies damals Weitblick, als er nicht seinen Sohn und wahrscheinlichen Erben Yeyac, sondern seine kluge Tochter und ihren Mann zu Regenten ernannte.
Es sollte lange, sehr lange dauern, bis ich Améyatl wiedersah. Das geschah schließlich unter Umständen, die sich keiner von uns auch nur im entferntesten hätte vorstellen können, als sie uns an jenem Schicksalstag zum Abschied fröhlich winkte.

5

Ich stand dort, wo einst der Mittelpunkt der EINEN WELT gewesen war. Mein Knöchel war ganz weiß, weil ich die Hand so fest um den Topas schloß, der meinem Vater gehört hatte. Empört verlangte ich von meinem Onkel und meiner Mutter, irgend etwas zu tun, um den Tod dieses Mixtli zu rächen.
Meine Mutter schluchzte nur. Doch Onkel Mixtzin betrachtete mich voll Mitgefühl, das durch Skepsis und Sarkasmus gemäßigt wurde.
»Was sollen wir deiner Meinung nach denn tun, Tenamáxtli? Die Stadt in Flammen setzen? Stein brennt aber nicht bereitwillig, und wir sind nur zu dritt. Du weißt auch, daß selbst der allmächtige Staat der Mexíca sich nicht gegen die Weißen behaupten konnte. Was sollen wir also deiner Meinung nach tun?«
Ich begann einfältig zu stottern: »Ich ... ich ...«, dann verstummte ich, um meine Gedanken zu ordnen. Zu meiner eigenen Verwunderung konnte ich meinem Onkel kurz darauf eine klare Antwort geben.
»Die Mexíca waren wie gelähmt, denn sie wurden von einem Volk überfallen, von dessen Existenz sie nichts geahnt hatten. Überraschung und Verwirrung haben zum Untergang der Mexíca geführt. Sie ahnten nicht, wozu die Spanier fähig waren, sie hatten keine Vorstellung von ihrer Gerissenheit und Eroberungslust. Jetzt weiß die

gesamte EINE WELT, was für Menschen diese Weißen sind.«

Mein Onkel nickte, und ich fuhr leidenschaftlich fort: »Wir haben allerdings noch nicht herausgefunden, worin die Schwäche der Spanier besteht. Ich meine, auch sie müssen irgendwo einen wunden Punkt haben, eine ungeschützte Stelle, wo man sie angreifen und ihnen den Bauch aufschlitzen kann!« Onkel Mixtzi hob die Arme und sagte: »Wo ist der Schwachpunkt? Zeig ihn mir! Ich werde dir dann und mit Freuden beim Aufschlitzen helfen. Du und ich allein gegen ganz Neuspanien!«

»Bitte mach dich nicht über mich lustig, Onkel. Ich erinnere dich an eines deiner Gedichte: ›Verzeih niemals ... am Ende springst du ihnen an die Kehle.‹ Die Spanier haben bestimmt eine verwundbare Stelle. Man muß sie nur finden.«

»Und wer soll das tun? Du vielleicht, Neffe? In den vergangenen zehn Jahren hat keiner der Besiegten und Versklavten einen Riß in der spanischen Rüstung gefunden. Ich frage dich: Wie willst du das anstellen?«

»Ich habe jedenfalls schon einen Freund unter unseren Feinden gefunden. Es ist dieser Notarius, der unsere Sprache spricht. Er hat mich eingeladen, *jederzeit* zu ihm zu kommen und mich mit ihm zu unterhalten. Vielleicht kann ich ihm einen nützlichen Hinweis entlocken ...«

»Dann geh zu ihm. Rede mit diesem Mann. Wir werden hier warten.«

»Nein, nein!« Ich schüttelte den Kopf. »Es wird bestimmt lange Zeit dauern, bis ich sein Vertrauen gewonnen habe und auf nützliche Enthüllungen hoffen kann. Du bist mein Onkel und mein Uey-Tecútli, deshalb bitte ich dich um Erlaubnis, hier in der Stadt bleiben zu dürfen, wie lange es auch dauern mag.«

Meine Mutter murmelte traurig: »Ayya, *ouíya* ...«, und Onkel Mixtzin rieb sich nachdenklich das Kinn.
Schließlich fragte er: »Wo willst du leben? Wie willst du leben? Die Kakaobohnen in unseren Beuteln lassen sich nur auf unseren einheimischen Märkten als Zahlungsmittel verwenden. Man hat mir bereits gesagt, daß hier für alle Einkäufe oder Zahlungen sogenannte *Münzen* notwendig sind ... goldene, silberne und kupferne Münzen. Du hast keine, und ich habe keine, die ich dir geben könnte.«
»Ich werde mir eine Arbeit suchen und dafür bezahlt werden. Vielleicht kann mir der Notarius dabei behilflich sein. Vergiß nicht, der Tlatocapíli Tototl hat gesagt, daß sich zwei seiner Kundschafter aus Tépiz immer noch hier irgendwo in der Stadt aufhalten. Sie müssen inzwischen ein Dach über dem Kopf haben und sind vielleicht bereit, es mit einem ehemaligen Nachbarn zu teilen.«
»Ja.« Onkel Mixtzin nickte. »Tototl hat mir ihre Namen gegeben. Der Mann heißt Netzlin und seine Frau Citláli. Ja, wenn du sie findest ...«
»Dann darf ich also bleiben?«
»Aber Tenamáxtli!« jammerte meine Mutter. »Du könntest eines Tages die Gewohnheiten der weißen Männer gut finden und übernehmen ...«
Ich schnaubte: »Das ist nicht wahrscheinlich, Tene. Ich werde hier der Wurm in einer Coyacapúli-Frucht sein. Sie wird mich nur so lange nähren, bis sie selbst ausgehöhlt und tot ist.«
Wir erkundigten uns bei Vorübergehenden nach einem Ort, wo wir die Nacht verbringen könnten, und einer der Befragten führte uns zum Haus der Pochtéca. Es war der Versammlungsraum und das Lagerhaus für die reisenden Händler, die ihre Waren in die Stadt brachten. Doch der

Türsteher weigerte sich höflich, aber entschlossen, uns eintreten zu lassen.

»Das Haus ist den Pochtéca vorbehalten«, sagte er, »und ihr seid keine Händler, denn ihr tragt keine Bündel bei euch und führt auch keinen Zug von Tamémime-Trägern an.«

»Wir suchen lediglich einen Platz zum Schlafen«, knurrte Onkel Mixtzin.

»Ich kann euch nicht helfen«, erklärte der Türsteher. »Früher war das Haus der Pochtéca beinahe so groß und prächtig wie ein Palast. Aber es wurde wie der Rest der Stadt abgerissen. Dieses Haus ist nur ein ärmlicher Ersatz. Es ist klein, und deshalb gibt es keinen Platz für Leute, die nicht Mitglied der Gilde sind.«

»Aber wo finden Besucher in dieser gastfreundlichen Stadt eine Unterkunft?«

»Es gibt eine Herberge, eine Mesón, wie die Spanier sagen. Sie gehört der christlichen Kirche, und dort können Reisende und Bedürftige unterkommen und werden beköstigt. Es ist die Mesón de San José.« Der freundliche Mann erklärte uns, wie wir das Haus finden würden.

Mein Onkel stieß zwischen den Zähnen hervor: »Bei Huitzli, schon wieder einer ihrer unbedeutenden *Santos*!« Aber wir machten uns auf den Weg dorthin.

Die Herberge war ein großes, aus Ziegelsteinen errichtetes Haus, der Anbau eines noch größeren und sehr viel massiveren Gebäudes, des Colegio de San José. Ich erfuhr später, daß das Wort Colegio in etwa dasselbe bedeutet wie unsere Calmécac – eine Schule für fortgeschrittene Schüler, die von Priestern unterrichtet werden. In diesem Falle handelte es sich selbstverständlich um christliche Priester.

Die Herberge wurde von Männern geführt, die wir für

Priester hielten, bis uns ein paar Leute erklärten, es seien nur Mönche, eine niedere Klasse der christlichen Geistlichkeit.

Wir erreichten die Herberge bei Sonnenuntergang. Einige der Mönche schöpften aus großen Kesseln Essen in die Näpfe der vielen Menschen, die Schlange standen. Die meisten sahen nicht nach Reisenden aus. Offenbar waren es arme Bewohner der Stadt, denen die Mönche Nahrung und Unterkunft gewähren mußten, denn niemand machte Anstalten, für die gefüllte Schüssel zu bezahlen. Die Mönche schienen auch keine Bezahlung zu erwarten.

Ich rechnete deshalb damit, daß sie nur einen billigen, sättigenden Brei austeilen würden. Doch zu meiner Überraschung gab es heiße Entensuppe mit sehr viel Fleisch. Außerdem erhielt jeder von uns etwas Warmes, Rundes, das braun und knusprig war. Wir beobachteten, was die anderen damit taten. Sie bissen Stücke davon ab und tunkten sie auch in die Suppe, so wie wir es ebenfalls mit unseren runden, dünnen und flachen Tláxcaltin taten.

»Die Spanier nennen unsere Mais-Tláxcaltin Tortillas«, erklärte ein magerer Mann, der mit uns in der Schlange gestanden hatte. »Ihre Art Brot nennen sie Bolillo. Es wird aus dem Mehl einer Grassorte gemacht, die sie Weizen nennen. Sie finden, Weizen sei unserem Mais vorzuziehen. Er kann dort angebaut werden, wo kein Mais wächst.«

»Was immer es sein mag«, murmelte meine Mutter schüchtern, »es schmeckt gut.«

Onkel Mixtzin wies sie sofort zurecht. »Schwester Cuicáni, ich will kein gutes Wort über *etwas* hören, das mit den weißen Spaniern zu tun hat!«

Der magere Mann lachte und stellte sich vor. Er hieß Pochotl, setzte sich beim Essen zu uns und gab uns weitere hilfreiche Informationen.

»Die Spanier müssen in ihrem Land eine besondere Vorliebe für Enten haben, denn sie ziehen das Fleisch der Enten jedem anderen vor. Natürlich gibt es auf unserem See zahllose Enten.« Er lachte wieder und schüttelte den Kopf. »Die Spanier haben eine sehr eigenartige, aber wirkungsvolle Art, sie zu jagen ...« Er machte eine Pause und hob die Hand. »Da! Hört ihr es? In der Dämmerung kommen die Entenschwärme zum Wasser zurück, und die spanischen Vogelsteller töten jeden Abend Hunderte von ihnen.«

Wir hörten mehrmals ein dumpfes Krachen. Es klang wie ferner Donner, der eine Weile anhielt.

»Deshalb«, fuhr Pochotl fort, »gibt es so viel Entenfleisch, daß es sogar kostenlos an uns Arme verteilt werden kann. Ich würde Pitzóme-Fleisch vorziehen, wenn ich es mir leisten könnte.«

Onkel Mixtzin brummte: »Wir sind nicht arm.«

»Ich nehme an, ihr seid neu hier. Dann bleibt ruhig für eine Weile.«

»Was ist Pitzóme?« fragte ich. »Ich habe dieses Wort noch nie gehört.«

»Ein Tier. Die Spanier haben es mitgebracht und züchten es in großen Mengen. Man kann es mit unserem Wildschwein vergleichen, aber es ist zahm und sehr viel fetter. Sein Fleisch, das sie Puerco nennen, ist so zart und wohlschmeckend wie eine gut gekochte Menschenkeule.« Meine Mutter und ich zuckten bei dem Wort ›Menschenkeule‹ zusammen, doch Pochotl achtete nicht darauf. »Die Ähnlichkeit von Pitzóme und Menschenfleisch ist so groß, daß viele von uns glauben, die Spanier

und diese Tiere müssen Blutsverwandte sein. Einige behaupten, daß die Weißen und ihre Pitzóme sich fortpflanzen, indem sie sich miteinander paaren.«
Die Mönche trieben uns jetzt mit energischen Gesten aus dem großen, kahlen Raum, in dem wir gegessen hatten. Wir stiegen eine Treppe zu den Schlafquartieren im oberen Stockwerk hinauf. Solange ich denken konnte, war es das erste Mal, daß ich zu Bett ging, ohne mich im Dampfbad zu reinigen, mich zu waschen oder zumindest im nächsten erreichbaren Gewässer zu schwimmen.
Im Obergeschoß befanden sich zwei große getrennte Räume für Männer und Frauen. Mein Onkel und ich gingen in den einen und meine Mutter in den anderen. Es gefiel ihr überhaupt nicht, daß sie von uns getrennt schlafen würde.
»Ich hoffe, wir sehen sie morgen früh wohlbehalten wieder«, murmelte Onkel Mixtzin. »Yya, ich hoffe, wir sehen sie überhaupt wieder. Es kann sehr gut sein, daß diese weißen Priester eine Regel haben, die sie dazu berechtigt, mit einer Frau zu schlafen, wenn sie ihr eine Mahlzeit gegeben haben.«
Um ihn zu beruhigen, erwiderte ich: »Dort unten haben Frauen gegessen, die viel jünger und verführerischer waren als Tene.«
»Wer weiß, was für einen Geschmack diese Fremden haben. Dieser Mann hat erzählt, daß sie sich möglicherweise sogar mit Schweinen paaren. Ich traue ihnen alles zu.«
Pochotl, der so mager war, daß er seinen Namen Lügen strafte – Pochotl sind große, dicke Bäume –, gesellte sich wieder zu uns. Er nahm das Strohlager neben meinem ein und fuhr fort, uns mehr über die Stadt México und ihre spanischen Herren zu berichten.

»Das hier«, sagte er, »war einmal eine Insel, die inmitten des Texcóco-Sees lag. Inzwischen ist der See so weit versandet, daß sich das Ufer einen ganzen Langen Lauf östlich der Stadt befindet. Kanäle müssen immer wieder ausgehoben werden, damit die Acáltin mit ihren Lasten sie befahren können. Der Damm, der die Stadt mit dem Festland verbindet, führte früher durch klares, sauberes Wasser. Aber wie euch sicher aufgefallen ist, wächst dort inzwischen nur noch Schilf, und man sieht kaum noch Wasser. Früher gab es Verbindungen zu anderen Seen und zum Texcóco-See. Genau genommen war es ein einziger großer See. Man konnte mit dem Acáli von der Insel Tzumpánco im Norden mehr als zwanzig Lange Läufe – oder zwanzig Legua, wie die Spanier sagen würden – bis zu den Blumengärten von Xochimílco im Süden rudern. Jetzt müßte man durch die großen Sümpfe waten. Manche Leute sagen, die Bäume sind daran schuld.«
»Die Bäume?« rief mein Onkel.
»Die Senke ist von allen Seiten von Bergen umgeben. Diese Berge waren vor der Ankunft der Weißen mit dichten Wäldern bedeckt – beinahe wie mit einem dichten Fell.«
Mixtzin sagte nachdenklich. »Du hast recht. Mir ist aufgefallen, daß die Berge eher braun als grün aussehen.«
»Weil die Bäume fehlen!« Pochotl nickte. »Die Spanier haben sie gefällt und Balken, Bretter und Feuerholz daraus gemacht. Das hat vermutlich Chicomecóatl, die Göttin alles Grünen, erzürnt. Vielleicht hat sie sich gerächt und den Gott Tlaloc überredet, nur noch selten und unregelmäßig Regen zu schicken. Sie hat bestimmt auch Tonatíu überredet, heißer zu scheinen und alles zu verbrennen. Was immer der Grund dafür sein mag, un-

sere Wettergötter verhalten sich seit der Ankunft der Crixtanóyotl-Gottheiten sehr merkwürdig.«
»Eine Frage, lieber Pochotl«, sagte ich und wechselte das Thema. »Ich hoffe, hier Arbeit zu finden. Ich will kein Vermögen verdienen, sondern suche eine Arbeit, die soviel einbringt, wie ich zum Leben brauche. Ist das möglich?«
Der magere Mann musterte mich von Kopf bis Fuß. »Besitzt du besondere Kenntnisse, junger Mann? Kannst du zum Beispiel die Sprache der weißen Männer schreiben? Beherrschst du ein Handwerk? Hast du vielleicht künstlerische Fähigkeiten?«
»Nichts von alldem. Nein.«
»Gut«, sagte er ernst. »Dann wirst du schwere Arbeit annehmen müssen, etwa Steinblöcke und Körbe voll Mörtel für die neuen Gebäude schleppen. Du kannst dich als Tamémi-Träger verdingen oder die Kanäle von Schlamm, Exkrementen und Abfällen säubern. Solche Arbeiten bringen nicht viel ein. Aber wenn du bescheiden bist und mit wenig leben kannst ...«
»Ich hatte gehofft, eher etwas ...«
Onkel Mixtzin unterbrach mich. »Freund Pochotl, du bist ein Mann, der sich gewählt auszudrücken vermag. Ich bin sicher, du bist intelligent, ja sogar gebildet. Mir fällt auf, daß du die Spanier nicht liebst. Warum lebst du dann von ihren Almosen?«
Pochotl seufzte. »Ich war ein Meisterschmied für Gold und Silber. Ich habe Schmuck, Halsketten, Armreifen, Lippenpflöcke, Stirnbänder und Fußspangen hergestellt. Aber die Spanier haben dafür keine Verwendung. Sie schmelzen ihr Gold und Silber zu langweiligen Barren, die sie ihrem König schicken, oder sie schlagen daraus häßliche Münzen. Glaubt mir, es sind Barbaren! Ihre an-

deren Metalle, die sie Eisen, Stahl, Kupfer und Bronze nennen, übergeben sie den Grobschmieden, die sie zu Hufeisen für die Pferde, Panzerplatten, Schwertern und ähnlichem verarbeiten.«

Mixtzin fragte: »Warum kannst du das nicht auch tun?«

»Das könnte jeder Trottel, der genug Muskeln hat. Aber solche Arbeit ist unter meiner Würde. Wenn meine Hände Schwielen bekommen und meine Finger verkrümmen, habe ich alle meine Kunstfertigkeit verloren.« Er starrte trübsinnig vor sich hin. »Eines Tages wird es vielleicht wieder anständige Arbeit für mich geben.«

Ich hörte inzwischen nur noch mit halbem Ohr zu. Ich saß mit gekreuzten Beinen auf meinem Lager, das nach zahllosen ungewaschenen Schläfern stank, und dachte über die wenig verlockenden Arbeiten nach, von denen dieser Mann redete. Ich hatte mir geschworen, alles zu tun, was die Götter verlangen mochten, wenn es meiner Rache an den weißen Männern förderlich wäre. Diesen Schwur würde ich halten. Die Aussicht auf schwere und schlecht bezahlte Arbeit schreckte mich nicht. Doch der Zweck meines Aufenthaltes in dieser Stadt bestand darin, eine bislang unbemerkte Schwäche der spanischen Herrschaft zu entdecken, einen blinden Fleck in ihrer angeblich jeden Aufruhr voraussehenden Kampfbereitschaft. Es erschien mir unwahrscheinlich, daß ich viel und erfolgreich spionieren konnte, wenn ich die meiste Zeit mit anderen Arbeitern in einem Kanalgraben verbrachte oder gebeugt Lasten mit dem Stirnriemen schleppte. Vielleicht konnte mir der Notarius Alonso de Molina eine bessere Arbeit verschaffen, bei der ich mehr Gelegenheit haben würde, meine Augen, Ohren und Instinkte zu gebrauchen.

Pochotl sagte gerade zu meinem Onkel: »Die Weißen haben uns viele neue und sehr schmackhafte Dinge zum Essen gebracht. Ihr Huhn hat zum Beispiel sehr viel zarteres und saftigeres Fleisch als unser großes Huaxolómi. Sie nennen es Gallipavo oder Truthahn. Auch bauen sie ein Rohr an, aus dem man ein Pulver namens Zucker gewinnt. Es ist sehr viel süßer als Honig oder Kokosnuß-Sirup. Und sie haben eine neue Art Bohnen, die Haba, mitgebracht, außerdem andere Arten Gemüse, wie Kohl, Artischocke, Salat und Rettich. Das sind gute Dinge für jemanden, der sie entweder kaufen kann oder noch ein Stück Land hat, auf dem er sie anbaut. Aber ich bin der Meinung, die Spanier haben hier bei uns sehr viel mehr gefunden. Sie schwärmen von unserem Xitómatl, von Chocólatl und Ahuácatl, die es, wie sie sagen, in Altspanien nicht gibt. Und sie lernen auch, Genuß am Picíetl-Rauchen zu finden.«

Allmählich nahm ich in dem dunklen Raum etliche Stimmen wahr; auch andere Männer blieben wach und unterhielten sich wie Onkel Mixtzin und der magere Mann. Die meisten sprachen Náhuatl, und es lohnte sich nicht, ihren Gesprächen zuzuhören. Doch es gab auch Unterhaltungen in unverständlichen Sprachen. Diese Männer hätten die Weisheit der Welt preisgeben oder die Geheimnisse der Götter ausplaudern können, ohne daß ich etwas verstanden hätte. Damals wußte ich nicht einmal, welchen Völkern sie angehörten. Doch nach ein paar weiteren Nächten in der Herberge erfuhr ich Genaueres. Mit Ausnahme der armen Bewohner der Stadt Mexíco kamen die Fremden alle aus dem Norden, oft sogar von sehr weit im Norden.

Ich habe bereits gesagt, daß die Staaten und Völker südlich und im Osten der Stadt Mexíco schon sehr früh von den Spaniern erobert worden waren und sich im gesellschaftlichen und geschäftlichen Umgang inzwischen gut an die Anwesenheit und die Herrschaft der Eroberer angepaßt hatten. Deshalb waren Besucher aus dem Süden oder Osten entweder Gesandte, Boten oder Pochtéca, die ihre Waren in die Stadt brachten, um sie zu veräußern, zu tauschen oder um Güter einzukaufen, die aus Altspanien herübergebracht worden waren. Diese Besucher wurden im Haus der Pochtéca untergebracht oder sogar als Gäste in den Häusern und Palästen hochgestellter Spanier aufgenommen.

In der kostenlosen Herberge kamen alle aus den noch nicht eroberten Gebieten der EINEN WELT unter. Sie besuchten die Stadt Mexíco entweder wie Onkel Mixtzin als Kundschafter, um sich ein Bild von den Weißen zu machen und ihre eigenen Schlüsse über die mögliche Zukunft ihres Volkes zu ziehen. Oder sie erhofften sich wie Netzlin und Citláli, besagte Kundschafter, am Überfluß und Wohlstand der Stadt des weißen Mannes teilhaben zu können. Manche, so stellte ich mir vor, waren vielleicht hier, um wie ich als Wurm in der Coyacapúli-Frucht zu wirken. Ich jedenfalls war entschlossen, mich in Neuspanien hineinzugraben, um es von innen auszuhöhlen. Wenn es andere mit ähnlichen Absichten gab, mußte ich sie finden und mich ihnen anschließen.

Die Mönche weckten uns bei Sonnenaufgang, und wir gingen wieder nach unten. Onkel Mixtzin und ich waren froh, als wir feststellten, daß meine Mutter die Nacht ohne Belästigungen überstanden hatte, und wir freuten uns alle drei, daß die Mönche zum Frühstück Schüsseln mit Atóli-Brei austeilten. Es gab sogar für jeden einen Becher Schokolade. Offenbar war meine Mutter wie Onkel Mixtzin einen Großteil der Nacht wach geblieben und hatte sich mit anderen Gästen unterhalten, denn sie redete heute mehr als auf der ganzen bisherigen Reise.

»Hier sind Frauen, die in den besten spanischen Familien und in einigen der besten Häuser gedient haben. Sie berichten von wunderbaren und erstaunlichen Dingen. Es gibt zum Beispiel neue Stoffe, die man in der EINEN WELT nicht kennt. Die Spanier haben ein Material, das man Wolle nennt. Es ist das geschorene, gekräuselte Fell von Tieren, die Ovejas heißen und überall in Neuspanien in großen Herden gezüchtet werden. Das Fell wird nicht zu Filz verarbeitet, sondern zu Garn gesponnen, ähnlich wie unsere Baumwolle. Das Garn wird dann zu Stoff gewebt. Sie behaupten, Wolle kann so warm wie ein Pelz sein, und sie läßt sich in allen Farben färben.«

Ich freute mich für meine Mutter. Die Neuigkeiten ließen die Erinnerung an die Ereignisse des Vortags verblassen und in den Hintergrund treten. Doch meinen Onkel schien ihre Redseligkeit nicht gerade zu begeistern.

Ich blickte mich so unauffällig wie möglich im Eßsaal um und überlegte, wer von diesen Leuten ein möglicher Verbündeter beim Spionieren und bei meiner künftigen Verschwörung sein würde. Dort drüben hockte der magere Pochotl und aß beinahe mißmutig seinen Atóli-Brei. Er mochte nützlich sein, denn er war ein Bewohner dieser Stadt und kannte sie gut. Allerdings konnte ich ihn mir nicht als Krieger vorstellen, wenn ich bei meinem Feldzug gegen die Spanier einmal dahin kommen würde, daß ich Kämpfer brauchte. Wer von den anderen im Raum kam noch in Frage? Es gab Kinder, Erwachsene, Alte, Männer und Frauen. Vielleicht würde ich eine oder mehrere Frauen anwerben, denn es gab Orte, an die eine

Frau, aber kein Mann gehen konnte, ohne Verdacht zu erregen.

»Es gibt einen Stoff, der noch wunderbarer ist«, fuhr meine Mutter fort. »Er wird Seide genannt, und sie behaupten, er ist so leicht wie Spinnweben, und er hat einen sanften Schimmer. Bereits ihn zu berühren ist ein Genuß, und dieser Stoff ist so haltbar wie Leder. Er wird nicht hier hergestellt, sondern kommt aus Altspanien. Es klingt wie ein Märchen, aber die Frauen behaupten, der Faden wird von *Raupen* gesponnen. Sie müssen damit besondere Spinnen meinen.«

»Frauen lassen sich doch immer von Plunder und Nebensächlichkeiten verführen«, brummte Mixtzin. »Wenn es in der EINEN WELT nur Frauen gäbe, hätten die Weißen das ganze Land für wertlosen Flitter und Tand haben können, und niemand hätte eine Waffe gegen sie erhoben.«

»Mixtzin, du übertreibst!« widersprach sie. »Ich hasse die Spanier genauso wie du. Ich habe sogar mehr Grund dazu, denn durch sie bin ich Witwe geworden. Aber da sie diese erstaunlichen Dinge mitgebracht haben ... und weil wir hier sind, wo man all das Neue sehen kann ...«

Mixtzin bekam erwartungsgemäß einen Wutanfall. »Im Namen der tiefsten Dunkelheit von Míctlan, Cuicáni, ich frage dich«, schimpfte er, »würdest du mit diesen betrügerischen Eindringlingen Handel treiben?«

»Selbstverständlich nicht!« In ihrer praktischen weiblichen Art fügte sie hinzu: »Wir haben schließlich keine Münzen. Ich möchte keinen der Stoffe kaufen, sondern sie nur einmal sehen und anfassen. Ich weiß, du hast es eilig, die fremde Stadt zu verlassen. Aber es ist kein großer Umweg, wenn wir über den Markt gehen, damit ich mich dort ein wenig umsehen kann.«

Mein Onkel brummte, knurrte und sträubte sich, aber natürlich verweigerte er ihr schließlich diese kleine Freude nicht, zu der sich ihr nie wieder Gelegenheit bieten würde.

»Wenn du also unbedingt unsere Zeit verschwenden mußt, dann wollen wir uns wenigstens *sofort* auf den Weg machen. Leb wohl, Tenamáxtli.« Er schlug mir auf die Schulter. »Ich wünsche dir Erfolg bei deinem tollkühnen Abenteuer. Aber noch mehr wünsche ich mir, daß du sicher nach Hause zurückkehrst, und zwar bald.« Tenes Abschied dauerte wesentlich länger und war sehr viel gefühlvoller – mit Umarmungen, Küssen, Tränen und Ermahnungen, gesund zu bleiben, richtig zu essen und im Umgang mit den unberechenbaren Weißen vorsichtig zu sein, mich vor allem unter keinen Umständen mit einer weißen Frau einzulassen. Sie gingen in Richtung der nördlichen Viertel davon, wo sich der größte und geschäftigste Marktplatz der Stadt befand. Ich machte mich auf den Weg zu jenem anderen Platz, auf dem am Tag zuvor mein Vater bei lebendigem Leib verbrannt worden war. Ich ging allein, aber ich kam nicht mit leeren Händen. Beim Verlassen der Mesón de San José entdeckte ich vor dem Tor einen großen leeren Tonkrug, den niemand benutzte oder bewachte. Ich hob ihn mir auf die Schulter, als trüge ich Wasser oder Atóli für die Arbeiter auf einer Baustelle. Ich tat, als sei der Krug schwer, und ging langsam. Denn einerseits dachte ich, daß ein schlecht bezahlter Arbeiter das tun würde, hauptsächlich wollte ich jedoch jeden Menschen, jeden Platz und alles, was ich auf meinem Weg sah, möglichst unauffällig, aber genau betrachten.

Am Vortag hatte ich die Stadt bestaunt und sie sozusagen mit einem Blick in mich aufgesaugt – die breiten langen Prachtstraßen mit den riesigen Gebäuden in der fremden Bauweise, die Fassaden aus Stein oder Stuck, die seltsame Friese schmückten, deren plastische Formen verschlungen und kompliziert, aber so unsinnig waren wie die Stickereien, mit denen manche unserer Leute ihre Umhänge säumen. Und ich war durch die sehr viel engeren Seitenstraßen gelaufen, wo die Gebäude kleiner und weniger phantasievoll verziert waren und sich dicht aneinanderdrängten.

An diesem Tag konzentrierte ich mich auf Einzelheiten. Deshalb wurde mir bewußt, daß die Mehrzahl der prächtigen Gebäude entlang den breiten Straßen und an den offenen Plätzen den Mächtigen der Regierung von Neuspanien und ihren zahlreichen Untergebenen, Beratern, Kanzlisten, Schreibern und so weiter in erster Linie als Arbeitsräume dienten. Mir fiel auf, daß von den vielen spanisch gekleideten Männern, die in die Gebäude hineingingen oder aus ihnen herauskamen – sie trugen Bücher oder Botentaschen, andere nur den Ausdruck stolzer Überheblichkeit auf den Gesichtern –, eine Reihe die gleiche dunkle Haut und das gleiche bartlose Gesicht hatten wie ich. Andere auffallend prunkvolle Gebäude dienten eindeutig den Würdenträgern der Religion der Weißen sowie ihren zahlreichen Untergebenen und Günstlingen. Auch unter diesen Männern in geistlichen Gewändern und mit den zur Schau getragenen selbstzufriedenen Mienen befanden sich nicht wenige mit kupferfarbenen, bartlosen Gesichtern. Nur vor den Gebäuden des Militärs – dem Hauptquartier der hohen Offiziere und den Kasernen der unteren Ränge – entdeckte ich keinen Mann meines Volkes, weder in Paradeuniform noch in Alltagskleidung oder in Rüstung, nicht einmal einen, der irgendeine Art Waffe getragen hätte. In den we-

nigen wirklich großen und prächtigen Palästen residierten die höchsten Spitzen der Regierung, der Kirche und des Militärs. Vor ihren Portalen standen bewaffnete Soldaten, die meist einen Bluthund oder Jagdhund an der Leine hielten.
Ich sah auch andere Hunde von unterschiedlicher Größe und Aussehen, die weit weniger bösartig wirkten. Doch ich konnte kaum glauben, daß sie mit unseren dicken kleinen Techíchi-Hunden verwandt sein sollten, die wir in der EINEN WELT seit uralter Zeit hielten, um für Notfälle Fleisch zu haben. In der Stadt schien es keine Techíchi mehr zu geben, denn die Einheimischen schätzten inzwischen das Puerco-Fleisch, das es offenbar reichlich gab, und die Spanier hätten natürlich niemals Techíchi gegessen. Doch mir fiel noch ein anderes Tier auf, das ich nicht kannte. Es mußte sich um eine eigenartige altspanische Variante unseres Jaguars, Berglöwen oder Ozelot handeln. Allerdings war es sehr viel kleiner als diese Raubkatzen. Es wirkte zahm und sanft und schnurrte leise. Von unseren Raubkatzen kann nur der Berglöwe schnurren.
In den dicht aneinandergedrängten Gebäuden der engeren Seitenstraßen arbeiteten und lebten nur Weiße. Im Erdgeschoß der Häuser befand sich etwa ein Laden, in dem irgend etwas verkauft wurde, oder eine Schmiede. Ich sah Ställe für Pferde und sogar ein öffentliches Gasthaus, das natürlich den Weißen vorbehalten war. In den ein, zwei oder drei Stockwerken über der Straße lebten offenbar die Besitzer mit ihren Familien.
Außer den bereits erwähnten dunkelhäutigen Männern, die ich auf den Straßen sah, begegneten mir vor allem Boten oder Tamémime, die gebückt unter dem Joch gingen und Ballen und Bündel schleppten oder deren La-

sten auf dem Rücken von Stirnriemen gehalten wurden. Die Männer trugen wie ich einen Tilmatl-Mantel, das Máxtlatl-Schamtuch und Cactli-Sandalen. Doch es gab andere, bei denen es sich um Diener weißer Familien handeln mußte, denn sie waren wie Spanier in Jacken, eng anliegende Hosen und Stiefel gekleidet und trugen auf dem Kopf merkwürdige Hüte. Einige der Älteren hatten Narben auf den Wangen. Beim ersten dachte ich, es handle sich um eine schlecht verheilte Wunde aus einem Gefecht oder einem Zweikampf. Sie hatte eine Form, die mir damals noch nichts sagte. Erst später erfuhr ich, daß es sich um einen Buchstaben der spanischen Schrift handelte, um ein ›G‹. Ich sah noch weitere Männer mit demselben Zeichen. Danach andere, jüngere ebenfalls mit Narben, die jedoch eine andersartige Form hatten. Eindeutig waren alle diese Männer bewußt gezeichnet worden. Ich konnte nicht feststellen, ob man auch Frauen so behandelt hatte, denn ich sah auf den Straßen keine einzige Frau, weder eine dunkelhäutige noch eine weiße.

Später erfuhr ich, daß dieser Teil der Stadt die Traza genannt wurde. Es handelte sich um ein riesiges Rechteck, das netzartig von vielen breiten und engen Straßen durchzogen wurde. Hier befand sich das Zentrum der Stadt Mexíco. Die Traza war Palästen, Kirchen, Handelsfaktoreien und offiziellen Gebäuden der Weißen und ihren Familien vorbehalten. Es gab Ausnahmen. Die Männer mit kupferfarbener Haut im geistlichen Gewand lebten gemeinsam mit den weißen Geistlichen in den kirchlichen Gebäuden. Manche der einheimischen Diener weißer Familien aßen und schliefen in den Häusern, in denen sie arbeiteten. Doch alle anderen Einheimischen – selbst jene, die für die Beamten der Regierung arbeiteten – mußten abends nach Hause in die Colaciones zurückkehren. Das waren Stadtviertel, die sich von der Traza bis an den Rand der Insel erstreckten. Das Aussehen, die Sauberkeit und die Qualität dieser Wohngebiete reichte von ansehnlich über erträglich bis zu armselig.

Wenn ich mir die schönen großen Gebäude der Traza ansah, fragte ich mich, ob die Spanier nichts von den Naturkatastrophen wußten, denen die Stadt von Zeit zu Zeit ausgesetzt war und die wir alle in der EINEN WELT gut kannten. Der See hatte Tenochtítlan immer wieder überflutet. Zwei oder drei Mal war die Stadt beinahe von den Fluten völlig zerstört worden. Doch ich vermutete, daß jetzt, wo der Texcóco-See so weit verlandet war, wahrscheinlich keine große Überschwemmungsgefahr mehr bestand.

Da die Insel jedoch nur eine Erhebung auf dem unsicheren Grund des Sees war, wurde sie oft auch von den Tlaloníni heimgesucht – den Terremoto, wie die Spanier sie nannten. Dabei hatten manchmal nur einzelne Gebäude von Tenochtítlan Schaden genommen, sich geneigt oder abgesenkt. Bei anderen Tlaloníni hatte die Erde so heftig gebebt und sich aufgebäumt, daß Gebäude plötzlich umstürzten und die Menschen auf den Straßen unter sich begruben. Deshalb besaßen die großen Gebäude beim ersten Besuch meines Onkels Mixtzin in Tenochtítlan feste und breite Fundamente. Die kleineren standen auf Pfählen, die schwankten oder etwas nachgaben, um ein Absinken oder Beben der Insel auszugleichen.

Später hörte ich, daß den Spaniern die Gefahren der Insel durch eigene Erfahrungen allmählich bewußt wurden. Die hohe Kathedrale San Francisco, das größte Gebäude, das man bislang zu bauen sich vorgenommen hatte und das noch nicht einmal fertiggestellt war, neigte sich bereits erkennbar zur Seite. Die Fundamente gaben nach. Die Steinmauern hatten an manchen Stellen Risse, und die Platten des Marmorfußbodens lösten sich.

»Das ist das Werk der bösen heidnischen Dämonen«, erklärten die Priester. »Wir hätten das Gotteshaus niemals an derselben Stelle errichten dürfen, wo vorher der Tempel dieser rothäutigen Heiden stand. Es war ein Fehler, die alten Steine zu benutzen.«

Die Baumeister der Kathedrale trieben in aller Eile Keile unter das Gebäude. Sie ließen Stützmauern errichten und versuchten alles nur Erdenkliche, um den Bau zumindest bis zu seiner Fertigstellung vor dem Einsturz zu bewahren. Gleichzeitig arbeiteten sie bereits an Plänen für eine andere Kathedrale. Sie sollte in einiger Entfernung errichtet werden und neuartige, tief reichende Fundamente haben, die, wie man hoffte, dem Gebäude Halt geben würden.

Doch an jenem Tag wußte ich noch nichts von alldem. Ich trug immer noch den leeren Krug auf der Schulter, als ich den riesigen Platz vor der Kathedrale überquerte. Ich stellte meine Last neben dem großen Portal ab, damit ich nicht wie ein Arbeiter, sondern eher wie ein achtbarer Besucher wirken würde. Ich wartete, während mehrere weiße Männer im geistlichen Gewand in die Kathedrale gingen oder herauskamen, grüßte sie und fragte, ob ich ihren Tempel betreten dürfe. Ich wußte nicht, welche Regeln beim Betreten der Kirche respektiert werden mußten, und war mir so nicht sicher, ob ich den Boden küssen sollte, bevor ich durch das Portal trat oder danach. Es stellte sich schnell heraus, daß nicht einer der weißen Priester, Mönche oder was immer sie waren – und manche lebten bereits seit zehn Jahren in Neuspa-

nien – auch nur ein Wort Náhuatl verstand oder sprach. Menschen meines Volkes, die sich zu der neuen Religion bekannt hatten, kamen nicht vorbei. Deshalb versuchte ich immer wieder, so gut ich konnte, die Worte ›Notarius‹, ›Alonso‹ und ›Molina‹ auszusprechen.
Schließlich schnippte einer der Männer mit den Fingern, weil er begriff, was ich wollte, und führte mich durch das Portal. Keiner von uns beiden küßte den Boden, obwohl der Mann eine Art respektvolle Kniebeuge machte. Wir gingen durch das höhlenartige Innere, durch Gänge und Flure und stiegen etliche Stufen nach oben. In der Kathedrale nahmen die Kirchenmänner ihre Kopfbedeckungen ab, die von klein und rund bis zu groß und ausladend reichten. Erstaunt bemerkte ich, daß alle am Hinterkopf eine kahl geschorene runde Stelle hatten.
Der Mann blieb schließlich an einer offenen Tür stehen und gab mir durch eine Geste zu verstehen, ich möge eintreten. In dem kleinen Raum, den ich betrat, saß der Notarius Alonso an einem Tisch. Er rauchte Picíetl, hatte das kleingeschnittene Kraut aber nicht wie unsere Leute in Schilf oder Papier zu einem Röhrchen gerollt. Zwischen seinen Lippen steckte etwas Langes, Starres aus weißem Ton, dessen vorderes Ende nach oben gebogen und mit dem langsam brennenden Picíetl gestopft war. Er sog den Rauch durch das hintere, dünnere Ende ein.
Vor dem Notarius lag eines unserer Bücher aus gefaltetem Rindenbastpapier. Er schrieb die vielen farbigen Wortbilder ab. Ich sollte besser sagen, er übersetzte sie, denn was er auf ein anderes Papier schrieb, waren keine Wortbilder, sondern andere, mir damals fremde Zeichen. Er benutzte dazu einen angespitzten Entenfederkiel, den er in einen kleinen Topf mit einer schwarzen Flüssig-

keit tauchte. Dann kritzelte er gewundene, sich schlängelnde Linien auf sein Papier. Heute weiß ich natürlich, daß es sich um die spanische Art des Schreibens handelte. Er beendete eine Zeile, hob den Kopf und schien sich zu freuen. Aber er wußte nicht gleich meinen Namen.
»Ayyo, schön, dich zu sehen, äh ... Cuatl ...«
»Tenamáxtli, Cuatl Alonso.«
»Natürlich, Cuatl Tenamáxtli.«
»Ihr habt gestern gesagt, ich könnte kommen, um mit Euch zu reden.«
»Selbstverständlich, aber ich habe dich nicht schon heute erwartet. Was kann ich für dich tun, Bruder?«
»Kann ich bei Euch spanisch lernen, Bruder Notarius.«
Er sah mich lange an, bevor er fragte: »Wieso?«
»Ihr sprecht als einziger Spanier, den ich getroffen habe, *meine* Sprache. Ihr habt gesagt, das macht Euch zu einem nützlichen Vermittler zwischen Eurem Volk und meinem. Vielleicht könnte ich ebenso nützlich sein. Wenn kein anderer Eurer Landsleute unser Náhuatl lernen kann ...«
»Ich bin nicht der einzige«, erwiderte er. »Aber wenn die anderen es ebensogut beherrschen wie ich, teilt man ihnen Aufgaben in anderen Stadtteilen oder in den entfernteren Regionen von Neuspanien zu.«
»Dann werdet Ihr mich also unterrichten?« fragte ich drängend, und als er schwieg, fügte ich schnell hinzu: »Wenn Ihr nicht mein Lehrer sein könnt, dann vielleicht einer der anderen, die ...«
»Ich kann es, und ich werde dir Unterricht geben«, sagte er. »Ich habe jedoch nicht die Zeit, dir allein Stunden zu erteilen. Aber ich unterrichte jeden Tag ein Klasse am Colegio de San José. Das ist ein Kollegium, das aus-

schließlich für die Bildung von euch Indios eingerichtet wurde. Jeder Priester, der dort unterrichtet, spricht zumindest etwas Náhuatl.«
»Das trifft sich gut!« rief ich erfreut. »Zufällig bin ich in der Mesón der Mönche neben dem Colegio untergekommen.«
»Du hast wirklich großes Glück, Tenamáxtli. Das neue Schuljahr beginnt gerade. Das wird dir das Lernen erleichtern. Wenn du willst, sei morgen zur Prim am Tor des Kollegiums.«
»Prim?« fragte ich verständnislos.
»Ich habe vergessen, daß du solche Worte nicht verstehst, aber das macht nichts. Wenn du gefrühstückt hast, gehst du zum Tor der Schule und wartest dort auf mich. Ich werde dafür sorgen, daß du ordnungsgemäß zugelassen und aufgenommen wirst. Dann wird man dir sagen, wann und wo der Unterricht stattfindet.«
»Ich kann Euch nicht genug danken, Cuatl Alonso!«
Er griff wieder nach seiner Feder und dachte offenbar, ich würde gehen. Als ich zögernd vor seinem Tisch stehenblieb, fragte er: »Gibt es noch etwas?«
»Ich habe heute etwas gesehen, Bruder. Könnt Ihr mir sagen, was es bedeutet?«
»Was hast du gesehen?«
»Darf ich einen Augenblick die Feder haben?« Er gab sie mir, und ich schrieb mit der schwarzen Flüssigkeit auf meinen Handrücken, um nichts von seinem Papier zu verschwenden, das Zeichen ›G‹. »Was heißt das, Bruder?«
»Hay.«
»Hay?« fragte ich.
»So heißt der Buchstabe. Hay. Es ist eine Letra inicial. In deiner Sprache gibt es dafür kein Wort. Du wirst diese Dinge im Unterricht am Kollegium lernen. ›Hay‹ ist ein

105

Partikel der spanischen Sprache, so wie ahchay, ee, hota ... und so weiter. Wo hast du das gesehen?«
»Ein Mann hatte eine Narbe in dieser Form auf seiner Wange. Ich konnte nicht erkennen, ob sie eingeschnitten oder eingebrannt worden war.«
»Ach ja ... das Brandzeichen.« Er runzelte die Stirn und wandte den Blick ab. Offenbar besaß ich die Fähigkeit, Cuatl Alonso Unbehagen zu bereiten. »In diesem Fall steht die Letra inicial für Guerra, Krieg. Es bedeutet, daß der Mann ein Kriegsgefangener war und deshalb jetzt ein Sklave ist.«
»Ich habe mehrere Männer mit diesem Zeichen gesehen. Andere hatten andere Narben im Gesicht.« Ich schrieb auf meinen Handrücken die Zeichen ›HC‹ und ›JZ‹ und vielleicht auch noch andere, an die ich mich jetzt nicht mehr erinnere.
»Ebenfalls Letras iniciales«, antwortete er. »Ahchay thay, das ist der Marqués Hernán Cortés. Und hota thayda, das ist Seine Exzellenz, der Bischof Juan de Zumárraga.«
»Das sind Namen? Man hat den Männern Namen eingebrannt?«
»Die Namen ihrer Besitzer. Wenn ein Sklave nicht während der Eroberung vor zehn Jahren gefangengenommen wurde, sondern einfach gekauft und bezahlt wird, darf der Besitzer seinen lebenslangen Anspruch auf ihn wie bei einem Pferd durch das Brandzeichen kenntlich machen, verstehst du?«
»Ich verstehe«, murmelte ich. »Und Sklavinnen? Tragen auch Frauen ein Brandzeichen?«
»Nicht immer.«
Diese Frage schien ihm wieder Unbehagen zu bereiten. »Wenn sie jung und hübsch sind, wird ihr Besitzer sie vielleicht nicht entstellen.«

»Das kann ich verstehen«, sagte ich und gab ihm den Federkiel zurück. »Vielen Dank, Cuatl Alonso. Ich habe von Euch bereits einiges über das spanische Wesen gelernt. Ich kann es kaum erwarten, die Sprache der Spanier zu lernen.«

6

Eigentlich wollte ich den Notarius Alonso noch um einen anderen Gefallen bitten. Er sollte mir eine Arbeit empfehlen, mit der ich genug verdienen würde, um davon leben zu können. Doch als er mir anbot, im Colegio de San José spanisch zu lernen, beschloß ich, diese Frage nicht zu stellen. Ich würde so lange in der Mesón bleiben, wie die Mönche es erlaubten. Die Herberge befand sich neben dem Kollegium, und wenn ich für Essen und Unterkunft nicht arbeiten mußte, konnte ich alle Bildungsmöglichkeiten nutzen, die mir die Schule bot.
Natürlich würde das kein Luxusleben sein. Zwei nicht gerade reichliche Mahlzeiten am Tag machten einen kräftigen jungen Mann meines Alters kaum satt. Ich würde mir etwas ausdenken müssen, um anständig gekleidet zu sein. Ich hatte außer dem, was ich auf dem Leib trug, nur zweimal Sachen zum Wechseln mitgebracht. Diese Sachen mußten immer wieder gewaschen werden. Doch ich mußte mich auch selbst täglich waschen können. Wenn ich die beiden Kundschafter aus Tépiz fand, würden sie mir vielleicht mit heißem Wasser und Amóli-Seife helfen können, selbst für den Fall, daß sie kein Dampfbad besaßen. Ich hatte eine beachtliche Zahl Kakaobohnen in meinem Beutel. Zumindest eine Zeitlang würde ich mir auf den einheimischen Märkten die lebensnotwendigen Dinge kaufen können und hin

und wieder etwas, um die Mahlzeiten bei den Mönchen zu ergänzen.

»Wenn du willst, kannst du bis in alle Ewigkeit hier bleiben«, meinte Pochotl, der magere Mann, den ich wieder in der Herberge traf, als ich dorthin zurückkehrte und mich für das Abendessen anstellte. »Die Mönche werden nichts dagegen haben und es wahrscheinlich nicht einmal merken. Die Weißen betonen immer wieder, daß sie einen dreckigen Indio nicht vom anderen unterscheiden können. Ich schlafe hier, seit ich vor einigen Monaten mein letztes Gold und Silber verkauft habe, und lebe recht und schlecht von den beiden Mahlzeiten am Tag.« Wehmütig fügte er hinzu: »Du wirst es vielleicht nicht glauben, aber ich war einmal beneidenswert dick.«

Ich fragte: »Was machst du mit der übrigen Zeit des Tages?«

»Manchmal habe ich Gewissensbisse, weil ich zu einem Schmarotzer geworden bin. Dann bleibe ich hier und helfe den Mönchen, die Kochtöpfe zu schrubben und den Schlafraum der Männer sauberzumachen. Die Frauenabteilung wird von ein paar Nonnen in Ordnung gehalten. Nonnen sind weibliche Mönche. Sie kommen vom Refugio de Santa Brígida, wie sie es nennen, zu uns herüber. Doch meistens laufe ich einfach durch die Stadt und erinnere mich daran, was in früherer Zeit gewesen ist, oder ich sehe mir auf dem Markt Dinge an, die ich gerne kaufen würde.« Er seufzte: »Mein Leben besteht nur noch aus Langeweile und Müßiggang.«

Wir standen inzwischen vor den dampfenden Kesseln. Ein Mönch füllte gerade unsere Schalen – wieder mit Entensuppe – und gab jedem einen Bolillo, als, wie am Tag zuvor, im Osten fernes Donnergrollen ertönte.

»Sie sind wieder am See«, murmelte Pochotl, »und jagen Enten. Die Vogelfänger sind so pünktlich wie diese blödsinnigen Kirchenglocken, die mit ihrem Gebimmel den Tag in Stunden einteilen.« Ohne die Miene zu verziehen, ließ er sich die gefüllte Schale reichen. »Ayya, wir dürfen uns nicht beklagen! Wir bekommen schließlich unseren Anteil vom Fleisch.«
Ich ging mit meiner Schale und dem Brot in den Eßsaal und nahm mir vor, bald einmal in der Abenddämmerung zur Ostseite der Insel zu gehen, um zu sehen, auf welche Weise die spanischen Vogelfänger die Enten erlegten. Pochotl kam in den Saal nach und setzte sich zu mir. »Ich gebe zu, daß ich ein Bettler und Müßiggänger bin. Aber was ist mit dir, Tenamáxtli? Du bist noch jung und stark. Ich glaube, du scheust dich nicht zu arbeiten. Warum willst du hier bei uns, den Ärmsten der Armen, bleiben?«
Ich deutete auf das Kollegium nebenan. »Ich werde dort zur Schule gehen und spanisch lernen.«
»Wozu?« fragte er überrascht. »Du sprichst nicht einmal deine eigene Sprache besonders gut.«
»Es stimmt, das moderne Náhuatl dieser Stadt beherrsche ich nicht. Mein Onkel sagt, daß wir in Aztlan so sprechen, wie es vor langer Zeit üblich war. Aber bisher hat mich jeder verstanden, den ich hier getroffen habe. Außerdem ist dir vielleicht aufgefallen, daß viele der Leute, die hier übernachten und von weit im Norden aus den Gebieten der Chichiméca kommen, unterschiedliche Náhuatl-Dialekte sprechen. Trotzdem verstehen sich alle ohne große Schwierigkeiten.«
»Ach! Wen interessiert schon, was diese Leute, die Hundemenschen, sagen?«
»›Hundemenschen‹? Da irrst du dich, Cuatl Pochotl. Ich habe viele Mexíca gehört, die alle Chichiméca ›Hunde-

menschen‹ nennen ... und die Zácachichiméca die ›wilden Hundemenschen‹. Aber das stimmt nicht. Der Name leitet sich nicht von Chichíne, dem Wort für Hund, ab, sondern von chichíltic, und das heißt rot. Sie alle gehören vielen verschiedenen Stämmen und Sippen an. Wenn sie sich Chichiméca nennen, meinen sie damit nur, daß sie Rothäute sind. Das heißt schlicht und einfach, sie sind mit uns, den Bewohnern der EINEN WELT, verwandt.«
Pochotl schnaubte. »Nicht mit mir! Die Chichiméca sind ein unwissendes, schmutziges und grausames Volk.«
»Das liegt doch nur daran, daß sie ihr Leben in der Wüste dort oben im Norden verbringen.«
Er zuckte die Schultern. »Trotzdem, weshalb willst du die Sprache der Spanier lernen?«
»So kann ich etwas über die Spanier erfahren, über ihr Wesen, ihren christlichen Aberglauben – alles.«
Pochotl tunkte mit dem letzten Stück seines Bolillo den letzten Rest Suppe auf und sagte: »Du hast den Mann gesehen, der gestern verbrannt worden ist. Dann weißt du alles, was jemand von uns über die Spanier und Christen wissen muß.«
»Ich weiß bereits etwas anderes. Mein Krug, den ich vor der Kathedrale abgestellt hatte, ist verschwunden. Ein Christ muß ihn gestohlen haben. Ich hatte ihn nur geliehen. Jetzt bin ich den Mönchen einen Krug schuldig.«
»Wovon im Namen aller Götter sprichst du?«
»Ach nichts«, erwiderte ich lachend und betrachtete nachdenklich den Bettler, Schmarotzer und Müßiggänger, wie er sich selbst nannte. Pochotl kannte die Stadt schon sein Leben lang. Ich beschloß, ihm zu vertrauen. »Ich möchte alles über die Spanier wissen, weil ich sie vernichten will.«

Er lachte rauh. »Wer will das nicht? Aber wer ist dazu in der Lage?«
»Vielleicht ich und du.«
»Ich?!« Er lachte schallend. »*Du?!*«
Ich versuchte, meine Idee zu verteidigen. »Ich habe die gleiche militärische Ausbildung wie die Krieger der Mexíca, die einmal der Stolz und der Schrecken aller Völker der EINEN WELT waren.«
»Die Ausbildung hat diesen stolzen Kriegern viel genutzt«, brummte er. »Wo sind sie jetzt? Die wenigen, die noch leben, laufen mit einem Brandzeichen im Gesicht durch die Straßen der Stadt. Und du rechnest dir aus, mehr Erfolg zu haben als sie?«
»Ich glaube, ein entschlossener Mann, der seine ganze Kraft aufbietet, kann alles erreichen, was er will.«
»Bestimmt nicht *alles*.« Er lachte wieder schallend. »Auch wir beide zusammen schaffen das nicht.«
»Wir müssen uns natürlich noch mit anderen verbünden, mit vielen anderen, mit den Chichiméca zum Beispiel, die du so verachtest!« Er sah mich skeptisch an, schwieg aber. Deshalb fuhr ich fort: »Ihr Gebiet ist von den Spaniern nicht erobert worden, und sie sind noch immer frei. Vergiß nicht, sie sind nicht das einzige Volk im Norden, das den Weißen trotzt. Wenn sich *alle* freien Völker und Stämme erheben und nach Süden marschieren ...«
Die Leidenschaft ließ mich beinahe jede Vorsicht vergessen. Erschrocken über meine Kühnheit senkte ich den Kopf.
»Pochotl, wir werden ausführlicher darüber reden, wenn ich meine Studien aufgenommen habe.«
»›Reden‹ ... das ewige Gerede ändert überhaupt nichts.«
Ich mußte nicht lange am Eingang des Kollegiums war-

ten, bis der Notarius Alonso kam und mich herzlich begrüßte.
»Ich hatte fast befürchtet, Tenamáxtli, du könntest deinen Entschluß geändert haben.«
»Eure Sprache zu lernen? Ich bin fest entschlossen ...«
»Ein Christ zu werden«, sagte er.
»Wie?« rief ich überrascht. »Darüber haben wir nie gesprochen.«
»Ach ...« Er sah mich mit hochgezogenen Augenbrauen an. »Aber das ist doch selbstverständlich! Das Kollegium ist eine Parochial-Schule.«
»Das Wort sagt mir nichts, Cuatl Alonso.«
»Eine christliche Schule, die von der Kirche unterhalten wird. Du mußt Christ sein, um sie zu besuchen.«
»Ja dann ...«, murmelte ich.
Er lachte und sagte: »Du kannst ein Christ werden.« Als ich ihn etwas erschrocken ansah, fügte er lachend hinzu: »Das tut nicht weh. Zum Bautismo verwendet der Priester nur ein wenig Wasser und Salz. Die Taufe reinigt dich von allen Sünden und befähigt dich, die anderen Sakramente der Kirche zu empfangen. Sie ist ein irdisches Unterpfand für die Rettung deiner Seele.«
Das klang alles wenig überzeugend. »Also ...«
»Es wird eine Weile dauern, bis du ein Christ bist«, fuhr er fort. »Zuerst mußt du in der Glaubenslehre unterwiesen sein und auf den Catecismo, die Confirmación und die Erste Comunión vorbereitet werden.«
Alle diese Worte sagten mir nichts. Aber ich begriff, daß ich zunächst lediglich eine Art ›Anfänger-Christ‹ sein würde. Wenn ich in dieser Zeit spanisch lernte, würde ich bestimmt fliehen können, bevor ich endgültig an die fremde Religion gebunden war. Ich zuckte die Schultern und sagte: »Wie Ihr wollt. Geht voran.«

Alonso führte mich in das Gebäude und in den Raum des Registrador. Er war ein spanischer Priester mit der gleichen kahlen runden Stelle auf dem Kopf wie alle anderen, die ich bisher gesehen hatte, aber er war sehr dick. Er musterte mich ohne große Begeisterung. Er und Alonso unterhielten sich lange auf spanisch, dann wandte sich der Notarius schließlich an mich.
»Beim Bautismo, der Taufe, erhält der Bekehrte einen christlichen Namen. Es ist üblich, ihm den Namen des Heiligen zu geben, an dessen Tag er getauft wird. Heute feiern wir das Fest des Heiligen Hilarion, des Einsiedlers. Deshalb wirst du Hilario Ermitaño genannt werden.«
»Lieber nicht.«
»Wie bitte?«
Ich schüttelte energisch den Kopf und fügte vorsichtig hinzu: »Ich glaube, es gibt den christlichen Namen *Juan* ...«
»Ja und warum ...?« Alonso schien leicht verwirrt.
Ich hatte diesen Namen erwähnt, weil ich dachte, wenn ich schon einen christlichen Namen erhalten sollte, dann den meines toten Vaters Mixtli. Alonso sah zu meiner Erleichterung offenbar keinen Zusammenhang mit dem Mann, der am Vortag hingerichtet worden war, denn er nickte und sagte anerkennend: »Dann weißt du also doch etwas über unseren Glauben. Juan war der Apostel, den Jesus am meisten liebte.« Ich erwiderte nichts, denn ich verstand nach wie vor nicht, wovon er redete. Er sah mich aufmerksam an und fragte: »Der Name Juan wäre dir also lieber?«
»Wenn es keine Regel gibt, die das verbietet.«
»Nein, keine Regel ..., aber ich will mich erkundigen ...«
Er wandte sich wieder an den dicken Priester. Nachdem sie sich beraten hatten, drehte sich Alonso wieder zu mir

um: »Vater Ignacío sagt, daß heute auch der Tag eines ziemlich unbekannten Heiligen mit dem Namen John von York gefeiert wird. Er war der Abt eines Klosters in Inglaterra. Wir sind mit deinem Vorschlag einverstanden, Tenamáxtli, du wirst auf den Namen Juan Británico getauft werden.«
Als der Priester Ignacío meinen Kopf mit Wasser besprengte und ich ein paar Körnchen Salz aus seiner Hand lecken mußte, fand ich das Ritual wenig beeindruckend. Doch ich schwieg, denn eindeutig bedeutete es Alonso viel. Ich wollte nicht undankbar sein und meinen zukünftigen Lehrer enttäuschen.
So wurde ich also zu Juan Británico. Damals ahnte ich natürlich nicht, daß ich wieder einmal ein Opfer der Götter war, die mit den Menschen ihr böses Spiel treiben und Dinge geschehen lassen, die scheinbar Zufälle sind. Obwohl ich den neuen Namen fortan nur selten gebrauchte, hörte ihn irgendwann ein Fremder, der aus einem noch ferneren Land kam als die Spanier, und das führte zu höchst seltsamen Ereignissen.
»Gut«, sagte Alonso, »laß uns jetzt entscheiden, welche Fächer du außer Spanisch noch wählen willst, Juan Británico.« Er griff nach einem Blatt Papier, das auf dem Tisch des Priesters lag, und überflog es. »›Unterweisung in der christlichen Lehre‹, ja natürlich. Es gibt auch eine Lateinklasse, falls du später zum geistlichen Stand berufen sein solltest. ›Lesen‹, ›Schreiben‹ ... das muß warten. Die anderen Fächer werden nur in spanisch unterrichtet, also müssen die auch warten. Aber die Muttersprache der Lehrer in den handwerklichen Fächern ist Náhuatl. Sagt dir etwas davon zu?« Er las vor: »Zimmern, Schmieden, Gerben, Schuhe machen, Sattlerarbeiten, Glas blasen, Bier brauen, Spinnen, Weben,

Schneidern, Sticken, Spitzen klöppeln, Almosen betteln ...«
»Betteln?!« rief ich erstaunt.
»Für den Fall, daß du Mönch eines Bettelordens wirst.«
Ich erwiderte trocken: »Ich habe nicht den Ehrgeiz, Mönch zu werden, aber ich glaube, einen Bettler könnte man mich bereits nennen, denn ich lebe in der Mesón.«
Er hob den Blick von der Liste. »Sag mir, bist du in der Lage, die Bücher mit Wortbildern der Aztéca und der Maya zu lesen, Juan Británico?«
»Ich hatte gute Lehrer«, erwiderte ich. »Es wäre unbescheiden zu behaupten, daß ich ein guter Schüler war.«
»Vielleicht könntest du mir helfen. Ich versuche, die wenigen einheimischen Bücher, die in diesem Land noch vorhanden sind, ins Spanische zu übersetzen. Beinahe alle sind der Säuberung zum Opfer gefallen. Man hat sie verbrannt, weil sie frevelhaft und teuflisch sind und dem wahren Glauben schaden. Mit den Wortbildern der Náhuatl-Schreiber komme ich ganz gut zurecht, aber manche Bücher stammen von Skribenten anderer Sprachen. Glaubst du, du könntest mir beim Entziffern dieser Bücher behilflich sein?«
»Ich kann es versuchen.«
»Gut, dann werde ich Seine Exzellenz um Erlaubnis bitten, dir einen Lohn zu zahlen. Es wird nicht viel sein, dir aber die Schmach ersparen, wie eine Drohne von der Wohltätigkeit anderer zu leben.« Nach einem weiteren kurzen Gespräch mit dem dicken Priester Ignacío sagte er zu mir: »Ich habe dich vorerst nur für zwei Fächer eingeschrieben. Die eine Klasse unterrichte ich: ›Spanisch für Anfänger‹. Die zweite ist ›christliche Glaubenslehre‹ bei Vater Diego. Alle anderen Fächer können warten. Du wirst ab jetzt deine freie Zeit in der Kathedrale verbrin-

gen und mir bei der Arbeit an den einheimischen Büchern helfen. Wir nennen sie übrigens Códices.«
»Das freut mich«, sagte ich. »Und ich bin Euch sehr zu Dank verpflichtet, Cuatl Alonso.«
»Gehen wir hinauf. Deine Klassenkameraden müßten bereits in den Bänken sitzen und auf mich warten.«
Damit hatte er recht, und ich stellte verlegen fest, daß ich der einzige Erwachsene unter mehr als zwanzig Jungen und vier oder fünf Mädchen war. Ich befand mich in einer ähnlichen Lage wie mein Vetter Yeyac, als er vor Jahren seine Ausbildung an den niederen Schulen in Aztlan zusammen mit kleinen Kindern beginnen mußte. Ich glaube nicht, daß ein einziger Junge im Raum alt genug war, das Máxtlatl unter dem Mantel zu tragen. Die wenigen Mädchen wirkten noch jünger. Die unterschiedliche Hautfarbe der Kinder fiel mir sofort auf. Natürlich hatte niemand von ihnen die weiße Haut der Spanier. Die meisten waren kupferbraun wie ich, aber nicht wenige wirkten sehr viel blasser und zwei oder drei zu meinem Erstaunen wesentlich dunkler. Natürlich mußten die hellhäutigen Kinder von Spaniern sein, die ›Indiofrauen‹ geschwängert hatten. Aber woher kamen die Kinder mit dunkler Hautfarbe? Offensichtlich stammte ein Elternteil aus der EINEN WELT ... doch der andere?«
Ich stellte nicht sofort Fragen. Ich setzte mich gehorsam in eine der Bänke und wartete auf den Beginn der Stunde, während die Kinder die Hälse verdrehten und den Erwachsenen in ihrer Mitte neugierig anstarrten. Alonso stand an der Stirnseite des Raums hinter einem Tisch, und ich muß gestehen, die geschickte Art seines Unterrichts fand schnell meine Bewunderung und Anerkennung.

»Wir beginnen damit«, sagte er auf náhuatl, »daß wir die offenen Laute der spanischen Sprache üben: ah, ay, ee, oh, oo. Es sind die gleichen Laute wie in den folgenden Worten eurer Sprache. Hört zu. Acáli ... Tene ...ixtlil ... Pochotl ... Calpúli.«
Selbst die Jüngsten der Klasse verstanden die Worte, denn sie bedeuteten: Kanu, Mutter, schwarz, Kapok-Baum und Familie.
Er fuhr fort. »Ihr werdet diese Laute in den folgenden spanischen Wörtern wieder hören. Acáli ... Banca. Tene ... Dente. ixtlil ... Piso. Pochotl ... Polvo. Calpúli ... Muro.«
Er ließ uns diese zehn Worte mehrmals wiederholen und betonte dabei die uns vertrauten ›offenen Laute‹. Um uns nicht zu verwirren, erklärte er erst danach, was die spanischen Worte bedeuteten.
»Banca«, sagte er, streckte die Hand aus und schlug leicht auf eine der Bänke in der ersten Reihe. »Dente« – er deutete auf einen seiner Zähne. »Piso« – er wies auf den Boden und stampfte einmal mit dem Fuß auf. »Polvo« – er fuhr mit der Hand über den Tisch und wirbelte eine Staubwolke auf. »Muro« – er wies auf die Wand.
Wir mußten die spanischen Wörter wiederholen und dabei zusammen mit ihm auf die Dinge deuten, die sie bezeichneten.
»Banca – Bank, Dente – Zahn, Piso – Fußboden, Polvo – Staub und Muro – Wand.«
Dann fuhr er in unserer Sprache fort: »Sehr gut. Wer von euch intelligenten Schülern kann mir jetzt fünf andere Náhuatl-Worte nennen mit den Lauten ah, ay, ee, oh, oo?«
Als sich niemand – auch ich nicht – freiwillig meldete, bedeutete Alonso mit einer Geste einem kleinen Mäd-

chen in einer der vorderen Bänke aufzustehen. Sie trat vor und begann schüchtern: »Acáli ... Tene ...«
»Nein, nein, nein«, sagte unser Lehrer und bewegte den erhobenen Finger hin und her. »Das sind die Worte, die ich euch gegeben habe. Es gibt viele, viele andere. Wer kann uns fünf *andere* nennen?«
Die Schüler saßen alle stumm auf ihren Plätzen und warfen sich von der Seite scheue Blicke zu. Alonso deutete auf mich.
»Juan Británico, du bist älter, und ich weiß, du hast eine Menge Wörter in deinem Kopf. Nenne uns fünf, in denen die verschiedenen offenen Laute, die ich genannt habe, enthalten sind.«
Ich hatte bereits darüber nachgedacht, und mir waren, ich weiß nicht warum, fünf bestimmte Worte eingefallen. Deshalb grinste ich wie ein Schuljunge und begann: »Maátitl ... Ahuilnéma ... Tipíli ... Chitóli ... Tepúli.«
Ein paar der kleineren Kinder blickten verständnislos, doch die meisten älteren wußten natürlich, was die Worte bedeuteten. Sie wurden rot oder kicherten hinter vorgehaltenen Händen, denn solche Worte äußerte man nicht in Gegenwart eines Lehrers, besonders nicht in Gegenwart eines christlichen Lehrers an einem kirchlichen Kollegium. Auch Alonso legte bestimmt keinen Wert darauf, sie zu hören.
Der Notarius sah mich finster an. »Das findest du wohl sehr komisch, du unverschämter Babalicón. Stell dich mit dem Gesicht zur Wand in die Ecke! Dort bleibst du stehen und schämst dich, bis die Stunde zu Ende ist.«
Ich wußte nicht, was ein Babalicón war, konnte es mir aber vorstellen. Also stand ich in der Ecke, hatte das Gefühl, zu Recht bestraft worden zu sein, und bedauerte, so

etwas zu einem Mann gesagt zu haben, der bisher nur freundlich zu mir gewesen war.

Der Rest der Stunde verging an diesem Tag mit dem Aufsagen *harmloser* Wörter mit offenen Lauten. Ich beherrschte die Laute bereits und lernte die spanischen Worte beim Zuhören mühelos auswendig. Deshalb entging mir nicht viel, obwohl ich geächtet und ignoriert wurde.

Nach dem Unterricht sagte Alonso zu mir: »Was du getan hast, war ungezogen, unanständig und kindisch, Juan. Ich mußte streng sein, um die anderen zu warnen.« Dann lächelte er. »Aber ich will gestehen, dein schlechter Scherz hat den Unterricht aufgelockert. Die Kinder waren am ersten Schultag verständlicherweise ängstlich und unruhig. Aber dann wurde es für alle leichter und ungezwungener. Deshalb verzeihe ich dir diesmal deinen Übermut.«

Ich versprach ihm, so etwas werde sich nicht wiederholen, und das war ehrlich gemeint. Alonso führte mich durch den Flur zu jenem Raum, wo mein nächster Unterricht stattfinden würde. Hier sollte ich meine erste christliche Unterweisung erhalten. Ich stellte fest, daß ich diesmal nicht der Älteste war. Ein paar meiner Mitschüler waren Jugendliche, andere sogar bereits Erwachsene. Es gab keine Kinder, nur wenige Mädchen, und es fehlte die Vielfalt der Hautfarben. In dieser Klasse wurden keine Anfänger unterrichtet. Der Unterricht fand seit längerer Zeit, vielleicht sogar schon seit Monaten statt. Deshalb mußte ich versuchen, Dinge zu verstehen, die mein Begriffsvermögen zunächst überstiegen.

An meinem ersten Tag erklärte der Priester das christliche Konzept der ›Dreifaltigkeit‹. Pater Diego hatte eine Glatze, war also nicht nur an einer Stelle kahl geschoren.

Er hörte es gerne, wenn er Tete genannt wurde, in unserem Volk die liebevolle Verkleinerungsform von ›Vater‹. Er sprach Náhuatl beinahe so fließend wie der Notarius Alonso. Deshalb verstand ich alles, was er sagte, allerdings nicht, was die Worte und Begriffe bedeuteten. Zum Beispiel ist Yeyíntetl in unserer Sprache das Wort für Trinität; es bezeichnet eine Gruppe von drei Personen oder Dingen – etwa die Spitzen eines Dreiecks oder das dreifach gelappte Blatt bestimmter Pflanzen. Doch Tete Diego forderte uns zur Verehrung einer Vierergruppe auf.
Ich habe bis heute keinen christlichen Spanier getroffen, der nicht an eine Trinität glaubt, die aus vier Wesen besteht: aus einem Gott, der keinen Namen hat, dem Sohn dieses Gottes, der Jesus heißt, und der Mutter dieses Sohnes, der Jungfrau Maria. Hinzu kommt noch ein Heiliger Geist, der zwar obwohl er auch keinen Namen hat, offenbar aber einer der geringeren Götter ist, die Santos genannt werden, wie San José und San Francisco. Das sind somit allerdings vier, die verehrt werden sollen. Wie vier Götter eine Dreifaltigkeit sein können, das konnte ich nie verstehen.

7

An diesem und an allen folgenden Tagen – bis auf die sogenannten Sonntage – meldete ich mich nach dem Unterricht am Kollegium bei Alonso de Molina in der Kathedrale. Ich saß zwischen seinen Stapeln von Büchern aus Rindenbastpapier, Metlfaser und Kitzhaut und redete mit ihm über die Bedeutung dieser oder jener Seite, eines bestimmten Abschnitts und manchmal auch über ein einzelnes Bildzeichen. Natürlich beherrschte der Notarius bereits so grundlegende Dinge wie die Methode des Zählens der Aztéca und der Mexíca sowie die davon abweichenden Methoden anderer Völker, etwa die der Tzapotéca und Mixtéca oder die älterer, ausgestorbener Völker, die Aufzeichnungen hinterlassen hatten, zum Beispiel die der Maya und der Olméca. Er wußte auch, daß in allen Büchern eine Náhuatl, das heißt eine neben dem Kopf eines Menschen abgebildete Zunge, bedeutete, daß dieser Mensch sprach. Dabei spielte es keine Rolle, von welchem Schreiber das Buch stammte. War die Zunge wellig oder gerollt, sang der Betreffende oder rezitierte ein Gedicht. Ein Dorn, der die Zunge durchbohrte, zeigte an, daß dieser Mensch log. Alonso kannte die Symbole, mit denen unsere Völker Berge, Flüsse und dergleichen darstellten. Er beherrschte viele Einzelheiten unserer Bilderschrift, aber hin und wieder konnte ich ihn korrigieren, wenn er sich irrte.

»Nein«, sagte ich etwa, »die südlichsten Bewohner der EINEN WELT, die Völker von Quautemálan, kennen den Gott Quetzalcóatl nicht unter diesem Namen. Ich habe diese Gegenden nie besucht, doch nach Aussagen meiner Lehrer an der Calmécac heißt der Gott in den südlichen Sprachen schon immer Gúkumatz.«
Oder ich sagte: »Nein, Cuatl Alonso, Ihr gebt den hier abgebildeten Göttern falsche Namen. Es sind die Itzceliúqui, die blinden Götter. Deshalb werdet Ihr feststellen, daß sie, wie hier, immer mit schwarzen Gesichtern dargestellt sind.«
Ich erinnere mich, diese Erklärung führte dazu, daß ich Alonso fragte, weshalb einige jüngere Schüler des Kollegiums so dunkle Haut hatten, daß sie beinahe schwarz waren. Der Notarius klärte mich auf. Es gab, so sagte er, bestimmte Männer und Frauen, die man auf spanisch Moros oder Negros nannte. Sie gehörten einer bemitleidenswert niedrigstehenden Rasse an und lebten an einem Ort, der Afrika hieß. Sie waren unzivilisiert und wild und ließen sich nur unter großen Schwierigkeiten kultivieren und zähmen. Die Spanier machten jene, die sich zähmen ließen, zu Sklaven. Einigen wenigen Begünstigten erlaubte man sogar, spanische Soldaten zu werden. Mehrere solcher Männer waren mit den ersten Truppen gekommen, um die EINE WELT zu erobern. Man hatte sie nach dem Sieg wie ihre weißen Kameraden mit Tributzahlungen hier in Neuspanien belohnt. Außerdem erhielten sie gefangene ›Indios‹ als Sklaven – Männer mit dem Brandzeichen ›G‹ im Gesicht.
»Ich habe zwei oder drei reiche Schwarze gesehen«, sagte ich. »Die Moros scheinen prächtige Kleidung zu lieben. Sie putzen sich sogar noch mehr heraus als die reichen Weißen der Oberschicht. Vielleicht liegt es daran, daß

sie so häßliche Gesichter haben mit breiten, flachen Nasen, wulstigen Lippen und gekräuselten Haaren. Aber schwarze Frauen habe ich nicht gesehen.«
»Glaub mir, sie sind genauso häßlich.« Alonso machte ein ernstes Gesicht. »Die meisten Moro-Konquistadoren, denen Land verliehen worden ist, findet man an der Ostküste, in der Gegend von Villa Rica de Vera Cruz. Manche von ihnen haben sich schwarze Frauen aus ihrer Heimat kommen lassen. Aber im allgemeinen ziehen sie die hellhäutigeren und sehr viel hübscheren einheimischen Frauen vor.«
Alle Krieger neigen dazu, die Frauen ihrer besiegten Feinde zu schänden. Selbstverständlich hatten die weißen, spanischen Eroberer das auch getan. Aber wie Alonso sagte, hatten die Moro-Soldaten in ihrer ungezügelten Gier versucht, jede Frau zu vergewaltigen, die nicht schnell genug vor ihnen weglaufen konnte. Alonso wußte nicht genau, ob das zur Geburt von so merkwürdigen Wesen wie Tapirkindern und Alligatorkindern geführt hatte. Aber, so bestätigte er, in Neuspanien und auch in älteren spanischen Kolonien schliefen sowohl Spanier als auch Moros mit ihren Sklavinnen nach Lust und Laune. Obwohl selten darüber geredet wurde, gab es genügend Beweise dafür, daß sich auch manche Spanierinnen unter den schwarzen Sklaven Liebhaber wählten. Das waren nicht nur jene Frauen, die von den Spaniern als Huren hierhergebracht wurden, sondern Frauen und Töchter der höchsten Stände. Aus Verderbtheit, aus Lüsternheit oder aus reiner Neugier paarten sie sich mit Männern jeder Hautfarbe und jeden Ranges. Die zügellose Vermischung der Rassen, erklärte Alonso, führe zu einer Vielzahl von Kindern, deren Hautfarbe von beinahe schwarz bis beinahe weiß reichte.

»Seit Velázquez Kuba erobert hat«, sagte er, »erweist es sich als nützlich, den Nachkommen unterschiedlicher Hautfarbe Namen zu geben, die sie in Kategorien einteilen. Das Ergebnis der Paarung eines männlichen oder weiblichen Indio mit einer männlichen oder weiblichen weißen Person nennen wir Mestizo. Das Ergebnis einer Paarung von Moro und Weißen nennen wir Mulato. Das Ergebnis der Paarung von Indio und Moro nennen wir Pardo. Paaren sich ein Mulato oder ein Pardo mit einer weißen Person, ist das Kind ein Cuarterón. Ein Kind das nur zu einem Viertel von einem Indio oder Moro abstammt, kann manchmal wie ein rein weißes Kind aussehen.«

Ich fragte: »Wozu dann die Mühe der genauen Unterscheidung?«

»Welch eine Frage, Juan Británico! Es kommt vor, daß sich der Vater oder die Mutter eines Bastards irgendwann für das Kind verantwortlich fühlt oder es sogar liebt. Wie du beobachtet hast, werden Mischlinge manchmal zur Schule geschickt, damit sie eine Ausbildung erhalten. Mitunter vererbt der Vater dem Kind sogar einen Familientitel oder Besitz. Es gibt kein Gesetz, das solche Erbschaften verbietet. Die Behörden und vor allem die Heilige Kirche müssen genaue Aufzeichnungen führen, um zu verhindern, daß das spanische Blut verunreinigt wird. Stell dir vor, ein oder eine Cuarterón gibt sich als weißer Mann oder weiße Frau aus, und ein argloser Spanier oder eine Spanierin heiratet die betreffende Person ... das ist schon vorgekommen.«

»Wie kann das jemand herausfinden?«

»In Kuba hat vor kurzem ein scheinbar weißes Ehepaar ein turna Atrás bekommen, wie wir ein unverkennbar schwarzes Kind nennen. Die Frau beteuerte natürlich

ihre Unschuld, ihre eheliche Treue, und sie war von makelloser kastilischer Herkunft. Gerüchten zufolge hieß es später, wenn die Register seit der ersten Ansiedlung von Spaniern in Kuba richtig geführt worden wären, hätte sich möglicherweise herausgestellt, daß der ›weiße‹ Ehemann der Schuldige war, weil in seinen Adern schwarzes Blut floß. Aber Gerüchte liefern keine Beweise, und die Kirche hatte natürlich darauf bestanden, daß die Frau und das Kind am Pfahl verbrannt wurden. Deshalb führen wir jetzt peinlich genaue Aufzeichnungen. Die geringste Spur von nicht-weißem Blut, ob erkennbar oder nicht, befleckt den, der es in sich trägt, und macht ihn minderwertig.«
»Minderwertig«, murmelte ich, »natürlich ...«
»Wir Spanier treffen sogar unter uns gewisse Unterscheidungen. Die unzweifelhaft weißen spanischen Kinder, die du im Kollegium siehst, nennen wir Criollos. Das bedeutet, sie sind auf dieser Seite des Meeres geboren. Die älteren Kinder und ihre Eltern, die wie ich aus dem Mutterland Spanien gekommen sind, heißen Gachupines – ›Sporenträger‹. Sie sind die spanischsten Spanier. Ich wage zu behaupten, daß die Gachupines irgendwann einmal auf die Criollos herabblicken werden, als verleihe ihnen allein die Tatsache, daß sie unter einem anderen Himmel geboren wurden, einen höheren gesellschaftlichen Rang. Für mich heißt das nur, daß ich beauftragt bin, jeden auf die entsprechende Weise in meinen Grundbüchern und Zensusunterlagen zu führen.«
Ich nickte, um zu zeigen, daß ich ihm folgen konnte, obwohl ich nicht die leiseste Ahnung hatte, was ›Sporen‹ oder ›Zensus‹ bedeutete.
»Aber«, fuhr er fort, »von den anderen, den Mischlingen,

habe ich dir nur ein paar wenige Klassifizierungen genannt. Wenn sich zum Beispiel eine Cuarterón und ein Weißer paaren, ist das Kind ein Octavo. Die Unterschiede reichen bis zum Décimosexto. Ein solches Kind ist vermutlich nicht von einem weißen zu unterscheiden. Neuspanien ist eine so junge Kolonie, daß es so etwas bisher nicht gibt. Wir haben noch andere Namen für jede mögliche Mischung von weißem Blut mit dem Blut von Moros und Indios. Coyotes, Barcinos, Bajunos, die unglückseligen Pintojos mit gefleckter Haut und viele mehr. Es mag lästig und schwierig sein, Aufzeichnungen darüber zu führen, aber wir müssen sie führen, und wir tun es, um die Menschen jeden Ranges, vom höchsten bis zum niedersten, zweifelsfrei einordnen zu können.«
»Natürlich ...«, murmelte ich noch einmal.
Nach diesem Gespräch wurde mir auf den Straßen der Stadt deutlich bewußt, daß viele Angehörige meiner Rasse die ihnen von den Spaniern aufgezwungene Vorstellung, sie seien minderwertige Menschen, vorbehaltlos akzeptierten. Daß sie sich mit dem Urteil abfanden, brachten sie ausgerechnet durch ihre Haare zum Ausdruck.
Die Spanier wissen seit langem, daß die Mehrheit der Völker in der EINEN WELT deutlich weniger behaart ist als sie. Wir ›Indios‹ haben dichtes Kopfhaar, aber abgesehen von wenigen Ausnahmen findet man in unseren Gesichtern und an unseren Körpern nur leichte Spuren von Behaarung. Unsere Mütter waschen die Gesichter ihrer Söhne von Geburt an mit sehr heißem Kalkwasser. Deshalb sprießt ihnen in der Jugend nicht einmal Bartflaum. Mädchen müssen diese Behandlung natürlich nicht über sich ergehen lassen. Aber ob Mann oder Frau, uns wachsen weder Haare auf der Brust noch in den Achsel-

höhlen, und nur wenige Menschen haben im Genitalbereich einen Anflug von Ymáxtli.

Weiße Spanier sind behaart, und weiße Spanier sind nach ihrer eigenen Definition den Indios bei weitem überlegen. Ich vermute, daß das Blut eines weißen Vorfahren, ganz gleich, wie sehr es sich über Generationen hinweg verdünnt, an alle Nachkommen die Behaarung vererbt. Deshalb verloren unsere Männer allmählich den Stolz auf ihre glatten und unbehaarten Gesichter. Die Jugendlichen, auf deren Wangen der dünnste Flaum sproß, ließen ihn wachsen und hofften, daß daraus ein Vollbart sprießen werde. Niemand, dem Haare auf der Brust oder unter den Armen wuchsen, zupfte oder rasierte sie mehr.

Noch schlimmer war, daß selbst hübsche junge Frauen, denen an den Beinen oder unter den Armen Haare wuchsen, sich deshalb nicht schämten. Sie begannen sogar, kurze Röcke zu tragen, um die *behaarten* Beine zu zeigen. Sie schnitten die Ärmel ihrer Blusen ab, damit man die kleinen Büschel in den Achselhöhlen sah.

Bis auf den heutigen Tag stellen unsere Männer und Frauen, die im Gesicht oder am Körper behaart sind, das zur Schau, ganz gleich, ob es sich nur um einen dünnen Flaum oder beinahe um einen dichten Pelz handelt. Natürlich geben sie damit den Makel ihrer Mischlingsgeburt zu erkennen. Das stört sie aber nicht, denn sie lassen uns auf diese Weise wissen: ›Ihr Glatthäutigen mögt die gleiche Hautfarbe haben wie ich, aber ich und ihr, wir gehören nicht derselben niederen und verachteten Rasse an. Ich habe mehr Körperhaare, und das bedeutet, in meinen Adern fließt spanisches Blut. Man braucht mich nur anzusehen, um zu erkennen, daß ich etwas Besseres bin als ihr.‹

Doch ich eile meiner Chronik voraus. Als ich in die Stadt Mexíco kam, waren nicht viele Mestizen und Mulatten und andere Mischlinge zu sehen. Mein neunzehnter Geburtstag lag einige Zeit zurück, aber an welchem Tag er laut christlichem Kalender sein sollte, konnte ich nicht genau sagen, da ich damals nicht sehr vertraut mit diesem Kalender war. Die weißen und schwarzen Eroberer lebten noch nicht lange genug unter uns, um bereits ältere Nachkommen zu haben als jene, die zusammen mit mir die Schule besuchten.

Seit meiner Ankunft in der Stadt fiel mir die große Zahl der Betrunkenen auf. Selbst bei den zügellosesten religiösen Festen in Aztlan gab es nicht so viele. Zu jeder Tages- und Nachtzeit torkelten Männer und nicht wenige Frauen durch die Straßen oder brachen bewußtlos zusammen, so daß die Vorübergehenden über sie hinwegsteigen mußten. Unsere Völker, sogar unsere Priester, waren nie völlig enthaltsam gewesen. Aber sie hatten auch bei Festen nur selten im Übermaß berauschende Getränke genossen, etwa die vergorene Kokosmilch von Aztlan oder den Tesgúino, den die Rarámuri aus Mais herstellen, den Chápari, den die Purémpecha aus Bienenhonig gewinnen, oder den überall verbreitete Octli, den die Spanier Pulque nennen und der aus der Metl-Pflanze hergestellt wird, die bei den Spaniern Maguey heißt.

Ich konnte nur vermuten, daß die Mexíca der Stadt angefangen hatten, übermäßig zu trinken, damit sie im Rausch ihre Niederlage und tiefe Verzweiflung vergaßen. Doch Cuatl Alonso widersprach.

»Es gibt genügend Beweise dafür«, erklärte er, »daß die Rasse der Indios für die starke Wirkung des Alkohols anfällig ist. Sie lieben die berauschende Wirkung, und sie

sind begierig darauf, sich bei jeder Gelegenheit zu betrinken.«
Ich erwiderte: »Ich kann nicht für die Bewohner dieser Stadt sprechen, aber ich habe noch nie erlebt, daß die Indios an anderen Orten anfällig für den Alkoholgenuß sind.«
»Wir Spanier haben viele Völker unterworfen«, erwiderte er, »Berber, Mohammedaner, Juden, Türken und Franzosen. Nicht einmal die Franzosen haben als Folge ihrer Niederlage angefangen, sich in großer Zahl zu betrinken. Nein, Juan Británico, wir mußten seit unserer Landung vor vielen Jahren in Kuba bis hin zu allen Gebieten Neuspaniens, die uns inzwischen gehören, feststellen, daß die Indios über kurz oder lang alle dem Alkohol verfallen. De León berichtet das gleiche von den Rothäuten in Florida. Es scheint eine latente körperliche Schwäche zu sein, ähnlich wie die Anfälligkeit für so banale Krankheiten wie Masern und Blattern, an denen die Menschen hier sterben.«
»Ich kann nicht leugnen, daß sie daran erkranken und sterben«, erwiderte ich.
»Die Behörden und besonders unsere Heilige Mutter Kirche«, fuhr er fort, »haben voll Mitleid alles Erdenkliche unternommen, die schwachen Indios vor den Verlockungen des Alkohols zu schützen. Wir haben versucht, sie zu spanischem Branntwein und Wein zu bekehren, weil wir hofften, diese stärker berauschenden Getränke würden die Menschen dazu bringen, *weniger* zu trinken. Aber natürlich konnten sich nur die reichen Adligen diese Getränke leisten. Der Gobernador hat deshalb in San Antonio de Padua, im früheren Texcóco, eine Brauerei gegründet, weil er hoffte, die Indios an das billigere und leichtere Bier zu gewöhnen. Aber es nützt

nichts. Pulque bleibt der am leichtesten erhältliche Alkohol. Er ist spottbillig, denn jeder kann ihn zu Hause herstellen. Deshalb ist er nach wie vor das beliebteste Mittel, um sich zu betrinken. Die Behörden haben als letzten Ausweg ein Gesetz gegen das übermäßige Trinken der Eingeborenen erlassen und sperren jeden ins Gefängnis, der es bricht. Doch selbst das Gesetz ist wirkungslos. Wir müßten beinahe die gesamte indianische Bevölkerung einsperren.«
Oder umbringen, dachte ich.
Ich hatte vor kurzem beobachtet, wie eine völlig betrunkene, ältere Frau, die auf der Straße herumtorkelte und zusammenhanglos lallte, von drei Soldaten der Stadtwache aufgegriffen worden war. Die Soldaten machten sich nicht die Mühe, die Frau einzusperren. Sie hatten sichtlich vergnügt mit den Kolben ihrer Donnerstöcke auf sie eingeschlagen, bis sie bewußtlos war. Dann zogen sie die Schwerter, aber nicht, um die Frau zu töten, sondern um ihr am ganzen Körper kreuzweise Schnittwunden zuzufügen, damit sie, falls sie nach den Schlägen wieder zu Bewußtsein kam, gerade noch begreifen konnte, daß sie nicht mehr zu retten war und verbluten würde.
»Da Ihr gerade Pulque erwähnt«, sagte ich, um das Thema zu wechseln, »er wird aus Metl oder Maguey, also aus einer bestimmten Art von Agaven gemacht. Beim Übersetzen des letzten Textes habe ich gesehen, Cuatl Alonso, daß Maguey für Euch ein Kaktus ist. Das stimmt nicht. Die Agave hat Stacheln, das ist richtig, aber jeder Kaktus besitzt außerdem eine Art holziges Skelett. Eine Agave hat das nicht. Sie ist eine Pflanze wie jeder beliebige Busch und jedes Gras.«
»Danke, Cuatl Juan. Ich mache mir einen Vermerk. Gut, dann wollen wir mit unserer Arbeit fortfahren.«

131

Ich schlief jede Nacht in der Herberge und bekam dort mein Frühstück und die Abendmahlzeit. Die freien Sonntage verbrachte ich auf den Märkten der Stadt und erkundigte mich bei Standbesitzern und Vorübergehenden nach einem Ehepaar namens Neztlin und Citláli, das aus der Stadt Tépiz gekommen war. Meine Nachforschungen blieben lange erfolglos. Aber ich vergeudete meine Zeit nicht, weder in der Herberge noch auf den Märkten.

Wenn ich mich unter die Stadtbewohner mischte, half mir das, mein altmodisches Náhuatl zu verbessern und mir das neuere Vokabular der Mexíca anzueignen. Ich suchte, so oft es ging, die Gesellschaft der wohlhabenden Fernhändler, die Waren aus dem Süden brachten, um sie in der Stadt zu verkaufen, sowie der stämmigen Tamémime, die diese Waren getragen hatten. Dabei lernte ich eine Reihe nützlicher Wörter und Redewendungen der südlichen Sprachen – das Mixtéca des Volkes, das sich ›Menschen der Erde‹ nennt, und das Tzapotéca derer, die sich als ›Wolkenmenschen‹ bezeichnen. Ich eignete mir sogar viele Worte der Sprachen an, die in den Gebieten von Chiapa und Quautemálan gesprochen werden.

In der Herberge befand ich mich, wie ich bereits gesagt habe, häufig unter Fremden aus dem Norden. Ich habe auch erwähnt, daß die Chichiméca ein etwa ebenso altertümliches, aber verständliches Náhuatl sprachen wie ich. Deshalb unterhielt ich mich hauptsächlich mit den Otomí und Purémpecha und den sogenannten Läufern. Auf diese Weise lernte ich manche nützlichen Ausdrücke der Otomíte-, der Poré- und der Rarámurisprache. Zu Hause in Aztlan hatte ich nie Gelegenheit gehabt festzustellen, wie leicht es mir fiel, fremde Sprachen zu erlernen. Jetzt kam mir diese Begabung zustatten. Ich vermutete, daß diese Fähigkeit ein Erbe meines Vaters war, denn er hatte sie zweifellos auf seinen ausgedehnten Reisen durch die EINE WELT erworben.

Die Sprachen einiger unserer Völker unterschieden sich zwar sehr vom Náhuatl, und ich hatte manchmal große Mühe bei der Aussprache, doch keine unterschied sich so sehr und war so schwierig wie das Spanische, und es brauchte auch bei keiner so lange, bis ich sie fließend beherrschte.

In der Herberge konnte ich mich außerdem jeden Abend mit dem ehemaligen Goldschmied Pochotl unterhalten, der offensichtlich beschlossen hatte, für den Rest seines Lebens die Gastfreundschaft der Mönche von San José in Anspruch zu nehmen. Manche unserer Unterhaltungen bestanden nur darin, daß ich zuhörte und versuchte, nicht zu gähnen, wenn er die endlose Liste seiner Klagen und Beschwerden aufzählte – über die Spanier, über das Tonáli, das von Geburt an sein gegenwärtiges Elend vorherbestimmt hatte, und über die Götter, die ihm dieses Tonáli auferlegten. Doch häufiger hörte ich ihm aufmerksam zu, denn er hatte wirklich Aufschlußreiches zu berichten. So verdanke ich zum Beispiel Pochotl mein erstes Wissen über die Ordnung, die Ränge und staatlichen Einrichtungen, durch die Neuspanien beherrscht und regiert wurde.

»Die Person von allerhöchstem Stand«, sagte er, »ist ein gewisser Mann namens Carlos. Er residiert in der Alten Welt, wie die Spanier es nennen. Manchmal sprechen sie von ihm als ›König‹, manchmal als ›Kaiser‹, manchmal auch als ›die Krone‹ oder ›der Hof‹. Aber er entspricht eindeutig einem Verehrten Sprecher, wie wir Mexíca ihn früher hatten. Vor vielen Jahren schickte dieser König Schiffe mit Kriegern aus, um einen Ort namens Kuba zu

erobern und zu kolonisieren. Kuba ist eine sehr große Insel irgendwo hinter dem Horizont im Ostmeer.«
»Ich habe davon gehört«, sagte ich. »Sie wird jetzt von unehelichen Mischlingen der verschiedensten Hautfarben bevölkert.«
Er blinzelte und sagte: »Was?«
»Das ist nicht weiter wichtig. Bitte sprecht weiter, Cuatl Pochotl.«
»Von diesem Kuba ist vor ungefähr zwölf oder dreizehn Jahren der Generalkapitän Hernán Cortés hierher gekommen, um die Eroberung der EINEN WELT zu leiten. Cortés ging natürlich davon aus, daß der König ihn zum Herrn und Meister aller unterworfenen Länder machen würde. Es ist inzwischen jedoch allgemein bekannt, daß viele der Würdenträger in Spanien und ein großer Teil seiner eigenen Offiziere neidisch auf den anmaßenden Cortés waren. Sie überredeten den König, ihn eine feste Hand spüren zu lassen. Deshalb trägt Cortés jetzt den eindrucksvollen, aber nichtssagenden Titel eines Marqués del Valle – diesem Tal von Mexíco. Die wahren Herrscher sind die Mitglieder der sogenannten Audiencia. Früher wäre das der Staatsrat des Verehrten Sprechers gewesen. Cortés hat sich verärgert auf seinen Besitz südlich von hier in Quaunáhuac zurückgezogen.«
Ich unterbrach ihn: »Ich habe gehört, daß der Ort nicht mehr Quaunáhuac heißt.«
»Ja und nein. Unseren Name dafür, ›Am Waldrand‹, sprechen die Spanier Cuernavaca aus, und das ist lächerlich. Es bedeutet in ihrer Sprache ›Kuhhorn‹. Jedenfalls sitzt Cortés jetzt dort auf seinem prächtigen Besitz und grollt. Ich weiß nicht wieso. Seine Schafherden, die Zuckerrohr-Pflanzungen und die Tribute, die er immer noch von zahlreichen Stämmen und Völkern erhält, haben

ihn zum reichsten Mann von Neuspanien, vielleicht sogar von allen spanisch regierten Ländern gemacht.«
»Mich interessiert nicht«, sagte ich, »welche Intrigen sich die weißen Männer ausdenken und wie sie sich gegenseitig bekämpfen. Mich interessieren auch die Reichtümer nicht, die sie anhäufen. Sag mir Genaueres darüber, wie sie uns ihre Herrschaft aufzwingen.«
»Es gibt viele, die diese Herrschaft nicht als allzu drükkend empfinden«, sagte Pochotl. »Ich meine jene Leute, die schon immer zu den unteren Schichten gehören, Bauern, Arbeiter und ähnliche Leute. Sie heben den Blick sehr selten von ihrer mühsamen Arbeit. Möglicherweise ist ihnen überhaupt noch nicht aufgefallen, daß ihre Herren eine andere Hautfarbe haben.«
Er fuhr mit seinen Erklärungen fort. Neuspanien wurde von den Ratsmitgliedern der Audienca regiert. Doch König Carlos entsandte regelmäßig einen königlichen Revisor über das Meer, den sogenannten Visitador, um sicherzustellen, daß die Audienca ihren Pflichten ordnungsgemäß nachkam. Die Revisoren legten ihre Berichte dem Consejo de los Indios, dem Indienrat, in Altspanien vor. Der Rat war scheinbar für den Schutz der Rechte aller Bewohner Neuspaniens, der Einheimischen und der Spanier gleichermaßen, verantwortlich. Deshalb konnte er jedes von der Audienca erlassene Gesetz verändern, ergänzen oder verwerfen.
»Aber ich persönlich glaube«, sagte Pochotl, »der Rat soll vor allem sicherstellen, daß der Quinto bezahlt wird.«
»Der Quinto?«
»Das Fünftel des Königs. Jedesmal, wenn in unserem Land ein Federkiel voll Goldstaub, eine Handvoll Zucker, Kakaobohnen oder Baumwolle oder irgend etwas anderes den Besitzer wechselt, legt man den fünften

Teil davon für den König beiseite, noch bevor ein anderer seinen Anteil davon erhält.«

Die von der Audienca in der Stadt Mexíco erlassenen Gesetze und Verordnungen wurden zur Durchsetzung an die spanischen Corregidores in den wichtigsten Städten Neuspaniens weitergeleitet. Die Corregidores wiederum verpflichteten die Encomenderos ihrer Kolonien, sich an diese Gesetze zu halten und dafür Sorge zu tragen, daß die einheimische Bevölkerung sie befolgte.

»Natürlich sind die Encomenderos im allgemeinen Spanier«, sagte Pochotl, »aber nicht immer. Es befinden sich einige unserer früheren Herren darunter oder ihre Nachkommen. Zum Beispiel der Sohn und zwei Töchter von Motecuzóma. Nachdem sie zum Christentum übergetreten waren und spanische Namen angenommen hatten – Pedro, Isabel und Leonor –, wurden ihnen Encomiendas zugeteilt. Ebenso Prinz Schwarze Blume, dem Sohn Nezahualpílis, des tief und aufrichtig betrauerten letzten Verehrten Sprechers von Texcóco. Er hat bei der Eroberung an der Seite des weißen Mannes gekämpft. Deshalb heißt er jetzt Hernando Schwarze Blume und ist ein reicher Encomendero.«

Ich sagte: »Encomendero, Encomienda. Was bedeutet das?«

»Ein Encomendero ist jemand, dem eine Encomienda zugeteilt worden ist. Das ist ein Stück Land unterschiedlicher Größe, dessen Herr der Encomendero ist. Die großen und kleinen Städte und Dörfer in diesem Gebiet zahlen ihm Tribut in Form von Geld oder Waren. Jeder, der etwas anpflanzt oder herstellt, tritt einen Teil davon an ihn ab. Alle unterstehen seinem Befehl, ganz gleich, ob sie ihm ein prächtiges Haus bauen, seine Felder bestellen oder seine Herden hüten, ob sie für ihn fischen

oder jagen oder ihm sogar ihre Frauen und Töchter leihen, wenn er es befiehlt. Vielleicht auch ihre Söhne, wenn es sich um eine lüsterne Encomendera handelt. Eine Encomienda ist keine Zuteilung von Grundbesitz, sondern nur all dessen und all der Menschen, die sich innerhalb dieses Gebietes befinden.«
»Natürlich«, sagte ich. »Wie kann denn jemand Land besitzen? Wie kann jemand ein Stück der Welt besitzen? Das ist unvorstellbar.«
»Nicht für die Spanier«, erwiderte Pochotl und hob die Hand. »Manchen wurden sogenannte Estancia verliehen, und das schließt das Land mit ein. Es kann sogar von einer Generation an die nächste vererbt werden. Zum Beispiel gehören dem Marqués Cortés nicht nur die Menschen und die Erzeugnisse von Quaunáhuac, sondern auch der Grund und Boden, auf dem sich alles befindet. Und Malinche, seine ehemalige Geliebte, die Verräterin an ihrem Volk, ist jetzt die achtbare Witwe Jaramillo und besitzt eine große Flußinsel als eigene Estancia.«
»Das widerspricht aller Vernunft«, empörte ich mich. »Das ist gegen die Natur. Kein Mensch kann für sich in Anspruch nehmen, auch nur den kleinsten Splitter der Welt zu besitzen. Die Welt ist von den Göttern geschaffen worden, und sie wird von den Göttern gelenkt. In früheren Zeiten haben die Götter die Welt von Menschen befreit. Sie gehört allein den Göttern.«
»Wenn die Götter sie nur wieder befreien würden«, seufzte Pochotl. »Von den Weißen, meine ich.«
»Also das mit den Encomiendas kann ich verstehen«, fuhr ich fort. »Das ist nichts anderes als das, was unsere Herrscher auch getan haben – Tribut fordern und Arbeiter verpflichten. Ich wüßte nicht, daß einer von ihnen

Bettgenossen verlangt hat, aber ich nehme an, das hätten sie tun können, wenn ihnen danach gewesen wäre. Ich kann deshalb verstehen, wenn du behauptest, daß viele den Wechsel der Herrschaft überhaupt nicht wahrnehmen ...«

»Ich habe gesagt in den unteren Schichten«, entgegnete Pochotl. »Der Teil der Bevölkerung, den die Spanier Indios rústicos nennen – dumme Bauern, Schwachköpfe, Priester unserer alten Religion oder andere, auf die man leicht verzichten kann. Aber ich gehöre der Klasse der sogenannten Indios pallos an. Das sind Menschen mit Fähigkeiten. Bei Huitzli, mir ist der Unterschied ebenso bewußt wie jedem anderen Künstler, Handwerker, Schreiber und ...«

»Ja, ja«, sagte ich, denn ich konnte seine Klagen inzwischen beinahe so gut herbeten wie er selbst. »Aber was ist mit dieser Stadt, Pochotl? Sie muß die größte und reichste Encomienda von allen sein. Wem ist sie zugeteilt worden? Vielleicht dem Bischof Zumárraga?«

»Nein, aber manchmal könnte man das glauben. Tenochtítlan ... Verzeihung, die Stadt Mexíco, ist die Encomienda der Krone oder des Königs. Ich spreche von König Carlos. Von allen Dingen, die hier hergestellt und gehandelt werden, angefangen bei Sklaven bis hin zu Sandalen, von jedem letzten Kupfer-Maravedí Gewinn, der damit gemacht wird, nimmt sich Carlos nicht nur den Fünften des Königs, sondern *alles*. Natürlich auch das Gold und Silber, das ich mein Leben lang bearbeitet habe, um ...«

»Ja, ja ... schon gut.«

»Natürlich«, fuhr er fort, »kann jedem Einwohner befohlen werden, die Arbeit niederzulegen, mit der er seinen Lebensunterhalt verdient, um zum Wohl der Königs-

stadt zu graben, zu bauen oder Straßen zu pflastern. Die meisten Gebäude des Königs sind inzwischen fertiggestellt. Deshalb mußte der Bischof so ungeduldig auf den Beginn der Arbeiten an seiner Kathedrale warten, und sie ist immer noch im Bau. Ich glaube übrigens, Zumárraga läßt seine Leute härter arbeiten, als es selbst die Baumeister des Königs verlangt haben.«
»Wenn ich es also richtig sehe ...«, begann ich nachdenklich, »würde man einen Aufstand zuerst unter den sogenannten Rústicos schüren. Man müßte sie aufhetzen, ihre Herren auf den Estanzias und in den Encomiendas zu stürzen. Erst dann würden wir uns von den höheren Klassen gegen die spanische Oberschicht erheben. Der Topf muß, wie in Wirklichkeit auch, von unten anfangen zu kochen.«
»Ayya, Tenamáxtli!« Er raufte sich verzweifelt die Haare. »Rührst du wieder die alte Trommel? Ich hatte angenommen, du würdest die verrückte Idee einer Rebellion aufgeben, nachdem du der Liebling der christlichen Geistlichkeit geworden bist.«
»Darüber bin ich froh«, sagte ich, »denn so kann ich sehr viel mehr hören und lernen, als es mir sonst möglich wäre. Selbstverständlich habe ich meinen Entschluß nicht aufgegeben. Irgendwann werde ich das alte Fell spannen, damit man die Trommel hört, damit sie donnert und sie zu einer ohrenbetäubenden Kampfansage wird.«

8

Ich beherrschte seit einiger Zeit die spanische Sprache gut genug, um vieles von dem zu verstehen, was gesprochen wurde, auch wenn ich noch zu schüchtern war, meine Kenntnisse außerhalb des Klassenzimmers anzuwenden. Der Notarius Alonso wußte das und warnte die Geistlichen der Kathedrale ebenso wie alle anderen, deren Pflichten sie in das christliche Gotteshaus führten, davor, in meiner Hörweite vertrauliche Dinge zu besprechen. Es konnte mir nicht entgehen, denn wann immer sich zwei oder mehrere Spanier in meiner Gegenwart unterhielten, warfen sie mir irgendwann verstohlene Blicke zu und gingen weiter. Wenn ich jedoch durch die Stadt streifte, lauschte ich ungeniert und unbemerkt den Gesprächen. Eines Tages begutachtete ich versonnen das Gemüse an einem Marktstand, während ich folgendes hörte:
»Wieder so ein verdammter Priester, der sich in alles einmischt!« schimpfte ein Spanier. Nach seiner Kleidung zu urteilen, war er ein Mann von Bedeutung. »Er vergießt Krokodilstränen wegen der grausamen Mißhandlung der Indios. Dabei ist das nur ein Vorwand, um Regeln aufzustellen, die ihm selbst nützen.«
»Richtig«, erwiderte der andere, ebenso reich gekleidete Mann. »Daß er Bischof ist, macht ihn nicht weniger zu einem gerissenen und scheinheiligen Priester. Er weist

darauf hin, daß wir diesem Land ein unermeßlich kostbares Geschenk gemacht haben, nämlich die christliche Lehre. Er zieht daraus den Schluß, daß uns die Indios deshalb Gehorsam schulden und jede Anstrengung, die wir aus ihnen herauspressen können. Aber, so sagt er jetzt, wir sollen sie weniger hart arbeiten lassen, besser ernähren, und wir dürfen sie nur seltener prügeln.«

»Oder wir riskieren, daß sie sterben, bevor sie im Glauben gefestigt sind«, sagte der erste Mann, »wie die Indios, die während der Eroberung und an den darauf folgenden Epidemien umgekommen sind. Zumárraga behauptet, er wolle nicht das Leben der Indios retten, sondern ihre Seelen.«

»Was geschieht in Wirklichkeit?« rief der andere Mann und beantwortete seine Frage gleich selbst. »Wir machen sie stark und verwöhnen sie zum Schaden der Arbeit, für die wir sie brauchen. Dann zieht dieser gerissene Bischof sie zur Zwangsarbeit heran. Überall im Land läßt er noch mehr Kirchen und Kapellen bauen, und das ist dann *sein* Verdienst. Er muß keine Rebellion fürchten, denn jeden Indio, der sein Mißfallen erregt, kann die Inquisition, das heißt Bischof Zurriago, verbrennen.«

Zu meiner Freude unterhielten sie sich noch eine ganze Weile. Bischof Zumárraga hatte meinen Vater zum schrecklichen Feuertod verurteilt. Ich wußte, wenn die Männer ihn Bischof Zurriago nannten, sprachen sie seinen Namen nicht falsch aus, sondern verspotteten den Bischof, denn Zurriago bedeutet ›Geißel‹. Pochotl hatte mir erzählt, wie die eigenen Offiziere ihren Oberbefehlshaber, den Marqués Cortés, in Verruf gebracht hatten. Jetzt hörte ich, wie treue Christen ihren höchsten geistlichen Würdenträger verleumdeten. Wenn Soldaten und Bürger offen ihre Abneigung gegen ihre Oberen zum Ausdruck bringen und über sie schimpfen konnten, bewies das nur, daß die Spanier nicht alle einig waren und nicht jeder Herausforderung als eine geschlossene, starke Front begegnen würden. Ihre Herrschaft, der sie sich rühmten, war nicht so gesichert, daß sie unbesiegbar gewesen wären. Ich fand solche Einblicke in spanisches Denken und den spanischen Geist ermutigend und von möglichem Nutzen für die Zukunft. Deshalb lohnte es sich, sie im Gedächtnis zu behalten.

An diesem Tag fand ich auf demselben Markt endlich auch die Kundschafter aus Tépiz, die ich schon seit langem suchte. An einem Stand mit geflochtenen Körben aus Binsen und Schilf erkundigte ich mich wie überall bei dem Händler, ob er einen Mann aus Tépiz namens Netzlin kenne oder dessen Frau, die ...

»Ich bin Netzlin«, antwortete der Mann. Er musterte mich verwundert und leicht beunruhigt. »Meine Frau heißt Citláli.«

»Ayyo, endlich!« rief ich. »Wie schön, wieder einmal die Sprache der Aztéca zu hören. Ich heiße Tenamáxtli, und ich komme aus Aztlan.«

»Willkommen, früherer Nachbar!« sagte er und lachte. »Es ist schön, wieder einmal das alte Náhuatl zu hören. Citláli und ich sind seit beinahe zwei Jahren hier. Deine Stimme ist die erste aus unserer Heimat, die ich in dieser Zeit gehört habe.«

»Es mag auch für lange Zeit die einzige bleiben«, sagte ich. »Mein Onkel hat angeordnet, daß niemand aus Aztlan oder den umliegenden Gemeinden etwas mit den Weißen zu tun haben darf.«

»Dein Onkel hat das angeordnet?« sagte Netzlin verwirrt.

»Mein Onkel Mixtzin, der Uey-Tecútli von Aztlan.«

»Ayyo, natürlich, der Uey-Tecútli. Ich wußte, daß er Kinder hat. Ich entschuldige mich dafür, nicht gewußt zu haben, daß du sein Neffe bist. Aber warum bist du hier, wenn er den Umgang mit den Spaniern verbietet?«
Ich sah mich um, bevor ich erwiderte: »Darüber würde ich lieber ungestört sprechen, Cuatl Netzlin.«
»Ach so!« Er zwinkerte mir zu. »Du bist ein geheimer Späher. Dann komm mit, Cuatl Tenamáxtli. Darf ich dich in unser bescheidenes Haus einladen? Warte, ich will meine Sachen einsammeln. Es ist ein ruhiger Tag, da werden vermutlich nur wenige Kunden enttäuscht sein.«
Ich half ihm, die Körbe für den Transport ineinander zu stapeln, und dann lud sich jeder von uns einen Teil auf den Rücken. Zusammen mußten sie ein beachtliches Gewicht haben, das er ohne fremde Hilfe zum Markt getragen hatte.
Er führte mich durch Seitenstraßen aus der Traza des weißen Mannes hinaus und in Richtung Südosten zu einem Barrio mit Häusern der Eingeborenen, der San Pablo Zoquipan hieß. Netzlin erzählte mir unterwegs, nachdem er und seine Frau beschlossen hätten, sich in der Stadt Mexico niederzulassen, sei er sofort zu Reparaturarbeiten an den Aquädukten herangezogen worden, die Süßwasser auf die Insel leiteten. Man hatte ihm kaum genug bezahlt, um Maismehl kaufen zu können, aus dem Citláli Atóli kochen konnte. Sie ernährten sich eine ganze Weile nur von diesem Brei. Als Netzlin dem Tepízqui seines Barrio jedoch beweisen konnte, daß er und Citláli eine bessere Möglichkeit hatten, ihren Lebensunterhalt zu verdienen, wurde ihm erlaubt, sich selbständig zu machen.
»Tepízqui«, wiederholte ich. »Das ist ein Náhuatl-Wort, aber ich habe es noch nie gehört. Und Barrio, das ist Spa-

nisch. Es bedeutet ›Teil einer Gemeinde‹ oder ein kleiner Bezirk innerhalb der Gemeinde. Habe ich recht?«
»Ja. Der Tepízqui ist einer von uns. Das heißt, er ist der Mexícatl-Beamte, der dafür zu sorgen hat, daß alle in seinem Barrio sich an die Gesetze der Weißen halten. Er untersteht natürlich einem spanischen Beamten, dem Alkalden, der für alle Barrios und die jeweiligen Tepízque mit ihren Leuten verantwortlich ist.«
Netzlin hatte seinem Tepízqui gezeigt, wie geschickt und kunstvoll er und seine Frau Körbe flochten. Der Tepízqui hatte das dem spanischen Alkalden berichtet, der es seinerseits dem Corregidor, seinem Vorgesetzten, zur Kenntnis brachte. Dieser Beamte hatte es an den Gobernador der königlichen Encomienda weitergeleitet, die, wie ich bereits wußte, alle Barrios und Viertel samt allen Bewohnern der Stadt Mexico umfaßte. Der Gobernador unterbreitete die Angelegenheit der Audienca, als sie zu Beratungen zusammentrat, und schließlich wurde durch all diese gewundenen Kanäle eine Concesión real ausgestellt, die es Netzlin erlaubte, den Stand auf dem Markt zu betreiben, wo ich ihn getroffen hatte.
Ich sagte: »Mir scheint, ein Mann muß in dieser Stadt viel Geduld für endlose Beratungen aufbringen, nur damit er die Arbeit seiner Hände verkaufen kann.«
Netzlin zuckte die Schultern, so gut ihm das unter seiner Last möglich war. »Soviel ich weiß, waren solche Dinge damals, als das hier noch Motecuzómas Stadt war, genauso kompliziert. Jedenfalls befreit mich die Konzession davon, zur Zwangsarbeit eingezogen zu werden.«
»Was hat dich dazu gebracht, statt dessen Körbe zu flechten?«
»Das haben Citláli und ich in Tépiz auch schon gemacht.

Die Binsen und das Schilfrohr, die wir in den brackigen Sümpfen bei uns zu Hause geschnitten haben, unterscheiden sich nicht sehr von dem, was man hier im See findet. Schilf und Sumpfgras sind sogar das einzige, was hier am Ufer wächst, obwohl man mir gesagt hat, daß das einmal ein sehr fruchtbares, grünes Tal war.«

Ich nickte. »Jetzt stinkt es nur nach Schlamm und Abfällen.«

Netzlin fuhr fort. »Abends wate ich durch den Sumpf und schneide Binsen und Schilf. Citláli verarbeitet das Material tagsüber, wenn ich auf dem Markt bin. Unsere Körbe verkaufen sich gut, denn sie sind viel enger geflochten und hübscher als alles, was die wenigen einheimischen Korbflechter anbieten. Vor allem die spanischen Haushalte ziehen unsere Ware vor.«

Das war interessant. Ich fragte: »Also hast du mit den spanischen Bewohnern zu tun? Hast du viel von ihrer Sprache gelernt?«

»Sehr wenig«, antwortete er ohne großes Bedauern. »Ihre Dienstboten kommen zu mir: Köche, Küchenjungen, Wäscherinnen und Gärtner. Sie gehören zu unserem Volk. Deshalb brauche ich das Kauderwelsch des weißen Mannes nicht.«

Ich dachte, vielleicht könnte es für meine Zwecke sogar nützlicher sein, Zugang zu den Domestiken zu haben, als mit den spanischen Haushaltsvorständen selbst bekannt zu werden.

»Wie auch immer«, fuhr Netzlin fort, »Citláli und ich verdienen sehr viel besser als die meisten unserer Nachbarn im Barrio. Wir essen mindestens zweimal im Monat Fisch oder Fleisch. Einmal haben wir uns sogar eine dieser seltsamen und teuren Früchte geteilt, welche die Spanier Limón nennen.«

»Ist das alles, was du vom Leben erwartest, Cuatl Netzlin? Willst du immer nur Körbe flechten und sie verkaufen?«
Er sah mich aufrichtig überrascht an. »Das ist alles, was ich jemals getan habe.«
»Angenommen, jemand bietet dir an, dich in den Krieg zu führen, um die EINE WELT von den Weißen zu befreien. Du würdest ein Held sein. Was würdest du dazu sagen?«
»Ayya, Cuatl Tenamáxtli! Die Weißen kaufen meine Körbe. Sie sorgen dafür, daß ich etwas zu essen habe. Wenn ich sie los sein will, brauche ich nur nach Tépiz zurückzugehen. Aber dort bezahlt mir niemand meine Körbe so gut. Außerdem habe ich keine Erfahrung mit Kriegen. Ich kann mir nicht einmal vorstellen, was es bedeutet, ein Held zu sein.«
Ich gab den Gedanken auf, Netzlin als Kämpfer zu gewinnen. Trotzdem konnte er von Nutzen sein, wenn ich die Dienstbotenquartiere eines großen spanischen Hauses infiltrieren wollte.
Leider muß ich berichten, daß Netzlin nicht der einzige potentielle Rekrut blieb, der es ablehnte, sich meinem Feldzug anzuschließen, weil er von den Weißen abhängig geworden war. Jeder von ihnen hätte mich an das alte spanische Sprichwort erinnern können, so er es kannte, das sinngemäß sagt: ›Ein Krüppel muß verrückt sein, um seine Krücke wegzuwerfen.‹
Wir erreichten Netzlins Barrio in San Pablo Zoquípan, ein nicht allzu armes Viertel am Stadtrand. Er berichtete mir stolz, er und Citláli hätten wie die meisten der Nachbarn ihr Haus mit eigenen Händen aus den luftgetrockneten Ziegeln, die auf spanisch Adobe heißen, gebaut. Er zeigte mir auch sichtlich zufrieden das ebenfalls aus

Adobeziegeln gebaute Dampfbad am Ende der Straße, das die Anwohner gemeinsam errichtet hatten.
Wir betraten sein kleines Haus, das zwei Räume hatte, durch einen Vorhang, der die Türöffnung verschloß, und er machte mich mit seiner Frau bekannt. Citláli war ungefähr in seinem Alter. Ich schätzte sie beide auf etwa dreißig. Sie hatte ein hübsches Gesicht und besaß ein fröhliches Wesen. Ich bemerkte schnell, daß ihre Intelligenz seine Beschränktheit aufwog. Bei unserer Ankunft arbeitete sie an einem gerade begonnenen Korb, obwohl sie hochschwanger war und sozusagen an ihren unförmigen Leib gefesselt auf dem gestampften Lehmboden hockte. Als ich mich, wie ich fand taktvoll, erkundigte, ob sie in ihrem Zustand noch arbeiten sollte, lachte sie und erwiderte ohne jede Spur von Verlegenheit: »Im Grunde ist der Bauch eher eine Hilfe als eine Behinderung. Ich kann ihn als Form benutzen, um Körbe aller Größen, von klein und flach bis groß und tief zu flechten.«
Netzlin fragte: »Was für eine Unterkunft hast du gefunden, Tenamáxtli?«
»Ich lebe von der Mildtätigkeit der Christen in der Mesón de San José. Kennt ihr die Herberge vielleicht?«
»Ja, wir kennen sie«, sagte er. »Citláli und ich sind bei unserer Ankunft ebenfalls ein paar Nächte dort untergekommen. Aber wir konnten es nicht ertragen, jeden Abend in getrennte Räume gehen zu müssen.«
Netzlin mochte vielleicht kein Krieger sein, aber offensichtlich war er ein treuer und liebender Ehemann.
Citláli sagte: »Cuatl Tenamáxtli, warum wohnst du nicht hier bei uns, bis du dir eine eigene Unterkunft leisten kannst?«
»Das ist ein sehr großzügiges und gastfreundliches Ange-

bot. Aber wenn ihr es schon nicht ertragen konntet, in der Herberge getrennt zu werden, dann wäre es noch schlimmer, mit einem Fremden unter eurem eigenen Dach zu leben. Außerdem wird bald ein anderer und sehr viel kleinerer Fremder hier ankommen.«

Sie erwiderte mit einem herzlichen Lachen: »Wir sind alle Fremde in dieser Stadt. Du würdest uns genauso willkommen sein wie der kleine Neuankömmling.«

»Du bist mehr als gütig, Citláli«, sagte ich. »Aber ich könnte mir eine andere Unterkunft leisten. Ich habe eine Arbeit, die mir mehr einbringt als den Lohn eines Arbeiters. Aber ich lerne im Kollegium direkt neben der Herberge Spanisch. Deshalb werde ich noch eine Weile dort bleiben.«

»Du lernst die Sprache der Weißen?« fragte Netzlin. »Bist du deshalb in der Stadt?«

»Das ist auch ein Grund.« Ich erzählte ihm, daß ich beabsichtigte, soviel wie möglich über die Weißen zu lernen. »Damit ich einen wirkungsvollen Aufstand gegen sie beginnen und sie aus allen Ländern der EINEN WELT vertreiben kann.«

»Ayyo ...« Citláli seufzte leise, und ich konnte nicht sagen, ob sie mich ehrfürchtig oder bewundernd ansah. Vielleicht glaubte sie aber auch, daß ihr Mann und sie einem Verrückten gegenübersaßen.

Netzlin sagte: »Deshalb hast du mich gefragt, was ich von Krieg und Heldentum halte.« Er wies auf seine Frau. »Du kannst sehen, weshalb ich nicht gerade versessen auf einen Aufstand bin, wo doch bald mein erster Sohn zur Welt kommt.«

»Erster Sohn!« Citláli lachte und sagte zu mir: »Das erste Kind. Mir ist es gleich, ob es ein Sohn oder eine Tochter wird, wenn das Kind nur heil und gesund ist.«

»Es wird ein Junge«, sagte Netzlin. »Ich will es so.«
»Natürlich kann ich verstehen, wenn du zu einem solchen Zeitpunkt nicht auf kriegerische Abenteuer aus bist. Doch ich möchte euch um einen Gefallen bitten. Wenn ihr und eure Nachbarn nichts dagegen habt, dürfte ich vielleicht hin und wieder euer Dampfbad benutzen?«
»Aber ja. Ich weiß, daß es in der Herberge keine Bademöglichkeiten gibt. Wie hältst du dich denn sauber?«
»Ich wasche mich mit Wasser aus dem Eimer, und danach wasche ich meine Kleider darin. Die Mönche haben nichts dagegen, mir das Wasser über ihrem Feuer zu erhitzen. Aber ich bin in keinem richtigen Dampfbad gewesen, seit ich aus Aztlan wegging. Ich fürchte, ich stinke inzwischen wie ein Weißer.«
»Nein, nein«, beteuerten beide, und Netzlin sagte: »Selbst ein unzivilisierter Zácachichimécatl, der gerade aus der Wüste kommt, riecht nicht so schlimm wie ein Weißer. Komm, Tenamáxtli, wir gehen auf der Stelle zum Dampfbad. Hinterher trinken wir Octli und rauchen ein oder zwei Poquíetl.«
»Wenn du uns das nächste Mal besuchst«, sagte Citláli, »bring alle deine schmutzigen Sachen mit. Ich werde ab jetzt deine Wäsche waschen.«
Danach verbrachte ich ebensoviel Zeit bei diesen beiden angenehmen Menschen und in ihrem Dampfbad wie mit Pochotl in der Herberge. Natürlich mußte ich mich regelmäßig bei dem Notarius Alonso einfinden – jeden Morgen im Klassenzimmer des Kollegiums und jeden Nachmittag in seinem Arbeitszimmer in der Kathedrale. Wenn wir die alten Bücher mit den Wortbildern durchstöberten, unterbrachen wir oft die Arbeit, setzten uns bequem hin und rauchten, während wir uns über andere

Dinge unterhielten. Mein Spanisch hatte sich so weit verbessert, daß ich die Worte verstand, die er benutzen mußte, wenn es in Náhuatl dafür keine Entsprechungen gab.
»Juan Británico«, sagte er eines Tages zu mir, »kennst du Monseñor Suárez-Begega, den Erzdiakon der Kathedrale?«
»Kennen? Nein. Aber ich habe ihn auf den Fluren gesehen.«
»Offensichtlich hat er dich ebenfalls gesehen. Als Erzdiakon ist er für die Verwaltung zuständig, verstehst du. Er muß darauf achten, daß alles, was mit der Kathedrale zu tun hat, schicklich und angemessen ist. Er hat mich gebeten, dir etwas auszurichten.«
»Etwas ausrichten? Mir? Ein so bedeutender Herr?«
»Ja. Er möchte, daß du Pantalones trägst.«
Ich sah ihn verständnislos an. »Der hohe und mächtige Monseñor Suárez-Begega kann sich herablassen und sich um meine nackten Beine kümmern? Ich kleide mich nicht anders als alle Mexíca, die hier arbeiten. Wir Männer haben uns schon immer so gekleidet.«
»Das ist es ja«, sagte Alonso. »Die anderen sind Arbeiter, Bauarbeiter oder im besten Fall Handwerker. Wenn sie Capas, Calzoncillos und Guaraches tragen, ist das in Ordnung. Deine Arbeit berechtigt dich, verpflichtet dich sogar, wie der Monseñor sagt, dich wie ein Spanier zu kleiden.«
Ich erwiderte ungehalten: »Ich kann mir, wenn er das wünscht, ein pelzgefüttertes Wams, eng anliegende Hosen und Stiefel aus geprägtem Leder anziehen, einen Hut mit einer Feder aufsetzen und mich mit Anhängern und Armreifen schmücken, damit man mich für einen aufgeblasenen Moro-Spanier hält.«

Alonso unterdrückte ein Lachen. »Keinen Pelz, keine Armreifen und keine Federn. Ein normales Hemd, eine normale Hose und normale Stiefel genügen. Ich werde dir Geld geben, damit du diese Dinge kaufen kannst. Du mußt sie nur im Kollegium und hier tragen. Bei deinem Volk kannst du dich kleiden, wie du willst. Tu es mir zuliebe, Cuatl Juan, damit mir der Erzdiakon deshalb nicht ständig im Nacken sitzt.«

Ich brummte mürrisch, mich für einen weißen Spanier auszugeben fände ich beinahe ebenso dumm, als wollte ich versuchen, als Moro durchzugehen. Aber schließlich sagte ich: »Natürlich tu ich das für Euch, Cuatl Alonso.«

Er erwiderte ebenso sarkastisch wie ich: »Der dumme weiße Spanier dankt dir.«

»Ich entschuldige mich«, sagte ich. »Ihr persönlich seid mit Sicherheit nicht dumm. Aber darf ich etwas fragen? Ihr sprecht immer von weißen Spaniern oder von spanischen Weißen. Heißt das, es gibt irgendwo Spanier, die nicht weiß sind? Oder gibt es außer den Spaniern noch andere weiße Völker?«

»Ich versichere dir, Juan Británico, alle Spanier sind Weiße. Es sei denn, man nimmt die spanischen Juden davon aus, die sich zum Christentum bekehrt haben. Sie haben eine dunklere Haut.« Er lehnte sich zurück. »Aber ja, es gibt in der Tat außer den Spaniern viele weiße Völker. Die Völker aller Staaten in Europa.«

»Europa?«

»Das ist ein großer Kontinent. Spanien ist nur ein Land dieses Kontinents. Europa ist beinahe so, wie eure EINE WELT früher war – ein riesiges Gebiet, das von zahlreichen unterschiedlichen Völkern bewohnt wird. Allerdings haben alle in Europa heimischen Völker eine weiße Haut.«

»Dann sind sie alle gleichgestellt – auch den Spaniern? Sind sie alle Christen? Sind sie alle gleichermaßen den nichtweißen Völkern überlegen?«

Der Notarius kratzte sich mit dem Federkiel, mit dem er geschrieben hatte, am Kopf.

»Du stellst Fragen, Cuatl Juan, die selbst Philosophen in Verwirrung bringen. Aber ich will mein Bestes tun, um sie zu beantworten. Es stimmt, alle Weißen sind allen Nichtweißen überlegen. Das sagt uns die Bibel. Es hängt mit dem Unterschied zwischen Sem, Cam und Jafet zusammen.«

»Wer ist das?«

»Noas Söhne. Pater Diego, dein Lehrer, kann dir das besser erklären als ich. Und was die Gleichheit aller Europäer angeht, nun ja ...« Er lachte leicht spöttisch. »Jede Nation, dazu gehört auch unser geliebtes spanisches Volk, glaubt, es sei allen anderen überlegen. Die Aztéca hier in Neuspanien tun das auch.«

»Das stimmt«, sagte ich. »Jedenfalls war es so. Aber jetzt sind wir und alle anderen einfach Indios. Vielleicht werden wir auf diese Weise feststellen, daß wir mehr gemeinsam haben, als wir früher glaubten.«

»Zu deiner anderen Frage. Ganz Europa ist christlich, abgesehen von ein paar Ketzern und Juden ... und den Türken auf dem Balkan. Leider muß man sagen, daß es in den letzten Jahren selbst unter den Christen zu Unruhen und Unzufriedenheit gekommen ist. Bestimmte Staaten wie England, Deutschland und andere haben die Oberhoheit der Heiligen Kirche angefochten.«

Es verblüffte mich, daß so etwas möglich sein sollte. »Sie glauben nicht mehr an die Dreieinigkeit der Vier?«

Alonso war so in Gedanken vertieft, daß er offenbar ›Vier‹ nicht hörte. Er erwiderte düster: »Nein, nein, alle

Christen glauben nach wie vor an die Dreieinigkeit. Aber in der heutigen Zeit weigern sich manche, an den Papst zu glauben.«
»Papst?« wiederholte ich verblüfft. Ich dachte, ohne es allerdings auszusprechen: Haben sie eine *fünfte* Gottheit? Wer kann sich so etwas nur ausdenken? Eine Trinität der Fünf?
Alonso sagte: »El Papa Clemente Séptimo, Clemens VII. Er ist der Bischof von Rom und der Nachfolger des heiligen Petrus, der Stellvertreter Christi auf Erden, SEINE höchste und unfehlbare Autorität.«
»Das ist kein Santo oder Espíritu? Es ist ein lebender Mensch?«
»Natürlich ist er ein lebender Mensch. Ein Priester, ein Mann wie du und ich, nur älter und sehr viel heiliger, denn er trägt die Schuhe des Fischers.«
»Schuhe?« fragte ich verständnislos. »Eines Fischers?« In Aztlan hatte ich viele Fischer gekannt. Keiner von ihnen trug Schuhe oder war auch nur im entferntesten heilig.
Alonso seufzte, und seine Antwort klang gereizt. »Simon Petrus war ein Fischer, bevor er der bedeutendste Jünger, der erste der Apostel von Jesus Christus wurde. Er gilt als der erste Papst von Rom. Seither hat es viele gegeben. Aber man sagt, jeder Papst, der die Nachfolge antritt, steigt in die Schuhe des Fischers. Dadurch erlangt er die gleiche hohe Würde und die gleiche Autorität. Juan Británico, ich habe den Verdacht, daß du im Unterricht bei Pater Diego nicht zuhörst, sondern von anderen Dingen träumst.«
»Das stimmt nicht«, log ich und begann mich zu verteidigen. »Ich kann das Glaubensbekenntnis aufsagen, das Vaterunser und das Ave Maria. Ich habe die Ränge der Geistlichkeit auswendig gelernt: Nonnen und Mönche,

Äbte und Äbtissinnen, Pater, Monseñores, Bischöfe. Dann ... äh ... gibt es etwas Höheres als Bischof Zumárraga?«

»Erzbischöfe«, rief Alonso vorwurfsvoll. »Kardinäle, Patriarchen, und über allen steht der Papst! Ich empfehle dir sehr, in Pater Diegos Unterricht besser aufzupassen, wenn du jemals konfirmiert werden willst.«

Ich fand es für meine geheimen Pläne klüger, ihm nicht zu sagen, daß ich nichts mehr mit der Kirche zu tun haben wollte. Ich nahm weiterhin an der Unterweisung im christlichen Glauben teil, weil meine Pläne immer noch sehr verschwommen waren. Der Unterricht beschränkte sich beinahe ausschließlich auf das Auswendiglernen von Regeln, Ritualen und Liturgien, wie zum Beispiel dem Vaterunser, aber in einer Sprache, die selbst die Spanier nicht vorgaben zu verstehen. Wenn die Klasse den Gottesdienst, die sogenannte Messe, besuchte, weil Tete Diego darauf bestand, ging ich manchmal mit. Ich vermutete, daß auch das, was dort gesprochen wurde, für alle, bis auf die Priester und Acólitos, die sie zelebrierten, unverständlich war. Wir Eingeborenen und Mestizen mußten auf einer abgetrennten Galerie sitzen. Der Gestank der vielen ungewaschenen Spanier wäre sogar dort oben ohne die betäubenden Weihrauchwolken unerträglich gewesen.

Da ich mich nie sonderlich für meine eigene Religion interessiert hatte, wenn man davon absieht, daß ich mich über die vielen Festlichkeiten freute, die dazugehörten, war mein Interesse für eine neue Religion auch nicht größer. Und erst recht rümpfte ich verächtlich die Nase über das Christentum, das nicht weiter als drei zählen konnte, denn nach meiner Zählung gab es mindestens vier, vielleicht sogar fünf höchste Gottheiten, die jedoch als Trinität bezeichnet wurden.

Trotz der Ungereimtheit der christlichen Lehre machte Tete Diego immer wieder unsere alte Religion lächerlich, weil sie eine Überfülle von Göttern habe. Sein rosarotes Gesicht verfärbte sich blau, als ich ihn eines Tages darauf hinwies, daß das Christentum angeblich nur einen einzigen Gott anerkenne, in Wirklichkeit aber die verehrungswürdigen Wesen mit dem Namen ›Heilige‹, ›Engel‹ und ›Erzengel‹ doch in beinahe ebenso hohem Ansehen stünden. Ihre Zahl übersteige sogar die Anzahl unserer Götter, und mehrere von ihnen schienen ebenso zornig und rachsüchtig zu sein wie unsere dunkleren Götter, die von den Christen als Dämonen beschimpft wurden. Der Hauptunterschied, den ich zwischen unserer und Tete Diegos Religion sehe, so erklärte ich, sei der, daß wir unseren Göttern Nahrung gaben, während die Christen ihre in dem Ritual mit dem Namen ›Kommunion‹ aßen oder zumindest vorgaben, es zu tun.

Ich fuhr fort: »Es gibt viele andere Punkte, in denen das Christentum keinen Fortschritt gegenüber unserem alten Heidentum darstellt, wie Ihr es nennt, Tete. Zum Beispiel beichten auch wir unsere Sünden der freundlichen und vergebenden Göttin Tlazoltéotl, deren Namen Unrat-Fresserin bedeutet. Sie spricht uns von den Sünden los, wie die christlichen Priester, und sie ermahnt uns zu aufrichtiger Reue. Und was das Wunder der jungfräulichen Geburt angeht, so verdanken ihr einige unserer Gottheiten ihre Existenz, ja sogar einer der sterblichen Herrscher der Mexíca. Es handelt sich dabei um den ersten Motecuzóma, den Großen Verehrten Sprecher. Er war ein Großonkel des anderen Motecuzóma, der zur Zeit der Ankunft von euch Spaniern herrschte. Als er empfangen wurde, war seine Mutter noch Jungfrau und ...«

»Das reicht!« Tete Diegos kahler Kopf war ganz blau angelaufen. »Du hast einen merkwürdigen Sinn für Humor, Juan Británico, aber für heute war das genug Spott und Hohn. Deine Worte grenzen an Gotteslästerung, ja sogar an Ketzerei. Verlaß das Klassenzimmer und komm nicht zurück, bevor du bereut und gebeichtet hast, aber nicht einem schmutzigen dämonischen Vielfraß, sondern einem christlichen Beichtvater!«
Ich habe nie gebeichtet, weder damals noch später. Doch ich gab mir größte Mühe, geläutert und reumütig zu wirken, als ich am nächsten Tag im Unterricht erschien.
Ich nahm auch weiterhin am Unterricht teil, wenn auch der Grund dafür nicht das geringste mit dem Vergleich abergläubischer religiöser Vorstellungen zu tun hatte und auch nicht mit der Erforschung spanischen Denkens und Verhaltens oder der Förderung meiner Pläne für die Revolution. Ich saß inzwischen einzig und allein im Klassenzimmer, damit ich Rebeca Canalluza sah und von ihr gesehen wurde. Ich hatte bisher weder mit einer weißen noch mit einer schwarzen Frau Ahuilnéma gemacht, und vielleicht würde sich mir auch nie die Gelegenheit dazu bieten. Doch in Rebeca Canalluza konnte ich in gewisser Hinsicht beide Art Frauen gleichzeitig haben.
Das heißt, sie war das, was Alonso mit Mulattin bezeichnet hatte, ein Ergebnis der Paarung von Schwarz und Weiß.
Bisher gab es in Neuspanien sehr wenige schwarze Frauen. Deshalb mußte Rebecas Vater schwarz und die Mutter eine liederliche oder sehr neugierige Spanierin gewesen sein. Doch die Mutter hatte wenig zu Rebecas Aussehen beigetragen. Das überraschte mich nicht, denn Kokosmilch, die man in einen Becher Schokolade schüttet, macht sie nicht heller.

Immerhin hatte das Mädchen von seiner Mutter lange, gewellte Haare geerbt, nicht die moosartigen Locken eines Vollblut-Moro. Doch ansonsten, ayya, hatte sie eine breite flache Nase mit großen Nasenlöchern, wulstige bläuliche Lippen, und alles, was ich von ihr sehen konnte, hatte die Farbe einer Kakaobohne. Moro-Frauen schienen bereits sehr früh heranzureifen, denn Rebeca war eigentlich noch ein Kind von elf oder zwölf Jahren. Sie besaß aber bereits die Rundungen einer Frau, beachtliche Brüste und ein aufreizend ausladendes Gesäß. Außerdem warf Rebeca mir die verlangenden und herausfordernden Blicke einer Frau zu, die einen Mann sucht.
Das alles entging mir nicht. Den Grund für ihren Namen, der sie herabwürdigte, verhöhnte, ja sogar erniedrigte, konnte ich dagegen nicht erraten. Ich spreche nicht von ihrem Vornamen Rebeca. In den erbaulichen kleinen Geschichten aus der Bibel, die Tete Diego uns von Zeit zu Zeit erzählte, hatte er auch die biblische Rebekka erwähnt. Das einzig Schlechte an dieser Rebekka, an das ich mich erinnern konnte, schien zu sein, daß sie sich mit Gold- und Silberschmuck bestechen ließ. Doch meine Rebeca hieß Canalluza, und das Wort bedeutet soviel wie Liederlichkeit, Herumtreiberei, Zügellosigkeit. Wenn das der Name von Rebecas Mutter gewesen war, erschien er mir berechtigt. Aber wie, fragte ich mich, konnte Rebecas Mutter zu diesem Namen gekommen sein, *bevor* sie sich einen schwarzen Liebhaber genommen hatte?
Wie auch immer, die kleine schwarzbraune Rebeca Canalluza verfolgte mich seit langem mit den glühenden Blicken ihrer schwarzbraunen Augen. Als ich zum ersten Mal in einem langärmligen Hemd, in Hosen und halbhohen Stiefeln im Kollegium erschien, wurden ihre Blicke

noch leidenschaftlicher. Vielleicht lag es daran, daß sie stets spanisch gekleidet war und sich darüber freute, daß ich es ihr endlich gleichtat. Von da an begann sie, meine Nähe zu suchen. Sie setzte sich neben mich, ganz gleich, welche Bank ich wählte, und stand bei den seltenen Gelegenheiten, wenn ich die Messe besuchte, dicht neben mir. Ich hatte nichts dagegen. Seit meinem Abschied aus Aztlan hatte ich nicht einmal eine Frau von der Straße gehabt. Doch abgesehen davon war ich ebenso neugierig, wie es Rebecas Mutter auch auf ihren schwarzen Liebhaber gewesen sein mußte.
Ich fragte mich: Wie mag es mit ihr sein?
Ich wünschte nur, Rebeca wäre etwas älter und sehr viel hübscher gewesen. Trotzdem erwiderte ich zuerst ihre Blicke, dann ihr Lächeln, und schließlich unterhielten wir uns. Sie sprach sehr viel besser Spanisch als ich.
»Ich trage diesen schrecklichen Namen«, erklärte sie, als ich sie danach fragte, »weil ich eine Waise bin. Ich werde nie erfahren, wie mein Vater und meine Mutter heißen. Man hat mich wie viele andere kleine Kinder vor dem Tor des Nonnenklosters, dem Refugio de Santa Brígida, ausgesetzt. Seit dieser Zeit lebe ich dort. Die Nonnen, die uns Waisenkinder betreuen, finden ein merkwürdiges Vergnügen daran, uns entehrende Namen zu geben. Sie wollen uns als Kinder der Schande brandmarken.«
Ich hatte es hier mit einem Aspekt der spanischen Sitten zu tun, den ich bisher nicht kannte. Bei uns Indios gab es natürlich auch Kinder, die durch Krankheit, Krieg oder einen anderen Unglücksfall Vater oder Mutter oder beide Eltern verloren hatten. Doch in keiner unserer Sprachen gab es meines Wissens ein Wort für ›Waise‹. Das lag daran, daß kein Kind im Stich gelassen, ausgesetzt oder der Gemeinschaft aufgebürdet wurde. Uns

war jedes Kind lieb und teuer. Kinder, die ganz allein in der Welt standen, wurden sofort mit Freuden von einem Ehepaar aufgenommen, ganz gleich, ob es kinderlos war oder viele eigene Kinder hatte.

»Wenigstens habe ich einen anständigen Vornamen«, fuhr Rebeca fort. »Der häßliche Pardo dort drüben«, sie wies unauffällig auf einen Jungen, »ist auch Waise und lebt im Refugio. Ihn haben die Nonnen Niebla Zonzón genannt.«

»Ayya!« rief ich halb belustigt, halb mitleidig. »Das bedeutet ›Tölpel, verwirrt, dumm‹!«

»Und, ay de mí, das ist er auch!« Rebeca lachte und zeigte ihre perlweißen Zähne. »Du hast ja gehört, wie er stottert und stammelt. Jedes Wort ist für ihn eine Qual, wenn er in der Klasse etwas sagt.«

»Jedenfalls verhelfen die Nonnen euch Waisen zu einer Schulbildung«, sagte ich, »das heißt, wenn man Religionsunterricht als Bildung bezeichnen kann.«

»Ich lerne, weil ich selbst den Schleier nehmen und Nonne werden will.«

»Ich dachte, es sind Schuhe«, sagte ich verwirrt.

»Wie?«

»Schon gut. Was bedeutet das, ›den Schleier nehmen‹?«

»Ich werde die Braut Christi.«

»Ich dachte, er ist tot.«

»Du hörst unserem Tete wirklich nicht zu, Juan Británico«, sagte sie, und sie klang so vorwurfsvoll wie Alonso. »Ich werde dem Namen nach die Braut von Jesus Christus. Alle Nonnen sind seine Bräute.«

»Das ist jedenfalls besser als der Name Canalluza«, sagte ich. »Wird der häßliche Pardo Niebla Zonzón seinen Namen auch ändern können?«

»Vaya al cielo – no!« erwiderte sie lachend. »Er hat zu we-

nig im Kopf, um in einen Orden einzutreten. Der arme dumme Zonzón geht vom Klassenzimmer in den Keller und arbeitet dort als Gerber. Deshalb riecht er immer so schlecht.«
»Dann sag mir, was das bedeutet, die Braut eines toten Gottes zu werden.«
»Es bedeutet, daß ich wie alle Bräute den Rest meines Lebens allein ihm widme. Ich entsage jedem sterblichen Mann, jedem Vergnügen, jeder Leichtfertigkeit. Sobald ich meine Erste Kommunion hinter mir habe, werde ich eine Novizin im Kloster. Danach bin ich der Pflicht, dem Gehorsam und dem Dienen geweiht.« Sie senkte den Blick. »Und der Keuschheit.«
»Noch ist es nicht soweit«, erwiderte ich sanft.
»Aber bald«, flüsterte sie mit noch immer niedergeschlagenen Augen.
»Rebeca, ich bin beinahe zehn Jahre älter als du.«
»Du siehst gut aus«, sagte sie, ohne den Blick zu heben.
»Ich werde mich in all den Jahren, in denen ich außer Jesus Christus niemanden habe, an dich erinnern können.«
In diesem wehmutsvollen Augenblick war das kleine Mädchen beinahe liebenswert und ganz sicher bedauernswert. Ich konnte eine so scheue und zarte Bitte nicht abschlagen, selbst wenn ich es gewollt hätte. Also vereinbarten wir, uns nach Einbruch der Dunkelheit an einem Platz zu treffen, wo wir ungestört waren, und dort gab ich ihr das, woran sie sich erinnern wollte.
Doch trotz ihrer Mithilfe war unser Zusammenkommen nicht leicht. Zuerst stellte ich fest, wie ich es eigentlich hätte voraussehen können, daß es schwierig war, sich der spanischen Kleider – ihrer und meiner – auf halbwegs manierliche Weise zu entledigen. Es erforderte unangenehme Verrenkungen, die das Vergnügen zweier Men-

schen, die sich auszogen, beträchtlich minderten. Die nächste Schwierigkeit war die unterschiedliche Körpergröße. Ich bin um einiges größer als andere Aztécatl und Mexícatl. Meine Mutter sagte, ich habe die Größe meines Vaters Mixtli geerbt. Und wie ich erwähnt habe, war Rebeca trotz all ihrer weiblichen Rundungen noch ein kleines Mädchen. Es war ihr erster Versuch, und wir stellten uns an diesem Abend so unbeholfen an, daß es sehr gut auch mein erster hätte sein können. Sie war einfach nicht in der Lage, die Beine weit genug zu spreizen, damit ich richtig dazwischen kam. Deshalb konnte mein Tepúli nicht mehr als seine Spitze in ihr Tipíli stecken. Nach mehreren erfolglosen Versuchen entschieden wir uns schließlich für die Art der Kaninchen. Sie stützte sich auf Ellbogen und Knie, ich stand hinter ihr. Doch jetzt erwies sich ihr ausladendes Hinterteil als Hindernis. Ich lernte aus dieser Erfahrung zweierlei. Rebecas Haut war an den Geschlechtsteilen noch dunkler als überall sonst, doch als sich die schwarzen Lippen dort unten öffneten, war sie innen so blütenrosa wie jede andere Frau, die ich kennenlernte. Außerdem war Rebeca Jungfrau, als wir begannen. Ich bemerkte etwas Klebriges und stellte fest, daß ihr Blut so rot war wie das der anderen Menschen. Seit damals bin ich geneigt zu glauben, daß alle Menschen aus dem gleichen Stoff gemacht sind, ganz gleich, welche Farbe ihre Haut hat.
Rebeca fand großes Vergnügen an ihrer ersten Ahuilnéma. Deshalb nutzten wir danach jede sich bietende Gelegenheit. Ich konnte ihr einige der besonderen Dinge zeigen, die ich von der Auyaními in Aztlan gelernt und dann durch Übung mit meiner Cousine Améyatl zur Vollkommenheit gebracht hatte. Rebeca und ich fanden großen Gefallen aneinander, bis zum Vorabend des Ta-

ges, an dem Bischof Zumárraga sie und mehrere andere Waisen im Ritual der Konfirmation salbte.

Ich nahm an der Zeremonie nicht teil, doch ich sah flüchtig Rebeca in ihrem Gewand. Ich muß gestehen, sie sah komisch aus. Das Schwarzbraun von Kopf und Händen stand im starken Gegensatz zum Weiß des Gewandes. Als Rebeca mich bemerkte und lächelte, blitzten ihre Zähne. Es war das einzig Weiße an ihr.

Von diesem Tag an habe ich sie nicht mehr angerührt, ja sie nicht einmal mehr gesehen, denn sie durfte das Refugio de Santa Brígida nicht mehr verlassen.

9

»A cuántas patos ha matado hoy?« fragte ich schüchtern.
»Caray, cientos! Y a tenazón«, erwiderte er und grinste stolz. »Unos gansos y cisnes además.«
Also hatte er meine Frage, wie viele Enten er an diesem Tag erlegt habe, verstanden, und ich hatte seine Antwort verstanden.
»Ha, Hunderte! Und das, ohne zu zielen. Außerdem ein paar Gänse und Schwäne.«
Zum ersten Mal erprobte ich meine Spanischkenntnisse nicht an meinem Lehrer oder meinen Klassenkameraden. Der junge Mann war ein Soldat, der seinen Dienst als Vogelsteller am See versah. Er wirkte nicht abweisend. Vielleicht lag es daran, daß ich spanische Kleidung trug und er mich für einen christianisierten Hausdiener hielt. Er sprach unaufgefordert weiter. »Por supuesto, no comemos los cisnes. Demasiado duro a mancar.« Ihm schien es wichtig, mir zu versichern: »Natürlich essen wir die Schwäne nicht. Sie sind zu zäh, um sie zu kauen.«
Ich war schon öfter zum See gekommen, um zu beobachten, was Pochotl als ›eigenartige, aber wirkungsvolle‹ Methode beschrieben hatte, mit der die Spanier Enten erlegten, die sich jeden Abend in der Dämmerung auf dem See niederließen. Es war in der Tat eine seltsame Methode, bei der ein Donnerstock, auch ›Arkebuse‹ genannt, benutzt wurde, der äußerst wirkungsvoll war.

Die Vogelsteller befestigten zahlreiche Arkebusen an Pfählen, die am Ufer in die Erde eingeschlagen worden waren. Die Rohre der Waffen wiesen waagrecht auf das Wasser. Andere Arkebusen waren auf ähnliche Weise an Pfähle gebunden, ihre Rohre wiesen jedoch in verschiedenen Winkeln nach oben und in unterschiedliche Richtungen. Ein Soldat konnte alleine alle Waffen laden und abfeuern. Zuerst zog er an einer Schnur, und die waagrecht zielenden Arkebusen spien direkt über der Wasseroberfläche Rauch und Blitze. Sie töteten viele der schwimmenden Vögel und erschreckten die anderen, die in Panik aufflogen. Dann zog der Vogelsteller an einer zweiten Schnur, und die in verschiedene Richtungen weisenden Waffen feuerten alle auf einmal. Dabei rissen sie ganze Vogelschwärme aus der Luft. Danach ging der Soldat die Reihen der Waffen entlang und machte irgend etwas an der Mündung der Rohre und etwas am hinteren Ende. Während dieser Zeit beruhigten sich die Vögel und ließen sich wieder auf dem Wasser nieder. Dann begann das Schlachten von neuem. Vor Einbruch der Dunkelheit schickte der Vogelsteller Ruderer in Acaltín-Kanus hinaus, um die toten Vögel einzusammeln.
Ich hatte den Vorgang mehrmals beobachtet, doch an diesem Tag nahm ich zum ersten Mal meinen Mut zusammen und stellte Fragen.
»Wir Indios benutzen immer nur Netze«, sagte ich zu dem jungen Soldaten, »in die wir die Vögel hineintreiben. Eure Methode ist sehr viel erfolgreicher. Wie funktioniert das eigentlich?«
»Es ist ganz einfach«, erwiderte er. »Am Gatillo jeder Arkebuse wird eine Schnur befestigt.« – Ich war bereits verwirrt, denn Gatillo bedeutete doch Kätzchen. – »Die

Schnüre sind alle an einer Leine befestigt, die ich ziehe. Damit feuere ich alle Waffen gleichzeitig ab.«
»Das habe ich gesehen«, sagte ich. »Aber wie funktioniert die Arkebuse?«
»Ah«, sagte er und führte mich stolz zu einer der Waffen, kniete sich daneben und wies mit dem Finger: »Das kleine Ding hier ist der Gatillo.« Es handelte sich um ein Stückchen Metall, das unter dem hinteren Ende der Arkebuse hervorragte. Es hatte die Form einer Mondsichel und wurde mit dem Finger nach hinten gedrückt oder in diesem Fall mit der Schnur zurückgezogen. Das ›Kätzchen‹ befand sich in einem Metallbügel, der offenbar verhindern sollte, daß es zufällig bewegt wurde. »Und das hier ist das Rad. Es wird von einer Feder bewegt, die du nicht sehen kannst, weil sie sich in diesem Schloß befindet.« Das Rad war wahrhaftig ein Rad oder besser gesagt ein Rädchen von der Größe einer Scheidemünze. Es bestand aus Metall, und der Rand wies feine Zähne auf.
»Was ist eine Feder?«
»Ein schmaler Metallstreifen, der mit diesem Schlüssel eng zusammengerollt wird.«
Er zeigte mir den Schlüssel und zeichnete damit eine kleine enge Spirale in den Staub zu unseren Füßen.
»So sieht die Feder aus, und jeder Arkebusier hat einen Schlüssel dafür.« Er steckte seinen Schlüssel in ein Loch des ›Schlosses‹, wie er es nannte, drehte ihn ein- oder zweimal, und ich hörte ein leises, schabendes Geräusch.
»So, das Rad ist bereit, sich zu drehen. Und das hier nennen wir die ›Katzenpfote‹.«
Er deutete auf ein kleines Stück Metall, das jedoch überhaupt nicht wie die Pfote einer kleinen spanischen Katze aussah, sondern eher wie der Kopf eines Vogels, der ein Steinchen im Schnabel hielt.

»Der Stein«, erklärte der junge Soldat, »ist ein Pyrit.«
Ich erkannte, daß es sich um ein winziges Stück des Steins handelte, von dem wir sagen, er sei ›falsches Gold‹.
»Jetzt spannen wir die Katzenpfote«, fuhr er fort und drückte sie mit dem Daumen nach hinten, bis sie klickte. »Sie wird von einer anderen Feder in dieser Stellung gehalten. Und nun, sieh genau hin, jetzt drücke ich das Kätzchen, das Rad dreht sich, gleichzeitig schlägt die Katzenpfote den Pyrit gegen das Rad, und du siehst die Funken sprühen.«
Genau das geschah. Der Soldat war stolz auf die gelungene Demonstration.
»Aber«, sagte ich, »aus dem Rohr ist weder ein Blitz noch Lärm oder Rauch hervorgekommen.«
Er lachte nachsichtig. »Das liegt daran, daß ich die Arkebuse nicht geladen und die Cazoleta oder die Zündpfanne nicht fertig gemacht hatte.«
Er brachte zwei Lederbeutel zum Vorschein und ließ aus dem einen ein kleines Häufchen dunkles Pulver in meine Handfläche rinnen. »Das ist die Pólvora, das Schießpulver. Siehst du, jetzt schütte ich eine bestimmte Menge davon in die Cañon oder den Lauf und schiebe dann ein kleines Stück Stoff hinein. Aus dem anderen Beutel nehme ich dann ein Cartucho, eine Patrone.«
Er zeigte mir ein kleines durchsichtiges Säckchen, das aussah wie ein Stück abgebundener Tierdarm und mit kleinen Metallkugeln gefüllt war.
»Für Feinde oder große Tiere benutzen wir selbstverständlich eine schwere runde Kugel. Für Vögel reicht eine Schrotpatrone.«
Er preßte mit einem langen Metallstock alles fest zusammen, was er in das Rohr getan hatte.

»Als letztes kommt ein ganz kleines bißchen Pulver auf die Zündpfanne.« Das war ein rundes Metallplättchen, das so aus dem Schloß hervorragte, daß die Funken vom Rad und das Falschgold das Pulver treffen würden.
Er lachte und beendete seine Lektion mit den Worten: »Hier siehst du, daß ein enges Loch die Zündpfanne und den Lauf an der Stelle verbindet, wo sich die Pulverladung befindet. So, jetzt spanne ich die Feder, und *du* drückst den Gatillo.«
Ich kniete mich mit einer Mischung aus Neugier, Schüchternheit und Angst neben der geladenen Waffe nieder. Doch die Neugier überwog, denn schließlich war ich genau deshalb hierher gekommen und hatte den jungen Soldaten angesprochen. Ich schob meinen Finger durch den Bügel unter dem Schloß der Arkebuse, legte ihn um das Kätzchen und zog.
Das Rad drehte sich, die Katzenpfote schnappte nach unten, die Funken sprühten, es gab ein Geräusch wie ein wütendes Fauchen, von dem Metallplättchen mit dem Pulver stieg ein Rauchwölkchen auf ... und dann bewegte sich die Arkebuse unvermittelt rückwärts. Ich zuckte zusammen, denn das Rohr dröhnte und spie eine Flamme, eine blaue Rauchwolke und, daran hatte ich keinen Zweifel, all die todbringenden Kügelchen der Patrone aus. Als ich mich von dem Schrecken erholt hatte und das Klingen in meinen Ohren nachließ, hörte ich den jungen Soldaten schallend lachen.
»Cáspita!« rief er. »Ich wette, du bist der erste Indio, der jemals mit einer solchen Waffe geschossen hat!« Er räusperte sich und fügte mit einem verlegenen Lachen hinzu: »Du wirst auch der einzige bleiben. Sag keinem Menschen, daß ich es dir erlaubt habe.« Als ich zustimmend nickte, schien er beruhigt und sagte: »Komm, du

darfst zusehen, wie ich die Arkebusen für die nächste Salve lade.«

Während ich ihm folgte, sagte ich: »Dann ist das Schießpulver so wichtig wie die Waffe an sich. Das Schloß, das Rad, das Kätzchen und alles andere ist nur da, damit das Pulver sich so verhält, wie Ihr wollt.«

»Ja, so ist es«, sagte er. »Ohne Schießpulver gäbe es auf der ganzen Welt keine Feuerwaffen. Keine Arcabuces, Granadas, Culebrinas, Petardos. Ni siquiera triquitraques. Nada.«

»Aber was ist Pulver?« fragte ich. »Woraus wird es gemacht?«

»*Das* werde ich dir nicht verraten. Es war unvorsichtig genug, dich mit der Arkebuse herumspielen zu lassen. Wir haben den Befehl, keinem Indio zu erlauben, eine unserer Waffen in die Hand zu nehmen. Ich würde schon jetzt schwer bestraft. Über die Zusammensetzung des Schießpulvers darf ich mit dir auf keinen Fall sprechen.«

Ich muß niedergeschlagen gewirkt haben, denn er lachte. »Aber soviel verrate ich dir: Schießpulver ist offensichtlich etwas für Männer, in vielerlei Hinsicht. Seltsamerweise ist eine der Zutaten ein sehr *intimer* Beitrag der Frauen.«

Er lachte immer noch, während er seiner Arbeit nachging und ich mich verdrückte. Er nahm keine Notiz von meinem Weggehen, und er hatte auch nicht bemerkt, daß das bißchen Schießpulver, das er mir auf die Hand geschüttet hatte, in den Beutel an meinem Gürtel gewandert war. Außerdem hatte ich unauffällig einen Schlüssel zum Drehen des Rades aufgehoben, den ich im Gras neben einer Arkebuse entdeckte.

Mit diesen Dingen eilte ich zur Kathedrale, damit ich nichts von dem vergessen würde, was er mir gezeigt

hatte. Ich erreichte Alonsos Zimmer kurz nach Beginn des Abendgebets. Deshalb traf ich den Notarius dort nicht mehr an – vermutlich war er bei der Andacht. Ich fand einen Bogen Rindenbastpapier und begann mit einem Stück Holzkohle zu zeichnen: das Kätzchen und den Bügel, die Katzenpfote, das Rad, die spiralförmig aufgerollte Feder ...
»Bist du zurückgekommen, um heute abend noch zu arbeiten?« fragte Alonso, als er durch die Tür trat.
Es gelang mir, nicht zusammenzuzucken oder erschrocken zu wirken. »Ich übe nur ein paar Wortbilder«, antwortete ich beiläufig und zerknitterte das Papier, behielt es aber in der Hand. »Wir übersetzten ja immer nur die Arbeiten anderer Scribenten. Ich fürchte, ich werde das Schreiben verlernen. Da ich nichts Besseres zu tun hatte, wollte ich üben.«
»Das gefällt mir. Ich möchte dich nämlich etwas fragen.«
»A su servicio, Cuatl Alonso«, sagte ich und hoffte, nicht unruhig zu wirken.
»Ich komme gerade von einem Gespräch mit Bischof Zumárraga, dem Archidiakon Suárez-Begega, dem Ostiarius Sánchez-Santoveña und anderen Würdenträgern. Sie sind sich alle darin einig, daß es Zeit wird, die Kathedrale schöner und prächtiger auszustatten. Wir haben bisher nur deshalb behelfsmäßige Gefäße, Leuchter und ähnliches benutzt, weil bald eine neue Kathedrale gebaut werden muß. Da sich jedoch Dinge wie Kelche, Monstranzen, Ciborien und Weihwasserbecken, ja selbst größere Gegenstände wie ein Lettner und ein Taufbecken ohne viel Mühe in die neue Kathedrale hinübertragen lassen, wurde heute beschlossen, daß wir all diese kostbaren Dinge bereits jetzt in Auftrag geben, und zwar so, daß sie einer Kathedrale angemessen sind.«

»Ihr fragt mich doch bestimmt nicht nach meiner Zustimmung?«
Er lächelte. »Wohl kaum. Aber vielleicht kannst du dabei von Nutzen sein, denn ich weiß, daß du durch die ganze Stadt streifst. Die Gegenstände und Geräte müssen aus Gold, Silber und Edelsteinen angefertigt sein. In deinem Volk hat man früher solche Arbeiten in hoher Vollendung ausgeführt. Ich dachte, bevor wir einen Ausrufer durch die Straßen schicken und einen Goldschmiedemeister suchen, könntest du vielleicht jemanden vorschlagen.«
»Cuatl Alonso!« Ich klatschte fröhlich in die Hände. »Ich kenne den richtigen Mann.«

In der Herberge sagte ich zu Pochotl: »Kennst du die spanischen Waffen, die wir Donnerstock nennen?«
»Die Arkebuse? Ja.« Er sah mich finster an. »Jedenfalls habe ich erlebt, was sie anrichten kann. Eine von ihnen hat meinen älteren Bruder durchlöchert, als hätte ihn ein unsichtbarer Speer getroffen.«
»Weißt du, wie eine Arkebuse funktioniert?«
»Wie sie funktioniert? Nein? Woher denn?«
»Du bist ein Meister in deinem Handwerk und besitzt große Geschicklichkeit. Würdest du dir zutrauen, eine Arkebuse herzustellen?«
»Ich soll etwas herstellen, was ich nicht kenne? Was ich nur von ferne gesehen habe? Ohne auch nur zu wissen, wie es funktioniert? Mein lieber Freund, bist du tlahúele oder nur xolopítli?«
Beide Worte bedeuten in unserer Sprache ›verrückt‹. Tlahúele nennt man einen gewalttätigen und gefährlichen Verrückten. Xolopítli ist jemand, der eher verträumt und harmlos, aber nicht ganz klar im Kopf ist.

Ich ließ mich nicht beirren. »Könntest du eine bauen, wenn ich dir Abbildungen der Teile zeige, die notwendig sind, damit sie funktioniert?«
»Wie kannst du das? Kein Indio darf sich auch nur in die Nähe der Waffen und Rüstungen des weißen Mannes wagen.«
»Sieh dir das an.«
Ich zeigte ihm das Papier mit meinen Zeichnungen und beendete auf der Stelle mit Holzkohle ein paar Teile, die unfertig geblieben waren, weil Alonso mich gestört hatte. Ich erklärte Pochotl, was die Bilder bedeuteten und wie die verschiedenen Teile zusammenwirkten, damit eine Arkebuse zu einer tödlichen Waffe wurde.
Pochotl murmelte: »Hm, es wäre nicht unmöglich, die Teile zu formen und zu schmieden und sie so zusammenzubauen, wie du es beschreibst. Aber das ist eine Arbeit für einen gewöhnlichen Schmied, nicht für einen Goldschmied ... bis auf diese merkwürdigen Dinge, die du ›Federn‹ nennst.«
»Richtig, bis auf die Federn. Deshalb komme ich zu dir.«
»Angenommen, es wäre mir möglich, das nötige Eisen und den Stahl zu beschaffen ...« Er schüttelte den Kopf. »Kannst du mir dann aber sagen, warum ich meine Zeit mit etwas so Verrücktem und Kompliziertem verschwenden sollte?«
»Zeit *verschwenden*?« fragte ich sarkastisch. »Was fängst du mit deiner Zeit an, wenn du nicht gerade ißt und schläfst?«
»Ich habe dir schon oft gesagt, daß ich mit deiner lächerlichen Rebellion nichts zu tun haben will. Wenn ich für dich eine unerlaubte Waffe herstellen würde, wäre ich in deinen Tlahuéle-Wahnsinn verwickelt und ich würde mit der Kette um den Hals neben dir am Pfahl brennen!«

»Ich werde alles auf mich nehmen und allein an den Pfahl gehen«, versicherte ich ihm. »Angenommen, ich biete dir als Bezahlung für die Arkebuse eine Belohnung, der du nicht widerstehen kannst?«
Er erwiderte nichts, sondern starrte mich nur finster an.
»Die Christen suchen einen Goldschmiedemeister, der für ihre Kathedrale zahlreiche Gegenstände aus Gold, Silber und Edelsteinen anfertigt.« Pochotls Augen blickten nicht mehr finster, sondern begannen plötzlich zu leuchten. »Platten, Becher und andere Gefäße, auch Gegenstände, die ich dir nicht beschreiben kann, die aber alle reich verziert sein müssen. Verstehst du, wertvolle und schöne Dinge. Der Mann, der sie anfertigt, wird der Nachwelt ein Erbe hinterlassen.« Ich lachte bitter und fügte hinzu: »Einer fremden Nachwelt natürlich...«
»Kunst ist Kunst!« rief Pochotl. »Selbst im Dienste eines fremden Volkes und einer fremden Religion bleibt ein Kunstwerk ein Kunstwerk.«
»Zweifellos«, sagte ich zufrieden. »Wie du selbst bemerkt hast, bin ich in gewisser Weise ein Liebling des christlichen Klerus. Sollte ich für einen bestimmten unvergleichlichen Goldschmied ein gutes Wort einlegen ...«
»Würdest du das tun? Yyo, ayyo, Cuatl Tenamáxtli, würdest du das tun?«
»Ich glaube, wenn ich es täte, könnte der Künstler sicher sein, den Auftrag zu bekommen. Als Gegenleistung würde ich nur verlangen, daß er seine freie Zeit für die Herstellung meiner Arkebuse *verschwendet*.«
Pochotl griff nach dem Papier mit meinen Zeichnungen. »Ich muß es mir genau ansehen ...« Er begann zu murmeln: »Ich müßte zuerst einen Weg finden, an das Metall heranzukommen ...« Schließlich sagte er stirnrunzelnd: »Bei deiner Erklärung der Wirkungsweise dieser Arke-

buse, Tenamáxtli, hast du darauf hingewiesen, daß das geheimnisvolle Schießpulver, die sogenannte Pólvora, ein unverzichtbarer Bestandteil ist. Was nützt es, wenn ich die Waffe baue, solange du kein Pulver besitzt?«
»Ich habe ein klein wenig«, erwiderte ich. »Und ich glaube, ich werde seine Zusammensetzung entschlüsseln. Wenn du mit der Waffe fertig bist, Pochotl, hoffe ich, Pulver im Überfluß zu haben. Der junge Soldat hat mir unüberlegt einen Hinweis gegeben, der sich als hilfreich erweisen könnte.«
»Der Hinweis war«, sagte ich später zu Netzlin und Citláli, »daß Frauen eine Zutat zu dieser Pulvermischung beisteuern. Er hat von einer sehr intimen Zutat gesprochen.«
Citláli bekam große Augen. Wir kauerten alle drei auf dem Lehmboden ihres kleinen Hauses und betrachteten die Prise Pulver, die ich behutsam auf ein Stück Rindenbastpapier geschüttet hatte.
»Wie ihr seht«, fuhr ich fort, »scheint es so, als sei das Pulver grau. Doch durch behutsames Verteilen mit der Spitze einer kleinen Feder ist es mir gelungen, die winzigen Körnchen voneinander zu trennen. Soweit ich erkennen kann, besteht das Gemisch nur aus drei verschiedenen Zutaten. Die eine ist schwarz, die andere gelb und die dritte weiß.«
Netzlin brummte skeptisch: »Soviel gewissenhafte und heikle Arbeit ..., aber wie soll dir das weiterhelfen? Bei den Körnchen könnte es sich um die Pollen beliebiger Blüten handeln.«
»Aber es sind keine Pollen«, sagte ich. »Bei zwei Bestandteilen habe ich bereits herausgefunden, worum es sich handelt. Dazu habe ich nur ein paar Körnchen auf die Zunge gelegt und probiert, wie sie schmecken. Die

schwarzen sind nichts anderes als gewöhnliche Holzkohle. Die gelben sind der Staub der verkrusteten Absonderungen, die man um die Krater aller Vulkane findet. Die Spanier benutzen das Zeug noch für andere Dinge. Sie machen damit Früchte haltbar, sie stellen Farben her und brennen ihre Weinfässer damit aus. Sie nennen es ›Schwefel‹.«
»Diese beiden Dinge könntest du also leicht beschaffen«, sagte Netzlin. »Aber was sind die weißen Körnchen?«
»Ich kann nur sagen, daß sie ähnlich wie Salz schmecken, nur schärfer und bitterer. Deshalb habe ich das Pulver mitgebracht.« Ich wandte mich an Citláli. »Der Soldat hat von Frauen gesprochen.«
Sie lächelte gutmütig, zuckte aber hilflos die Schultern. »Ich sehe die weißen Körnchen, aber ich habe keine Ahnung, was es sein könnte. Warum sollten die Augen einer Frau mehr sehen als deine, Tenamáxtli?«
»Vielleicht geht es nicht um die Augen«, sagte ich. »Man weiß, daß die Sinne und die Intuition einer Frau sehr viel feiner sind als die eines Mannes.« Sie lachte über mein Kompliment. »Paß auf, ich werde ein paar Körnchen herausfischen.« Ich hatte die kleine Feder mitgebracht und trennte damit eine winzige Menge der weißen Körnchen von den anderen. »Versuch es, Citláli.«
»Muß das sein?« fragte sie und warf einen schiefen Blick auf die Körnchen. Dann beugte sie sich seufzend vor, denn ihr gewölbter Leib war ihr dabei im Weg, senkte den Kopf bis dicht über das Papier und schnupperte. »Muß ich sie wirklich probieren?« fragte sie noch einmal und verlagerte das Gewicht wieder auf die Fersen. »Sie riechen genau wie Xitli.«
»*Xitli?*« riefen Netzlin und ich gleichzeitig. Wir sahen sie verständnislos an, denn das Wort bedeutet ›Urin‹.

Citláli errötete verlegen und sagte: »Jedenfalls wie mein Xitli. Verstehst du, Tenamáxtli, wir haben in der Straße nur eine einzige öffentliche Toilette. Nur wenige Frauen benutzen sie zum Urinieren. Die meisten von uns haben Axixcáltin-Töpfe. Wenn sie voll sind, tragen wir sie hinaus und schütten sie in die Grube der Toilette.«
»Aber ich bin sicher, niemand, auch keine spanische Frau, uriniert *Pulver*«, sagte ich. »Es sei denn, Citláli, du bist ein sehr ungewöhnliches Wesen.«
»Das bin ich nicht, du Einfaltspinsel!« erwiderte sie mit gespieltem Ärger und errötete wieder. »Mir ist allerdings aufgefallen, daß sich am Boden des Axixcáli weißliche Kristalle bilden, wenn das Xitli eine Zeitlang im Topf steht.«
Ich kniff die Augen zusammen und dachte nach.
»So wie sich manchmal Moos auf dem Boden eines Wasserkrugs bildet oder wie sich Kalk absetzt«, erklärte sie, als halte sie mich für beschränkt.
Ich starrte sie an, und sie errötete noch mehr.
»Wenn man die Kristalle, von denen ich rede, auf einem Métlatl-Stein ganz fein zerstoßen würde«, fuhr sie stockend fort, »bekäme man ein Pulver mit so weißen Körnchen wie diesen hier.«
Ich flüsterte beinahe: »Du hast es vielleicht getroffen, Citláli.«
»Wie?« rief ihr Mann. »Du glaubst, deshalb hat der Soldat Frauen mit dem geheimen Pulver in Verbindung gebracht?«
»In eine *intime* Verbindung«, erinnerte ich ihn.
»Aber unterscheidet sich das Xitli einer Frau von dem eines Mannes?«
»Du weißt so gut wie ich, daß es sich zumindest in einer Hinsicht unterscheidet. Du mußt es doch schon gesehen

haben. Wenn ein Mann sein Wasser im Gras abläßt, hat das so gut wie keine Wirkung. Aber dort, wo eine Frau uriniert, wird das Gras braun und stirbt ab.«
»Du hast recht«, sagten er und seine Frau gleichzeitig, und Netzlin fügte hinzu: »Das ist etwas so Alltägliches, daß kein Mensch darüber nachdenkt.«
»Auch Holzkohle ist etwas Alltägliches«, sagte ich, »genau wie der gelbe Schwefel der Vulkane. Es leuchtet ein, daß etwas so Gewöhnliches wie das Xitli einer Frau den dritten Bestandteil des Pulvers bilden könnte. Citláli, verzeih meine Dreistigkeit und Unhöflichkeit, aber kann ich mir deinen Axixcáli-Topf eine Weile ausleihen und mit dem Inhalt Versuche anstellen?«
Sie wurde flammend rot, aber dann lachte sie unbekümmert. »Mach damit, was du willst! Nur bring den Topf bitte wieder zurück. Jetzt, wo das Kind jederzeit kommen kann, brauche ich ihn immer häufiger.«
Ich mußte den Tontopf mit beiden Händen zurück zur Herberge tragen. Er war zugedeckt, aber die Flüssigkeit schwappte hörbar. Unterwegs sahen mich die Leute merkwürdig an, denn jeder weiß, wie ein Axixcáli aussieht.

Ich hatte wie Pochotl die ganze Zeit über in der Mesón gelebt oder zumindest dort geschlafen und gegessen, während viele andere Gäste gekommen und wieder gegangen waren. Weil ich mich meiner Abhängigkeit von den Mönchen schämte, hatte ich Pochotl oft beim Saubermachen geholfen oder mich bereit erklärt, das Feuer zu schüren, die Suppe umzurühren und auszuteilen. Ich hätte auf den Gedanken kommen können, die Mönche wären so gütig zu mir, weil ich das Kollegium nebenan besuchte. Doch sie ließen auch Pochotl in der Herberge wohnen. Ich erhielt demnach keine Vorzugsbehandlung. Meiner Meinung nach übertrieben sie ihre barmherzige Wohltätigkeit. Obwohl ich zu den Hauptnutznießern gehörte, wagte ich an jenem Tag, als ich von Netzlin und Citláli zurückkam, einen der Mönche, der die Suppe austeilte, danach zu fragen.

Zu meiner Überraschung lachte er verächtlich. »Du glaubst, wir tun das aus *Liebe* zu euch faulen Herumtreibern?« Er schüttelte heftig den Kopf. »Wir tun es im Namen Gottes zum Wohl *unserer* Seelen. Mein Orden befiehlt, daß wir uns erniedrigen und unter den Geringsten der Geringen und inmitten der Verderbtesten der Verderbten wirken. Ich bin nur deshalb hier in der Mesón, weil sich schon so viele Brüder für das Lepraheim gemeldet hatten, daß kein Platz mehr für mich war. Ich muß mich damit abfinden, euch Faulpelze zu bedienen. Dadurch sammle ich mir Verdienste im Himmel. Aber soviel kann ich dir verraten, ich muß mich nicht mit euch abgeben. Also geh zurück zu den anderen faulen Indios.«

Eine seltsame Art Wohltätigkeit, dachte ich.

Ich fragte mich, ob die Nonnen von Santa Brígida die Waisen in ihrer Obhut ebenfalls verachteten. Wenn sie die elternlosen Kinder aufnahmen, handelten sie vorgeblich im Namen ihres Gottes, in Wirklichkeit taten sie jedoch möglicherweise alles in Erwartung einer Belohnung im Leben nach dem Tod. Ich überlegte, ob auch Alonso de Molina aus ähnlichen Gründen freundlich und hilfsbereit zu mir gewesen war.

Solche Gedanken bestärkten mich in meinem Entschluß, mich auf keinen Fall zu einer so menschenverachtenden Religion zu bekehren. Es war schlimm genug, daß mein Tonáli meine Geburt in der EINEN WELT gerade in die Zeit verlegt hatte, in der ich mein Leben mit die-

sen Christen teilen mußte. Ich hatte nicht die geringste Absicht, mein Leben nach dem Tod unter ihnen zu verbringen.
Ich fühlte mich nicht mehr schuldig. Ich schämte mich vielmehr, die widerwillig gewährte Wohltätigkeit der Mönche in Anspruch genommen zu haben, und beschloß, aus ihrer Herberge auszuziehen. Die Ältesten der Kathedrale zahlten mir für die Arbeit mit dem Notarius Alonso nur einen Hungerlohn, abgesehen von dem, was ich bekommen hatte, um meine drei spanischen Kleidungsstücke zu kaufen. Trotzdem hatte ich von dem Geld nur hin und wieder etwas für ein Mittagessen ausgegeben. Deshalb reichten meine Ersparnisse aus, um in einem der Gasthäuser in den Vierteln der Einheimischen unterzukommen. Ich legte mich mit dem Entschluß auf mein Lager, daß dies die letzte Nacht sein sollte, die ich hier verbringen würde. Am Morgen wollte ich meine wenigen Sachen zusammenpacken, zu denen jetzt auch Citlális Axixcáli gehörte, und verschwinden. Doch kaum hatte ich diese Entscheidung getroffen, stellte sich heraus, daß sie bereits für mich getroffen worden war. Wieder einmal hatten die mutwilligen Götter, die mir schon so lange auf den Fersen waren und sich immer wieder in mein Leben einmischten, auf ihre Weise eingegriffen.

Mitten in der Nacht weckte mich der alte Wächter, in dessen Obhut die Mönche das Gebäude gaben, wenn sie abends gingen. Er rief so laut, daß alle anderen Männer im Schlafraum ebenfalls aufwachten.
»Señor Tennamotch! ?Hay aquí un señor bajo el nombre de Tennamotch?«
Ich wußte, er meinte mich. Mein Name war wie so viele Náhuatl-Worte für die Spanier ein wahrer Zungenbre-

cher, besonders deshalb, weil sie den weichen ›sh‹-Laut nicht aussprechen konnten, der durch den Buchstaben ›X‹ dargestellt wird, mit dem sie meinen Namen schrieben.
Ich erhob mich deshalb schlaftrunken von meinem Lager, warf mir den Mantel über und ging die Treppe hinunter, an deren Fuß der alte Mann stand.
»Señor Tennamotch?« fuhr er mich an, denn er war selbst wütend über die Störung. »Hay aquí una mujer insistente e importuna. La vejezuela demanda a hablar contigo.«
Eine Frau, die hartnäckig darauf bestand, mich zu sprechen? Das einzige weibliche Wesen, von dem ich mir vorstellen konnte, daß es mich möglicherweise um Mitternacht aufsuchen würde, war Rebeca, das Mulattenmädchen. Aber das war höchst unwahrscheinlich. Außerdem hatte der Wächter sie als ›eine Alte‹ bezeichnet. Verwirrt folgte ich ihm zum Tor. Dort stand in der Tat eine alte Frau, die ich noch nie gesehen hatte. Tränen rannen ihr über das faltige Gesicht, als sie auf náhuatl sagte: »Ich bin die Hebamme von Citláli, der jungen Frau, die mit dir befreundet ist. Das Kind ist geboren, aber der Vater ist tot.«
Ich erschrak, allerdings nicht zu sehr, um nicht geistesgegenwärtig zu sagen: »Du meinst sicher die Mutter.« Sogar ich wußte, daß auch die gesündeste Frau bei einer Geburt sterben konnte. Aber es versetzte mir einen Stich ins Herz, daß es die liebe Citláli getroffen hatte.
»Nein, nein! Der Vater ... Netzlin!«
»Was? Wie ist das möglich?« Dann fiel mir ein, wie besessen er von der Vorstellung gewesen war, einen Sohn zu bekommen. »Ist er vor Aufregung und Freude gestorben? Oder an einem Schlag von der Hand eines Gottes?«

»Nein, nein. Er hat im Vorderzimmer gewartet und ist auf und ab gegangen. Sobald das Kind im anderen Zimmer den ersten Schrei von sich gab, ist Netzlin hinaus auf die Straße gestürmt und hat gerufen: ›Ich habe einen Sohn!‹ Dabei hatte er das Kind überhaupt noch nicht gesehen.«
»Und? Hat er beim Zurückkommen festgestellt, daß es ein Mädchen ist? Hat ihn das umgebracht?«
»Nein, nein. Er hat alle Männer im Barrio zusammengerufen und große Mengen Octli für sie gekauft. Sie haben sich betrunken, aber er war sehr viel betrunkener als die anderen.«
»Und das hat ihn umgebracht?« fragte ich ungeduldig.
»Alte Mutter, aus dir wird nie eine Geschichtenerzählerin. Du bleibst am besten Hebamme.«
»Na ja ... nein, ich glaube, nach der Nacht werde ich selbst diesen bescheidenen Beruf aufgeben und ...«
»Willst du endlich weiterreden?« rief ich und sprang vor Ungeduld beinahe in die Luft.
»Gut, man könnte sagen, das Trinken hat den armen Netzlin umgebracht. Die Soldaten der Nachtwache haben ihn aufgegriffen. Sie haben ihn zu Tode geprügelt und erstochen.«
Ich war zu bestürzt, um etwas zu sagen. Die alte Frau fuhr fort: »Die Nachbarn sind gekommen und haben es uns gesagt. Citláli war ohnehin schon völlig außer sich. Die Nachricht von Netzlins Tod zu allem anderen hat sie dann beinahe um den Verstand gebracht. Aber sie war noch in der Lage, mir zu sagen, wo ich dich finden würde, und ...«
»Was meinst du mit zu all dem anderen? Hat sie bei der Geburt Verletzungen erlitten? Hat sie Schmerzen? Ist sie in Gefahr?«

»Komm mit, Tenamáxtli. Sie braucht Trost. Sie braucht dich.«
Anstatt weiter ungeduldig Fragen zu stellen und unverständliche Antworten zu bekommen, die *mich* beinahe um den Verstand brachten, sagte ich: »Gut, beeilen wir uns.«
Als wir uns dem unbeleuchteten Haus näherten, hörten wir kein Schreien, kein Seufzen und kein Klagen. Ich ließ die alte Frau vorausgehen und wartete im Vorderzimmer, während sie auf Zehenspitzen in dem anderen Raum verschwand. Sie kam mit dem Finger auf den Lippen zurück und flüsterte: »Sie schläft endlich.«
»Sie ist nicht tot?« fragte ich mit angehaltenem Atem.
»Nein, nein. Sie schläft, und das ist gut so. Aber komm mit und sieh dir das Kind an. Sei leise, es schläft auch.«
Mit einer Zange nahm sie ein Stück Glut aus dem Herd, entzündete damit die Kokosöl-Lampe und führte mich in das Nebenzimmer, wo Citláli schlief. Das Kind lag in einer mit Stroh gefüllten Kiste neben ihrem Bett. Die alte Frau hielt die Lampe hoch, damit ich es betrachten konnte. Es war ordentlich gewickelt und sah für mich wie jedes andere Neugeborene aus – rosig und runzlig wie die Hebamme, aber offenbar heil mit allem, was dazugehörte, mit Ohren, Fingern, Zehen und so weiter. Die Haare fehlten, aber das war nichts Ungewöhnliches.
»Warum möchtest du, daß ich es mir ansehe, alte Mutter?« flüsterte ich. »Ich habe schon früher kleine Kinder gesehen, und das hier scheint sich nicht von anderen zu unterscheiden.«
»Ayya, mein lieber Tenamáxtli, es hat keine Augen.«
»Das Kind ist blind? Wie kannst du das feststellen?«
»Nein, nicht nur blind, es hat keine Augen. Sieh genauer hin.«

Da sie gesagt hatte, das Kind schlafe, hatte ich angenommen, seine Augen seien geschlossen. Doch jetzt stellte ich fest, daß die Linie der Wimpern fehlte. Wo Augenlider hätten sein sollen, waren die Höhlen von den zierlichen kleinen Brauen bis zu den Wangenknochen mit derselben zarten Haut überzogen wie das ganze Gesicht. An der Stelle, wo man Augäpfel erwartete, befanden sich nur leichte Vertiefungen.
»Bei der Finsternis von Míctlan«, murmelte ich entsetzt. »Du hast recht, alte Mutter. Es ist eine Mißgeburt.«
»Deshalb war Citláli schon völlig außer sich, bevor sie noch von Netzlins Tod gehört hatte. Wenigstens ist ihm das erspart geblieben.« Nach kurzem Zögern fragte sie: »Soll ich es in den Kanal werfen?«
Das wäre für Citláli und ihr Kind das Gnädigste gewesen. Nach alter, in der gesamten EINEN WELT herrschender Sitte, hätte man es in der Tat tun müssen. Kinder, die mit körperlichen oder geistigen Gebrechen zur Welt kamen, wurden beseitigt, sobald man die Mißbildung entdeckte. Das war natürlich, und es wurde allgemein für richtig gehalten, daß solche Wesen nicht aufwuchsen und sich selbst oder der Gemeinde zur Last fielen oder, noch schlimmer, vielleicht ähnlich verunstaltete Kinder bekamen. Niemand beweinte oder bedauerte die schnelle Beseitigung dieser Unglückseligen, und niemand hatte etwas dagegen einzuwenden. Es war eine offensichtliche Notwendigkeit, um die guten körperlichen und geistigen Eigenschaften zu erhalten. Ein Volk, die Wolkenmenschen von Uaxyácac, die für ihre Schönheit berühmt waren, tötete sogar häßliche kleine Kinder.
Aber ich wußte, daß wir nicht mehr in der EINEN WELT lebten und nach unseren alten weisen Traditionen handeln konnten. Mir war bekannt, daß die Christen die von

ihnen verachteten Nachkömmlinge der verschiedensten Hautfarben am Leben ließen – selbst jene elenden Geschöpfe mit weiß und braun gefleckter Haut, die sie Pintojos nannten, von denen sich jedermann gleich welcher Hautfarbe voll Abscheu abwandte. Vielleicht forderte ein christliches Gesetz, daß jedes Neugeborene, auch ein unehelich gezeugtes und aus irgendeinem Grund unerwünschtes Kind, um jeden Preis großgezogen werden mußte, ganz gleich, welches Elend für die Eltern, für das bedauernswerte Lebewesen selbst und den Rest der Gesellschaft dadurch entstand. Ich war nicht sicher und würde Alonso fragen müssen, ob die Christen tatsächlich einen so unmenschlichen Standpunkt vertraten.
Das Geschick dieses armen Wesens mußte nicht sofort entschieden werden. Deshalb sagte ich zu der Hebamme: »Es steht mir nicht zu, das zu bestimmen. Netzlin hätte dir sicher gesagt, du sollst es beseitigen. Aber er ist tot, und es hat nur noch seine Mutter Citláli. Wir werden warten, bis sie aufwacht.«

10

»Ich will das Kind behalten«, erklärte Citláli, nachdem sie aufgewacht war und ich sie getröstet und ermutigt hatte, so daß sie sich den beiden Katastrophen in ihrem Leben gefaßter als in der Nacht stellen konnte.
Ich fragte: »Hast du daran gedacht, was dich erwartet? Wenn man davon absieht, daß du dich ständig um das Kind kümmern und gut auf es aufpassen mußt, bis es erwachsen ist, oder sogar bis eine von euch beiden stirbt, wirst du den Spott und die Verachtung der Leute, besonders unserer Priester ertragen müssen. Welches Tonáli ist deinem Kind bestimmt? Es wird ein Leben in erniedrigender Abhängigkeit von seiner Mutter führen, unfähig, die alltäglichsten Dinge zu bewältigen, ganz zu schweigen von allen echten Schwierigkeiten, die möglicherweise auftauchen werden. Es hat praktisch keine Hoffnung, im Leben etwas zu tun, um sich nach dem Tod einen Platz in der glücklichen Welt von Tonatíucan zu verdienen. Kein Tonalpóqui wird sich bereit finden, sein Buch der Zeichen zu befragen, um dem Kind einen glückverheißenden Namen zu geben.«
»Dann wird der Geburtstagsname sein einziger Name bleiben«, erwiderte sie unbeeindruckt. »Gestern war der Tag der Zwei Winde, nicht wahr? Also wird es Ome Ehécatl heißen. Ich finde, das ist zutreffend. Der Wind hat auch keine Augen.«

»Ome Ehécatl wird dich niemals sehen, sie wird nie wissen, wie ihre Mutter aussieht. Sie wird niemals heiraten und dir Enkelkinder schenken, dich im Alter nicht unterstützen. Du bist noch jung und hübsch, du bist geschickt in deiner Arbeit, und du hast ein freundliches Wesen. Aber es ist unwahrscheinlich, daß du wieder einen Mann findest, wenn eine so schwere Last an dir hängt. Außerdem ...«
»Bitte, Tenamáxtli, hör auf«, sagte sie traurig. »Im Schlaf habe ich mich in meinen Träumen all diesen Hindernissen gestellt, einem nach dem anderen. Du hast recht. Sie scheinen unüberwindbar. Trotzdem, die kleine Ehécatl ist das einzige, was mir von Netzlin und unserem gemeinsamen Leben geblieben ist. Und das wenige will ich behalten.«
»Also gut«, sagte ich. »Wenn du hartnäckig auf dieser Dummheit beharrst, dann bestehe ich darauf, dir dabei behilflich zu sein. Du brauchst angesichts all dieser Hindernisse einen Freund und Verbündeten.«
Sie sah mich ungläubig an. »Du würdest dich mit uns beiden belasten?«
»Solange ich kann, Citláli. Ich spreche allerdings nicht von einer Ehe oder von Dauer. Ich rechne damit, daß eine Zeit kommen wird, in der ich andere Dinge tun muß.«
»Der Plan, von dem du gesprochen hast. Du willst die Weißen aus der EINEN WELT vertreiben.«
»Ja. Aber ich hatte bereits beschlossen, aus der Herberge auszuziehen und mir eine andere Unterkunft zu suchen. Wenn es dir recht ist, werde ich hier bei dir wohnen und meine Ersparnisse in den Haushalt einbringen. Ich glaube, ich brauche keinen Unterricht mehr. Ich werde weiterhin beim Notarius in der Kathedrale arbeiten, um den Lohn nicht zu verlieren. In meiner freien Zeit werde

ich Netzlins Stand auf dem Markt übernehmen. Ich sehe, es gibt einen Vorrat an Körben, die zu verkaufen sind, und wenn du wieder bei Kräften bist, kannst du neue flechten. Es wird nicht notwendig sein, daß du Ehécatl jemals allein läßt. Abends kannst du mir bei meinen Versuchen helfen, Pulver herzustellen.«
»Das ist mehr, als ich hoffen durfte, und es ist sehr freundlich von dir, mir das anzubieten, Tenamáxtli.« Aber sie schien sich noch immer Sorgen zu machen.
»Seit wir uns kennen, bist du immer freundlich zu mir gewesen, Citláli. Bei der Angelegenheit mit dem Pulver warst du mir bereits eine große Hilfe. Hast du irgendwelche Einwände gegen mein Angebot?«
»Nur den einen, daß auch ich nicht beabsichtige, zu heiraten oder die Frau eines Mannes zu sein, selbst wenn das der Preis für das Überleben wäre.«
Ich erwiderte etwas verletzt: »Ich habe nichts dergleichen vorgeschlagen. Ich hatte auch nicht erwartet, daß du das vermuten würdest.«
»Verzeih mir, lieber Freund.« Sie ergriff meine Hand und hielt sie fest. »Ich bin sicher, du und ich, wir könnten leicht ... und ich kenne die zerstoßene Wurzel, die verhütet, daß ... Aber es wirkt nicht immer ... Ayya, Tenamáxtli, ich versuche zu sagen, es könnte sehr gut sein, daß ich mich eines Tages nach dir sehne. Aber ich will nicht Gefahr laufen, noch einmal ein mißgestaltetes Kind wie ...«
»Ich verstehe, Citláli. Ich verspreche dir, wir werden so keusch zusammenleben wie Bruder und Schwester, wie ein Junggeselle und eine Jungfrau.«
Daran änderte sich auch lange nichts. In dieser Zeit ereigneten sich viele Dinge, von denen ich in der richtigen Reihenfolge berichten will.

Am ersten Tag holte ich meine Habe und den überschwappenden Axixcáli-Topf aus der Mesón de San José und kehrte nie mehr dorthin zurück. Ich nahm auch den Goldschmiedemeister Pochotl mit, begleitete ihn zur Kathedrale, stellte ihn dem Notarius Alonso vor und empfahl ihn als den Mann, der am besten befähigt sei, das gewünschte sakrale Gerät anzufertigen. Bevor Alonso ihn zu den Klerikern brachte, die ihn anweisen und beaufsichtigen würden, erklärte ich Pochotl, wo ich von nun an wohnen würde, und fügte leise hinzu: »Natürlich werde ich dich hier in der Kathedrale sehen, und ich bin sehr am Fortschritt dieser Arbeit hier interessiert. Aber ich vertraue darauf, daß du mich in meiner neuen Unterkunft über die Fortschritte bei der anderen Arbeit auf dem laufenden halten wirst.«
»Das werde ich bestimmt tun. Wenn hier alles gut geht, bin ich dir zu unendlichem Dank verpflichtet, Cuatl Tenamáxtli.«
Ich begann noch an diesem Abend mit meinen Versuchen, das Pulver herzustellen. Trotz all des Herumtragens waren die kleinen weißlichen Kristalle nicht aufgelöst oder durcheinandergebracht worden, die sich inzwischen, wie Citláli vorausgesagt hatte, am Boden des Axixcáli befanden. Ich trennte sie vorsichtig vom Xitli und breitete sie zum Trocknen auf einem Stück Rindenbastpapier aus. Dann stellte ich den Topf versuchsweise auf das Feuer, bis der verbliebene Urin zu kochen begann. Das verursachte einen schrecklichen Gestank. Citláli rief mit gespieltem Entsetzen, sie bedaure, mich in ihrem Haus aufgenommen zu haben. Doch mein Versuch war erfolgreich. Als das Xitli schließlich eingekocht war, befanden sich noch mehr der kleinen Kristalle im Topf.

Während die weißen Körnchen trockneten, ging ich zum Markt und fand dort ohne große Mühe Holzkohle und den gelben Schwefel. Ich erstand von beidem etwas und trug es nach Hause. Ich zerstampfte die Brocken mit dem Absatz meines spanischen Stiefels zu Pulver. Citláli, die nach der Geburt immer noch ruhebedürftig war, zerrieb die Xitli-Kristalle auf einem Métlatl-Stein. Dann mischte ich das schwarze, das gelbe und das weiße Pulver zu gleichen Anteilen auf dem Rindenbastpapier. Als Vorsichtsmaßnahme gegen einen möglichen Unfall trug ich das Papier hinaus auf die staubige Gasse vor dem Haus. Der Gestank des kochenden Urins hatte bereits zahlreiche Kinder aus der Nachbarschaft angelockt. Sie beobachteten neugierig, wie ich ein Stück Glut von der Feuerstelle an das Pulvergemisch hielt. Sie jubelten, obwohl das Ergebnis weder Blitz noch Donner war, sondern nur wenige zischende Funken sprühten und ein paar Rauchwölkchen aufstiegen.
Ich war nicht allzu sehr enttäuscht und bedankte mich bei den Kindern für den Beifall mit einer Verbeugung.
Bei der kleinen Menge Pulver, die von dem jungen Soldaten stammte, war mir bereits klargeworden, daß die Mischung nicht zu gleichen Teilen aus schwarzem, weißem und gelbem Pulver bestand. Doch ich mußte irgendwie beginnen. In einer Hinsicht erwies sich der erste Versuch als Erfolg. Das blaue Rauchwölkchen roch genau wie der Rauch aus den Arkebusen am See. Also waren die aus dem weiblichen Urin gewonnenen Kristalle tatsächlich der dritte Bestandteil des Schießpulvers. Offensichtlich mußte ich diese Bestandteile nur in verschiedenen Anteilen miteinander mischen, um irgendwann das richtige Verhältnis herauszufinden. Mein größtes Problem bestand jedoch darin, genug Xitli-Kristalle

zu bekommen. Ich dachte schon daran, die Kinder zu bitten, mir alle Axixcáltin ihrer Mütter zu bringen, doch ich verwarf den Gedanken wieder, denn das hätte zu Fragen der Nachbarn geführt. Wahrscheinlich wäre ihre erste Frage gewesen, wieso ein Verrückter plötzlich auf ihren Straßen herumlief.

Es vergingen einige Monate, in denen ich bei jeder Gelegenheit Urin kochte, bis sich vermutlich die ganze Nachbarschaft an den Gestank gewöhnt hatte, obwohl er mich allmählich gründlich anekelte. Doch diese Arbeit brachte mir Kristalle ein, wenn auch nur in geringer Menge. Deshalb war es schwierig, das weiße Pulver in unterschiedlichen Anteilen mit den der beiden anderen Zutaten zu mischen. Ich führte genaue Aufzeichnungen über meine Versuche. Dazu benutzte ich ein Stück Papier, das ich sorgfältig hütete, damit ich es nicht verlor. Zum Beispiel notierte ich: ›2 Teile schwarz, 2 gelb, 1 weiß; 3 Teile schwarz, 2 gelb, 1 weiß‹ und so fort. Doch keine Mischung, die ich erprobte, führte zu einem ermutigenderen Ergebnis als beim ersten Mal, als ich das Pulver im Verhältnis eins zu eins zu eins gemischt hatte. Das heißt, meist sprühten nur Funken, es zischte und rauchte, und manchmal geschah überhaupt nichts.

Ich hatte dem Notarius Alonso erklärt, weshalb ich nicht mehr am Unterricht im Kollegium teilnahm. Er teilte meine Ansicht, daß sich mein Spanisch fortan am schnellsten verbessern werde, wenn ich es im täglichen Umgang sprach und hörte, anstatt weiterhin die Regeln zu lernen. Er billigte allerdings weniger, daß ich dem Religionsunterricht von Tete Diego fernblieb.

»Du gefährdest die Rettung deiner unsterblichen Seele, Juan Británico«, sagte er ernst.

Ich hielt ihm entgegen: »Wird Gott es nicht als gute Tat

ansehen, wenn ich mein Seelenheil aufs Spiel setze, um eine hilflose Witwe zu unterstützen?«

»Hmm ...« Er wirkte verunsichert. »Das solltest du aber nur so lange tun, bis sie für sich selbst sorgen kann, Cuatl Juan. Dann mußt du dich wieder auf die Konfirmation vorbereiten.«

Danach erkundigte er sich bei mir in regelmäßigen Abständen nach dem Gesundheitszustand der Witwe. Ich konnte ihm jedesmal ehrlich berichten, daß sie immer noch ans Haus gefesselt war, weil sie für ihr blindes Kind sorgen mußte.

Ich glaube, Alonso beschäftigte mich lange über die Zeit hinaus, die ich für ihn von Nutzen war. Er fand noch unbedeutendere, ja sogar langweilige und nutzlose Bücher mit Wortbildern, bei deren Übersetzung ich ihm half, weil er wußte, daß ich meinen Lohn zum größten Teil für den Unterhalt des kleinen Haushalts verwendete.

Wann immer ich etwas Zeit hatte, besuchte ich die Werkstatt, die man Pochotl zugewiesen hatte. Die geistlichen Auftraggeber stellten sein Können zunächst auf die Probe. Sie gaben ihm einen kleinen Klumpen Gold, um zu sehen, was er damit machen würde. Ich weiß nicht mehr, was er daraus schuf, doch die Priester waren begeistert. Danach erhielt er immer größere Mengen Gold und Silber mit genauen Anweisungen, was er anzufertigen habe – Kerzenleuchter, Weihrauchfässer und verschiedene Gefäße. Die Gestaltung der Dinge überließen sie ihm. Das Ergebnis fand jedesmal ihre größte Anerkennung.

Pochotl war inzwischen Herr über eine Schmelze, wo alle benutzten Metalle geschmolzen und gefeint wurden. Er hatte eine Schmiede, wo die unedlen Metalle wie Eisen, Stahl und Kupfer in Form gehämmert wur-

den, einen Raum mit Stampftrögen und Tiegeln, wo die Edelmetalle verflüssigt wurden, und einen Raum voller Werkbänke mit besonderem feinen Werkzeug. Natürlich standen ihm viele Gehilfen zur Seite, von denen manche in Tenochtítlan ebenfalls Goldschmiede gewesen waren. Doch die meisten seiner Helfer waren Sklaven, im allgemeinen Moros, weil sie gegen die größte Hitze unempfindlich sind. Sie verrichteten die schweren Arbeiten, die kein großes Können verlangten.
Pochotl war natürlich so glücklich, als sei er zu Lebzeiten in die selige Nachwelt Tonatíucans versetzt worden.
»Hast du gesehen, daß ich wieder beneidenswert dick werde, nachdem man mich gut bezahlt und ernährt?« fragte er und zeigte mir voll Stolz jedes einzelne seiner neuen Werke. Wenn ich ihn dann ebenso lobte wie die Priester, freute er sich. Doch in der Kathedrale unterhielten wir uns nie über die andere Arbeit. Von diesem Vorhaben sprachen wir nur, wenn er zum Haus kam, um Fragen zu den Teilen der Arkebuse zu stellen, die ich für ihn aufgezeichnet hatte.
»Soll sich dieses Teil so bewegen oder so?«
Später brachte er einzelne Stücke mit, damit ich sie begutachtete und mich dazu äußerte.
»Es ist gut«, sagte er, »daß du zur gleichen Zeit für meine Anstellung in der Kathedrale gesorgt hast, als du die Waffe von mir gefertigt haben wolltest. Es wäre bereits unmöglich gewesen, das lange Rohr ohne die Werkzeuge herzustellen, die ich jetzt habe. Heute war ich gerade dabei, den dünnen Metallstreifen mühsam zu der Spirale zu biegen, die du eine Feder nennst, als mich ein gewisser Pater Diego unterbrach. Er erschreckte mich, als er mich auf náhuatl ansprach.«
»Ich kenne ihn«, sagte ich. »Er hat dich also auf frischer

Tat ertappt, denn er wird eine Spirale kaum für eine Art Kirchenschmuck halten. Hat er mit dir geschimpft, weil du deine Arbeit vernachlässigst?«
»Nein. Aber er hat gefragt, womit ich mich da abmühe. Ich behauptete, eine Idee für eine Erfindung zu haben und zu versuchen, sie in die Tat umzusetzen.«
»Eine Erfindung?«
»Das hat Pater Diego auch gesagt und spöttisch gelacht. Er hat gesagt, ›das ist keine Erfindung, Meister. Es ist eine Vorrichtung, die die zivilisierte Menschheit seit uralten Zeiten kennt.‹ Und dann, Tenamáxtli, kannst du dir vorstellen, was er dann getan hat?«
»Er hat die Feder als Teil einer Arkebuse erkannt«, stöhnte ich. »Unser Plan ist aufgedeckt, und alles ist verloren.«
»Nein, nein, überhaupt nicht. Er ist verschwunden und nach einer Weile mit einer ganzen Handvoll der verschiedensten Federn zurückgekommen. Hier ist die Spirale, die ich brauche, damit sich das gezahnte Rad dreht.« Er zeigte mir die Feder. »Ich habe auch die flache Art, die sich vorwärts und rückwärts bewegt, und die notwendig ist, um die Katzenpfote, wie du es nennst, herunterschnappen zu lassen.« Er zeigte sie mir triumphierend. »Kurz gesagt, ich weiß jetzt, wie man solche Dinge anfertigt, brauche es aber nicht selbst zu tun. Der gute Priester hat sie mir alle geschenkt.«
Ich stieß einen erleichterten Seufzer aus. »Wunderbar!« rief ich. »Wenigstens einmal waren die Götter gnädig, die den Zufall so sehr lieben. Ich muß sagen, Pochotl, du hast mehr Erfolg als ich.«
Ich berichtete ihm von meinen entmutigenden Versuchen mit dem Pulver.
Er sagte nach kurzem Nachdenken: »Vielleicht führst du

die Versuche nicht unter den richtigen Bedingungen durch. So wie du die Wirkungsweise der Arkebuse beschrieben hast, glaube ich, kannst du die Wirksamkeit des Schießpulvers nicht beurteilen, solange du es nicht in ein enges Behältnis preßt, bevor du Feuer daran hältst.«
»Vielleicht«, erwiderte ich. »Aber ich habe nur eine winzige Menge Pulver, mit dem ich arbeiten kann. Es wird lange dauern, bis ich es irgendwo hineinpressen kann.«
Doch am nächsten Tag förderten die Götter des Zufalls mein Vorhaben durch ein weiteres glückliches Ereignis. Wie ich Citláli versprochen hatte, verbrachte ich nun jeden Tag einige Zeit an Netzlins ehemaligem Stand auf dem Markt. Das war nicht sonderlich anstrengend. Ich mußte nur zwischen den Körben stehen, wenn ein Kunde einen kaufen wollte. Citláli hatte mir die Preise genannt, die sie für die einzelnen verlangte – in Kakaobohnen, Kupferblechstückchen oder Maravedí-Münzen. Die Kunden bemerkten sofort die hohe Qualität der Körbe, ohne daß ich sie darauf aufmerksam machen mußte. Man konnte die Körbe sogar mit Wasser füllen. Sie waren alle so eng geflochten, daß nichts durchsickerte, kein Mehl herausrieselte und erst recht keine Samenkörner durchfielen oder was sonst darin aufbewahrt werden sollte. Da ich wenig zu tun hatte, unterhielt ich mich mit Vorübergehenden, rauchte mit den Männern an den Nachbarständen Picíetl oder schüttete, wie ich es an jenem Tag tat, auf den schmalen Verkaufstisch kleine Häufchen Holzkohle, Schwefel und Xitli-Pulver, damit ich verdrießlich über die unendliche Vielzahl möglicher Mischungsverhältnisse nachdenken konnte.
»Ayya, Cuatl Tenamáxtli!« hörte ich plötzlich eine fröhliche Stimme.

Ich blickte auf. Es war ein Mann namens Peloloá, ein Fernhändler, den ich von früheren Begegnungen her kannte. Er kam regelmäßig in die Stadt und brachte die beiden wichtigsten Güter aus seiner Heimat Xoconóchco, dem Heißen Land an der Küste weit im Süden, mit. Von dort bezogen wir schon lange bevor die Weißen einen Fuß in die EINE WELT gesetzt hatten, unser Salz und den größten Teil unserer Baumwolle.
»Bei Itzocíuatl!« rief er die Salzgöttin an. »Willst du mir Konkurrenz machen?« Er wies lachend auf mein jämmerliches Häufchen kleiner weißer Kristalle.
»Nein, Cuatl Peloloá«, erwiderte ich mit einem kläglichen Lächeln. »Das ist kein Salz, das jemand kaufen würde.«
»Du hast recht«, sagte er und leckte ein paar Körnchen, bevor ich ihn daran hindern und ihm sagen konnte, daß es sich um Rückstände von Urin handelte. Doch seine nächste Bemerkung überraschte mich. »Das ist die erste, bittere Ausbeute. Die Spanier nennen es Salitre, Salpeter. Es wird so billig verkauft, daß du von dem Erlös kaum leben kannst.«
»Ayyo«, flüsterte ich. »Du kennst diese Substanz?«
»Selbstverständlich. Wer aus Xoconóchco würde sie nicht kennen?«
»Dann kocht ihr in Xoconóchco den Urin eurer Frauen ein?«
Er sah mich verständnislos an. »Wie bitte?«
»Ach nichts ... vergiß es. Du hast das Pulver ›die erste Ausbeute‹ genannt. Was bedeutet das?«
»Das, was es heißt. Manche Leute glauben, wir tauchen ein Sieb ins Meer und schöpfen das Salz heraus. So einfach ist es nicht. Die Salzgewinnung ist ein komplizierter Vorgang. Wir trennen die seichten Gebiete unserer

Lagune durch Deiche ab und lassen sie austrocknen. Dann müssen die trockenen Brocken, Klumpen und Flocken von den vielen Verunreinigungen gesäubert werden. Zuerst siebt man Sand, Muschelschalen und Pflanzen aus. Danach wird die Masse mit Süßwasser aufgekocht. Dadurch bilden sich Kristalle, die ebenfalls ausgesiebt werden. Das ist die erste Ausbeute, der Salpeter, wie du ihn hier hast, Tenamáxtli. Allerdings sind deine Kristalle pulverisiert. Um das kostbare Salz der Göttin zu gewinnen, sind noch weitere Reinigungsvorgänge notwendig.«
»Du hast gesagt, der Salpeter wird verkauft ... billig verkauft.«
»Die Bauern in Xoconóchco kaufen Salpeter, um ihn auf die Baumwollfelder zu streuen. Sie behaupten, er steigert die Fruchtbarkeit des Bodens. Die Spanier benutzen Salpeter in ihren Gerbereien. Ich weiß nicht, welchen Verwendungszweck du möglicherweise im Sinn hast ...«
»Gerben!« log ich. »Ja, das ist es. Ich würde gerne Leder verkaufen. Ich zerbreche mir schon lange den Kopf darüber, wie ich mir Salpeter beschaffen könnte.«
»Wenn ich das nächste Mal in den Norden komme, bringe ich dir gern eine Traglast mit«, sagte Pelolóa. »Salpeter ist billig. Ich werde dir nichts dafür berechnen, denn du bist mein Freund.«
Ich eilte mit der guten Nachricht nach Hause. Aber in meiner Aufregung tat ich etwas Dummes. Ich riß den Türvorhang ungestüm zur Seite und rief: »Citláli, du kannst mit dem Urinieren aufhören!«
Sie bekam einen Lachkrampf. Es dauerte eine Weile, bis sie keuchend hervorstieß: »Ich habe einmal gesagt, du bist verrückt. Ich hatte recht. Du bist völlig xolopítli!«
Es dauerte eine Weile, bis ich mich so weit beruhigt

hatte, daß ich die Neuigkeit in andere Worte fassen und ihr berichten konnte, welch großes Glück mir widerfahren war.
Citláli sagte leise: »Vielleicht sollten wir der Salzgöttin Itzocíuatl mit einer kleinen Feier unsere Dankbarkeit zeigen.«
»Mit einer kleinen Feier? Was für eine Art Feier?«
Sie errötete und erwiderte schüchtern: »Ich habe den ganzen letzten Monat pulverisierte Tlatlaohuéhuetl-Wurzel eingenommen. Ich glaube, wir müssen nicht befürchten, daß etwas schiefgeht, wenn wir die viel gerühmte Wirksamkeit auf die Probe stellen.«
Ich sah sie an – mit neuen Augen, wollte ich beinahe sagen. Aber das zu behaupten wäre nicht ehrlich. In der Zeit, die wir auf unseren Lagern in getrennten Zimmern schliefen, hatte ich sie begehrt, mir jedoch sittsam nichts anmerken lassen.
Es lag schon so lange zurück, daß ich das letzte Mal mit einer Frau zusammengewesen war, der kleinen braunen Rebeca, daß ich wahrscheinlich bald die Dienste einer Maátitl in Anspruch genommen hätte. Citláli mußte mein kurzes Zögern als Widerstreben deuten, denn sie sagte lachend: »Niez tlalqua ayquic axitlinéma.« Das heißt: »Ich verspreche, nicht zu urinieren«. Damit brachte sie mich ebenfalls zum Lachen.
So umarmten wir uns lachend. Und das ist, wie ich nun zum ersten Mal erfuhr, die beste Art das alte Spiel zu beginnen.

Ome Ehécatl war mittlerweile von einem Säugling auf Citlális Arm zu einem krabbelnden Kleinkind herangewachsen und begann gerade, auf unsicheren Beinchen zu laufen. Ich rechnete jeden Tag mit Ehécatls Tod und Citláli zweifellos auch. Denn ein Kind, das bei der Geburt körperlich mißgestaltet ist, hat meist noch andere, nicht erkennbare Gebrechen, an denen es schließlich stirbt. Während Ehécatls früher Kindheit stellte sich jedoch nur eine einzige weitere Behinderung heraus. Sie würde nie sprechen lernen. Das bedeutete, daß sie möglicherweise auch taub war. Citláli machte sich deshalb mehr Sorgen als ich, denn ich fand es angenehm, daß das Kind niemals schrie.

Ehécatls Gehirn erfüllte ansonsten seinen Dienst sehr gut. Mit dem Laufen lernte sie, sich geschickt im Haus zu bewegen und einen weiten Bogen um die Feuerstelle zu machen.

Wenn Citláli fand, das Kind müsse an die frische Luft, führte sie es auf die Straße und schob es behutsam in die Richtung, in die es gehen sollte. Ehécatl setzte sich in Bewegung und wankte im Vertrauen darauf, daß ihre Mutter alle Hindernisse aus dem Weg geräumt hatte, mutig die Straße entlang.

Citláli war zu allen Menschen stets freundlich und sanft. Ihre natürliche Güte und Liebenswürdigkeit machten es ihr leicht, für ein Geschöpf wie Ehécatl mütterliche Gefühle zu empfinden. Sie hielt das Kind sauber, kleidete und ernährte es ordentlich, obwohl es anfangs Schwierigkeiten gehabt hatte, ihre Brust zu finden, und später, den Löffel zu halten.

Die Kinder aus der Nachbarschaft überraschten mich. Für sie schien Ehécatl eine Art Spielzeug zu sein. Sie war in ihren Augen bestimmt kein normaler Mensch, aber auch nicht etwas Lebloses wie eine Puppe aus Stroh oder Ton. Sie spielten liebevoll mit dem Kind, ohne es jemals zu mißhandeln oder zu verspotten. Alles in allem lebte Ehécatl mehrere Jahre, was bei solchen Mißgeburten erstaunlich ist. Sie verbrachte diese Zeit so ungestört und heiter, wie man es einem unheilbar mißgestalteten Kind nur wünschen konnte.

Ich wußte, Citláli machte sich Gedanken darüber, ob Ehécatl jung oder alt in das Totenreich gelangen werde. Vermutlich dachte Citláli auch an ihr eigenes Leben nach dem Tod. Kein Mensch der EINEN WELT glaubt, daß er nach dem Tod bereits deshalb zum Nichts von Míctlan verdammt ist, so wie die Christen zur Hölle, nur weil er geboren wurde, gelebt hat und gestorben ist. Doch um sicherzustellen, daß man nicht in die Míctlan gestürzt wird, sollte man im Leben *etwas* getan haben, um die Aufnahme in das Tonatíucan des Sonnengottes oder die ähnlich verheißungsvollen Paradiese anderer gütiger Götter zu verdienen.

Die einzige Hoffnung für ein Kind, so etwas zu vollbringen, besteht darin, sich zu opfern, das heißt, von den Eltern geopfert zu werden, um die Rachsucht, den Hunger oder die Eitelkeit der einen oder anderen Gottheit zu befriedigen.

Doch kein Priester hätte ein so nutzloses Geschöpf wie Ehécatl als Opfer angenommen, und sei es auch nur für den geringsten aller Götter.

Ein erwachsener Mann kann in das von ihm gewünschte Paradies eingehen, wenn er im Krieg oder auf dem Altar eines Gottes stirbt oder eine außergewöhnliche Tat vollbringt, die das Wohlgefallen der Götter findet. Auch eine erwachsene Frau kann als Opfer einer Gottheit sterben. Und manche Frauen vollbringen ebenso lobenswerte Taten wie die Männer.

Doch die meisten haben ihren Platz in Tonatíucan oder Tlálocan oder wo auch immer bereits dadurch verdient, daß sie die Mütter von Kindern sind, deren Tonáli sie dazu bestimmt, Krieger, Opfer oder ihrerseits Mütter zu werden.

Ome Ehécatl konnte das alles niemals sein. Deshalb wußte ich, daß Citláli voll Sorge über ihre Aussichten nach dem Tod nachdachte.

11

Einige Monate nach unserer Begegnung auf dem Markt kam der Händler Pololoá aus Xoconóchco wieder in die Stadt. Ein Tamémi trug wie versprochen einen großen Sack Salpeter ›die erste Ausbeute‹ auf dem Rücken. Er übergab mir das Geschenk mit großer Geste und befahl dem Träger sogar, die Last zu mir nach Hause zu bringen. Dort widmete ich jeden freien Augenblick meinen Versuchen, mischte das schwarze, das weiße und das gelbe Pulver in unterschiedlichen Verhältnissen und führte Aufzeichnungen über jeden Versuch. Ich hatte jetzt sehr viel mehr freie Zeit, denn sowohl Pochotl als auch ich waren aus dem Dienst in der Kathedrale entlassen worden.
»Es liegt daran, daß die Kirche einen neuen Papst in Rom hat«, erklärte der Notarius Alonso entschuldigend. »Der alte Papst, Clemens VII., ist gestorben. Sein Nachfolger heißt Paul III. Wir sind gerade von seinem Amtsantritt und von seinen ersten Weisungen für den katholischen Klerus in der ganzen Welt unterrichtet worden.«
Ich sagte: »Das klingt nicht so, als würdet Ihr Euch über die Nachricht freuen, Cuatl Alonso.«
Er verzog mißmutig das Gesicht. »Die Kirche verlangt, daß jeder Priester unverheiratet, keusch und ehrenhaft lebt oder zumindest den Schein wahrt. Das sollte auch für den Papst gelten, denn er ist der höchste Priester.

Aber es ist allgemein bekannt, daß er seinen Aufstieg in der Kirchenhierarchie bereits als Vater Farnese mit ›lamiendo el culo del patron‹ begonnen hat, um einen Ausdruck des gemeinen Volkes zu gebrauchen. Das heißt, er hat seine Schwester, Julia die Schöne, dem damaligen Papst Alexander VI. ins Bett gelegt und sich dadurch wichtige Beförderungen verschafft. Papst Paul hat keineswegs ein keusches Leben geführt. Er hat zahlreiche Kinder und Enkelkinder. Einen Enkelsohn hat er sofort nach seiner Wahl zum Kardinal ernannt. Dieser Enkel ist vierzehn Jahre alt.«

»Interessant«, sagte ich, obwohl ich es nicht sonderlich interessant fand. »Was hat das alles mit uns hier zu tun?«

»Papst Paul hat unter anderem angeordnet, daß alle Diözesen ihre Ausgaben einschränken. Das bedeutet, wir können selbst einen so bescheidenen Luxus wie deine Arbeit hier an den Códices nicht mehr finanzieren. Außerdem hat sich der Papst ausdrücklich wegen der, wie er es nennt, ›Verschwendung‹ von Gold und Silber für ›Luxus‹ an Bischof Zumárraga gewandt. Er verlangt von dem Bischof, daß alles Gold und Silber, das die Kirche in Neuspanien erworben hat, unter den weniger gut ausgestatteten Bistümern aufzuteilen ist.«

»Und Ihr zweifelt daran, daß das Gold und Silber die ›weniger gut ausgestatteten Bistümer‹ erreicht?«

Alonso stieß lange und geräuschvoll den Atem aus. »Zweifellos bin ich geneigt, dem neuen Papst wegen der Dinge, die ich über seinen Lebenswandel weiß, zu mißtrauen. Das mit dem Gold und Silber klingt für jeden, der mit den Gepflogenheiten Roms vertraut ist, so, als beanspruche Papst Paul III. seinen eigenen fünften Anteil von den Schätzen Neuspaniens.« Er seufzte. »Wie auch immer. Deshalb muß Pochotl aufhören, seine wundervollen Goldschmiedearbeiten für uns anzufertigen, und du kannst mir nicht mehr bei den Übersetzungen helfen.«

Ich sah ihn lächelnd an. »Wir wissen beide, Cuatl Alonso, daß Ihr Euch seit langem nur aus Mitleid Arbeit für mich ausgedacht habt. Aber ich habe einige Ersparnisse. Ich glaube, die Witwe, ihr Kind und ich werden nicht hungern müssen, wenn ich diese Anstellung verliere.«

»Es tut mir leid, dich gehen zu sehen, Juan Británico. Aber ich empfehle dir sehr, jetzt, wo du nicht mehr hier beschäftigt bist, die Zeit zu nutzen und die Unterweisung im christlichen Glauben bei Pater Diego wiederaufzunehmen.«

»Das ist sehr fürsorglich von Euch«, sagte ich, und das war aufrichtig gemeint. Doch ich versprach nichts dergleichen.

Alonso seufzte noch einmal und sagte: »Ich möchte dir zum Abschied ein kleines Geschenk machen.« Er griff nach einem hellglänzenden Gegenstand, der die Papiere auf seinem Schreibtisch beschwerte. »Heutzutage besitzt jeder so etwas, ich meine jeder Spanier. Das hier habe ich von diesem armen, unglücklichen Ketzer bekommen, der vor vier oder fünf Jahren auf dem Platz vor der Kathedrale hingerichtet wurde und den wir beide haben brennen sehen.«

Ayya, dachte ich. Ein Geschenk meines Vaters für den Notarius, und jetzt wird daraus ein Geschenk von ihm an mich.

Alonso übergab es mir. Es war ein runder, glatt geschliffener Kristall von der Größe meiner Handfläche. Ich hatte den anderen Kristall, den mein Vater mir unfreiwillig hinterlassen hatte, immer noch zwischen meiner Habe verstaut. Es war ein gelber Topas, während dies ein klarer, auf beiden Seiten leicht nach außen gewölbter Quarz war.

»Der alte Mann hat mir erzählt, wie er diese Kristalle irgendwo im Süden entdeckt und sie bei seinem Volk verbreitet hatte«, sagte Alonso. »Jetzt benutzen wir Spanier sie, denn sie sind in der Tat sehr nützlich. Doch ihr Indios habt sie scheinbar vergessen.«

»Nützlich?« fragte ich. »In welcher Hinsicht?«

»Sieh her.« Er nahm mir den Kristall aus der Hand und hielt ihn in einen Sonnenstrahl, der durch das Fenster in den Raum fiel. Mit der anderen Hand griff er nach einem Stück Papier und hielt es so, daß das Sonnenlicht durch den Kristall darauf fiel. Er bewegte Papier und Kristall so lange hin und her, bis das Licht auf dem Papier zu einem hellen Punkt wurde. Nach kurzer Zeit begann das Papier an dieser Stelle zu rauchen, und im nächsten Augenblick sah ich eine kleine Flamme. Alonso blies sie aus und gab mir den Kristall zurück.

»Ein Brennglas«, sagte er. »Wir nennen es wegen seiner Form auch Lente oder Linse. Damit kann man ohne Stahl und Pyrit Feuer entzünden, und sie erspart einem auch die Mühe mit dem Holzstock und dem Brett, das ihr dazu benutzt, aber natürlich nur wenn die Sonne scheint. Ich bin sicher, du wirst es auch nützlich finden.«

Ganz bestimmt, dachte ich innerlich jubelnd.

Es war wie ein Geschenk der Götter – nein, es war ein Geschenk von meinem Vater Mixtli, der in Tonatíucan weilte. Er mußte von dieser anderen, paradiesischen Welt aus beobachtet haben, wie ich mich mit der Herstellung des Pulvers herumschlug. Er mußte wissen, warum ich das tat, und beschlossen haben, mir zu helfen. Obwohl er schon lange tot und aller weltlichen Sorgen enthoben war, schien mein Vater Mixtli meiner Absicht zuzustimmen, die EINE WELT von den fremden Herren zu befreien. Und das war seine Art, mir über die unermeßliche Entfernung hinweg, die uns Lebende von den Toten trennt, seine Zustimmung zu zeigen.

Natürlich sagte ich Alonso de Molina nichts von alldem, sondern nur: »Ich danke Euch wirklich sehr. Ich werde jedesmal an Euch denken, wenn ich das Brennglas benutze.« Dann verabschiedete ich mich.

Pochotl war ebenfalls nicht besonders traurig darüber, von der Liste der Beschäftigten der Kathedrale gestrichen zu werden. Er hatte seinen Lohn geschickt angelegt und sich in einem der besseren Stadtviertel für Einheimische ein beachtliches Haus mit einer Werkstatt gebaut. Es stand direkt am Rand der Traza, die den Spaniern vorbehalten war. Pochotls Kunstwerke für die Kathedrale hatten bereits so viele Spanier beeindruckt, daß er Aufträge für private Auftraggeber ausführte.

»Die Weißen bemühen sich endlich, uns in Hinblick auf Kultur, Verfeinerung und guten Geschmack nachzuahmen«, sagte er. »Ist es dir aufgefallen, Tenamáxtli, sie riechen nicht einmal mehr so schlecht wie früher. Sie haben unsere Gewohnheit übernommen und waschen sich, wenn vielleicht auch nicht so regelmäßig und gründlich wie wir. Inzwischen haben sie gelernt, die besondere Art Schmuck zu schätzen, den ich schon immer hergestellt habe. Meine Stücke sind sehr viel feiner und einfallsreicher als die ihrer eigenen ungeschickten Goldschmiede. Deshalb bringen sie mir ihr Gold, ihr Silber und ihre Edelsteine. Sie nennen mir ihre Wünsche – eine Halskette, einen Fingerring, einen Schwertknauf – und überlassen mir die Gestaltung. Bis jetzt war jeder mit dem Ergebnis sehr zufrieden und hat mich gut bezahlt. Keiner meiner Kunden hat je Anstoß daran genommen, wenn

ich das Metall, das übrigbleibt, für mich behalten habe.«
»Das freut mich für dich«, sagte ich. »Ich hoffe nur, du hast auch Zeit für ...«
»Ayyo, ja! Die Arkebuse ist beinahe fertig. Ich habe alle Metallteile und muß sie nur noch in den Holzschaft einpassen. Es mag merkwürdig klingen, aber daß ich aus der Kathedrale entlassen worden bin, ist mir dabei sehr zustatten gekommen. Man hat mir befohlen, die Werkstätten zu räumen und zu säubern. Wachen mußten sicherstellen, daß ich keine von den Kostbarkeiten an mich nehme, die man mir anvertraut hatte. Ich habe die Gelegenheit, die Waffen der Soldaten aus nächster Nähe zu sehen, genutzt, um mir in allen Einzelheiten einzuprägen, wie diese Arkebusen zusammengebaut sind.« Er runzelte die Stirn. »Aber wie ergeht es dir beim Herstellen des Schießpulvers?«
Ich war immer noch mit den scheinbar nie enden wollenden Versuchen beschäftigt, hinter die richtige Zusammensetzung des Pulvers zu kommen, aber ich werde nicht von den Enttäuschungen und Mühen berichten, die mich beinahe zur Verzweiflung brachten. Es genügt zu sagen, daß ich schließlich Erfolg hatte – mit einer Mischung aus zwei Dritteln Salpeter und einem Drittel Holzkohle und Schwefel zu gleichen Teilen.
Als ich eines Nachmittags mit Hilfe meiner neuen Linse das gebündelte Sonnenlicht auf das graue Pulverhäufchen lenkte, um es zu entzünden – es sollte sich als der letzte und entscheidende Versuch erweisen –, waren in der Gasse vor unserem Haus keine Kinder aus der Nachbarschaft zu sehen. Das stets gleichbleibende schwache Zischen und Fauchen hatte sie noch mehr gelangweilt als mich. Diesmal jedoch sprühte das Pulver Funken, und ein richtiges blaues, scharf riechendes Rauchwölkchen

stieg auf. Aber das Wichtigste war, ich hörte dabei dieses besondere Geräusch, ein gedämpftes, gefährliches Knurren, das ich gehört hatte, als der junge Soldat mir erlaubte, den Abzug zu drücken und seine Arkebuse abzufeuern. Endlich wußte ich, wie man Schießpulver herstellt. Und ich konnte größere Mengen davon machen. Nachdem ich einen kurzen Freudentanz aufgeführt, dem Kriegsgott Huitzilopóchtli und meinem verehrten toten Vater Mixtli stumm von Herzen gedankt hatte, eilte ich zu Pochotl, um den Sieg zu verkünden.
»Yyo, ayyo, ich habe große Ehrfurcht vor dir!« rief er. »Wie du sehen kannst, bin ich ebenfalls beinahe fertig.« Er wies auf seine Werkbank. Dort lagen die Metallteile, die ich bereits in Augenschein genommen hatte. Jetzt zeigte er mir auch den Holzschaft, dem er gerade die richtige Form gab. »Ich schlage vor, während ich meine Arbeit beende, unternimmst du den Versuch, zu dem ich dir schon einmal geraten habe. Du füllst das Pulver in ein kleines, festes Gehäuse und entzündest es dann.«
»Das habe ich bereits geplant«, erwiderte ich. »Und du, Pochotl, du machst mir ein paar runde Bleikugeln zum Schießen. Sie sollten groß genug sein, um sie in das Rohr der Arkebuse hineinzuschieben. Aber sie müssen mühelos hineinpassen.«
Ich lief zum Markt, ließ mir von einem Töpfer einen Klumpen gewöhnlichen Ton geben und trug ihn nach Hause. Citláli sah stolz zu, wie ich eine kleine Menge Pulver in die Mitte schüttete und den Ton zu einem Ball von der Größe einer Nópali-Frucht zusammendrückte. Dann stach ich mit einem Federkiel ein winziges Loch hinein und legte die Tonkugel zum Trocknen neben die Feuerstelle. Am nächsten Tag war sie so hart wie ein Topf. Ich ging damit hinaus auf die Gasse.

Die Tonkugel war für die Kinder etwas Neues, und sie drängten sich neugierig um mich. Sie fanden es auch sehr aufregend, daß ich das Brennglas benutzen wollte. Doch ich sorgte dafür, daß sie einen gebührenden Abstand wahrten, und hob schützend den Arm vor mein Gesicht, bevor ich den Hitzepunkt des Kristalls auf die kleine Öffnung richtete. Ich war froh über meine Vorsichtsmaßnahmen, denn im nächsten Augenblick verschwand der Ball mit einem Blitz, der mich sogar im hellen Tageslicht blendete. Eine beißende blaue Rauchwolke stieg auf. Die Explosion machte beinahe ebensoviel Lärm wie die Arkebuse, die ich damals am See abgefeuert hatte. Scharfe Splitter, die schmerzhaft meinen erhobenen Arm und die nackte Brust trafen, schossen durch die Luft. Zwei oder drei Kinder schrien erschrocken auf, aber sie hatten nur ein paar leichte Schrammen abbekommen. Mir fiel zu spät ein, daß sich möglicherweise Soldaten in der Nähe befinden konnten, die den Lärm gehört hatten. Es kam jedoch niemand, um nachzuforschen, was geschehen war. Ich beschloß, alle weiteren Versuche in sicherer Entfernung von der Stadt durchzuführen.

Ein paar Tage später nahm ich am westlichen Rand der Insel eine Acáli-Fähre, die mich zu dem steilen Felsufer am Festland übersetzte, das Chapultépec, Heuschreckenberg, genannt wird. Ich trug einen harten Tonball mit Schießpulver von der Größe meiner Faust bei mir und in einem Beutel eine kleine Menge losen Schießpulvers. Ich hätte ohne weiteres zu Fuß gehen können, denn in diesem Abschnitt war das stinkende Wasser nur etwa knietief und grünbraun. In die Felswand, so hatte man mir gesagt, waren früher riesige Gesichter, um ein vielfaches vergrößerte Bildnisse von vier Verehrten Spre-

chern der Mexíca, eingemeißelt gewesen. Doch die Gesichter waren verschwunden, da die spanischen Soldaten sie in ihrem Übermut als Zielscheiben für Schießübungen mit den riesigen Donnerrohren auf Rädern, den sogenannten Culebrinas und Falconetes benutzt hatten. Der Heuschreckenberg war inzwischen wieder ein gewöhnlicher Berg mit einer steilen Felswand. Das einzig Bemerkenswerte war der Aquädukt, der dort seinen Anfang nahm und Wasser von den Quellen des Chapultépec in die Stadt leitete.
Der große Park mit Gärten, Springbrunnen und Statuen, den der letzte Motecuzóma dort angelegt hatte, war ebenfalls zerstört. Es gab nur noch Gras, Wildblumen, niedriges Gestrüpp und hier und da die mächtigen, hohen Ahuehuétquin-Zypressen, die uralten Bäume, deren Holz so hart war, daß selbst die Spanier sie nicht fällen konnten. Die einzigen Menschen, die ich sah, waren Sklaven, die wie an jedem Tag mit der Ausbesserung der Risse des Aquädukts beschäftigt waren. Ich mußte mich nicht weit vom Ufer entfernen, um allein zu sein. Ich suchte eine Stelle, die frei von Gestrüpp war, und fand sie auch bald.
Diesmal hatte ich den Tonball an einer Stelle abgeflacht und das Loch so angebracht, daß es sich auf gleicher Höhe mit der Erde befand, als ich den Ball ins Gras legte. Ich öffnete den Beutel und begann eine schmale Spur Pulver vom Ball bis um das Wurzelwerk einer Zypresse zu streuen, die in einiger Entfernung stand. Im Schutz des dicken Stammes holte ich mein Brennglas hervor, hielt es in einen Sonnenstrahl, der durch das Geäst auf die Erde fiel, und brachte am Ende meiner Pulverspur eine kleine Flamme hervor. Das Pulver begann wie erhofft zu zischen und zu fauchen. Die Funken hüpften

fröhlich den Weg zurück, den ich gekommen war. Mir wurde klar, daß das nicht immer die beste Art sein würde, meine Kugeln zu zünden, denn jeder Windhauch konnte den Ablauf unterbrechen. Doch an diesem Tag geschah das nicht. Die Funken tanzten um den Baumstamm herum und entschwanden meinen Blicken. Aber der unverkennbare scharfe Geruch des brennenden Pulvers stieg mir weiterhin in die Nase.
Dann ertönte ein solcher Knall, daß ich unwillkürlich einen Satz rückwärts machte, obwohl ich damit gerechnet oder es zumindest inbrünstig gewünscht hatte. Selbst der Baum, der mich schützte, schien zu schwanken. Ringsum flatterten krächzend zahllose Vögel auf, und im Gestrüpp raschelte es, als mehrere kleine Tiere flüchteten. Ich hörte das Pfeifen und Zischen der Tonsplitter, die in alle Richtungen geschleudert wurden. Einige trafen mit einem dumpfen Aufprall den Stamm und die Äste meiner Zypresse. Abgerissene Zweige fielen herab, während der blaue Rauch in der windstillen Luft seinen charakteristischen Gestank verbreitete.
Irgendwo in der Ferne hörte ich aufgeregtes Rufen. Deshalb verließ ich meinen Platz hinter dem Baum, sobald kein Splitter mehr durch die Luft flog, und eilte zu der Stelle, wo der Ball gelegen hatte. Ein Fleck Erde von der Größe einer Petatl-Matte war schwarz verkohlt. Die umstehenden Büsche hatten versengtes und welkes Laub. Am Rand der kleinen Lichtung lag ein totes Kaninchen, das von einem Tonsplitter durchbohrt worden war.
Die Rufe näherten sich. Erst jetzt fiel mir ein, daß die Spanier auf dem Gipfel des Heuschreckenbergs eine Festung mit Palisaden errichtet hatten, ein Castillo, wie sie es nannten. Dort bildete das Heer Rekruten aus, und so befanden sich in der Festung immer viele Soldaten.

Selbst ein blutiger Anfänger wußte natürlich, daß es sich um eine Schießpulver-Explosion handelte. Da der Lärm von einem üblicherweise menschenleeren Gelände kam, rannten die Spanier herbei, um herauszufinden, wo und wie es dazu gekommen und wer dafür verantwortlich war. Ich wollte für die Soldaten keine Hinweise zurücklassen. Mir blieb nicht genug Zeit, um die Brandspuren zu verwischen, doch ich nahm das Kaninchen mit, als ich mich eilig auf den Rückweg zum Ufer machte.
An diesem Abend erschien Pochotl mit einem geölten Mantel unter dem Arm und einem so zufriedenen Grinsen, daß ich ihn beinahe nicht wiedererkannt hätte. Mit der übertriebenen Verschwörermiene eines Gauklers legte er das Bündel auf den Boden und packte es ganz langsam aus, während Citláli und ich ihn erwartungsvoll dabei beobachteten.
Da lag sie endlich, die nachgebaute Arkebuse. Sie sah sehr echt aus.
»Ouiyo ayyo«, murmelte ich sehr zufrieden und voll Bewunderung für Pochotls Kunstfertigkeit. Citláli blickte lächelnd von einem zum anderen und freute sich für uns beide.
Pochotl gab mir den Schlüssel zum Spannen der inneren Feder. Ich steckte ihn an seinen Platz, drehte den Schlüssel und hörte wie schon einmal zuvor das schnarrende Geräusch. Dann schob ich mit dem Daumen die Katzenpfote mit dem Splitter Falschgold zurück. Sie klickte und blieb in dieser Stellung. Danach drückte ich mit dem Zeigefinger den Abzug. Die Katzenpfote schnappte nach unten, das falsche Gold traf das gezähnte Rad, das von der gespannten Feder bewegt wurde, und die dadurch entstehenden Funken verteilten sich, so wie es sein sollte, auf der Pulverpfanne.

»Wir werden natürlich erst sehen«, sagte Pochotl, »was geschieht, wenn du sie mit Pulver und mit einer von diesen Kugeln geladen hast.« Er reichte mir einen Beutel voll schwerer Bleikugeln. »Aber ich rate dir, Tenamáxtli, geh für deine Versuche weit weg. Die Gerüchte in der Stadt überschlagen sich bereits. Die Soldaten der Garnison auf dem Chapultépec haben heute eine unerklärliche Explosion gehört.« Er zwinkerte mir zu. »Die Weißen fürchten zu Recht, daß außer ihnen noch jemand Pulver besitzt. Die Wachen auf den Straßen halten alle Indios mit Töpfen, Körben oder anderen verdächtigen Behältnissen an und durchsuchen sie.«
»Das habe ich nicht anders erwartet.« Ich nickte zustimmend. »Ich werde in Zukunft vorsichtiger sein.«
»Noch etwas«, sagte Pochotl. »Ich halte deine Idee von einem Aufstand immer noch für verrückt. Überleg doch einmal, Tenamáxtli. Du weißt, wie lange ich für diese eine Arkebuse gebraucht habe. Ich bin sicher, sie wird funktionieren. Aber glaubst du im Ernst, daß ich oder ein anderer die vielen tausend herstellen könnte, die du brauchen würdest, um so gut bewaffnet zu sein wie die Weißen?«
»Nein«, erwiderte ich. »Denn es muß keine einzige mehr gebaut werden. Wenn deine Arkebuse wie erwartet funktioniert, werde ich sie benutzen, um – nun ja – von irgendeinem spanischen Soldaten eine zweite zu bekommen. Dann beschaffe ich mir mit den beiden zwei weitere und so fort.«
Pochotl und Citláli starrten mich an, und ich wußte nicht, ob sie vor Entsetzen oder vor Bewunderung sprachlos waren.
»Aber jetzt«, rief ich glücklich, »wollen wir das vielversprechende Ereignis feiern!«

Ich kaufte einen Krug vom besten Octli, und wir tranken zur Feier des Tages. Selbst die kleine Ehécatl bekam etwas davon ab. Wir Erwachsenen wurden so betrunken, daß sich Pochotl um Mitternacht lieber im Vorderzimmer schlafen legte, als die Begegnung mit der Wache zu riskieren. Citláli und ich schwankten kichernd zu unserem Lager im anderen Zimmer, wo wir noch leidenschaftlicher feierten.

Für meine nächsten Versuche stellte ich Tonbälle in der Größe von Wachteleiern her, die jeweils eine daumennagelgroße Menge Pulver enthielten. Sie barsten alle mit einem Knall, der nicht lauter war als etwa das Geräusch der Kapsel einer Rizinuspflanze, wenn sie ihre Samen durch die Luft schleudert. Deshalb verloren die Kinder bald das Interesse. Doch ich verschaffte ihnen eine andere Unterhaltung, die ihnen wieder Spaß machte. Ich bat sie, meine Späher zu sein, durch die umliegenden Straßen zu streifen und sofort zurückzukommen und mich zu warnen, falls sie irgendwo spanische Soldaten entdeckten. Da ich bereits wußte, daß mein Pulver zufriedenstellend arbeitete und eine beachtliche zerstörerische Wirkung hatte, wenn es fest zusammengepreßt war, versuchte ich jetzt, einen mit Pulver gefüllten, großen oder kleinen Ball aus der Ferne zu zünden. Ich brauchte etwas Zuverlässigeres als die Pulverspur.

Ich habe erwähnt, auf welche Weise wir im allgemeinen unseren Picíetl rauchen: Er wird in ein sogenanntes Poquíetl gerollt, das heißt in ein Röhrchen aus Schilf oder Papier, das zusammen mit dem Kraut verbrennt. Im Gegensatz dazu rauchen die Spanier den Picíetl in nicht brennbaren Tonpfeifen.

Gelegentlich mischten wir den Picíetl wie die Weißen mit anderen Zutaten, etwa mit Kakaopulver, bestimmten Samenkörnern, getrockneten Blüten, um den Geschmack oder den Duft zu verändern. Ich rollte eine Reihe sehr dünner Papier-Poquíeltin, die das Kraut mit unterschiedlichen Mengen Pulver enthielten. Ein normales Poquíetl brennt langsam, wenn der Raucher daran zieht. Es verglüht jedoch, wenn es eine Weile beiseite gelegt wird. Ich hoffte, der Pulverzusatz werde ein solches Röhrchen am Ausgehen hindern und es werde langsam weiterbrennen.

Ich hatte recht. Bei meinen Versuchen mit den kleinen Papier-Poquíeltin in unterschiedlicher Stärke und Länge, gefüllt mit Picíetl und Pulver in einem jeweils anderen Mischungsverhältnis fand ich schließlich die richtige Zusammensetzung. Wurde ein solches Poquíetl in die kleine Öffnung eines meiner Tonbälle gesteckt, dauerte es einige Zeit – kürzer oder länger –, bis die kleine Flamme die Öffnung erreichte und der Ball mit einem Donnerschlag barst. Es war mir nicht möglich, diesen Ablauf zeitlich genau zu bestimmen oder zum Beispiel eine Reihe Bälle gleichzeitig zu zünden. Aber ich konnte ein Poquíetl machen und auf eine Länge zuschneiden, die mir genug Zeit lassen würde, mich weit genug vom Ort des Geschehens zu entfernen, bevor die Glut das Zündloch erreichte. Und ich konnte mich darauf verlassen, daß kein zufälliger Windhauch oder die Sandalen eines Vorübergehenden das Flämmchen löschten, wie es bei einer Pulverspur leicht möglich war.

Um meine Überlegungen zu überprüfen, mußte ich als nächstes etwas so Gewagtes, Gefährliches und ausgesprochen Verbotenes tun, daß ich nicht einmal Citláli in das Vorhaben einweihte.

Ich stellte einen faustgroßen, mit Pulver gefüllten Tonball her und schob in die Zündöffnung ein langes Po-

quíetl. Am nächsten sonnigen Tag legte ich ihn in den Beutel an meiner Hüfte und ging zu einem Gebäude in der Traza, von dem ich schon seit langem wußte, daß es sich um eine Kaserne mit Spaniern der unteren Ränge handelte. Wie immer stand am Tor ein bewaffneter Wachposten in Rüstung. Mit einem Gesicht, wie ich es dümmer und harmloser nicht aufsetzen konnte, schlenderte ich an ihm vorbei bis zur Ecke des Gebäudes. Dort blieb ich stehen, kniete mich auf den Boden und tat so, als entferne ich einen Stein aus meiner Sandale.
Es gelang mir dabei, schnell und geräuschlos das herausragende Ende des Poquíetl zu entzünden und den harten Ball zwischen den Eckstein und das Straßenpflaster zu drücken. Ich warf einen verstohlenen Blick auf den Wachposten. Er beachtete mich ebensowenig wie die anderen Vorübergehenden. Also stand ich langsam auf und schlenderte weiter. Ich war bereits mehr als hundert Schritte entfernt, als der Knall der Detonation an mein Ohr drang. Selbst aus dieser Entfernung hörte ich das Pfeifen und Zischen fliegender Splitter. Einer traf mich sogar am Rücken. Ich drehte mich um und sah zufrieden, welche Aufregung ich verursacht hatte.
An dem Gebäude war außer einem schwarzen, rauchenden Fleck kein erkennbarer Schaden entstanden. Doch auf dem Pflaster davor sah ich zwei blutende Menschen auf dem Rücken liegen – ein spanisch gekleideter Mann und ein Tamémi, sein Traggestell neben ihm. Aus der Kaserne liefen außer dem Wachposten zahlreiche andere Soldaten herbei. Manche waren nur halb bekleidet, aber alle trugen sie Waffen. Vier oder fünf der Indios auf der Straße begannen in panischer Angst davonzurennen. Die Soldaten stürmten hinter ihnen her. Ich ging neugierig zurück und mischte mich

unschuldig unter die zahlreichen anderen Menschen, die herumstanden und gafften.
Der Spanier auf dem Pflaster lebte noch und krümmte sich stöhnend. Ein Soldat brachte den Médico der Kaserne zu ihm. Der harmlose Tamémi dagegen war tot. Das tat mir leid, doch ich war sicher, die Götter würden ihn als einen im Kampf Gefallenen willkommen heißen und wohlwollend behandeln. Natürlich war die Explosion keine Schlacht gewesen, doch ich hatte dem Feind erneut einen Schlag versetzt. Nach zwei solchen unerklärlichen Vorfällen mußten sich die Weißen eingestehen, daß sie plötzlich von Rebellen umgeben waren. Diese Erkenntnis würde sie beunruhigen wenn nicht sogar in Angst und Schrecken versetzen.
Ich war, wie ich meiner Mutter und Onkel Mixtzin versprochen hatte, zum Wurm in der Coyacapúli-Frucht geworden, der sie von innen aushöhlte.
Für den Rest des Tages schwärmten mit Sicherheit alle verfügbaren Soldaten durch die Stadt und durchsuchten die Indio-Viertel. Sie überprüften Häuser, Marktstände, sowie die Taschen und Bündel eingeborener Männer und Frauen und zwangen manche sogar, sich auszuziehen. Doch schon nach einem Tag gaben sie ihre Bemühungen wieder auf. Vermutlich waren die Offiziere zu der Erkenntnis gelangt, wenn es irgendwo illegales Schießpulver gab, dann konnte es mühelos versteckt werden, so wie ich es getan hatte. Falls man die einzelnen Zutaten fand, waren sie für sich genommen völlig harmlos, und ihr Besitz ließ sich ohne Mühe rechtfertigen.
Erfreulicherweise kamen die Soldaten nicht zu uns. Ich wartete gelassen ab und freute mich über die Verwirrung der Weißen.
Am nächsten Tag erschrak ich jedoch, als ein Bote des

Notarius Alonso kam, der wußte, wo ich lebte. Er ließ mich bitten, ihn so bald wie möglich aufzusuchen. Ich zog meine spanische Kleidung an und ging zur Kathedrale. Ich begrüßte ihn und gab mir Mühe, nichtsahnend und unschuldig zu wirken.
Alonso erwiderte meinen Gruß nicht, sondern sah mich eine Weile verdrießlich an, bevor er sagte: »Denkst du immer noch jedesmal an mich, wenn du das Brennglas benutzt, Juan Británico?«
»Aber natürlich, Cuatl Alonso. Wie Ihr gesagt habt, es ist sehr nützlich ...«
»Nenn mich nicht mehr Cuatl«, unterbrach er mich barsch. »Wir sind nicht länger Zwillinge, Brüder oder auch nur Freunde. Und ich fürchte, du hast es aufgegeben, so zu tun, als seist du ein Christ – sanftmütig und friedfertig, ehrerbietig und gehorsam gegenüber diesem Glauben und deinen Oberen.«
Ich erwiderte kühn: »Ich war niemals sanftmütig und friedfertig, und ich habe die Christen nie als meine Oberen betrachtet. Nennt mich nicht mehr Juan Británico.«
Alonso sah mich finster an, beherrschte sich jedoch. »Hör gut zu. Ich habe offiziell nichts mit der Suche der Armee nach dem Verantwortlichen für bestimmte Vorfälle zu tun, durch die in jüngster Zeit der Frieden in der Stadt gestört worden ist. Aber ich bin so besorgt, wie jeder anständige und pflichtbewußte Bürger der Stadt es sein sollte. Ich beschuldige dich nicht persönlich, aber ich weiß, du hast einen großen Bekanntenkreis. Ich glaube, du könntest den verantwortlichen Übeltäter ebenso schnell finden, wie du den Goldschmied gefunden hast, als wir einen brauchten.«
Ich sagte unerschrocken: »Ich bin so wenig ein Verräter an meinem Volk, wie ich Eurem Volk gehorsam bin.«

Er seufzte. »So sei es also. Wir waren einmal Freunde, und ich werde dich nicht bei den Behörden anzeigen. Aber ich warne dich. Sobald du diesen Raum verläßt, wirst du beobachtet und überwacht. Jede deiner Bewegungen, jede Begegnung, jede Unterhaltung, jedes Niesen wird gehört und gemeldet. Früher oder später wirst du entweder dich oder einen anderen verraten, vielleicht sogar einen Menschen, an dem dir viel liegt. Du kannst sicher sein, wenn nicht du am Pfahl brennst, irgendeiner wird brennen.«
»Mit dieser Drohung kann ich nicht leben«, sagte ich. »Ihr laßt mir kaum eine andere Wahl, als die Stadt für immer zu verlassen.«
»Ich glaube, das wäre das Beste«, erklärte er kalt, »für dich, für die Stadt und für alle, die dir einmal nahegestanden haben.«
Damit entließ er mich, und einer der gehorsamen Bediensteten der Kathedrale gab sich keine Mühe, unauffällig zu bleiben, als er mir den ganzen Weg bis nach Hause folgte.

12

Ich hatte beschlossen, die Stadt México zu verlassen, schon bevor Alonso mir das so drohend nahelegte. Es bestand keine Hoffnung, jemals mit Bewohnern der Stadt ein Heer aufzustellen. Wie Netzlin und jetzt auch Pochotl waren die Männer von den neuen weißen Herren zu abhängig geworden, um sich gegen sie erheben zu wollen. Selbst wenn sie diesen Wunsch gehabt hätten, waren sie inzwischen so kraftlos und unkriegerisch, daß sie nicht einmal den Versuch zur Rebellion wagen würden. Um Männer zu finden, die sich wie ich nicht der Herrschaft der Spanier beugen wollten und kämpferisch genug waren, die Eroberer der EINEN WELT herauszufordern, mußte ich den Weg zurück in den Norden gehen, in die nicht unterworfenen Länder.
»Es wäre natürlich schön, wenn du mitkommst«, sagte ich zu Citláli. »Deine wohltuende Nähe und Unterstützung ist für mich wunderbar gewesen ...« Ich konnte sehen, daß sie den Tränen nahe war. Mir fehlten angesichts ihrer unverhüllten Gefühle die Worte. Etwas verlegen und unsicher fuhr ich fort: »...deine Nähe, deine Unterstützung und nun ja, alles, was du mir bedeutest. Aber du bist eine Frau und ein paar Jahre älter als ich. Du wirst vielleicht feststellen, daß ich auf dem langen Weg in den Norden für dich zu schnell bin, insbesondere, weil du Ehécatl an der Hand führen mußt.«

»Du gehst also wirklich«, murmelte sie unglücklich.
»Aber trotz allem, was ich dem Notarius gesagt habe, gehe ich nicht für immer. Ich habe vor zurückzukommen. Ich bin zuversichtlich. Ich werde an der Spitze bewaffneter Truppen die Weißen von jedem Feld, aus jedem Wald, jedem Dorf und jeder Stadt, auch aus dieser hier, wegjagen. Allerdings kann das nicht in naher Zukunft geschehen. Deshalb werde ich dich nicht bitten, auf mich zu warten, liebe Citláli. Du bist eine außergewöhnlich hübsche Frau. Du wirst vielleicht einen anderen guten und liebevollen Mann finden, aquín ixnentla?«
Sie schwieg und ließ den Kopf sinken. Ich hatte Mühe, nicht selbst traurig zu werden.
»Ehécatl ist inzwischen alt genug. Du kannst sie mitnehmen, wenn du mit deinen Körben zum Markt gehst. Von den Einnahmen aus dem Verkauf kannst du gut leben. Außerdem bleibt dir für Notfälle die Summe, die wir beiseite gelegt haben. Vergiß nicht, ohne mich hast du einen Mund weniger, der gefüttert werden muß …«
Sie unterbrach mich. »Ich würde auf dich warten, liebster Tenamáxtli, ganz gleich, wie lange es dauert. Aber wie kann ich hoffen, daß du jemals zurückkommen wirst? Du setzt dein Leben aufs Spiel.«
»Das wäre hier genauso, Citláli. Auch du hast bereits dein Leben aufs Spiel gesetzt. Wenn man mich bei den Versuchen mit dem Schießpulver erwischt hätte, wärst du mit mir am Pfahl verbrannt worden.«
»Ich würde überall hingehen und alles tun, wenn wir nur zusammenbleiben könnten.«
»Aber da ist Ehécatl …«
»Ja«, flüsterte sie. Plötzlich brach sie in Tränen aus und fragte: »Weshalb beharrst du so entschlossen auf deinem verrückten Plan? Warum kannst du dich nicht mit der

Wirklichkeit abfinden, sie anerkennen und ertragen, wie alle anderen auch?«
»Warum?« wiederholte ich fassungslos.
»Ayya, ich weiß, was die Weißen deinem Vater angetan haben, aber ...«
»Ist das nicht Grund genug?« schnaubte ich. »Ich kann immer noch sehen, wie er brennt!«
»Gewiß, und sie haben deinen Freund, meinen Mann, erschlagen. Aber was haben sie *dir* getan, Tenamáxtli? Du bist weder verletzt noch beleidigt worden, abgesehen von den wenigen Worten des Mönchs im Mesón. Von jedem anderen Weißen, dem du begegnet bist, hast du nur Gutes berichtet. Die Freundlichkeit des Notarius Molina und der anderen Lehrer, die dir ihr Wissen vermittelt haben, selbst der Soldat, der deine Suche nach dem Schießpulver ausgelöst hat ...«
»Abfälle von ihrem Tisch, von dem reich gedeckten Tisch, der einmal uns gehört hat! Ich weiß nicht, ob mein Tonáli bestimmt, daß ich unserem Volk diesen Tisch wieder zurückgebe. Aber ich bin sicher, es fordert mich auf, den Versuch zu wagen. Ich weigere mich zu glauben, daß ich geboren wurde, um mich mit Abfällen zufriedenzugeben. Deshalb will ich mein Leben wagen.«
Citláli seufzte so tief, daß sie in sich zusammenzusinken schien. Schließlich fragte sie mit tonloser Stimme: »Wie lange werde ich dich noch bei mir haben? Wann willst du gehen?«
»Nicht sofort. Ich werde mich nicht mit gesenktem Kopf und eingekniffenem Schwanz davonschleichen wie ein Hund. Ich will etwas hinterlassen, was die Stadt México und ganz Neuspanien an mich erinnert. Ich denke dabei an etwas, das wir gemeinsam durchführen können.«
Ich konnte Citláli im Grunde nicht widersprechen. Ich

hatte durch die Spanier niemals Schmerzen, Entbehrungen, Gefangenschaft oder auch nur Demütigungen erlitten. Doch während meiner Jahre in der Stadt hatte ich eine Vielzahl von Menschen meiner Rasse getroffen und gesehen, denen all das widerfahren war. Es gab zum Beispiel die ehemaligen Krieger, denen man das Zeichen ›G‹, und die anderen Sklaven, denen man die Namenszeichen ihrer Besitzer eingebrannt hatte. Da waren die wehrlosen betrunkenen Männer und Frauen, die vor meinen Augen von Wachsoldaten zu Tode geprügelt worden waren. Netzlin war eines dieser Opfer. Ich hatte erlebt, wie das ehemals reine Blut unserer Rasse durch die Bastarde der Spanier und Moros in vielen Abstufungen der Hautfarbe verändert, beschmutzt und entehrt worden war.

Außerdem kannte ich – zu meinem Glück kann ich sagen nicht aus eigener Erfahrung, sondern durch die Berichte der wenigen Männer, denen die Flucht gelungen war – die Schrecken der Obrajes. Das waren riesige, von hohen Mauern umgebene Hallen mit Eisentoren, in denen Baumwolle und Wolle gewaschen, gekrempelt, gesponnen, gefärbt und zu Tuchen gewebt wurde. In diesen Werkstätten der spanischen Corregidores zog man aus der Arbeit verurteilter Verbrecher – natürlich nur Indios – beispiellose Gewinne. Wer von uns gegen die Gesetze verstieß, wurde nicht eingesperrt und zur Untätigkeit verdammt, sondern mußte schmutzige, trostlose und schwere – für einen Mann erniedrigende – Arbeiten verrichten. Die Zwangsarbeiter erhielten keinen Lohn. Sie hatten nur armselige Unterkünfte und durften keinen Augenblick allein sein. Sie wurden schlecht ernährt, kaum gekleidet, konnten sich niemals waschen und durften die Obraje vor Ablauf ihrer Strafe nicht

verlassen. Wenige hielten lange genug durch, um das zu erleben.
Die Obrajes machten derartig große Gewinne, daß selbst spanische Bürger solche Werkstätten unter eigener Führung errichteten. Den Besitzern überließ man großzügig staatliche Gefangene als Arbeitskräfte, bis es schließlich nicht mehr genug Gefangene gab. Danach überredeten die Spanier unsere Leute, ihnen ihre Kinder zu übergeben. Die Weißen versprachen den Eltern, die Jungen und Mädchen würden ein Handwerk erlernen, das sie im späteren Leben ausüben könnten. Die Eltern sparten dadurch die Kosten für den Unterhalt ihrer Sprößlinge. Schlimmer war jedoch, daß sich die Äbte und Äbtissinnen christlicher Waisenhäuser, wie das Refugio de Santa Brígida, bereit fanden, die Kinder unseres Volkes, sobald sie alt und verständig genug waren, vor die Wahl zu stellen, entweder das Gelübde abzulegen, Mönch oder Nonne zu werden, oder in einer Obraje zu leben und zu arbeiten. Mischlingswaisen wie Rebeca Canalluza blieb dieses Schicksal erspart, denn das christliche Waisenhaus mußte damit rechnen, daß eines Tages der spanische Elternteil erschien, das Kind anerkannte und zu sich nahm.
Ganz gleich, ob die versklavten Verbrecher zu Recht oder zu Unrecht verurteilt worden waren, bei ihnen handelte es sich um erwachsene Männer. Die zwangsverpflichteten Waisen und ›Lehrlinge‹ waren das nicht. Doch wie die verurteilten Verbrecher wurden diese Jungen und Mädchen nie mehr außerhalb der Tore der Obrajes gesehen. Man zwang sie mitleidslos zu härtester Arbeit, die sie oft nicht lange überlebten. Sie mußten Tag für Tag Erniedrigungen und Schändungen über sich ergehen lassen, die den erwachsenen Männern erspart blie-

ben. Aufseher und Wächter der Obrajes waren nicht die spanischen Besitzer, sondern schlecht bezahlte Moros und Mulatos. Diese Kreaturen stellten ihre Überlegenheit dadurch zur Schau, daß sie die Kinder schlugen und hungern ließen. Sie zwangen die Mädchen zu Ahuilnéma und die Jungen zu Cuilónyotl.
Die christlichen Corregidores und Alcaldes, die christlichen Besitzer der Obrajes und die zum Christentum übergetretenen einheimischen Tepísquin steckten bei den Greueln alle unter einer Decke. Die christliche Kirche duldete stillschweigend solche Unmenschlichkeiten. Natürlich dachten die Weißen dabei nur an die Vergrößerung ihrer Macht und ihres Reichtums.
Es gab jedoch noch einen anderen Grund, der den Weißen als Vorwand diente, uns zur Zwangsarbeit zu verurteilen. Die Spanier waren der Überzeugung, unser Volk bestehe nur aus faulen Herumtreibern, die nicht arbeiten würden, wenn ihnen nicht Strafen, Hunger oder ein gewaltsamer Tod drohten.
So war es nicht und war es nie gewesen. Früher hatten arbeitsfähige Männer und Frauen auf Befehl ihrer Herren – entweder der ortsansässigen Adligen oder der Verehrten Sprecher – zum Teil schwere körperliche Arbeiten unentgeltlich verrichtet. Häufig handelte es sich um öffentliche Bauvorhaben. In dieser Stadt war es beispielsweise der Bau des Chapultépec-Aquädukts gewesen oder die Errichtung des Großen Tempels von Tenochtítlan. Unser Volk hat solche Arbeiten bereitwillig, ja mit Begeisterung geleistet, denn gemeinsame Arbeit war eine Form der Geselligkeit. Jede übertragene Aufgabe wurde erfüllt, wenn man sie den Menschen nicht als Zwang, sondern als Möglichkeit zur Geselligkeit und als Beitrag zum Allgemeinwohl darstellte.

Die spanischen Herren hätten sich diese Tugend unseres Volkes zunutze machen können. Sie griffen jedoch zu Peitsche und Schwert, zu Gefängnis und Obraje. Bei Ungehorsam oder Rebellion drohten sie den ›Schuldigen‹ mit der Verbrennung am Pfahl.
Ich räume ein, es gab unter den Weißen einige gute und bewundernswerte Männer – zum Beispiel Alonso de Molina und andere, die ich später kennenlernen sollte. Sogar unter den schwarzen Moros fand ich einen, der mein treuer Verbündeter, Freund und Gefährte wurde. Vor allem denke ich an dich, mi querida Verónica. Doch von unserer Begegnung will ich später sprechen.
Ich gebe zu, der erhoffte Umsturz, der das Ende der Herrschaft der Spanier bedeuten würde, war zumindest teilweise als persönliche Rache für die Ermordung meines Vaters gedacht. Es mögen bei meinem Plan durchaus auch unedle Beweggründe im Spiel gewesen sein, denn wie jeder junge Mann hätte ich stolz den Beifall der Menge genossen, die mir als dem Helden der Befreiung zujubelte. Falls ich in diesem Kampf sterben sollte, hätte ich mich bei meiner Ankunft in der Nachwelt von Tonatíucan über die ehrenvolle Begrüßung durch alle Krieger der Vergangenheit gefreut. Doch ich behaupte, daß ich in erster Linie alle unsere unterdrückten Völkerschaften befreien und die EINE WELT dem Vergessen entreißen wollte.
Um meinen Auszug aus der Stadt Mexíco zu einem denkwürdigen Ereignis zu machen, dachte ich mir einen eindrucksvollen Abschied aus. Ich hatte unter den Spaniern bereits zweimal Unruhe und Bestürzung ausgelöst, doch die Aufregung legte sich wieder, nachdem mehrere Tage lang nichts Beunruhigendes mehr geschah. Nur hin und wieder hielt man verdächtig aussehende Leute auf

der Straße an, durchsuchte sie oder zwang sie, sich zu entkleiden. Das geschah jedoch nur im Gebiet der Traza. Ich durfte nicht vergessen, daß der Spion der Kathedrale ständig ein wachsames Auge auf mich hatte. Ich achtete darauf, daß er nie etwas sah, das seine Aufmerksamkeit belohnt hätte.

Als ich Citláli erzählte, was ich vorhatte, lachte sie zustimmend, obwohl sie gleichzeitig in einer Mischung aus Angst und freudiger Erwartung zu zittern begann. Sie erklärte sich dennoch bereit, mir zu helfen.

Während ich vier Tonkugeln anfertigte, die so groß waren wie die Bälle beim Tlachtli-Spiel, und mit Schießpulver füllte, weihte ich Citláli in alle Einzelheiten meines Plans ein.

»Das letzte Mal«, sagte ich, »ist es mir nur gelungen, an dem Gebäude der spanischen Soldaten einen schwarzen Fleck auf der Mauer zu hinterlassen. Die Explosion hat einen Tamémi das Leben gekostet. Diesmal will ich die Pólvora im Innern eines militärischen Gebäudes zünden. Ich bin sicher, es wird dort große Zerstörung anrichten und keine Unschuldigen töten. Zugegeben, es sind immer ein paar Maátime in der Nähe, die sich an die Soldaten verkaufen. Aber solche Frauen sind in meinen Augen nicht unschuldig, wenn sie sich den Weißen hingeben.«

»Denkst du an die Kaserne in der Traza?«

»Nein. Auf der Hauptstraße drängen sich Tag und Nacht viele Leute. Ich denke an ein Gebäude, in dem sich grundsätzlich nur Spanier und die Maátime aufhalten. Du wirst die Pólvora-Bälle für mich hineintragen. Es ist die Festung auf dem Heuschreckenberg, wo die spanischen Soldaten ausgebildet werden.«

Citláli rief: »Ich soll die todbringenden Bälle in eine *Kaserne* tragen? In ein Gebäude voller Soldaten?«

»Vor den Palisaden stehen viele der uralten Bäume. Das Gelände auf dem Heuschreckenberg wird nicht sehr streng bewacht. Ich habe mich vor kurzem einen ganzen Tag lang dort hinter den Bäumen versteckt und unbemerkt von den Wachen alles genau beobachtet. Ich weiß, wie du ungefährdet in die Festung hinein- und wieder herausgehen kannst.«
Sie sagte: »Davon würde ich mich sehr gern selbst überzeugen.«
»Die Tore in den Palisaden stehen immer weit offen. Die Cadetes, wie die Rekruten genannt werden, gehen ebenso wie ihre Ausbilder und gewöhnliche Spanier, die Essen und Vorräte und solche Dinge bringen, ungehindert ein und aus. Am Tor steht nur ein einziger Soldat Wache. Der kümmert sich um nichts. Er hält niemanden an, nicht einmal die Maátime. Vermutlich glauben die Spanier, sie können sich diese Nachlässigkeit leisten, denn welcher Mensch, der bei Verstand ist, würde versuchen, in einer Militärfestung Schaden anzurichten?«
»Wer außer mir, Citláli, der tapfersten aller Frauen?« rief sie scherzhaft. »Tenamáxtli, ich bin nicht bei Verstand, wenn ich das wage.«
»Wenn ich dir alles erklärt habe, wirst du sehen, wie ungefährlich mein Plan ist. Ich kann nicht durch das Tor in der Palisade gehen, ohne angehalten zu werden. Bestimmt würde man mich festnehmen. Aber du kannst es.«
»Soll ich mich als eine Maátitl ausgeben? Ayyo, sehe ich wirklich wie eine Dirne aus?«
»Wohl kaum. Du bist weit hübscher als eine von denen. Du wirst einen Korb mit Früchten tragen und Ehécatl an der Hand halten. Nichts wirkt harmloser als eine junge Mutter, die mit ihrem Kind durch den Wald spaziert.

Wenn dich jemand anspricht, dann behauptest du, eine der Maátime ist deine Cousine. Du willst ihr die Früchte als Geschenk bringen. Oder du sagst, du hoffst, die Früchte an die Rekruten zu verkaufen, weil du das Geld für dein behindertes Kind brauchst.« Noch ehe sie ihren Einwand aussprechen konnte, fügte ich schnell hinzu: »Ich bringe dir genug spanische Worte bei, damit du das sagen kannst. Niemand wird dich aufhalten. Im Innern der Festung stellst du deinen Korb einfach ab und gehst langsam wieder hinaus. Stell ihn möglichst in die Nähe von etwas Brennbarem.«
»Einen Korb mit Früchten? Die Tonbälle sehen nicht nach Früchten aus.«
»Laß mich ausreden. Hier, siehst du? Ich schiebe in die Öffnung dieses einen Balls ein Poquíetl, das so lang ist wie mein Unterarm. Ich werde es anzünden, bevor du zum Tor der Kaserne gehst. Die Glut wird eine ganze Weile brauchen, bevor sie den Ball erreicht. Bis dahin bist du mit Ehécatl wieder draußen bei mir. Wenn der eine Ball explodiert, wird er die anderen drei zünden. Das müßte eine gewaltige Explosion geben.« Citláli nickte langsam. »Wenn die Bälle getrocknet und steinhart sind, werde ich sie in einen deiner hübschen kleinen Körbe legen und sie mit Früchten vom Markt zudecken.« Ich machte eine Pause und sagte mehr zu mir als zu Citláli. »Es sollten Coyacapúli-Früchte sein. Ich muß versuchen, welche mit Würmern zu finden.«
»Wie?« fragte Citláli verwirrt.
»Ein persönlicher Scherz, weiter nichts ...« Ich lachte beruhigend und fuhr fort: »Coyacapúli-Früchte sind leicht, sie machen den Korb nicht zu schwer. Ich werde ihn bis zur Festung tragen. Am ersten sonnigen Tag verlassen wir drei das Haus und machen einen Ausflug in Richtung

Westen über die Insel. Ich trage den Korb, du führst Ehécatl an der Hand ...«

Das taten wir ein paar Tage später auch. Wir waren alle drei weiß gekleidet und benahmen uns wie unschuldige und unbekümmerte Spaziergänger. Auf einen Beobachter hätten wir wie eine glückliche Familie gewirkt, die unterwegs war, um irgendwo im Freien an einem hübschen Platz etwas zu essen. Ich vermutete, daß es in der Tat einen interessierten Beobachter gab – den Spion im Dienst der Kathedrale.

Außer dem Korb trug ich unter dem Mantel meine Arkebuse. Ich hatte mir den Schaft unter den Arm geklemmt, so daß sie senkrecht nach unten hing. Das zwang mich, etwas steif zu gehen, aber die Waffe blieb auf diese Weise unsichtbar. Ich hatte sie vorher nach den Anweisungen des jungen Vogelstellers geladen und eine großzügig bemessene Menge Schießpulver, Stoffstückchen und eine Bleikugel in das Rohr gefüllt. Die Katzenpfote hielt einen Splitter Falschgold, und die Waffe brauchte nur eine Prise Pulver auf dem kleinen Cazoleta-Plättchen, um ihr tödliches Geschoß abzufeuern. Ich wußte nicht, wie ich zielen sollte, außer sie irgendwie in die Richtung des Opfers zu halten. Wenn die Arkebuse ihren Dienst tat und mir das Glück günstig gesinnt war, würde meine Bleikugel tatsächlich einen spanischen Soldaten oder Rekruten treffen und verwunden.

Ich versuchte, den Spion abzuschütteln, indem ich am Ufer einen Fährmann mit seinem Acáli herbeiwinkte. Ich ließ uns zuerst nach Süden, in Richtung der Blumengärten von Xochimilco bringen – manchmal machen sogar spanische Familien Tagesausflüge dorthin –, bis ich sicher war, daß uns kein anderes Acáli folgte. Dann wies ich den Fährmann an, die Richtung zu än-

dern, und wir landeten am sumpfigen Ufer des ehemaligen Chapultépec-Parks. Wir stiegen den Hügel hinauf, ohne jemandem zu begegnen, bis das Dach des Castillo vor uns auftauchte. Dann gingen wir geduckt von Baum zu Baum. Schließlich waren wir so nahe, daß wir das Tor und die zahlreichen Menschen sahen, die hineingingen und herauskamen. Ein paar Spanier hielten sich vor dem Tor auf, schlenderten auf und ab oder saßen im Schatten der Palisaden und vertrieben sich die Zeit. Uns hatte bis jetzt niemand bemerkt. Nicht mehr als hundert Schritte vom Tor entfernt erreichten wir endlich den Ahuéhuetl mit dem mächtigen Stamm, den ich bei meinem letzten Besuch ausgewählt hatte, und kauerten uns dahinter.
»Für die Rekruten scheint es ein ganz gewöhnlicher Tag zu sein«, flüsterte ich, während ich die Arkebuse unter dem Mantel hervorzog und neben mir auf die Erde legte. »Ich sehe keine zusätzlichen Wachposten, niemand wirkt besonders aufmerksam. Je schneller wir es tun, desto besser. Seid ihr beide soweit, Citláli?«
»Ja«, antwortete sie mit fester Stimme. »Ich habe es dir nicht gesagt, Tenamáxtli, aber wir waren gestern abend zusammen bei einem Priester der gütigen Göttin Tlazoltéotl. Ich habe alle Missetaten meines Lebens gebeichtet, einschließlich dieser, wenn es eine ist.« Sie sah meinen Gesichtsausdruck und fügte hastig hinzu: »Nur für den Fall, daß etwas schiefgehen sollte. Also gut, wir sind bereit.«
Ich war bei der Erwähnung der Göttin zusammengezuckt, denn üblicherweise ruft man die Unrat-Fresserin nur an, wenn man das Gefühl hat, der Tod sei nahe, um sie dann zu bitten, alle Sünden an sich zu nehmen und zu verschlingen, damit man geläutert und rein in das Leben

nach dem Tod eingeht. Doch wenn Citláli sich dadurch besser fühlte ...
»Das Poquíetl wird eine Rauch- und Geruchsspur hinterlassen, wenn es brennt«, sagte ich, als ich mit Hilfe meiner Kristallinse und eines Sonnenstrahls das Papier entzündete, das etwas aus dem Korb hervorragte. »Aber es weht ein leichter Wind, und deshalb wird man das kaum bemerken. Wenn jemand etwas riecht, wird er sicher denken, ein paar Rekruten hätten mit ihren Büchsen geübt. Und ich wiederhole noch einmal, das Poquíetl wird dir genug Zeit lassen, um ...«
»Gib mir den Korb«, sagte sie, »bevor ich vor Unruhe oder Feigheit davonlaufe.« Sie nahm den Korb am Henkel und griff nach Ehécatls Hand. »Und gib mir einen Kuß, Tenamáxtli, als ... als Unterstützung.«
Das hätte ich freudig und liebevoll auch ohne ihre Bitte getan. Sie zögerte und blickte um den Baum herum, bis sie sicher war, daß niemand in unsere Richtung sah. Dann trat sie hinter dem Stamm hervor und trat mit dem Kind an der Hand unbeschwert aus dem dichten Baumschatten in das strahlende Sonnenlicht, als seien sie gerade durch den dichten Wald den Hügel heraufgekommen. Ich ließ sie nur so lange aus den Augen, wie ich brauchte, um eine Fingerspitze Schießpulver auf die Cazoleta meiner Arkebuse zu streuen und die Katzenpfote zu spannen. Doch als ich wieder den Kopf hob, sah ich etwas Beunruhigendes.
Viele der Männer vor dem Tor blickten der hübschen Frau, die sich ihnen näherte, mit einem anerkennenden Lächeln entgegen. Das war nicht ungewöhnlich. Doch dann fiel ihr Blick auf die augenlose Ehécatl, und auf ihre Gesichter trat der Ausdruck ungläubigen Staunens. Die allgemeine Aufmerksamkeit rief auch den Wachposten,

der am Tor lehnte, auf den Plan. Er musterte die Näherkommenden, richtete sich auf und trat ihnen in den Weg. Diese Möglichkeit hätte ich voraussehen und Citláli entsprechend vorbereiten müssen.
Sie blieb vor dem Wachposten stehen. Die beiden wechselten ein paar Worte. Ich vermutete, daß der Mann eine Bemerkung von der Art machte: ›Um Gottes willen, was für eine Mißgeburt hast du bei dir?‹ Citláli würde das nicht verstehen und ihm deshalb auch keine sinnvolle Antwort geben können. Wahrscheinlich erwiderte sie so gut sie konnte, was ich ihr beigebracht hatte: daß sie ihre Cousine, eine Maátitl, besuchen wolle oder daß sie Obst verkaufe.
Als die hübsche Frau so dicht vor ihm stand, verlor der Wachposten offenbar das Interesse an ihrer mißgestalteten kleinen Begleiterin. Soweit ich aus meinem Versteck erkennen konnte, grinste er und gab einen Befehl, wobei er drohend die Arkebuse hob. Citláli ließ die Hand des Kindes los und gab zu meiner Verblüffung den Korb Ehécatl. Die Kleine mußte ihn mit beiden Händen tragen. Citláli drehte Ehécatl in Richtung des Tors und gab ihr einen sanften Schubs. Während das Kind folgsam geradewegs auf das offene Tor zuging, hob Citláli die Hände und löste langsam die Knoten, die ihre Huipil-Bluse schlossen. Weder der Wachposten noch die anderen Männer achteten auf das Mädchen, das den Korb durch das Tor trug. Alle Blicke richteten sich auf Citláli. Der Wachposten hatte ihr offensichtlich befohlen, sich für eine gründliche Durchsuchung zu entkleiden. Das stand in seiner Macht, und Citláli tat es langsam und so aufreizend wie nur irgendeine Maátitl, um die Aufmerksamkeit aller von Ehécatl abzulenken, die inzwischen hinter den Palisaden den Blicken entschwunden war. Das

war eine Wendung, auf die ich mich nicht vorbereitet hatte. Was sollte ich tun? Von meinen früheren Erkundungen wußte ich, daß sich das Tor der Festung in einer geraden Linie hinter dem Palisadentor befand. Vermutlich würde die kleine Ehécatl hindurchgehen und in das Innere der Festung gelangen. Und was dann?
Ich stand inzwischen aufrecht hinter dem Baum, streckte den Kopf weit genug hervor, um das Geschehen beobachten zu können, und betastete unsicher den Gatillo meiner Büchse. Sollte ich jetzt schießen? Ich war in der Tat versucht, ein paar der Weißen zu töten, die sich mit gierigen Blicken um Citláli drängten, die inzwischen von der Hüfte aufwärts nackt war. Ich sah nur ihren wohlgeformten Rücken, doch ich wußte, daß ihre Brüste einen verführerischen Anblick boten. Immer noch langsam und aufreizend begann sie, das Band zu lösen, das ihren Rock hielt. Mir kam es vor – und den grinsenden Zuschauern möglicherweise ebenfalls –, als vergehe eine Ewigkeit, bis der Rock schließlich auf die Erde fiel. Danach brauchte Citláli noch einmal so lange, um ihr Tochómitl-Untergewand aufzuwickeln. Der Wachposten trat einen Schritt näher. Die anderen Männer drängten sich hinter ihm, als Citláli endlich das Tuch fallen ließ und nackt vor ihnen stand.
In diesem Augenblick ertönte irgendwo weit im Innern der Palisade, in der eigentlichen Festung, ein dumpfer Knall, und eine schwarze Rauchwolke stieg auf. Die Männer zuckten zusammen und drängten sich dabei noch näher um Citláli. Doch als es in der Festung noch einmal donnerte und dann ein drittes Mal, drehten sie sich um und starrten mit offenen Mündern auf das Schauspiel, das sich ihnen bot.
Die roten Dachziegel der Festung hüpften und tanzten,

und ein paar fielen herunter. Das immer noch nachhallende dreimalige Dröhnen war nur ein Vorspiel gewesen, so wie sich der große Vulkan Citlaltépetl vor einem zerstörerischen Ausbruch manchmal drei- oder viermal räuspert. Im nächsten Augenblick flog die Festung mit einer ohrenbetäubenden Detonation in die Luft, die man überall im Tal hören mußte.

Das ganze Dach hob sich von den Mauern und barst in tausend Stücke, so daß die Balken und Ziegel hoch in den Himmel geschleudert wurden. Eine gewaltige gelb-rot-schwarze Wolke aus Flammen, Rauch, Funken und nicht erkennbaren Bruchstücken schoß aus dem Innern der Festung empor. In ihrem Sog flogen Menschen und Teile menschlicher Leiber durch die Luft.

Ich war sicher, meine gefüllten Pulver-Bälle konnten diese Zerstörung nicht angerichtet haben. Die kleine Ehécatl mußte ungehindert bis zu dem Raum vorgedrungen sein, in dem das Schießpulver der Festung lagerte oder andere leicht entzündbare Vorräte. Der Korb mit meinen Bällen war explodiert, als das Kind an der richtigen Stelle stand. Ich fragte mich flüchtig, ob vielleicht Huitzilopóchtli, unser Kriegsgott, Ehécatl geführt hatte. Der Geist meines toten Vaters? Oder Ehécatls eigenes Tonáli?

Doch ich konnte mich solchen Überlegungen nicht lange hingeben. Als die Trümmer der Festung in die Luft flogen, taumelten und schwankten die Menschen vor den Palisaden, auch der Wachposten und Citláli, als würden sie von schweren Schlägen getroffen. Mehrere Männer verloren das Gleichgewicht und stürzten zu Boden. Citlális Kleider, die auf der Erde gelegen hatten, wurden vom Luftstrom erfaßt und mitgerissen. Ich konnte die Ursache für diese Vorkommnisse nicht erkennen. Doch plötzlich hatte ich den Eindruck, jemand habe mir unvermittelt mit hohlen Händen auf die Ohren geschlagen. Ein mächtiger Windstoß von der Gewalt einer stürzenden Steinmauer traf meinen Ahuéhuetl und alle anderen Bäume in der Umgebung. Laub, Zweige und kleine Äste flogen durch die Luft. Die Mauer aus Wind verschwand so plötzlich, wie sie gekommen war, aber hätte ich nicht hinter dem Baum gestanden, wäre das Schießpulver von meiner Cazoleta gefegt worden, und ich hätte die Arkebuse nicht mehr verwenden können.

Die Männer vor dem Tor fanden ihr Gleichgewicht wieder und starrten voll Entsetzen auf die Verwüstungen hinter den Palisaden, auf die hoch auflodernden prasselnden Flammen und auf die Dinge – Steine, Holz, Waffen und ihre Kameraden –, die buchstäblich vom Himmel regneten. Die Männer, die auf die Erde fielen, standen nicht mehr auf. Sie wurden unter Trümmern begraben, die durch die Wucht der Explosion nach allen Seiten flogen.

Der Wachposten begriff als erster, wer für die Katastrophe verantwortlich war. Er starrte Citláli mit wutverzerrtem Gesicht an. Citláli drehte sich um und rannte in meine Richtung. Der Wachposten zielte mit seiner Büchse auf ihren Rücken.

Ich zielte auf ihn und drückte ab. Meine Arkebuse funktionierte wie erwartet mit einem Knall und einem Rückstoß, der meine Schultern gefühllos werden ließ und mich ein oder zwei Schritte zurückwarf. Ich habe keine Ahnung, wohin meine Bleikugel flog, ob sie den Wachposten traf oder einen der anderen, denn der blaue Rauch meiner Büchse nahm mir den Blick. Doch leider konnte ich nicht verhindern, daß der Wachposten seine Waffe abfeuerte. Citláli rannte auf mich zu. Im nächsten

Augenblick wurde ihr ganzer Oberkörper zu einer roten Blüte. Sie stürzte und blieb reglos liegen.

Es gab weder sichtbare noch hörbare Anzeichen für eine Verfolgung, als ich den Hügel hinunter floh. Offenbar war der Schuß aus meiner Waffe ungehört geblieben, so wie ich es im allgemeinen Tumult erwartet hatte. Falls ich tatsächlich jemanden getroffen hatte, nahmen die Überlebenden vermutlich an, die in weitem Bogen durch die Luft fliegenden Trümmerteile der Festung seien dafür verantwortlich.
Am Seeufer blieb ich nicht stehen, um auf ein Acáli zu warten. Ich watete über die Schlammbänke und durch das knietiefe trübe Wasser zurück zur Stadt. Dabei blieb ich im Schutz der Stützpfähle des Aquädukts, damit man mich weder vom einen noch vom anderen Ufer sehen konnte. Nachdem ich die Insel erreicht hatte, mußte ich allerdings eine Weile warten, bevor ich mich unbemerkt unter die Menschenmenge mischen konnte, die sich dort versammelt hatte. Die Leute redeten aufgeregt miteinander und starrten verwundert auf die turmhohe Rauchwolke, die immer noch über dem Heuschreckenberg hing.
Die Straßen waren beinahe menschenleer, als ich in das Viertel San Pablo Zoquípan und zu dem Haus eilte, das Citláli und ich so lange geteilt hatten. Ich bezweifelte, daß mir der Spion der Kathedrale immer noch auf den Fersen war. Er stand bestimmt wie beinahe alle anderen Einwohner der Stadt am See. Aber falls er mir folgte, war ich entschlossen, ihn zu töten.
Im Haus lud ich die Büchse, um für den Notfall bereit zu sein. Dann legte ich mir den Tragegurt mit dem Bündel meiner Habe, das ich klugerweise bereits gepackt hatte,

um die Stirn. Sonst nahm ich aus dem Haus nur unsere wenigen Ersparnisse in Form von Kakaobohnen, Kupferblech und den verschiedensten spanischen Münzen mit, sowie den Sack Salpeter, den einzigen Bestandteil des Schießpulvers, der sich möglicherweise schwer beschaffen lassen würde. Aus einem Seil knüpfte ich eine Schlinge für meine Büchse, damit ich sie unauffällig unter dem Bündel und dem Sack tragen konnte.
Auf der Straße nahm keiner der Vorübergehenden von mir Notiz. Wenn ich von Zeit zu Zeit zurückblickte, sah ich niemanden, der mir folgte. Ich ging nicht in nördlicher Richtung zur Tepeyáca-Dammstraße, über die meine Mutter, mein Onkel und ich vor so langer Zeit in die Stadt México gekommen waren. Falls man Soldaten zu meiner Verfolgung ausschickte, würde der Notarius Alonso, von seinem Gewissen getrieben, bestimmt darauf hinweisen, daß ich mit größter Wahrscheinlichkeit die Richtung nach Aztlan, von dem ich ihm erzählt hatte, einschlagen werde. Deshalb nahm ich den Weg nach Westen und verließ die Stadt México über die Dammstraße, die zur Stadt Tlácopan führt. Als ich dort festen Boden betrat, blieb ich nur so lange stehen, um die geballten Fäuste in Richtung der Stadt zu heben, die meinen Vater und meine Geliebte getötet hatte. Damals schwor ich mir, daß ich zurückkommen und mich rächen werde.
In meinem Leben haben sich viele Dinge ereignet, die mir schwer auf dem Herzen lasten. Citlális Tod gehört dazu. Ich habe viele bedauerliche Verluste erlitten, die leere, nie wieder gefüllte Stellen in meinem Herzen hinterließen. Citlális Tod konnte ich nie verwinden.
Ich habe sie als meine Geliebte bezeichnet, und in körperlicher Hinsicht war sie das. Außerdem war sie liebens-

wert und fürsorglich. Kein Wunder also, daß ich lange untröstlich war und unter dem Verlust litt. Doch in Wahrheit habe ich sie niemals rückhaltlos geliebt. Das wußte ich damals, und ich weiß es heute noch besser, denn zu einer späteren Zeit liebte ich von ganzem Herzen. Selbst wenn ich völlig und bis über beide Ohren in Citláli verliebt gewesen wäre, so hätte ich es doch nie über mich gebracht, sie zu heiraten. Zum einen war sie vor ihrer Beziehung zu mir die Frau eines anderen gewesen. Ich war sozusagen der Zweitbeste. Zum anderen hätte ich, das traurige Beispiel von Ome Ehécatl ständig vor Augen, nie auf eigene Kinder von ihr hoffen können.

Ich bin sicher, Citláli war sich meiner Gefühle oder der Unzulänglichkeit meiner Gefühle durchaus bewußt. Doch sie ließ sich niemals auch nur andeutungsweise etwas anmerken. Sie hatte gesagt: ›Ich würde alles tun …‹, und das bedeutete, sie würde für mich sterben, wenn es notwendig sein sollte. Das und noch mehr hatte sie getan. Dadurch, daß sie meinen unvergeßlichen Abschiedsgruß an die Stadt Mexíco so erfolgreich überbracht hatte, war ihr und Ehécatl nicht nur meine Dankbarkeit gewiß, sondern auch die der Götter.

Ich habe darauf hingewiesen, daß für Ehécatl keine Hoffnung bestanden hätte, der Verdammnis im ewigen Nichts von Míctlan zu entrinnen – und für Citláli ebenfalls nicht, denn sie hatte ein Kind geboren, das mit einem so schweren Makel behaftet war, daß sich jeder unserer Priester geweigert hätte, diese Mißgeburt als Opfer für einen Gott anzunehmen. Doch nun war es Citláli gelungen, beide, Mutter und Kind, zu opfern und gleichzeitig vielen der fremden weißen Männer das Leben zu nehmen. Diese Tat war eines heldenhaften Kriegers würdig und würde mit Sicherheit allen unseren Göttern gefallen. Deshalb war ihr und Ehécatl ein ewiges Leben in Sorglosigkeit und Überfluß gewiß. Ich wußte, sie würden in der Ewigkeit der anderen Welt glücklich sein. Ich hoffte sogar, die Götter würden in ihrer Güte Ehécatl Augen schenken, damit sie die Herrlichkeit des Paradieses sehen konnte, in das sie eingegangen waren.

13

Unser Volk kennt ein Sprichwort: ›Ein Mann, der nicht weiß, wohin er geht, muß nicht fürchten, vom Weg abzukommen.‹
Ich hatte nur ein Ziel. Ich wollte mich möglichst weit von der Stadt Mexíco entfernen, bevor ich mich nach Norden in Richtung der nicht-unterworfenen Länder wandte. Deshalb nahm ich von Tlácopan aus die Straße, die nach Westen führte. Irgendwann befand ich mich in Michihuácan, der Heimat der Purémpe.
Dieses Volk gehörte zu den wenigen in der EINEN WELT, die von den Mexíca niemals unterworfen oder zu Tributleistungen verpflichtet worden waren. Der Hauptgrund für die erfolgreiche Unabhängigkeit von Michihuácan in jener Zeit lag darin, daß die Handwerker und Waffenschmiede das Geheimnis der Herstellung eines braunen, so harten und scharfen Metalls kannten, daß die daraus geschmiedeten Klingen im Kampf den brüchigen Obsidianwaffen der Mexíca überlegen waren. Bereits nach wenigen fehlgeschlagenen Versuchen, Michihuácan zu unterwerfen, gaben sich die Mexíca mit einem Waffenstillstand zufrieden. Danach trieben beide Staaten freien oder nahezu freien Handel miteinander, denn die Purémpecha verrieten keinem anderen Volk der EINEN WELT das Geheimnis ihres außergewöhnlichen Metalls. Natürlich ist es inzwischen kein Geheimnis mehr. Die

Spanier erkannten darin auf Anhieb Bronze, wie dieses Metall bei ihnen heißt. Die braunen Klingen konnten gegen den noch härteren und schärferen Stahl des weißen Mannes so wenig bestehen wie gegen das weichere Blei, das mit Hilfe des Pulvers aus Donnerstöcken und Donnerrohren abgeschossen wurde.

Trotzdem setzten sich die tapferen Purémpecha selbst mit ihren unterlegenen Waffen erbitterter gegen die Spanier zur Wehr als jedes andere Volk, in dessen Land sie eingefallen waren. Sobald die Weißen das Gebiet des jetzigen Neuspanien erobert und gesichert hatten, führte einer ihrer grausamsten und habgierigsten Kapitäne, ein Mann namens Guzmán, eine Streitmacht von der Stadt México aus nach Westen – auf demselben Weg, auf dem ich gerade ging. Er beabsichtigte, für sich ebensoviel Land und ebenso viele Untertanen zu erobern wie vor ihm Cortés, sein Kommandant, gewonnen hatte. Obwohl das Wort Michihuácan nichts anderes bedeutet als ›Land der Fischer‹, stellte Guzmán wie die Mexíca vor ihm bald fest, daß es ebensogut ›Land der kühnen Krieger‹ hätte heißen können.

Es kostete Guzmán das Leben mehrerer tausend Soldaten, um auf den grünen Feldern und sanften Hügeln dieses Landstrichs langsam vorzurücken. Von den Purémpecha fielen etliche tausend, doch es blieben immer noch Krieger übrig, die unverdrossen weiterkämpften. Guzmán brauchte beinahe fünfzehn Jahre, um sich mit Pulver, Stahl und Feuer einen Weg zur Nordgrenze von Michihuácan, hinter der das Land Kuanáhuata liegt, zu bahnen, und an die westliche Grenze, an die Küste des Westmeeres vorzustoßen. Ich habe an einer früheren Stelle davon gesprochen, daß meine Mutter, mein Onkel und ich auf unserem Weg zur Stadt México in Michi-

huácan viele Male vorsichtig Gebiete umgehen mußten, in denen immer noch blutige Kämpfe stattfanden. Als Krieger muß ich einräumen, daß sich Guzmán in Anbetracht dessen, was er an Jahren und Menschenleben bezahlen mußte, einen Anspruch auf das eroberte Land erworben hatte und damit das Recht, ihm einen Namen seiner Wahl zu geben – Nuevo Galicia, Neugalicien, zu Ehren seiner Heimatprovinz im alten Spanien.
Doch er ließ sich zu unverzeihlichen Dingen hinreißen. Er trieb die wenigen Krieger der Purémpe, die er gefangengenommen hatte, sowie alle anderen Männer und Knaben Neugaliciens, die irgendwann beschließen konnten, Krieger zu werden, zusammen und verschiffte sie als Sklaven über das Ostmeer zur Insel Kuba und einer anderen in dieser Gegend liegenden Insel mit dem Namen Española. So konnte Guzmán sicher sein, daß diese Männer und Jungen, die weder die Sprache der dort eingeborenen Sklaven noch die Sprache der Morosklaven beherrschten, die fremden Inseln nicht zur Rebellion gegen ihre spanischen Herren aufwiegeln würden.
Aus diesem Grund bestand damals, als ich mich in Michihuácan aufhielt, die Bevölkerung ausschließlich aus jungen und alten Frauen, alten Männern und Knaben, die kaum der Kindheit entwachsen waren. Ich war der erste erwachsene, aber nicht alte Mann, der seit längerer Zeit dort auftauchte und daher eine willkommene Seltenheit. Auf meinem Weg durch das ehemalige Land der Mexíca hatte ich in den Dörfern, durch die ich kam, um Essen und Unterkunft bitten müssen. Die Mexíca gewährten mir diese Gastfreundschaft bereitwillig, doch ich mußte danach fragen. In Michiuácan wurde ich regelrecht mit gastfreundlichen Angeboten bestürmt. Immer wieder hörte ich die einladenden Worte: »Du kannst

bleiben, so lange es dir gefällt, Fremder.« Kam ich an Gehöften nahe der Straße vorüber, liefen die Frauen – denn Männer gab es keine – aus den Häusern, hielten mich am Mantel fest und forderten mich zum Bleiben auf.

Wenn ich für sie etwas Ungewöhnliches war, so waren die Purémpecha das für mich genauso, obwohl ich mir diese Menschen eigentlich nicht anders vorgestellt hatte. Ich hatte nämlich in der Stadt México in der Mesón de San José und auf dem Marktplatz eine Reihe älterer Purémpecha kennengelernt, Händler, Boten oder einfach Herumtreiber. Die Köpfe dieser Männer waren so kahl gewesen wie Huaxolómi-Eier. Sie erklärten, so seien in ihrer Heimat die Köpfe aller Männer, Frauen und Kinder. Den Purémpecha galt glatte, glänzende Haut als die Krönung der menschlichen Schönheit. Trotzdem hatte der Anblick der bis auf die Wimpern völlig unbehaarten Köpfe keinen großen Eindruck auf mich gemacht. Die Männer auf dem Markt in der Stadt México waren schon so alt gewesen, daß ihre Kahlheit nicht weiter erstaunlich schien. Doch es war etwas ganz anderes, in Michihuácan zu sehen, daß ausnahmslos jeder, ob Säugling, Kind, ob erwachsene Frau oder Großmutter, unbehaart war.

Die meisten Menschen der EINEN WELT, auch ich, waren stolz auf ihr Haar und trugen es lang. Wir Männer ließen es bis zu den Schultern wachsen, und es fiel uns bis dicht über die Augen in die Stirn. Den Frauen reichten die Haare manchmal bis zu den Hüften oder noch tiefer. Doch die Spanier hielten ihre Bärte und Schnurrbärte für die einzig wahren Symbole der Männlichkeit und fanden, unsere Männer wirkten weibisch und unsere Frauen liederlich. Sie prägten sogar ein abfälliges Wort für unsere Haartracht: Balcarotta, etwa ›Heuhaufen‹. Da sie uns ständig kleiner Diebereien beschuldigten, argwöhnten sie, daß wir gestohlene Dinge aus ihrem persönlichen Besitz in den Haaren versteckten.

Deshalb fand die völlige Kahlheit der Purémpe zweifellos den ungeteilten Beifall Guzmáns und der anderen spanischen Herren von Neugalicien.

Es gab in Michihuácan jedoch andere Sitten, die mit Sicherheit nicht die Zustimmung der christlichen Spanier finden konnten. Das liegt daran, daß bereits nur die Erwähnung des Geschlechtsverkehrs Christen beunruhigt und jedes vom üblichen abweichende sexuelle Verhalten sie geradezu entsetzt, weit mehr übrigens als die Sitte, Menschen für ›heidnische Götter‹ zu opfern.

Die Purémpe auf dem Markt, von denen ich so viel wie möglich der Poré-Sprache zu erlernen suchte, hatten mir Worte und Ausdrücke beigebracht, die sich auf sexuelle Dinge bezogen. Ich wiederhole, diese Männer waren alt und hatten längst die Fähigkeit zur Paarung, selbst das geringste Verlangen danach verloren. Trotzdem erzählten sie genußvoll von den unterschiedlichen und bemerkenswerten, ja sogar unschicklichen und anstößigen Arten, auf die sie die sexuellen Triebe der Jugendzeit befriedigt hatten, ohne damit gegen ihre Sitten zu verstoßen.

Auch ich sage ›unschicklich‹ und ›anstößig‹, obwohl ich selbst nicht gerade ein Vorbild an Keuschheit oder Sittsamkeit gewesen bin. Doch die Aztéca, die Mexíca und die meisten anderen Völker der EINEN WELT waren in Hinblick auf Sexualität schon immer ebenso prüde wie die Christen. Wir hatten zwar keine Gesetze, Vorschriften und Gebote in der Art von ›du sollst nicht‹, doch die Tradition lehrte uns, daß man gewisse Dinge nicht tat.

Ehebruch, Inzest, wahllose Geschlechtsbeziehungen – außer während bestimmter Fruchtbarkeits-Zeremonien –, die Zeugung unehelicher Kinder, Vergewaltigung, Cuilónyotl zwischen Männern und Patlachúia zwischen Frauen, all das galt als verboten. Im Gegensatz zu den Christen erkannten wir an, daß jeder Mensch von abweichendem oder sogar lasterhaftem Wesen sein und daß jeder normale Mensch sich unpassend benehmen konnte, wenn ihn die Lust übermannte. Trotzdem billigten wir solche Handlungen nicht. Wenn solche Dinge ans Licht kamen, mieden alle anständigen Menschen den Täter oder die Teilnehmer für alle Zeiten, oder er wurde verbannt, möglicherweise streng bestraft, manchmal sogar zum Tod durch die blumenumwundene Schlinge verurteilt.
Die alten Männer in der Stadt hatten mich anschaulich und mit wortreichen Reden darauf vorbereitet, daß sich die Sitten in Michihuácan von den unsrigen deutlich unterschieden. Bei den Purémpeche waren alle erdenklichen Arten sexueller Paarungen erlaubt, solange beide oder alle Teilnehmer damit einverstanden waren oder sich zumindest nicht lautstark darüber beklagten.
Ich hatte keine derartige Neigung, und wenn sich einige der vielen Frauen, denen ich in Michihuácan begegnete, zuvor mit allem möglichen vergnügten, weil die Männer verschwunden waren, so gaben sie das jetzt mit Freuden auf, als ich erschien. Wohin ich in diesem Land auch kam, überall fand ich eine Überfülle von Frauen und Mädchen. Sie alle boten sich mir an, so daß ich mir die Hübschesten aussuchen konnte. Das tat ich auch. Ich muß gestehen, zunächst fiel es mir nicht leicht, mich an die kahlköpfigen Frauen zu gewöhnen. Manchmal war es sogar schwierig, die jüngeren von Knaben zu unterscheiden, denn beide Geschlechter der Purémpecha kleiden

sich beinahe gleich. Doch mit der Zeit bewunderte ich ihre Kahlheit beinahe so sehr, als sei ich selbst ein Purémpecha. Denn ich lernte allmählich zu erkennen, wie der Verzicht auf jegliche Art Schmuck die Schönheit mancher Frauen sogar zu steigern vermochte. Durch das Abschneiden ihrer Haare verringerte sich keineswegs ihre weibliche Glut und Liebesfähigkeit.

Ich erlag nur ein einziges Mal einer Fehleinschätzung. Ich mache für diesen Vorfall den Chápari verantwortlich, ein Getränk, das die Purémpecha aus dem Honig der wilden schwarzen Bienen gewinnen. Es ist sehr viel berauschender als spanischer Wein.

Ich war für die Nacht in einer Herberge abgestiegen. Unter den Gästen befanden sich ein älterer Fernhändler und ein beinahe ebenso alter Bote. Die Besitzerin war eine alte kahlköpfige Frau. Sie hatte drei ebenfalls kahlköpfige Helferinnen, offenbar ihre Töchter. Im Laufe des Abends trank ich unbesonnen von dem köstlichen Chápari, den man hier ausschenkte. Ich wurde so betrunken, daß mich die jüngste und schönste Dienerin in mein kleines Zimmer führen, mich entkleiden und mir auf mein Lager helfen mußte. Dann bedachte sie unaufgefordert meinen Tepúli mit wundervoll feurigen Liebkosungen, wie ich sie zum ersten Mal an jenem denkwürdigen Geburtstag durch den Mund der Auyanimi in Aztlan erfahren hatte, und später noch oft von meiner Cousine Améyatl und anderen Frauen. Kein Mann ist jemals zu betrunken, um dieses Erlebnis nicht voll Wonne zu genießen.

Deshalb bat ich hinterher die Dienerin, sich zu entkleiden, denn ich wollte ihrer Xacapíli dankbar die gleiche Aufmerksamkeit erweisen. In meinem benebelten Zustand wurde es mir erst sehr viel später klar, daß es für eine Xacapíli viel zu groß war. Da zuckte ich zurück, aber nicht vor Abscheu, sondern weil ich über meinen Irrtum lachen mußte. Der schöne Junge wirkte verletzt, stand auf, und sein Tepúli schrumpfte augenblicklich beinahe auf die Größe einer Xacapíli zusammen. Dieser Anblick inspirierte mich in meinem betrunkenen Zustand von neuem. Deshalb winkte ich ihn wieder zu mir. Als er ging, gab ich ihm trunken und verschwenderisch zum Dank eine Maravedí-Münze. Ich schlief ein und erwachte am nächsten Tag mit erdbebenartigen Kopfschmerzen und nur einer sehr schemenhaften Erinnerung an das, was der Junge und ich alles miteinander ausprobiert hatten.

Angesichts der Fülle bereitwilliger Frauen und Mädchen – von Jungen ganz zu schweigen – und des Reichtums an anderen guten Dingen hätte ich vermuten können, ich sei vorzeitig nach Tonatícuan oder in eines der anderen Paradiese versetzt worden, in denen ewige Freude herrscht. Neben der grenzenlosen sexuellen Freizügigkeit bot Michihuácan in Hinblick auf Essen und Trinken eine erstaunliche Vielfalt – köstliche Fische aus Flüssen und Seen, die man sonst nirgends findet, Eier und geschmortes Fleisch der Schildkröten, die es am Meeresstrand im Überfluß gab, in Lehm gebackene Wachteln, geröstete Kolibris, Schokolade mit einer Prise Vanille und natürlich den unvergleichlichen Chápari. Das Land selbst war mit seinen blumenübersäten, sanft gewellten Wiesen, den glitzernden Bächen und klaren Seen, den üppigen Obstgärten und Feldern ein Fest für die Augen, besonders dann, wenn man den Blick zu den blaugrünen Bergen in der Ferne hob.

Ein gesunder, kräftiger junger Mann konnte durchaus in Versuchung geraten, für immer in Michihuácan zu blei-

ben. Auch ich wäre vielleicht geblieben, hätte ich nicht einen Auftrag zu erfüllen gehabt.
»Ayya, hier werde ich keine Krieger anwerben können«, seufzte ich. »Ich muß weiterziehen.«
»Wie wäre es mit kriegerischen Frauen?« fragte meine derzeitige Gefährtin. Sie war eine blendend aussehende junge Frau, deren dichte Wimpern im Gegensatz zu dem sonst unbehaarten und strahlend schönen Antlitz noch verführerischer wirkten. Sie hieß Pakápeti, das bedeutet Zehenspitze. Als ich sie verständnislos ansah, fügte sie hinzu: »Es war ein Fehler der Spanier, nur unsere Männer zu töten oder zu verschleppen. Sie verkennen die Fähigkeiten von uns Frauen.«
Ich rief belustigt. »Frauen? Kriegerinnen? Unsinn!«
»*Du* redest Unsinn!« fauchte sie. »Ebensogut könntest du behaupten, ein Mann kann schneller auf einem Pferd reiten als eine Frau. Ich habe spanische Männer und Frauen auf Pferden gesehen. Es hängt vom Pferd ab, wer schneller reitet.«
»Ich habe weder Männer noch Pferde«, erwiderte ich unglücklich.
»Du hast eine Waffe«, sagte Zehenspitze und wies auf meine Arkebuse. Ich hatte den ganzen Nachmittag damit geübt und mit unterschiedlichem Erfolg versucht, Ahuácatin-Früchte von einem Baum neben ihrer Hütte zu schießen. »Eine Frau könnte sie genauso geschickt benutzen wie du«, fuhr sie fort. Ich gab mir große Mühe, nicht laut zu lachen. »Du brauchst mehr von diesen Donnerstöcken, mach welche oder stehle sie ...«
»Das ist genau meine Absicht, sobald ich eine Truppe zusammen habe, die groß genug ist, ein solches Vorhaben zu rechtfertigen.«
»Ich bräuchte nicht weit in der Gegend herumziehen«,

sagte sie, »um für dich eine beachtliche Zahl starker, kampfwilliger und rachsüchtiger Frauen anzuwerben. Abgesehen von jenen, die sich die Spanier als Haussklavinnen oder Bettwärmer genommen haben, würde uns nicht einmal jemand vermissen, falls wir aus unseren Hütten und Häusern verschwänden.«

Ich wußte, was sie meinte. Bisher hatte ich auf meinem Weg nach Westen die vielen spanischen Estancias gemieden, die natürlich das beste Acker- und Weideland von Michihuácan besaßen. Da es unter den Purémpecha keine Männer mehr gab und die Spanier glaubten, die Frauen seien nur für Dienste im Haus geeignet, verrichteten Sklaven die Arbeit auf den Gehöften und Viehwirtschaften. Von weitem hatte ich die schwarzen Moros arbeiten sehen. Sie wurden von berittenen Spaniern mit Peitschen beaufsichtigt. Die neuen Herren von Michihuácan pflanzten hauptsächlich Feldfrüchte an, für die es genug Käufer gab – ausländischen Weizen, Süßrohr und eine Grünpflanze, die Alfalfa genannt wurde, sowie Bäume, die fremdländische Früchte trugen, die Manzanas, Naranjas, Limónes und Aceitunas genannt wurden. Auf den Feldern mit weniger gutem Boden weideten große Herden von Schafen, Kühen oder Pferden, und es gab Gehege mit Schweinen, Hühnern und Gallipavos. Selbst sumpfiges Land, das früher brachgelegen hatte, nutzten die Weißen für den Anbau einer ausländischen Getreidesorte, die im Wasser gedieh und Arroz hieß. Da die Spanier beinahe auf jedem Stück von Michihuácan etwas anpflanzten, ernteten und Gewinne erzielten, blieben für die überlebenden Purémpecha nur wenige, kleine Felder übrig.

Pakápeti sagte: »Du hast davon gesprochen, daß man in diesem Land gut ißt, Tenamáxtli. Ich will dir sagen, wie

wir uns ernähren. Die Felder mit Mais, Tomaten und Pfefferschoten, die wir haben, werden von unseren alten Männern und Frauen bearbeitet. Die Kinder sammeln Nüsse, Beeren und den wilden Honig für Süßigkeiten und Chápari. Wir Frauen beschaffen das Fleisch – Vögel, kleine Tiere, Fische, hin und wieder sogar ein Wildschwein und einen Berglöwen.«
Nach einer Pause fügte sie trocken hinzu: »Aber wir haben keine Donnerstöcke. Wir benutzen die uralten Methoden: Netze für die Vögel, Angelleinen und Jagdwaffen aus Obsidian. Außerdem führen wir das traditionelle Handwerk der Purémpe weiter und stellen Lackarbeiten und glasierte Tonwaren her. Diese Dinge tauschen wir bei den Stämmen an der Küste gegen andere Nahrungsmittel und gegen die Schweine, Hühner, Lämmer oder Ziegen der Spanier. Wir leben ohne Männer, und du kannst mir glauben, wir leben nicht schlecht. Aber wir leben nur, weil wir von den weißen Herren geduldet werden. Deshalb sage ich, man würde uns nicht vermissen, wenn wir in den Krieg ziehen sollten.«
»Immerhin lebst du«, sagte ich. »Wenn du in den Krieg ziehen würdest, ginge es dir mit Sicherheit nicht so gut. Vielleicht würdest du sogar dein Leben verlieren.«
»Du weißt, alle Frauen in der EINEN WELT haben gegen die Spanier gekämpft. Die Frauen der Mexíca haben bei den letzten Kämpfen in den Straßen von Tenochtítlan auf den Dächern gestanden und Steine, Wespennester und sogar ihren eigenen Kot auf die Eindringlinge geworfen.«
»Das hat ihnen wenig geholfen. Ich kannte eine Mexícatl-Frau, die noch tapferer war. Sie hat weiße Männer umgebracht, aber auch das hat ihr nichts genützt. Sie verlor schließlich selbst das Leben.«
Zehenspitze ließ sich nicht überzeugen. »Auch wir wür-

den gern unser Leben geben, wenn wir dafür die verhaßten Spanier töten könnten.« Sie beugte sich vor. Ihre Lider mit den ungewöhnlichen Wimpern waren weit geöffnet. Sie sah mich eindringlich mit ihren Augen an, die ebenso dunkel und schön waren wie ihre Wimpern. »Versuch es doch mit uns, Tenamáxtli. Mit einem Aufstand der Frauen rechnen die Spanier bestimmt nicht!«
»Damit möchte ich nichts zu tun haben«, erwiderte ich lachend. »Stell dir das vor! Ich an der Spitze einer Heerschar Frauen! Jeder tote Krieger in Tonatícuan würde sich entweder vor Lachen oder vor Entsetzen schütteln. Die Vorstellung ist lächerlich, meine Liebe. Nein, ich muß mir Männer suchen.«
»Dann geh!« sagte sie und setzte sich verärgert auf. »Geh und such dir deine Männer. Ein paar gibt es noch in Michihuácan.« Sie machte eine unbestimmte Geste in Richtung Norden.
»Es gibt noch Männer?« fragte ich überrascht. »Purémpecha? Krieger? Verstecken sie sich? Liegen sie im Hinterhalt?«
»Nein«, antwortete sie verächtlich. »Es sind keine Krieger und keine Purémpecha, sondern Mexíca, die man hierher gebracht hat, um neue Siedlungen am Pátzcuaro-See zu gründen. Aber ich fürchte, du wirst feststellen, daß diese Männer weit weniger tapfer und sehr viel sanftmütiger sind als ich und die Frauen, die ich für dich anwerben könnte.«
»Ich gebe zu, Zehenspitze, du bist alles andere als sanftmütig. Dein Namensgeber muß sich in seinem Tonálmatl-Buch der Namen geirrt haben. Erzähl mir etwas über diese Mexíca. Wer hat sie hierher gebracht? Zu welchem Zweck?«
»Ich weiß nur, was ich gehört habe. Ein spanischer Chri-

stenpriester hat aus einem nur ihm bekannten Grund überall an den Ufern des Binsensees Siedlungen gegründet. Da es keine Purémpecha-Männer mehr gab, mußte er Männer mit ihren Familien aus dem Land der Mexíca herbringen. Ich habe gehört, der Priester verwöhnt die Siedler, als seien sie seine eigenen Kinder. Als ob sie seine kleinen Babys wären.«
»Familienväter«, murmelte ich. »Wahrscheinlich hast du recht, wenn du sagst, daß sie zu keiner Rebellion bereit sind. Vor allem dann nicht, wenn sie von ihrem Herrn gut behandelt werden. Aber wenn es so ist, wie du sagst, verhält sich dieser Priester sehr untypisch für einen Christen.«
Pakápeti zuckte die Schultern, und ich hatte mein Vergnügen, denn sie war nackt, und ihre entzückenden Brüste hoben und senkten sich bei dieser Bewegung einladend. Sie sagte keineswegs herzlich, sondern kühl: »Geh und sieh es dir an. Der See liegt nur drei Lange Läufe von hier entfernt.«

Der Binsensee hat die Farbe von Chalchíhuitl, von Jade. Dieser Edelstein ist allen Völkern der EINEN WELT heilig. Die niedrigen, sanft gerundeten Berge, die den See umgeben, sind vom gleichen etwas dunkleren Grün. Als ich auf dem Gipfel eines dieser Berge stand und ins Tal blickte, wirkte der See wie ein strahlendes Juwel auf einem Moospolster. Im See liegt eine Insel. Sie heißt Xarákuaro und muß früher die schönste Facette dieses Juwels gewesen sein. Denn dort befanden sich Tempel und Altäre, die in allen Farben leuchteten und deren bunte und goldene Verzierungen in der Sonne glänzten. Doch Guzmáns Soldaten hatten alle Heiligtümer dem Erdboden gleichgemacht.

Auch die Dörfer und Städte um den See herum waren verschwunden, sogar Tzintzuntzaní ›Wo es Kolibris gibt‹, gab es nicht mehr. Es war die Hauptstadt von Michihuácan gewesen und hatte nur aus Palästen bestanden. Der schönste Palast war der Sitz von Tzímtzicha, dem letzten Verehrten Sprecher der besiegten Purémpecha, gewesen. Von dem Gipfel, auf dem ich stand, sah ich nur ein Wahrzeichen, das aus der alten Zeit übriggeblieben war: die Pyramide im Osten des Sees. Sie war bemerkenswert wegen ihrer Größe und Form. Sie schien nicht sehr hoch, sondern eher lang zu sein, und hatte auf ihrer Plattform sowohl runde als auch rechteckige Aufbauten. Ich wußte, diese Iyákata, wie eine Pyramide auf Poré heißt, stammte noch aus der alten Zeit. Ein Volk, das lange vor den Purémpecha hier lebte, hatte sie errichtet. Selbst zu Tzímtzichas Zeit war sie bereits eine von Pflanzen überwucherte Ruine gewesen, doch sie wirkte noch immer erhaben und ehrfurchteinflößend.
Entlang dem Seeufer entdeckte ich einzelne Dörfer. Aber sie schienen in keiner Hinsicht etwas Besonderes zu sein, denn man hatte die Häuser alle niedrig und flach im spanischen Stil aus getrockneten Lehmziegeln erbaut. Im Dorf am Fuß des Berges, auf dem ich stand, sah ich Menschen. Sie trugen die Kleidung der Mexíca und hatten meine Hautfarbe. Ich bemerkte keine Spanier unter ihnen. Deshalb stieg ich neugierig hinab und grüßte den ersten Mann, dem ich begegnete. Er saß auf einer Bank neben der Tür seines Hauses und schnitzte mit großer Hingabe an einem Stück Holz.
Ich sagte den üblichen Náhuatl-Gruß: »Mixpantzínco«, was soviel bedeutet wie ›Ich erfreue mich Eurer erlauchten Gegenwart …‹

Er erwiderte nicht auf poré, sondern ebenfalls in Náhuatl, das gewohnte höfliche »Ximopanólti«, was soviel heißt wie »Nach Eurem Belieben …« Dann fügte er freundlich hinzu: »Es kommen nicht viele Mexíca hierher, um unser Utopía zu besuchen.«
Ich wollte ihn nicht verwirren, indem ich ihm verriet, daß ich eigentlich ein Aztécatl war. Ich erkundigte mich auch nicht nach der Bedeutung des seltsamen Wortes, das er gerade verwendet hatte. Ich sagte nur: »Ich bin fremd in der Gegend und habe erst vor kurzem erfahren, daß in der Nähe Mexíca leben. Es ist schön, wieder meine Muttersprache zu hören. Ich heiße Tenamáxtli.«
»Mixpantzínco, Cuatl Tenamáxtli«, erwiderte er höflich. »Man nennt mich Erasmo Mártir.«
»Nach dem christlichen Heiligen?« Als er nickte, sagte ich: »Ich habe ebenfalls einen christlichen Namen: Juan Británico.«
»Wenn du Christ bist und eine Beschäftigung suchst, wird dir unser guter Pater Vasco vielleicht einen Platz bei uns geben. Hast du eine Frau und Kinder?«
»Nein, Cuatl Erasmo. Ich bin ein einsamer Wanderer.«
»Wie schade.« Er schüttelte mitfühlend den Kopf. »Pater Vasco nimmt nur Siedler mit Familie auf. Doch wenn du eine Weile bleiben willst, wird er dir gastfreundlich eine Unterkunft anbieten. Du findest ihn in Santa Cruz Pátzcuaro, das ist das nächste Dorf westwärts am See.«
»Dann gehe ich dorthin und werde dich nicht länger von der Arbeit abhalten.«
»Ayyo, du störst mich nicht. Der Pater verlangt nicht, daß wir pausenlos wie Sklaven arbeiten, und es ist interessant, sich mit einem neu angekommenen Mexícatl zu unterhalten.«
»Was machst du da?«

»Das wird eine Mecahuéhuetl«, erwiderte er und wies auf ein paar beinahe fertige Teile hinter der Bank. Es waren Holzstücke etwa von der Größe und den anmutig geschwungenen Formen eines Frauenkörpers.
Ich nickte, denn ich begriff, was die zusammengesetzten Teile ergeben würden. »Eine *guitarra*, wie die Spanier sagen.«
Die meisten der von den Spaniern mitgebrachten Musikinstrumente glichen im Grunde denen, die bereits in der EINEN WELT bekannt waren. Das heißt, sie brachten Musik hervor, indem sie entweder geblasen, geschüttelt, mit Stöcken geschlagen oder mit einem gekerbten Stock gestrichen wurden. Doch manche spanischen Instrumente unterschieden sich von unseren, zum Beispiel die Gitarre, die Violine, die Harfe und die Mandoline. Es erfüllte uns alle mit großem Staunen und mit Bewunderung, daß solche Instrumente wohlklingende Musik hervorbrachten, indem man straff gespannte Saiten mit den Fingern zupfte oder mit einem Bogen strich.
»Aber wieso«, fragte ich Erasmo, »kopierst du ein neues fremdes Instrument? Die Weißen haben doch bestimmt eigene Leute, die Gitarren herstellen.«
»Keine so geschickten, wie wir es sind«, erwiderte er stolz. »Der Pater und seine Helfer haben uns gezeigt, wie man die Instrumente baut. Er sagt, unsere Mecahuéhuetlin sind selbst jenen überlegen, die aus Altspanien gebracht werden.«
»Wir?« wiederholte ich. »Du bist nicht der einzige?«
»O nein! Jeder Mann hier in San Marcos Churíntzio übt dieses Handwerk aus. Es ist die besondere Aufgabe, die unserem Dorf übertragen wurde, so wie andere Dörfer in Utopía Lackarbeiten oder Kupferwaren oder was auch immer herstellen.«

»Wieso das?« Ich hatte noch nie von einer Gemeinschaft gehört, die sich nur einer Aufgabe widmete.
»Geh und rede mit Pater Vasco«, sagte Erasmo. »Er wird dir mit Freuden alles darüber erzählen, wie er unser Utopía ins Leben gerufen hat.«
»Das werde ich tun. Danke, Cuatl Erasmo. Mixpantzínco.«
Anstatt zu sagen ›Ximopanólti‹, verabschiedete er mich mit »Vaya con Dios« und fügte fröhlich hinzu: »Komm wieder, Cuatl Juan. Ich habe vor, irgendwann zu lernen, wie man mit diesen Instrumenten Musik macht.«
Ich schlug den Weg nach Westen ein, machte jedoch in einer unbewohnten Gegend halt und ging ins Gebüsch, um meinen Mantel und das Schamtuch mit dem Hemd, der Hose und den Stiefeln aus meinem Bündel zu tauschen. So erreichte ich Santa Cruz Pátzcuaro in spanischer Kleidung. Auf meine Frage nach Pater Vasco schickte man mich zu der kleinen Kirche aus Lehmziegeln und der daran angebauten Casa de cura.
Der Pater persönlich öffnete die Tür. Er war in keiner Hinsicht so zurückhaltend und unzugänglich wie die meisten christlichen Priester. Er trug auch kein schwarzes Gewand, sondern ein fleckiges Arbeitshemd und eine ebenso fleckige Hose aus schwerem, derbem Stoff.
Ich nahm mir die Freiheit, mich auf spanisch als Juan Británico, Laienhelfer von Fray Alonso de Molina, Notarius der Kathedrale des Bischofs Zumárraga, vorzustellen. Ich erklärte, ich sei auf Geheiß meines Herrn Alonso im Begriff, kirchliche Missionsstationen in den wenig erschlossenen Gebieten zu besuchen, um ihre Fortschritte zu beurteilen und Bericht darüber zu erstatten.
»Ich glaube, du wirst Gutes über uns berichten, mein

Sohn!« sagte der Pater. »Es freut mich zu hören, daß sich Alonso immer noch unverdrossen in den Weinbergen der Mutter Kirche abrackert. Der junge Mann ist mir in sehr guter Erinnerung.«

Der freundliche Priester nahm mich herzlich auf und schien meinen Schwindel nicht zu durchschauen. Ich stellte fest, daß er tatsächlich ein guter Priester war. Pater Vasco de Quiroga war ein großer, schmaler und streng wirkender, in Wirklichkeit jedoch fröhlicher Mensch. Er war alt genug, um so kahlköpfig zu sein, daß er keine Tonsur mehr brauchte. Aber er war immer noch kräftig, was seine Arbeitskleidung bewies, für die er sich bescheiden entschuldigte.

»Ich sollte eine ordentliche Soutane tragen, um einen Boten des Bischofs zu begrüßen. Aber ich helfe meinen Brüdern gerade, hinter dem Haus einen Schweinestall zu bauen.«

»Laßt Euch durch mich nicht abhalten ...«

»Nein, nein, nein. Por cielo, ich freue mich über eine Pause. Setz dich, mein Sohn Juan. Ich sehe, du bist staubig von der Straße.« Er rief jemandem in einem anderen Raum zu, uns Wein zu bringen. »Setz dich, setz dich, mein Sohn. Und erzähl mir. Hast du schon viel von dem gesehen, was wir mit Hilfe des HERRN hier in der Gegend erreicht haben?«

»Nur wenig. Ich habe mich eine Weile mit Erasmo Mártir unterhalten.«

»Ach ja. Er ist vielleicht der geschickteste unserer Gitarrenbauer. Und er ist inzwischen ein gottesfürchtiger Christ geworden. Sag mir, Juan Británico, da du nach einem englischen Heiligen benannt bist, hast du vielleicht schon einmal etwas von dem frommen Don Tomás Moro gehört, der ebenfalls aus England stammte?«

»Nein, Pater. Aber – verzeiht – man hat mir zu verstehen gegeben, daß die Menschen in England Weiße sind.«
»Das sind sie!« Er nickte mit leuchtenden Augen. »Moro oder genauer gesagt Morus war sein Name. Das hat nichts mit seiner Rasse oder seiner Hautfarbe zu tun.« Der Pater seufzte. »Morus wurde erst vor kurzem ungerechtfertigt und auf schändliche Weise getötet. Der König von England, der ein verachtenswerter Ketzer ist, hat ihn hinrichten lassen. Christliche Frömmigkeit war sein einziges Verbrechen. Wenn du Don Tomás nicht kennst, dann weißt du vermutlich auch nichts von seinem berühmten Buch *De optimo Republicae statu* ...«
»Nein, Pater.«
»Oder von Utopía, das er in diesem Buch entworfen hat?«
»Nein, Pater. Ich habe nur gehört, daß Erasmo dieses Wort verwendet hat.«
»Wir versuchen, hier an den Ufern dieses paradiesischen Sees Utopía zu schaffen. Ich wünschte nur, ich hätte schon vor vielen Jahren damit anfangen können. Aber ich bin noch nicht so lange Priester.«
Ein junger Mönch kam herein und brachte zwei kunstvoll geschnitzte und lackierte Holzbecher, eindeutig das Werk eines Purémpecha. Er reichte sie uns, zog sich schweigend zurück, und ich trank dankbar von dem kühlen Wein.
»Die meiste Zeit meines Lebens«, fuhr der Pater fort, und es klang reumütig, »war ich ein Richter, ein Jurist. Das eine will ich dir sagen, junger Juan, jede Form der Juristerei ist korrupt und ein Greuel. Gott sei Dank begriff ich schließlich, wie sehr ich mich und meine Seele beschmutzte. Danach habe ich die Richterrobe nie mehr angezogen. Ich legte die heiligen Gelübde ab und wurde

schließlich geweiht, so daß ich jetzt statt der Robe die Soutane trage.« Er lachte. »Natürlich haben mir viele meiner früheren Gegner am Gericht mit Freuden das alte Sprichwort vorgehalten: ›Hartóse el gato de carne, y luego se hizo fraile.‹«

Es dauerte einen Augenblick, bis ich mir das in Gedanken übersetzt hatte. ›Die Katze hat sich den Bauch mit Fleisch gefüllt, bevor sie zum Mönch wurde.‹

Er fuhr fort: »Das Utopía, das sich Thomas Morus vorstellt, ist eine ideale Gemeinschaft, deren Bewohner unter idealen Bedingungen leben. Die Übel, welche die Gesellschaft hervorbringt – Armut, Hunger, Elend, Verbrechen, Sünde und Krieg –, sind dort alle überwunden.«

Ich unterließ es, ihn darauf hinzuweisen, daß es selbst in einer idealen Gemeinschaft Menschen geben würde, die möglicherweise auf das Recht, zu sündigen oder Krieg zu führen, nicht verzichten wollten.

»Deshalb habe ich dieses schöne Stück von Neugalicien mit Siedlerfamilien bevölkert. Neben der Unterweisung in den christlichen Geboten bringen ich und meine Brüder ihnen die Benutzung europäischer Werkzeuge bei. Sie lernen von uns die neuesten Methoden in Ackerbau und Viehzucht. Darüber hinaus wollen wir jedoch nicht in das Leben der Siedler eingreifen oder uns einmischen. Nun ja, Bruder Augustin hat ihnen gezeigt, wie man Gitarren baut. Aber wir möchten ihnen nicht nur das Neue bringen. Wir haben alte Männer der Purémpe gefunden, die sich überreden ließen, die alten Streitigkeiten mit den Mexíca zu vergessen. Sie unterweisen die Siedler in den uralten handwerklichen Fertigkeiten und Gewerben. Jetzt widmet sich jedes Dorf einem Handwerk in der besten Tradition der Purémpecha – Holzbearbeitung, Keramik, Weberei und so weiter. Siedler, die solche

Fertigkeiten nicht erlernen können, leisten ihren Beitrag zu Utopía, indem sie die Felder bestellen oder Schweine, Ziegen und Hühner züchten.«

»Aber Pater Vasco«, sagte ich. »Welche Verwendung haben Eure Siedler für Gitarren? Erasmo, mit dem ich gesprochen habe, konnte nicht einmal darauf spielen.«

»Wir verkaufen die Gitarren und anderes Kunsthandwerk an die Händler in der Stadt México. Viele Instrumente werden von Zwischenhändlern erworben, die sie nach Europa schicken. Wir erzielen für die Gitarren gute Preise. Auch das meiste der Erzeugnisse unserer Bauern und Hirten wird verkauft. Von dem Geld teile ich einen Anteil gleichmäßig unter den Familien der Dörfer auf. Doch das meiste unserer Einnahmen geben wir für neue Werkzeuge, Samen für die Aussaat und Zuchttiere aus. Alle Investitionen kommen Utopía als Ganzem zugute und helfen, das Leben zu verbessern.«

»Das klingt praktisch und sehr lobenswert, Pater«, sagte ich, und das war ehrlich gemeint. »Vor allem da ihr, wie Erasmo sagt, Eure Leute nicht zwingt, wie Sklaven zu schuften.«

»Válgame Dios, no!« rief er. »Ich habe die infernalischen Obrajes in der Stadt und anderswo gesehen. Unsere Siedler mögen einer tieferstehenden Rasse angehören, aber sie sind Menschen, und inzwischen sind sie Christen, also keine unvernünftigen Tiere ohne Seele. Nein, mein Sohn. Hier in Utopía gilt die Regel, daß die Leute nur sechs Stunden am Tag und sechs Tage in der Woche arbeiten. Die Sonntage sind natürlich dem Gebet geweiht. In der übrigen Zeit können die Leute tun und lassen, was sie wollen. Sie bestellen ihre eigenen Gärten, erledigen persönliche Dinge und kommen mit anderen zusammen. Wäre ich ein Heuchler, könnte ich sagen, ich

bin allein schon deshalb ein Christ, weil ich kein Tyrann bin. Doch in Wahrheit arbeiten unsere Leute schwerer und produktiver als alle mit der Peitsche angetriebenen Sklaven und Arbeiter in den Obrajes.«
Ich sagte: »Erasmo hat mir noch etwas erzählt, nämlich daß Ihr nur verheirateten Männern und Frauen erlaubt, sich in Utopía anzusiedeln. Würden unverheiratete Männer und Frauen, die nicht mit Kindern belastet sind, nicht noch mehr arbeiten?«
Die Antwort auf diese Frage schien ihm nicht leichtzufallen. »Du hast da ein ziemlich heikles Thema angeschnitten. Wir maßen uns nicht an, den Garten Eden neu geschaffen zu haben, und so ist es nicht verwunderlich, daß wir mit Eva und der Schlange kämpfen.« Er lachte leise. »Ich sollte besser sagen, mit Eva *als* der Schlange.«
»Ayyo, verzeiht, daß ich gefragt habe, Pater. Ihr müßt die Purémpe-Frauen meinen.«
»Richtig. Nach dem Verlust ihrer eigenen Männer haben die Frauen erfahren, daß in Utopía junge, starke Männer leben. Sie sind immer wieder hier eingefallen, um, wie soll ich sagen, unsere Männer zu verführen. Am Anfang waren sie eine wahre Plage.« Er seufzte und runzelte die Stirn. »Bis zum heutigen Tag tauchen gelegentlich Frauen auf und belästigen die Männer. Ich fürchte, nicht alle unsere Familienväter können der Versuchung widerstehen. Aber ich bin sicher, unverheiratete Männer lassen sich sehr viel leichter verführen. Und Ausschweifungen dieser Art könnten zum Untergang von Utopía führen.«
Ich sagte anerkennend: »Mir scheint, Pater Vasco, Ihr habt alles wohl durchdacht und fest in der Hand. Das werde ich mit Vergnügen dem Notarius des Bischofs berichten.«

»Aber verlaß dich nicht nur auf meine Aussagen, mein Sohn Juan. Geh um den ganzen See herum. Besuche jedes Dorf. Du brauchst keinen Führer. Ich würde ohnehin nicht wollen, daß du den Verdacht hast, nur die musterhaften Seiten unserer Gemeinschaft vorgeführt zu bekommen. Geh allein. Sieh die Dinge, so wie sie sind, unverhüllt und ungeschönt. Bei deiner Rückkehr werde ich mich freuen, wenn du sagen kannst, wie San Diego es einmal ausgedrückt hat, daß ein Mensch an ›seinen Taten‹ gemessen wird, nicht allein an ›seinem Glauben‹.«

14

Also ging ich zuerst weiter nach Westen, dann nach Norden, Osten und Süden. Ich verbrachte in jedem Dorf mindestens eine Nacht. Schließlich hatte ich den See umrundet und gelangte wieder in das erste Dorf, das ich besucht hatte, San Marcos Churíntzio, wo Erasmo Mártir wohnte.
Ich konnte mich in der Tat davon überzeugen, daß Pater Vasco nicht zuviel versprochen hatte. Die Menschen am See lebten alle glücklich, in Eintracht und Wohlstand. Sie waren mit diesem Leben verständlicherweise zufrieden. Und sie übten tatsächlich die alten Gewerbe der Purémpecha aus. Ein Dorf stellte gehämmerte Kupferwaren her: Teller, Platten und Krüge in alten Formen mit den unverkennbaren runden Vertiefungen in der Oberfläche. Ein anderes Dorf produzierte eine Art Keramik, wie man sie sonst nirgendwo sah. Die Gegenstände erhielten eine schimmernde schwarze Oberfläche, indem man dem Ton pulverisiertes Blei beimischte. Ein drittes Dorf hatte sich auf die seit eh und je berühmten Purémpe-Lackarbeiten spezialisiert: Tabletts, Tische und große faltbare Wandschirme schimmerten in tiefem, glänzendem Schwarz mit Einlegearbeiten in Gold und vielen leuchtenden Farben. In einem anderen Dorf wurden aus den Binsen des Sees Schlafmatten und Körbe geflochten. Ich muß zugeben, sie waren sogar noch schöner

als die von Citláli. Ein Dorf produzierte feinen Schmuck aus Silberdraht, ein anderes Schmuck aus Bernstein und ein drittes Schmuck aus dem Perlmutt von Muschelschalen. Zwischen den einzelnen Dörfern und in ihrer Umgebung lagen die ordentlich bestellten Felder, auf denen das neue Zuckerrohr und ein Süßgras mit dem Namen *sorgo* neben den vertrauteren Bohnen und dem altbekannten Mais wuchsen. Die Felder brachten alle weit mehr Erträge als früher, denn die Siedler wußten die Vorteile der von den Spaniern mitgebrachten Werkzeuge zu nutzen und beherzigten die neuen Anbaumethoden.
Man konnte nicht leugnen, daß die Mexíca-Siedler großen Gewinn aus dem Zusammenleben mit den Spaniern zogen.
Ich fragte mich: Wiegen die Erfolge dieses erfreulichen Utopía das Elend und die Erniedrigungen auf, welche andere Mexíca in den grauenvollen Obrajes erdulden?
Nein, denn dort litten viele tausend Menschen meines Volkes. Bestimmt gab es andere Weiße wie Pater Vasco de Quiroga, die unter dem Wort ›Christlichkeit‹ in der Tat ›liebevolle Anteilnahme und Freundlichkeit‹ verstanden. Doch diese Menschen waren eine verschwindend kleine Minderheit im Vergleich zu den bösartigen, raffgierigen, betrügerischen und hartherzigen Spaniern, die sich ebenfalls Christen und sogar Priester nannten.
Ich gebe zu, damals verhielt ich mich so falsch und betrügerisch wie die Weißen selbst. Ich bereiste die Dörfer von Pater Vascos Utopía nicht nur, um mir ein Urteil darüber zu bilden und sie zu bewundern. Ich suchte nach Bewohnern, die sich möglicherweise an meinem geplanten Aufstand beteiligen würden. Ich zeigte jedem Dorfschmied meine Arkebuse und erkundigte mich, ob er sie

nachbauen könne. Sie lobten und bewunderten den Donnerstock, erklärten aber übereinstimmend, selbst wenn sie gewillt wären, die Waffe nachzubauen, so besäßen sie doch nicht die nötigen Werkzeuge. Die Antworten, die ich von *allen* Männern erhielt, wenn ich sie fragte, ob einer von ihnen bereit sei, sich mir bei einem Aufstand gegen die spanischen Unterdrücker anzuschließen, lassen sich in Erasmo Mártirs Reaktion zusammenfassen, dem ich diese Frage als letztem stellte.
»Nein«, erklärte er ohne langes Nachdenken. Wir saßen zusammen auf der Bank vor seiner Haustür. Diesmal arbeitete er nicht an einer Gitarre. »Hältst du mich für völlig tlahuéle? Ich gehöre zu den glücklichen Mexíca, die genug zu essen und ein sicheres Heim haben. Mich kann kein Herr mißhandeln. Ich kann kommen und gehen, wann ich will. Ich bin sogar wohlhabend, und meine Familie hat eine vielversprechende Zukunft.«
Noch einer, der alle Männlichkeit verloren hat, dachte ich bitter. Lamiendo el culo del patrón.
Ich fragte: »Ist das alles, was du dir vom Leben wünschst, Erasmo?«
»Alles?! Bist du tlahuéle, Juan Británico? Was kann sich ein Mann heutzutage in dieser Welt mehr wünschen?«
»Du sagst heutzutage. Aber es hat eine Zeit gegeben, in der die Mexíca auch ihren Stolz hatten.«
»Nur die, die es sich leisten konnten. Die Tlátoantin-Herrscher und jene mit dem adligen *-tzin* hinter ihrem Namen und die oberen Pípiltin-Klassen, die Cuáchitin-Ritter und so weiter. Sie waren sogar so stolz, daß sie keinen Gedanken an das gemeine Volk, an uns Macehuáltin, verschwendeten. Wir mußten für sie arbeiten, sie ernähren und bedienen. Sie nahmen uns nur zur Kenntnis, wenn sie uns auf dem Schlachtfeld brauchten.«

Ich sagte: »Die meisten Cuáchitin, von denen du sprichst, waren Macehuáltin, die aus der Klasse der einfachen Leute in den Ritterstand aufgestiegen sind, weil sie gegen die Feinde der Mexíca gekämpft hatten. Sie waren stolz auf ihr Land und bewiesen das durch ihre Tapferkeit auf dem Schlachtfeld.«

Erasmo erwiderte mit einem Schulterzucken: »Ich habe hier alles, was je ein Ritter hatte, und ich habe es gewonnen, ohne zu kämpfen und zu töten!«

»Du hast es nicht gewonnen!« erwiderte ich heftig. »Es ist dir gegeben worden.«

Er zuckte wieder die Schultern. »Aber ich arbeite schwer, um dessen würdig zu sein und es zu behalten. Ich möchte dem guten Pater Vasco meine Dankbarkeit zeigen.«

»Der Pater ist gut und freundlich, das stimmt. Aber begreifst du nicht, Cuatl Erasmo? Er erniedrigt deine Männlichkeit genauso wie ein grausamer Spanier, der die Peitsche schwingt. Er behandelt euch alle wie gezähmte wilde Tiere ... oder sabbernde Xolopítlin ... wie kleine Kinder.«

Offenbar war es für Erasmo der Tag, um mit den Schultern zu zucken. »Selbst der männlichste Mann kann es schätzen, mit rücksichtsvoller Fürsorglichkeit behandelt zu werden.« Er schniefte, als sei er den Tränen nahe. »So wie eine gute Frau ihren guten Mann behandelt.«

Ich sah ihn verständnislos an. »Was hat eine Frau damit zu tun?«

»Sprich nicht weiter, Cuatl Juan. Komm, laß uns einen Spaziergang machen. Ich möchte mit dir noch über etwas anderes reden.«

Ich ging verwundert mit ihm. In einiger Entfernung von seinem Haus sagte ich: »Du scheinst nicht annähernd so

guter Dinge zu sein wie bei meinem ersten Besuch, und der liegt noch nicht lange zurück.«
Er schniefte wieder, räusperte sich und murmelte düster: »Ganz bestimmt nicht. Ich lasse den Kopf hängen, mir blutet das Herz, und meine Hände zittern, so daß meine Arbeit darunter leidet.«
»Bist du krank, Erasmo?«
»Am besten nennst du mich bei meinem heidnischen Namen Ixtálatl, denn ich tauge nicht mehr zu einem Christen. Ich habe so schwer gesündigt, daß mir nicht vergeben werden kann. Ich habe … Cháhuacocolíztli.«
Dieses lange Wort bedeutet ›die schändliche Krankheit, die vom Ehebruch herrührt‹. Beinahe schluchzend fuhr er fort: »Nicht nur mein Herz schmerzt, sondern auch mein Tepúli. Ich wage seit einiger Zeit nicht mehr, meine Frau zu umarmen, und sie fragt immer wieder traurig, warum.«
»Ayya«, murmelte ich mitfühlend. »Dann hast du mit einer verführerischen Purémpe-Frau geschlafen. Kopf hoch, Erasmo, einer unserer Tícitl, wahrscheinlich sogar ein spanischer Médico kann das Leiden mildern. Jeder Priester unserer gütigen Göttin Tlazoltéotl wird dich von dem Fehltritt lossprechen.«
»Als Christ kann ich mich nicht an die Göttin wenden.«
»Dann geh und beichte deine Sünde Pater Vasco. Er hat mir gesagt, daß Ehebruch in Utopía nicht gerade etwas Unbekanntes ist. Er hat bestimmt andere losgesprochen und erlaubt, daß sie weiterhin Christen sind.«
Erasmo murmelte schuldbewußt: »Als Mann schäme ich mich zu sehr, um es dem Pater zu beichten.«
»Warum, wenn ich fragen darf, beichtest du es dann mir?«
»Weil *sie* dich treffen will.«

»Wer?« rief ich verblüfft. »Deine Frau?«
»Nein. Die Ehebrecherin.«
Jetzt war ich völlig verwirrt. »Wieso im Namen aller Götter sollte ich bereit sein, eine Hure mit einem unreinen Tipíli zu treffen?«
»Sie hat sich nach dir erkundigt. Sie kennt deinen heidnischen Namen – Tenamáxtli.«
»Das muß Pakápeti sein«, murmelte ich in noch größerer Verwirrung. Denn wenn Zehenspitze krank gewesen wäre, als sie und ich so oft und leidenschaftlich miteinander schliefen, hätte ich inzwischen ebenfalls Schmerzen und Ausfluß haben müssen. Es war kaum so viel Zeit vergangen, daß ein anderer Mann, der zufällig vorbeigekommen war ...
»Sie heißt nicht Pakápeti«, erklärte Erasmo, und mein Staunen wuchs, als er die Hand hob und sagte: »Da kommt sie.«
Das konnte kein Zufall sein. Die Frau mußte unser Näherkommen aus einem Versteck beobachtet haben. Ich hatte sie noch nie gesehen und hoffte, nie mehr ein so kaltes und schadenfrohes Lächeln sehen zu müssen wie das, mit dem sie mich begrüßte. Erasmo machte uns auf náhuatl, nicht auf poré ohne jede Begeisterung miteinander bekannt: »Cuatl Tenamáxtli, das ist G'nda Ké, die den Wunsch geäußert hat, dich kennenzulernen.«
Ich ersparte mir eine höfliche Begrüßung und sagte nur: »G'nda Ké ist kein Purémpe-Name. Und du hast viele Haare auf dem Kopf.«
Sie verstand Nahúatl, denn sie antwortete: »G'nda Ké ist Yaki« und hob hochmütig den Kopf mit der nachtschwarzen Mähne.
Erasmo murmelte: »Ich muß gehen. Meine Frau ...« Er verschwand in Richtung seines Hauses.

»Wenn du eine Yaki bist«, sagte ich zu der Frau, »dann hast du dich weit von deiner Heimat entfernt.«
»G'nda Ké ist schon viele Jahre in der Fremde.«
Das war typisch für ihre Art, sich auszudrücken. Sie sagte niemals ›ich‹. Sie sprach immer, als stehe sie neben ihrem Körper.
G'nda Ké schien nicht älter zu sein als ich. Sie hatte ein hübsches Gesicht und eine hübsche Figur. Mir war klar, daß es für sie ein leichtes gewesen sein mußte, Erasmo zu verführen. Aber ganz gleich, ob G'nda Ké lächelte, finster blickte oder ein ausdrucksloses Gesicht machte, sie wirkte immer verschlagen. Das erweckte den Eindruck, sie hüte ein sehr persönliches, schmutziges kleines Geheimnis, mit dem sie ganz nach Wunsch jedem schaden oder ihn sogar in die Míctlan verdammen konnte. Ihr Gesicht hatte noch eine Besonderheit, die man bei Menschen unseres Volkes selten sieht.
»Du hast viele kleine Flecken auf der Haut«, sagte ich. Es kümmerte mich nicht, ob das unhöflich war, denn ich hielt die Flecken für ein Anzeichen ihres abscheulichen Leidens.
»G'nda Ké hat am ganzen Körper Flecken«, sagte sie mit einem anzüglichen Lachen, als fordere sie mich auf, mich selbst davon zu überzeugen.
Ich ging darauf nicht ein und fragte: »Was führt dich aus dem Land der Yaki so weit in den Süden? Suchst du etwas?«
»Ja.«
»Was suchst du?«
»Dich.«
Ich lachte nicht sehr erfreut. »Mir war nicht bewußt, daß meine Anziehungskraft so weit reicht. Wie dem auch sei, du hast statt dessen Erasmo gefunden.«

»Nur, um dich zu finden.«
Ich lachte wieder. »Erasmo hat allen Grund, sich zu wünschen, du hättest ihn nie gefunden.«
Sie sagte gleichgültig: »Erasmo ist nicht wichtig. G'nda Ké hofft, daß er die Krankheit an jeden anderen Mexícatl hier in Utopía weitergibt. Die Männer haben die Qual verdient. Sie sind so schlaff und feige wie ihre Vorväter, die sich weigerten, Aztlan mit mir zu verlassen.«
In meiner Erinnerung regte sich etwas. Und ich glaubte zu spüren, daß sich meine Haarwurzeln am Hinterkopf ebenfalls regten. Canaútli, der Geschichtserinnerer, hatte uns von einer Yaki-Frau mit dem Namen G'nda Ké erzählt, die vor langer Zeit in Aztlan aufgetaucht war. Sie verwandelte einen Teil der friedlichen Aztéca in die kriegerischen Mexíca, die sich als Eroberer den Weg zu Ruhm und Größe erkämpft hatten.
»*Das* ist schon viele Jahre her«, murmelte ich. Ich mußte ihr bestimmt nicht erklären, was das ›das‹ bedeutete. »Wenn du damals nicht gestorben bist, wie man erzählt, wie alt mußt du dann sein, Yaki-Frau?«
»Auch das ist nicht wichtig. Wichtig ist, daß auch du, Tenamáxtli, Aztlan verlassen hast. Und jetzt bist du bereit, G'nda Kés Geschenk, das heißt ihre *andere* Krankheit, anzunehmen.«
Ich rief: »Bei Huitzli, ich will keines deiner Leiden!«
»Ayyo, aber ja doch! Du hast gerade das Wort ausgesprochen. Du willst G'nda Ké nicht verstehen. Sie denkt nur an Huitzilopóchtli. Der Kriegsgott ist G'nda Kés andere Krankheit! Sie wird dir mit Freuden helfen, den Krieg in der gesamten EINEN WELT zu verbreiten.«
Ich starrte sie nur an. Ich hatte in letzter Zeit keinen Chápari getrunken, also war dieses schreckliche Geschöpf kaum das Trugbild eines Betrunkenen.

»Hier wirst du keine Krieger finden, Tenamáxtli. Erliege nicht der Versuchung, in dem friedlichen Utopía herumzulungern. Dein Tonáli hat dir ein härteres Leben bestimmt und ein ruhmreicheres. Geh nach Norden. Du und G'nda Ké, ihr beide werdet auf dem Weg bald wieder zusammentreffen, wahrscheinlich sogar sehr oft. Wann immer du sie brauchst, wird sie dasein, um andere mit der erhabenen Krankheit anzustecken, die du mit ihr teilst.«
Während sie sprach, ging sie rückwärts. Bei ihren letzten Worten befand sie sich bereits in einiger Entfernung. Deshalb rief ich ihr zu: »Ich brauche dich nicht! Ich will dich nicht! Ich kann ohne dich Krieg führen! Geh zurück in die Míctlan, wo du hergekommen bist!«
Bevor sie meinen Blicken entschwand, sagte sie noch etwas – nicht laut, aber hörbar, und es klang wie eine Drohung: »Tenamáxtli, kein Mann, auch du nicht, kann eine schöne Frau mit der Neigung zu Bosheit und Gehässigkeit abweisen oder sich ihr entziehen. Du wirst G'nda Ké nicht los, solange sie lebt, ihr Haß wächst und sich ihre Krankheiten schneller und immer schneller verbreiten.«

Pater Vasco sagte: »Ich habe noch nie etwas von den Yaki gehört.«
Ich erzählte ihm, was ich wußte. »Sie leben im fernsten nordwestlichen Winkel der EINEN WELT in den Wäldern und auf den Bergen, weit hinter der Wüste, die unser Volk Totes-Knochen-Land nennt. Die Yaki stehen im Ruf, blutrünstige Wilde zu sein, die jeden anderen Menschen, selbst ihre engsten Verwandten hassen. Jetzt, nachdem ich gestern diese Yaki-Frau getroffen habe, fange ich an, es zu glauben. Wenn die Frauen alle so sind wie sie, müssen die Männer erst recht wahre Ungeheuer sein.«

Ich hatte Santa Cruz Pátzcuaro noch einmal aufgesucht, weil ich Vasco de Quiroga mochte und bewunderte. Ohne die kriegerischen Neigungen der Yaki-Frau, die sie am Vortag so deutlich zu erkennen gegeben hatte, ebenso wie jene, die ihr in Canaútlis alten Geschichten zugeschrieben wurden, zu erwähnen, berichtete ich dem Pater, was ich von ihren bösen Taten und Absichten wußte.

»Es geschah in einer Zeit, an die man sich nicht mehr erinnern und die man sich deshalb auch nicht mehr vorstellen kann«, sagte ich. »Doch was damals geschah, hat unser Volk niemals vergessen. Es wurde von einem alten Geschichtserinnerer an den nächsten weitergegeben. Es ist die Geschichte der geheimnisvollen Yaki-Frau, die sich in unser ruhiges und friedliches Aztlan einschlich, die Verehrung eines fremden Gottes predigte und dadurch Bruder gegen Bruder aufbrachte.«

»Hmm«, murmelte der Pater nachdenklich. »Lilith kommt zu Kain und Abel.«

»Wie bitte?« sagte ich.

»Nichts. Sprich weiter, mein Sohn.«

»Entweder sie ist damals vor vielen, vielen Jahren nicht gestorben und eine Dämonin geworden, oder sie hat eine lange Reihe von Dämonentöchtern hervorgebracht. Mit Sicherheit versucht eine solche Yaki-Frau, Euer Utopía zu zerstören. G'nda Ké stellt für Eure Siedler eine weit größere Bedrohung dar als alle Purémpe-Frauen, die sich nach den Umarmungen eines Mannes sehnen. Die Yaki-Männer stehen im Ruf, ihre Frauen grausam zu mißhandeln. Mein Urgroßvater war der Überzeugung, daß damals diese Yaki-Frau deshalb versuchte, sich an jedem lebenden Mann zu rächen.«

»Hmm«, murmelte der Pater noch einmal. »Seit Lílith

kennt jedes Land der ALTEN WELT ein ähnliches Raubtier in Frauengestalt, das nichts anderes will, als jedem Mann die Eingeweide herauszureißen. Ist sie eine Frau oder eine mystische Gestalt? Wer kann das sagen? In verschiedensten Sprachen wird sie als Harpie, Lamia, Hexe, häßliches altes Weib oder la bella Dama sin merced bezeichnet.« Er musterte mich lange. Dann fragte er fast flüsternd: »Sag mir, Juan Británico, wenn ich diesen Dämon unschädlich machen soll, wie finde und erkenne ich G'nda Ké?«

»Das wird möglicherweise schwierig sein«, erwiderte ich. »G'nda Ké könnte sich für eine von den vielen durchreisenden jungen Frauen ausgeben ... natürlich ist sie keine Purémpecha. Wenn sie sich verkleidet, könnte man sie sogar für eine spanische Señorita halten. Ich muß gestehen, ich kann mich nicht deutlich genug an ihr Gesicht erinnern, um es zu beschreiben. Es war hübsch, aber in der Erinnerung scheint es bis auf drei Einzelheiten irgendwie zu verschwimmen. Ich kann Euch nur soviel sagen, kein lebender Mensch hat Haare von der Farbe ihrer Haare, und ihre Haut ist mit kleinen Flecken übersät. Außerdem hat sie die Augen einer Axólotl-Eidechse. Wenn sie weiß, daß ich zu Euch gegangen bin, Pater, dann ist ihr klar, daß ich Euch vor ihr warnen will. Vermutlich hat sie sich deshalb versteckt oder Utopía bereits verlassen.«

Wir wurden von einem jungen Mönch unterbrochen, den ich schon früher gesehen hatte. Er rief aufgeregt: »Pater! Kommt schnell! Ein schreckliches Feuer wütet im Osten! San Marcos Churíntzio, das Dorf der Gitarren ... es scheint in Flammen zu stehen!«

Wir rannten hinaus und blickten in die Richtung, in die er wies. Dort stieg eine schwarze Rauchwolke auf. Sie er-

innerte mich an meinen Abschied von der Stadt Mexíco auf dem Heuschreckenberg.
Aber mit diesem Unglück im Dorf hatte ich nichts zu tun. So blieb ich zurück, als Pater Vasco, seine Mönche und alle anderen Bewohner von Santa Cruz davoneilten, um ihren Nachbarn in San Marcos zu Hilfe zu kommen. Ich zweifelte nicht daran, daß dieses Feuer das Werk der bösartigen G'nda Ké war. Plötzlich spürte ich jedoch, wie mich jemand am Mantel zupfte. Ich drehte mich um und sah Zehenspitze, die sich geräuschlos an mich herangeschlichen hatte und ihrem Namen damit alle Ehre machte.
Sie lächelte triumphierend, und ich sagte: »Du bist es gewesen! Du hast das Dorf in Brand gesetzt!«
»Nicht ich, sondern meine Kriegerinnen. Seit ich die Truppe zusammengestellt habe, suchen wir dich, Tenamáxtli. Ich habe dich bereits in dem anderen Dorf gesehen. Als du es verlassen hast, habe ich meinen Frauen die notwendigen Befehle gegeben und bin dir hierher nachgefolgt.« Mit einer gewissen Verachtung fügte sie hinzu: »Ich konnte sehen, daß du keine weiteren Mitstreiter gefunden hast.«
Ich wies auf den Rauch. »Aber warum das? Die Mexíca sind harmlos.«
»Eben *weil* sie harmlos sind. Ich wollte dir zeigen, wozu wir *Frauen* fähig sind.« Sie ergriff meine Hand und zog mich mit sich. »Gehen wir, Tenamáxtli, bevor die Spanier zurückkommen. Sieh dir die ersten Rekruten deiner Armee an.«

Ich folgte ihr zu einem Berghang auf der anderen Seite des Sees, wo sich die Kriegerinnen nach dem fackelschwingenden Überfall auf die Häuser des Dorfes versammelt hatten. Neben Zehenspitze zählte ich zweiundvierzig Frauen aller Altersgruppen, vom jungen Mädchen bis zur reifen Frau. Sie waren unterschiedlich hübsch – natürlich alle kahl –, aber alle wirkten sie gleichermaßen gesund, kräftig und entschlossen, ihren Mut unter Beweis zu stellen.

Ich seufzte ergeben und dachte: Gut, es sind nur Frauen, aber es sind dreiundvierzig Verbündete mehr, als ich bis jetzt hatte!

In diesem Augenblick erfuhr meine männliche Überheblichkeit einen empfindlichen Schlag.

»Pakápeti!« fuhr eine der älteren Frauen Zehenspitze barsch an. »Du hast uns zum Kämpfen angeworben. Wieso verlangst du jetzt, daß wir diesen Fremden als Führer anerkennen?«

Ich erwartete, Zehenspitze werde etwas von meisterhaften Führungseigenschaften sagen oder zumindest darauf hinweisen, daß der Aufstand ursprünglich meine Idee gewesen war. Doch sie wandte sich an mich und sagte nur: »Tenamáxtli, zeig ihnen, wie deine Arkebuse arbeitet.«

Trotz meines Ärgers und der Empörung über diese Herabsetzung lud ich die Waffe und schoß auf ein Eichhörnchen, das nicht allzuweit entfernt auf einem Ast saß. Glücklicherweise traf ich mein Ziel. Die Bleikugel zerriß das kleine Tier. Die Frauen begutachteten aufgeregt die Überreste, reichten sie herum und bewunderten die Zerstörungskraft des Donnerstocks. Sie staunten, daß ich so etwas besaß. Dann verlangten sie alle, ich solle ihnen den Umgang mit der Arkebuse erklären. Sie wollten abwechselnd damit üben.

»Nein«, erwiderte ich entschlossen. »Wenn sich jede von euch einen Donnerstock beschafft, werde ich euch das Schießen beibringen.«

»Wie sollen wir das anstellen?« fragte die ältere Frau. Sie hatte die Stimme und das Aussehen eines Kojoten. »Die Waffen der Weißen sind nicht einfach so zu haben.«
»Hier ist eine, die dir sagen wird, wie«, meldete sich eine neue Stimme.
Es war die vierundvierzigste Frau auf dieser Versammlung. Sie war nicht kahl und sie war keine Purémpe. Es war G'nda Ké, die Yaki. Zum zweiten Mal mischte sie sich in meine Angelegenheiten ein. Offenbar hatte sie sich in der kurzen Zeit seit unserer Begegnung den Frauen angeschlossen und sich bei ihnen beliebt gemacht, denn sie hörten ehrerbietig zu, als sie das Wort ergriff. Selbst ich konnte an dem, was sie zu sagen hatte, nichts aussetzen.
»Unter euch sind hübsche Mädchen. Und hier in Michihuácan gibt es viele spanische Soldaten in militärischen Vorposten oder als Wachen auf den Estancias spanischer Grundbesitzer. Ihr müßt nur die Blicke dieser Männer auf euch ziehen und mit eurer Schönheit und euren Verführungskünsten ...«
»Schlägst du vor, daß wir rittlings in die Schlacht ziehen?« rief eine der hübschen jungen Frauen. »Du willst, daß wir mit unseren erklärten Feinden schlafen?«
Ich war versucht zu sagen, daß die verhaßten, ungewaschenen, weißen und christlichen Männer bestimmt den Ziegenböcken und anderen derzeit in Michihuácan vorhandenen Möglichkeiten vorzuziehen seien. Doch ich schwieg und überließ es G'nda Ké zu antworten.
»Du bist noch sehr jung, aber laß dir von mir sagen, es gibt viele Möglichkeiten, einen Gegner zu besiegen. Verführung ist ein Weg, der den Männern verschlossen ist. Du solltest stolz darauf sein, eine Waffe zu haben, die uns, dem weiblichen Geschlecht, vorbehalten ist.«

»Ach so ...« Die junge Frau, die widersprochen hatte, nickte und schien fast überzeugt zu sein.
G'nda Ké fuhr fort: »Als Purémpe habt ihr noch einen anderen Vorzug. Die Frauen der Spanier sind auf dem Kopf und am Körper behaart. Die spanischen Soldaten werden neugierig sein. Sie werden eine Frau, die unbehaart ist, nun ja, ... sagen wir, *genau* untersuchen wollen!«
Die meisten in der Runde nickten zustimmend.
»Geht zu jedem Wachsoldaten, zu jedem Posten«, fuhr die Yaki-Frau fort, »einzeln oder zu mehreren. Laßt eure Reize spielen. Tut, was notwendig ist, damit die Soldaten entweder vor Liebeslust den Kopf verlieren, oder wenn ihr soweit gehen wollt, laßt ihnen ihren Willen, bis sie schlaff und hilflos sind. Dann stehlt ihr ihnen die Donnerstöcke.«
»Und alle anderen Waffen, die sie möglicherweise haben«, fügte ich schnell hinzu. »Außerdem das Pulver und das Blei für ihre Waffen.«
»Jetzt?« fragten mehrere Frauen eifrig. »Sollen wir die Soldaten sofort suchen?«
Ich erwiderte: »Ich wüßte nicht, was dagegen spricht, wenn ihr wirklich bereit seid, eure weiblichen Reize für unsere Sache einzusetzen. Aber ihr werdet verstehen, daß ich keine Zeit hatte, mir einen umfassenden Plan auszudenken. Mit Sicherheit muß unsere Truppe noch sehr viel größer werden. Und um mehr Krieger zu finden, muß ich weit über die Grenzen dieses Landes hinausgehen.«
»Ich begleite dich«, erklärte Zehenspitze entschlossen. »Wenn ich in dieser kurzen Zeit so viele Frauen auftreiben konnte, gelingt mir das bestimmt auch bei anderen Völkern und in anderen Ländern.«

»Sehr gut«, sagte ich, denn ich hatte keine Einwände gegen die Begleitung einer so unternehmungslustigen und hübschen Frau. »Da wir beide fort sein werden, Pakápeti«, fügte ich hinzu und räumte ihr damit großzügig den Rang einer gleichberechtigten Führerin ein, »schlage ich vor, daß wir gemeinsam eine stellvertretende Anführerin bestimmen.«
»Ja«, sagte sie und blickte über die versammelten Frauen. »Warum nicht du, Kameradin?« Sie wies auf die Yaki-Frau.
»Nein, nein«, widersprach G'nda Ké betont zurückhaltend und bescheiden. »Die tapferen Purémpe sollten von einer Frau ihres Volkes geführt werden. Außerdem muß G'nda Ké wie du und er andernorts für unsere Sache arbeiten.«
»Dann«, sagte Zehenspitze, »schlage ich Kurúpani vor.« Sie wies auf die Frau, die wie ein Kojote aussah. Auch sie hatte den falschen Namen bekommen, denn sie hatte nichts von einem ›Schmetterling‹, aber das bedeutet dieses Poré-Wort.
»Einverstanden«, sagte ich und wandte mich direkt an Schmetterling. »Es mag lange dauern, bis wir einen richtigen Krieg gegen die Weißen führen können. Aber während Pakápeti und ich das Land nach Rekruten durchsuchen, bist du verantwortlich für den Feldzug zur Beschaffung von Waffen.«
»Und mehr nicht?« fragte die Frau und wies auf die Schale voll Glut – derzeit die einzige Waffe der Frauen. »Können wir nicht auch ein bißchen brennen?«
Ich rief: »Ayyo, selbstverständlich! Ich bin für alles, was die Spanier beunruhigt und herausfordert. Außerdem werden brennende Vorposten oder Haziendas ihre Aufmerksamkeit von den größeren Kriegsvorbereitungen

ablenken, die Pakápeti und ich möglicherweise an anderer Stelle treffen werden. Nur eins, Schmetterling. Bitte belästigt keines der Dörfer um Pátzcuaro mehr. Weder Pater Vasco noch seine friedlichen Mexíca sind unsere Feinde.«
Die Frau erklärte sich widerwillig damit einverstanden. G'nda Ké runzelte die Stirn. Sie schien meine Anweisungen in Frage zu stellen. Doch ich drehte ihr den Rücken zu und sagte zu Zehenspitze: »Wir werden von hier nach Norden gehen. Wenn du bereit bist, können wir sofort aufbrechen. Ich sehe, du hast dein Reisegepäck schon bei dir. Brauchst du vielleicht noch etwas anderes, was ich dir beschaffen kann?«
»Ja«, erwiderte sie. »Tenamáxtli, ich will so bald wie möglich einen eigenen Donnerstock.«

14

»Ich bestehe darauf«, sagte sie zehn oder zwölf Tage später. »Ich will einen eigenen Donnerstock haben. Das ist vielleicht die letzte Gelegenheit, einen zu bekommen.«
Wir kauerten im Gebüsch auf einer kleinen Erhebung. Unter uns befand sich ein spanischer Vorposten. Es handelte sich nur um einen Holzschuppen, in dem zwei bewaffnete Soldaten stationiert waren. In einem umzäunten Gehege daneben standen vier Pferde. Zwei davon trugen Sättel und Zaumzeug.
»Wir könnten auch für jeden von uns ein Pferd stehlen«, fuhr Zehenspitze fort und deutete auf die Pferde. »Wir würden bestimmt lernen, sie zu reiten.«
Wir befanden uns an der nördlichen Grenze von Neugalicien. Das Land südlich von hier nannten die Spanier Tierra de Paz, alles im Norden war die Tierra de Guerra. Das Grenzgebiet wurde als Tierra Disputable bezeichnet. Entlang der Grenze befanden sich von Osten nach Westen in kürzeren Abständen Vorposten des Heeres. Zwischen ihnen waren ständig berittene Spähtrupps unterwegs. Die Soldaten überwachten das Gelände, um Überfälle der Völker aus der Tierra de Guerra zu verhindern.
Jahre früher hatten diese oder andere Wachposten kaum darauf geachtet, als meine Mutter, mein Onkel und ich, scheinbar harmlose Reisende auf dem Weg nach Süden,

die Grenze an einer anderen Stelle überschritten. Doch ich wollte mich nicht der Illusion hingeben, daß die Soldaten diesmal ebenso unaufmerksam sein würden. Selbst der nachlässigste Posten würde eine so ungewöhnliche und reizvolle junge Frau wie Zehenspitze anhalten, durchsuchen ... und wahrscheinlich noch mehr als das.
»Also?« fragte sie und stieß mir den Ellbogen in die Rippen.
Ich brummte: »Ich bin nicht gerade versessen darauf, dich mit einem anderen zu teilen, noch dazu mit einem Weißen.«
»Ayyo!« erwiderte sie spöttisch. »Du hattest keine Bedenken, den anderen Frauen zu sagen, sie sollten sich demütigen und sich den Soldaten feilbieten.«
»Die anderen Frauen kenne ich nicht *so* gut wie dich. Abgesehen davon haben sie keine Männer, die Einwände dagegen erheben könnten, wenn sie zu Fremden gehen. Aber du hast einen Mann.«
»Dann kann dieser Mann mir auch zu Hilfe kommen. Wollen wir warten, bis einer der Soldaten geht, damit du nur einen umlegen mußt?«
»Ich vermute, daß keiner der beiden abgelöst wird, bevor nicht ein Spähtrupp von einem anderen Posten kommt. Wenn du wirklich entschlossen bist, können wir meinetwegen auch gleich handeln. Meine Waffe ist geladen. Geh, und wir wollen sehen, was deine Verführungskünste bewirken. Wenn du deinem Opfer den Kopf verdreht hast und der andere daneben steht und glotzt, stößt du einen Schrei aus ... vor ekstatischer Bewunderung, vor ungeduldiger Erwartung, was immer du willst, aber laut genug, daß ich es höre. Dann komme ich durch die Tür. Sei bereit, dein Opfer festzuhalten, während ich den an-

deren erschlage. Danach überwältigen wir den zweiten gemeinsam.«
»Das klingt einfach.« Sie lachte leise, und mir lief unwillkürlich ein Schauer über den Rücken. »Einfache Pläne sind die besten.«
»Wir wollen es hoffen. Aber laß dich nicht so weit von deiner ›Aufgabe‹ hinreißen, daß du den Schrei vergißt.« Sie fragte spöttisch: »Fürchtest du, daß mir die Umarmung eines Weißen womöglich gefällt und ich ihn am Ende vorziehen könnte?«
»Nein«, sagte ich. »Wenn du einem Weißen erst einmal nahe genug gekommen bist, um ihn zu riechen, bezweifle ich, daß du ihn mir vorziehen wirst. Aber ich möchte, daß es schnell geht. Der nächste Spähtrupp kommt bestimmt.«
»Dann ... ximopanólti, Tenamáxtli«, sagte sie spöttisch und verabschiedete sich betont förmlich.
Zehenspitze richtete sich auf, trat hinter dem Busch hervor und ging den Hang hinunter. Sie bewegte sich langsam, aber nicht zurückhaltend, sondern schwang die Hüften wie beim Quequezcuícatl, dem ›Kitzeltanz‹, wie unser Volk ihn nennt. Die Soldaten mußten sie durch ein Guckloch in ihrer Hütte gesehen haben. Sie traten beide aus der Tür, wechselten einem vielsagenden Blick und beobachteten sie erwartungsvoll, als sie näher kam. Sie traten höflich beiseite, um Zehenspitze eintreten zu lassen. Dann schloß sich die Tür hinter den dreien.
Ich wartete und wartete und wartete, hörte aber keinen Schrei von Zehenspitze.
Nach einer Weile begann ich, mich zu verwünschen, weil mein Plan zu einfach gewesen war. Hatten die Soldaten vermutet, daß die hübsche junge Frau nicht allein war? Hielten sie Zehenspitze fest, während sie mit

schußbereiten Waffen darauf warteten, daß ihr mutmaßlicher Begleiter auftauchte? Schließlich sagte ich mir, daß es nur einen Weg gab, das herauszufinden. Ich mußte das Risiko eingehen. Auch wenn ein Soldat immer noch durch das Guckloch Ausschau hielt, stand ich auf und setzte mich damit möglicherweise voll den Blicken aus der Hütte aus. Als kein Pulver explodierte und niemand mich anrief, lief ich mit der schußbereiten Arkebuse schnell den Abhang hinunter. Da mich immer noch niemand zu bemerken schien, überquerte ich den freien Platz vor der Hütte und drückte das Ohr an die Tür. Ich hörte merkwürdige Geräusche und das *Grunzen* mehrerer Stimmen. Das verblüffte mich, doch offensichtlich wurde Zehenspitze nicht so gequält, daß sie schrie. Deshalb wartete ich ein wenig länger. Schließlich konnte ich die Spannung nicht mehr ertragen und gab der Tür einen Stoß.

Sie war nicht verschlossen und öffnete sich mühelos nach innen. Tageslicht fiel in den dunklen Raum. An der Rückwand hatten die Wachposten aus Brettern eine Art Podest gebaut, das vermutlich abwechselnd als Eßtisch und Schlafplatz diente. Im Augenblick benutzten sie es für etwas anderes. Auf dem Podest lag Zehenspitze; ihre nackten Beine waren gespreizt, der Mantel bauschte sich um ihren Hals. Sie war stumm, wehrte sich aber verzweifelt, denn beide Soldaten bedrängten sie gleichzeitig. Während sie grunzende Laute von sich gaben, grinsten sie sich an.

Ich feuerte meine Arkebuse ab. Auf die geringe Entfernung konnte ich mein Ziel nicht verfehlen. Der Soldat zwischen den Beinen von Zehenspitze wurde gegen die Rückwand der Hütte geschleudert. Sein lederner Harnisch war zerfetzt, und seine Brust färbte sich leuchtend rot. Blauer Rauch erfüllte den Raum, doch ich sah, daß auch der Soldat am Kopf von Zehenspitze einen Satz machte. Seltsamerweise blutete er ebenfalls heftig. Er lebte, schrie aber so schrill und laut wie eine Frau. Der Mann war keine Bedrohung mehr. Er umklammerte mit beiden Händen seinen Unterleib, aus dem das Blut wie aus einem Springbrunnen sprudelte. Ich nahm mir nicht die Zeit, nach meiner anderen Waffe, dem Obsidianmesser am Gürtel, zu greifen. Ich drehte einfach die Büchse um und schwang sie wie eine Keule in einer Hand. Mit der anderen Hand griff ich nach dem Soldaten, der schwankend dastand und vor Schmerzen schrie, riß ihm den Metallhelm herunter und schlug ihm mit dem Kolben der Büchse auf den Kopf. Er verstummte und fiel tot zu Boden.

Als ich mich umdrehte, war Zehenspitze bereits vom Podest geklettert. Ihr Mantel verhüllte ihre Blöße. Sie stand unsicher auf den Beinen, hustete und rang nach Luft. Ihr Gesicht hatte eine bläulichgrüne Farbe. Ich nahm sie am Arm, zog sie schnell hinaus ins Freie und sagte: »Ich wäre früher gekommen, Pakápeti ...«

Sie riß sich heftig von mir los, lehnte sich schwer atmend an den Zaun des Pferdegeheges und würgte. Am Zaun stand ein ausgehöhlter Baumstamm mit Wasser für die Pferde. Sie tauchte den Kopf hinein und wusch sich mit zitternden Händen. Nach einer Weile war sie in der Lage zu sprechen. Immer noch stockend stieß sie unter Tränen hervor: »Du hast ... gesehen ... ich konnte ... nicht ... schreien.«

»Sei still«, sagte ich. »Bleib hier und beruhige dich. Ich muß die Leichen verstecken.«

Bei der Erwähnung der Männer wurde ihr Gesicht wieder grün. Ich ließ sie allein und ging zurück in die Hütte.

Ich schleppte zuerst den einen und dann den anderen Mann an den Füßen ins Freie. Dabei hatte ich einen Einfall. Ich lief zu der kleinen Erhebung und sah mich um. Ich entdeckte weder im Westen noch im Osten einen Spähtrupp oder auch nur eine Bewegung. Also rannte ich wieder hinunter und zog den beiden Soldaten so schnell ich konnte, die verschiedenen Teile ihrer Rüstung aus. Auch die schweren blauen Leinenuniformen, die sie darunter trugen, zerrte ich ihnen vom Leib. Mehrere Kleidungsstücke waren entweder von der Bleikugel meiner Büchse zerrissen oder blutig und nicht mehr zu gebrauchen. Aber ich legte ein Hemd, eine Hose und ein Paar derbe Militärstiefel beiseite.

Die Leichen ließen sich entkleidet leichter bewegen. Doch ich schwitzte und keuchte heftig, als ich sie zur anderen Seite der Erhebung geschleppt hatte. Ich versteckte sie und die unbrauchbaren Teile ihrer Rüstung im dichtem Gestrüpp, das dort wuchs. Mit einem zerrissenen Hemd verwischte ich auf dem Rückweg die Spuren – meine Fußabdrücke, ihr Blut, die abgerissenen Zweige und das in Unordnung geratene Laub.

Inzwischen hatte sich der Rauch in der Hütte verzogen. Ich nahm die beiden Arkebusen der Soldaten, die Lederbeutel, in denen sie Schießpulver und Kugeln aufbewahrten, außerdem zwei Wasserflaschen aus Metall und ein gutes, scharfes Stahlmesser an mich. Dann fand ich einen Beutel mit getrocknetem Fleisch, das mir wert schien, mitgenommen zu werden, und ein paar Lederriemen und Stricke.

Während ich alles zusammentrug, bemerkte ich auf dem Lehmboden Blut. Ich kratzte mit dem Messer den Boden auf, entfernte die Blutflecken und stampfte die Erde wieder fest. Während ich damit beschäftigt war, kam mir ein

Gedanke. Ich unterbrach meine Arbeit und sah mir dem Boden genauer an.

»Was hast du vor?« fragte Zehenspitze heiser. Sie lehnte immer noch krank und elend am Türrahmen. »Du hast sie doch versteckt. Wir müssen hier weg.«

»Es soll *nichts* von ihnen zurückbleiben«, sagte ich.

Zehenspitze verschwand aus der Türöffnung, und ich beeilte mich, den Rest des Bodens festzustampfen. Dann lief ich noch einmal die Erhebung hinauf, um mich zu vergewissern, daß wir nicht von einem Spähtrupp oder irgend jemandem, der zufällig hier vorbeikam, überrascht wurden. Meine Kräfte ließen nach. Aber ich wollte es mir nicht anmerken lassen, um die arme Zehenspitze, die wieder am Trog stand und den Kopf ins Wasser hielt, nicht noch mehr in Angst zu versetzen.

Ich ging in das Pferdegehege. Nur mit Mühe überwand ich die Angst, die jeden angesichts so großer und fremder Tiere überfallen hätte. Es überraschte und ermutigte mich, als sie nicht vor mir zurückwichen und auch nicht mit den Hufen nach mir traten. Die vier Pferde betrachteten mich nur mit einer gewissen Neugier, so wie Hirsche es vielleicht tun. Eines der ungesattelten Tiere blieb ruhig stehen, als ich ihm die mitgebrachten Sachen mit Lederriemen und Stricken auf den Rücken schnallte, die ich bei den Soldaten und in der Hütte gefunden hatte. Als das Pferd immer noch keine Anstalten machte, sich zu widersetzen, fügte ich der Last unsere Bündel hinzu. Dann ging ich zu dem Trog, wo Zehenspitze zusammengekauert und elend saß, um ihr beim Aufstehen zu helfen.

Sie zuckte vor meiner Hand zurück. Es klang beinahe wie ein Knurren, als sie sagte: »Bitte faß mich nicht mehr an, Tenamáxtli. Nie wieder …«

Ich murmelte beruhigend. »Steh auf und hilf mir, die Pferde zu führen, Pakápeti. Wie du schon gesagt hast, müssen wir hier weg. Wenn wir in sicherer Entfernung sind, werde ich dir beibringen, wie du mit deinem eigenen Donnerstock Spanier töten kannst.«
»Warum nur Spanier« flüsterte sie, spuckte auf die Erde und fügte voll Abscheu hinzu: »*Männer!*«
In diesem Augenblick erinnerte sie mich an die Yaki-Hexe G'nda Ké. Doch sie stand auf und griff ohne jeglichen Anflug von Ängstlichkeit nach den Zügeln des gesattelten Pferdes und dem Strick, den ich dem Packtier um den Hals gebunden hatte. Ich führte die beiden anderen Pferde aus dem Gehege, und wir machten uns auf den Weg.

Ich war sicher, daß die unerklärliche Abwesenheit der Posten und aller Pferde den Spähtrupp, der wohl bald diesen Vorposten erreichen mußte, verwirren würde. Die Soldaten würden bestimmt einige Zeit auf die Rückkehr der Pflichtvergessenen warten, bevor sie sich auf die Suche nach ihnen machten. Selbst wenn die Späher die beiden Leichen nicht fanden, würde man höchstwahrscheinlich vermuten, daß der Vorposten von einem Trupp Krieger aus dem Norden überfallen worden war. Niemand würde sich in die Tierra de Guerra wagen, bevor nicht eine starke Einheit anderer Soldaten zusammengezogen worden war. Deshalb, so rechnete ich mir aus, konnten Zehenspitze und ich mit unserer Beute eine ausreichend große Entfernung zwischen uns und mögliche Verfolger bringen. Trotzdem nahm ich nicht den geraden Weg nach Norden. Mit Hilfe des Sonnenstandes hatte ich bereits berechnet, daß wir uns fast genau im Osten meiner Heimatstadt Aztlan befinden mußten.

Wenn ich in den noch nicht eroberten Ländern Krieger rekrutieren wollte, gab es keinen besseren Ort als Aztlan, um damit zu beginnen. Also zogen wir in diese Richtung. Am ersten Abend in der Tierra de Guerra machten wir an einer Quelle mit gutem Wasser Rast und banden die Pferde mit langen Stricken an Bäume, damit sie weiden und saufen konnten. Wir entzündeten nur ein kleines Feuer und aßen von dem getrockneten Fleisch, das ich mitgenommen hatte. Dann breiteten wir unsere Decken nebeneinander aus. Da Zehenspitze immer noch untröstlich und schweigsam war, streckte ich die Hand aus, um sie mit einer Liebkosung zu trösten. Sie schob die Hand heftig beiseite und sagte abwehrend: »Heute abend nicht, Tenamáxtli. Wir haben beide an zu viele andere Dinge zu denken. Morgen müssen wir lernen, die Pferde zu reiten, und ich muß lernen, den Donnerstock zu benutzen.«
Am nächsten Morgen banden wir die beiden gesattelten Pferde los. Zehenspitze zog ihre Sandalen aus und stellte einen nackten Fuß auf das am Pferdeleib herabhängende Stück Holz, das für diesen Zweck dort angebracht war. Wir hatten beide oft genug Spanier auf Pferden gesehen, deshalb war uns nicht ganz unbekannt, wie man aufsaß. Zehenspitze brauchte meine Hilfe. Ich stieg auf mein Pferd, indem ich mich zuerst auf einen Baumstumpf stellte. Die Pferde nahmen das alles widerstandslos hin. Scheinbar waren sie es gewohnt, nicht von einem bestimmten Herrn geritten zu werden, sondern von jedem, der sie brauchte. Ich stieß meinem Tier die nackten Fersen in die Flanken, damit es sich in Bewegung setzte, und versuchte, es nach links im Kreis zu lenken, um in der Nähe unseres Lagers zu bleiben.
Ich hatte das bei anderen Reitern gesehen. Sie zogen of-

fenbar an einem Zügel, um den Kopf des Pferdes in die gewünschte Richtung zu bringen. Aber als ich heftig am linken Zügel zerrte, erreichte ich nur, daß das Pferd mich mit dem linken Auge von der Seite ansah. Es war ein beinahe vorwurfsvoller Blick, der zweierlei besagte: ›falsch‹ und ›du bist dumm‹. Ich fand es in Ordnung, daß mir das Pferd etwas beibringen wollte, und legte eine Pause ein, um nachzudenken. Vielleicht hatten die Reiter nur scheinbar den Kopf der Pferde in die eine oder andere Richtung gezogen. Nach einigen Versuchen fand ich heraus, daß ich den rechten Zügel nur leicht an den Pferdehals zu legen brauchte, damit sich das Tier wie gewünscht nach links wandte. Ich erklärte es Zehenspitze, und es funktionierte! Wir saßen beide zufrieden in unseren Sätteln, während die Pferde gemächlich links im Kreis herumgingen.
Als nächstes streifte ich die Flanken meines Pferdes mit den Fersen, damit es schneller liefe. Es fiel in den wiegenden Gang, den die Spanier Trote nennen, und wieder hatte ich etwas gelernt. Bisher hatte ich angenommen, es sei bequemer, auf einem Ledersattel zu sitzen, dessen angenehme Rundung das Hinterteil stützt, als auf etwas so Starrem wie einem Icpáli-Stuhl. Das war ein Irrtum. Der Trab hatte mich noch nicht lange durchgeschüttelt, als ich zu fürchten begann, mein Rückgrat werde wie ein Pfeil meinen Schädelknochen durchbohren. Das Pferd fand eindeutig auch kein Vergnügen daran, meinen ständig auf und ab hüpfenden Körper zu tragen. Es drehte den Kopf, sah mich von neuem mit einem vorwurfsvollen Blick an und ging wieder langsam. Zehenspitze hatte ebenfalls das kurze Erlebnis der schmerzhaften Stöße gehabt und stöhnte laut. Deshalb beschlossen wir, jeden Versuch, schneller vorwärtszukommen, bis auf weiteres

zu verschieben. Zuerst mußten wir das einfache Sitzen auf dem Pferderücken lange genug üben.

Also ritten wir für den Rest des Tages im Schritt, führten die beiden anderen Pferde an Leinen hinter uns her und waren alle sechs mit diesem gemächlichen Tempo zufrieden. Doch als wir kurz vor Sonnenuntergang eine Wasserstelle fanden, an der wir übernachten wollten, wurden Zehenspitze und ich blaß vor Schreck. Wir waren beide so steif, daß wir nur langsam und schwerfällig aus dem Sattel steigen konnten. Wir hatten nicht bemerkt, daß unsere Schultern und Arme vom Halten der Zügel weh taten. Die Rippen schmerzten, als seien wir mit Keulen geschlagen worden, und wir hatten das Gefühl, man habe uns Keile zwischen die Beine getrieben. Waden und Gesäß waren nicht nur verkrampft und zittrig, weil wir den ganzen Tag den Pferdeleib umklammert hatten, sondern auch wund gerieben vom Leder des Sattels. Es fiel mir schwer zu verstehen, woher diese Schmerzen kamen, da wir so langsam und gemächlich geritten waren. Ich begann mich zu fragen, wieso die Weißen Pferde als Beförderungsmittel nützlich fanden. Jedenfalls waren Zehenspitze und ich so wund, daß wir nicht daran denken konnten, gleich mit den Schießübungen zu beginnen. An diesem Abend mußte sich Zehenspitze nicht gegen meine Annäherungsversuche wehren.

Am nächsten Tag entschlossen wir uns trotzdem, wieder zu reiten. Wir besaßen wenigstens noch andere Kleidung, die uns besser schützte als die Mäntel, die unsere Beine nackt ließen. Ich holte die spanischen Sachen hervor, die ich eingepackt hatte. Zehenspitze weigerte sich zwar zunächst, etwas aus der Hinterlassenschaft der beiden Grenzposten zu tragen, doch ich überredete sie, das

Hemd, die Hose und die Stiefel anzuziehen, die ich mir in der Stadt México gekauft hatte. Natürlich waren ihr die Sachen viel zu groß, aber sie erfüllten ihren Zweck. Ich zog die Militärstiefel, das blaue Hemd und die Uniformhose des Soldaten an. Als wir uns auf den Weg machten, versuchte ich, das ungesattelte Pferd zu reiten, das keine Last trug, denn ich dachte, ich könnte mich eher dem Rücken anpassen als dem Sattel. Ich konnte es nicht. Selbst wenn das Pferd im Schritt ging, fürchtete ich, seine spitzen Wirbelknochen würden mich von meinem Hinterteil bis zum Hals spalten. Ich gab den Versuch auf und stieg wieder auf das gesattelte Pferd.

Ayyo, ich will nicht weiter bei den vielen schmerzhaften Versuchen der nächsten Tage verweilen. Es sei nur gesagt, daß Zehenspitze und ich uns schließlich an das Sitzen auf einem Pferderücken gewöhnten. Das hatten wir der Anpassungsfähigkeit unserer Muskeln, unserer Haut und Hinterteile zu verdanken. Tatsächlich ritt Zehenspitze mit der Zeit sehr viel besser als ich, als wollte sie die Wahrheit ihrer Behauptung unter Beweis stellen, die sie einmal gemacht hatte. Jetzt stellte sie ihr Können bereits mit Freuden zur Schau. Mir gelang es wenigstens, einigermaßen mitzuhalten, nachdem ich gelernt hatte, mein Pferd aus dem Schritt in den Galopp zu treiben, bei dem das Sitzen leichter fiel, ohne daß ich die Stöße des Trabs erdulden mußte.

Unsere Schmerzen ließen während dieser Tage nach, und ich unterwies Zehenspitze im Laden und Feuern der Arkebuse. Dabei benutzte sie eine der Waffen, die ich den Soldaten abgenommen hatte. Zu meiner Beschämung erwies sie sich auch dabei geschickter als ich. Das heißt, sie schaffte es, bei fünf Versuchen selbst auf beträchtliche Entfernung etwa dreimal alles zu treffen,

worauf sie zielte. Ich hatte mich lange Zeit für einen Könner gehalten, wenn mir das bei fünf Versuchen *einmal* gelungen war. Doch mein männlicher Stolz war gerettet, als wir die Waffen tauschten, und sich die Zahl der Treffer auf Anhieb zu meinen Gunsten veränderte. Offensichtlich schossen die Büchsen der Soldaten aus irgendeinem Grund genauer als die Kopie, die der Goldschmied Pochotl für mich hergestellt hatte. Ich untersuchte sorgfältig alle drei Waffen, die sich jetzt in unserem Besitz befanden, konnte jedoch keinen Unterschied zwischen ihnen entdecken, der das erklärt hätte. Aber natürlich verstand ich nichts von diesen Dingen, und Pochotl hatte es wohl ebenfalls nicht verstanden.
Zehenspitze und ich freuten uns über die erbeuteten Waffen. Ich fand es jedoch klug, sie in unserem zusammengerollten Bettzeug zu verbergen. Wir holten nur eine hervor, um ein Tier zu erlegen, wenn wir frisches Fleisch brauchten. Zehenspitze machte das mit Freuden zu ihrer Aufgabe und unterstrich ihre Meisterschaft, indem sie Kaninchen und Fasane schoß. Doch ich warnte sie und sagte, das Pulver sei zu kostbar, um es an so kleine Tiere zu vergeuden, besonders deshalb, weil die schwere Kugel, wenn sie traf, nicht viel von dem Tier übrigließ, was wir essen konnten. Daraufhin beschränkte sie sich auf Hirsche und Wildschweine und traf auch beinahe jedesmal. Ich warf die von Pochotl so gewissenhaft angefertigte Waffe nicht weg, sondern versteckte sie für den Fall, daß sie vielleicht irgendwann gebraucht werden würde, ebenfalls im Gepäck.
Während dieser Tage im Hinterland wagte ich es eines Abends, Zehenspitze zu liebkosen, die neben mir in ihre Decke gerollt dalag, aber sie wehrte mich sofort ab.

»Nein, Tenamáxtli, ich fühle mich unrein. Du siehst doch, ich habe Haarstoppeln auf dem Kopf und anderswo auch. Ich komme mir nicht länger wie eine ordentliche Frau vor. Bis ich ...« Sie drehte sich um und schlief ein, ohne den Satz zu beenden.
Verärgert und enttäuscht suchte ich am nächsten Tag eine Amóli-Pflanze und grub die Wurzel aus.
Als ich am Abend eine Wildschweinkeule über dem Feuer briet, brachte ich in meiner Metallflasche auch Wasser zum Kochen. Nach dem Essen sagte ich: »Pakápeti, wir haben heißes Wasser, da ist eine Seifenwurzel und hier ist ein gutes Stahlmesser, das ich scharf geschliffen habe. Du kannst wieder eine ordentliche Frau aus dir machen.«
Sie erklärte munter: »Ich glaube, ich nehme dein Angebot nicht an. Du hast mich in Männerkleider gesteckt, also habe ich beschlossen, mir die Haare wachsen zu lassen, damit ich wie ein Mann aussehe.«
Natürlich erhob ich Einspruch und wies sie darauf hin, daß die Götter schöne Frauen für andere und bessere Zwecke auf die Erde gebracht hätten, als Männer zu spielen. Doch sie blieb hart. Ich schloß daraus, daß die Schändung durch die Soldaten ihr die Vorstellung, mit einem Mann zu schlafen, verhaßt gemacht hatte und daß sie sich nie mehr mit mir oder einem anderen Mann auf Liebesspiele einlassen werde.
Dagegen konnte ich mit guten Gewissen keinen Einwand erheben. Ich mußte ihre Entscheidung achten. Ich hoffte nur, daß Zehenspitze, die inzwischen meisterhaft schoß, nicht plötzlich auf den Gedanken kommen würde, den nächstbesten Mann, nämlich *mich*, zu erschießen. Was meine Bedürfnisse anging, so würden wir auf unserem Weg bald ein Dorf oder eine Stadt errei-

chen, wo die Frauen nicht beschlossen hatten, die Annäherungen eines Mannes zurückzuweisen.

Doch eines Nachmittags stießen wir völlig unerwartet mitten in der Tierra de Guerra auf einen Trupp berittener Spanier. Die meisten trugen Rüstungen und waren bewaffnet. Wir begegneten ihnen so unvermittelt, daß keine Möglichkeit bestand, unbemerkt zu entkommen. Es handelte sich allerdings nicht um Soldaten, die uns wegen des Überfalls auf die beiden Grenzposten verfolgten. Ich hatte immer ein wachsames Auge auf das Land in unserem Rücken gehabt. Wenn ich Anzeichen dafür gesehen hätte, daß sich uns ein Trupp aus dieser Richtung näherte, wäre es uns gelungen, der Gefangennahme zu entgehen. Doch diese Männer ritten von der einen Seite auf den Hügel, und wir kamen von der anderen. Das Zusammentreffen auf dem Gipfel überraschte sie ebensosehr wie uns.

Ich konnte Zehenspitze nur auf poré sagen: »Sei still!« und kameradschaftlich den Arm heben, während der Reiter an der Spitze nach seiner Arkebuse am Sattelknauf tastete. Ich begrüßte den Mann freundlich, als seien wir beide es gewohnt, uns ständig zu treffen. »Buenas tardes, Amigo. Qué tal?«

Ihm fehlten die Worte. »B-buenas t-tardes« Er hob zögernd die Hand, mit der er nach der Büchse gegriffen hatte, um meinen Gruß zu erwidern. Er sagte nichts mehr, sondern überließ das Reden zwei anderen Reitern in Uniformen, die ihre Pferde neben das seine trieben. Einer von ihnen stieß knurrend einen schmutzigen Fluch aus: »Me cago en la puta Virgen!« Er musterte meine unvollständige Uniform und die Armee-Brandzeichen unserer Pferde und fragte herrisch: »Quién eres, Don Mierda?«

Obwohl mein Herz schneller schlug, hatte ich die Geistesgegenwart, ihm zu erzählen, was ich auch Pater Vasco gesagt hatte: Ich sei Juan Británico, Dolmetscher und Gehilfe des Notarius im Dienste des Bischofs von México.
Der Offizier grinste höhnisch und rief: »Y un cojón!« Das war ein vulgärer Ausdruck der Ungläubigkeit. »Ein Indio zu Pferde? Das ist verboten!«
Ich war froh, daß er unsere sehr viel strenger verbotenen Arkebusen nicht sah, und sagte bescheiden: »Ihr reitet in Richtung der Stadt México, Señor Capitán. Wenn Ihr wünscht, werde ich Euch dorthin begleiten. Bischof Zumárraga und der Notarius Alonso de Molina werden meine Aussage ganz sicher bestätigen. Sie haben die Pferde für meine Reise zur Verfügung gestellt.«
Ich wußte nicht, ob der Offizier diese beiden Namen jemals zuvor gehört hatte, doch ihre Erwähnung schien seine Ungläubigkeit etwas zu mildern. Es klang weniger barsch, als er fragte: »Und wer ist der andere Mann?«
»Mein Sklave und Diener«, log ich, froh, daß Zehenspitze beschlossen hatte, sich als Mann auszugeben. Ich nannte ihren Namen auf spanisch: »Se llama de Puntas.«
Der andere Offizier lachte. »Ein Mann mit dem Namen Zehenspitze! Die Indios sind wirklich komisch.«
Der erste Offizier lachte ebenfalls. Dann sprach er verächtlich meinen Namen bewußt falsch aus und fragte: »Und Ihr, Don Zonzón, was wollt Ihr hier?«
Ich hatte mich inzwischen wieder gefaßt und konnte ungezwungen erwidern: »Eine besondere Mission, Señor Capitán. Der Bischof möchte wissen, von welcher Wesensart die Wilden hier in der Tierra de Guerra sind. Man hat mich geschickt, weil ich ihrer Rasse angehöre und mehrere ihrer Sprachen spreche, aber auch offenkundig

mit spanischer und christlicher Vollmacht ausgestattet bin.«

»*Joder!*« stieß er zwischen den Zähnen hervor. »Jeder kennt die Wesensart dieser Wilden. Sie sind bösartig, mordgierig und blutrünstig. Warum, glaubt ihr wohl, reiten wir in so großer Zahl?«

Höflich erwiderte ich: »Ich beabsichtige, dem Bischof zu berichten, daß er das Wesen der Wilden vielleicht besänftigen kann, wenn er christliche Missionare schickt, die nach dem Vorbild von Pater Vasco de Quiroga Werke der Nächstenliebe unter ihnen vollbringen.«

Ich wußte natürlich nicht, ob der Offizier diesen Namen schon einmal gehört hatte. Doch meine scheinbare Vertrautheit mit so vielen Männern der Kirche schien seinen Argwohn zu zerstreuen. Er sagte: »Wir befinden uns ebenfalls auf einer Mission der Nächstenliebe. Unser Gouverneur von Neugalicien, Nuño de Guzmán, hat diesen Trupp zusammengestellt, um vier Männer in die Stadt México zu geleiten. Es sind drei tapfere christliche Spanier und ein treuer Moro-Sklave, die lange in der fernen Kolonie Florida verschollen waren. Aber wie durch ein Wunder haben sie sich bis hierher in die Nähe zur Zivilisation durchschlagen können. Sie wollen die Geschichte ihrer Wanderungen Cortés selbst erzählen.«

»Ich bin überzeugt, Ihr werdet sie unversehrt zu ihm bringen, Señor Capitán«, sagte ich. »Doch es wird spät. Mein Sklave und ich wollten eigentlich noch weiterreiten. Aber vor weniger als einer halben Legua sind wir an einer guten Wasserstelle vorbeigekommen, die ausreicht, damit Euer ganzer Trupp dort lagern kann. Wenn Ihr erlaubt, werden wir zurückreiten, um sie Euch zu zeigen, und mit Eurer Erlaubnis dort ebenfalls die Nacht verbringen.«

»Das ist ein Angebot, Don Juan Británico«, sagte er leutselig. »Reitet voraus!«
Zehenspitze und ich wendeten die Pferde. Während der Trupp klirrend und schleppend und rasselnd hinter uns her ritt, übersetzte ich für sie das Gespräch mit dem Offizier.
Sie fragte schließlich mit zitternder Stimme: »Warum im Namen des Kriegsgottes Curicáuri willst du die Nacht bei ihnen verbringen?«
»Weil der Offizier den Schlächter Guzmán erwähnt hat«, erwiderte ich. »Dieser Mann hat dein Land Michihuácan verwüstet und erobert. Ich hatte geglaubt, hier im Norden seien keine Spanier. Ich will herausfinden, was Guzmán so weit von seinem Neugalicien entfernt tut.«
»Wenn es sein muß«, seufzte sie ergeben.
»Und du, Zehenspitze, sei bitte stumm und unauffällig. Laß die Weißen ihr Wild für das Abendessen selbst jagen. Auf keinen Fall darfst du einen Donnerstock hervorholen, um deine Schießkünste unter Beweis zu stellen.«
Der Offizier setzte sich neben mich ans Lagerfeuer. Er hieß Tallabuena und hatte nur den Rang eines Teniente. Doch ich redete ihn schmeichlerisch immer wieder mit ›Capitán‹ an. Während wir beide knuspriges gebratenes Hirschfleisch kauten, verriet er mir alles, was ich über den Gouverneur Guzmán wissen wollte.
»Nein, nein, er ist nicht so weit im Norden. Er residiert immer noch in Neugalicien. Der schlaue Guzmán ist nicht so dumm, seinen dicken Hintern hier in der Tierra de Guerra unnötigen Gefahren auszusetzen. Aber seine Hauptstadt liegt direkt an der Nordgrenze von Neugalicien, und er hofft, sie zu einer schönen großen Stadt zu machen.«

»Wieso?« fragte ich. »Die alte Hauptstadt von Michihuácan liegt weit im Süden, am Ufer des Binsensees.«
»Guzmán ist kein Fischer. In seiner Heimatprovinz Galicien in Altspanien wird Silber geschürft. Er hofft natürlich, sein Vermögen auch hier mit Silber zu machen. Deshalb liegt seine Hauptstadt in einer Gegend nahe der Küste, wo seine Prospektoren reiche Adern von Silber und anderen Erzen entdeckt haben. Er hat sie Compostela genannt. Bis jetzt leben dort nur er, seine treuesten Anhänger, die unvermeidlichen Speichellecker und seine Truppen. Aber er wird bald einheimische Sklaven zusammentreiben, die in den Bergwerken unter Tag schuften müssen, um das Silber abzubauen. Mir tun die armen Teufel jetzt schon leid.«
»Mir auch«, murmelte ich und beschloß, daß Zehenspitze und ich in nordwestlicher Richtung weiterziehen würden, um nicht unversehens in Compostela zu landen. Es beunruhigte mich, daß der Mörder Guzmán die neue Hauptstadt in solch einer Nähe zu meiner Heimatstadt Aztlan gegründet hatte – nach meiner Schätzung nicht mehr als hundert Lange Läufe entfernt.
»Don Juan«, sagte Tallabuena schließlich. »Kommt mit und lernt die Helden der Stunde kennen.«
Er führte mich zu dem Platz, wo die drei Helden saßen und aßen. Sie wurden hingebungsvoll von einer Reihe Soldaten bedient, die ihnen die besten Stücke Hirschfleisch vorlegten, ihre Becher mit Wein aus den Lederschläuchen füllten und darin wetteiferten, ihnen den kleinsten Wunsch von den Augen abzulesen. Außerdem befand sich ein Mann in der Reisekleidung eines Mönchs bei ihnen, der sich noch unterwürfiger um ihre Gunst zu bemühen schien.
Die Helden, so konnte ich sehen, waren Weiße, aber die

Sonne hatte sie so sehr verbrannt, daß ihre Haut dunkler war als meine. Der vierte Mann, von dem ich annahm, daß er bestimmt ein ebensolcher Held war, aß abseits allein und wurde von niemandem bedient. Er war schwarz. Selbst die Sonne hätte ihn nicht schwärzer brennen können.
Ich sollte die Männer nach diesem einen Abend nie mehr wiedersehen. Doch obwohl ich es damals nicht wußte, hing das Tonáli eines jeden von ihnen eng mit meinem zusammen. Unser künftiges Leben, zahllose andere Leben und sogar die Geschicke ganzer Nationen waren untrennbar miteinander verknüpft.
Deshalb will ich jetzt berichten, was ich über diese Männer erfuhr und wie ich in der kurzen Zeit, bevor wir uns für immer trennten, mit einem von ihnen Freundschaft schloß.

16

Alle sprachen den Anführer der Helden respektvoll mit seinem Vornamen Don Álvar an. Als wir miteinander bekannt gemacht wurden, lachten die Spanier über den Namen Zehenspitze. Ich fragte mich weshalb, denn der Familienname des Mannes lautete Cabeza de Vaca, und das bedeutet Kuhkopf. Trotz des nicht gerade vielversprechenden Namens hatten er und seine Kameraden eine wahre Heldentat vollbracht.
Ich mußte mir die Geschichte aus dem, was ich von ihren Unterhaltungen mit den Soldaten, die sie bedienten, mitbekam, und dem, was der Teniente Tallabuena mir erzählte, zusammenreimen. Die drei Helden begrüßten mich zwar höflich, sprachen aber danach nicht mehr mit mir. Als ich ihre Geschichte kannte, konnte ich es ihnen kaum verübeln, daß sie nichts mehr mit Indios und Indianern zu tun haben wollten.
Ich weiß, Florida bedeutet auf spanisch blühend, blumig, doch ich habe bis heute keine Vorstellung davon, wo dieses ›blühende‹ Land liegt. Wo immer es sich befinden mag, es muß ein Land unendlichen Schreckens sein. Vor mehr als acht Jahren hatten Kuhkopf, seine Kameraden und mehrere hundert Spanier die Insel Kuba mit Pferden, Waffen und Vorräten verlassen, um in Florida eine neue spanische Kolonie zu gründen.
Sobald sie die Segel gesetzt hatten, war die Flotte von ge-

fährlichen Frühlingsstürmen heimgesucht worden. Und als sie Florida nach langen Irrfahrten schließlich und endlich erreicht hatten, fingen die Schwierigkeiten erst richtig an. Wo nicht dichte, beinahe undurchdringliche Wälder das Land bedeckten, stießen sie immer wieder auf reißende Flüsse, deren Überquerung lebensgefährlich war. Bei den Versuchen, sie zu umgehen, gerieten die Männer in heiße, stinkende Sümpfe. Ihre Pferde waren in dieser Wildnis so gut wie nutzlos. Die Abenteurer wurden von den Raubtieren der Wälder angefallen, von Schlangen gebissen, von Insekten gestochen und vom tödlichen Fieber und anderen Krankheiten der Sümpfe gepeinigt. Die eingeborenen Bewohner Floridas zeigten sich keineswegs beglückt über die Ankunft der hellhäutigen Fremden, sondern betrachteten sie als Feinde und töteten einen nach dem anderen mit Pfeilen, die sie aus dem Hinterhalt, versteckt hinter Bäumen und im dichten Gebüsch, abschossen. Im offenen Gelände verwickelten die kriegerischen Stämme die Weißen in blutige Kämpfe. Die erschöpften und vom Fieber geschwächten Spanier vermochten nur schwachen Widerstand zu leisten. Hunger und Entbehrungen entkräfteten sie, denn sobald sie sich einer Siedlung näherten, trieben die Indianer ihre Haustiere davon und brannten ihre mit Mais und anderen eßbaren Pflanzen bestellten Felder ab. Es erschien mir kaum nachvollziehbar, doch es war offenbar so, daß die Spanier, die als Siedler in dieses Land gekommen waren, nicht in der Lage waren, sich von der Vielfalt an Tieren, Vögeln, Fischen und Pflanzen zu ernähren, die die Wildnis wagemutigen und unternehmungslustigen Männern bietet.
Kurz und gut, die Zahl der Spanier verringerte sich in so erschreckendem Maß, daß der Rest alle Hoffnung auf-

gab, sich in Florida ansiedeln zu können. So machten sie kehrt und zogen an die Küste zurück. Dort mußten sie jedoch feststellen, daß ihre Schiffe davongesegelt waren. Offenbar hatte die Besatzung geglaubt, sie seien verschollen. Damit saßen die Überlebenden in diesem feindseligen Land in einer tödlichen Falle.
Entmutigt, krank, verängstigt und von allen Seiten bedrängt, entschieden sie sich verzweifelt, fünf neue Schiffe zu bauen. Sie banden Äste und Palmblätter mit Seilen zusammen, die aus den Mähnen und Schweifen der Pferde geflochten waren, dichteten die Ritzen mit Kiefernpech und nähten Segel aus ihren Kleidungsstücken. Inzwischen hatten sie die letzten Pferde geschlachtet und gegessen. Aus den Häuten fertigten sie große Beutel für Trinkwasser. Als die Schiffe ablegten, segelten die fünf Kapitäne, zu denen Kuhkopf gehörte, nicht auf das offene Meer hinaus. Sie blieben in Sichtweite der Küste, da sie glaubten, wenn sie weit genug in Richtung Westen segelten, müßten sie irgendwann die Küste Neuspaniens erreichen.
Die Spanier erlebten jedoch, daß Meer und Land gleichermaßen feindselig waren. Kalte winterliche Stürme mit schneidenden Winden brachten immer wieder sintflutartige Regenfälle. Bei ruhigem Wetter regnete es Pfeile der Indianer, die in ihren Kriegskanus durch die Wellen ruderten und die Weißen angriffen. Die spärlichen Vorräte gingen zur Neige. Die ungegerbten Lederbeutel waren bald verrottet. Doch wann immer die Spanier versuchten, an Land zu gehen, um ihre Vorräte aufzufüllen, wurden sie von einem Pfeilhagel daran gehindert. Unvermeidlich trieben die fünf Schiffe auseinander. Von vieren hat man nie wieder etwas gehört oder gesehen. Dem fünften und letzten Schiff, auf dem

sich Kuhkopf und seine Kameraden befanden, gelang es schließlich, an der Küste anzulegen.
Die inzwischen nur noch spärlich bekleideten, beinahe verhungerten, frierenden und völlig entkräfteten Weißen machten sich auf den Marsch nach Westen. Hin und wieder stießen sie auf einen Stamm, der noch nichts von den Eindringlingen gehört hatte und sich bereit fand, die Fremden aufzunehmen und ihnen Nahrung zu geben.
Doch während sich die kleine Schar in der Hoffnung, nach Neuspanien zu gelangen, unerschrocken wenn auch mühsam durch die Wildnis arbeitete, fanden sie immer seltener Zuflucht. Die brutalen Überfälle nahmen zu. Auf ihrem Weg durch Wälder, endlose Savannen und wasserlose Wüsten, über unvorstellbar breite Flüsse und hohe Gebirge wurden sie von Trupps umherstreifender Indianer gefangengenommen und versklavt. Sie mußten hart arbeiten, wurden mißhandelt, geschlagen und bekamen kaum etwas zu essen. »Die verdammten roten Teufel«, hörte ich Kuhkopf sagen, »haben ihrer Brut sogar erlaubt, uns zum Vergnügen ganze Haarbüschel aus den Bärten zu reißen.« Die Spanier mußten sich immer wieder neue Fluchtmöglichkeiten ausdenken und verloren bei jedem Ausbruchsversuch fast unvermeidlich einen oder mehrere Kameraden, die getötet oder wieder gefangengenommen wurden. Was aus diesen Männern geworden war, wußten sie nicht.
Als sie nach langer Zeit endlich die fernsten Randbezirke von Neuspanien erreichten, hatten nur vier überlebt: drei Weiße – Cabeza de Vaca, Andrés Dorantes und Alonso del Castillo – und Estebanico, der schwarze Sklave von Dorantes. Ich hörte nur, wie Castillo sagte: »Wir haben einen ganzen *Kontinent* durchquert«, und da ich nicht weiß, was ein ›Kontinent‹ ist, kann ich auch

nicht abschätzen, wie viele Leguas die Männer unter großen Strapazen zurückgelegt haben. Ich weiß nur mit Sicherheit, daß sie acht Jahre dazu brauchten. Natürlich wären sie schneller gewesen, wenn sie sich an die Küste des Ostmeeres hätten halten können. Doch sie gerieten an landeinwärts lebende Stämme, und jede Flucht aus der Gefangenschaft führte sie immer weiter ins Landesinnere. So kam es, daß sie sich nahe der Küste des Westmeeres befanden, als sie schließlich spanischen Soldaten begegneten, die sich tollkühn weit in das Gebiet der Tierra de Guerra vorgewagt hatten.

Diese Soldaten geleiteten die Fremden, deren Geschichte sie kaum glauben konnten, voll Ehrfurcht und Bewunderung zu einem militärischen Vorposten, wo man ihnen zu essen gab und sie einkleidete. Von dort brachte man sie nach Compostela. Gouverneur Guzmán versah sie mit Pferden, einer großen Eskorte und gab ihnen den Mönch Marcos de Niza als Begleiter mit, der sich um ihr geistiges Wohl kümmern sollte. Dann machten sie sich auf den Weg in die Stadt Mexíco. Dort, so hatte Guzmán ihnen versichert, werde man sie so feiern und ehren, wie sie es verdienten. Unterwegs hatten die Helden ihre Geschichte jedem erzählt, der sie hören wollte. Auch ich lauschte ihrem Bericht gespannt und mit echter Bewunderung.

Ich hätte den drei weißen Männern viele Fragen gestellt, wenn sie mich nicht so nachdrücklich ignoriert hätten. Doch ich hörte, daß Bruder Marcos einige der Fragen stellte, die mich beschäftigten. Der Mönch schien wie ich enttäuscht zu sein, als die Helden erklärten, sie seien nicht in der Lage, ihm die eine oder andere Auskunft zu geben, um die er bat. Deshalb ging ich schließlich hinüber zu dem Schwarzen, der abseits saß.

Die Endsilbe *-ico*, welche die Spanier seinem Namen anhängten, ist eine herablassende Verkleinerungsform, wie man sie Kindern gegenüber benutzt. Deshalb achtete ich darauf, ihn in der höflichen Form anzusprechen.
»Buenas noches, Esteban.«
»Buenas ...«, murmelte er und sah den spanisch sprechenden Indio mißtrauisch von der Seite an.
»Darf ich mich ein wenig mit dir unterhalten, *amigo*?«
»Amigo?« wiederholte er, scheinbar überrascht, als Gleichgestellter behandelt zu werden.
»Sind wir nicht beide Sklaven der Weißen?« fragte ich. »Du sitzt unbeachtet hier, während sich dein vornehmer Herr voll Eitelkeit in der Aufmerksamkeit sonnt, die ihm zuteil wird.« Er schüttelte unwillig den Kopf, und ich wußte, daß ich mit meiner Bemerkung den wunden Punkt getroffen hatte. Ich nutzte die Gelegenheit und sagte: »Ich möchte gerne etwas über deine Abenteuer erfahren. Wir wollen zusammen rauchen, während ich dir zuhöre.«
Er musterte mich immer noch zurückhaltend, doch entweder hatte ich mit meiner Direktheit ein gutes Einvernehmen zwischen uns hergestellt, oder er brannte darauf, daß ihm endlich jemand zuhörte.
»Was möchtest du wissen?« fragte er.
»Erzähl mir einfach, was in den vergangenen acht Jahren geschehen ist. Ich habe mir die Erinnerungen von Señor Kuhkopf angehört. Jetzt berichte mir deine.«
Das tat er, angefangen bei der Landung in Florida bis hin zu den Enttäuschungen und Katastrophen, die über die flüchtenden Überlebenden auf ihrem Weg von Osten nach Westen hereingebrochen waren und ihre Zahl verringert hatten.
Sein Bericht unterschied sich in zweifacher Hinsicht von

dem der Weißen. Esteban hatte ohne jeden Zweifel alle Schläge, Härten und Demütigungen erlitten, die den anderen widerfahren waren, aber ›nicht mehr und nicht weniger‹. Das betonte er mit Nachdruck, als wolle er deutlich machen, daß ihn die gemeinsam erduldeten Leiden jetzt seinem Herrn gleichstellten.
Der andere Unterschied zwischen seinem Bericht und dem der Weißen bestand darin, daß sich Esteban Mühe gegeben hatte, wenigstens ein paar Brocken der verschiedenen Sprachen der Indianer zu lernen, bei denen sie einige Zeit verbracht hatten. Ich kannte keinen der Namen dieser Völker. Esteban sagte, sie leben weit im Nordosten von Neuspanien. Die beiden letzten Stämme, deren Gebiete also am nächsten lagen und in deren Gefangenschaft die vier Männer geraten waren, nannten sich, wie Esteban sagte, die Akimoél O'otam, das Flußvolk, und die To'ono O'otam, das Wüstenvolk. Von allen ›verdammten roten Teufeln‹, denen sie begegnet waren, so sagte er, seien sie die schlimmsten und teuflischsten gewesen.
Ich prägte mir die beiden Namen gut ein. Wie auch immer diese Stämme sein mochten und wo auch immer sie lebten, es klang, als seien dort geeignete Rekruten für mein Rebellenheer zu finden.
Als Esteban seine Erzählung beendete, hatten sich alle anderen bereits in ihre Decken gerollt und schliefen. Ich wollte gerade die Fragen stellen, die ich den Weißen nicht hatte stellen können, als ich hinter mir verstohlene Schritte hörte. Ich drehte mich um, stellte jedoch fest, daß es nur Zehenspitze war, die flüsternd fragte: »Ist alles in Ordnung, Tenamáxtli?«
Ich erwiderte auf poré: »Selbstverständlich. Leg dich wieder schlafen, Pakápeti.« Damit Esteban es hörte, wie-

derholte ich meine Worte noch einmal auf spanisch: ›Leg dich wieder schlafen, Mann.‹
»Ich habe geschlafen. Aber plötzlich bin ich aufgewacht und hatte Angst, das schwarze Ungeheuer könnte dir etwas angetan, dich gefesselt und gefangengenommen haben. Und, ayya! Dieses Ungeheuer ist schwärzer als die Nacht.«
»Das macht nichts, Liebes. Der Moro ist ein liebenswürdiges und ungefährliches Ungeheuer. Aber danke, daß du dir Sorgen gemacht hast.«
Sie schlich leise davon. Esteban lachte. Allerdings klang es nicht belustigt, als er wiederholte: »*Mann!*«
Ich zuckte die Schultern. »Selbst ein Sklave kann einen Sklaven haben.«
»Mich interessiert es einen Dreck, wie viele Sklaven du hast. Es mag ja ein Sklave sein und sogar einer mit so kurzen Haaren wie ich, aber ein *Mann* ist es nicht.«
»Leise, Esteban...«, flüsterte ich. »Ja, es ist eine Frau, aber sie hat sich nur verkleidet, um von diesen dreckigen, faulen Blauröcken nicht belästigt zu werden.«
»Ich hätte nichts dagegen, sie selbst ein wenig zu belästigen«, erwiderte er grinsend, und seine Zähne schimmerten weiß in der Dunkelheit. »Unterwegs habe ich ein paarmal rote Frauen gehabt und großen Geschmack an ihnen gefunden. Du kannst mir glauben, sie waren mit mir zufrieden und fanden mich nicht abstoßender als einen Weißen.«
Wahrscheinlich hatte er recht. Ich vermutete, daß einer Frau meines Volkes, die darauf aus war, mit Männern einer anderen Hautfarbe zu schlafen, ein Schwarzer nicht viel absonderlicher erschien als ein Weißer. Doch Esteban sah in der Tatsache, daß diese Frauen nicht wählerisch waren, offenbar etwas anderes. Ihm schien es, als sei

er in den unbekannten Ländern den Weißen gleichgestellt gewesen. Ich hätte ihm beinahe gestanden, daß einmal eine Schwarze oder wenigstens eine halbe Schwarze meine Geliebte gewesen war und ich daher wußte, daß sie sich innen nicht von einer roten oder weißen Frau unterschied.
Statt dessen sagte ich aber nur: »Amigo Esteban, ich habe das Gefühl, du würdest gern wieder in diese fernen Länder zurückkehren.«
Er zuckte mit den Schultern. »Selbst in der brutalen Gefangenschaft war ich dort nicht nur der Sklave eines einzelnen Mannes.«
»Warum gehst du dann nicht einfach zurück? Gleich jetzt. Nimm dir ein Pferd. Ich werde keinen Alarm schlagen.«
Er schüttelte den Kopf. »Ich war acht Jahre lang auf der Flucht. Ich möchte nicht, daß mich die Sklavenfänger für den Rest meines Lebens jagen. Das wäre aber dann der Fall. Sie würden mir auf den Fersen bleiben und mich selbst bis in dieses wilde Land hinein verfolgen.«
»Vielleicht ….«, sagte ich nachdenklich und blies genußvoll den Rauch in die kühle Luft, »vielleicht können wir uns einen Grund ausdenken, damit du rechtmäßig und mit dem Segen des weißen Mannes dorthin gehen kannst.«
»Wirklich? Welchen denn?«
»Ich habe die Fragen von Bruder Marcos gehört …«
Esteban lachte, und auch diesmal klang es nicht belustigt. »Ach, el Galicoso.«
»Wie?« sagte ich. Wenn ich das Wort richtig verstanden hatte, litt der Mönch an einer anstößigen Krankheit.
»Das war ein Scherz. Ein Wortspiel. Ich hätte sagen sollen, el Galicano.«

»Ich verstehe immer noch nicht ...«
»Dann eben el Francés. Er stammt aus Frankreich. Marcos de Niza ist die spanische Form seines richtigen Namens, Marc de Nice. Und Nice ist eine Stadt in Frankreich. Der Mönch ist eine Schlange, wie übrigens alle Franzosen.«
Ich sagte ungeduldig: »Mir ist es egal, ob er Schuppen hat. Wirst du mir jetzt zuhören, Esteban? Er hat deine weißen Kameraden immer wieder nach den *sieben Städten* gefragt. Was meint er damit?«
»Ay de mí!« Er spuckte angewidert auf die Erde. »Ein altes spanisches Märchen. Ich habe es oft gehört. Die sieben Städte von Antilia. Angeblich sind es Städte aus Gold, Silber, Edelsteinen, Elfenbein und Kristall. Sie sollen in einem Land weit hinter dem Ozean liegen, das kein Mensch jemals gesehen hat. Das Märchen wird seit ewigen Zeiten immer wieder erzählt. Als die Neue Welt entdeckt wurde, hofften die Spanier, die sieben Städte *hier* zu finden. Selbst bis zu uns auf Kuba drang das Gerücht, ihr Indios in Neuspanien könntet uns verraten, wo sie liegen –, wenn ihr es wolltet. Aber versteh mich nicht falsch, Amigo, *ich* frage dich nicht danach.«
»Frag mich, wenn du willst«, erwiderte ich. »Ich kann dir in aller Aufrichtigkeit antworten, daß ich noch nie etwas davon gehört habe. Hast du oder hat einer der anderen auf dem Weg hierher solche Städte gesehen?«
»Mierda!« brummte er. »In den Ländern, durch die wir gekommen sind, wird jedes Dorf mit ein paar Lehmhütten als Stadt bezeichnet. Das ist die einzige Art Stadt, die wir gesehen haben. Sie stinken, sie sind alle häßlich und erbärmlich, armselig und voller Ungeziefer.«
»Der Mönch war mit seinen Fragen sehr hartnäckig. Als die drei Helden behaupteten, von solchen wunderbaren

Städten nichts zu wissen, schien es mir, als habe Pater Marcos den Verdacht, sie wollten ihm etwas verheimlichen.«

»Das sieht dieser Schlange ähnlich! In Compostela habe ich gehört, daß ihn alle, die ihn kennen, El Monje Mentiroso nennen. Natürlich verdächtigt der sogenannte Lügende Mönch alle und jeden, ebenfalls zu lügen.«

»Nun ja ... hat einer der Indios, denen du begegnet bist, auch nur andeutungsweise von der Existenz ...«

»Mierda más mierda!« rief er so laut, daß ich ihm wieder bedeuten mußte, leise zu sein, weil ich fürchtete, er werde die anderen wecken. »Wenn du es unbedingt wissen willst, ja. Als wir beim Flußvolk waren ...« Die Erinnerung überwältigte ihn, und er seufzte tief. »Wenn sie von einer öden Flußbiegung zur nächsten zogen, haben sie uns als Packesel benutzt. Eines Tages deuteten unsere Sklaventreiber nach Norden und sagten, in dieser Richtung lägen die sechs großen Städte des Wüstenvolkes.«

»*Sechs*«, wiederholte ich. »Nicht *sieben?*«

»Sechs, aber angeblich sind es große Städte. Das heißt, für diese Schwachköpfe besteht eine große Stadt wahrscheinlich aus *mehr* als einem Dutzend Lehmhäuser und aus einer zuverlässigen Wasserstelle.«

»Du glaubst, diese Städte besitzen nicht den Reichtum der legendären Antilia?«

»Aber ja doch!« erwiderte er sarkastisch. »Unsere Flußindianer haben gesagt, sie treiben Handel mit den Bewohnern dieser schönen Städte. Sie liefern Tierhäute, Süßwassermuscheln und Vogelfedern und bekommen dafür *große Reichtümer*. Aber was sie Reichtümer nennen, sind nur die billigen blauen und grünen Steine, die ihr Indios so sehr verehrt.«

»Also nichts, was die Habgier der Spanier wecken könnte?«
»Hörst du mir nicht zu, Mann? Wir reden von einer *Wüste*!«
»Deine Kameraden verheimlichen also dem Pater nichts?«
»Verheimlichen? Wie das? Ich habe als einziger die Sprachen der Indianer gelernt. Dorantes, mein Herr, weiß nur so viel, wie ich für ihn übersetzt habe. Das war wenig genug, denn es gab kaum etwas zu sagen.«
»Aber angenommen ... also ... du nimmst Pater Marcos beiseite und flüsterst ihm zu, daß die Weißen ein Geheimnis haben. Du sagst ihm, daß du *weißt*, wo unermeßlich reiche Städte liegen.«
Esteban starrte mich mit offenem Mund an. »Ihn anlügen? Was bringt das, einen Mann anzulügen, der als der Lügende Mönch bekannt ist?«
»Nach meiner Erfahrung sind Lügner Menschen, die einer Lüge am bereitwilligsten Glauben schenken. Er scheint das Märchen von den Städten Antilias bereits zu glauben.«
»Und? Ich sage ihm also, daß es sie gibt und daß ich weiß, wo sie liegen. Kannst du mir verraten, warum ich das tun sollte?«
»Damit du, wie ich dir vor einer Weile vorgeschlagen habe, in die Länder zurückkehren kannst, wo du kein Sklave gewesen bist und wo dir die Frauen gefallen haben. Verstehst du? Damit du nicht als Flüchtling dorthin zurückkehrst.«
»Hm ...«, murmelte Esteban nachdenklich und sichtlich beeindruckt.
»Du überzeugst den Mönch, daß du ihn zu diesen Städten mit den legendären Schätzen führen kannst. Er wird

dir bereitwilliger glauben, wenn er das Gefühl hat, du verrätst ihm etwas, das die weißen Helden für sich behalten haben. Er wird vermuten, sie würden abwarten und ihr Geheimnis dem Marqués Cortés verraten wollten. Er wird sich der Täuschung hingeben, mit deiner Hilfe könne er diese Reichtümer in die Hand bekommen, und zwar vor Cortés oder den Schatzjägern, die Cortés möglicherweise auszusenden vorhat. Er wird es bestimmt so einrichten, daß du ihn dorthin führst.«
»Aber ... wenn wir dort sind, und ich habe nichts vorzuweisen außer lächerlichen Lehmhütten, wertlosen blauen Kieselsteinen und ...«
»Mein Freund, jetzt bist du der Dummkopf! Du führst ihn hin und *verlierst* ihn unterwegs. Das müßte ein leichtes sein. Wenn er jemals den Rückweg nach Neuspanien finden sollte, kann er nur melden, die wachsamen Hüter dieser Schätze hätten dich vermutlich erschlagen.«
Estebans Gesicht begann beinahe zu strahlen – wenn etwas Schwarzes überhaupt strahlen kann. »Dann wäre ich frei ...«
»Der Versuch lohnt sich mit Sicherheit. Du mußt nicht einmal lügen. Habgier und Gewinnsucht werden seinem Verstand alle Übertreibungen vorgaukeln, die nötig sind, um ihn zu überzeugen.«
»Mein Gott, das werde ich tun! Amigo, du bist ein kluger und geschickter Mann. Du solltest der Marqués von ganz Neuspanien sein!«
Ich wehrte bescheiden ab, doch ich muß gestehen, daß ich selbst auf das raffinierte Komplott sehr stolz war. Esteban wußte natürlich nicht, daß ich ihn benutzte, um meine geheimen Pläne zu fördern. Doch das minderte die Vorteile nicht, die ihm der Plan brachte. Er würde

zum ersten Mal im Leben keinem Herrn dienen müssen und somit als freier Mann bei dem fernen Flußvolk leben können. Dort durfte er dann so viele Frauen haben, wie er wollte oder wagte.

Ich habe unser Gespräch, das die ganze Nacht dauerte, in aller Ausführlichkeit wiedergegeben, denn es wird zur Erklärung beitragen, die ich an anderer Stelle geben werde, wie mein Zusammentreffen mit den Helden und dem Mönch den geplanten Sturz der Herrschaft der Weißen förderte.

Es stand noch eine weitere Begegnung bevor, die mich zusätzlich ermutigte. Als Esteban und ich unser Gespräch beendeten, graute der Morgen und brachte noch einen der scheinbaren Zufälle mit sich, welche die Götter, die sich launisch in das Leben der Menschen einmischen, immer wieder ersinnen.

Plötzlich tauchten aus der Richtung, aus der Zehenspitze und ich gekommen waren, vier spanische Reiter zwischen den Bäumen auf und weckten mit ihrem Lärm das ganze Lager. Als ich jedoch hörte, was sie dem Teniente Tallabuena zuriefen, atmete ich erleichtert auf. Die Männer waren nicht auf der Suche nach Zehenspitze und mir. Ihre schaumbedeckten Pferde verrieten, daß sie die Nacht hindurch schnell geritten waren. Falls sie an dem verlassenen Vorposten vorübergekommen sein sollten, hatten sie dort nicht haltgemacht.

»Teniente!« rief einer der Neuankömmlinge. »Ihr steht nicht mehr unter dem Kommando dieses Zurullón Guzmán!«

»Gott sei Dank!« murmelte Tallabuena und rieb sich den Schlaf aus den Augen. »Aber wieso nicht?«

Der Reiter schwang sich aus dem Sattel, warf einem verschlafenen Soldaten die Zügel zu und fragte: »Gibt es etwas zu essen? Unsere Gürtelschnallen schlagen so laut gegen die Knochen, daß es klappert!« Der Offizier nickte, und der Reiter fuhr fort: »Es gibt Neuigkeiten aus der Hauptstadt, Teniente. Der König hat endlich einen Vizekönig ernannt, der an der Spitze der Audienza von Neuspanien steht. Der Vizekönig Mendoza ist ein guter Mann. Eine seiner ersten Amtshandlungen war, daß er sich die vielen Klagen über Nuño de Guzmán angehört hat – über seine unzähligen Greueltaten gegen die Indianersklaven und die Moros. Und so ist auch eine seiner ersten Verfügungen die Absetzung von Guzmán als Gouverneur von Neugalicien. Wir reiten jetzt nach Compostela, um ihn gefangenzunehmen und in die Hauptstadt zurückzubringen, damit er bestraft wird.«

Keine Nachricht hätte mir größere Freude bereiten können. Der Soldat machte eine Pause und kaute hungrig einen großen Bissen von dem kalten Hirschbraten, bevor er fortfuhr:

»Guzmán wird von einem jüngeren Mann abgelöst, der mit Mendoza aus Spanien gekommen ist. Es ist ein gewisser Coronado. Er ist bereits auf dem Weg nach Compostela.«

»Oye!« rief Bruder Marcos. »Könnte das Francisco Vásquez de Coronado sein?«

»Schon möglich«, erwiderte der Soldat kauend.

»Qué feliz fortuna!« rief der Mönch. »Ich habe von ihm nur Gutes gehört. Er ist ein Freund des Vizekönigs Mendoza. Der wiederum ist ein Freund von Bischof Zumárraga, der seinerseits mein Freund ist. Außerdem hat dieser Coronado vor kurzem eine glänzende Partie gemacht. Er hat eine Cousine von König Carlos geheiratet. Kein Zweifel, Coronado wird Macht und Einfluß haben!«

Die anderen Spanier redeten angesichts der Neuigkeiten aufgeregt miteinander. Ich entfernte mich unauffällig von der Gruppe, ging zu Esteban, der abseits stand, und flüsterte ihm zu: »Deine Aussichten, Amigo, bald zum Flußvolk zurückzukehren, werden immer besser.«
Er nickte und sprach genau das aus, was ich dachte: »Der Lügende Mönch wird seinen Freund, den Bischof und den Freund des Bischofs, den Vizekönig, überreden, ihn als Missionar zu den wilden Indianern zu schicken. Dabei ist es nicht von Bedeutung, ob er dem Bischof und dem Vizekönig sagt, warum er in Wirklichkeit dorthin geht. Wichtig ist nur, daß ich ihn begleite.«
»Der neue Gouverneur, dieser Coronado«, fügte ich hinzu, »wird darauf brennen, sich einen Namen zu machen. Ich wette, wenn du mit Bruder Marcos den Weg über Compostela nimmst, wird Coronado euch großzügig Pferde und Ausrüstung, Waffen und Vorräte zur Verfügung stellen.«
»Ja!« jubelte Esteban und fügte dann mit aufrichtiger Freundlichkeit hinzu: »Ich habe dir viel zu verdanken, Amigo. Ich werde dich nicht vergessen. Du kannst sicher sein, wenn ich jemals reich werden sollte, werde ich mit dir teilen.«
Er umarmte mich unvermittelt und drückte mich so fest an sich, daß ich keine Luft mehr bekam. Ein paar Spanier blickten zu uns herüber, und ich machte mir Sorgen, sie könnten sich fragen, weshalb und wofür Esteban sich so überschwenglich bei mir bedankte. Doch ich mußte mir über etwas anderes weitaus größere Sorgen machen. Ich sah über Estebans Schulter, daß uns Zehenspitze ebenfalls beobachtete. Sie bekam beim Anblick der stürmischen Umarmung plötzlich große Augen und rannte zu unseren Pferden. Ich begriff sofort, was sie vorhatte.

Schnell löste ich mich aus der Umarmung des Schwarzen und lief hinter ihr her. Ich erreichte sie gerade noch rechtzeitig, um zu verhindern, daß sie eine der Arkebusen aus dem Gepäck hervorzog.
»Nein, Pakápeti! Das ist nicht nötig!«
»Du lebst?« fragte sie zitternd. »Ich dachte, das schwarze Ungeheuer wollte dich umbringen ...«
»Nein, nein, er wollte mich nicht umbringen. Du bist lieb und fürsorglich, aber du reagierst übereilt. Bitte überlaß es mir, mich zu retten. Ich werde dir später erzählen, warum er mich in seinem Überschwang beinahe erdrückt hätte.«
Inzwischen hatten wir die Aufmerksamkeit der Spanier auf uns gelenkt. Doch ich lächelte beruhigend in alle Richtungen, und als weiter nichts geschah, wandten sie sich wieder den Neuankömmlingen zu.
Einer der Männer sagte gerade: »Es gibt noch eine Neuigkeit. Der Papst hat hier ein zweites Bistum eingerichtet, die Diözese Neugalicien. Er überträgt Pater Vasco de Quiroga ein hohes Amt. Ein Kurier ist auf dem Weg zu Pater Vasco, um ihm anzukündigen, daß er die Mitra des Bischofs Quiroga von Neugalicien tragen wird.«
Über diese Nachricht freute ich mich ebenso wie über alle anderen, die ich hier gehört hatte. Doch ich hoffte, Pater Vasco werde als hoher Würdenträger seine guten Werke und seine guten Absichten nicht aufgeben und sein gutes Wesen nicht verlieren. Papst Paul würde von dem neuen Bischof zweifellos erwarten, daß er aus den Siedlern von Utopía noch mehr Beiträge zum persönlichen Fünften des Papstes, wie Alonso de Molina es genannt hatte, herauspreßte. Das konnte sich für meinen und Estebans Plan als vorteilhaft erweisen. Bischof Zumárraga würde in Bischof Quiroga möglicherweise

einen Rivalen sehen und Bruder Marcos um so bereitwilliger auf die Suche nach neuen Seelen und neuen Reichtümern für Mutter Kirche schicken.

Ich zögerte unsere Weiterreise bewußt hinaus, bis sich die vier berittenen Soldaten wieder auf den Weg nach Compostela gemacht hatten. Dann verabschiedete ich mich von Esteban und Teniente Tallabuena. Sie und der ganze Trupp, bis auf die drei weißen Helden und den Lügenden Mönch, winkten mir freundlich nach.

Zehenspitze und ich führten unsere beiden Packpferde am Zügel und ritten nach Nordwesten. Erst nach einer Weile änderten wir die Richtung und zogen nach Norden weiter, weil ich hoffte, auf diesem Weg nach Aztlan zu gelangen.

17

Wenige Tage später erreichten wir die Berge, die ich von der Reise mit meiner Mutter und meinem Onkel kannte. Wir befanden uns erst am Anfang der Regenzeit, doch an dem Tag, als wir die östliche Grenze des von Aztlan beherrschten Gebietes erreichten, brauten der Regengott Tlaloc und seine Tlalóque-Geister zu ihrem dämonischen Vergnügen ein Gewitter zusammen. Sie stießen ihre gezackten Blitze vom Himmel und zerschlugen mit donnerndem Getöse die riesigen Wasserkrüge, aus denen sich der Regen auf die Erde ergoß.

Durch den Wasservorhang hindurch erspähte ich am Hang eines Hügels nicht weit voraus den Schein eines Lagerfeuers. Ich hielt unseren kleinen Zug unter ein paar Bäumen an, die uns verbargen, und wartete auf einen Blitz, der mir deutlicher zeigen würde, wer sich dort befand. Das dauerte nicht lange. Im bläulich grellen Zukken sah ich fünf Männer, die unter einem Schutzdach aus Zweigen um das Feuer standen oder saßen. Sie trugen alle die gesteppten Baumwollpanzer der Aztéca-Krieger. Es hatte beinahe den Anschein, als erwarteten sie unsere Ankunft. Falls das stimmte, war es mehr als verwunderlich, denn wie konnte in Aztlan jemand etwas von unserer bevorstehenden Ankunft wissen?

»Du bleibst mit den Pferden hier, Zehenspitze«, sagte ich. »Ich will herausfinden, ob es tatsächlich Männer

meines Volkes sind. Bereite dich darauf vor, umzukehren und zu fliehen, wenn ich dir durch ein Zeichen zu verstehen gebe, daß sie uns feindlich gesonnen sind.«
Ich ging allein durch den strömenden Regen den Hang hinauf. Als ich mich der Gruppe näherte, hob ich beide Hände, um zu zeigen, daß ich keine Waffen trug und rief: »Mixpantzínco!«
»Ximopanólti!« antwortete jemand freundlich und im altmodischen Dialekt von Aztlan, den ich voll Freude hörte.
Nach wenigen Schritten war ich nahe genug herangekommen, um im Schein erneuter Blitze den Mann zu sehen, der gesprochen hatte. Ich kannte sein Gesicht. Aber es war nicht sehr angenehm, ihm wiederzubegegnen, denn ich erinnerte mich gut daran, was für ein Mensch er war. Ich vermute, meine Stimme verriet meine Gefühle, als ich ihn ohne große Begeisterung begrüßte: »Ayyo, Vetter Yeyac.«
»Yéyactzin«, verbesserte er mich hochmütig. »Ayyo, Tenamáxtli. Wir haben dich erwartet.«
»Es sieht ganz danach aus«, erwiderte ich und blickte mich nach den vier anderen bewaffneten Kriegern um, die alle das mit Obsidian besetzte Maquáhuime trugen. Ich vermutete, daß es sich um seine derzeitigen Cuilóntin-Liebhaber handelte, unterließ jedoch eine entsprechende Bemerkung. Ich fragte nur: »Woher wußtest du, daß ich kommen würde?«
»Ich habe meine Mittel und Wege«, erwiderte Yeyac. Ein Donnergrollen begleitete seine Worte und verlieh ihnen etwas Drohendes. »Natürlich hatte ich keine Ahnung, daß mein geliebter Vetter auf dem Weg nach Hause ist, doch jetzt sehe ich, daß die Beschreibung ziemlich zutreffend war.«

Ich lächelte, obwohl mir nicht danach zumute war. »Hat unser Urgroßvater seine Gabe der Vorausschau eingesetzt?«
»Der alte Canaútli ist schon lange tot.« Die Tlalóque zerschlugen bei dieser Offenbarung mit ohrenbetäubendem Lärm noch mehr himmlische Wasserkrüge. Als ich Yeyac wieder hören konnte, fragte er: »Wo ist der Rest? Dein Sklave und die Pferde der Spanier?«
Meine Unruhe wuchs. Wenn Yeyac keinen Aztécatl-Hellseher hatte, der ihn beriet, wer hatte ihn dann so gut informiert? Mir fiel auf, daß er von ›Spaniern‹ gesprochen und nicht das Wort Caxtiltéca benutzt hatte, mit der in Aztlan früher die Weißen bezeichnet worden waren. Ich erinnerte mich an mein Unbehagen über die Nachricht, daß Gouverneur Guzmán die Hauptstadt seiner Provinz so nahe bei Aztlan gegründet hatte.
»Es tut mir leid zu hören, daß unser Urgroßvater gestorben ist«, sagte ich ruhig. »Aber ich bedaure, Vetter Yeyac, ich werde nur unserem Uey-Tecútli Mixtzin Bericht erstatten, nicht dir oder einem anderen von niedrigerem Rang. Ich habe vieles zu berichten, was zunächst nur der Verehrte Statthalter hören darf.«
»Dann berichte es auf der Stelle!« rief er. »Ich, Yéyactzin, bin der Uey-Tecútli von Aztlan!«
»Du? Unmöglich!« stieß ich hervor.
»Mein Vater und deine Mutter sind nicht nach Hause zurückgekommen, Tenamáxtli.« Ich zuckte zusammen, und Yeyac fügte hinzu. »Ich bedaure, dich mit so vielen traurigen Nachrichten empfangen zu müssen.« Doch er wich bei seinen Worten meinem Blick aus. »Wir haben erfahren, daß man Mixtzin und Cuicáni tot aufgefunden hat. Offenbar sind sie von Räubern erschlagen worden.«
Es war traurig, das zu hören. Doch ich wußte, wenn mein

Onkel und meine Mutter tatsächlich tot waren, dann nicht von der Hand Fremder. Die Blitze und Donnerschläge ließen mir Zeit, mich zu fassen.
Schließlich sagte ich: »Was ist mit deiner Schwester und ihrem Gemahl – wie heißt er noch? Ach ja, Káuri. Mixtzin hatte sie zu Regenten ernannt.«
»Ayya, dieser Schwächling Káuri!« Yeyac lachte höhnisch. »Er war kein Kriegsherr, nicht einmal ein geschickter Jäger. Eines Tages hat er hier in diesen Bergen auf der Jagd einen Bären verwundet und ihn unklugerweise verfolgt. Der Bär hat ihn natürlich angegriffen und in Stücke gerissen. Die Witwe Améyatzin war daraufhin bereit, sich häuslichen Beschäftigungen zuzuwenden und mir die Last des Regierens zu überlassen.«
Ich wußte, auch das war gelogen, denn meine Cousine Améyatl kannte ich noch viel besser als Yeyac. Sie hätte selbst einem richtigen Mann niemals freiwillig ihre Stellung überlassen und erst recht nicht diesem Abklatsch von einem Mann, den sie immer verspottet und verachtet hatte.
»Genug jetzt, Tenamáxtli!« rief Yeyac. »Du wirst dich meinen Befehlen fügen!«
»Ach ja? So wie du dich dem weißen Gouverneur Guzmán fügst?«
»Nicht mehr ...«, antwortete er unüberlegt. »Der neue Gouverneur, Coronado ...«
Er biß sich auf die Lippen, aber es war zu spät. Ich wußte, was ich wissen wollte. Die vier spanischen Reiter waren nach Compostela gekommen, um Guzmán gefangenzunehmen. Sie hatten erwähnt, daß sie mir und Zehenspitze unterwegs begegnet waren. Vielleicht mißtrauten sie inzwischen der Legitimität meiner kirchlichen ›Mission‹ und hatten ihre Zweifel geäußert. Es

spielte keine Rolle, ob Yeyac in Compostela gewesen war oder es später erfahren hatte. Er hatte sich eindeutig mit den Weißen verbündet. Was das sonst noch bedeuten mochte – hatte sich etwa ganz Aztlan mit allen seinen Aztéca und Mexíca ebenfalls unter das spanische Joch begeben? –, würde ich zu gegebener Zeit feststellen. Im Augenblick mußte ich mich nur mit Yeyac auseinandersetzen.

Als das Gewitter etwas nachließ, sagte ich warnend: »Nimm dich in acht, du Mann ohne Männlichkeit.« Ich griff nach dem Stahlmesser an meiner Hüfte. »Ich bin nicht mehr der unerfahrene kleine Vetter, an den du dich erinnerst. Seit meinem Abschied von hier habe ich gelernt…«

»Ich und ohne Männlichkeit?« rief er. »Ich habe auch gelernt! Willst du herausfinden, was ich alles kann?«

Mit wutverzerrtem Gesicht hob er sein schweres Maquáhuitl und kam näher. Die vier Begleiter folgten seinem Beispiel. Ich wich zurück und wünschte, ich hätte eine bessere Waffe als das Messer mitgebracht. Im Schein von Tlalocs gegabelten Blitzen funkelten die schwarzen Obsidianklingen sehr bedrohlich. Ich stand einer Übermacht gegenüber. Was sollte ich tun?

Ich rechnete nicht mit dem, was dann geschah, doch ich war dankbar dafür und nicht sonderlich überrascht. Yeyac machte einen Schritt auf mich zu, das heißt, er wollte es. In Wirklichkeit wich er zurück und riß die Arme hoch. Er taumelte und öffnete den Mund zu einem Schrei, der im sofort einsetzenden Krachen des Donners unterging. Das Schwert entglitt seiner Hand, und er fiel rücklings in den aufspritzenden Schlamm.

Ich mußte seine vier Handlanger nicht abwehren. Sie standen mit erhobenen Maquáhuime im strömenden

Regen, als hätten die Götter sie in dieser Haltung erstarren lassen. Ihre Münder standen ebenso weit offen wie Yeyacs Mund, allerdings vor Staunen, Ehrfurcht und Angst.

Sie konnten jedoch im Gegensatz zu mir nicht das feuchte hellrote Loch gesehen haben, das sich in Yeyacs gestepptem Baumwollwams in Höhe des Unterleibs befand. Keiner von uns hatte den Knall der Arkebuse gehört. Die vier Cuilóntin konnten nur annehmen, daß ich durch Zauberei Tlalocs gezackten Speer auf ihren Anführer gelenkt hatte und er für seine Untaten auf der Stelle hatte büßen müssen. Ich ließ ihnen keine Zeit zum Nachdenken und rief: »Senkt die Waffen!«

Sie folgten sofort meinem Befehl und ließen die Maquáhuime sinken.

»Der elende Verräter ist tot«, sagte ich und versetzte der Leiche einen verächtlichen Tritt. Ich tat das nur, um Yeyac umzudrehen, damit er auf dem Gesicht lag und sie das Loch und den größer werdenden Blutfleck nicht sahen. »Ich bedaure, daß ich so unvermittelt die Hilfe des Gottes in Anspruch nehmen mußte. Es gibt Fragen, die ich gerne noch gestellt hätte. Aber der niederträchtige Kerl hat mir keine andere Wahl gelassen.« Die vier starrten düster auf die Leiche und ihnen entging, daß ich eine Geste in Richtung der Bäume machte, um Zehenspitze herbeizurufen.

»Jetzt«, fuhr ich fort, »werdet ihr Krieger meine Befehle entgegennehmen. Ich bin Tenamáxtzin, der Neffe des verstorbenen Herrn Mixtzin und deshalb von diesem Augenblick an der rechtmäßige Uey-Tecútli von Aztlan.«

Doch mir fiel nur ein einziger Befehl ein, den ich ihnen im Augenblick geben konnte: »Wartet hier auf mich!«

Dann lief ich im strömenden Regen durch den Schlamm zurück, um Zehenspitze, die mir bereits mit allen unseren Pferden entgegenkam, in die neue Lage einzuweihen. Ich wollte ihr vor allem einschärfen, die Arkebuse, die sie zur richtigen Zeit und mit solcher Genauigkeit benutzt hatte, nicht zu zeigen. Doch als ich näher kam sah ich, daß sie die Waffe klugerweise bereits versteckt hatte. Deshalb sagte ich nur: »Gut gemacht, Pakápeti.«
»Dann war mein Eingreifen diesmal nicht übereilt?« Sie hatte mein Herannahen mit ängstlicher Miene beobachtet. Doch jetzt lächelte sie. »Ich hatte Angst, du würdest mit mir schimpfen. Aber ich dachte, er ist ein Ungeheuer, das dich töten will.«
»Diesmal hattest du recht. Das hast du wirklich großartig gemacht. Auf diese Entfernung und bei dem schlechten Licht ... dein Können ist beneidenswert.«
»Ja!« sie nickte zustimmend und, wie ich fand, mit höchst unweiblicher Genugtuung. »Ich habe endlich einen Mann getötet.«
»Als Mann war er ziemlich bedeutungslos.«
»Ich hätte mein Bestes getan, auch die anderen zu töten. Aber da hast du mir das Zeichen gegeben.«
»Sie sind noch unbedeutender. Spar dir deinen Männerhaß auf, bis du Feinde töten kannst, die es wirklich wert sind.«
Die Tlalóque des Himmels machten weiterhin Lärm, und es goß immer noch in Strömen, als ich den Kriegern befahl, Yeyacs Leiche auf einem Packpferd festzubinden. Er lag wieder mit dem Gesicht nach unten, und die Wunde an der Vorderseite blieb unsichtbar. Dann befahl ich den vieren, mich zu begleiten. Ich ritt, und sie liefen jeweils zwei auf einer Seite neben meinem Pferd her. Zehenspitze bildete die Nachhut.

Als das Donnern eine Weile aussetzte, beugte ich mich aus dem Sattel und sagte zu dem Mann, der am linken Steigbügel ging: »Gib mir dein Maquáhuitl.«
Er reichte es mir gehorsam, und ich sagte: »Du hast gehört, daß Yeyac mir von den Todesfällen erzählte, die ihn sehr praktisch und ganz zufällig zum Uey-Tecútli von Aztlan gemacht haben. Wieviel von dem, was er gesagt hat, entspricht der Wahrheit?«
Der Mann hustete und versuchte, Zeit zu gewinnen. »Euer Urgroßvater, unser Geschichtserinnerer, ist an Altersschwäche gestorben, wie es allen geht, die alt werden.«
»Das glaube ich. Aber das hat nichts mit Yeyacs wundersam schnellem Aufstieg zum Rang des Verehrten Statthalters zu tun.« Er hielt den Blick gesenkt und reagierte nicht auf meine Bemerkung. »Ich glaube ebenfalls, daß alle Menschen sterben müssen, aber ich warne dich, manche sterben früher als andere. Was ist mit den anderen Todesfällen? Was geschah mit Mixtzin, Cuicántzin und Káuritzin?«
»Es war genau so, wie Yeyac gesagt hat«, erwiderte der Mann. Doch er wich wie Yeyac meinem Blick aus. »Euer Onkel und Eure Mutter sind von Räubern überfallen worden ...«
Er kam nicht weiter. Mit einem Schlag trennte ich ihm mit seinem eigenen Obsidianschwert den Kopf von den Schultern. Er fiel in den Wassergraben neben dem Weg. Als der nächste Donnerschlag verhallt war, wandte ich mich an den Krieger auf der anderen Seite meines Sattels. Er sah mich mit hervorquellenden Augen an, wie ein Frosch, der gerade zertreten wird.
»Wie gesagt, manche Menschen müssen früher sterben als andere. Ich möchte nicht gerne Tlaloc um Hilfe bit-

ten, der im Augenblick mit einem Gewitter beschäftigt ist, wenn ich die Sache ebensoleicht selbst erledigen kann.« Als habe Tlaloc mich gehört, ließ das Gewitter nach. »Also, was hast du mir zu sagen?«
Der Mann begann zu stottern und stieß schließlich hervor: »Yeyac hat gelogen, und Quani auch.« Er wies rückwärts auf die Leiche im Graben. »Yéyactzin hatte an den Grenzen von Aztlan Posten stationiert, die auf Mixtzin, seine Schwester und Euch warteten. Als die beiden aus Tenochtítlan zurückkamen ... nun ja ... da gerieten sie in einen Hinterhalt.«
»In einen Hinterhalt!« wiederholte ich zornig. »Wer war daran beteiligt?«
»Yeyac natürlich ... und sein ganz besonderer Günstling Quani. Das war der Krieger, den Ihr gerade erschlagen habt. Ihr seid gerächt, Tenamáxtzin.«
»Das bezweifle ich.« Der Kerl gefiel mir ebensowenig wie der andere. »In der EINEN WELT gibt es keine zwei Männer, die es geschafft hätten, meinen Onkel Mixtzin zu überwältigen, und sei es auch durch einen feigen Überfall aus dem Hinterhalt.« Ich führte wieder einen Streich mit dem Maquáhuitl. Der Kopf des Mannes und sein Körper fielen getrennt voneinander in das nasse Gestrüpp auf dieser Seite des Weges.
Ich drehte mich wieder um und wandte mich an den verbliebenen Krieger zu meiner Linken.
»Ich warte immer noch darauf, die Wahrheit zu hören. Wie dir vielleicht aufgefallen ist, warte ich nicht lange.«
Der Mann lallte beinahe vor Entsetzen. »Ich sage die Wahrheit, Herr. Ich küsse die Erde. Wir waren alle schuldig. Yeyac und wir vier haben im Hinterhalt gelegen. Wir sind alle zusammen über Euren Onkel und Eure Mutter hergefallen.«

»Was ist mit Káuri, dem Mitregenten?«
»Weder er noch sonst jemand in Aztlan wußte etwas von Mixtzins und Cuicántzins Schicksal. Wir haben Káuritzin überredet, mit uns in den Bergen auf Bärenjagd zu gehen. Er hat ganz allein und sehr mutig mit dem Speer einen Bären erlegt. Aber dann haben wir Káuri getötet und die Leiche mit den Zähnen und Klauen des Bären zerrissen. Als wir mit den Überresten und dem toten Bären nach Hause kamen, konnte die Witwe, Eure Cousine Améyatzin, kaum an unserer Geschichte zweifeln. Wir brachten ihr sozusagen den Beweis dafür, daß der Bär für den Tod ihres Mannes verantwortlich war.«
»Und dann? Habt ihr feigen Verräter sie auch umgebracht?«
»Nein, nein, Herr! Sie lebt. Ich küsse die Erde. Aber sie lebt jetzt zurückgezogen und ist nicht mehr Regentin.«
»Wieso? Wartet sie darauf, ihr Vater werde zurückkommen und seinen Platz wieder einnehmen? Warum sollte sie die Regentschaft abgetreten haben?«
»Wer kann das sagen, Herr? Vielleicht aus Trauer über ihre Witwenschaft. Vielleicht aus tiefer Trauer über den Verlust ihres Gemahls?«
»Unsinn!« Mein Zorn wuchs. »Selbst wenn sich die Tiefen des Nichts von Míctlan vor ihr auftun sollten, würde sich Améyatzin niemals vor der Erfüllung ihrer Pflicht drücken. Wie habt ihr sie dazu gebracht? Durch Folter? Vergewaltigung? Wie?«
»Das könnte Euch nur Yeyac sagen. Er allein hat das erreicht. Und Ihr habt dafür gesorgt, daß er es Euch nicht mehr verraten kann. Doch eines kann ich Euch versichern«, fuhr er mit hochgezogenen Augenbrauen fort, »mein Herr Yéyactzin hätte sich nie dazu herabgelassen,

eine Frau zu vergewaltigen oder sich sonst irgendwie für ihren Körper zu interessieren.«
Diese Bemerkung machte mich wütender als die Lügen seiner Kameraden, und der dritte Hieb mit dem Obsidianschwert spaltete ihn von der Schulter bis zum Bauch.
Der einzige überlebende Krieger auf der anderen Seite hatte sich klugerweise außer Reichweite meiner Waffe begeben, doch er starrte ängstlich zum Himmel hinauf. Es regnete zwar nicht mehr, aber trotzdem zogen noch immer bedrohlich dunkle Wolken tief über uns hinweg.
»Es ist klug von dir, nicht davonzulaufen«, sagte ich. »Tlalocs Blitze sind sehr viel länger als mein Arm.« Er begann am ganzen Leib zu zittern. »Keine Angst, ich schone dich zumindest eine Zeitlang, und dafür habe ich einen bestimmten Grund.«
»Grund?« fragte er mit belegter Stimme. »Aus welchem Grund, Herr?«
»Ich will, daß du mir alles berichtest, was in den Jahren meiner Abwesenheit in Aztlan geschehen ist.«
»Ayyo, selbst die geringste Kleinigkeit, Herr!« erwiderte er und wischte sich die schweißnasse Stirn. »Womit soll ich anfangen?«
»Ich weiß bereits, daß sich Yeyac mit den Spaniern verbündet hatte und mit ihnen unter einer Decke steckte. Also sag mir zuerst: Befinden sich Spanier in unserer Stadt oder irgendwo auf unserem Gebiet?«
»Nein, Herr, nicht im Herrschaftsbereich von Aztlan. Es stimmt, Yeyac und wir, seine Leibwache, waren regelmäßig in Compostela, aber von dort sind keine Weißen hierher in den Norden gekommen. Der spanische Gouverneur hat einen Eid geschworen, daß Yeyac unangefochten in Aztlan herrschen kann, allerdings unter der

Bedingung, daß er alle räuberischen Überfälle auf das Gebiet des Gouverneurs verhindert.«

»Mit anderen Worten«, sagte ich, »Yeyac war bereit, für die Weißen gegen die Menschen der EINEN WELT zu kämpfen. Ist das jemals geschehen?«

»Ja«, erklärte der Krieger und bemühte sich, unglücklich zu wirken. »Zwei- oder dreimal ist Yeyac mit Truppen ausgezogen, die ihm persönlich treu ergeben waren. Und sie haben die eine oder andere kleine Schar Unzufriedener ... nun ja ... davon abgehalten, nach Süden zu ziehen und den Spaniern Schwierigkeiten zu machen.«

»Du sagst treu ergebene Truppen. Das klingt, als seien nicht alle Krieger und Bewohner von Aztlan glücklich darüber gewesen, Yeyac zum Uey-Tecútli zu haben.«

»So ist es«, murmelte er zerknirscht. »Die meisten Aztéca und auch die Mexíca zogen die Herrschaft von Améyatzin und ihrem Gemahl bei weitem vor. Sie waren entsetzt, als die Herrin der Regentschaft enthoben wurde. Natürlich wäre es ihnen noch lieber gewesen, Mixtzin wiederzuhaben. Sie hoffen nach all den Jahren immer noch, daß er zurückkommt.«

»Wissen die Leute von Yeyacs verräterischem Bündnis mit dem spanischen Gouverneur?«

»Nur sehr wenige.« Er seufzte, und als er meinen zornigen Blick auf sich gerichtet sah, fügte er schnell hinzu: »Nicht einmal die Mitglieder des Rates wissen es. Es ist nur uns, Yeyacs Leibwache, bekannt und den treu ergebenen Truppen, von denen ich gesprochen habe. Abgesehen davon nur noch einer bestimmten Person, die eines Tages in das Gebiet gekommen ist und ihn seitdem beraten hat. Doch in Aztlan fand man sich, wenn auch widerstrebend, mit Yeyacs Herrschaft ab, weil er behauptete, er allein könne das Eindringen der Weißen verhin-

dern. Dieses Versprechen hat er gehalten. Kein Bewohner von Aztlan hat bisher einen Spanier gesehen ... noch nicht einmal ein Pferd«, fügte der Mann mit einem Blick auf mein Reittier hinzu.
»Wenn Yeyac die Spanier vor Überfällen schützt«, sagte ich, »bedeutet das, er gibt ihnen Zeit, ungehindert ihre Truppen zu verstärken und aufzurüsten, bis sie bereit sind, in unser Land einzumarschieren. Und genau das wird geschehen.« Ein fernes Donnergrollen schien meine Gedanken zu bestätigen. »Aber du sprichst von einer gewissen Person, die Yeyac beraten hat. Wer ist das?«
»Habe ich Person gesagt, Herr? Ich hätte Frau sagen sollen.«
»Eine Frau?! Dein toter Kamerad hat gerade voll Hochmut darauf hingewiesen, daß Yeyac keinerlei Verwendung für Frauen hatte, nicht einmal als Opfer.«
»Ich nehme an, diese Frau hat keine Verwendung für Männer, obwohl ein Mann, der Frauen mag, sie wahrscheinlich sehr hübsch und anziehend finden würde. Doch in der Kunst des Regierens, der Listen und Ränke ist sie wahrhaft unübertrefflich. Deshalb hat Yeyac bereitwillig alle ihre Ratschläge befolgt. Auf ihr Drängen hat er die erste Gesandtschaft an den spanischen Gouverneur geschickt. Ich wage zu behaupten, als wir von Eurer Rückkehr erfuhren, wäre sie am liebsten mitgekommen, wenn es ihr erlaubt gewesen wäre. Sie hält Eure Cousine Améyatl in strenger Haft.«
»Laß mich raten«, sagte ich finster. »Dieses gerissene Weib heißt G'nda Ké.«
»Das stimmt«, sagte der Mann überrascht. »Habt Ihr von ihr gehört, Herr? Ist der Ruf ihrer Weisheit sogar über die Grenzen von Aztlan hinaus gedrungen?«

»Sie hat einen Ruf, soviel will ich dir verraten.«
Das Gewitter war vorüber, die meisten Wolken waren weitergezogen, und Tonatíu, der heiter im Westen unterging, schenkte dem Tag noch einmal sein Licht. Ich wußte, wo wir uns befanden. Bald würden die ersten verstreuten Häuser und bestellten Felder von Aztlan vor uns liegen. Ich forderte Pakápeti mit einer Handbewegung auf, neben mir zu reiten.
»Noch vor Einbruch der Dunkelheit wirst du dich im letzten verbliebenen Bollwerk des ehemaligen Herrschaftsbereichs der Aztéca befinden. Es ist ein weniger bedeutendes, aber trotzdem stolzes und blühendes Tenochtítlan. Ich hoffe, es wird dir gefallen.«
Seltsamerweise sagte sie nichts und wirkte überhaupt nicht erleichtert oder neugierig. Ich fragte: »Warum bist du so niedergeschlagen, Zehenspitze?«
Es klang sehr gereizt, als sie antwortete: »Du hättest mir wenigstens erlauben können, *einen* der drei Männer zu töten.«
Ich seufzte. Offenbar wurde Pakápeti eine ebenso unweibliche Frau wie die schreckliche G'nda Ké. Ich wandte mich wieder dem Krieger neben meinem rechten Steigbügel zu und fragte: »Wie heißt du?«
»Man nennt mich Nochéztli, Herr.«
»Sehr gut, Nochéztli. Ich will, daß du vor uns hergehst, wenn wir die Stadt erreichen. Ich nehme an, die Bewohner werden aus den Häusern kommen, um uns zu sehen. Du wirst laut immer und immer wieder verkünden, daß Yeyac verdientermaßen von den Göttern erschlagen worden ist, die seiner Verrätereien schließlich überdrüssig waren. Außerdem wirst du allen sagen, daß ich, Tenamáxtzin, der rechtmäßige Nachfolger, als Aztlans neuer Uey-Tecútli meinen Wohnsitz im Palast nehmen werde.«

»Das werde ich tun, Tenamáxtzin. Ich habe eine Stimme, die beinahe so laut werden kann wie die von Tlaloc.«
»Noch etwas, Nochéztli. Sobald ich im Palast bin, werde ich dieses fremdländische Kostüm ausziehen und angemessene Kleidung anlegen. Während ich damit beschäftigt bin, läßt du das gesamte Heer von Aztlan auf dem Hauptplatz der Stadt antreten.«
»Herr, ich habe nur den Rang eines Tequíua. Ich besitze nicht die Autorität, Befehle ...«
»Hiermit übertrage ich dir diese Autorität. Deine Kameraden werden wahrscheinlich aus reiner Neugier ohnehin zusammenlaufen. Ich will, daß jeder Krieger, Aztéca und Mexíca, auf dem Platz ist, nicht nur die gesamte Kriegerkaste, sondern auch jeder gesunde Mann, der ein Handwerk oder Gewerbe betreibt, falls er für den Kampf ausgebildet worden ist und im Falle eines Krieges eingezogen werden kann. Sorge dafür, Nochéztli!«
»Hm ... Verzeihung, Tenamáxtzin, aber manche der Krieger, die Yeyac treu ergeben waren, werden sich bei der Nachricht vom Tode ihres Herrn möglicherweise in die Hügel zurückziehen.«
»Wir werden sie verfolgen, wenn wir es für richtig halten. Aber glaub nicht, du könntest ebenfalls verschwinden, Nochéztli, sonst wirst du als erster gejagt, und die Art deiner Hinrichtung wird Stoff für eine Geschichte liefern, die man sich noch lange erzählt. Ich habe bei den Spaniern Dinge gelernt, die selbst die grimmigsten Rachegötter in Staunen setzen würden. Darauf küsse ich die Erde.«
Der Mann schluckte hörbar und sagte: »Ich stehe immer zu Euren Diensten, Tenamáxtzin.«
»Gut. Wenn sich daran nichts ändert, wirst du vielleicht doch noch alt werden. Sobald das Heer angetreten ist,

zeigst du mir vom höchsten bis zum niedersten Rang jeden Mann, der sich Yeyac bei seiner Kriecherei vor den Spaniern angeschlossen hat. Später werden wir das auch mit allen Bewohnern von Aztlan tun. Du wirst jeden Mann und jede Frau kenntlich machen, sei er ein geachteter Ältester, Priester oder gemeiner Sklave, der jemals mit Yeyac zusammengearbeitet oder Wohltaten von ihm empfangen hat.«
»Verzeihung, Herr, aber da ist vor allem die Frau, diese G'nda Ké, die im Palast ist, in dem Ihr wohnen wollt. Sie bewacht das Gemach der gefangenen Herrin Améyatl.«
»Ich weiß sehr gut, wie ich mit dieser Kreatur fertig werde«, erwiderte ich gereizt, denn offen gestanden wußte ich es nicht. »Finde du die anderen. Aber jetzt ... da sind die ersten Hütten der Vorstadt. Wie du siehst, kommen die Leute auf die Straße, um uns zu sehen. Geh voraus, Nochéztli, und tu das, was ich dir befohlen habe.«
Zu meiner Überraschung – er war ein Cuilóntli und hatte vermutlich ein weibisches Wesen – konnte Nochéztli brüllen wie ein Stier – ein Tier, das die Spanier Toro nennen. Er rief immer wieder, was ich ihm aufgetragen hatte. Die Leute staunten, und viele schlossen sich unserem kleinen Zug an, so daß Nochéztli, ich und Pakápeti eine regelrechte Prozession anführten, als wir in der späten Dämmerung die gepflasterten Straßen des Stadtkerns erreichten. Während wir den von Fackeln erhellten Hauptplatz überquerten, an dessen Ende sich der von Mauern umgebene Palast befand, strömte eine noch beachtlichere Menschenmenge herbei.
Zu beiden Seiten des breiten, offenen Portals stand je ein Krieger in voller Rüstung und mit dem Pelzhelm eines Jaguarritters auf dem Kopf. Beide waren mit dem Ma-

quáhuitl-Schwert, dem Gürtelmesser und einem Speer bewaffnet. Der Sitte gemäß hätten sie die Speere kreuzen müssen, um uns den Zugang zu verwehren, bis wir unsere Absichten kundtaten. Doch die beiden Männer starrten die seltsam gekleideten Fremden auf den merkwürdigen Reittieren nur unsicher an und staunten über die Scharen von Menschen, die den Platz füllten. Verständlicherweise wußten sie nicht recht, was sie in dieser Lage tun sollten.
Ich beugte mich über den Pferdehals zu Nochéztli hinunter und fragte ihn eindringlich: »Waren die beiden Yeyacs Männer?«
»Ja, Herr.«
»Töte sie.«
Die beiden Ritter wehrten sich nicht, wichen auch nicht zurück, als Nochéztli sein Obsidianschwert nach links und rechts schwang und sie wie lästiges Gestrüpp, das den Weg versperrt, zu Fall brachte.
Der Menge hinter uns stockte der Atem. Die Leute in meiner Nähe bekamen es mit der Angst zu tun und hielten daraufhin einen größeren Abstand.
»Nochéztli«, sagte ich, »du nimmst dir jetzt ein paar starke Männer aus dem Haufen hinter uns und beseitigst die Leichen.« Ich wies auf die toten Wachen und Yeyacs Körper auf dem Packpferd. »Dann befiehlst du der Menge unter Androhung meines Unmuts, sich zu zerstreuen. Danach führst du meine anderen Befehle aus. Du läßt das Heer auf dem Platz Aufstellung nehmen, damit ich es inspizieren kann, sobald ich, wie es sich für den Oberbefehlshaber gehört, mit Gold, Edelsteinen und Federn geschmückt bin.«
Nachdem man die Leichen weggebracht hatte, bedeutete ich Pakápeti mit einer Handbewegung, mir zu fol-

gen. Wir ritten gefolgt von den Packpferden stolz wie Eroberer in den Hof des prächtigen Palastes des Verehrten Statthalters von Aztlan ein, der von jetzt an der Palast des Uey-Tecútli Téotl-Tenamáxtzin war – mein Palast.

18

Im Licht der Fackeln, die in Haltern an den Wänden im Hof steckten, arbeiteten selbst um diese späte Stunde noch eine Reihe Gärtnersklaven. Sie waren mit den vielen blühenden Büschen beschäftigt, die überall in großen Steingefäßen wuchsen. Pakápeti und ich saßen ab und übergaben die Zügel der vier Pferde einigen dieser Männer. Die Sklaven nahmen sie mit großen Augen vorsichtig entgegen und hielten die Pferde auf Armeslänge von sich.
»Keine Angst«, beruhigte ich sie. »Die Tiere sind gutmütig. Bringt ihnen nur genug Wasser und Maiskörner. Bleibt bei ihnen, bis ich euch weitere Anweisungen für ihre Unterbringung und Versorgung gebe.«
Zehenspitze und ich gingen zum Haupttor des Palastgebäudes. Es wurde bereits geöffnet, bevor wir es erreicht hatten. G'nda Ké, die Yaki-Frau, öffnete beide Flügel und forderte uns durch eine Geste zum Eintreten auf. Sie tat das mit einer Anmaßung und Selbstverständlichkeit, als sei sie die eigentliche Herrin des Palastes und empfange geladene Gäste. Sie trug nicht länger die einfache Kleidung, die ich an ihr auf ihrer Wanderschaft gesehen hatte, sondern herrschaftliche Gewänder. Außerdem hatte sie sich das Gesicht geschminkt – möglicherweise um die Hautflecken zu verbergen, die ihre Schönheit beeinträchtigten. Jedenfalls sah sie gut aus. Selbst der

Cuilóntli Nochéztli, bestimmt kein Bewunderer von Frauen, hatte sie zu Recht als ›sehr hübsch und anziehend‹ beschrieben. Doch mir fiel sofort auf, daß sie immer noch die kalten Augen und das Lächeln einer Echse hatte. Und sie benutzte wie früher ihren Namen oder sagte ›sie‹ beziehungsweise ›ihr‹, wenn sie von sich selbst sprach, als beziehe sie sich auf eine Fremde, die nichts mit ihr zu tun hat.

»Wir treffen uns also wieder, Tenamáxtli«, sagte sie fröhlich. »G'nda Ké wußte natürlich von deiner Reise hierher, und sie war sicher, du würdest unterwegs den unrechtmäßigen Machthaber Yeyac überwältigen. Ach, und die liebe Pakápeti! Du wirst hübsch aussehen, wenn deine Haare länger sind! G'nda Ké freut sich so sehr, euch beide zu sehen. Sie kann es kaum erwarten...«

»Sei still!« fuhr ich sie an. »Bring mich zu Améyatl!«

Sie zuckte mit den Schultern und führte mich mit Zehenspitze im Gefolge in das obere Stockwerk des Palastes, aber nicht zu Améyatls früherem Gemach. G'nda Ké schob eine dicke Stange an einer schweren Tür zur Seite, hinter der sich ein fensterloser Raum befand, der nicht viel größer als ein Dampfbad war und schlecht roch, weil er geschlossen gehalten wurde. Es gab nicht einmal eine Öllampe, um das Dunkel zu erhellen.

Ich nahm ihr die Stange ab, damit sie nicht auf die Idee kam, mich ebenfalls einzusperren, und sagte: »Hol mir eine Fackel. Dann bringst du Zehenspitze in ein anständiges Gemach, damit sie sich reinigen und wie eine Frau kleiden kann. Anschließend kommst du sofort hierher zurück, du Schlange, damit ich dich im Auge behalten kann.«

Mit der brennenden Fackel betrat ich den kleinen Raum. Der Gestank war so unerträglich, daß es mich beinahe

würgte. Das einzige, was ich sah, war ein voller Axixcáli-Topf.
In einer Ecke regte sich etwas auf dem Steinfußboden. Es war Améyatl. Mühsam richtete sie sich auf. Ich erkannte sie kaum wieder. Ihr abgezehrter Körper war in schmutzige Lumpen gehüllt, die Haare waren verfilzt, das Gesicht war aschgrau, sie hatte hohle Wangen und dunkle Ringe um die Augen. Sie war einmal die schönste Frau von ganz Aztlan gewesen!
Doch ihre Stimme klang nicht schwach, sondern fest und würdevoll, als sie sagte: »Ich danke allen Göttern, daß du gekommen bist, Vetter. Ich habe nicht umsonst gewartet und die vielen langen Monate gebetet ...«
»Still, Améyatl«, unterbrach ich sie erschüttert. »Spar die Kraft, die du noch besitzt. Wir sprechen später miteinander. Ich bringe dich in dein Gemach, damit man sich um dich kümmert, dich badet, dir etwas zu essen bringt und du dich ausruhst. Danach haben wir über vieles zu reden.«
In ihrem Gemach warteten mehrere Dienerinnen. An einige konnte ich mich von früher erinnern. Alle wichen meinem Blick aus. Ich schickte sie mit knappen Worten davon. Améyatl und ich schwiegen, bis G'nda Ké mit Zehenspitze zurückkam, die wie eine Prinzessin gekleidet war.
Die Yaki-Frau versuchte, die Lage durch betonte Heiterkeit zu entschärfen. Sie sagte: »Alle neuen Kleider von G'nda Ké passen Pakápeti, bis auf die Sandalen. Wir mußten ein Paar suchen, die klein genug für sie sind.« Im Plauderton fuhr sie fort: »Nachdem G'nda Ké einen so großen Teil ihres Lebens zu Fuß und oft sogar barfuß unterwegs gewesen ist, legt sie jetzt großen Wert auf eine Unmenge von Schuhen. Sie ist dankbar dafür, Yeyac als

ihren Wohltäter gehabt zu haben, auch wenn sie ihn in anderer Hinsicht widerwärtig fand, denn durch ihn konnte G'nda Ké ihrer Liebe zu Schuhen frönen. Sie hat ganze Schränke voll. Sie kann jeden Tag ein anderes Paar Sandalen ...«

»Hör mit dem dummen Geschwätz auf!« unterbrach ich sie und machte Améyatl und Zehenspitze miteinander bekannt. »Dies ist meine schwer mißhandelte liebe Cousine Améyatl. Da ich keinem Menschen im Palast traue, bitte ich dich, Pakápeti, für sie zu sorgen. Sie wird dir zeigen, wo das Dampfbad ist, wo sich ihre Garderobe befindet und so weiter. Bring ihr aus der Küche unten etwas zu essen, was sie stärkt, und gib ihr süße Schokolade zu trinken. Dann hilf der Armen auf ihr Lager, aber lege viele Steppdecken übereinander, damit es weich ist. Wenn Améyatl eingeschlafen ist, kommst du zu mir nach unten.«

»Es ist mir eine Ehre«, sagte Zehenspitze, »der Dame Améyatl zu dienen.«

Meine Cousine beugte sich vor und küßte mich auf die Wange, aber nur flüchtig, um mich nicht durch den Gestank ihres Körpers oder ihren schlechten Atem abzustoßen, und ging mit Zehenspitze hinaus. Ich wandte mich wieder G'nda Ké zu.

»Ich habe bereits zwei Palastwachen erschlagen. Ich nehme an, alle anderen, die im Augenblick hier beschäftigt sind, haben dem Betrüger Yeyac während seiner Herrschaft ebenfalls widerspruchslos gedient.«

»Das stimmt. Eine Reihe Dienstboten hat das entschieden abgelehnt, aber sie haben sich schon lange andere Stellungen gesucht.«

»Dann befehle ich dir, diese treuen Diener ausfindig zu machen und zurückbringen zu lassen. Außerdem be-

fehle ich dir, die derzeitige Dienerschaft ausnahmslos zu beseitigen. Ich kann mir nicht selbst die Mühe machen, so viele Diener zu erschlagen. Ich bin sicher, als Schlange kennst du ein Gift, das sie alle im Handumdrehen töten wird.«
»Aber selbstverständlich«, erwiderte sie so gelassen, als hätte ich sie um einen Beruhigungssaft gebeten.
»Gut. Du wartest, bis Améyatl richtig gegessen hat.« Ich durchbohrte sie mit meinen Blicken. »Das wird bestimmt die erste ordentliche Mahlzeit sein, die sie seit ihrer Gefangennahme bekommen hat.« Sie lächelte nur unschuldig. »Wenn sich die Dienerschaft zum Abendessen versammelt, sorgst du dafür, daß das Atóli mit einer gehörigen Portion von deinem Gift gewürzt ist. Nachdem sie tot sind, wird Pakápeti die Küche übernehmen, bis wir zuverlässige Diener und Sklaven gefunden haben.«
»Wie du befiehlst. Möchtest du, daß die Diener qualvoll oder friedlich sterben, ich meine, schnell oder langsam?«
»Es kümmert mich einen Dreck, wie sie sterben. Sorge nur dafür, daß sie tot sind.«
»Dann beschließt G'nda Ké, gnädig zu sein, denn sie ist von Natur aus gütig. Sie wird Tlapatl-Kraut in das Essen mischen. Die Leute werden mit Wahnvorstellungen sterben. Sie werden im Delirium prächtige Farben und wundervolle Trugbilder sehen, bis sie die Augen für immer schließen. Aber Tenamáxtli, sag G'nda Ké, muß auch sie an diesem letzten, tödlichen Mahl teilnehmen?«
»Nein. Ich habe noch Verwendung für dich. Es sei denn, Améyatzin entscheidet anders, wenn sie wieder bei Kräften ist. Sie wird vielleicht verlangen, daß ich dich beseitige. Wenn sie das will, wird es bestimmt auf eine sehr einfallsreiche und nicht sehr gnädige Weise geschehen.«

»Du darfst G'nda Ké nicht für die Mißhandlung deiner Cousine verantwortlich machen«, erwiderte sie, als sie mir in die Gemächer folgte, die zuerst Mixtzin und dann Yeyac gehört hatten. »Ihr eigener Bruder hat bestimmt, daß sie auf so unmenschliche Weise eingesperrt wurde. G'nda Ké hatte nur den Befehl, die verschlossene Tür zu bewachen. Selbst G'nda Ké durfte sich nicht über seine Anordnungen hinwegsetzen.«
»Du lügst, Weib! Du lügst öfter und gedankenloser, als du deine vielen Sandalen wechselst.«
Ich gab einem der Diener, die sich in der Nähe aufhielten, Anweisung, auf der Stelle glühende Holzkohle und Eimer mit frischem Wasser in das Dampfbad zu bringen.
Während ich meine spanischen Kleider ablegte, sagte ich zu der Yaki-Frau: »Mit deinen Giften und deiner Zauberei, ayya, selbst mit deinem Schlangenblick hättest du Yeyac jederzeit töten können. Ich weiß, du hast deine böse Magie benutzt, um ihn bei seinem Bündnis mit den Spaniern zu unterstützen.«
»Nichts als Unsinn, lieber Tenamáxtli!« Sie lachte fröhlich. »Das war nur der übliche Unsinn, den G'nda Ké anstellt. Sie hetzt mit Vergnügen Männer gegeneinander auf. Das war reiner Zeitvertreib, bis du und sie wieder zusammensein würden, um wirklich alles zu zerstören.«
»Zusammensein!« schnaubte ich. »Ich würde mich lieber mit Mictlancíuatl, der schrecklichen Göttin der Unterwelt, zusammentun.«
»Jetzt sagst du die Unwahrheit. Sieh dich an.« Ich war inzwischen nackt und wartete ungeduldig auf die Meldung des Dieners, daß mein Dampfbad bereit sei. »Du freust dich, wieder mit G'nda Ké zusammenzusein. Du stellst prahlerisch und verführerisch deinen nackten Körper

zur Schau. Und du siehst gut aus. Du führst sie bewußt in Versuchung.«
»Für mich bist du bedeutungslos und unwichtig. Was du siehst und was du denkst, interessiert mich nicht mehr, als wenn du ein Holzwurm in der Wandvertäfelung wärst.«
Ihre Miene verfinsterte sich bei dieser Beleidigung so sehr, daß die kalten Augen wie Eissplitter funkelten. Der Diener kam zurück, und ich folgte ihm in das Dampfbad. Im Gehen sagte ich zu ihr: »Du bleibst hier.«
Nachdem ich lange und genußvoll geschwitzt, mich geschabt und abgetrocknet hatte, kam ich immer noch nackt zurück und stellte fest, daß sich inzwischen im Raum außer G'nda Ké auch der Krieger Nochéztli befand. Sie standen in einigem Abstand voneinander und musterten sich feindselig. Er ließ sie nicht aus den Augen. Sie sah ihn eher spöttisch an.
Bevor er den Mund aufmachen konnte, rief sie boshaft: »Deshalb hat es dir also nichts ausgemacht, Tenamáxtli, dich vor G'nda Ké splitternackt auszuziehen. Ich weiß, daß Nochéztli einer der Lieblings-Cuilóntin von Yeyac war. Er hat mir gesagt, daß er jetzt deine rechte Hand ist. Ayya, du hast die süße Zehenspitze also nur bei dir, um die anderen Frauen zu täuschen. Das hätte G'nda Ké niemals von dir gedacht.«
Nochéztli wurde rot und räusperte sich verlegen.
»Beachte den Holzwurm nicht«, sagte ich zu Nochéztli. »Hast du etwas zu berichten?«
»Die Truppen warten darauf, daß Ihr sie besichtigt, Herr. Sie warten schon seit einiger Zeit.«
»Laß sie warten«, sagte ich und begann, im Schrank mit den offiziellen Gewändern den Kopfschmuck und die anderen Insignien der Macht des Uey-Tecútli zu su-

chen. »Das erwartet man von Truppen, und Truppen erwarten es ebenfalls. Für sie sind lange Zeiten der Langeweile und des Gelangweiltseins, in die nur hin und wieder Töten und Sterben etwas Leben bringen, der normale Alltag. Geh und sorge dafür, daß meine Truppen warten.«

Während ich mich anzog und der schmollenden G'nda Ké hin und wieder befahl, mir beim Anbringen eines edelsteinbesetzten Schmuckstücks behilflich zu sein oder einen Federbusch aufzuschütteln, sagte ich zu ihr: »Ich kann wahrscheinlich nur die Hälfte des Heeres für meine Sache brauchen. Als wir uns am See trennten, hast du gesagt, du würdest im Dienst meiner Mission reisen. Statt dessen bist du genau wie dieses Weibsstück, deine Ahne gleichen Namens, hierher nach Aztlan gekommen. Du hast das gleiche wie sie getan. Du hast Unfrieden unter der Bevölkerung gestiftet, hast aus reiner Bosheit Krieger gegeneinander aufgehetzt, Bruder gegen Bruder ...«

»Halt, halt, Tenamáxtli!« unterbrach sie mich. »G'nda Ké ist nicht an allem schuld, was in deiner Abwesenheit hier geschehen ist. Es muß Jahre her sein, daß dein Onkel und deine Mutter aus der Stadt México zurückgekommen sind und Yeyac sie aus dem Hinterhalt überfallen hat. Von diesem Verbrechen ahnt kaum jemand etwas. Auch wie lange Yeyac gewartet hat, um den Mitregenten Káuri aus dem Weg zu räumen, weiß G'nda Ké nicht. Ebensowenig ist ihr bekannt, wieviel Zeit danach verging, bis Yeyac seine eigene Schwester so grausam entmachtete und das Amt des Verehrten Statthalters an sich riß. G'nda Ké weiß nur, daß sich all diese Dinge bereits *vor* ihrer Ankunft ereignet hatten.«

»Als du hier warst, hast du Yeyac dazu getrieben, sich mit

den Spaniern in Compostela zu verbünden, mit den Weißen, die ich geschworen habe auszurotten! Und jetzt entschuldigst du deine Einmischung leichthin als ›Unsinn‹.«

»Ayyo, als Zeitvertreib ... mehr nicht. G'nda Ké findet größte Genugtuung daran, sich in die Angelegenheiten von Männern einzumischen. Aber denk doch nach, Tenamáxtli. Sie hat dir in Wirklichkeit einen großen Gefallen getan. Sobald dein neuer Cuilóntli ...«

»In die tiefsten Tiefen von Míctlan mit dir, du unverschämtes Weib! Ich gebe mich nicht mit Cuilóntin ab. Ich habe Nochéztli verschont, damit er alle anderen Anhänger und Mitverschwörer Yeyacs bloßstellen kann.«

»Wenn er das tut, wirst du sie bestrafen.« Sie lachte glücklich. »Du wirst sie beseitigen ... Krieger und Nichtkrieger gleichermaßen, die Verräter, die Unzuverlässigen, die Schwächlinge, die Dummköpfe, alle, die lieber einem spanischen Herrn gehorchen würden, als Gefahr zu laufen, ihr eigenes Blut zu vergießen. Du wirst ein kleineres, aber besseres Heer zurückbehalten, und die Bevölkerung wird sich begeistert einer Sache verschreiben, der Sache, für die das Heer entschlossen kämpfen wird.«

Ich mußte ihr zustimmen. »Ja«, sagte ich, »man kann es auch von dieser Seite sehen.«

»Und all das nur, weil G'nda Ké nach Aztlan gekommen ist und ›Unsinn‹ angestellt hat.«

Ich sagte trocken: »Ich hätte auf deine Listen und Machenschaften lieber verzichtet und die Dinge selbst in die Hand genommen. Denn wenn ich Aztlan, wie du gesagt hast, gesäubert habe, ayya, dann bleibst nur du als einziger Mensch übrig, dem ich *nicht* zu trauen wage.«

»Es ist einzig und allein deine Sache, wem du vertraust und wem nicht. Aber G'nda Ké ist deine Freundin, soweit sie überhaupt die Freundin eines Mannes sein kann.«
»Dann mögen mir alle Götter beistehen«, murmelte ich, »wenn du jemals meine Feindin werden solltest.«
»Stell G'nda Ké eine Aufgabe, die dein Vertrauen in sie erfordert. Dann wirst du sehen, ob sie es verdient.«
»Ich habe dir bereits zwei Aufgaben übertragen. Beseitige alle Dienstboten im Palast. Suche die Getreuen, die gegangen sind, und rufe sie zurück. Hier ist eine weitere. Schicke Boten zu allen Mitgliedern des Rates in Aztlan, Tépiz, Yakóreke und überall sonst und bitte sie, sich morgen um die Mittagszeit im Thronsaal einzufinden.«
»Das wird geschehen.«
»Während ich draußen die Spreu aus meinem Heer siebe, bleibst du hier im Palast, damit dich niemand sieht. Viele Männer auf dem Platz werden sich fragen, warum ich dich nicht als erste umgebracht habe.«

Unten erwartete mich Pakápeti und berichtete, daß Améyatl frisch gebadet und parfümiert sei. Sie habe gegessen und sei inzwischen in den Schlaf der Erschöpfung gesunken.
»Danke, Zehenspitze«, sagte ich. »Ich möchte, daß du bei mir bist, wenn ich jetzt die Krieger da draußen in Augenschein nehme. Nochéztli soll alle die für mich kenntlich machen, die ich mir vom Hals schaffen muß. Allerdings weiß ich nicht, wieweit ich mich auf ihn verlassen kann. Er wird vielleicht die Gelegenheit nutzen, um alte Rechnungen zu begleichen – etwa mit Vorgesetzten, die ihm eine Beförderung verweigert, oder ehemaligen Liebhabern, die ihn verschmäht haben. Bevor ich meine

Entscheidung fälle, werde ich dich vielleicht um die Meinung einer Frau bitten.«

Wir gingen über den Hof, wo die Sklaven immer noch auf die Pferde achtgaben, sich dabei aber nach wie vor nicht wohl in ihrer Haut zu fühlen schienen. Am offenen Tor in der Mauer, wo Nochéztli auf uns wartete, blieben wir stehen. Bis auf etwa zehn Schritte vor der Mauer füllten Mannschaften und Offiziere in Kampfausrüstung, jedoch unbewaffnet, den Platz. Jeder fünfte Mann hielt eine Fackel in der Hand, damit ich die einzelnen Gesichter sehen konnte. Hier und da trug einer das Banner der Einheit eines bestimmten Ritters oder den kleineren Wimpel eines Trupps unter Führung eines Cuáchic, eines ›alten Adlers‹. Ich glaube, das angetretene Heer der Stadt hatte eine Stärke von etwa tausend Mann.

»Krieger, stillgestanden!« brüllte Nochéztli, als habe er sein Leben lang Truppen kommandiert. Die wenigen Männer, die mit hängenden Schultern dastanden oder sich unruhig bewegten, richteten sich sofort auf. Nochéztli fuhr mit lauter Stimme fort: »Hört die Worte eures Uey-Tecútli Tenamáxtzin!«

Ob aus Gehorsam oder aus Unsicherheit, die Schar der Männer verstummte, so daß ich nicht die Stimme heben mußte. »Ihr seid auf meinen Befehl hier zusammengerufen worden. Der Tequíua Nochéztli wird nun, ebenfalls auf meinen Befehl, durch eure Reihen gehen und die Schultern bestimmter Männer berühren. Jeder dieser Männer wird vortreten und sich an der Mauer dort drüben aufstellen. Das geschieht schnell, ohne Protest, ich dulde keine Fragen, keinen Laut, bis ich wieder spreche.«

Nochéztlis Ausmusterungsvorgang dauerte so lange, daß ich ihn nicht Schritt für Schritt und Mann für Mann schildern werde. Doch als er die letzte, am weitesten entfernte Reihe abgeschritten hatte, zählte ich vor der Mauer einhundertachtunddreißig Männer, die zum Teil unglücklich, zum Teil beschämt oder trotzig wirkten. Ihre Stellungen im Heer reichten vom einfachen Yaoquízquin-Rekruten über die Ränge der Íyactin und Tequíuatin bis zu Cuáchictin-Unteroffizieren. Ich schämte mich, als ich feststellte, daß die Schurken alle Aztéca waren. Unter ihnen befand sich nicht ein einziger der alten Mexíca-Krieger, die vor langer Zeit aus Tenochtítlan gekommen waren, um das Heer auszubilden, und auch kein jüngerer Mexíca, der vielleicht der Sohn eines dieser stolzen Männer hätte sein können.

Der höchste Offizier an der Mauer war ein Aztécatl-Ritter, doch er gehörte dem Pfeilorden an. Der Jaguarorden und der Adlerorden nehmen nur echte Helden in ihre Reihen auf, Krieger, die sich in vielen Schlachten ausgezeichnet und feindliche Ritter erschlagen haben. Ein Pfeilritter erhält diesen Ehrentitel nur deshalb, weil er im Umgang mit dem gemeinhin ungenauen Bogen besondere Geschicklichkeit unter Beweis stellt. Dabei spielt es keine Rolle, ob er mit dieser Waffe viele Feinde getötet hat.

»Ihr alle wißt, weshalb ihr dort steht«, sagte ich zu den Männern an der Mauer, und zwar laut genug, damit es der Rest der Truppe ebenfalls hörte. »Ihr werdet beschuldigt, mit dem falschen Verehrten Statthalter Yeyac gemeinsame Sache gemacht zu haben, obwohl ihr alle wußtet, daß er diesen Titel nach der Ermordung seines Vaters und seines Schwagers widerrechtlich an sich gerissen hatte. Ihr seid Yeyac gefolgt, als er sich mit den Weißen verbündete, den Eroberern und Unterdrückern unserer EINEN WELT. Als Handlanger der Spanier habt ihr

mit Yeyac gegen tapfere Männer unseres eigenen Volkes gekämpft, um zu verhindern, daß sie den Unterdrückern weiterhin Widerstand leisteten. Leugnet einer von euch diese Anschuldigungen?«
Zu ihrer Ehre sei gesagt, daß sich niemand meldete. Das gereichte auch Nochéztli zur Ehre. Offensichtlich hatte er seine Aufgabe redlich erfüllt.
Ich stellte noch eine Frage. »Macht jemand Umstände geltend, die seine Schuld mildern könnten?«
Fünf oder sechs Männer traten vor. Doch sie konnten alle sinngemäß nur sagen: »Als ich meinen Eid ablegte, Herr, habe ich geschworen, die Befehle meiner Vorgesetzten zu befolgen, und ich habe mich daran gehalten.«
»Ihr habt einen Eid auf das *Heer* geleistet«, erwiderte ich, »nicht auf einen Menschen, der, wie euch bewußt war, gegen die Interessen des Heeres handelte. Dort stehen mehr als neunhundert andere Krieger, eure Kameraden, die sich nicht zum Verrat verleiten ließen.« Ich wandte mich an Zehenspitze und fragte leise: »Hast du Mitleid mit einem dieser elenden Irregeleiteten?«
»Mit keinem«, erwiderte sie entschieden. »Als wir Purémpecha in Michihuácan die Macht hatten, wurden solche Männer an Pfähle gebunden, bis sie so schwach waren, daß die Geier nicht erst auf ihren Tod warten mußten, bevor sie anfingen, sie zu fressen. Ich schlage das als die angemessene Art der Hinrichtung für alle vor.«
Bei Huitzli, dachte ich, Pakápeti ist so blutrünstig geworden wie G'nda Ké.
Ich sagte wieder so laut, daß alle es hörten, obwohl meine Worte den angeklagten Männern galten: »Ich habe zwei Frauen gekannt, die als Kriegerinnen mannhafter waren als ihr. Hier neben mir steht die eine von ihnen. Wenn sie keine Frau wäre, hätte sie es verdient, in den

Ritterstand erhoben zu werden. Die andere tapfere Frau hat den Tod gefunden, als sie eine ganze Festung voll spanischer Soldaten zerstörte. Ihr dagegen seid eine Schande für eure Kameraden, für eure Fahnen, für euren Schwur, für uns Aztéca und für jedes andere Volk der EINEN WELT. Ich verurteile euch ohne Ausnahme zum Tode.« Ich wartete einen Augenblick, dann fuhr ich fort: »Aber ich will Milde walten lassen. Jeder darf seine Todesart selbst bestimmen.«

Zehenspitze schüttelte empört den Kopf.

»Ihr könnt euer Leben auf eine von drei Arten beenden. Entweder könnt ihr euch morgen auf dem Altar von Coyolxaúqui, der Schutzgöttin von Aztlan, als Opfer darbringen. Da ihr in diesem Fall nicht aus freiem Willen die Stufen zu Ihr hinaufsteigen würdet, wäre diese öffentliche Hinrichtung allerdings eine immerwährende Schande für eure ganze Familie und eure Nachkommen. Da eure Häuser und euer Besitz beschlagnahmt werden, müßten eure Familien nicht nur in Armut, sondern auch in Schande leben.«

Ich machte eine Pause, damit sie darüber nachdenken konnten.

»Oder ihr gebt mir euer Ehrenwort. Ihr wißt selbst, euch ist wenig genug Ehre geblieben! Ihr werdet also die Erde darauf küssen, daß jeder von euch nach Hause geht, die Speerspitze auf seine Brust richtet, sich hineinstürzt und so von der Hand eines Kriegers stirbt, auch wenn es die eigene ist.«

Die meisten Männer nickten ernst, doch ein paar wenige warteten auf meinen dritten Vorschlag.

»Oder ihr wählt eine andere, noch ehrenhaftere Art des Selbstopfers für die Götter. Ihr könnt euch *freiwillig* für einen Einsatz melden, den ich geplant habe. Und«, fügte

ich voll Verachtung hinzu, »das bedeutet, daß ihr gegen eure Freunde, die Spanier, kämpfen werdet. Nicht einer von euch wird diesen Einsatz überleben. Darauf küsse ich die Erde. Aber ihr werdet in einer Schlacht sterben, wie es sich jeder Krieger erhofft. Zur Befriedigung all unserer Götter werdet ihr dabei außer eurem Blut auch das der Feinde vergießen. Ich bezweifle, daß die Götter dadurch so weit besänftigt sein werden, daß sie euch das glückliche Leben der gefallenen Krieger in Tonatíucan gewähren. Doch selbst im trostlosen Nichts von Míctlan könnt ihr eine Ewigkeit daran denken, daß ihr euch wenigstens einmal im Leben wie Männer benommen habt. Wie viele melden sich?«
Sie taten es alle ohne Ausnahme und bückten sich, um die Erde zu berühren, was bedeutete, sie küßten zum Zeichen ihrer Treue die Erde.
»So sei es!« rief ich. »Und dir, Pfeilritter, übertrage ich den Befehl bei diesem Einsatz, wenn die Zeit gekommen ist. Bis dahin werdet ihr alle im Tempel von Coyolxaúqui unter Bewachung in Arrest genommen. Jetzt nennt dem Tequíua Nochéztli eure Namen, damit ein Schreiber sie für mich festhalten kann.«
Den anderen Männern auf dem Platz rief ich zu: »Ich danke euch allen, nicht zuletzt für eure unerschütterliche Treue zu Aztlan. Ihr seid entlassen, bis ich euch wieder zusammenrufen lasse.«

Als Zehenspitze und ich in den Palasthof zurückgingen, machte sie mir Vorwürfe.
»Tenamáxtli, bis heute abend hast du Männer so vorbehaltlos und unbekümmert getötet, wie ich es tun würde. Aber plötzlich bist du völlig verändert! Du setzt dir diesen Kopfputz auf, hängst dir einen Mantel um, legst

Schmuck an, und mit einem Mal trägst du eine unpassende Milde zur Schau. Ein Verehrter Statthalter sollte unberechenbarer und grausamer sein als gewöhnliche Männer, nicht sanftmütiger. Diese Verräter verdienen den Tod.«
»Sie werden sterben«, versicherte ich ihr. »Aber auf eine Art, die meiner Sache dient.«
»Wenn du sie öffentlich hinrichten würdest, wäre deiner Sache auch gedient. Das würde alle anderen Männer von dem Versuch abhalten, in Zukunft ein falsches Spiel zu treiben. Wenn Schmetterling und ihr Trupp Frauen hier wären, um die Hinrichtungen zu übernehmen, wäre dir der Erfolg sicher. Sie können den Männern zum Beispiel die Bäuche aufschlitzen … ich meine langsam, nicht so, daß sie daran sterben, und dann Feuerameisen hineinwerfen. Mit Sicherheit würde kein Zuschauer jemals riskieren, deinen Zorn zu erregen.«
Ich seufzte: »Hast du nicht schon genug Menschen sterben sehen, Pakápeti? Dann sieh dir das an.«
Ich wies auf das hintere Ende des Palastgebäudes, wo sich die Küche befand. Im Lichtschein einer Tür tauchte aus dem Gebäude eine Reihe Sklaven auf, die gebeugt unter der Last der Leichen auf ihren Rücken im Dunkeln verschwanden.
»Auf meinen Befehl und sozusagen auf einen Schlag hat die Yaki-Frau alle Dienstboten im Palast getötet.«
»Du hast mir nicht einmal erlaubt, ihr dabei behilflich zu sein!« rief Zehenspitze wütend.
Ich seufzte wieder. »Morgen, Liebes, wird Nochéztli für mich eine Liste der Bewohner von Aztlan zusammenstellen, die wie die Krieger Yeyac bei seinen Verbrechen unterstützt oder Nutzen daraus gezogen haben. Wenn du versprichst, jetzt friedlich zu sein, verspreche ich, daß

du deine zarten weiblichen Künste an zwei oder drei Leuten ausprobieren kannst.«
Sie lächelte. »Das klingt eher nach dem alten Tenamáxtli. Aber das reicht mir nicht. Du mußt mir auch versprechen, daß ich mit dem Pfeilritter und den anderen an diesem Einsatz teilnehmen kann, von dem du gesprochen hast.«
»Bist du tlahuéle geworden? Das ist Selbstmord! Ich weiß, es macht dir Spaß, Männer zu töten. Aber willst du unbedingt mit ihnen sterben?«
Sie erwiderte hochmütig: »Eine Frau ist nicht verpflichtet, alle ihre Launen und Einfälle zu erklären.«
»Ich verlange nicht, daß du diesen Einfall erklärst. Ich befehle, daß du ihn vergißt!«
Ich ließ sie stehen, ging mit großen Schritten in den Palast und eilte die Treppe hinauf.

Ich saß an Améyatls Bett – ich hatte die ganze Nacht bei ihr gewacht –, als sie am späten Morgen endlich die Augen aufschlug.
»Ayyo!« rief sie. »Du bist es, Vetter! Ich fürchtete schon, ich hätte nur geträumt, daß ich gerettet worden bin.«
»Du bist gerettet. Glücklicherweise war ich rechtzeitig hier, bevor du in der stinkenden Zelle bei lebendigem Leib verfault bist.«
»Ayya!« seufzte sie. »Sieh mich nicht an, Tenamáxtli. Ich muß aussehen wie das Gerippe der Weinenden Frau aus der Legende.«
»Für mich, meine liebe Cousine, siehst du aus wie immer. Als kleines Mädchen hast du auch nur aus Ellbogen und Knien bestanden. Du warst und bist eine Freude für die Augen und für das Herz. Bald bist du wieder schön und

stark. Du brauchst nur die richtige Ernährung und genug Ruhe.«
Sie fragte angstvoll: »Sind mein Vater und deine Mutter mit dir gekommen? Warum seid ihr alle so lange weg gewesen?«
»Es tut mir leid, daß ich es dir sagen muß, Améyatl. Sie sind nicht bei mir. Sie werden nie mehr bei uns sein.«
Vor Schmerz stöhnte sie leise auf.
»Es tut mir auch leid, dir sagen zu müssen, daß dies das Werk deines Bruders war. Er hat beide hinterhältig ermordet und später auch deinen Mann Káuri, lange bevor er dich einsperrte und als Regentin von Aztlan absetzte.«
Sie dachte eine Weile stumm darüber nach, weinte ein wenig und flüsterte schließlich: »Er hat solche schrecklichen Untaten begangen ... nur wegen eines unbedeutenden Rangs ... in einem unwichtigen kleinen Winkel der EINEN WELT. Armer Yeyac.«
»Armer Yeyac?«
»Du und ich, wir wußten beide seit unserer Kindheit, daß Yeyac mit einem ungünstigen Tonáli geboren worden war. Darunter hat er sein Leben lang gelitten und war deshalb unglücklich und unzufrieden.«
»Du bist weit nachsichtiger und versöhnlicher als ich, Améyatl. Ich bedaure es nicht, wenn ich dir sage, daß Yeyac nicht länger leidet. Er ist tot, und ich trage für seinen Tod die Verantwortung. Ich hoffe, du wirst mich deshalb nicht hassen.«
»Nein ... natürlich nicht.« Sie griff nach meiner Hand und drückte sie liebevoll. »Die Götter, die ihn mit diesem Tonáli geschlagen hatten, müssen das vorherbestimmt haben. Aber jetzt ...«, sie nahm sich sichtlich zusammen und fragte beklommen: »Hast du mir alle schlechten Neuigkeiten berichtet?«

»Das mußt du selbst beurteilen. Ich bin dabei, Aztlan von allen Helfershelfern und Vertrauten Yeyacs zu säubern.«
»Verbannst du sie?«
»Weit, sehr weit weg. Nach Míctlan, wie ich hoffe.
»Oh, ich verstehe.«
»Jedenfalls alle bis auf diese Frau, G'nda Ké, deine Gefängniswärterin.«
»Ich weiß nicht, was ich von ihr halten soll«, sagte Améyatl, und es klang verwirrt. »Ich kann sie eigentlich nicht hassen. Sie mußte Yeyacs Befehl gehorchen. Manchmal ist es ihr gelungen, mir etwas Essen zu bringen, das besser schmeckte als Atóli, oder ein feuchtes, parfümiertes Tuch, mit dem ich mich ein wenig waschen konnte. Aber irgend etwas ... ihr Name ...«
»Jetzt, da unser Urgroßvater tot ist, sind wir beide, du und ich, möglicherweise die einzigen, für die sich mit diesem Namen etwas verbindet, wenn auch nur unbestimmt. Canaútli hat uns von dieser Yaki-Frau aus alter Zeit erzählt. Erinnerst du dich? Wir waren damals noch Kinder.«
»Ja!« sagte Améyatl. »Die böse Frau ... sie hat die Aztéca gespalten und den halben Stamm davongeführt. Später wurden aus den Abtrünnigen die großen Eroberer, die Mexíca. Aber Tenamáxtli, das war am Anfang der Zeiten. Es kann nicht dieselbe G'nda Ké sein.«
»Wenn sie es nicht ist«, knurrte ich, »dann hat sie mit Sicherheit alle niederen Instinkte und Beweggründe ihrer gleichnamigen Vorgängerin geerbt.«
»Ich frage mich«, sagte Améyatl, »ob Yeyac das bewußt war? Er hat Canaútlis Geschichte zusammen mit uns angehört.«
»Das werden wir nie erfahren. Ich habe mich noch nicht

erkundigt, ob es einen neuen Geschichtserinnerer gibt – oder ob Canaútli diese Geschichte an seinen Nachfolger weitergegeben hat. Ich glaube es nicht. Der neue Geschichtserinnerer hätte die Bewohner von Aztlan bestimmt zu einem Aufstand ermutigt, nachdem diese Frau an Yeyacs Hof gekommen war. Besonders als sie Yeyac dazu verleitete, den Spaniern seine Freundschaft anzutragen.«

»Das hat Yeyac getan?« rief Améyatl erschrocken. »Aber ... dann ... warum schonst du diese Frau?«

»Ich brauche sie. Ich werde dir erklären weshalb, aber das ist eine lange Geschichte. Da kommt Pakápeti. Sie war meine treue Begleiterin auf dem langen Weg hierher und ist jetzt deine Zofe.«

Zehenspitze brachte einen Teller mit Früchten und anderen leicht bekömmlichen Sachen für Améyatls Frühstück. Die beiden jungen Frauen begrüßten sich freundlich, doch Zehenspitze begriff, daß meine Cousine und ich ein ernstes Gespräch führten, und ließ uns allein.

»Zehenspitze ist mehr als deine persönliche Dienerin«, sagte ich. »Sie ist Haushofmeisterin des ganzen Palastes. Außerdem ist sie die Köchin, die Wäscherin, die Haushälterin, einfach alles. Sie, du, ich und die Yaki-Frau sind die einzigen Menschen, die noch hier wohnen. Alle Dienstboten, die unter Yeyac beschäftigt waren, sind inzwischen bei ihm in Míctlan. G'nda Ké ist gerade dabei, Ersatz zu suchen.«

»Du wolltest mir sagen, weshalb G'nda Ké noch lebt, obwohl so viele andere tot sind.«

Also berichtete ich, während Améyatl mit großem Appetit und sichtlichem Vergnügen frühstückte, alles oder das meiste, was ich seit unserem Abschied getan und erlebt hatte. Manche Ereignisse streifte ich nur. Zum Beispiel schilderte ich den Tod des Mannes auf dem Scheiterhaufen, von dem ich später erfahren hatte, daß er mein Vater gewesen war, und dessen Tod mich dazu brachte, so viele Dinge zu tun, nicht in allen schrecklichen Einzelheiten. Ich berichtete auch nur kurz und zusammenfassend von meiner Ausbildung in der spanischen Sprache und dem christlichen Aberglauben und davon, wie ich gelernt hatte, die Donnerstöcke zu benutzen. Ebensowenig ging ich näher auf meine Beziehung zu dem Mulattenmädchen Rebeca ein oder auf die tiefen Gefühle, die Citláli und mich verbunden hatten, und auf die verschiedenen Purémpe-Frauen, die ich gehabt hatte, bevor ich Pakápeti kennenlernte. Ich erklärte ihr, daß sie und ich schon seit langer Zeit gemeinsam reisten. Doch ich berichtete Améyatl in allen Einzelheiten von meinen Plänen und den wenigen Vorbereitungen, die ich für einen Aufstand gegen die Weißen getroffen hatte, um sie vollständig aus der EINEN WELT zu vertreiben.

Als ich geendet hatte, sagte sie nachdenklich: »Du bist sehr tapfer und ehrgeizig gewesen, Vetter. Aber dein Plan klingt verrückt. Das mächtige Volk der Mexíca ist unter dem Ansturm der Caxtiltéca oder der Spanier, wie du sie nennst, zusammengebrochen. Und du glaubst, du allein ...«

»Dein Vater Mixtzin hat das auch gesagt. Es waren so ungefähr die letzten Worte, die er mit mir gesprochen hat. Aber ich bin nicht allein. Nicht jedes Volk war wie die Mexíca bereit, die Waffen zu strecken. Die Purémpecha haben beinahe bis zum letzten Mann gekämpft, und deshalb leben in ganz Michihuácan jetzt praktisch nur Frauen. Und selbst sie werden kämpfen. Pakápeti hat eine beachtliche Truppe zusammengestellt, bevor sie und ich Michiuácan verließen. Die Spanier wagen es bis heute noch nicht, die wilden Stämme im Norden anzugreifen. Es ist nur nötig, daß jemand diese zähen, unnachgiebigen, völlig unterschiedlichen Völker in einem gemeinsamen Feldzug gegen die weißen Eroberer führt.«

»Also ...«, sagte Améyatl, »wenn bei einem solchen Unternehmen allein Entschlossenheit zählt ...« Sie schüttelte langsam den Kopf und sah mich mit großen Augen an. »Aber du hast mir immer noch nicht erklärt, was diese G'nda Ké damit zu tun hat.«

»Ich möchte, daß sie mir hilft, diese Völker und Stämme, die bis jetzt zwar nicht besiegt, aber auch nicht organisiert sind, zu einem haltbaren Heer zu vereinigen. Man kann nicht leugnen, daß ihre Vorgängerin vor langer Zeit in einem bunt zusammengewürfelten Haufen ausgestoßener Aztéca eine Angriffslust weckte, die zur Entstehung der großartigsten Kultur der EINEN WELT führte. Wenn sie dazu fähig war, so glaube ich, daß ihre Urururenkelin oder was immer unsere G'nda Ké sein mag, das ebenfalls schafft.« Meine Cousine schüttelte den Kopf, und ich fügte schnell hinzu: »Ich bin zufrieden, wenn sie nur ihr eigenes Volk, die Yaki, für mich gewinnt. Es heißt, sie seien die gefährlichsten und grausamsten Kämpfer von allen.«

»Du mußt das tun, was du für das Beste hältst, Vetter. Du bist der Uey-Tecútli.«

»Darüber wollte ich auch sprechen. Ich habe das Amt nur übernommen, weil du es als Frau nicht bekleiden kannst. Aber ich empfinde noch nicht Yeyacs brennendes Verlangen nach einem Titel, nach Macht und Erhabenheit. Ich werde nur so lange herrschen, bis es dir gesundheitlich gut genug geht, damit du deine Stellung als

Regentin wieder einnehmen kannst. Dann mache ich mich auf den Weg und werbe Truppen an.«
Sie sagte mit einer für sie ungewohnten Schüchternheit: »Weißt du, wir könnten zusammen herrschen. Du als Uey-Tecútli, und ich als deine Cecihuatl.«
Ich fragte scherzhaft: »Hast du ein so kurzes Gedächtnis, daß du dich nicht mehr an deine Ehe mit Káuritzin erinnerst?«
»Ayyo, er war ein guter Ehemann, wenn man bedenkt, daß unsere Heirat von anderen beschlossen wurde, die Nutzen daraus gezogen haben. Aber wir waren uns nie so nahe, wie wir beide, ich meine du und ich, es einmal gewesen sind. Káuri war, wie soll ich sagen?« Sie seufzte. »Er war schüchtern, wenn es darum ging, Dinge auszuprobieren.«
»Ich gebe zu«, sagte ich und lächelte bei der Erinnerung, »ich habe bisher noch keine Frau getroffen, die dich in dieser Hinsicht übertroffen hätte.«
»Es bestehen keine traditionellen oder religiösen Einschränkungen bei Ehen zwischen Geschwisterkindern. Natürlich betrachtest du eine verwitwete Frau möglicherweise als gebrauchte Ware, die deiner nicht würdig ist.« Etwas unzart fügte sie hinzu: »Aber wenigstens müßte ich dich in unserer Hochzeitsnacht nicht mit einem Taubenei und einem verengenden Mittel täuschen.«
Plötzlich zischte eine kalte Stimme, die G'nda Ké gehörte: »Wie rührend, die ach so lange getrennten Liebenden erinnern sich und träumen von vergangenen Zeiten.«
»Du Schlange!« stieß ich zwischen den Zähnen hervor. »Wie lange versteckst du dich schon hier?«
Sie beachtete mich überhaupt nicht, sondern sagte zu Améyatl, deren blasses Gesicht sich rosa gefärbt hatte:

»Weshalb sollte Tenamáxtli überhaupt heiraten, meine Liebe? Er ist der Herr, der einzige Mann unter drei reizvollen Frauen, unter denen er nach Belieben und ganz unverbindlich wählen kann. Eine ehemalige Geliebte, eine derzeitige Geliebte und eine Geliebte, die er noch nicht kennengelernt hat.«
»Du redest mit gespaltener Zunge, Weib«, sagte ich wutschnaubend. »Selbst deine Bosheiten stecken voller Widersprüche. Gestern abend hast du mich noch einen Cuilóntli genannt.«
»G'nda Ké freut sich sehr festzustellen, daß sie sich geirrt hat. Aber sie kann natürlich nicht ganz sicher sein, bis du und sie ...«
»Ich habe noch nie im Leben eine Frau geschlagen«, sagte ich. »Jetzt bin ich nahe daran, es zu tun.«
Klugerweise wich sie vor mir zurück. Ihr Schlangenlächeln war gleichzeitig entschuldigend und frech. »Vergebt ihr, mein Herr und meine Dame. G'nda Ké hätte nicht gestört, wenn ihr bewußt gewesen wäre ... Nun ja, sie ist nur gekommen, um dir, Tenamáxtzin, zu sagen, daß unten in der Eingangshalle eine Gruppe angehender Dienstboten darauf wartet, daß du ihre Anstellung billigst. Einige von ihnen behaupten, dich ebenfalls von früher zu kennen. Aber wichtiger ist, daß du erfährst, die Mitglieder deines Rates haben sich im Thronsaal versammelt.«
»Die Diener können warten«, sagte ich. »Ich werde gleich zu den Räten kommen. Jetzt möchte ich dich nicht mehr sehen.«
Selbst nachdem sie das Gemach verlassen hatte, waren meine Cousine und ich so verlegen und verwirrt wie ein junger Mann und ein junges Mädchen, die man nackt und unanständig nahe beieinander ertappt hat. Ich stotterte

sogar, als ich Améyatl schließlich bat, mich entfernen zu dürfen, und als sie es mir gestattete, stammelte sie ebenfalls. Niemand hätte geglaubt, daß wir reife Menschen waren und die höchsten Ränge in Aztlan bekleideten.

19

Die Ratsmitglieder schienen nicht geneigt, mich als einen erwachsenen Menschen zu betrachten, der seines Ranges und ihrer Achtung würdig war. Sie begrüßten mich zwar höflich und verwendeten die Formel ›Mixpantzínco‹, doch einer der alten Männer, in dem ich Tototl, den Häuptling des Dorfes Tépiz, erkannte, begann sofort, ärgerlich zu schimpfen:
»Sind wir auf Befehl dieses anmaßenden Emporkömmlings in so unschicklicher Eile hierher befohlen worden? Einige von uns kennen dich noch aus der Zeit, als du ein frecher kleiner Junge warst, dem immerzu die Nase lief. Du hast dich damals hier hereingeschlichen und uns bei unseren Ratssitzungen mit deinem Onkel, dem Verehrten Statthalter Mixtzin, beobachtet und belauscht. Selbst als du dich aus Aztlan verabschiedet hast, um mit Mixtzin nach Tenochtítlan zu gehen, warst du noch unreif und unerfahren. Offenbar bist du unerklärlich schnell und hoch aufgestiegen. Wir wollen von dir wissen ...«
»Schweig, Tototl!« unterbrach ich ihn schließlich. Die versammelten Männer hielten die Luft an. »Du wirst ja wohl das Ratsprotokoll kennen, das besagt, daß kein Mann spricht, bevor nicht der Uey-Tecútli die Themen der Beratung verkündet hat. Ich erscheine nicht demütig bei euch und hoffe darauf, daß ihr mich anerkennt oder

bestätigt. Ich weiß, wer ich bin – euer rechtmäßiger Uey-Tecútli. Das ist alles, was ihr wissen müßt.«

Ein erregtes Gemurmel ging durch den Raum, doch meine Autorität wurde nicht mehr angezweifelt. Ich mochte mir nicht ihre Liebe erworben haben, aber ihre ganze Aufmerksamkeit war mir danach sicher.

»Ich habe euch zusammengerufen, weil ich Forderungen an euch stellen muß. Aus reiner Höflichkeit und aus Hochachtung vor euch und eurem Alter möchte ich euch diese Forderungen vortragen und euch bitten, daß ihr ihnen geschlossen zustimmt. Doch ich sage euch auch, und ich küsse die Erde, meine Forderungen werden erfüllt werden, ganz gleich, ob ihr sie billigt oder nicht.«

Während sie mich anstarrten und wieder anfingen zu murmeln, ging ich zurück zur offenen Tür des Thronsaals und winkte Nochéztli und zwei Krieger aus Aztlan herein, die er als vertrauenswürdig bezeichnet hatte. Ich stellte sie nicht vor, sondern wandte mich wieder an die Ratsmitglieder.

»Inzwischen habt ihr bestimmt alle von den Vorfällen gehört, die sich vor kurzem ereignet haben, und von den Enthüllungen, die hier gemacht geworden sind. Ihr wißt jetzt, daß der schändliche Yeyac das Amt des Uey-Tecútli an sich gerissen hatte, indem er zuerst seinen Vater ermordete und«, das sagte ich direkt zu Kévari, dem Häuptling von Yakóreke, »dann deinen Sohn Káuri tötete, um schließlich Améyatzin, die Witwe deines Sohnes, auf betrügerische Weise stürzen und einsperren zu können. Alle von euch haben mit Sicherheit gehört, daß Yeyac insgeheim mit den Spaniern zusammengearbeitet hat und ihnen dabei half, die Unterdrückung der Völker der EINEN WELT aufrechtzuerhalten. Auch habt ihr bestimmt schon gehört, und ich hoffe mit Freude, daß Yeyac nicht mehr lebt. Ebenso gewiß habt ihr auch erfahren, daß ich, der einzige überlebende männliche Verwandte Mixtzins und deshalb sein rechtmäßiger Nachfolger im Amt, Aztlan rücksichtslos von Yeyacs Helfershelfern säubere. Gestern abend habe ich mir das Heer vorgenommen. Heute werde ich mit Yeyacs Speichelleckern im Volk abrechnen.«

Ich hob die Hand und ließ mir von Nochéztli ein paar Bogen Rindenbastpapier reichen. Ich überflog die Reihen der Wortbilder, dann sagte ich zu den Ratsmitgliedern: »Hier ist eine Liste mit den Namen der Bürger, die Yeyac bei seinen Schandtaten unterstützt haben. Sie reichen von Marktverkäufern bis hin zu geachteten Kaufleuten und bekannten Händlern. Es freut mich festzustellen, daß die Liste nur den Namen eines einzigen Ratsmitgliedes enthält.« Ich machte eine Pause. Dann sagte ich klar und deutlich: »Tlamacázqui Colótic-Acatl, tritt vor.«

Von diesem Mann habe ich in meinem Bericht bereits gesprochen. Er war der Priester des Gottes Huitzilopóchtli, der, als er von der Ankunft der Weißen erfuhr, seine Vertreibung aus dem Priesteramt gefürchtet hatte. Wie alle unsere Tlamacázque hatte er sich sein Leben lang nicht gewaschen und trug schwarze Gewänder, die niemals gesäubert wurden. Doch jetzt wurde sein Gesicht selbst unter der Schmutzkruste blaß, und er zitterte, als er vortrat.

Ich sagte: »Es geht über meinen Verstand, daß der Priester eines Mexícatl-Gottes zum Verräter an den Gläubigen dieses Gottes wird. Wolltest du zur Religion der Weißen, zum Crixtanóyotl, übertreten? Oder hast du nur gehofft, du könntest sie überreden, dich in deinem alten Amt zu belassen? Nein, antworte nicht. Leute wie dich verachte ich.« Ich wandte mich an die beiden Krieger. »Bringt diese Kreatur auf den Großen Platz, nicht zu einem Tempel, denn er verdient die Ehre nicht, ein Opfer zu sein oder ein Leben nach dem Tode zu haben. Erwürgt ihn auf der Stelle mit der Blumengirlande.«

Sie packten ihn, und der Priester ging unter den bestürzten Blicken der anderen Räte wimmernd mit ihnen hinaus.

»Reicht diese Papiere herum«, sagte ich zu ihnen. »Ihr Häuptlinge der anderen Gemeinden werdet die Namen von Personen in eurer Gegend herausfinden, die Yeyac entweder unterstützt haben oder von ihm begünstigt wurden. Als erstes verlange ich, daß ihr diese Personen tötet. Meine zweite Forderung ist, daß ihr die Reihen eurer Krieger und Leibwachen durchkämmt und alle Verräter unter ihnen ausmerzt. Nochéztli wird euch dabei behilflich sein.«

»Das wird geschehen«, sagte Tototl, und seine Worte klangen jetzt sehr viel respektvoller. »Ich glaube, ich spreche für den gesamten Rat, wenn ich sage, daß wir dieses Vorgehen einstimmig billigen.«

Kévari fragte: »Habt Ihr noch weitere Forderungen, Tenamáxtzin?«

»Ja, noch eine. Ich möchte, daß jeder von euch Tlatocapíltin alle seine treuen und unbescholtenen Krieger und alle wehrfähigen, ausgebildeten Männer hierher nach Aztlan schickt. Ich habe vor, sie in mein Heer einzugliedern.«

»Auch dem stimmen wir zu«, sagte Teciúapil, der Häuptling von Tecuéxe. »Aber darf ich fragen weshalb?«

»Bevor ich darauf antworte«, sagte ich, »will ich selbst

eine Frage stellen. Wer von euch ist jetzt der Geschichtserinnerer?«

Sie wirkten alle leicht verlegen, und es entstand ein kurzes Schweigen. Dann sagte ein Mann, der sich bisher nicht zu Wort gemeldet hatte – er war ebenfalls älter, nach seiner Kleidung zu urteilen ein wohlhabender Kaufmann, und man hatte ihn während meiner Abwesenheit in den Rat aufgenommen: »Als Canaútli, der frühere Erinnerer, starb – man hat mir gesagt, Tenámaxtzin, daß er Euer Urgroßvater war –, wurde niemand ernannt, um seinen Platz einzunehmen. Yeyac erklärte, ein Geschichtserinnerer werde nicht mehr gebraucht, denn mit der Ankunft der Weißen habe die Geschichte der EINEN WELT ihr Ende gefunden. Außerdem würden wir die Jahre nicht mehr im Maß von zweiundfünfzig zählen oder die Neufeuer-Zeremonie feiern, die den Beginn einer neuen Periode bezeichnete. Wir würden, so sagte er, unsere Jahre wie die Weißen in einer ununterbrochenen Folge zählen, die mit einem Jahr begann, das einfach ›eins‹ hieß, aber wann das war, wissen wir nicht.«

»Yeyac hatte unrecht«, erwiderte ich. »Es gibt immer noch genug Geschichte, und ich habe die Absicht, selbst Geschichte zu machen, die unsere Erinnerer aufzeichnen und im Gedächtnis bewahren können. Deshalb, und das ist die Antwort auf eure frühere Frage, will ich eure Krieger in meinem Heer haben.«

Ich berichtete ihnen, so wie ich Améyatl berichtet hatte und davor Pakápeti, G'nda Ké, Citláli und Pochotl, der für mich den Donnerstock angefertigt hatte, von meinem Plan, einen Aufstand gegen die Spanier zu entfachen und die gesamte EINE WELT für uns zurückzugewinnen. Die Räte wirkten wie alle anderen, die mir zuvor zugehört hatten, beeindruckt, aber ungläubig.

Einer meldete sich zu Wort. »Aber, Tenamáxtzin, wenn selbst die mächtigen ...«
Ich unterbrach ihn: »Der erste von euch, der mir sagt, daß ich nicht gewinnen kann, weil ›selbst die mächtigen Mexíca sich geschlagen geben mußten‹, und er mag alt, weise und würdig, ja sogar hinfällig sein ..., dieser Mann wird den ersten Angriff gegen die Spanier führen. Er wird an der Spitze meiner Streitmacht marschieren, und zwar unbewaffnet und ohne Rüstung. Darauf küsse ich die Erde.«
Im Raum herrschte Totenstille.
»Dann ist der Rat also bereit, meinen geplanten Feldzug zu unterstützen?« Mehrere Räte seufzten, doch alle nickten zustimmend. »Gut«, sagte ich.
Ich wandte mich an den Kaufmann, der gesagt hatte, es gebe im Rat keinen Geschichtserinnerer mehr. »Canaútli hat bestimmt viele Bücher mit Wortbildern hinterlassen, die von den Ereignissen in all den Jahren bis zu seiner Zeit berichten. Studiere sie und lerne sie auswendig. Ich befehle dir auch, ein neues Buch zu beginnen. Es soll mit den Worten anfangen: ›An diesem Tag Neun Blume im Mond Fegen der Straße, im Jahr Sieben Haus erklärte der Uey-Tecútli Tenamáxtzin von Aztlan die Unabhängigkeit der EINEN WELT von Spanien und begann mit den Vorbereitungen für einen Aufstand gegen die unerwünschten Herren von Neuspanien und Neugalicien. Sein Plan fand die Zustimmung und Billigung des versammelten Rates.‹«
Der Mann sagte: »Jedes Eurer Worte, Tenamáxtzin, wird in dem Buch zu finden sein.«
Damit war die Sitzung beendet, und die Räte gingen alle davon.
Nochéztli war zurückgeblieben und sagte: »Verzeiht,

Herr, aber was soll mit den Kriegern geschehen, die im Tempel der Göttin eingesperrt sind? Es ist dort so wenig Platz, daß sie sich beim Sitzen abwechseln müssen und sich nicht hinlegen können. Außerdem werden sie allmählich sehr hungrig und durstig.«

»Sie verdienen Schlimmeres als ein bißchen Unbequemlichkeit«, sagte ich. »Beauftrage die Wachen, ihnen etwas zu essen zu geben, aber nichts außer Atóli und Wasser, und von beidem nur sehr wenig. Sie sollen nach der Schlacht hungern und nach Blut dürsten, wenn ich soweit bin, daß ich sie einsetzen werde. Aber, Nochéztli, hast du nicht gesagt, daß du mit Yeyac in Compostela warst?«

»Jawohl, Tenamáxtzin.«

»Dann möchte ich, daß du noch einmal dorthin gehst, diesmal als mein Quimíchi.« Dieses Wort bedeutet eigentlich Maus, doch wir benutzen es auch im Sinne des spanischen Espión. »Kann ich mich darauf verlassen, daß du in Compostela Informationen sammelst und so schnell wie möglich zurückkommst?«

»Das könnt Ihr, Herr. Ich lebe nur mit Eurer Duldung, und deshalb steht mein Leben ganz zu Eurer Verfügung.«

»Dann ist es mein Befehl, daß du gehst. Die Spanier können noch nicht wissen, daß sie ihren Verbündeten verloren haben. Da sie dich kennen, werden sie dich für Yeyacs Abgesandten halten, der einen Auftrag zu erledigen hat.«

»Ich werde Kalebassen mit vergorener Kokosmilch zum Verkauf mitnehmen. Alle Weißen, hoch und niedrig, betrinken sich damit. Das wird als Vorwand für mein Kommen genügen. Was wünscht Ihr zu erfahren?«

»Alles. Halte Augen und Ohren offen und bleibe nur so-

lange es notwendig ist. Finde für mich heraus, wenn du kannst, was für ein Mann der neue Gouverneur ist, die Stärke seiner Truppen, die er in Compostela stationiert hat, und wie viele andere Spanier dort leben. Achte auch auf alle Nachrichten, Gerüchte und den Klatsch über das, was im ganzen spanischen Gebiet vorgeht. Ich werde deine Rückkehr abwarten, bevor ich Yeyacs treulosen Kriegern den Befehl zu ihrem selbstmörderischen Einsatz gebe. Das Ergebnis dieses Einsatzes wird weitgehend von den Nachrichten abhängen, die du zurückbringst.«
»Ich mache mich sofort auf den Weg, Herr«, sagte er, und das tat er auch.
Als nächstes warf ich einen flüchtigen Blick auf die Dienstboten, die G'nda Ké in der Eingangshalle versammelt hatte. Ich erkannte eine Reihe von ihnen wieder, und ich war sicher, wenn auch nur einer jemals mit Yeyac im Bund gewesen wäre, er hätte es nicht gewagt, mir unter die Augen zu treten und auf eine Anstellung zu hoffen. Von da an wurden wir Pípiltin im Palast – Améyatl, Kakápeti, G'nda Ké und ich – mit größter Aufmerksamkeit bedient und hervorragend ernährt, so daß wir nie einen Finger rühren mußten, um etwas selbst zu tun, was nicht für uns erledigt werden konnte. Améyatzin hatte jetzt zwar eine ganze Schar Frauen, die ihr aufwarteten, doch wir freuten uns beide, als Zehenspitze darauf bestand, auch weiterhin ihre Zofe zu bleiben.
Wenn Zehenspitze nicht bei Améyatl war, verbrachte sie ihre Zeit mit Vorliebe bei den Kriegern, die ich ausschickte, um die Bewohner von Aztlan festzunehmen und hinzurichten, wenn sich ihre Namen auf Nochéztlis Liste befanden. Ich gab nur den Befehl ›Hinrichten!‹ und machte mir nie die Mühe herauszufinden, auf welche

Weise die Krieger das taten. Ich erkundigte mich auch nicht danach, ob Zehenspitze ein paar dieser Männer auf die eine oder andere schreckliche Art tötete, von der sie gesprochen hatte. Es war mir einfach gleichgültig. Mir genügte es, daß der ganze Besitz und der Reichtum der Hingerichteten in die Schatzkammern von Aztlan floß. Es mag gefühllos klingen, wenn ich das sage, doch ich hätte noch härter sein können. Nach uralter Tradition hätte ich die Frauen, Kinder, Enkelkinder und sogar die Verwandten über den zweiten Grad hinaus töten lassen können. Das tat ich nicht. Ich wollte Aztlan nicht völlig entvölkern.

Ich war nie zuvor ein Uey-Tecútli gewesen. Und außer meinem Onkel Mixtli hatte ich niemals einen anderen bei der Ausübung dieses Amtes erlebt. Damals hatte ich den Eindruck gewonnen, Mixtzin müsse nur lächeln, finster blicken, eine Handbewegung machen oder seinen Namen unter ein Dokument setzen, um alles durchzuführen, was erledigt werden mußte. Jetzt lernte ich schnell, daß es keine leichte Aufgabe war, ein Verehrter Statthalter zu sein. Ich wurde ständig gebeten – ich könnte auch sagen, damit belästigt –, Entscheidungen zu treffen, Urteile zu fällen, öffentliche Erklärungen abzugeben, zu vermitteln, Ratschläge zu erteilen, Verfügungen zu erlassen, Zustimmung oder Ablehnung zu äußern und etwas zu bewilligen oder abzulehnen.

Die Würdenträger meines Hofes, denen verschiedene andere Regierungsgeschäfte oblagen, kamen regelmäßig mit ihren Problemen zu mir.

Ein Deich, der den Sumpf faßte, mußte unbedingt in Ordnung gebracht werden, sonst stand das Wasser bald in unseren Straßen. Genehmigte der Uey-Tecútli die Kosten für das Baumaterial und eine Zahl von Arbeitern?

Die Fischer der Flotte, die auf das Meer hinausfuhr, beklagten sich, daß durch die Entwässerung des Sumpfes vor langer Zeit ihre angestammten Häfen allmählich verschlammten. Genehmigte der Uey-Tecútli, daß die Häfen wieder bis zur ursprünglichen Tiefe ausgegraben wurden?
Unsere Lagerhäuser waren randvoll mit Seeotterpelzen, Schwämmen, Haifischhäuten und anderen unverkauften Gütern, denn Aztlan trieb schon seit Jahren nur noch Handel mit den Gebieten im Norden und nicht mehr mit dem Süden. Konnte der Uey-Tecútli einen Weg finden, um dieses Überangebot mit Gewinn loszuwerden?
Ich mußte mich nicht nur mit meinen Hofbeamten und großen politischen Fragen auseinandersetzen, sondern auch mit den belanglosesten Angelegenheiten des einfachen Volkes.
Da herrschte Streit zwischen Nachbarn über die Grenze ihrer Felder, dort zankte sich eine Familie um das kärgliche Erbe des vor kurzem verstorbenen Vaters, hier bat ein Schuldner um Schutz vor einem gewissenlosen Geldverleiher, der ihn ständig belästigte, dort suchte ein Gläubiger um die Genehmigung nach, eine Witwe mit Kindern aus ihrem Haus zu vertreiben, um eine Schuld zu tilgen, die der verstorbene Ehemann hinterlassen hatte.
Bald fand ich nur noch mit Mühe die Zeit, mich um jene Dinge zu kümmern, die für mich sehr viel vordringlicher waren. Doch auch das gelang mir. Ich wies alle treuen Ritter und Cuáchictin meines Heeres an, ihre Truppen und jeden erreichbaren Rekruten gründlich auszubilden und in ihren Reihen Platz für die zusätzlichen Krieger zu schaffen, die in den anderen, Aztlan unterstehenden Ge-

meinden versammelt worden waren und täglich in der Stadt eintrafen.
Ich fand sogar Zeit, die drei versteckten Arkebusen hervorzuholen, die Pakápeti und ich mitgebracht hatten, und eigens geeignete und willige Männer in ihrem Gebrauch zu unterweisen. Ich muß nicht betonen, daß die Krieger anfangs alle ängstlich im Umgang mit den fremden Waffen waren. Doch ich wählte nur jene aus, die ihre Furcht überwinden konnten und Begabung im wirksamen Gebrauch der Donnerstöcke zeigten. Ich hatte schließlich eine Gruppe von etwa zwanzig Männern zusammengestellt.
Eines Tages fragte einer von ihnen schüchtern: »Herr, wenn wir in den Krieg ziehen, benutzen wir dann die Donnerstöcke abwechselnd?« Ich erwiderte: »Nein, mein junger Iyac. Ich erwarte, daß ihr den Weißen die Arkebusen abnehmt und euch damit bewaffnet. Außerdem werden wir die Pferde der Weißen erbeuten. Wenn es soweit ist, werdet ihr auch lernen, sie zu reiten.«
Ununterbrochen beschäftigt zu sein hatte für mich zumindest eine gute Nebenwirkung. Ich mußte mich nicht ständig mit G'nda Ké abgeben. Während ich mich den Staatsgeschäften widmete, führte sie die Aufsicht über den Palasthaushalt und die Dienstboten. Sie war für das Personal vermutlich eine schreckliche Plage, doch sie hatte kaum Gelegenheit, mich zu belästigen.
Gelegentlich begegneten wir uns in einem Korridor, und sie machte eine spöttische oder herausfordernde Bemerkung: »Ich bin das Warten leid, Tenamáxtli. Wann finden wir endlich Zeit füreinander, damit du alle Sommersprossen einzeln küssen kannst, die meinen Leib so verführerisch machen?«
Selbst wenn ich nicht von meinen Aufgaben zu sehr in

Anspruch genommen worden wäre, um mich überhaupt einer Frau zu nähern, und selbst wenn es außer ihr keine andere gegeben hätte, wäre ich nicht in Versuchung geraten. In der Tat schlief ich während meiner Amtszeit als Uey-Tecútli mit keiner einzigen Frau, obwohl ich mir nach altem Brauch jede in Aztlan hätte nehmen können. Pakápeti schien fest entschlossen, sich nie mehr mit einem Mann auf diese Weise abzugeben. Und ich hätte nicht im Traum daran gedacht, mich Améyatl auf dem Krankenlager aufzudrängen, obwohl sie mit jedem Tag gesünder, stärker und schöner wurde.
Ich besuchte meine Cousine in jedem freien Augenblick. Ich setzte sie von allem in Kenntnis, was ich als Uey-Tecútli unternahm, und berichtete ihr, was in und um Aztlan herum geschah, damit sie um so leichter wieder die Regentschaft übernehmen konnte, wenn die Zeit gekommen war. Offen gestanden sehnte ich mich danach, denn ich wollte in den Krieg ziehen.
Eines Tages sagte Améyatl leicht beunruhigt zu mir: »Pakápeti hat sich liebevoll um mich gekümmert. Sie ist wirklich hübsch, nachdem ihre Haare beinahe so lang sind wie meine. Aber das Mädchen könnte genausogut abstoßend häßlich sein, denn man kann die Wut, die in ihr steckt, beinahe sehen.«
»Sie ist wütend auf Männer und hat allen Grund dazu. Ich habe dir von der Sache mit den beiden spanischen Soldaten erzählt.«
»Nun ja, wenn es um Weiße geht, könnte ich sie verstehen. Aber ich glaube, sie würde am liebsten jeden Mann außer dir erschlagen.«
Ich sagte: »Das würde diese Giftschlange G'nda Ké auch tun. Vielleicht hat ihre Gesellschaft Pakápeti beeinflußt und ihren Haß auf Männer noch gesteigert.«

Améyatl fragte: »Und was ist mit dem, den sie im Leib trägt?«
Ich sah sie verständnislos an. »Was soll das heißen?«
»Dann hast du also noch nichts gemerkt. Man kann es erst seit kurzem sehen. Zehenspitze ist schwanger.«
»Nicht von mir«, stieß ich hervor. »Ich habe sie nicht berührt seit ...«
»Ayyo, Vetter, keine Aufregung«, sagte Améyatl lachend, obwohl sie sichtlich besorgt wirkte. »Zehenspitze führt es auf diese Sache zurück, von der du gesprochen hast.«
»Es wäre nur verständlich, wenn es sie erbittert, das Bastardkind eines ...«
»Es geht nicht darum, daß es ein Kind ist oder ein Bastard. Sie ist wütend, weil es ein Junge ist und sie alle Männer haßt.«
»Aber liebste Cousine, wie kann Pakápeti wissen, daß es ein Junge wird?«
»Sie spricht von keinem Jungen. Sie sagt immer nur zornerfüllt: ›Das Tepúli, das in mir wächst‹. Oder ›dieses Kurú‹, das ist das Poré-Wort für das männliche Glied.«
Als ich sie nur verständnislos anstarrte, fragte sie leise: »Tenamáxtli, hältst du es für möglich, daß Zehenspitze über ihrem Kummer den Verstand verliert?«
»Ich kenne mich mit Frauen nicht aus«, sagte ich seufzend. »Deshalb kann ich auch nicht beurteilen, wann und ob sie den Verstand verlieren. Ich werde einen Tícitl zu Rate ziehen, den ich kenne. Vielleicht kann er ein Mittel verschreiben, das ihren Kummer lindert. Bis dahin sollten wir beide aufpassen, daß Zehenspitze nicht versucht, sich etwas anzutun.«
Doch es dauerte eine Weile, bis ich dazu kam, den Arzt rufen zu lassen, denn ich wurde von anderen Dingen in Anspruch genommen. Ein Wachposten vom Coyolxaú-

qui-Tempel erschien. Er berichtete, die gefangenen Krieger fühlten sich elend, denn sie müßten im Stehen schlafen, bekämen nichts als Brei zu essen, hätten sich schon so lange nicht gewaschen und so weiter.
»Ist bis jetzt jemand erstickt oder verhungert?« fragte ich.
»Nein, Herr. Sie mögen beinahe tot sein, doch es sind hundertdreißig Männer dort angekommen, und so viele sind es immer noch. Aber selbst wir Wachen vor dem Tempel können ihren Gestank und den Lärm kaum noch ertragen.«
»Dann wechselt öfter die Wachen. Und belästige mich nicht mehr damit, es sei denn, die Verräter machen Anstalten zu sterben. *Beinahe* tot zu sein ist keine ausreichende Strafe für sie.«
Nochéztli kehrte von seinem Auftrag als Quimíchi aus Compostela zurück. Er war etwa zwei Monate unterwegs gewesen, und ich hatte mir allmählich Sorgen gemacht, er könne zum Feind übergelaufen sein. Doch er hielt sein Versprechen und hatte viele Neuigkeiten zu berichten.
»Compostela ist inzwischen eine blühende Stadt mit sehr viel mehr Einwohnern als bei meinem letzten Besuch, Herr. Unter den Weißen sind die spanischen Soldaten am zahlreichsten. Ich schätze sie auf etwa tausend. Die Hälfte davon ist beritten. Viele Soldaten der höheren Ränge sind mit ihren Familien gekommen, und andere spanische Familien haben sich als Kolonisten angesiedelt. Alle diese Familien haben sich Häuser gebaut. Der Palast des Gouverneurs und die Kirche sind aus schön behauenen Steinen errichtet, die anderen Wohngebäude aus luftgetrockneten Tonziegeln. Es gibt einen Marktplatz, doch die Waren und Erzeugnisse dort wer-

den von Kaufleuten und Händlern aus dem Süden in die Stadt gebracht. Die Weißen in Compostela bebauen keine Felder und haben auch keine Herden. Sie leben alle von dem Silber, das in vielen Minen in der Umgebung gefördert wird. Offensichtlich leben sie so gut davon, daß sie es sich leisten können, alle Lebensmittel und anderen notwendigen Dinge herbeischaffen zu lassen.«
Ich fragte: »Und wie viele unserer Leute leben dort?«
»Die Indiobevölkerung entspricht in etwa der weißen. Ich spreche nur von den Indios, die als Sklaven in den Häusern der spanischen Familien dienen. Es gibt auch viele dieser schwarzen Sklaven, die man Moros nennt. Wenn die Sklaven nicht bei ihren Herren untergebracht sind, leben sie in schäbigen Hütten und Schuppen am Rande der Stadt. Außerdem arbeitet eine beachtliche Zahl unserer Männer unter Tage in den Bergwerken und in Gebäuden über der Erde, die Hütten genannt werden, obwohl es keine sind. Leider wage ich nicht einmal zu schätzen, wie viele es sind, da sie sich in den Stollen abwechseln. Die eine Hälfte arbeitet am Tag, die andere Hälfte nachts. Sie und ihre Familien leben in großen, verschlossenen und bewachten Gebäuden, zu denen ich keinen Zugang hatte. Die Spanier nennen diese Plätze Obrajes.«
»Ach ja«, sagte ich, und mein Zorn wuchs, »ich kenne die berüchtigten Obrajes.«
»Es heißt, die Arbeiter sterben wie die Fliegen, denn unser Volk war bisher noch nie gezwungen gewesen, unter der Erde oder unter so schrecklichen Bedingungen schwere Arbeiten zu verrichten. Die Bergwerksbesitzer können sie nicht so schnell ersetzen, wie sie sterben, denn natürlich haben sich alle Indios in Neugalicien, die nicht bereits versklavt waren, schleunigst außer Reich-

weite der Sklavenfänger begeben und halten sich versteckt. Deshalb hat Gouverneur Coronado den Vizekönig Mendoza in der Stadt México gebeten, eine große Zahl Morosklaven direkt aus ihrer Heimat nach Compostela bringen zu lassen.«
»Wie ich gehört habe, kommen sie aus einem Land, das die Weißen Afrika nennen.«
Nochéztli zog eine Grimasse und sagte: »Es muß dort ähnlich sein wie in unseren heißen Ländern weit im Süden. Ich habe gehört, daß die Moros die fürchterliche Hitze, die Enge und den Lärm der Bergwerke und der Hütten gut vertragen. Außerdem müssen die Moros weniger wie Menschen, sondern eher wie die Lasttiere der Spanier sein. Man erzählt, sie können ohne Pause arbeiten und die schwersten Lasten schleppen, ohne zu sterben oder sich auch nur zu beklagen. Wenn man genug Moros nach Neugalicien gebracht hat, wird Coronado vielleicht nicht mehr versuchen, unsere Leute einzufangen und zu versklaven.«
»Erzähl mir von diesem Gouverneur Coronado.«
»Ich habe ihn nur zweimal flüchtig zu Gesicht bekommen, als er die Truppen musterte. Er war elegant gekleidet und saß auf einem tänzelnden Pferd. Er ist nicht älter als Ihr, Herr, aber sein Rang ist natürlich niedriger als Eurer, denn er hat Vorgesetzte in der Stadt México, denen er Rechenschaft ablegen muß, und das braucht Ihr als Verehrter Statthalter nicht zu tun. Trotzdem, man kann sehen, daß er entschlossen ist, sich einen Namen zu machen. Er verlangt unerbittlich, daß die Sklaven jedes Bröckchen Silbererz ausbeuten, nicht nur, um sich selbst und seine Untertanen in Neugalicien zu bereichern, sondern ganz Neuspanien und seinen Herrscher Carlos im fernen Spanien. Aber im großen und ganzen scheint

Coronado kein solcher Tyrann zu sein wie sein Vorgänger. Im Gegensatz zu Gouverneur Guzmán erlaubt er seinen Untertanen nicht, unsere Leute nach Belieben zu quälen, zu foltern oder zu töten.«
»Berichte mir von den Waffen des Gouverneurs und den Verteidigungsanlagen von Compostela.«
»Das ist eigenartig, Herr. Ich kann nur vermuten, daß Yeyac die Stadt davon überzeugt haben muß, daß sie niemals einen Angriff unseres Volkes zu fürchten habe. Neben den üblichen Donnerstöcken der spanischen Soldaten sieht man die sehr viel größeren Donnerrohre auf Rädern. Aber die Soldaten bilden keinen Verteidigungsring um die Stadt. Sie werden in der Hauptsache eingesetzt, um die Sklaven in den Bergwerken zur Arbeit zu zwingen oder um die Obrajes zu bewachen. Die schweren Donnerrohre überall in der Stadt sind nicht nach außen, sondern nach innen gerichtet. Offenbar sollen sie jeden Versuch der Sklaven, sich zu erheben oder zu fliehen, im Keim ersticken.«
»Interessant«, murmelte ich. Ich rollte mir ein Poquíetl, zündete es an und rauchte, während ich über das Gehörte nachdachte. »Hast du sonst noch etwas Wichtiges zu berichten?«
»Sehr viel, Herr. Guzmán hat zwar behauptet, Michihuácan erobert zu haben, und er hat die wenigen überlebenden Krieger in die Sklaverei geschickt, doch offenbar ist es ihm nicht gelungen, alle zu unterwerfen. Dem neuen Gouverneur Coronado werden regelmäßig Aufstände im Süden seines Gebietes gemeldet, hauptsächlich in der Gegend um den Pátzcuaro-See. Trupps von Kriegern, die nur mit Schwertern aus dem berühmten Metall der Purémpe und mit Fackeln bewaffnet sind, überfallen spanische Außenposten und die Estancias

spanischer Siedler. Sie greifen stets bei Nacht an, erschlagen die bewaffneten Posten und stehlen ihre Donnerstöcke. Dann legen sie Feuer und töten die Weißen – Männer, Frauen, Kinder, alle. Die Überlebenden schwören, daß es sich bei den Angreifern um Frauen handelt, obwohl ich nicht weiß, wie sie das erkannt haben wollen, wenn man bedenkt, daß es Nacht war und die Purémpecha sich alle die Köpfe rasieren. Wann auch immer die spanischen Soldaten bei Tag die Gegend durchkämmen, tun Purémpe-Frauen nur das, was sie schon immer getan haben. Sie flechten friedlich Körbe, töpfern und verrichten ihre Arbeiten.«
»Ayyo«, murmelte ich zufrieden. »Pakápetis Truppen zeigen, was sie wert sind.«
»Die Folge davon ist, daß man aus Neuspanien frische Truppen geschickt hat, die bisher vergebens versuchen, die Unruhen niederzuschlagen. Die Spanier in der Stadt Méxíco beklagen sich laut darüber, daß diese Verlagerung der Truppen die Stadt gefährde, denn sie fordere Aufstände oder Überfälle der Indios geradezu heraus. Auch wenn durch die Angriffe in Michihuácan nur wenig Schaden entstanden ist, sind die Spanier im ganzen Land unruhig und fühlen sich unsicher.«
Ich murmelte: »Ich muß einen Weg finden, der Cóyotl-Frau Schmetterling persönlich mein Lob auszusprechen.«
»Wie gesagt«, fuhr Nochéztli fort, »der Gouverneur Coronado erhält diese Berichte, doch er weigert sich hartnäckig, Abteilungen seiner Truppen von Compostela in den Süden zu schicken. Ich habe gehört, daß er die Männer für einen großen Plan zusammenzieht, den er sich ausgedacht hat, um seine ehrgeizigen Ziele zu erreichen. Ich habe auch gehört, daß er ungeduldig die An-

kunft eines bestimmten Abgesandten des Vizekönigs Mendoza aus der Stadt México erwartete. Der Mann ist eingetroffen, kurz bevor ich Compostela verlassen habe. Es war ein sehr eigenartiger Abgesandter, Herr, ein gewöhnlicher christlicher Mönch. Ich kenne ihn, denn er hat früher in Compostela gelebt, und ich bin ihm dort mehrmals begegnet. Seinen richtigen Namen kenne ich nicht, aber damals nannten ihn alle geringschätzig den Lügenden Mönch. Ich weiß nicht, wieso er zurückgekommen ist oder weshalb ihn der Vizekönig geschickt hat oder wie er den Gouverneur Coronado bei seinen ehrgeizigen Plänen unterstützen soll. Ich kann Euch dazu nur noch sagen, daß der Mönch in Begleitung eines Moro-Sklaven war. Beide, der Moro und der Mönch, hatten sofort eine geheime Besprechung mit dem Gouverneur. Ich war versucht zu bleiben, um mehr über dieses Rätsel herauszufinden. Doch inzwischen warfen mir die Leute in der Stadt schon mißtrauische Blicke zu, und ich fürchtete, daß mein langes Ausbleiben auch Euch, Herr, mißtrauisch gemacht haben könnte.«

»Ich gestehe, ich hatte bereits angefangen, an dir zu zweifeln, Nochéztli, und ich entschuldige mich deshalb. Du hast deine Sache gut gemacht, wirklich sehr gut. Was du herausgefunden hast, gibt mir die Möglichkeit, alles Weitere zu erraten.« Ich lachte leise und zufrieden. »Der Moro ist der Führer des Lügenden Mönchs auf der Suche nach den legendären Städten von Antilia, und Coronado rechnet sich aus, daß auch ihm etwas vom Ruhm ihrer Entdeckung zuteil wird.«

»Herr ...?« fragte Nochéztli verwirrt.

»Nicht wichtig. Es bedeutet, daß Coronado einen Teil seiner Truppen für diese Suche einsetzen wird, und damit wird die selbstzufriedene Stadt Compostela noch schutzloser. Der Zeitpunkt rückt näher, an dem Yeyacs Krieger ihre Verbrechen sühnen können. Geh, Nochéztli, und sage den Wachposten beim Tempel, sie sollen die Männer mit gutem Fleisch, Fisch, Fett und Öl nähren. Sie müssen wieder zu Kräften kommen. Die Wachen dürfen sie hin und wieder aus dem Tempel herauslassen, damit sie baden, sich bewegen, mit den Waffen üben und sich auf einen harten Einsatz vorbereiten können. Kümmere dich persönlich darum, Nochéztli. Wenn du der Ansicht bist, daß die Männer soweit sind, dann sagst du es mir.«

Ich suchte Améyatl in ihren Gemächern auf. Sie lag nicht mehr im Bett, sondern saß auf einem Icpáli-Stuhl. Ich berichtete ihr alles, was ich gehört hatte, welche Schlußfolgerungen ich daraus zog und was ich zu unternehmen gedachte. Meine Cousine schien immer noch Zweifel an meinen Plänen zu haben, billigte sie jedoch trotzdem.
Dann sagte sie: »Bis jetzt, Vetter, hast du noch nichts wegen Pakápeti unternommen. Ihre Lage ist bedenklich, und ich mache mir von Tag zu Tag größere Sorgen.«
»Ayya, du hast recht. Das habe ich vernachlässigt.« Ich befahl einer ihrer Dienerinnen, die sich gerade im Raum befand: »Geh und hole den Tícitl Ualíztli. Er ist Wundarzt beim Heer. Du findest ihn in der Kaserne der Ritter. Sag ihm, ich brauche ihn sofort.«
Améyatl und ich unterhielten uns über dieses und jenes. Sie erklärte, sie fühle sich wieder ganz hergestellt, und wenn ich es erlaube, werde sie mir bei einigen einfachen Angelegenheiten meines Amtes behilflich sein.
Es dauerte nicht lange, bis Ualíztli kam. Er trug den Beutel mit Instrumenten und Medikamenten bei sich, den alle Tíciltin immer bei sich tragen. Er war ein älterer, kräf-

tiger Mann, und da er sich beeilt hatte, meinem Befehl nachzukommen, atmete er schwer. Ich ließ von der Dienerin einen Becher Schokolade für ihn holen und befahl ihr, Zehenspitze mitzubringen, was sie auch sofort tat.
»Mein lieber Ualíztli«, sagte ich, »diese junge Frau ist meine gute Freundin Pakápeti vom Volk der Purémpe. Zehenspitze, dieser Herr ist der angesehenste Arzt von Aztlan. Améyatzin und ich möchten, daß er dich untersucht, um deinen Gesundheitszustand zu beurteilen.«
Sie musterte den Arzt argwöhnisch, erhob jedoch keine Einwände.
Ich sagte zu dem Mann: »Alles weist darauf hin, daß Pakápeti ein Kind bekommt, aber anscheinend hat sie eine schwierige Schwangerschaft. Es liegt uns allen viel daran, deine Meinung und deinen Rat dazu zu hören.«
Zehenspitze widersprach sofort: »Ich erwarte kein Kind!«
Doch auf die Bitte des Arztes legte sie sich folgsam auf Améyatls Bett.
»Ayyo, du bist schwanger, meine Liebe«, sagte er, nachdem er sie kurz durch die Kleidung hindurch abgetastet hatte. »Bitte zieh die Bluse hoch und löse das Band, damit ich dich gründlich untersuchen kann.«
Es schien Zehenspitze nicht peinlich zu sein, in Améyatls und meiner Gegenwart ihre Brüste und den inzwischen gewölbten Leib zu entblößen. Das Stirnrunzeln, das Seufzen und Murmeln des Arztes, der sie hier und da drückte und betastete, ließ sie offenbar ebenso gleichgültig.
Als er sich schließlich wieder aufrichtete, erklärte sie, bevor er etwas sagen konnte: »Ich bin nicht schwanger! Und ich will es auch nicht sein!«
»Ruhig, mein Kind. Ich hätte dir gewisse Tränke geben

können, um eine Frühgeburt auszulösen, aber dazu ist es zu ...«
»Ich werde nicht gebären, weder früh noch spät oder überhaupt!« widersprach Zehenspitze heftig. »Ich will, daß dieses Ding in mir getötet wird!«
»Nun ja, eine Frühgeburt hätte der Fötus mit Sicherheit nicht überlebt. Aber jetzt ...«
»Es ist kein Fötus. Es ist ein ...«, sie wurde rot und mußte sich sichtlich überwinden, aber dann rief sie: »Es ist ein männliches Ding!«
Der Tícitl lächelte nachsichtig. »Hat dir irgendeine dieser Hebammen, die alles besser wissen, gesagt, es ist ein Junge, weil du es hoch trägst? Das ist nichts als alter Aberglaube.«
»Mir hat keine Hebamme etwas gesagt!« erklärte Zehenspitze, die sich immer mehr aufregte. »Ich habe nicht Junge gesagt, sondern männliches Ding. Das Ding, das nur ein Mann ...« Sie errötete wieder vor Scham und verstummte. Dann murmelte sie: »Ein Kurú ... ein Tepúli.«
Ualíztl sah sie prüfend an. »Ich muß einen Augenblick mit deinem Freund sprechen.« Er zog mich außer Reichweite der Frauen und flüsterte: »Herr, ist da vielleicht ein ahnungsloser Ehemann im Spiel? Ist die junge Frau untreu ...«
»Nein, nein«, wehrte ich schnell ab. »Es gibt keinen Ehemann. Pakápeti ist vor mehreren Monaten von spanischen Soldaten vergewaltigt worden. Ich fürchte, daß die schreckliche Vorstellung, das Kind eines Feindes in sich zu tragen, ihr die Sinne etwas verwirrt hat.«
»Falls Purémpe-Frauen nicht anders beschaffen sind als unsere, und daran zweifle ich nicht, hat etwas ihr Inneres durcheinander gebracht. Wenn sie schwanger ist, dann wächst das Kind mehr in der Gegend ihres Magens als im

Schoß.« Er runzelte die Stirn und sah mich forschend an. »Aber das ist unmöglich.«
»Kannst du etwas zu ihrer Erleichterung tun?«
Er wirkte unsicher. Dann ging er zurück und beugte sich wieder über Zehenspitze. »Du könntest recht damit haben, meine Liebe, daß es kein lebensfähiger Fötus ist. Manchmal kommt es bei Frauen zu einem Gewebewachstum, das eine Schwangerschaft vortäuscht.«
»Ich habe dir gesagt, es wächst. Ich habe dir gesagt, es ist kein Fötus! Ich habe dir gesagt, es ist ein Tepúli!«
»Bitte, meine Liebe, das ist ein unschickliches Wort für eine wohlerzogene junge Dame. Weshalb bestehst du darauf, einen so unanständigen Ausdruck zu gebrauchen?«
»Weil ich weiß, was es ist! Hol es raus!«
»Armes Kind, du bist sehr erregt.« Er kramte in seinem Beutel.
Ich starrte Pakápeti mit offenem Mund an. Mir fiel etwas ein, und ich fragte mich ...
»Hier, trink das«, sagte Ualíztli und hielt ihr einen kleinen Becher hin.
»Werde ich das Ding dadurch los?« fragte sie hoffnungsvoll, beinahe flehend.
»Es wird dich beruhigen.«
»Ich will nicht ruhig sein!« Sie schlug ihm den Becher aus der Hand. »Ich will es los sein, dieses abscheuliche ...«
»Zehenspitze«, sagte ich streng, »tu, was der Tícitl sagt. Denk daran, wir müssen uns bald wieder auf den Weg machen. Du kannst mich nicht begleiten, wenn du nicht vorher gesund wirst. Nimm das Mittel ein. Dann wird der Arzt mit anderen Ärzten beraten, welche Maßnahmen als nächstes zu ergreifen sind. Ist es nicht so, Ualíztli?«

»Genauso ist es, Herr«, sagte er und stimmte damit meiner Lüge zu.
Zehenspitze wirkte zwar immer noch störrisch und trotzig, doch sie trank gehorsam den Becher leer, den der Arzt inzwischen wieder gefüllt hatte. Ualíztli war damit einverstanden, daß sie ihre Kleider zurechtrückte und uns verließ.
Nachdem wir allein waren, sagte er zu mir und Améyatl: »Sie ist nicht nur erregt. Sie hat den Verstand verloren. Ich habe ihr einen Trank aus dem Absud des Nanátl-Pilzes gegeben. Das wird zumindest ihren inneren Aufruhr besänftigen. Ich weiß nicht, was man sonst noch tun könnte, außer sie mit dem Obsidianmesser aufzuschneiden. Diese drastische Art der Untersuchung überleben jedoch nur wenige Patienten. Ich lasse Euch das Mittel hier, damit sie es einnimmt, wenn die Wahnvorstellungen sich wieder einstellen. Ich bedaure, Herr Tenamáxtzin und Herrin Améyatzin, aber diese Beschwerden sollte man nicht auf die leichte Schulter nehmen.«

In den nächsten Tagen saß Améyatzin auf einem Thron, der etwas kleiner war als der meine und etwas tiefer zu meiner Linken stand. Sie nahm an meinen Besprechungen mit den Räten teil, wenn der Anlaß eine Ratsversammlung gebot. Außerdem war sie mir bei vielen Entscheidungen behilflich, um die meine Beamten nachsuchten. Sie entlastete mich weitgehend von der mühsamen Bürde der Bittgesuche des gemeinen Volks. Améyatl hatte dabei Pakápeti ständig an ihrer Seite, hauptsächlich, damit wir sicher sein konnten, daß sie sich nichts antat. Meine Cousine hoffte auch, Zehenspitze durch das Geschehen im Thronsaal von ihren zwanghaften und finsteren Gedanken abzulenken.

Eines Tages wurde ein Bote des Heeres vorgelassen, um mir eine Nachricht zu überbringen. »Herr, der Tequíua Nochéztli meldet, daß sich die Krieger Yeyacs wieder in bester Verfassung befinden.«
»Dann soll Nochéztli hierher kommen und den Pfeilritter mitbringen.«
Die beiden erschienen, und der Ritter, der Tapachíni hieß, beugte sich demütig nieder und berührte in der Geste des Tlalqualíztli den Boden des Thronsaals.
Ich beließ ihn in dieser unterwürfigen Haltung und sagte: »Ich habe dir und deinen Mitverrätern drei Todesarten zur Auswahl angeboten. Ihr habt euch alle für dieselbe entschieden. Es ist soweit, du wirst die Männer noch heute in den Tod führen. Ich verspreche dir, ihr werdet in der Schlacht fallen. In den Augen der Götter ist das ein guter Tod. Und ich sage dir noch etwas. Du wirst die Ehre haben, die Eröffnungsschlacht eines großen und bedingungslosen Krieges anzuführen, um die weißen Eroberer aus der EINEN WELT zu vertreiben.«
Tapachíni erwiderte, ohne den Kopf zu heben: »Herr, wir durften kaum auf eine solche Ehre hoffen. Wir sind dankbar. Gib uns deine Befehle.«
»Ihr bekommt alle eure Waffen und Rüstungen zurück. Dann marschiert ihr nach Süden und greift die spanische Stadt Compostela an. Ihr tut Euer Bestes, um sie dem Erdboden gleichzumachen und ihre weißen Bewohner auszurotten. Das wird euch natürlich nicht gelingen. Die Weißen sind euch zahlenmäßig zehnfach überlegen, und eure Waffen sind ihren nicht ebenbürtig. Doch ihr werdet feststellen, daß sich die Stadt durch das Bündnis mit Yeyac in dem falschen Glauben wiegt, vor Angriffen sicher zu sein. Compostela wird auf euch nicht vorbereitet sein. Deshalb wären die Götter und ich traurig, wenn

nicht jeder von euch mindestens fünf Gegner töten würde, bevor er selbst fällt.«
»Verlaßt euch darauf, Herr.«
»Ich erwarte, davon zu hören. Es wird nicht lange dauern, bis mir die Nachricht von einem so beispiellosen Gemetzel zu Ohren kommt. Aber glaube nicht, daß du mit deinen Männern meinen Blicken entschwunden bist, sobald ihr Aztlan verlassen habt.«
Ich wandte mich an Nochéztli. »Wähle starke und treue Krieger als Eskorte aus. Sie sollen Ritter Tapachíni und seine Abteilung auf dem Weg nach Süden bis in die unmittelbare Nähe von Compostela begleiten. Es dürfte höchstens ein Marsch von fünf Tagen sein. Wenn der Ritter Tapachíni den Angriff gegen die Stadt führt, und erst dann, soll die Eskorte umkehren und mir Meldung erstatten. Auf dem Weg in den Süden sind er und seine Krieger ständig zu bewachen. Es marschieren einhundertachtunddreißig Männer. Genauso viele werden es auch beim Angriff auf Compostela sein. Verstanden, Tequíua Nochéztli?«
»Jawohl, Herr.«
»Und du, Ritter Tapachíni«, sagte ich streng. »Bist du mit diesen Bedingungen zufrieden?«
»Herr, ich kann Euch kaum einen Vorwurf daraus machen, daß wir uns Eures Vertrauens nicht als würdig erwiesen haben.«
»Dann geh! Es mag dir vieles verziehen sein, wenn du das Blut der Weißen in Strömen und dein eigenes vergossen hast.«

Nochéztli begleitete Tapachínis Männer und die Eskorte auf dem ersten Tagesmarsch. Am Abend kam er zurück und erstattete mir am nächsten Morgen Bericht.

»Keiner der Verurteilten hat versucht zu fliehen, Herr. Es gab keine unerfreulichen Vorfälle, und als ich sie verlassen habe, waren es immer noch einhundertachtunddreißig Männer.«

Ich lobte Nochéztli nicht nur für die unermüdliche und beharrliche Aufmerksamkeit, mit der er sich jeder Einzelheit dieses Einsatzes gewidmet hatte. Ich beförderte ihn auch, denn das hatte er verdient.

»Von diesem Tag an bist du ein Cuáchic, ein alter Adler. Außerdem gestatte ich dir, die Krieger, die unter deinem Befehl stehen werden, selbst auszuwählen. Falls einer der hochmütigen Ritter oder der anderen Cuáchictin sich darüber beschwert, sag ihnen, sie sollen sich an mich wenden.«

Nochéztli beugte sich so glücklich und hastig vor, um die Erde zu küssen, daß er beinahe auf meine Füße gefallen wäre. Nachdem er sich auf meinen Befehl hin wieder aufgerichtet hatte, verließ er mich mit dem Zeichen noch größerer Hochachtung. Er ging den ganzen Weg zur Tür des Thronsaals rückwärts.

Doch er war kaum gegangen, als ein anderer Krieger darum bat, vorgelassen zu werden. Er hatte eine Frau aus dem niederen Volk mitgebracht, die sehr verängstigt wirkte. Sie berührten beide den Boden in der Tlalqualíztli-Geste, und der Mann sagte: »Vergebt meine Zudringlichkeit, Herr. Aber diese Frau ist in unsere Kaserne gekommen und hat gemeldet, daß sie eine Leiche in ihrer Gasse gefunden hat, als sie heute morgen die Haustür öffnete.«

»Weshalb sagst du das mir, Iyac? Es war vermutlich jemand, der sich zu Tode getrunken hat.«

»Verzeiht, Herr, wenn ich das richtigstelle. Es war ein Krieger, und er wurde von rückwärts erstochen. Außer-

dem hat man ihm seine Rüstung bis auf das Schamtuch ausgezogen und ihm die Waffen weggenommen.«
»Woher weißt du dann, daß es sich um einen Krieger handelt?« fuhr ich ihn an, gereizt darüber, daß ich den Tag mit so etwas beginnen mußte.
Bevor der Iyac antwortete, verbeugte er sich noch einmal und berührte den Boden. Ich drehte mich um und sah, daß Améyatl den Thronsaal betreten hatte.
»Herr, ich weiß es, weil ich als Wache der Gefangenen im Coyolxaúqui-Tempel Dienst getan habe. Deshalb erkannte ich den Toten. Es war einer der verabscheuenswerten Komplizen Yeyacs.«
»Das ist unmöglich«, murmelte ich verwirrt. »Sie sollten gestern alle die Stadt verlassen. Das ist auch geschehen. Hundertachtunddreißig Männer haben ...«
Améyatl unterbrach mich. Ihre Stimme klang unsicher. »Tenamáxtzin, hast du Zehenspitze irgendwo gesehen?«
»Wie bitte?« fragte ich noch verwirrter.
»Sie war heute morgen nicht wie sonst an meinem Bett. Ich kann mich nicht erinnern, sie gesehen zu haben, seit wir drei gestern den Thronsaal verließen.«
Améyatl und ich ahnten den Zusammenhang sofort. Doch wir suchten zusammen mit allen Dienstboten und sogar mit G'nda Ké in jedem Winkel des Palastes und auf dem ganzen Gelände nach ihr. Niemand fand Pakápeti, aber ich machte eine bedeutsame Entdeckung. Einer der drei versteckten Donnerstöcke fehlte. Damit war alles klar. Zehenspitze war vorsätzlich ausgezogen, um zu töten – und was immer sich in ihrem Leib befand töten zu lassen. Sie suchte den Tod.

20

Ich hatte mir ausgerechnet, daß die Truppen des Ritters Tapachíni und ihre Eskorte Compostela in etwa fünf Tagen erreichen konnten. Die Eskorte würde für den Rückweg weniger Zeit brauchen. Falls sich ein guter Läufer darunter befand, würde er vielleicht vorauseilen und noch früher eintreffen, um mir Bericht zu erstatten. Jedenfalls blieben mir noch ein paar Tage, bis ich vom Ausgang der Mission erfuhr.
Anstatt ungeduldig herumzusitzen und mir Sorgen zu machen, verwendete ich die Zeit nutzbringend. Ich überließ Améyatl und dem Rat das ganze langweilige und lästige Einerlei der Regierungsgeschäfte, so daß man sich nur bei wichtigen Fragen an mich wandte, und begab mich ins Freie.
Die Sklaven hatten die vier Pferde nach meinen Anweisungen gut gefüttert und gepflegt. Inzwischen waren sie wohlgenährt und warteten darauf, sich zu bewegen. Ich suchte nach Freiwilligen, um ihnen das Reiten beizubringen. Als erstes fragte ich G'nda Ké, denn ich rechnete damit, daß sie und ich als Vorhut meines Heeres bald sehr weit und sehr schnell reisen würden, um Krieger anzuwerben. Doch sie lehnte die Vorstellung, auf einem Pferd zu sitzen, verächtlich ab.
Sie sagte in ihrer unnachahmlichen Art: »G'nda Ké weiß alles und kann bereits alles, was sich zu wissen und zu

können lohnt. Was macht es für sie einen Sinn, etwas Neues zu lernen? Außerdem hat G'nda Ké viele Male die ganze EINE WELT durchquert und immer zu Fuß, wie es sich für eine anständige Yaki geziemt. Wenn du es vorziehst, dann reite, Tenamáxtli, wie ein verweichlichter Weißer. G'nda Ké ist sicher, daß sie mit dir Schritt halten wird.«

Ich erwiderte trocken: »Du wirst eine Menge deiner kostbaren Sandalen verschleißen.« Doch ich drang nicht weiter in sie.

Als nächstes bot ich den Rittern des Heeres entsprechend ihrer Rangfolge die Möglichkeit, das Reiten zu lernen. Es überraschte mich nicht, als sie ebenfalls ablehnten, wenn auch auf weniger beleidigende Weise als G'nda Ké.

Sie sagten nur: »Herr, Adler und Jaguare würden sich schämen, bei ihrer Fortbewegung von geringeren Tieren abhängig zu sein.«

Also wandte ich mich den Reihen der Cuáchictin zu. Von diesen meldeten sich zwei freiwillig. Wie ich mir hätte denken können, wartete der neue Cuáchic Nochéztli bereits ungeduldig darauf, daß ich ihn fragte. Der andere war ein Mexícatl im mittleren Alter. Er hieß Comitl und hatte als junger Mann zu den Kriegern gehört, die aus Tenochtítlan gekomen waren, um unsere Truppen auszubilden. Er war einer der Männer, die ich im Gebrauch der Arkebusen unterwiesen hatte. Zu meiner Überraschung meldete sich als Dritter der Wundarzt Tícitl Ualíztli, von dem ich bereits gesprochen habe.

»Wenn Ihr nur Männer sucht, die vom Pferderücken aus kämpfen, Herr, dann habe ich natürlich Verständnis dafür, daß Ihr mich abweist. Aber Ihr seht selbst, ich bin zu alt und zu dick, um mit dem Heer zu marschieren und dabei meinen schweren Beutel zu schleppen.«

»Ich weise dich nicht ab. Ualíztli. Ich finde, ein Tícitl sollte in der Lage sein, sich auf dem Schlachtfeld schnell zu bewegen, um leichter seine Aufgaben erfüllen zu können. Ich habe viele Spanier zu Pferde gesehen, die sehr viel älter und dicker waren als du. Wenn sie reiten konnten, bist du mit Sicherheit in der Lage, es ebenfalls zu lernen.«

Also brachte ich in diesen Tagen des Wartens den drei Männern alles bei, was ich über den Umgang mit Pferden wußte. Dabei wünschte ich von ganzem Herzen, die viel geschicktere Zehenspitze sei wieder da, um die Ausbildung zu überwachen. Wir übten abwechselnd auf dem gepflasterten Hauptplatz und an anderen, grasbewachsenen Stellen. Wohin wir uns auch begaben, sammelte sich eine Menschenmenge, um aus sicherer Entfernung bewundernd und ehrfürchtig zuzusehen.

Ich überließ Tícitl Ualíztli den zweiten Sattel. Comitl und Nochéztli vermieden es tapfer, sich darüber zu beklagen, daß sie auf dem bloßen Rücken ihrer Pferde saßen.

»Das wird euch abhärten«, versicherte ich ihnen. »Wenn wir später den weißen Soldaten ihre Pferde mit Sätteln wegnehmen, wird euch das Reiten sehr viel leichter fallen.«

Als meine drei Schüler zumindest ebenso geschickt reiten konnten wie ich, lenkte mich der Unterricht nicht länger von meiner Besorgnis ab.

Seit dem Abmarsch von Tapachíni und seinen Männern waren sieben Tage vergangen, Zeit genug für einen schnellen Boten, nach Aztlan zurückzukehren. Doch nichts geschah. Der achte Tag ging vorüber und dann der

neunte. In dieser Zeit hätte die ganze Eskorte eintreffen müssen.
»Irgend etwas ist schiefgegangen«, knurrte ich am zehnten Tag und lief schlecht gelaunt mit großen Schritten im Thronsaal auf und ab. Im Augenblick ließ ich mir meine Sorge nur gegenüber Améyatl und G'nda Ké anmerken. »Und es ist mir nicht möglich herauszufinden, was!«
Meine Cousine sagte: »Die Verurteilten haben sich vielleicht ihrem Los entzogen. Aber sie können sich nicht auf dem Marsch einzeln davongeschlichen haben, sonst hätte die Eskorte es dir gemeldet. Also müssen sie gemeinsam gehandelt haben. Sie waren viele, die Eskorte war klein, und nachdem sie die Wachen erschlagen hatten, sind sie zusammen oder einzeln geflohen und befinden sich inzwischen außerhalb deiner Reichweite.«
»Natürlich habe ich daran gedacht«, brummte ich. »Aber sie hatten einen Schwur geleistet und die Erde geküßt. Und sie waren einmal ehrenwerte Männer gewesen.«
»Das war Yeyac früher auch«, entgegnete Améyatl bitter. »Solange unser Vater lebte und dafür sorgte, daß sein Sohn treu, gehorsam und vertrauenswürdig blieb.«
»Trotzdem«, widersprach ich, »fällt es mir schwer zu glauben, daß nicht wenigstens *einer* der Männer seinen Schwur gehalten haben sollte. Wenigstens einer könnte zurückkommen und berichten, daß die anderen ihren Schwur gebrochen haben. Vergiß nicht, es ist so gut wie sicher, daß sich Pakápete als Mann verkleidet unter ihnen befand. Sie wäre niemals abtrünnig geworden.«
»Vielleicht war sie es«, sagte G'nda Ké mit ihrem gewohnten boshaften Lächeln, »die alle Männer erschlagen hat.«
Ich schenkte der albernen Bemerkung keine Beachtung. Améyatl sagte: »Falls Yeyacs Männer die Krieger der

Eskorte getötet haben, wären sie wohl kaum davor zurückgeschreckt, Zehenspitze oder jeden anderen, der sich gegen sie gestellt hätte, ebenfalls umzubringen.«
»Aber es waren Krieger«, widersprach ich noch einmal.
»Das sind sie immer noch, es sei denn, die Erde hat sich aufgetan und sie verschlungen. Sie kennen kein anderes Leben. Was sollen sie, gemeinsam oder einzeln, mit ihrem Leben anfangen? Wollen sie gewöhnliche Räuber werden und anständige Menschen aus dem Hinterhalt überfallen? Das wäre für einen Krieger undenkbar, ganz gleich, wie ehrlos er sich auch sonst benommen haben mag. Nein, ich kann mir nur eins denken.«
Ich wandte mich an die Yaki-Frau und sagte: »In grauer Vorzeit hat eine gewisse G'nda Ké gute Männer in schlechte verwandelt. Deshalb mußt du in Sachen Verrat eine gewisse Erfahrung haben. Glaubst du, die Krieger haben ihr Bündnis mit den Spaniern erneuert?«
Sie zuckte gleichgültig die Schultern. »Zu welchem Zweck? Solange sie Yeyacs Männer waren, konnten sie mit Wohlwollen und Begünstigung rechnen. Ohne Yeyac als Führer sind sie nichts. Die Spanier würden sie vielleicht in ihren Reihen aufnehmen, sie aber zutiefst verachten. Sie würden sich zu Recht sagen, daß Männer, die sich gegen ihr eigenes Volk gewendet haben, ohne weiteres noch einmal die Seiten wechseln können.«
Ich mußte ihr zustimmen. »Das klingt einleuchtend.«
»Die Überläufer wären die Niedrigsten unter den Niederen. Selbst der Pfeilritter würde seinen Rang verlieren und zum bloßen Yaoquízqui werden. Das hätten er und alle anderen mit Bestimmtheit gewußt. Warum sollten sie das also tun? Kein Krieger würde dieses viel schlimmere Schicksal auf sich nehmen, selbst wenn er noch so verzweifelt deinem Zorn entrinnen wollte.«

»Was immer sie auch getan haben«, sagte Améyatl, »es muß zwischen hier und Compostela geschehen sein. Warum schickst du nicht noch einmal einen Quimíchi, um es herauszufinden?«

»Nein!« fauchte G'nda Ké. »Selbst wenn der Trupp nicht einmal in die Nähe von Compostela gelangt ist, hat die Nachricht die Stadt erreicht. Jeder Holzfäller oder Kräutersammler, der seine Waren zum Markt bringt, muß inzwischen erzählt haben, daß er in der Umgebung eine Einheit bewaffneter und gefährlicher Aztéca-Krieger gesehen hat. Dieser Gouverneur Coronado ist möglicherweise mit seinen Truppen bereits auf dem Weg hierher, um deinem geplanten Aufstand durch die Zerstörung Aztlans zuvorzukommen. Tenamáxtli, du kannst es dir nicht mehr leisten, die Spanier aufs Geratewohl mit Angriffen zu belästigen. Sie werden es dir nach diesem mißlungenen Angriff heimzahlen und sich für die Überfälle der Frauen in Michihuácan rächen.« Sie lachte hämisch. »Ob du bereit bist oder nicht, ob es dir gefällt oder nicht, du befindest dich im Kriegszustand! Du hast dich darauf versteift, Krieg zu führen, und zwar einen großen Krieg. Dir bleibt jetzt keine andere Wahl, als dein Heer in den Krieg zu führen.«

Ich sagte: »Es ärgert mich, aber ich muß zugeben, daß du auch diesmal recht hast, du Hexe. Ich wollte, ich könnte dir dein größtes Vergnügen verweigern, das in Blutvergießen und in Zerstörung besteht. Aber was sein muß, muß sein. Also geh, denn du bist versessener auf Krieg als jeder andere am Hof. Benachrichtige alle Ritter in Aztlan, daß sich das Heer im Morgengrauen bewaffnet, mit Vorräten versehen und marschbereit auf dem Großen Platz versammelt.«

G'nda Ké lächelte boshaft und verließ den Raum.

Ich sagte zu Améyatl: »Ich werde nicht darauf warten, daß die Ratsversammlung diesem Einsatz zustimmt. Du kannst sie nach Belieben einberufen und die Räte davon in Kenntnis setzen, daß sich Spanier und Aztéca im Kriegszustand befinden. Die Räte können schlecht etwas widerrufen, was bereits geschehen ist.«
Améyatl nickte, allerdings nicht gerade freudig.
»Ich werde eine Reihe guter Männer als Palastwache zurücklassen«, fuhr ich fort. »Nicht genug, um einen Angriff auf die Stadt zurückzuschlagen, aber genug, um dich schnell in Sicherheit zu bringen, wenn Gefahr droht. Als Regentin übst du bis zu meiner Rückkehr wieder die Macht des Uey-Tecútli aus. Der Rat weiß das.«
Sie sagte wehmütig: »Als du das letzte Mal gegangen bist, warst du jahrelang fort.«
Ich sagte fröhlich, um sie aufzumuntern: »Ayyo, Améyatl! Ich hoffe, dir diesmal bei meiner Rückkehr, wann immer das sein mag, sagen zu können, daß unser Aztlan das neue Tenochtítlan ist, die Hauptstadt der wiedergewonnenen, wiederhergestellten, erneuerten EINEN WELT, die wir nicht mit Fremden teilen. Dann werde ich dir auch sagen, daß wir beide, Vetter und Cousine, die uneingeschränkten Herrscher der EINEN WELT sind.«
»Vetter und Cousine ...«, murmelte sie. »Es hat eine Zeit gegeben, da waren wir eher wie Bruder und Schwester.«
Ich erwiderte leichthin: »Mehr als das, wenn ich dich daran erinnern darf.«
»Du mußt mich nicht daran erinnern. Ich hatte dich sehr lieb, als du noch ein Junge warst. Jetzt bist du ein Mann und wirklich ein sehr mannhafter. Was wirst du sein, wenn du wieder zurückkommst?«

»Ich denke, kein alter Mann. Ich hoffe, ich werde dann immer noch fähig ... nun ja, deiner Liebe würdig sein.«
»Das warst du, das bist du, und das wirst du immer sein. Als der Junge Tenamáxtli aus Aztlan weggegangen ist, habe ich ihm zum Abschied nur zugewinkt. Der Mann Tenamáxtli verdient einen mehr von Herzen kommenden und denkwürdigeren Abschied.« Sie öffnete die Arme. »Komm ... mein lieber ...«

Améyatl war noch wie in ihrer Jugend die übersprudelnde Verkörperung ihres Namens: eine Quelle. So genossen wir unsere beiderseitigen Erregungen die ganze Nacht mit immer neuer Leidenschaft und fielen erst in tiefen Schlaf, als unsere Kräfte schließlich völlig erschöpft waren.
Ich hätte das Antreten meines Heeres verschlafen, wenn G'nda Ké, die niemals den persönlichsten Bereich eines Menschen achtete und kein Benehmen hatte, nicht ungebeten in meinem Gemach aufgetaucht wäre und mich grob wach gerüttelt hätte.
Améyatl und ich lagen immer noch eng umschlungen im Bett. Bei diesem Anblick verzog sie höhnisch die Lippen und rief: »Sieh einer an! Der wachsame, der rührige, umsichtige und kriegerische Führer seines Volkes liegt mit einer Frau faul im Bett. Kannst du deine Truppen führen? Kannst du überhaupt aufstehen? He, du größter aller Liebhaber, es ist Zeit. Du ziehst in den Krieg!«
»Verschwinde!« knurrte ich. »Geh und mach dich über einen anderen lustig. Ich gehe ins Dampfbad, danach werde ich mich waschen, anziehen und auf den Platz hinauskommen, wenn ich fertig bin. Verschwinde ...«
Doch bevor die Yaki-Frau ging, mußte sie Améyatl noch eine grobe Beleidigung an den Kopf werfen.

»Wenn Ihr Tenamáxtli seine ganze Manneskraft geraubt habt, verehrte Dame, dann ist es Eure Schuld, falls wir den Krieg verlieren.«
Améyatl, die all die guten Manieren und den Geist besaß, der G'nda Ké fehlte, lächelte verschlafen und zufrieden. Sie erwiderte nur: »Ich kann bezeugen, daß Tenamáxtzins Manneskraft jeder Prüfung gewachsen ist.«
Die Yaki-Frau knirschte mit den Zähnen und stürmte wütend aus dem Gemach. Ich wusch mich und legte meine Rüstung und den fächerförmigen Kopfschmuck aus Quetzalfedern, das Zeichen des Oberbefehlshabers, an. Dann beugte ich mich hinunter, um Améyatl, die immer noch lächelnd im Bett lag, ein letztes Mal zu küssen.
»Diesmal werde ich dir zum Abschied nicht winken«, sagte sie leise. »Ich weiß, du wirst zurückkehren ... als Sieger. Aber bitte, versuche um meinetwillen, bald wieder in Atzlan zu sein.«

Ich trat vor das versammelte Heer und rief: »Krieger! Wie es aussieht, haben Yeyacs niederträchtige Männer uns wieder verraten. Sie haben meinen Befehl, sich bei einem Angriff auf das Bollwerk der Spanier zu opfern, entweder nicht befolgt oder dabei versagt. Deshalb werden wir mit unserer gesamten Streitmacht angreifen. Es ist allerdings sehr wahrscheinlich, daß Compostela uns erwartet. Deshalb, ihr Ritter und Cuáchictin, achtet auf meine Befehle. In den ersten drei Tagen werden wir wie üblich in Kolonnen marschieren, damit wir so schnell wie möglich vorwärtskommen. Am vierten Tag werde ich weitere Befehle ausgeben. Und jetzt: Vorwärts, marsch!«
Ich ritt natürlich an der Spitze des Zuges, dicht gefolgt von den drei anderen berittenen Männern. Hinter ihnen

wiederum kamen die Krieger in einer Kolonne von Viererreihen. Wir bewegten uns im schnellen Laufschritt vorwärts. G'nda Ké ging am Schluß. Sie trug weder Rüstung noch Waffen, denn sie würde nicht kämpfen, sondern mich nach dem Kampf auf der Reise in den Norden begleiten, wo ich Krieger anderer Völker anwerben wollte.
Es gibt ein kleines Tier, das unter Bäumen lebt und das wir Huitzlaiuáchi nennen. Die Spanier haben dafür den Namen Puerco espín, Stachelschwein. Es hat kein Fell, sondern starrt am ganzen Körper von Stacheln. Niemand weiß, weshalb Mixcoatl, der Gott der Jäger, dieses Tier erschaffen hat, denn sein Fleisch schmeckt den Menschen nicht, und Raubtiere halten sich wegen seiner undurchdringlichen Rüstung aus Stacheln vernünftigerweise von ihm fern. Ich erwähne das nur, weil ich mir vorstelle, unser marschierendes Heer muß ähnlich gewirkt haben wie ein Stachelschwein, wenn auch eines von ungeheurer Länge. Jeder Krieger trug über einer Schulter seinen langen Speer und über der anderen den kürzeren Wurfspeer mit der dazugehörigen Schleuder. Die Kolonne war ebenso stachlig wie jenes Tier. Doch sie war sehr viel leuchtender und bunter, denn das Sonnenlicht brach sich auf den Obsidianspitzen der Waffen, dazwischen ragten die mehrfarbigen Banner, Standarten und Wimpel der verschiedenen Einheiten in die Luft, und ich ritt mit meinem auffallenden Kopfputz allen voran. Aus der Ferne betrachtet, müssen wir in der Tat sehr eindrucksvoll gewirkt haben. Ich wünschte nur, unsere Zahl wäre größer gewesen.
Um die Wahrheit zu sagen, ich war nach der kurzweiligen Nacht mit Améyatl ziemlich müde. Da ich mich wach halten wollte, winkte ich den Tícitl Ualíztli zu

mir, damit ich mich beim Reiten mit ihm unterhalten konnte. Wir sprachen über verschiedene Dinge, auch darüber, auf welche Weise mein Vetter Yeyac den Tod gefunden hatte.

»Die Arkebuse tötet, indem sie eine Metallkugel hervorschleudert«, sagte er nachdenklich. »Was für eine Wunde ruft das hervor, Tenamáxtzin? Wie bei einem Stoß oder einem Schlag? Dringt die Kugel in den Körper ein?«

»Ich kann dir versichern, sie dringt in den Körper ein, ähnlich wie ein Pfeil, aber mit sehr viel mehr Kraft und viel tiefer.«

»Ich habe erlebt, daß Männer mit einem Pfeil im Körper überleben und sogar weiterkämpfen. Sogar mit mehreren Pfeilen, wenn kein lebenswichtiges Organ getroffen ist. Ein Pfeil verschließt natürlich durch seine Beschaffenheit die Wunde, die er verursacht hat, und verhindert die Blutung in einem beachtlichen Ausmaß.«

»Die Bleikugel verhält sich anders«, sagte ich. »Wenn ein Mann mit einer Pfeilwunde sofort versorgt wird, kann der Tícitl den Pfeil herausziehen und die Verletzung behandeln. Eine Kugel zu entfernen, ist beinahe unmöglich.«

»Trotzdem«, sagte Ualíztli, »wenn die Kugel keinem inneren Organ einen nicht wiedergutzumachenden Schaden zufügt, besteht die einzige wirkliche Gefahr für das Opfer nur darin, daß es verblutet.«

Ich erwiderte: »Ich habe dafür gesorgt, daß bei Yeyac genau das geschehen ist. Sobald die Kugel in seinen Bauch eingedrungen war, habe ich ihn mit dem Gesicht nach unten gelegt, damit sein Lebensblut schneller floß.«

»Hm ...«, murmelte der Tícitl und ritt eine Weile schweigend neben mir. Dann sagte er: »Ich wünschte, man hätte mich gerufen, als Ihr ihn nach Aztlan brachtet. Es wäre gut, ich hätte die Wunde untersuchen können. Ich bin sicher, in den kommenden Tagen werde ich es mit vielen solcher Verletzungen zu tun haben.«

Unser Heer marschierte drei Tage in Kolonne, wie ich es befohlen hatte. Denn ich wollte meine Krieger alle dicht beinander haben, für den Fall, daß wir einer feindlichen Streitmacht auf ihrem Weg in den Norden begegneten. Doch wir entdeckten nicht einmal einen Spähtrupp des Gegners, der den Weg erkundet hätte. Deshalb bestand auch kein Grund, meine Männer zu tarnen oder zu zerstreuen. Wenn wir abends das Lager aufschlugen, gaben wir uns keine Mühe, den Schein der Feuer zu verbergen, über denen wir unsere Mahlzeiten bereiteten. Es waren sehr gute, nahrhafte und kräftigende Mahlzeiten, denn die Krieger, die dazu eingeteilt waren, erlegten unterwegs Wild.

Ich ging davon aus, daß wir am Morgen des vierten Tages in Sichtweite der Posten sein würden, die Coronado vermutlich um seine Stadt aufgestellt hatte.

Ich rief meine Ritter und Cuáchictin im Morgengrauen zusammen und sagte zu ihnen: »Ich rechne damit, daß wir uns bei Einbruch der Nacht in der richtigen Entfernung für einen Angriff auf Compostela befinden. Doch ich will nicht aus dieser Himmelsrichtung angreifen, denn damit werden die Spanier am ehesten rechnen. Ich habe auch nicht vor, den Angriff sofort zu führen. Wir werden die Stadt umgehen und uns auf ihrer Südseite wieder vereinigen. Ihr werdet eure Truppen also hier teilen. Die eine Hälfte bewegt sich in gehöriger Entfernung westlich von diesem Hauptweg, die andere östlich davon. Die beiden Hälften werden jeweils weiter unterteilt. Die Krieger suchen sich einzeln sehr vorsichtig und lautlos einen Weg nach Süden. Alle Standarten werden

eingerollt, die Speere sind waagrecht zu tragen, und jeder Mann nutzt Bäume, Gestrüpp, Kakteen und alles, was Deckung bietet, aus, um sich so unsichtbar wie möglich zu machen.«
Ich nahm meinen auffälligen Kopfputz ab, faltete ihn sorgfältig und verstaute ihn hinter mir auf dem Sattel.
»Herr«, fragte ein Ritter, »wie halten die Männer zu Fuß ohne Fahnen die Verbindung untereinander aufrecht?«
Ich erwiderte: »Ich und die drei anderen Berittenen werden unseren Weg fortsetzen. Auf den Pferden sind wir gut sichtbar und auffällig genug, damit die Männer uns folgen können. Und schärft ihnen ein: Die ersten haben mindestens hundert Schritte hinter mir zurückzubleiben. Sie brauchen keine Verbindung untereinander zu halten. Je weiter sie voneinander entfernt sind, desto besser. Sollte jemand auf einen spanischen Späher treffen, muß er den Feind natürlich töten, aber lautlos und unauffällig. Ich will, daß wir so nahe wie möglich an Compostela herankommen, ohne entdeckt zu werden. Doch wenn einer eurer Männer auf einen feindlichen Stoßtrupp oder Posten stößt, und er braucht Hilfe, soll er den Kriegsruf ausstoßen. Danach sind die Standarten zu entrollen. Auf dieses Signal hin werden sich alle unsere Männer auf der entsprechenden Seite des Wegs sammeln. Die Krieger auf der anderen Seite setzen ihren Vormarsch lautlos und unauffällig fort.«
»Aber wenn wir uns so verteilen«, sagte ein anderer Ritter, »ist es dann nicht möglich, daß die versteckten Spanier einen nach dem anderen von uns erledigen?«
»Nein«, sagte ich. »Kein Weißer wird sich jemals so geräuschlos und unsichtbar bewegen können wie wir, die wir in diesem Land geboren sind. Und kein spanischer Soldat, der mit Metall und Leder belastet ist, kann auch

nur still sitzen, ohne unabsichtlich Geräusche zu machen.«

»Der Uey-Tecútli hat recht«, sagte G'nda Ké, die sich mit den Ellbogen einen Platz in der Gruppe geschaffen hatte und sich wie üblich äußern mußte, auch wenn es völlig überflüssig war. »G'nda Ké kennt die spanischen Soldaten. Selbst ein stolpernder, humpelnder Krüppel könnte sich unauffälliger anschleichen.«

»Also«, fuhr ich fort. »Gehen wir davon aus, daß uns nicht irgendwelche Kämpfe von Mann gegen Mann aufhalten, daß wir nicht entdeckt werden, weil wir Lärm machen, und daß uns keine überlegene Streitmacht den Weg versperrt. Dann nehmen jetzt beide Hälften der Truppe ihren Weg nach Süden und lassen sich von mir leiten. Wenn ich den Zeitpunkt für gekommen halte, werde ich mein Pferd nach Westen lenken, dorthin, wo die Sonne untergeht, denn ich möchte, daß der Glanz von Tonatíus Gunst so lange wie möglich auf mich fällt. Die Krieger auf der rechten Seite des Wegs werden mir weiterhin in hundert Schritt Abstand folgen und darauf vertrauen, daß ich sie sicher um die Stadt herumführe.«

»G'nda Ké wird dicht hinter ihnen gehen«, sagte sie zufrieden.

Ich warf ihr einen gereizten Blick zu. »Gleichzeitig wird der Cúachic Comitl sein Pferd nach Osten lenken, und die Männer auf der linken Seite des Wegs werden ihm folgen. Irgendwann am späten Abend müßten unsere Truppen sich südlich der Stadt befinden. Ich werde Boten ausschicken, um die Verbindung zwischen beiden Hälften herzustellen, damit wir uns wieder sammeln. Ist das verstanden?«

Die Offiziere machten alle die Geste des Tlalqualíztli und gingen, um meine Befehle an die Männer weiterzu-

geben. In kurzer Zeit waren die Krieger beinahe wie durch Zauberei im Gebüsch und zwischen den Bäumen verschwunden. Die Kolonne hatte sich aufgelöst wie Morgennebel. Der Weg hinter mir war leer. Nur Ualíztli, Nochéztli, der Mexícatl Comitl und ich saßen noch immer deutlich sichtbar auf unseren Pferden.
»Nochéztli«, sagte ich, »du übernimmst die Führung. Du reitest im Schritt weiter. Wir drei folgen dir erst, wenn du außer Sichtweite bist. Reite, bis du ein Zeichen des Feindes siehst. Selbst wenn die Spanier so weit vor der Stadt Posten aufgestellt oder Barrikaden errichtet haben und dich sehen, bevor du es verhindern kannst, werden sie nicht mit einem einzelnen Angreifer rechnen. Außerdem kann es gut sein, daß sie dich erkennen und daß dein Näherkommen sie verwirrt, weil du auf einem Pferd reitest wie ein Spanier. Ihr Zögern sollte dir die Möglichkeit geben, unbeschadet zu fliehen. Wie auch immer, falls du den Feind sichtest, seien es Truppen oder Wachposten, machst du geradewegs kehrt und erstattest mir Meldung.«
Er fragte: »Und wenn ich überhaupt nichts sehe, Herr?«
»Falls du zu lange ausbleibst und ich der Meinung bin, es sei Zeit, die Truppen zu teilen, werde ich laut den Eulenschrei ausstoßen. Wenn du ihn hörst und nicht tot oder in Gefangenschaft bist, galoppierst du zu uns zurück.«
»Ja, Herr. Ich bin schon auf dem Weg.« Und er ritt davon. Sobald er unseren Blicken entschwunden war, setzten der Tícitl, Comitl und ich unsere Pferde in Bewegung. Die Sonne zog ungefähr in der gleichen langsamen Gangart über den Himmel, und wir drei verbrachten den langen, bangen Tag mit zusammenhanglosem Gerede. Es war später Nachmittag, als wir Nochéztli endlich zurückkommen sahen. Er hatte es keineswegs eilig, son-

dern sein Pferd ging im Trab, obwohl ich bezweifelte, daß das angenehm für sein Hinterteil war.
»Was soll das?« fragte ich, sobald er in Hörweite kam. »Du hast überhaupt nichts zu melden?«
»Ayya, doch, Herr, aber sehr eigenartige Nachrichten. Ich bin ungehindert den ganzen Weg bis zu den Sklavenvierteln am Stadtrand geritten. Dort entdeckte ich die Verteidigungswaffen, von denen ich Euch nach meinem letzten Besuch berichtet hatte – die riesigen Donnerrohre auf Rädern und um sie herum viele Soldaten. Aber die Donnerrohre sind immer noch nach innen, auf die Stadt gerichtet! Die Soldaten winkten mir nur beiläufig zu. Also gab ich ihnen mit Gesten zu verstehen, ich hätte das Pferd freilaufend und ungesattelt in der Umgebung entdeckt und suchte seinen Besitzer. Dann habe ich kehrtgemacht und bin zurückgeritten … ohne große Eile, denn ich habe keinen Eulenschrei gehört.«
Der Cuáchic Comitl runzelte die Stirn und fragte: »Was haltet Ihr davon, Tenamáxtzin? Kann man dem Bericht dieses Mannes Glauben schenken? Vergeßt nicht, er war einmal mit dem Feind verbündet.«
Nochéztli widersprach: »Ich küsse die Erde, daß es wahr ist!« Und er machte die Geste, so gut er es auf dem Pferderücken konnte.
»Ich glaube dir«, sagte ich zu ihm und wandte mich dann an Comitl. »Nochéztli hat seine Treue bereits mehrere Male unter Beweis gestellt. Aber das ist eine wirklich eigenartige Sache. Möglicherweise sind der Pfeilritter Tapachíni und seine Männer überhaupt nicht hierher gekommen und haben Compostela gewarnt. Doch ebensogut können die Spanier uns eine Falle stellen. Wenn es so ist, dann haben wir sie noch nicht erreicht. Gehen wir also weiterhin vor wie geplant. Ich und Ualíztli wenden

uns jetzt nach Westen. Du reitest mit Nochéztli nach Osten. Die Männer zu Fuß teilen sich und folgen uns. Wir werden die Stadt in einem weiten Bogen umrunden und nach Einbruch der Dunkelheit im Süden wieder zusammentreffen.«

Zu beiden Seiten des Wegs zog sich jetzt dichter Wald. Als der Tícitl und ich abbogen, ritten wir bald im zunehmenden Dämmerlicht. Ich hoffte, daß die Krieger, die in einer Entfernung von hundert Schritten folgten, uns immer noch sehen konnten. Aber ich machte mir Sorgen, wir könnten sie verlieren, wenn es wirklich dunkel wurde.

Diese Sorge wurde mir allerdings plötzlich auf erschreckende Weise genommen, denn ich hörte irgendwo hinter uns ein lautes, vertrautes Geräusch.

»Das war eine Arkebuse!« stieß ich hervor. Ualíztli und ich brachten die Pferde zum Stehen.

Ich hatte kaum ausgesprochen, als ich den unverkennbaren Lärm von Arkebusen hörte, die abgefeuert wurden – einzeln, zu mehreren oder sogar gleichzeitig, und das in größerer Zahl. Die Schüsse fielen alle irgendwo hinter uns, wenn auch nicht in sehr großer Entfernung, denn die abendliche Brise trug den beißenden Geruch des Pulverrauchs heran.

»Wie ist es möglich, daß keiner von uns gesehen hat ...«, begann ich. Doch dann erinnerte ich mich plötzlich und wußte, was geschah. Ich dachte an den spanischen Vogelsteller am Ufer des Texcóco-Sees, der eine ganze Gruppe von Arkebusen abgefeuert hatte, indem er einfach an einer einzigen Schnur zog.

Die Donnerstöcke, die ich gerade hörte, befanden sich nicht in den Händen von Spaniern. Sie waren auf der Erde befestigt oder auf Bäumen. Von jedem Gatillo lief eine gespannte Schnur durch das Unterholz. Unsere Pferde hatten bisher noch keine der Schnüre berührt, doch die Krieger hinter uns traten darauf oder stolperten darüber und mähten ihre eigenen Reihen mit tödlichen fliegenden Bleikugeln nieder.

»Rühr dich nicht von der Stelle!« sagte ich zu Ualíztli.

Er protestierte: »Es wird Verwundete geben, um die man sich kümmern muß!« Er wendete sein Pferd.

Es sollte sich herausstellen, daß ich mich nicht nur im Hinblick auf den Einfallsreichtum der Verteidiger von Compostela getäuscht hatte. Aber in einem hatte ich doch recht gehabt. Die Krieger meines Volkes konnten sich geräuschlos wie Schatten und so unsichtbar wie der Wind bewegen.

Im nächsten Augenblick warf mich ein heftiger Schlag gegen die Rippen aus dem Sattel. Während ich auf die Erde stürzte, sah ich gerade noch flüchtig einen Mann in aztekischer Rüstung, der ein Maquáhuitl schwang, bevor er noch einmal zuschlug. Allerdings benutzte er die flache Seite des Schwertes, nicht die mit Obsidian besetzte Schneide. Er traf mich am Kopf, und die Welt um mich herum wurde schwarz.

Als ich zu mir kam, saß ich mit dem Rücken an einen Baum gelehnt auf der Erde. In meinem Kopf hämmerte es entsetzlich, und ich sah alles verschwommen. Ich blinzelte mehrmals. Schließlich erkannte ich einen Mann vor mir, der sich auf sein Maquáhuitl stützte und geduldig darauf wartete, daß ich wieder zu mir kam.

Ich stöhnte unwillkürlich: »Bei allen Göttern! Ich bin tot und in Míctlan gelandet!«

»Noch nicht, Vetter«, erwiderte Yeyac. »Aber ich versichere dir, du wirst bald dort sein.«

21

Als ich mich bewegen wollte, stellte ich fest, daß ich am Baumstamm festgebunden war. Ualíztli saß ebenfalls gefesselt neben mir. Offenbar hatte man ihn nicht so brutal vom Pferd geworfen, denn er war bei Bewußtsein und stieß leise Verwünschungen aus.
Ich war noch völlig benommen und fragte ihn tonlos und lallend: »Tícitl, sag mir, ist es möglich, daß dieser Mann nach seinem Tod wieder zum Leben erwacht ist?«
»In diesem Fall ist es eindeutig so«, murmelte der Arzt finster. »Die Möglichkeit war mir in den Sinn gekommen, als Ihr mir erzählt habt, daß Ihr ihn mit dem Gesicht nach unten hingelegt hattet, damit er schneller verbluten würde. In Wirklichkeit habt Ihr damit erreicht, daß das Blut an der Einschußstelle geronnen ist. Wenn kein lebenswichtiges Organ verletzt war und die scheintote Leiche von seinen Freunden schnell genug beiseite geschafft wurde, konnte jeder gute Tícitl ihn behandeln und heilen.« Er seufzte und fügte unglücklich hinzu: »Glaubt mir, Tenamáxtzin, ich habe es nicht getan. Aber yya ayya ouíya, Ihr hättet ihn auf den Rücken legen sollen.«
Yeyac hatte unserer Unterhaltung belustigt zugehört. »Ich hatte mir schon Sorgen gemacht, Vetter, eine der Bleikugeln aus dem Hinterhalt, in den meine klugen spanischen Verbündeten dich so geschickt gelockt haben, hätte dich getroffen. Als mir einer meiner Íyactin mel-

dete, er habe dich lebend gefangengenommen, war ich so beglückt, daß ich den Mann auf der Stelle in den Ritterstand erhoben habe.«

Mein verwirrter Kopf klärte sich etwas, und ich knurrte: »Du bist nicht berechtigt, jemanden zum Ritter zu machen.«

»Nein? Aber Vetter, du hast mir doch sogar den Quetzal-Kopfschmuck mitgebracht. Jetzt bin ich wieder der Uey-Tecútli von Aztlan.«

»Warum läßt du mich am Leben, da ich doch diese unverschämte Anmaßung mit aller Macht anfechten werde?«

»Ich halte mich nur an die Befehle meines Verbündeten, des Gouverneurs Coronado. Er will dich lebend haben.« Er lachte zufrieden. »Zumindest für eine Weile, damit er dir gewisse Fragen stellen kann. Danach ... nun ja, er hat mir versprochen, daß ich dann alles mit dir anstellen kann, was mir in den Sinn kommt. Den Rest überlasse ich deinem Vorstellungsvermögen.«

Es machte mir wenig Freude, über seine Pläne für meinen Tod nachzudenken. Deshalb wechselte ich das Thema und fragte: »Wie viele meiner Männer sind tot?«

»Ich habe keine Ahnung. Es ist mir gleichgültig. Die Überlebenden haben sich in Windeseile zerstreut. Es ist keine schlagkräftige Truppe mehr. Einzeln und im Dunkeln irren sie wahrscheinlich ziellos, geschwächt und niedergeschlagen durch die Gegend wie die Weinende Frau Chicocíuatl und die anderen Geister der Nacht. Wenn es Tag wird, dürften die spanischen Soldaten kaum Schwierigkeiten haben, einen nach dem anderen zu überwältigen. Coronado wird sich freuen, so starke Männer für die schwere Arbeit in seinen Silberminen zu bekommen.« Er lachte schallend und rief: »Ayyo, da

kommen die Soldaten, die dich in den Palast des Gouverneurs bringen werden.«
Die Spanier banden mich vom Baum los, fesselten meine Arme aber eng an den Oberkörper. Sie führten mich aus dem Wald hinaus und auf dem breiten Weg nach Compostela. Yeyac folgte mit Ualíztli, doch ich sah nicht, wohin er den Arzt brachte.
Man sperrte mich ohne Essen und Trinken, aber unter strenger Bewachung die Nacht über in eine Zelle im Palast. Erst am nächsten Morgen wurde ich dem Gouverneur vorgeführt.
Francisco Vásquez de Coronado war, wie man mir berichtet hatte, nicht älter als ich und sah für einen Weißen gut aus. Er hatte einen ordentlich getrimmten Bart und wirkte sogar sauber. Meine Wachen banden mich los, blieben jedoch im Raum. Es war noch ein anderer Soldat anwesend, der, wie sich herausstellte, Náhuatl sprach und als Dolmetscher fungierte.
Coronado redete lange auf ihn ein – natürlich verstand ich jedes Wort. Der Soldat wiederholte alles in meiner Muttersprache: »Seine Exzellenz sagt, daß du und ein anderer Krieger Donnerstöcke bei euch hattet, als man dich gefangennahm und den anderen tötete. Eine dieser Waffen war Eigentum der königlich spanischen Armee. Bei der anderen handelte es sich offensichtlich um eine von Hand angefertigte Nachahmung. Seine Exzellenz will wissen, wer diese Kopie hergestellt hat. Außerdem sollst du ihm sagen, wo und wie viele Waffen angefertigt wurden und wie viele noch angefertigt werden. Sag außerdem, woher das Pulver und die Munition dafür stammen.«
Ich erwiderte: »Nino ixnéntla yanquic in tláui pocuíahuíme. Ayquic.«

»Eure Exzellenz, der Indio behauptet, daß er nichts von Arkebusen weiß und nie etwas davon gewußt hat.«
Coronado zog das Schwert aus der Scheide. »Sag ihm, du wirst noch einmal fragen. Jedesmal, wenn er behauptet, nichts zu wissen, wird er einen Finger verlieren. Frage ihn, wie viele Finger er verlieren will, bevor er eine zufriedenstellende Antwort gibt.«
Der Dolmetscher wiederholte das auf náhuatl und wiederholte die Fragen noch einmal.
Ich versuchte, entsprechend verängstigt zu wirken, und antwortete stockend: »Ce necha ...« Aber natürlich wollte ich nur Zeit gewinnen. »Einmal bin ich in dem umstrittenen Gebiet gewesen ... und auf einen Vorposten gestoßen. Der Wachsoldat hat tief geschlafen. Ich habe seinen Donnerstock gestohlen und seitdem aufbewahrt.«
Der Dolmetscher fragte höhnisch: »Hat der schlafende Soldat dir gezeigt, wie man ihn benutzt?«
Jetzt gab ich mir Mühe, dumm zu wirken. »Nein. Er hat doch geschlafen, verstehst du. Ich weiß, man drückt das kleine Ding, das Gatillo heißt. Aber ich habe keine Gelegenheit dazu gehabt. Man hat mich gefangengenommen, bevor ...«
»Hat dir der schlafende Soldat auch alle Innenteile gezeigt und dir erklärt, wie der Donnerstock funktioniert, so daß selbst ihr primitiven Wilden eine Kopie davon anfertigen konntet?«
Ich erklärte entschieden: »Davon weiß ich nichts. Wegen der Kopie, von der du sprichst, mußt du den Krieger fragen, der sie bei sich hatte.«
Der Dolmetscher fuhr mich an: »Du hast doch gehört! Der Mann ist tot. Er ist von einer der Kugeln getroffen worden, die sich durch die Berührung der Schnüre gelöst

haben. Er muß der Meinung gewesen sein, Soldaten hätten geschossen. Im Fallen hat er seinen Donnerstock abgefeuert. Er wußte sehr gut, wie man ihn gebraucht!«
Der Dolmetscher wiederholte meine und seine Worte auf spanisch für den Gouverneur.
Ich dachte: Du warst ein guter Mann, Comitl, ein echter Mexícatl und ein alter Adler bis zum Ende. Du genießt inzwischen die Freuden von Tonatícuan.
Doch ich mußte anfangen, mir über meine eigene Lage Gedanken zu machen, denn Coronado sah mich wütend an und sagte: »Wenn sein Kamerad so geschickt im Umgang mit einer Arkebuse war, muß er es ebenfalls sein. Sag der verdammten Rothaut, wenn er mir nicht augenblicklich alles gesteht ...«
Doch der Gouverneur wurde unterbrochen. Drei andere Männer betraten den Raum, und einer rief erstaunt: »Weshalb machen Eure Exzellenz sich die Mühe, einen Dolmetscher einzusetzen? Dieser Indio spricht kastilisch so fließend wie ich!«
»Wie?« fragte Coronado verwirrt. »Woher wißt Ihr das? Wie könnt Ihr das wissen?«
Bruder Marcos de Niza lächelte fromm und erwiderte selbstzufrieden: »Wir Weißen sagen gerne, wir könnten die verdammten Rothäute nicht voneinander unterscheiden. Aber dieser ist mir aufgefallen, als ich ihn das erste Mal gesehen habe. Er ist für einen Mann seiner Rasse ungewöhnlich groß. Außerdem trug er spanische Kleidung und ritt ein Armeepferd, ein Grund mehr, ihn nicht zu vergessen. Das war damals, als ich Cabeza de Vaca in die Stadt México begleitete. Der Teniente, der den Trupp führte, erlaubte diesem Mann, die Nacht in unserem Lager zu verbringen, weil ...«
Coronado unterbrach ihn: »Das ist alles höchst sonder-

bar. Aber spart Euch Eure Erklärungen für später, Bruder Marcos. Im Augenblick brauche ich wichtigere Informationen. Ich glaube, wenn ich sie dem Gefangenen entlockt habe, wird er nicht mehr so groß sein.«

Die Dienste des Dolmetschers waren wieder notwendig, denn jetzt erhob der Mann, der mit dem Lügenden Mönch hereingekommen war, seine Stimme – mein verräterischer Vetter Yeyac. Er verstand kaum ein Wort Spanisch, doch offenbar hatte er den Sinn von Coronados Bemerkung erfaßt.

Yeyac protestierte auf náhuatl, und der Dolmetscher übersetzte: »Eure Exzellenz halten ein blankes Schwert in der Hand und sprechen davon, Stücke von diesem Mann abzuschneiden. Ich kann Eurer Exzellenz versichern, daß eine Obsidianklinge schärfer ist als Stahl und daß man damit noch kunstvoller schneiden kann. Ich habe Eurer Exzellenz vielleicht nicht berichtet, daß ich die Kugel aus einem Donnerstock im Leib trage und diesen Umstand ihm zu verdanken habe. Doch ich erinnere auch daran, daß Eure Exzellenz sein Zerhacken und Zerstückeln mir versprochen haben.«

»Ja, ja, schon gut«, brummte Coronado gereizt und stieß das Schwert heftig zurück in die Scheide. »Bringt Euer verwünschtes Obsidianmesser her. Ich werde die Fragen stellen, und Ihr könnt an ihm herumschneiden, wenn er unbefriedigende Antworten gibt.«

Jetzt erhob Bruder Marcos Einwände. »Eure Exzellenz, als ich diesen Mann das erste Mal traf, behauptete er, ein Abgesandter des Bischofs Zumárraga zu sein. Außerdem stellte er sich als Juan Británico vor. Ganz gleich, ob er auch nur in die Nähe des Bischofs gekommen ist, irgendwann ist er unwiderruflich getauft worden und hat einen christlichen Namen erhalten. Also ist er ein Abtrünniger, mit größter Wahrscheinlichkeit sogar ein Ketzer. Daraus folgt, daß er in erster Linie der kirchlichen Jurisdiktion untersteht. Ich werde ihn mit Freuden verhören, schuldig sprechen und zum Tod auf dem Scheiterhaufen verurteilen.«

Ich begann bereits zu schwitzen, und dabei hatte ich noch kein Wort von der dritten Person gehört, die Yeyac und den Lügenden Mönch begleitete. Es war G'nda Ké. Natürlich wunderte es mich nicht, sie in dieser Gesellschaft zu sehen. Selbstverständlich stand sie auf der Seite der Sieger, nachdem sie den Hinterhalt überlebt oder bereits im voraus davon gewußt hatte.

Dem Dolmetscher schien es schwindlig zu werden, weil er sich von einem zum anderen wenden mußte, während er die Unterhaltung für die verschiedenen Teilnehmer übersetzte.

Jetzt wiederholte er auf spanisch, was die falsche Schlange G'nda Ké sagte: »Mein guter Bruder, dieser Juan Británico mag ein Verräter an Eurer heiligen Mutter Kirche sein. Doch Eure Exzellenz Coronado, er war ein sehr viel größerer Verräter an Eurer Provinz! Ich kann den Beweis dafür erbringen, daß er für die zahllosen Überfälle unbekannter und bisher nicht gefaßter Aufrührer in ganz Neugalicien verantwortlich ist. Würde man den Mann in aller Ruhe foltern, könnte er Eure Exzellenz in die Lage versetzen, diesen Überfällen ein Ende zu machen. Das scheint mir Vorrang vor der Absicht des guten Bruders zu haben, ihn so schnell wie möglich in die christliche Hölle zu schicken. Bei einer hochnotpeinlichen Befragung würde ich Eurem treuen Verbündeten Yéyactzin gerne behilflich sein, denn ich kann Euch versichern, ich bin in dieser Kunst sehr geübt.«

»Perdición!« schrie Coronado. Er war bis zur Weißglut

gereizt. »Es erheben so viele Leute Anspruch auf den Körper, das Leben und sogar auf die Seele dieses Gefangenen, daß mir der Unglückselige beinahe schon leid tut!« Er funkelte mich wieder an und sagte auf spanisch: »Unglücklicher, du hast als einziger noch keinen Vorschlag gemacht, wie ich mit dir verfahren soll. Du hast doch bestimmt auch eine Meinung dazu. Sprich!«
»Señor Gobernador«, sagte ich, denn die Exzellenz billigte ich ihm nicht zu. »Ich bin ein Kriegsgefangener und ein Edler der Aztéca, die sich im Kriegszustand mit Euch befinden. So wie es die Edlen der Mexíca waren, die Euer Marqués Cortés vor so vielen Jahren gestürzt und besiegt hat. Der Marqués war und ist kein schwacher Mann. Doch er konnte es mit seinem Gewissen vereinbaren, die besiegten Adligen höflich und ehrenvoll zu behandeln. Als Euer Kriegsgefangener bitte ich um nicht mehr als das.«
»Aha!« rief Coronado sichtlich zufrieden und durchbohrte zur Abwechslung die drei anderen mit seinen Blicken. »Das erste vernünftige Wort, das ich nach all dem wirren Geschwätz höre.« Er wandte sich wieder mir zu und fragte, diesmal ohne drohenden Unterton: »Werdet Ihr mir die Herkunft und die Zahl der nachgebauten Arkebusen verraten? Werdet Ihr mir sagen, wer die Aufrührer sind, die unsere Siedlungen im Süden überfallen?«
»Nein, Señor Gobernador. Bei keiner Auseinandersetzung zwischen unseren Völkern der EINEN WELT, und ich glaube, in keinem der Kriege, die Euer Spanien mit anderen Völkern geführt hat, erwartete man von einem Kriegsgefangenen, daß er seine Kameraden verriet. Ich werde das mit Bestimmtheit nicht tun, selbst wenn ich von diesem Weib da drüben verhört werden sollte, das damit prahlt, so geschickt wie ein Aasgeier zu sein.«

Ich war sicher, der scharfe Blick, den Coronado der Yaki-Frau zuwarf, war ein Zeichen dafür, daß er meine Meinung über sie teilte. Vielleicht empfand er inzwischen tatsächlich Mitgefühl für mich, denn als G'nda Ké, der Mönch und Yeyac voll Empörung gleichzeitig zu reden begannen, brachte er sie mit einem gebieterischen Händeklatschen zum Schweigen.
»Wachen, führt den Gefangenen ungefesselt zurück in seine Zelle! Gebt ihm genug zu essen und Wasser zu trinken, daß er am Leben bleibt. Ich werde über die Angelegenheit nachdenken, bevor ich ihn wieder verhöre. Alle anderen ...« Er ballte die Faust und rief: »Fort mit euch! Auf der Stelle!«

Meine Zelle hatte eine starke, von außen verriegelte Tür, vor der zwei Wachen standen. In der gegenüberliegenden Wand befand sich ein unvergittertes Fenster. Es war so klein, daß sich höchstens ein Kaninchen hätte hindurchzwängen können. Es war jedoch nicht zu klein, um sich mit einem Menschen davor zu unterhalten. Irgendwann nach dem Dunkelwerden trat jemand an dieses Fenster.
»Oye!« rief eine kaum hörbare Stimme, und ich erhob mich erstaunt von meinem Strohlager.
Angestrengt spähte ich hinaus, konnte in der Dunkelheit aber niemanden entdecken. Dann lachte der Besucher, und ich sah weiße Zähne. Ich wußte in diesem Augenblick, daß mich ein Mann besuchte, der so schwarz war wie die Nacht. Das konnte nur der Moro-Sklave Esteban sein. Ich begrüßte ihn herzlich, allerdings ebenfalls leise.
»Ich habe dir gesagt, Juan Brítanico, daß ich immer in deiner Schuld stehen werde«, flüsterte er. »Wie du vorausgesagt hast, bin ich beauftragt, den Lügenden Mönch

zu den legendären Städten zu führen, die es nicht gibt. Deshalb schulde ich dir jede Hilfe oder Erleichterung, die ich dir verschaffen kann.«

»Danke, Esteban«, erwiderte ich ebenso leise. »Es würde eine große Erleichterung sein, wenn ich frei wäre. Könntest du vielleicht die Wachen wegschicken und den Riegel an meiner Tür zurückschieben?«

»Ich fürchte, das übersteigt meine Möglichkeiten. Spanische Soldaten beachten einen Schwarzen kaum. Außerdem ist mir meine eigene Freiheit viel wert.« Er lachte wieder leise. »Verzeih, wenn das selbstsüchtig klingt. Aber laß den Mut nicht sinken, ich werde versuchen, mir etwas auszudenken, damit du fliehen kannst, ohne daß ich statt dessen in der Zelle sitze.« Er kam noch etwas näher an die Mauer. »Ein spanischer Spähtrupp hat etwas gemeldet, das dich vielleicht freuen wird. Die Spanier sind jedenfalls über die Nachricht nicht gerade erfreut.«

»Gut. Laß mich hören.«

»Einige deiner getöteten und verwundeten Krieger hat man gestern abend sofort gefunden, nachdem sie aus dem Hinterhalt getroffen worden waren. Der Gouverneur hat aber bis heute morgen gewartet, um eine ganze Truppe auszusenden, die das Gebiet nach den anderen Kriegern durchkämmen sollte. Sie haben verhältnismäßig wenig Tote und Verwundete entdeckt. Das bedeutet, die meisten deiner Männer haben überlebt und sind geflohen. Einer der Flüchtigen, ein Mann auf einem Pferd, hat sich kühn dem Spähtrupp gezeigt. Bei der Rückkehr hat man ihn beschrieben. Die beiden Indios, die jetzt mit Coronado verbündet sind, Yeyac und diese schreckliche Frau, schienen den Mann zu kennen. Sie sprachen von einem gewissen Nochéztli. Sagt dir der Name etwas?«

»Ja«, erwiderte ich, »er ist einer meiner besten Krieger.«
»Es schien Yeyac seltsam zu beunruhigen, als er erfuhr, daß dieser Nochéztli einer deiner Männer ist. Aber er hat sich kaum dazu geäußert, denn der Gouverneur und sein Dolmetscher waren anwesend. Die Frau hat nur verächtlich gelacht und Nochéztli einen unmännlichen Cuilóntli genannt. Was bedeutet das Wort, Amigo?«
»Das ist unwichtig. Erzähl weiter, Esteban.«
»Sie hat Coronado gesagt, daß ein solcher unmännlicher Mann selbst dann keine Gefahr darstellt, wenn er bewaffnet ist und frei herumläuft. Aber Nachrichten, die etwas später eintrafen, haben bewiesen, daß sie unrecht hatte.«
»Wie das?«
»Dein Nochéztli ist nicht nur dem Hinterhalt entgangen. Er gehört offenbar zu den wenigen, die nicht vor Entsetzen und panischer Angst geflohen sind. Einer der Verwundeten, die man hierher brachte, hat stolz berichtet, was dann geschah. Dieser Nochéztli saß in der Dunkelheit und im Pulverdampf allein auf seinem Pferd und schrie den anderen Verwünschungen nach, weil sie flohen. Er beschimpfte sie als weichliche Feiglinge und brüllte, sie sollten sich um ihn sammeln.«
»Er hat in der Tat eine weithin tragende Stimme.«
»Offenbar hat er alle deine Krieger wieder zusammengezogen und in ein Versteck gebracht. Yeyac sagte dem Gouverneur, es seien viele Hunderte.«
»Ursprünglich waren es ungefähr neunhundert«, murmelte ich. »Nochéztli müßte demnach noch beinahe so viele bei sich haben.«
»Coronado zögert. Er hat noch keinen Befehl gegeben, sie aufzuspüren. Seine Truppe hier ist nicht viel stärker als tausend Mann, selbst wenn man Yeyacs Krieger mit-

rechnet. Für eine Verfolgung müßte der Gouverneur sie alle einsetzen. In dieser Zeit bliebe Compostela ungeschützt. Fürs erste hat er vorsichtshalber alle Geschütze oder Donnerrohre, wie ihr sie nennt, wieder nach außen richten lassen.«
Ich erwiderte: »Ich glaube nicht, daß Nochéztli ohne meinen Befehl einen neuen Angriff wagen wird. Und ich bezweifle, daß er weiß, was aus mir geworden ist.«
»Er ist ein einfallsreicher Mann«, flüsterte Esteban. »Er hat nicht nur deine Krieger außer Reichweite der Spanier gebracht.«
»Was meinst du damit?«
»Die Truppe, die heute morgen ausgeschickt wurde, hatte unter anderem den Befehl, alle Arkebusen zurückzubringen, über deren Spannschnüre deine Krieger gestolpert sind. Der Trupp ist ohne die Waffen zurückgekommen. Wie es aussieht, hat Nochéztli sie eingesammelt, bevor er verschwunden ist. Stell dir vor, er hat alle diese Waffen mitgenommen! Soviel ich gehört habe, sind es etwa dreißig oder vierzig Arkebusen.«
Ich konnte mich nicht länger zurückhalten und jubelte: »Yyo, ayyo! Wir sind bewaffnet! Gelobt sei der Kriegsgott Huitzilopóchtli!«
So unvorsichtig hätte ich nicht sein sollen. Im nächsten Augenblick hörte ich das schabende Geräusch, mit dem der Riegel zurückgeschoben wurde. Die Tür ging auf, und einer der Wachposten spähte mit einer Fackel in der Hand mißtrauisch ins Dunkel. Aber inzwischen lag ich wieder auf meinem Strohlager, und Esteban draußen war verschwunden.
»Was war das für ein Lärm?« fragte der Posten. »Du Dummkopf, rufst du um Hilfe? Dir wird niemand helfen.«

Ich erwiderte hochgemut: »Ich habe gesungen, Señor. Ich habe zum Ruhm und zur Ehre meiner Götter gesungen.«

»Gott helfe deinen Göttern«, knurrte er. »Du hast eine verdammt unangenehme Stimme, wenn du singst.« Damit schlug er die Tür wieder zu.

Ich saß in der Dunkelheit und dachte nach. Ich hatte einen Irrtum erkannt, dem ich nicht erst vor kurzem, sondern schon vor einiger Zeit erlegen war. Beeinflußt von meiner Abneigung gegen den widerwärtigen Yeyac und seine engsten Freunde hatte ich alle Cuilóntin für mißgünstig, böswillig und unfähig gehalten, solange sie nicht von einem richtigen Mann herausgefordert wurden. Dann, so hatte ich geglaubt, reagierten sie unterwürfig und demütig wie Frauen. Nochéztli hatte mich eines Besseren belehrt. Offensichtlich waren Cuilóntin in ihrem Wesen so unterschiedlich wie alle anderen Männer auch, denn der Cuilóntli Nochéztli hatte männlich und tapfer gehandelt und Fähigkeiten gezeigt, die eines Helden würdig waren. Wenn ich ihn jemals wiedersah, würde ich meiner Achtung und meiner Bewunderung für ihn Ausdruck verleihen.

»Ich muß ihn wiedersehen«, murmelte ich.

Nochéztli hatte mit einem schnellen, kühnen Schlag einen Teil meiner Truppen mit Waffen versorgt, die denen der Weißen in nichts nachstanden. Doch die Arkebusen waren nutzlos ohne ausreichende Vorräte an Pulver und Blei. Wenn meine Truppen nicht das Zeughaus von Compostela stürmen und plündern konnten – und das schien unwahrscheinlich –, mußte Blei gefunden und Schießpulver hergestellt werden. Ich kannte als einziger von uns die Zusammensetzung des Pulvers. Jetzt verwünschte ich mich, weil ich dieses Wissen nicht an

Nochéztli oder einen anderen meiner Offiziere weitergegeben hatte.
»Ich muß hier raus!« murmelte ich.
Mit Esteban hatte ich immerhin einen Freund in der Stadt. Der Moro hatte versprochen, sich einen Plan für meine Flucht auszudenken. Abgesehen von den verständlicherweise feindseligen Spaniern hatte ich in der Stadt aber noch andere gefährliche Feinde – den rachsüchtigen Yeyac, den scheinheiligen Lügenden Mönch und die bösartige G'nda Ké. Es würde bestimmt nicht lange dauern, bis der Gouverneur mich wieder holen ließ und ich ihm oder ihnen allen gegenüberstand. In so kurzer Zeit konnte ich kaum auf meine Rettung durch Esteban hoffen.
Immerhin, so sagte ich mir, würde ich wenigstens aus der Zelle herauskommen, wenn Coronado mich rufen ließ. Würde es mir vielleicht gelingen, auf dem Weg zum Verhör den Wachen zu entfliehen? In meinem Palast in Aztlan gab es so viele Räume, Alkoven und Nischen, daß es einem Flüchtigen in einer verzweifelten Lage wie der meinen nicht unmöglich gewesen wäre, seine Verfolger abzuschütteln und sich zu verstecken. Doch Coronados Palast war nicht annähernd so groß und so prächtig wie meiner. Im Geist überprüfte ich noch einmal den Weg, auf dem mich die Wachen schon zweimal von der Zelle zum Thronsaal, wenn man ihn so bezeichnen wollte, geführt hatten, wo ich vom Gouverneur verhört worden war. Ich befand mich in einer von vier Zellen an einem Ende des Gebäudes. Ich wußte nicht, ob die anderen belegt waren. Davor befand sich ein langer Korridor, dann kam eine Treppe ... wieder ein Gang ...
Ich konnte mich an keine Stelle erinnern, wo eine Flucht möglich gewesen wäre, an kein Fenster, aus dem ich hätte

springen können. Und sobald ich mich in Gegenwart des Gouverneurs befand, würde ich von Wachen umgeben sein. Wenn man mich nicht auf der Stelle und vor seinen Augen tötete, war es sehr wahrscheinlich, daß man mich nicht in diese Zelle zurückbringen würde, sondern in eine Folterkammer oder sogar auf den Scheiterhaufen.
Nun ja, dachte ich traurig, man wird mich im Freien verbrennen müssen. Es ist denkbar, daß vielleicht auf dem Weg dorthin ...
Doch dieser Gedanke stimmte mich wenig hoffnungsvoll. Ich versuchte, nicht in tiefe Verzweiflung zu fallen und mich auf das Schlimmste gefaßt zu machen, als ich plötzlich ein leises »Oye« hörte.
Esteban stand wieder vor meinem winzigen Fenster. Ich sprang auf und spähte wie schon einmal in die Dunkelheit, in der die weißen Zähne blitzten, als er grinste und leise, aber munter sagte: »Ich habe eine Idee, Juan Británico.«
Während er mir seinen Plan erklärte, wurde mir klar, daß er so gründlich nachgedacht hatte wie ich. Allerdings, und das mußte ich einräumen, mit sehr viel größerem Optimismus. Was er vorschlug, schien so tollkühn, daß es an Wahnsinn grenzte. Aber er hatte eine Idee, und ich hatte keine.

Die Wachen banden mir die Arme seitlich am Körper fest, bevor sie mich am nächsten Morgen zum Gouverneur führten. Doch auf eine Geste von ihm nahmen sie mir die Fesseln ab und traten beiseite. Neben etlichen anderen Soldaten befanden sich G'nda Ké, Bruder Marcos und sein Führer Esteban im Raum. Sie verhielten sich alle so ungezwungen, als seien sie Coronado gleichgestellt.

Der Gouverneur sagte zu mir: »Ich habe Yeyac von der Teilnahme an dieser Unterhaltung befreit, denn offen gestanden, kann ich den falschen Hijoputa nicht ausstehen. Nach unserem letzten Gespräch halte ich Euch, Juan Británico, für einen ehrenhaften und aufrichtigen Mann. Deshalb biete ich Euch hier und jetzt das gleiche Bündnis an, das mein Vorgänger, Gouverneur Guzmán, mit diesem Yeyac geschlossen hat. Ihr werdet freigelassen, und der andere Reiter, der zusammen mit Euch gefangengenommen wurde, ebenfalls.«
Auf eine Geste führte ein Soldat aus einem angrenzenden Raum den Tícitl Ualíztli herein. Der Arzt wirkte mürrisch und sah mitgenommen aus, schien aber unverletzt zu sein. Seine Anwesenheit komplizierte meinen Fluchtplan etwas, machte ihn jedoch nicht undurchführbar. Ich freute mich, daß ich vielleicht in der Lage sein würde, Ualíztli mitzunehmen. Ich winkte ihn neben mich und wartete darauf, den Rest des sogenannten Angebots des Gouverneurs zu hören.
Er fuhr fort: »Es wird Euch erlaubt, an den sogenannten Ort Aztlan zurückzukehren und Eure Herrschaft dort wieder anzutreten. Ich verbürge mich dafür, daß weder Yeyac noch ein anderer seiner Anhänger Eure Souveränität anfechten wird.« Er ballte die Fäuste. »Und wenn ich den verdammten Maricón umbringen muß, um das zu verhindern!« Er beruhigte sich wieder und fuhr mit einem diplomatischen Lächeln fort: »Ihr und Euer Volk werdet unbeeinträchtigt durch meine Feldzüge oder meine Eroberungen Euer angestammtes Land behalten und dort in Frieden leben.« Er lächelte noch einmal betont verbindlich. »Mit der Zeit werden die Aztéca und wir Spanier es vielleicht nützlich finden, Handel zu treiben und andere Verbindungen auf-

zubauen, aber nichts dergleichen wird Euch aufgezwungen werden.«

Er machte eine Pause und wartete ab. Da ich schwieg, fuhr er mit großem Nachdruck fort. »Als Gegenleistung garantiert Ihr, daß Ihr keine weitere Rebellion in Neugalicien, Neuspanien oder einem anderen Land Seiner Majestät in der NEUEN WELT anführen und auch nicht unterstützen werdet. Ihr werdet diesen Banden von Aufrührern im Süden befehlen, die Überfälle zu beenden. Und Ihr werdet schwören, wie Yeyac es getan hat, jedes Vordringen der lästigen Indios aus dem Norden in die Tierra de Guerra zu verhindern. Was sagt Ihr dazu, Juan Británico? Seid Ihr einverstanden?«

Ich erwiderte: »Ich danke Euch, Señor Gobernador, für die schmeichelhafte Einschätzung meines Charakters und für Euer Vertrauen darauf, daß ich ein gegebenes Wort nicht brechen werde.« Ich verneigte mich leicht. »Ich halte Euch ebenfalls für einen ehrenhaften Mann. Aus diesem Grund werde ich Euch nicht mißachten und keine Schande über mich bringen, indem ich Euch mein Wort gebe und es dann breche.« Er runzelte die Stirn, doch ich fuhr unbeeindruckt fort: »Es muß Euch voll und ganz bewußt sein, daß das, was Ihr mir und meinem Volk anbietet, nur das ist, was wir schon seit jeher haben und worum wir immer kämpfen werden. Wir Aztéca haben Euch und allen anderen weißen Männern deshalb den Krieg erklärt. Tötet mich auf der Stelle, Señor, und ein anderer Aztéca wird unsere Krieger in diesen Kampf führen. Ich lehne deshalb mit allem Respekt das angebotene Bündnis ab.«

Coronados Gesicht hatte sich verfinstert, während ich sprach. Ich bin sicher, er wollte mich wütend verwünschen und in seine christliche Hölle schicken, doch in diesem Augenblick kam Esteban, der die ganze Zeit gemächlich im Raum auf und ab gegangen war, in meine Reichweite.

Ich legte blitzschnell den Arm um seinen Hals, drückte ihn eng an mich und zog mit der freien Hand das Stahlmesser aus der Scheide an seinem Gürtel. Esteban bemühte sich, so gut es ging, freizukommen, ließ jedoch davon ab, als ich ihm die Klinge an den Hals drückte. Ualíztli sah mich staunend von der Seite an.

»Soldaten!« schrie G'nda Ké durch den Raum. »Tötet den Mann!« Natürlich verstand sie niemand, denn sie sprach Náhuatl. Doch jeder wußte genau, was sie meinte. »Tötet sie beide!«

»Nein!« rief Bruder Marcos entsetzt.

»Halt!« brüllte Coronado, ganz wie Esteban es vorausgesagt hatte. Die Soldaten hielten bereits die Schwerter in Händen. Doch nun standen sie verwirrt da und rührten sich nicht von der Stelle.

»Nein?« wiederholte G'nda Ké ungläubig. »Sie sollen nicht sterben? Was für zimperliche Männer seid ihr nur, ihr verweichlichten Weißen?«

Sie hätte ihre unverständliche Tirade fortgesetzt, doch der Mönch rief in seiner Verzweiflung noch lauter als sie: »Ich flehe Euch an, Eure Exzellenz! Die Wachen dürfen das Leben dieses Mannes nicht aufs Spiel setzen!«

»Ich weiß, ihr Schwachköpfe! Seid alle still und erwürgt diese Hexe!«

Ich näherte mich langsam der Tür und schleppte den scheinbar hilflosen Schwarzen mit mir. Ualíztli wich nicht von meiner Seite. Esteban verdrehte den Kopf, als suche er Hilfe. Seine Augen quollen erschreckend weit hervor, bis man das Weiße um die Pupillen sah. Seine Bewegungen waren so geschickt, daß mein Messer seine

Haut an der Kehle leicht ritzte. Alle konnten sehen, wie ihm das Blut über den Hals floß.

»Nieder mit den Waffen, Männer!« befahl Coronado den Wachen, die ihn abwechselnd anstarrten und fassungslos unsere langsame Flucht zur Tür verfolgten. »Steht still! Ich verliere lieber die beiden Gefangenen als den unglückseligen Moro.«

Ich rief ihm zu: »Señor, befehlt einem der Männer, er soll vor uns herlaufen und laut jeden Soldaten in der Nähe warnen. Wenn wir angegriffen oder aufgehalten werden, töte ich den Moro auf der Stelle. Erst wenn wir außerhalb der Stadt sind, werde ich Euren kostbaren Sklaven unverletzt freilassen. Ich gebe Euch mein Wort darauf.«

»Gut«, erwiderte Coronado zähneknirschend. Er gab einer der Wachen in der Nähe der Tür ein Zeichen. »Geh, Sargento. Tu, was er sagt.«

Der Soldat machte einen großen Bogen um uns und lief eilig hinaus. Ualíztli, ich und der schlaffe Esteban mit den hervorquellenden Augen blieben dicht hinter ihm.

Niemand verfolgte uns, als wir einen kleinen Vorraum durchquerten, in dem ich noch nicht gewesen war, die Treppe hinuntergingen und den Palast durch das Tor zur Straße verließen. Der Soldat informierte bei unserem Erscheinen seine Kameraden, die Wache standen. Vor der Mauer wartete ein von Esteban vorher gesatteltes Pferd.

Ich rief: »Tícitl Ualíztli, du wirst neben uns herlaufen müssen. Es tut mir leid, aber ich hatte nicht damit gerechnet, daß du bei mir sein würdest. Ich werde im Schritt reiten.«

»Nein, bei Huitzli, reitet im Galopp!« rief der Arzt. »Ich bin zwar alt und dick, aber ich kann es kaum abwarten,

hier wegzukommen. Ich werde so schnell wie der Wind sein!«
»Um Himmels willen«, schnaufte Esteban leise. »Hört mit dem dummen Geschwätz auf und bewegt euch. Juan Británico, wirf mich quer über den Sattel, spring hinter mir auf und reite los!«
Ich hob ihn auf das Pferd. In Wirklichkeit sprang er, und es sah nur so aus, als schiebe ich ihn. Der Soldat rief unterdessen allen in Hörweite zu: »Macht Platz! Laßt sie ungehindert passieren!«
Die Menschen auf der Straße, Soldaten und Zivilisten, beobachteten das bemerkenswerte Schauspiel staunend. Erst als ich hinter dem Moro auf dem Pferderücken saß und die Spitze von Estebans Messer drohend auf seine Nieren drückte, wurde mir klar, daß ich vergessen hatte, das Pferd loszubinden. Also mußte Ualíztli das für mich tun. Er gab mir die Zügel in die Hand. Dann lief der Arzt wie versprochen mit einer für einen Mann seiner Statur und seines Alters bewundernswerten Schnelligkeit davon. Ich konnte mit dem Pferd neben ihm traben.
Sobald wir außer Sichtweite des Palastes waren und auch die Rufe des Soldaten nicht mehr hörten, begann Esteban, mir Anweisungen zu geben, obwohl er noch immer unbequem mit dem Kopf nach unten hing und wie ein Sack durchgeschüttelt wurde.
»An der nächsten Straße rechts, dann links ...«, und so fort, bis wir die Stadtmitte hinter uns gelassen hatten. Es dauerte nicht lange, und wir befanden uns in einem der Armenviertel, in dem die Sklaven lebten. Es waren nicht viele von ihnen zu sehen, die meisten arbeiteten um diese Zeit irgendwo, und die wenigen, denen wir begegneten, wandten sofort den Blick ab. Vermutlich hielten sie den Indio und den Moro auf einem Pferd ebenfalls für

Sklaven, die auf eine sehr außergewöhnliche Weise ihrem Herrn entflohen. Falls man sie später fragte, würden sie sagen können, sie hätten uns nicht gesehen.
Schließlich erreichten wir den Stadtrand, wo nur noch vereinzelte Sklavenhütten standen. Weit und breit war kein Mensch zu sehen.
Esteban rief stöhnend: »Halte hier an!« Wir stiegen beide vom Pferd, und der Tícitl sank keuchend und schwitzend der Länge nach zu Boden.
Während Esteban und ich uns die schmerzenden Stellen rieben – er seinen Bauch und ich mein Hinterteil –, sagte er: »Bis hierher konnte ich für deine Sicherheit garantieren, Juan Británico. Weiter draußen sind spanische Posten. Diese Männer wissen nicht, daß sie uns freien Durchgang gewähren sollen. Deshalb müßt ihr beiden euch jetzt unauffällig zu Fuß selbst einen Weg in die Freiheit suchen. Ich kann euch nur viel Glück wünschen.«
»Glück haben wir bisher gehabt. Und die Freiheit verdanken wir dir, Amigo. Ich hoffe, das Glück wird uns jetzt nicht verlassen, wo wir der Gefahr fast schon entronnen sind.«
»Coronado wird keine Verfolgung anordnen, bis ich nicht wieder unversehrt vor ihm stehe. Wie ich dir gesagt habe, der Beweis ist erbracht. Der ehrgeizige Gouverneur und der habgierige Mönch wagen es nicht, meine schwarze Haut zu gefährden. Sie wollen die Reichtümer der legendären Städte. Also ...«, er kletterte steif in den Sattel. »Gib mir das Messer.« Ich reichte es ihm, und er zerschnitt damit seine Kleider an mehreren Stellen und ritzte sich sogar die Haut auf, so daß noch mehr Blut hervorquoll. Dann gab er mir das Messer zurück.
»Jetzt bindest du mit den Zügeln meine Hände am Sat-

telknopf fest. Du brauchst einen möglichst großen Vorsprung, und deshalb reite ich ganz langsam zum Palast zurück. Ich kann das gut mit meiner Schwäche nach den Mißhandlungen durch euch Wilde erklären.« Er schnitt eine Grimasse. »Sei froh, daß ich schwarz bin, da wird niemand merken, daß ich nicht überall blaue Flecken habe.« Dann verzog er die breiten Lippen zu einem aufmunternden Lächeln. »Mehr kann ich nicht für dich tun, Juan Británico. Sobald ich im Palast ankomme, wird Coronado alle seine Soldaten auf die Suche nach dir ausschicken, und sie werden jeden Stein umdrehen. Bis dahin müßt ihr weit, sehr weit weg sein.«

»Keine Sorge«, erwiderte ich. »Wir befinden uns dann entweder schon im Schutz unserer tiefen Wälder oder an dem Ort, den ihr Christen Hölle nennt. Wir danken dir für deine Hilfe, für deine kühne Idee und dafür, daß du dich unseretwegen in Gefahr gebracht hast.« Ich verneigte mich vor ihm. »Amigo Esteban, ich wünsche dir viel Freude an deiner Freiheit, die du bestimmt bald erlangen wirst.«

22

»Was machen wir jetzt, Tenamáxtzin?« fragte Ualíztli, der wieder zu Atem gekommen war und sich stöhnend aufsetzte.
»Wie der Moro sagt, war die Zeit zu knapp, damit der Gouverneur seinen Wachposten hätte Befehl geben können, uns mit der Geisel ungehindert passieren zu lassen. Deshalb wissen die Soldaten nichts von unserem Kommen. Sie werden Ausschau nach Feinden halten, die in die Stadt hineinwollen, nicht hinaus. Du folgst mir einfach und machst mir alles nach.«
Wir gingen hoch aufgerichtet, bis die letzten Behausungen des Sklavenviertels hinter uns lagen. Dann setzten wir unseren Weg geduckt und mit großer Vorsicht fort, bis ich in einiger Entfernung vor uns eine Hütte entdeckte, vor der Soldaten standen. Keiner von ihnen blickte in unsere Richtung. Wir gingen nicht näher heran, sondern schlugen einen Haken nach links. Nach einiger Zeit sahen wir eine andere Hütte und Soldaten. Sie standen an einem der Donnerrohre von der Art, die Feldschlange genannt werden. Also machten wir kehrt und schlichen auf demselben Weg zurück, bis wir uns ungefähr in der Mitte zwischen beiden Posten befanden. Zu unserem Glück erstreckte sich von hier bis zu den Bäumen am Horizont dichtes Gestrüpp. Immer noch geduckt ging ich voraus. Der Tícitl folgte mir schwer at-

mend nach. Wir achteten darauf, daß unsere Köpfe niedriger als die Büsche blieben, und versuchten, die Zweige nicht zu heftig zu bewegen. Mir kam es vor, als wolle die Strecke, die wir auf diese schwierige, langsame und beschwerliche Weise zurücklegten, kein Ende nehmen, und ich wußte, für Ualíztli war die Kriecherei noch sehr viel ermüdender und qualvoller als für mich. Doch endlich erreichten wir tatsächlich unbehindert die Bäume. In ihrem Schutz richtete ich mich dankbar auf, wobei alle meine Gelenke knackten. Der Tícitl ließ sich wieder einmal schnaufend und stöhnend auf die Erde fallen.
Ich legte mich in seine Nähe, und wir ruhten uns lange und genußvoll aus. Als Ualíztli sich so weit erholt hatte, daß er wieder sprechen konnte, obwohl ihm noch die Kraft fehlte, um sich aufzurichten, sagte er: »Würdet Ihr mir verraten, Tenamáxtzin, warum uns die Weißen haben ziehen lassen? Doch sicher nicht, weil wir einen ihrer schwarzen Sklaven in unserer Gewalt hatten? Ein Sklave jeder Hautfarbe ist für sie so entbehrlich wie Ungeziefer.«
»Sie sind der Meinung, daß dieser Sklave das Geheimnis unermeßlicher Reichtümer kennt. Es ist dumm von ihnen, das zu glauben.« Ich lachte leise, als ich sein verblüfftes Gesicht sah. »Aber das werde ich dir alles ein andermal erklären. Im Augenblick denke ich darüber nach, wie ich den Cúachic Nochéztli und den Rest unserer Truppen finden kann.«
Ualíztli setzte sich auf und sah mich besorgt an. »Ihr habt Euch offenbar noch nicht von dem Schlag auf den Kopf erholt. Ihr seid immer noch verwirrt. Wenn die Donnerstöcke unsere Männer nicht getötet haben, dann sind sie inzwischen in alle Winde zerstreut.«
»Sie wurden nicht getötet, und sie haben sich nicht in

alle Winde zerstreut. Und ich bin auch nicht wirr im Kopf. Bitte hör auf, wie ein Arzt zu reden, und laß mich nachdenken.«

Ich hob langsam den Kopf. Tonatíu stand bereits tief am Himmel. Es würde bald dunkel werden.

»Wir sind wieder nördlich von Compostela. Also können wir nicht allzuweit von dem Platz entfernt sein, wo sie den Hinterhalt gelegt hatten. Ob Nochéztli die Krieger hier in der Nähe zusammengezogen hat? Ob er sie an einen Punkt südlich der Stadt geführt hat, wie es ursprünglich geplant war? Ist er vielleicht sogar mit ihnen auf dem Rückweg nach Aztlan? Was wird er getan haben, nachdem er nicht wußte, was aus mir geworden war?«

Der Tícitl enthielt sich rücksichtsvoll jeder Äußerung und ließ mich laut denken.

»Wir können nicht einfach herumlaufen und sie suchen«, fuhr ich fort. »Nochéztli muß uns finden. Mir fällt nichts anderes ein, als ein Zeichen zu geben und zu hoffen, daß er uns auf diese Weise entdeckt.«

Der Tícitl konnte nicht länger schweigen. »Hoffen wir nur, daß wir so nicht die spanischen Truppen anlocken, die mit Sicherheit sehr bald nach uns suchen werden.«

»Es wäre das Letzte, womit sie rechnen würden«, sagte ich, »daß wir bewußt auf unser Versteck aufmerksam machen. Aber wenn unsere Männer tatsächlich irgendwo in der Nähe sind, müssen sie verzweifelt auf Nachrichten von ihrem Anführer warten. Alles Ungewöhnliche müßte zumindest einem Späher auffallen.« Ich nickte zufrieden, denn ich hatte eine glänzende Idee. »Ein großes Feuer wird das schaffen. Der Erdgöttin Coatlícue sei gedankt, hier stehen viele Kiefern zwischen den anderen Bäumen, und der Boden ist mit einer dicken Schicht trockener Nadeln bedeckt.«

»Und jetzt ruft Ihr den Gott Tláloc zu Hilfe, damit er die Nadeln mit einem seiner gegabelten Blitze in Flammen setzt«, sagte Ualíztli trocken. »Ich sehe hier nirgends Glut, mit der man ein Feuer entfachen könnte. In meinem Beutel hatte ich leicht entzündliche Flüssigkeiten. Aber den hat man mir abgenommen. Wir werden die ganze Nacht brauchen, um geeignetes Holz zu finden und einen Feuerbohrer zu machen.«
»Das brauchen wir alles nicht.« Ich lachte leise. »Tonatíu wird uns helfen, bevor er untergeht.« Ich tastete die Innenseite meiner gesteppten Rüstung ab, die ich immer noch trug. »Mir hat man die Waffen ebenfalls abgenommen, aber das hier haben sie mir gelassen. Offenbar besitzt es für die Spanier keinen Wert.« Damit zog ich die Linse hervor, den Kristall, den Alonso de Molino mir vor langer Zeit geschenkt hatte.
»Ich würde das Ding auch für wertlos halten«, brummte Ualíztli. »Von welchem Nutzen kann so ein kleines Stückchen Quarz schon sein?«
Ich erwiderte nur: »Sieh es dir an.« Ich stand auf und ging zu einer Stelle, wo sich ein Sonnenstrahl durch die Bäume verirrte und auf die braunen, trockenen Nadeln fiel. Ualíztli bekam große Augen, als kurz darauf ein Rauchwölkchen aufstieg und dann eine kleine Flamme züngelte. Nach einem Augenblick mußte ich zurückweichen, denn schon loderte ein beachtliches Feuer.
»Wie habt Ihr das gemacht?« fragte der Tícitl staunend. »Woher habt Ihr dieses Zauberding?«
»Es ist ein Geschenk vom Vater an den Sohn«, sagte ich und lächelte bei der Erinnerung. »Ich glaube, mit Hilfe Tonatíus und dem Segen eines Vaters in Tonatíucan kann ich ungefähr alles ...« Ich räusperte mich: »Vom Singen vermutlich abgesehen.«

»Wie bitte?«
»Der Wachposten vor meiner Zelle hat von meiner Stimme nichts gehalten.«
Ualíztli sah mich wieder mit dem forschenden Blick eines Arztes an. »Seid Ihr sicher, Herr, daß Euch der Schlag auf den Kopf nicht immer noch zu schaffen macht?«
Ich lachte, drehte mich um und bewunderte mein Feuer. Solange es sich auf den abgefallenen Nadeln ausbreitete, war es nicht sichtbar. Aber jetzt erfaßte es die harzgetränkten grünen Nadeln an den Kiefernästen, und sofort stieg eine Rauchwolke auf, die schnell immer höher, dichter und dunkler wurde.
»Das müßte jemanden hierher locken«, sagte ich zufrieden.
»Ich schlage vor, wir ziehen uns wieder in die Büsche zurück, durch die wir gekommen sind«, sagte der Tícitl. »Vielleicht sehen wir dann rechtzeitig, wer kommt.«
Das taten wir. Wir kauerten im Gestrüpp und beobachteten, wie sich das Feuer durch das kleine Wäldchen fraß und sich der aufsteigende Rauch bald mit der Rauchfahne messen konnte, die über dem großen Vulkan Popocatépetl bei Tenochtítlan hängt. Die Zeit verging, die untergehende Sonne färbte die hohe Rauchwolke rotgolden und machte sie so zu einem noch auffälligeren Signal am tiefblauen Himmel. Es dauerte jedoch noch eine ganze Weile, bis wir schließlich ein Rascheln im Gebüsch um uns herum hörten. Wir hatten uns nicht unterhalten, doch als Ualíztli mich fragend ansah, legte ich warnend den Finger an die Lippen und stand leise auf, um über die Büsche hinwegzublicken.
Es waren keine Spanier, doch ich hätte es beinahe gewünscht. Die Männer, die unser Versteck umzingelten, waren Aztéca in Kriegsrüstung. Unter ihnen fiel mir der

Pfeilritter Tapachíni auf. Es waren Yeyacs Krieger. Einer von ihnen hatte unerfreulich scharfe Augen. Er entdeckte mich, bevor ich mich wieder ducken konnte, und stieß einen Eulenschrei aus. Der Kreis um uns wurde enger. Es half alles nichts, Ualíztli und ich ergaben uns in unser Schicksal und standen auf. Die Krieger blieben in einiger Entfernung stehen, hatten uns aber völlig umringt, so daß wir die Mitte des Kreises bildeten und Zielscheibe für alle Speere und Spieße waren, die sie auf uns richteten.

Yeyac bahnte sich mit den Ellbogen einen Weg durch die Männer. Er war nicht allein. G'nda Ké begleitete ihn. Sie lachten beide triumphierend.

»Nun, Vetter, wir stehen uns also wieder einmal gegenüber«, rief er, »und zwar zum letzten Mal! Coronado hat zwar gezögert, bei deiner Flucht Alarm zu schlagen, aber die gute G'nda Ké nicht. Sie hat mir sofort davon berichtet. Meine Männer und ich mußten nur abwarten und achtsam sein. Jetzt, Vetter, wollen wir dich weit von hier wegbringen, bevor die Spanier tatsächlich auftauchen. Ich will ungestört sein und viel Zeit haben, um dich langsam und mit größtem Genuß zu töten.«

Er winkte die Krieger herbei. Doch bevor sie sich in Bewegung setzen konnten, trat einer in den Kreis. Der Mann trug als einziger eine Arkebuse.

»Ich habe dich schon einmal getötet, Yeyac«, sagte Zehenspitze, »als du meinen Tenamáxtli bedroht hast. Aber du sagst es selbst: Diesmal wird es das letzte Mal sein.«

Die andern Krieger wichen beim Knall des Donnerstocks zurück. Die Kugel traf Yeyac an der linken Schläfe. Sein Kopf löste sich in eine Fontäne aus rotem Blut und

rosig-grauer Gehirnmasse auf. Er stürzte zu Boden, und kein noch so geschickter Tícitl hätte ihn jemals wieder lebendig machen können.
Wir anderen standen alle mehrere Herzschläge lang erstarrt da. Offensichtlich hatte Pakápeti es in ihrer dick wattierten Rüstung geschafft, die ganze Zeit als Mann durchzugehen, obwohl sich ihr Leib inzwischen beachtlich wölbte. Und sie hatte die Arkebuse so lange versteckt gehalten, bis sie wirklich gebraucht wurde.
Jetzt blieb ihr nur genug Zeit, mir flüchtig liebevoll und traurig zuzulächeln. Dann stürzten sich Yeyacs Männer mit empörtem Gebrüll auf sie. Der erste, der ihr nahe genug kam, hob sein Obsidianschwert zu einem gewaltigen Schlag über den Kopf. Mit einem Hieb durchtrennte er Zehenspitzes Rüstung und ihren Körper von der Brust bis zum Unterleib.
Bevor sie jedoch blutüberströmt zu Boden sank, fielen ihre inneren Organe, die Eingeweide und noch etwas anderes heraus. Die Männer in ihrer Nähe wichen zurück, starrten entgeistert auf die Erde und riefen laut genug, daß man es über den Lärm und das zornige Geschrei der anderen hörte: ›Tequáni!‹ und ›Tzipitl!‹ und ›Palanquí!‹, was bedeutet ›Ungeheuer‹, ›Mißgeburt‹ und ›Scheußlichkeit‹.
Im allgemeinen Tumult hatte niemand auf das erneute Rascheln im Gebüsch geachtet. Doch jetzt hörten wir Adlerschreie, Jaguargeknurre, Eulenrufe und Papageiengekrächze, was sich alles zu einem vielstimmigen, wilden Schlachtruf vereinte. Die Männer meiner Truppe brachen lärmend durch die Büsche, stürzten sich auf Yeyacs Krieger und hackten, stachen und schlugen mit Maquáhuime und Speeren und Spießen auf sie ein.
Bevor ich mich ebenfalls in das Getümmel stürzte, wies

ich auf Pakápetis Überreste und befahl dem Tícitl: »Kümmere dich um sie, Ualíztli!«
Der Kampf wurde von Schatten geführt, nicht von wirklichen Gestalten. Vor der roten Flammenwand, die den Wald fraß, bewegten sich die gespenstischen schwarzen Umrisse der Krieger. Es war schwer, Freund von Feind zu unterscheiden. Deshalb warfen wir bald die schwereren Waffen beiseite, damit wir nicht unsere Kameraden in Stücke hieben oder aufspießten. Alle griffen zu den Messern – die meisten waren aus Obsidian, einige, wie das meine, aus Stahl – und kämpften Mann gegen Mann, wobei die Gegner nicht selten auf der Erde miteinander rangen. Ich tötete den Pfeilritter Papachíni eigenhändig. Die Schlacht dauerte nicht lange, denn meine Männer waren weit in der Überzahl. Als Yeyacs letzte Krieger fielen, begann auch das Feuer zu erlöschen, als sei sein Licht nicht länger vonnöten, und uns umgab die Dunkelheit der einbrechenden Nacht.
Zweifellos war es ein von den Göttern herbeigeführter Zufall, daß ich in diesem Augenblick neben der falschen Schlange G'nda Ké stand. Sie war unverletzt und vermutlich nur deshalb dem Gemetzel entgangen, weil sie Frauenkleider trug.
»Ich hätte es wissen müssen«, sagte ich keuchend. »Selbst im hitzigsten Gefecht wird dir kein Haar gekrümmt. Ich bin froh darüber. Wie dein Freund Yeyac vorhin gesagt hat, werde ich ungestört sein und viel Zeit haben, um dich langsam zu töten.«
»Was redest du da!« sagte sie vorwurfsvoll und mit einer Gemütsruhe, die mich beinahe wieder zur Raserei trieb. »G'nda Ké hat Yeyac und seine Männer in die Falle gelockt. Ist das der Dank?«
»Du verlogene Hexe!« zischte ich und befahl zwei Krie-

gern in meiner Nähe: »Ergreift dieses Weib und nehmt sie in eure Mitte, wenn wir abziehen. Sollte sie fliehen, ist es um euch geschehen.«
Im nächsten Augenblick fiel der Cuáchic Nochéztli vor mir auf die Knie und rief: »Ich wußte, die Weißen können einen so kühnen Krieger wie meinen Herrn Tenamáxtzin nicht lange gefangenhalten!«
»Und du hast in der Zwischenzeit bewiesen, daß du ein mehr als geeigneter Ersatz bist. Ab heute abend bist du stellvertretender Befehlshaber. Ich werde dafür sorgen, daß dich der Orden der Adlerritter in seine Reihen aufnimmt. Dir sind meine Glückwünsche, meine Dankbarkeit und meine Wertschätzung sicher, Ritter Nochéztli.«
»Ihr seid sehr gnädig, Herr, und ich fühle mich überaus geehrt. Aber wir sollten uns beeilen, damit wir schnell von hier wegkommen. Wenn die Spanier nicht schon auf dem Weg sind, dann könnte es sein, daß zumindest die Geschosse ihrer Donnerrohre bis hierher fliegen.«
»Du hast recht. Wenn unsere Männer alle Waffen eingesammelt haben, sollen sie sich formieren, und du beginnst mit dem Rückzug nach Norden. Ich werde zu euch stoßen, sobald ich eine letzte Angelegenheit in Ordnung gebracht habe.«
Ich suchte in der Menge nach Ualíztli, und als ich ihn gefunden hatte, fragte ich ihn: »Was ist mit der tapferen Pakápeti? Sie hat uns beiden das Leben gerettet, Tícitl. Konntest du vor ihrem Ende noch etwas für sie tun?«
»Nichts. Sie war tot und hatte ihren Frieden gefunden, bevor sie auf der Erde lag.«
»Aber dieses ... hm ... was immer es war, was sie in sich trug. Was ...?«
»Fragt nicht, Herr. Es ist mit ihr gestorben.« Er wies mit einer Geste dorthin, wo die Bäume gestanden hatten

und jetzt nur noch glühende Stümpfe aus der Asche aufragten. »Ich habe alles in die Hände der gütigen Herdgöttin Chántico gelegt. Feuer reinigt die Erde von vielen Dingen.«

Nochéztli hatte am Ort des Hinterhaltes nicht nur die vielen Arkebusen der Spanier an sich genommen, sondern auch das Pferd des getöteten Kriegers Comitl. Deshalb waren wir beide beritten, als wir unsere Männer in die Nacht führten. Allerdings wünschte ich bald inbrünstig, ich hätte einen Sattel zwischen mir und dem Pferd.
Ich lobte den neu ernannten Ritter noch einmal für die große Entschlußkraft, die er während meiner Abwesenheit bewiesen hatte, fügte aber hinzu: »Um die von dir erbeuteten Waffen benutzen zu können, müssen wir Pulver mischen und irgendwie Blei ausfindig machen.«
»Herr«, sagte er beinahe entschuldigend, »was das erste Problem angeht, so verstehe ich nichts von der Herstellung von Pulver. Doch weil ich keine anders lautenden Befehle hatte, beschloß ich, die Zeit des Wartens zu nutzen. Deshalb sind wir im Besitz von Blei. Wir besitzen sogar einen beachtlichen Vorrat.«
»Ich staune über dich, Ritter Nochéztli. Wie ist dir das gelungen?«
»Einer unserer älteren Mexica-Krieger hatte mir gesagt, er sei der Sohn eines Silberschmieds. Deshalb wußte er, daß man in den Minen, aus denen das kostbarere Silber stammt, oft Blei findet. Und Blei ist auch für den Vorgang vonnöten, bei dem das Silber gefeint wird.«
»Bei Huitztli! Du bist tatsächlich in den Bergwerken und Schmelzen der Spanier gewesen?«
»Vergeßt nicht, Herr, ich war einmal Euer Quimíchi bei

den Weißen. Ich und andere Krieger unserer Truppe haben uns bis auf die Schamtücher und Sandalen ausgezogen, die Gesichter und Körper mit Erde eingerieben und sind einzeln an den Wachposten vorbei zu den arbeitenden Sklaven gegangen. Das war nicht schwierig. Die Wachen rechnen nicht damit, daß sich jemand in die Sklaverei schleicht. Das Herauskommen war sehr viel schwieriger, besonders, da Blei so schwer ist. Aber dank meiner Erfahrung als Quimíchi ist uns auch das gelungen. Mindestens zweimal zwanzig der Männer hinter uns tragen jeweils einen Bleibarren in ihren Vorratsbeuteln. Dieser Mexícatl, der Sohn des Silberschmieds, sagt, er kann das Blei leicht schmelzen und in Formen aus Holz und feuchtem Sand zu Kugeln gießen.«
»Yyo ouiyo ayyo!« rief ich begeistert. »Unsere Waffen kommen denen der Weißen sehr viel näher, als ich zu hoffen wagte. Das Herstellen des Pulvers ist ein sehr viel geringeres Problem als das, welches du bereits gelöst hast. Hör zu, präge es dir gut ein und gib es an jeden anderen Offizier weiter, dem du vertraust. Unser Volk hielt das, was die Spanier Pulver nennen, anfangs wirklich für Donner und Blitz, die eingefangen und eingeschlossen worden waren, um nach Belieben losgelassen zu werden. Die Spanier wollen immer noch nicht, daß jemand unseres Volkes das Geheimnis der Pulverherstellung erfährt. Ich habe lange gebraucht, um es zu entdecken, und es war sehr mühsam. Aber der Vorgang ist ganz einfach.«
Ich erläuterte ihm die Sache mit den drei Bestandteilen, die fein gemahlen werden mußten, und das Verhältnis, in dem man sie mischte.
Als wir meiner Meinung nach weit genug von Compostela entfernt waren, wählte ich zweimal zwanzig meiner Männer mit starken Muskeln und langen Beinen aus und

sagte zu ihnen: »Bereitet euch darauf vor, uns morgen früh, wenn ihr geschlafen habt und ausgeruht seid, zu verlassen und so schnell wie möglich eine lange Strecke zurückzulegen. Laßt Waffen und Rüstungen bei euren Kameraden zurück und nehmt nur eure Mäntel mit.«
Den ersten zwanzig befahl ich, zum Vulkan Tzebóruko zu gehen, den nur wenige von uns jemals gesehen hatten. Doch wegen seiner häufigen Ausbrüche und der Zerstörungen, die er in den umliegenden Dörfern anrichtete, war der Vulkan allgemein bekannt. Ich war sicher, an den Berghängen würden sich dicke Krusten von Schwefel finden. Der Vulkan liegt in der Gegend von Nauyar Ixú in dem Land, das jetzt Neugalicien hieß. Das bedeutete, die zwanzig Männer mußten das von den Spaniern besetzte Gebiet durchqueren.
»Ihr lauft in Richtung Westen bis zur Küste des Meeres. Dort laßt ihr euch von Männern mit Booten nach Süden zu dem Vulkan fahren. Die Männer sollen euch und die mit dem gelben Mineral gefüllten Mäntel wieder nach Norden bringen. Es ist unwahrscheinlich, daß euch auf dem Meer feindliche Schiffe begegnen.«
Zu den anderen zwanzig Männern sagte ich: »Ihr geht nach Aztlan. Unsere Fischer gewinnen Salz, um einen Teil ihres Fangs haltbar zu machen. Deshalb werden sie mit Sicherheit das bittere Salz kennen, das man den ersten Ertrag nennt. Damit füllt ihr eure Mäntel.«
An alle gewandt fügte ich hinzu: »Ihr stoßt in Chicomóztotl, ›dem Ort der sieben Höhlen‹, wieder zum Heer. Ihr wißt, wo das ist ... in den Bergen östlich von Aztlan, im Gebiet des Chichiméca-Stammes, der Huichol heißt. Dort wird das Heer auf euch warten. Ich ermahne euch, kommt mit eurer Last dorthin, so schnell ihr könnt.«

Zu Nochéztli sagte ich: »Du hast es gehört. Jetzt gib deinen Kriegern die Erlaubnis zu schlafen. Aber sie sollen sich weiträumig zwischen den Bäumen verteilen. Und teile Wachposten ein, die sich abwechseln. Morgen führst du die Truppen in Richtung Chicomóztotl, denn ich habe vor, einen anderen Weg zu nehmen. Während du dort auf mich wartest, läßt du von den Männern Bleikugeln gießen und Holzkohle herstellen. Die Berge sind dicht bewaldet. Wenn die Läufer mit dem Schwefel und dem Salpeter zurückkommen, fängst du an, einen Pulvervorrat anzulegen. Dann bringen die Krieger, die bereits mit einer Arkebuse umgehen können, es allen anderen bei, die sich als geeignet erweisen. Außerdem schickst du Werber zu den Huichol und zu den anderen Chichiméca-Stämmen der nahen und fernen Umgebung. Sie sollen die Männer dieser Stämme mit der Aussicht vieler zu tötender Gegner und lohnenden Plünderungen locken, sich unserem Rebellen-Heer anzuschließen. Mit diesen Aufgaben müßten alle beschäftigt sein, bis ich zurückkomme. Ich hoffe, ebenfalls viele Krieger mitzubringen. Und jetzt, Nochéztli«, ich holte tief Luft, »befehle den beiden Männern, die G'nda Ké bewachen, die Hexe zu mir zu bringen.« Als er sich auf den Weg machte, rief ich ihm nach: »Sie brauchen nicht sanft mit ihr umzugehen.«

Das taten sie auch nicht. Sie schleppten die Yaki-Frau herbei, und ich erklärte nur kalt: »Ich habe noch etwas mit dir vor, bevor ich dich mit Feuerameisen und Skorpionen vollstopfe. Das heißt, du wirst genau so lange leben, wie du meine Befehle befolgst. Morgen machen wir uns beide auf den Weg in das Yaki-Land.«

»Es ist lange her, seit G'nda Ké ihre Heimat zum letzten Mal besucht hat.«

»Wie allgemein bekannt ist, hassen die Yaki Fremde noch mehr als sich gegenseitig. Das kann man daran erkennen, daß sie jeden skalpieren, der sich unklugerweise in ihre Nähe wagt, bevor sie ihm noch Schlimmeres antun. Ich verlasse mich darauf, daß deine Anwesenheit solche Unglücksfälle verhindern wird. Aber wir werden den Tícitl Ualíztli für den Fall mitnehmen, daß seine Dienste erforderlich sind. Diese beiden starken Männer werden dich ebenfalls begleiten, um dich zu bewachen.«

23

Das Yaki-Land lag von unserem Ausgangspunkt dreimal so weit entfernt wie Aztlan von der Stadt México. Deshalb war der Weg dorthin die längste Reise, die ich in meinem Leben je unternommen habe.
Ich überließ es G'nda Ké, uns zu führen, denn sie kannte den Weg. Soviel ich wußte, hatten Generationen von G'nda Kés diese Reise in den vielen, vielen Jahren, seit die berüchtigte erste G'nda Ké bei meinen Vorfahren in Aztlan aufgetaucht war, unzählige Male gemacht.
Es schien, als sei sie in der Tat froh, ihre Heimat wiederzusehen, denn sie versuchte nicht, wie man hätte erwarten können, die Reise für uns möglichst ermüdend, beschwerlich, gefährlich und endlos zu machen. Ich konnte am Stand der Sonne erkennen, daß sie einem Weg folgte, der durch die Täler des Küstengebirges so direkt wie möglich nach Nordwesten führte, wenn wir nicht doch einen Bogen um einen Pechtümpel oder um Treibsand machen mußten.
Der Weg entlang der Küste westlich der Berge oder durch das flache Tote-Knochen-Land im Osten wäre kürzer gewesen, doch die Reise hätte länger gedauert. Auch wäre sie sehr viel mühsamer geworden, denn wir hätten uns entweder durch die drückend heißen Sümpfe am Meer gequält oder wären in der erbarmungslosen Hitze der Sandwüste beinahe verdurstet.

Doch die Reise erwies sich als überaus anstrengend und beschwerlich, auch ohne daß G'nda Ké versuchte, uns zusätzliche Härten aufzuerlegen. Natürlich belastet das Ersteigen eines steilen Berghangs alle Muskeln eines Körpers und verkrampft sie. Man erreicht den Gipfel mit einem tiefen Seufzer der Erleichterung und glaubt, das Schlimmste sei geschafft. Weit gefehlt! Beim Abstieg am ebenso steilen Hang auf der anderen Seite stellt man fest, daß es im Körper zahllose andere Muskeln gibt, die ebenso belastet werden und sich verkrampfen.

G'nda Ké, ich und die beiden Krieger, die Machíhuiz und Acocótli hießen, ertrugen all diese Mühen mehr oder weniger gut, doch wir mußten immer wieder Pausen einlegen, damit der Tícitl Ualíztli wieder zu Atem und zu Kräften kam. Keiner der Berge ist hoch genug, um ständig eine Schneekrone zu tragen wie der Popocatépetl, aber viele ragen bis in die kalten Regionen des Himmels auf, wo Tlaloc herrscht. Wir fünf verbrachten die Nächte in unsere schweren Tlamáitin-Mäntel gehüllt oft zitternd vor Kälte und konnten nicht schlafen.

Immer und immer wieder hörten wir nachts Bären, Jaguare, Berglöwen oder Océlotl, die neugierig am Rand unseres Lagers herumschnüffelten. Doch sie hielten Abstand, denn Wildtiere haben eine natürliche Abneigung gegen Menschen – jedenfalls gegen lebende. Tagsüber gab es genug anderes Wild – Hirsche, Kaninchen, das Mapáche und das Tlecuáchi mit seinem Beutel. Außerdem fanden wir eine Überfülle eßbarer Dinge – Camótin-Wurzeln, Ahuácatin-Früchte und Mexíxin-Kresse. Als Ualíztli das Kraut Camopalxíhuitl entdeckte, mischte er es mit dem Fett der erlegten Tiere zu einer Salbe, mit der wir unsere schmerzenden Muskeln einreiben.

G'nda Ké bat ihn um einige der Pflanzen, um sich den Saft in die Augen zu träufeln, denn, so erklärte sie, ›davon werden sie dunkler, leuchtender und schöner‹.
Doch der Tícitl lehnte das mit der Begründung ab: »Wer von diesem Kraut zu sich nimmt, kann sehr schnell tot sein. Und ich traue dir nicht.«
Es gab viele Gewässer in diesen Bergen, sowohl Seen als auch Bäche, und ihr Wasser war kühl und süß, und es schmeckte köstlich. Wir hatten keine Netze, um Fische oder Wasservögel zu fangen, doch die Axólotin-Echsen und Frösche waren eine leichte Beute. Außerdem gruben wir nach Amóli-Wurzeln und badeten beinahe jeden Tag, obwohl das Wasser kalt war. Kurzum, wir mußten nie gutes Essen und Trinken entbehren oder auf den Genuß verzichten, uns sauber zu fühlen. Jetzt, da ich den beschwerlichen Weg über die Berge hinter mich gebracht habe, kann ich auch sagen, daß sie einen wunderschönen Anblick boten.
Auf unserer Reise wurden wir in den Dörfern, durch die wir kamen, meist gastfreundlich aufgenommen. Wir hatten für die Nacht ein Dach über dem Kopf, und die Frauen bereiteten für uns viele köstliche Gerichte zu, die wir nicht kannten.
Ualíztli besuchte den Tícitl eines jeden Dorfes und bat ihn um Medikamente und andere wichtige Dinge aus seinen Vorräten. Ualíztli brummte zwar, die meisten dieser hinterwäldlerischen Tíciltin hätten erschütternd altmodische Vorstellungen von ihrer Kunst, doch er war bald wieder mit allem ausgestattet, was er brauchte.
Ich machte in jedem Dorf dem Ältesten, dem Häuptling oder Herrn oder wie auch immer er sich nannte, meine Aufwartung. Der größte Teil der Reise führte uns durch die Gebiete der Cora, der Tepehuáne, der Sobaípuri und

der Rarámuri. Deshalb waren die Menschen auch so freundlich, denn diese Völker und Stämme hatten schon seit langem mit den Kaufleuten der Aztéca und vor dem Untergang von Tenochtítlan auch mit den Fernhändlern der Mexíca Handel getrieben. Sie sprachen alle unterschiedliche Sprachen. Wie ich schon erwähnt habe, hatte ich in der Stadt Mexíco einige ihrer Worte und Ausdrücke von den Kundschaftern gelernt, die sie ausgeschickt hatten, um Informationen über die Spanier einzuholen, und die mit mir in der Mesón de San José untergekommen waren. G'nda Ké beherrschte dank ihrer ausgedehnten Reisen die vielen Sprachen weit fließender als ich. Deshalb diente sie mir als Dolmetscherin, obwohl ich mich bei keiner wirklich verantwortungsvollen Aufgabe auf sie verlassen wollte.

Meine Botschaft an die Vorsteher der kleinen Gemeinden war immer dieselbe. ›Ich stelle ein Heer zusammen, um die weißen Eroberer zu vernichten!‹ Danach wurde geredet, und ich mußte meinen Plan erklären. Schließlich stellte ich die für mich wichtige Frage: ›Seid Ihr bereit, mir so viele starke, tapfere und wilde Krieger zu stellen, wie Ihr entbehren könnt?‹

Offenbar verdrehte die gehässige G'nda Ké meine Worte beim Übersetzen nicht, denn beinahe alle Gemeindeoberhäupter reagierten bereitwillig und großzügig auf meine Bitte.

Jene, die Kundschafter in die von den Spaniern besetzten Länder im Süden entsandt hatten, kannten bereits anschauliche Augenzeugenberichte von der brutalen Unterdrückung und Mißhandlung der Menschen unseres Volkes. Sie wußten von der Sklaverei in den Obrajes, von den Folterungen, den Auspeitschungen, den Brandmarkungen, von der Demütigung der früher so stolzen Männer und Frauen, denen man eine unverständliche und grausame neue Religion aufgezwungen hatte. Natürlich kursierten diese Berichte unter allen Stämmen, Gemeinschaften und Völkern in der EINEN WELT. Selbst die Nachrichten aus zweiter Hand hatten in jedem tapferen Mann, der eine Waffe tragen konnte, das brennende Verlangen nach Vergeltung geweckt. Nun bot sich ihnen endlich die Gelegenheit.

Die Dorfältesten mußten nicht lange nach Freiwilligen suchen. Sobald sie den Bewohnern meinen Wunsch vorgetragen hatten, war ich von Männern umringt, darunter Jugendliche und sogar gebrechliche Greise, die ein begeistertes Kriegsgeschrei erhoben und ihre Waffen aus Obsidian oder Knochen schwangen. Ich konnte meine Wahl treffen und schickte die neu gewonnenen Krieger dann mit einer Wegbeschreibung nach Süden, die so genau wie möglich war, damit sie Chicomóztotl finden und dort zu Nochéztli stoßen würden.

Selbst den zu Alten oder zu Jungen übertrug ich eine wichtige Aufgabe. »Verkündet meine Botschaft über eure Grenzen hinaus in allen erreichbaren Dörfern und Gemeinden. Gebt jedem Freiwilligen die Anweisungen, die ich euren Kriegern gegeben habe.«

Ich sollte erwähnen, daß ich keine Männer anwarb, die erst noch Krieger werden wollten. Alle meine neuen Männer waren kampferprobt, denn sie führten oft Kriege mit benachbarten Stämmen. Dabei ging es hauptsächlich um Gebietsgrenzen und um Jagdgründe, mitunter jedoch auch um den Raub künftiger Ehefrauen. Doch keiner dieser Hinterwäldler besaß Erfahrung als Krieger in einer großen Schlacht, als Teil eines Heeres, eines organisierten Truppenteils, der gemeinsam und diszipliniert agierte. Ich verließ mich darauf, daß

Nochéztli und meine anderen Ritter ihnen alles Nötige beibringen würden.
Ich glaube, es war zu erwarten, daß meine Botschaft zunehmend mit größerer Ungläubigkeit denn mit Begeisterung aufgenommen wurde, als wir fünf immer weiter nach Nordwesten vorstießen. Die Gemeinschaften in diesem fernen Winkel der EINEN WELT waren kleiner und unterhielten kaum Verbindungen untereinander. Offenbar hatten sie kein großes Verlangen oder Bedürfnis nach Beziehungen und Handel oder selbst nach dem Austausch von Nachrichten. Es kam nur dann zu Begegnungen zwischen den Stämmen oder Sippen, wenn zwei oder mehrere Anlaß hatten, gegeneinander zu kämpfen. Darin unterschieden sie sich nicht von den Gemeinschaften, die wir vorher besucht hatten. Meist hätten zivilisiertere Völker die Gründe für solche Auseinandersetzungen unbedeutend gefunden.
Selbst die zahlreichen Stämme der Rarámuri – das Wort bedeutet Läufervolk – schienen sich selten bei ihren Läufen weit von ihren heimatlichen Dörfern zu entfernen. Die meisten Häuptlinge hatten nur unbestimmte Gerüchte gehört. Man erzählte sich, Fremde von jenseits des Ostmeeres seien in der EINEN WELT eingefallen. Manche waren der Ansicht, selbst wenn das tatsächlich geschehen sei, so hätten sie dennoch mit einem Eroberungskrieg, der sich so weit von ihrem Land entfernt ereignet hatte, nichts zu tun. Andere weigerten sich schlicht, den Gerüchten Glauben zu schenken.
Schließlich erreichte unsere kleine Gruppe Regionen, wo die Rarámuri noch nie etwas von den Weißen gehört hatten. Einige von ihnen lachten schallend bei der Vorstellung, es könnte ganze Scharen weißhäutiger Menschen geben.

Trotz der herrschenden Gleichgültigkeit, der Zweifel oder des offenen Unglaubens konnte ich auch hier Krieger für mein Heer anwerben. Ich weiß nicht, ob ich das meinen eindringlichen und überzeugenden Argumenten zu verdanken hatte oder ob die Männer es einfach leid waren, gegen ihre Nachbarn zu kämpfen, und deshalb neue Gegner suchten, die sie erschlagen konnten. Vielleicht wollten sie auch einfach reisen und das alte, vertraute und langweilige Leben weit hinter sich lassen. Die Gründe waren unwichtig. Wichtig war, daß sie ihre Waffen ergriffen und in den Süden nach Chicomóztotl zogen.

Das Land der Rarámuri war das nördlichste Gebiet, in dem man die Namen Aztéca und Mexíca noch kannte, und sei es auch, ohne etwas Bestimmtes damit zu verbinden. Es war das letzte Gebiet, in dem wir erwarten durften, gastfreundlich aufgenommen oder geduldet zu werden.
Als wir am Rand eines mächtigen Wasserfalls entlanggingen und die schimmernde Wasserwand bewunderten, die rauschend in der Tiefe verschwand, sagte G'nda Ké: »Dieser Wasserfall heißt Basa-séachic. Er gilt als Gebietsgrenze der Rarámuri und bezeichnet zugleich den nördlichsten Punkt, bis zu dem sich die Herrschaft der Mexíca auf dem Gipfel ihrer Macht erstreckte. Wenn wir dem Fluß am Fuß des Wasserfalls folgen, kommen wir in das Land der Yaki. Dort müssen wir vorsichtig und wachsam sein. G'nda Ké ist es gleichgültig, was herumstreifende Jäger mit euch anstellen würden, aber sie möchte nicht selbst getötet werden, bevor sie die Möglichkeit gehabt hat, ihre Landsleute in der eigenen Sprache zu begrüßen.«

Danach bewegten wir uns beinahe genauso verstohlen vorwärts wie Ualíztli und ich auf unserer Flucht aus Compostela, als wir durch das Gebüsch gekrochen waren. Doch wie sich herausstellte, war unsere Vorsicht unnötig. Drei oder vier Tage lang stießen wir auf keinen Menschen. In dieser Zeit stiegen wir von den dicht bewaldeten Bergen hinab in einen Landstrich mit welligen Hügeln und mit niedrigem Bewuchs.
Auf einem solchen Hügel sahen wir unsere ersten Yaki. Es war eine Gruppe von sechs Jägern. Sie entdeckten uns etwa zur gleichen Zeit. G'nda Ké rief ihnen eine Begrüßung zu und hielt sie so von einem Angriff ab. Sie blieben stehen und musterten G'nda Ké abweisend, die uns vorausging, um ihnen die Lage zu erklären.
Sie sprach immer noch in der unschönen Yaki-Sprache, die nur aus Grunzen, Zungenschnalzen und Knurren zu bestehen scheint, auf die Männer ein, als wir vier uns näherten. Die Jäger sagten überhaupt nichts, sondern starrten uns ebenfalls unfreundlich an. Doch sie machten auch keine Anstalten, uns zu bedrohen. So nutzte ich die Gelegenheit, sie genauer zu betrachten, während G'nda Ké weiter diese merkwürdigen Laute von sich gab.
Sie hatten gut geschnittene Falkengesichter und muskulöse Körper. Doch sie waren ungefähr so schmutzig wie unsere Priester und trugen auch ihr fettiges und wirres Haar so lang wie diese. Sie waren bis zur Hüfte nackt. Zuerst glaubte ich, sie trügen Röcke aus Tierfellen. Dann erkannte ich, daß die Röcke in Wirklichkeit lose herabhängende Haare waren, so lang wie die der Männer und viel länger, als man sie bei Tieren kennt. Es handelte sich um Menschenhaare. Die getrockneten Kopfhäute waren mit Stricken um die Hüften der Männer befestigt. Einige

hatten die Beute des Tages hinzugefügt – kleine Tiere, deren Schweife ebenfalls am Gürtel mit den Skalps hingen. Es gibt in diesem Land viele verschiedene Tiere im Überfluß, und die Yaki jagen und essen sie. Doch die Männer verzehren am liebsten das Fleisch des Tlecuáchi mit dem Bauchbeutel, denn es ist mit viel Speck durchwachsen. Sie glauben, das viele Fett verleihe ihnen Ausdauer auf der Jagd und bei ihren Raubzügen.

Ihre Waffen waren primitiv, aber deshalb kaum weniger tödlich als unsere. Bogen und Speere bestanden aus Rohr, die Pfeile aus starrem Schilf, die Speere mit ihren drei Zacken glichen denen mancher Fischervölker. Pfeile und Speere hatten Spitzen aus Feuerstein. Das war ein sicheres Zeichen dafür, daß die Yaki noch nie etwas mit einem der Völker im Süden zu tun gehabt hatten, die das Obsidian kennen. Sie trugen keine Schwerter wie unsere Maquáhuime, doch von den Handgelenken zweier oder dreier Männer hingen an Lederriemen Keulen aus Quauxelolóni-Holz, das so hart und schwer ist wie spanisches Eisen.

Einer der sechs Yaki machte grunzend eine kurze Bemerkung zu G'nda Ké und wies mit einer herrischen Kopfbewegung in die Richtung, aus der sie gekommen waren. Dann drehten sie sich alle wortlos um, gingen davon, und wir folgten ihnen. Ich fragte mich besorgt, ob G'nda Ké ihre Landsleute lediglich gedrängt hatte, uns zu einer größeren Gruppe von Jägern zu bringen, damit sie uns leichter überwältigen, skalpieren und erschlagen konnten.

Entweder hatte sie das nicht getan, oder es war ihr nicht gelungen, die Männer zu unserer sofortigen Ermordung zu überreden. Ohne auch nur einmal den Kopf zu wenden, um zu sehen, ob wir ihnen folgten, führten sie uns den ganzen Tag durch die Hügel, bis wir am Abend ihr Dorf erreichten. Es lag am Nordufer eines Flusses, der keineswegs überraschend Yaki hieß. Das Dorf hatte man ebenso einfallslos Bakúm genannt, was nur Ort am Wasser bedeutet.

Für mich war es ein Dorf, doch G'nda Ké beharrte darauf, es sei eine Stadt, und erklärte: »Bakúm ist eine der Uonáiki, das heißt, eine der Acht Heiligen Städte, die von den ehrwürdigen Propheten gegründet wurden, die in Batna'atóka, zu früheren Zeiten, aus dem Volk der Yaki hervorgegangen sind.«

In Hinblick auf die Lebensbedingungen und Annehmlichkeiten hatte Bakúm seit damals offenbar wenig Fortschritte gemacht, wie weit diese früheren Zeiten auch zurückliegen mochten. Die Menschen lebten in roh zusammengefügten Hütten mit gewölbten Dächern. Die armseligen Behausungen bestanden aus dünnen, zusammengebundenen Baumstämmen oder Ästen, über die man geflochtene Matten aus gespaltenem Rohr legte. Das Dorf war wie jedes Yaki-Dorf, das ich später zu sehen bekam, von einem hohen Zaun aus Rohr umgeben, der durch eingezogene, ineinander verschlungene Ranken zusammen- und aufrecht gehalten wurde.

Nirgendwo in der EINEN WELT habe ich Menschen gesehen, die sich so sehr absonderten, so ungesellig waren und sich allen und allem außerhalb ihrer Grenzen verschlossen. Es gab kein Dampfbad, und obwohl das Dorf ›Ort am Wasser‹ hieß, konnte man sehen und riechen, daß die Dorfbewohner dem Fluß nur Trinkwasser entnahmen und niemals Wasser, um sich zu waschen.

Das üppig wachsende Schilf und die Binsen wurden für jeden erdenklichen Zweck benutzt. Man stellte nicht nur Waffen, Matten für die Hütten und Zäune daraus her, sondern auch alle Gebrauchsgegenstände des täglichen Lebens. Die Menschen schliefen auf Lagern aus Binsenmatten. Die Frauen benutzten zum Kochen Messer aus gespaltenem Schilf und Löffel aus ausgeschabtem Rohr. Die Männer trugen Kopfschmuck aus Rohr und Binsen und spielten bei ihren zeremoniellen Tänzen auf Rohrpfeifen. Die einzigen anderen kunsthandwerklichen Erzeugnisse, die ich bei den Yaki sah, waren häßliche Gefäße aus braunem Ton, geschnitzte und bemalte Holzmasken und Baumwolldecken, die auf primitiven Webstühlen hergestellt wurden.

Das Land in der Umgebung von Bakúm war sehr fruchtbar. Doch die Yaki – ich sollte besser sagen, die Yaki-Frauen – bewirtschafteten ihre Felder eher nachlässig. Sie pflanzten Mais, Bohnen, Amaranth, Kürbis und gerade genug Baumwolle an, um Decken und Kleider für die Frauen herstellen zu können. Außerdem ernährten sie sich von allen möglichen wilden Pflanzen – den Früchten von Bäumen und Kakteen, verschiedenen Wurzeln und Grassamen und den Schoten des Mizquitl-Baumes.

Da die Yaki das Fett der erlegten Tiere lieber aßen, als Öl daraus herzustellen, verwendeten sie beim Kochen ein Öl, das die Frauen mühsam aus bestimmten Pflanzensamen preßten. Sie kannten weder die Herstellung von Octli oder ähnlichen Getränken, noch bauten sie Picíetl zum Rauchen an. Ihr einziges Rauschmittel war der kleine runde und flache Kaktus, der Peyotl genannt wird. Sie pflanzten und sammelten keine Heilkräuter und benutzten nicht einmal den Honig der wilden Bienen als lindernde Salbe.

Ualíztli erklärte bereits nach kurzer Zeit kopfschüttelnd voll Widerwillen: »Die Tíciltin der Yaki vertrauen auf furchteinflößende Masken, auf Gesänge, auf Holzklappern und Sandbilder, um alle Krankheiten zu heilen. Abgesehen von der Behandlung der Frauenleiden – und dabei geht es meistens nur um Beschwerden, nicht um richtige Krankheiten – haben diese Tíciltin nur sehr wenige wirkliche Heilverfahren.« Er seufzte. »Diese Leute, Tenamáxtzin, sind wahrlich Wilde!«

Ich stimmte ihm zu. Der einzige Wesenszug der Yaki, der den Beifall eines zivilisierten Menschen finden konnte, war die Wildheit ihrer Krieger, die sie Yoem'sontáom nannten. Darüber konnte ich mich nicht beschweren, denn schließlich war es genau das, wonach ich suchte.

Als man mir nach einiger Zeit gestattete, mit G'nda Ké als Dolmetscherin die Yo'otuí, die fünf Ältesten von Bakúm aufzusuchen – keine Gemeinde hatte nur einen einzelnen Häuptling –, stellte ich fest, daß das Wort Yaki eigentlich der Name für drei verschiedene Stämme eines Volkes ist. Es sind die Ópata, die Mayo und die Káhita, die jeweils eine, zwei oder drei der Heiligen Städte und deren Umgebung bewohnen und die sich streng voneinander abgrenzen.

Bakúm gehörte den Mayo. Es stellte sich außerdem heraus, daß meine Vorstellungen über den Haß der Yaki aufeinander und das gegenseitige Abschlachten falsch waren. Ganz so schlimm schien es nicht zu sein. Kein Ópata tötete einen anderen Ópata, ohne einen sehr guten Grund dafür zu haben. Aber er erschlug ohne Zögern jeden Mayo oder Káhita, der ihn – und sei es auch nur geringfügig – beleidigt oder geärgert hatte.

Alle drei Stämme der Yaki, so erfuhr ich, waren eng mit den To'ono O'otam oder dem Wüstenvolk verwandt, von dem ich durch den Sklaven Esteban zum ersten Mal etwas gehört hatte.

Die To'ono O'otam lebten im Nordosten, weit vom Land der Yaki entfernt. Das Vergnügen, einige von ihnen zu töten, erforderte große Vorbereitungen, unter anderem einen langen Marsch und einen geordneten Angriff. Deshalb begruben alle Yaki Yoem'sontáom einmal im Jahr ihre Feindseligkeiten und machten sich auf den Weg zu ihren Verwandten vom Wüstenvolk. Die wiederum freuten sich sozusagen über das Eindringen in ihr Gebiet, denn es bot ihnen einen guten Vorwand, ein paar ihrer Vettern von den Ópata, Mayo und Káhita zu erschlagen.

In einem Punkt hatte ich mir jedoch keine falschen Vorstellungen gemacht. Das betraf die schlechte Behandlung der Yaki-Frauen. Ich hatte G'nda Ké immer nur als Yaki bezeichnet und erfuhr erst in Bakúm, daß sie dem Stamm der Mayo angehörte. Ich hätte gedacht, sie betrachte es als einen glücklichen Umstand, daß die Jäger, die wir getroffen hatten, auch Mayo waren und sie in ein Mayo-Dorf brachten. Weit gefehlt! Ich erkannte bald, daß man die Frauen nicht als Mayo oder Káhita oder Ópata ansah. Frauen galten als die denkbar niedrigste Lebensform. Bei unserer Ankunft in Bakúm wurde G'nda Ké keineswegs als lang vermißte Schwester begrüßt, die endlich in den Schoß ihres Volkes zurückkehrte. Alle Dorfbewohner, einschließlich der Frauen und Kinder, begrüßten ihr Erscheinen mit den gleichen kalten Blicken wie die Jäger. Ebenso eisig musterten sie uns.

Gleich am ersten Abend mußte G'nda Ké mit den anderen Frauen das Essen zubereiten. Es bestand aus fettem Tlecuáchi-Fleisch, Maiskuchen, gerösteten Heuschrecken sowie nicht identifizierbaren Bohnen und Wurzeln. Dann bedienten die Frauen, einschließlich G'nda Ké, die

Männer und Knaben des Dorfes. Nachdem sie sich satt gegessen hatten und bevor sie davongingen, um Peyotl zu kauen, gaben sie durch beiläufige Gesten zu verstehen, ich, Ualíztli, Machíhuiz und Acocótli dürften uns mit dem begnügen, was sie übrigließen. Erst als wir vier beinahe alles aufgegessen hatten, wagten die Frauen, unter ihnen auch G'nda Ké, näherzutreten und sich über die Reste herzumachen.

Wenn die Männer aller Yaki-Stämme nicht gerade mit dem einen oder anderen Vetter kämpften, gingen sie den ganzen Tag über auf die Jagd. Eine Ausnahme war dabei das Káhita-Dorf Be'ene an der Küste des Westmeeres. Dort sah ich später Männer, die mit ihren Dreizackspeeren stumpfsinnig fischten, und andere, die ohne großes Interesse nach Krebsen gruben.

Bei den Yaki erledigten die Frauen grundsätzlich alle Arbeiten und lebten nur von Resten, auch von dem Rest an – ich kann nicht sagen ›Zuneigung‹ – Geduld, die ihre Männer am Ende eines langen Tages unterwegs mit nach Hause brachten.

War ein Mann bei der Rückkehr freundlich gestimmt, begrüßte er seine Frau vielleicht mit einem Knurren, anstatt sie zu schlagen. War er auf der Jagd oder im Kampf sehr erfolgreich gewesen und wirklich guter Laune, ließ er sich vielleicht sogar dazu herab, sich seiner Frau etwas liebevoller zu nähern. Deshalb waren die Dörfer natürlich auch so spärlich bevölkert, denn solche Gelegenheiten waren selten. Meist waren die Männer bei ihrer Rückkehr schlecht gelaunt, stießen Flüche aus und schlugen die Frauen so blutig, wie sie gerne den Hirschen, den Bären oder den Gegner blutig geschlagen hätten, der ihnen entwischt war.

G'nda Ké fand in Bakúm neue Möglichkeiten, ihre Niedertracht unter Beweis zu stellen. Sie mußte wie eine Sklavin arbeiten. Doch sie nahm diese Demütigungen nicht gleichgültig hin wie die anderen Frauen. In ihr schwelte ein finsterer Zorn, denn selbst die anderen Frauen blickten auf sie herab, weil sie keinen Mann hatte, der sie wenigstens schlug. Ich und meine Begleiter lehnten es ab, ihr diesen Gefallen zu tun. Ich wußte, es wäre ihr nur recht gewesen, denn dann hätte sie ihren Stammesschwestern Ehrfurcht und Bewunderung einflößen können, indem sie ihnen von den weiten Reisen erzählte, von ihren Schandtaten und der Unruhe, die sie unter Männern gestiftet hatte. Doch die Frauen dachten überhaupt nicht daran, ihr auch nur zuzuhören, und die Männer brachten sie sofort mit Blicken zum Schweigen, wenn sie versuchte, mit ihnen zu reden. Vielleicht war G'nda Ké zu lange weg gewesen und hatte vergessen, daß sie selbst in der Gesellschaft dieser rohen unwissenden Menschen ihres Volkes völlig bedeutungslos sein würde, ja, daß sie noch weniger galt als Ungeziefer. Ich glaube, je länger wir blieben, desto mehr hatte sie das Gefühl, in einer Falle zu sitzen. Die Schuld daran gab sie natürlich mir.

Niemand schlug sie, doch jeder gab ihr Befehle, selbst die Frauen, die alle Arbeiten im Dorf erledigten oder untereinander aufteilten. Möglicherweise waren sie neidisch auf G'nda Ké, weil sie die Welt außerhalb des trostlosen Bakúm gesehen oder einmal Männer herumkommandiert hatte. Vielleicht verachteten sie die Fremde einfach, weil sie nicht aus ihrem Dorf stammte. Was immer der Grund gewesen sein mag, sie waren so bösartig, wie nur engstirnige Frauen mit geringen Machtbefugnissen es sein können. Sie zwangen G'nda Ké, von morgens früh bis abends spät zu arbeiten. Es bereitete ihnen eine

besondere Genugtuung, ihr die schmutzigsten und schwersten Aufgaben zu übertragen. Ich freute mich auf meine Weise darüber.
Eines Tages zog sie sich eine kleine Verletzung zu. Eine Spinne biß sie beim Holzsammeln am Fußknöchel, und sie wurde krank. Ich hätte es eigentlich für unmöglich gehalten, daß eine so winzige giftige Kreatur wie eine Spinne ein so viel größeres und sehr viel giftigeres Wesen krank machen konnte. Wie auch immer, da man keiner Frau erlaubte, sich wegen irgendwelcher Unpäßlichkeiten der Arbeit zu entziehen, wenn sie nicht gerade ein Kind zur Welt brachte oder kurz vor dem Tod stand, wurde G'nda Ké, die lautstark gegen diese Demütigung protestierte, gezwungen, sich auf der blanken Erde auszustrecken, damit der Tícitl des Dorfes sie behandeln konnte.
Wie Ualíztli mir später erklärte, tat der alte Spitzbube nicht wirklich etwas. Er setzte nur eine Maske auf, die böse Geister vertreiben sollte, stimmte einen lauten, grunzenden Singsang an und streute verschiedenfarbigen Sand auf die Erde, so daß Bilder entstanden, die keinen Sinn ergaben. Dabei schüttelte er die ganze Zeit eine mit Bohnen gefüllte hölzerne Rassel. Dann verkündete er, G'nda Ké sei gesund und könne arbeiten. Und sofort wurde ihr auch wieder eine Arbeit zugeteilt.
Eine ganz kleine Auszeichnung billigte man G'nda Ké in Bakúm jedoch zu. Wenn sie nichts anderes zu tun hatte, durfte sie als Dolmetscherin zwischen mir und den fünf Dorfältesten fungieren, da ich nie mehr als ein paar Worte ihrer Sprache gelernt hatte. Dann durfte sie endlich reden, und ich bin beinahe sicher, daß sie versucht haben muß, eine Heldin aus sich zu machen, indem sie mich als Quimíchi brandmarkte, als einen Aufwiegler

mit zweifelhafter Gesinnung, oder mir Eigenschaften zuschrieb, die die Ältesten vielleicht dazu veranlassen würden, meine Vertreibung oder gar Ermordung zu befehlen.
Doch soviel weiß ich. Es gibt kein Wort für Heldin in der Sprache der Yaki. Ebensowenig existiert die Vorstellung von einer solchen Frau in den Köpfen der Yaki. Ich bin sicher, wenn G'nda Ké sich dieser Taktik bediente, hielten die Dorfältesten ihre Worte nur für das leere Gerede einer Frau, das niemand zu beachten brauchte. Falls sie darauf bestand, daß man uns Aztéca tötete, und die alten Männer wären bereit gewesen, ihre Forderung überhaupt zur Kenntnis zu nehmen, hätten sie in ihrem Eigensinn bestimmt genau das Gegenteil getan. Deshalb war es möglicherweise einem von G'nda Kés falschen Spielen zu verdanken, daß die Dorfältesten mir nicht nur erlaubten, zu bleiben und meine Anliegen vorzutragen, sondern mir sogar aufmerksam zuhörten.
Ich sollte an dieser Stelle erklären, wie diese Yo'otuí regierten, wenn man von Regieren sprechen konnte, denn die Lebensart der Yaki war in der gesamten EINEN WELT einzigartig. Jeder der fünf alten Männer war für einen Ya'úra verantwortlich, das heißt einen der fünf Ya'úram, der fünf Wirkungsbereiche in seinem Dorf: Religion, Krieg, Arbeit, Sitten und Tanz. Der Älteste, dem der Bereich Arbeit unterstand, hatte nur die Aufgabe, jede Drückebergerin zu bestrafen. Da aber keine Frau in der Yaki-Gesellschaft es gewagt hätte, sich gegen Arbeit aufzulehnen, hatte er wenig zu tun. Der Älteste, der für Kriegsangelegenheiten zuständig war, mußte nur seinen Segen dazu geben, wenn die Yoem'sontáom seines Dorfes beschlossen, ein anderes Dorf zu überfallen oder wenn sich die Yoem'sontáom aller drei Yaki-Stämme zu

einem ihrer beinahe rituellen Raubzüge im Land des Wüstenvolks vereinigten.

Die anderen drei alten Männer, der Bewahrer der Religion, der Wächter der Sitten und der Meister der Tänze, regierten mehr oder weniger gemeinsam.

Von der Religion der Yaki läßt sich zu Recht sagen, daß es keine Religion ist, denn sie verehren nur ihre Ahnen. Jeder, der stirbt, wird ein Ahne. Der Todestag jedes Ahnen ist Anlaß für Zeremonien, mit denen er geehrt wird. Und so vergeht im Land der Yaki kaum ein Abend ohne eine große oder eine kleinere Zeremonie, je nachdem, wie bedeutend dieser Mensch zu Lebzeiten gewesen war. Die einzigen von den Yaki anerkannten Götter sind die beiden ältesten Ahnen, die kaum mit wirklichen Göttern, sondern eher mit dem Ersten Menschenpaar vergleichbar sind, auf das nach Überzeugung der Aztéca unser Volk zurückgeht. Wir halten es nicht für nötig, dieses Paar mit besonderen Festen oder Ritualen zu ehren. Die Yaki sprechen von dem ›Alten Mann‹ und von ›Unserer Mutter‹ und verehren beide sehr.

Die Yaki glauben auch, daß ihre angesehenen Toten glücklich und ewig in einem Jenseits leben, das unserem Tonatíucan oder Tlálocan oder dem Himmel der Christen gleicht. Sie nennen es das ›Land unter der Morgendämmerung‹ und behaupten unsinnigerweise, es befinde sich nicht in unermeßlicher Ferne, sondern direkt im Osten auf einem spitzen Berggipfel, der Takalá'im heißt und genau in der Mitte des Yaki-Landes aufragt.

Wohin ihre Toten gelangen, die sich kein Ansehen zu Lebzeiten erworben haben, wissen die Yaki nicht. Es scheint ihnen auch gleichgültig zu sein, denn einen Ort wie unser Míctlan oder die christliche Hölle können sie sich nicht vorstellen.

Sie glauben jedoch, daß sich die Lebenden ständig vor einer großen Schar unsichtbarer niederer böser Götter oder Geister schützen müssen, die sie Chapáyekám nennen. Sie sind die lästigen Ursachen von Krankheiten, Unfällen, Dürren, Überschwemmungen, Niederlagen im Kampf und jedem anderen Mißgeschick, das die Yaki befällt.

Deshalb achtet der Bewahrer der Religion darauf, daß die Bewohner seines Dorfes die Ahnen bis zurück zu dem Alten Mann und Unserer Mutter angemessen verehren, während der Wächter der Sitten die Aufgabe hat, die Chapáyekám abzuwehren. Er schnitzt und bemalt die Holzmasken, die sie vertreiben sollen, und er ist ständig darum bemüht, sich abschreckendere und furchterregende Fratzen auszudenken.

Man sieht demnach, daß der Meister der Tänze am meisten von allen fünf Yo'otuí zu tun hat, denn die gemeinschaftlichen Tänze sind die Grundlage für die Angelegenheiten der anderen vier. Die Arbeit im Dorf wird nicht richtig erledigt, die Kämpfe werden nicht gewonnen, die Ahnen werden nicht angemessen geehrt, und die bösen Geister werden nicht hinreichend besänftigt oder vertrieben, wenn die Tänze nicht stattfinden – und dabei muß alles seine Richtigkeit haben.

Der Meister der Tänze ist bemerkenswerterweise zu alt zum Tanzen. Ich fand es irgendwie komisch, daß die anderen Männer, die tagsüber ihren blutigen Beschäftigungen nachgingen, Abend für Abend feierlich und mit starren, manchmal sogar gezierten Bewegungen um aufwendig errichtete Feuer tanzten. Ich muß wohl kaum erwähnen, daß die Frauen niemals daran teilnahmen.

Der Meister der Tänze verteilte genug Peyotl an die Tänzer, daß ihre Kräfte nicht erlahmten, aber nicht so viel, daß sie berauscht wurden oder in Raserei verfielen und die genau vorgeschriebenen Schritte und Kombinationen verpatzten, an denen seit der Alten Zeit nichts verändert worden war. Der Meister der Tänze überwachte die Tänzer mit Adlerblicken. Wenn ein Mann einen falschen Schritt machte oder vermessen genug war, einen neuen einzuführen, bekam er einen Verweis und mußte den Kreis verlassen. Getanzt wurde nach Musik, wie sie es nannten, die von Männern hervorgebracht wurde, die entweder behindert waren oder zu alt zum Tanzen. Doch da ihnen die Vielfalt der Instrumente fehlte, die von zivilisierten Völkern erfunden wurden, brachten sie für meine Ohren nur Lärm und ein schreckliches Getöse hervor. Sie bliesen Rohrpfeifen und wassergefüllte Kürbisse, rieben gekerbte Schilfrohre aneinander, schüttelten Holzrasseln und schlugen beidseitig bespannte Trommeln. Und obwohl kein Mangel an Tierhäuten herrschte, bestanden die Trommelfelle aus Menschenhaut. Die Tänzer vergrößerten den Lärm durch Bänder an ihren Fußgelenken, an denen Kokons hingen, in denen tote Insekten bei jedem Schritt klapperten.

Bei den Tänzen zu Ehren des Alten Mannes und Unserer Mutter oder der vor nicht allzu langer Zeit verstorbenen Ahnen trugen die Männer einen fächerartigen Kopfschmuck, der jedoch aus starrem gespaltenen Rohr oder Binsen anstatt aus Federn gefertigt war. Bei den Tänzen, mit denen die bösen Geister abgeschreckt werden sollten, trug jeder Mann eine der furchterregenden, mit Farbe beschmierten Masken, die sich alle voneinander unterschieden. Für die Tänze, mit denen ein Sieg im Kampf gefeiert wurde oder mit denen man einen Sieg beschwor, legten sich die Männer Kojotehäute um, wobei die Köpfe der toten Tiere mit ihren spitzen Zähnen die Köpfe der Männer völlig verhüllten.

Dann gab es den Tanz eines einzelnen Mannes, der als bester Tänzer im Dorf galt. Durch seine Kunstfertigkeit sollte Wild für die Jäger angelockt werden, wenn die Zahl der Tiere infolge einer Dürre oder einer Krankheit merklich abgenommen hatte. Es war in der Tat ein mitreißender und aufregender Tanz. Diese Darbietung war um so erfreulicher, als sie ohne besagte Musik stattfand. Der Mann befestigte mit Lederriemen den stattlichsten Hirschkopf, der sich auftreiben ließ, mit einem eindrucksvollen Geweih auf seinem Kopf. Ansonsten war er bis auf Armreifen und Fußreifen voller Kokons nackt. In jeder Hand hielt er eine kunstvoll geschnitzte Holzrassel. Sie lieferten das einzige Begleitgeräusch, während er abwechselnd wie ein aufgeschreckter Hirsch in die Luft sprang, wie ein unschuldiges Kitz herumhüpfte, geduckt und vorsichtig wie ein Jäger auf der Pirsch schlich und dabei den Kopf ruckartig hin und her bewegte. Manchmal mußte er viele Abende hintereinander bis zur Erschöpfung tanzen, bevor schließlich ein Kundschafter meldete, das Wild sei endlich zu den gewohnten Weidegründen zurückgekehrt.

Der Leiter der Tänze ließ mir durch G'nda Ké sagen, dieser Tanz sei sehr viel wirkungsvoller, wenn der Mann eine ›Opfer-Hirschkuh‹ umtanzen könne. Dazu wurde eine gefesselte Frau in die Haut einer Hirschkuh gelegt. Nachdem der Tänzer sie so lange umkreist hatte, wie das Ritual es erforderte, wurde ihr die Haut wie der Hirschkuh vom Leib gerissen, als Symbol der erfolgreichen Jagd.

Mir war es gleichgültig, daß die Yaki-Männer aus unerfindlichen Gründen ihr halbes Leben mit Tanzen ver-

brachten. Wichtig war für meine Zwecke, daß sie die andere Hälfte des Lebens dem Kampf und der Jagd widmeten.
Als G'nda Ké den fünf Ältesten meine Worte übersetzte, erlebte ich eine angenehme Überraschung. Sie waren für mein Anliegen aufgeschlossener als manche Häuptlinge der Rarámuri.
»Weiße Männer ...«, murmelte einer der Ältesten. »Ja, wir haben von den weißen Männern gehört. Unsere Vettern, die To'ono O'otam, behaupten, ein paar Weiße seien durch ihr Gebiet gezogen. Sie haben sogar von einem Schwarzen gesprochen.«
Ein anderer brummte: »Wohin soll das alles noch führen? Menschen sollten alle eine Hautfarbe haben ... unsere Farbe.«
Der dritte sagte: »Woher wissen wir, daß die verkommenen Männer der Wüste die Wahrheit gesagt haben? Wären sie Yaki gewesen, dann hätten sie Skalps genommen, um zu beweisen, daß es solche Lebewesen gibt.«
Der vierte widersprach: »Wir haben niemals Skalps von den bösen Chapáyekám gesehen. Trotzdem wissen wir, daß es sie gibt, und sie haben überhaupt keine Farbe.«
Der fünfte, der für die kriegerischen Angelegenheiten verantwortlich war, sagte: »Ich glaube, es würde unseren Yoem'sontáom nicht schaden, wenn sie zur Abwechslung gegen andere Feinde und nicht gegen ihre Verwandten kämpfen könnten. Ich stimme dafür, daß wir sie diesem Fremden zur Verfügung stellen.«
»Ich auch«, sagte der für die Arbeiten im Dorf verantwortliche Älteste.
»Ich bin dabei«, sagte der Meister der Tänze. »Wir wollen nur den Hirschtänzer hier behalten und genügend an-

dere Tänzer, damit der Alte Mann und Unsere Mutter zufrieden sind.«

»Und um die Chapáyekám zu vertreiben«, sagte der Wächter der Sitten.

»Bestimmt«, sagte der Bewahrer der Religion, »werden alle Männer unserer Hautfarbe dabeisein wollen, wenn die mit der anderen Farbe ausgerottet werden. Ich stimme dafür, daß wir unsere Vettern, die Ópata und die Káhita, einladen, sich an dem Krieg zu beteiligen.«

Der Älteste, der sich um Kriegsangelegenheiten kümmerte, ergriff noch einmal das Wort: »Warum nicht auch unsere anderen Vettern, die To'ono O'otam? Das wäre das größte Bündnis, das es jemals gegeben hat. Jawohl, das werden wir tun.«

So wurde es bestimmt. Bakúm sollte einen Krieger mit dem ›Stab des Waffenstillstands‹ entsenden, der den anderen der Acht Heiligen Städte meine Botschaft überbringen würde. Ein zweiter Krieger sollte sich auf den weiten Weg zum Wüstenvolk machen. Ich versprach als Gegenleistung für diese großzügige Mitwirkung zwei Dinge. Ich würde einen meiner Krieger beauftragen, alle Yaki nach Süden zu unserem Sammelplatz in Chicomóztotl zu führen, und den zweiten zurücklassen, damit er die Krieger des Wüstenvolks begleitete. Wenn alle Yoem'sontáom in Chicomóztotl eingetroffen waren, würde ich sie mit Obsidianwaffen ausstatten, die ihren eigenen aus Feuerstein weit überlegen sein würden.

Die Ältesten nahmen mein Angebot an, lehnten die versprochenen Waffen jedoch empört ab. Sie erklärten, was gut genug für den Alten Mann und für alle ihre Vorfahren seit jeher gewesen war, sei auch gut genug für einen Krieg in neuer Zeit. Klugerweise widersprach ich ihnen nicht.

Ich war froh, daß wir uns geeinigt hatten, denn danach konnte ich mich mit den Yaki kaum noch verständigen. G'nda Ké behauptete, es gehe ihr schlechter als zuvor und selbst die Anstrengung des Übersetzens sei zu groß. Sie sah tatsächlich krank aus. Sie war beinahe so blaß geworden wie eine weiße Frau, so daß die Sommersprossen überdeutlich hervortraten. Als ihr selbst der Älteste, der die Arbeiten überwachte, und die Frauen, die ihr die schwersten Aufgaben zugeteilt hatten, eine der Hütten überließen, damit sie dort ruhen konnte, waren sie offenbar der Ansicht, G'nda Ké müsse sterben, da sie kein Kind erwartete.
Doch ich kannte G'nda Ké besser und verwarf diesen Gedanken. Ich war sicher, daß es sich bei ihrer Hinfälligkeit nur um eine List handelte und daß sie auf diese Art ihren Ärger darüber zum Ausdruck bringen wollte, daß ihr Volk mich freundlicher aufgenommen hatte als sie.

24

Während wir auf das Eintreffen der Männer der anderen Yaki-Stämme warteten, nutzten Machíhuiz, Acocótli und ich die Zeit, um den Mayo-Kriegern von Bakúm eine Art Ausbildung zu geben. Das heißt, wir griffen sie mit unseren Schwertern und Spießen, die Obsidianspitzen hatten, an, damit sie lernten, solche Attacken mit ihren primitiven Waffen abzuwehren. Ich rechnete nicht damit, daß die Yaki jemals gegen die Männer meines Heeres kämpfen würden. Doch ich war ziemlich sicher, wenn mein Heer einen großen Angriff gegen die Spanier führte, würden die Weißen ihre Reihen durch viele ihrer Verbündeten verstärken, etwa der Texcaltéca, welche die spanischen Soldaten bei der Einnahme von Tenochtítlan unterstützt hatten. Diese Verbündeten würden keine Arkebusen tragen, sondern Maquáhuime, Speere, Spieße und Pfeile, mit Klingen oder Spitzen aus Obsidian.
Es war langwierig und mühsam, die Yoem'sontáom ohne jemanden auszubilden, der meine Befehle, Anweisungen und Ratschläge übersetzte. Doch Krieger aller Völker, vermutlich sogar die der Weißen verstehen instinktiv die Bewegungen und Gesten der anderen. Deshalb fiel es den Mayo nicht allzu schwer, die Kriegskunst der Aztéca mit ihren Stößen und Hieben, Finten und Rückzügen zu erlernen. Sie lernten schließlich sogar so gut, daß wir drei

immer wieder blaue Flecken von ihren schweren Holzkeulen davontrugen und sie uns mit ihren Dreizackspeeren mit den Feuersteinspitzen Stiche und Kratzer beibrachten. Natürlich standen wir ihnen in nichts nach. Deshalb bat ich den Tícitl Ualíztli, bei unseren Übungen immer anwesend zu sein, damit er notfalls seine Künste anwendete.

Währenddessen verschwendete ich keinen Gedanken an G'nda Ké, bis eines Tages eine Frau zu mir kam und mich schüchtern am Arm zupfte.

Sie führte mich und Ualíztli zu der kleinen Schilfhütte, die man G'nda Ké überlassen hatte. Ich trat als erster ein. Doch bei dem Anblick, der sich mir bot, wich ich sofort wieder zurück und bedeutete dem Tícitl, er möge vorausgehen. G'nda Kés Krankheit war eindeutig nicht vorgetäuscht. Sie schien dem Tode so nahe, wie es die Dorfbewohner vorausgesehen hatten.

Sie lag nackt und schweißbedeckt auf einem Binsenlager. Ihr Körper war seltsam aufgebläht, aber nicht nur an den Stellen, wo gut genährte Frauen oft dick sind, sondern überall – Nase, Lippen, Finger, Zehen. Selbst ihre Augenlider waren so geschwollen, daß sie die Augen praktisch verschlossen. So wie sie es mir einmal gesagt hatte, war G'nda Ké überall mit Sommersprossen bedeckt. Auf dem geblähten Körper waren diese Flecken jetzt so groß und deutlich sichtbar, daß die Haut wie das Fell eines Jaguars wirkte. Bei meinem ersten kurzen Blick war mir aufgefallen, daß der Mayo-Tícitl neben ihr hockte. Ich hatte das Gesicht des Mannes noch nie gesehen, doch selbst die grimmige Maske, die er trug, schien einen verwirrten und ratlosen Ausdruck angenommen zu haben. Er schüttelte seine Heilrassel nur langsam und teilnahmslos.

Ualíztli tauchte wieder aus der Hütte auf. Auch er schien fassungslos. Ich fragte ihn: »Was können sie ihr nur zu essen gegeben haben, daß sie so ungeheuer dick geworden ist? Bei den Yaki habe ich noch keine Frau gesehen, die auch nur halb so gut genährt gewesen wäre.«
»Sie ist nicht dick, Tenamáxtzin«, erwiderte er. »Sie ist von giftigen Säften aufgedunsen.«
Ich rief ungläubig: »Kann das der Biß einer kleinen Spinne bewirken?«
Er sah mich schief an. »Sie behauptet, Ihr hättet sie gebissen, Herr.«
»Wie?!«
»Sie leidet entsetzliche Qualen. Auch wenn wir alle diese Frau gehaßt haben, so zweifle ich nicht daran, daß Ihr jetzt ein wenig Mitleid zeigen werdet. Wenn Ihr mir sagt, was für ein Gift Ihr auf Eure Zähne aufgetragen hattet, bin ich vielleicht in der Lage, ihr das Sterben zu erleichtern.«
»Bei allen Göttern!« rief ich empört. »G'nda Ké ist mehr als verrückt, das weiß ich schon lange! Aber hast du auch den Verstand verloren?«
Er wich ängstlich zurück und stammelte. »Sie hat eine große klaffende und eiternde Wunde am Fußgelenk ...«
Ich sagte mit zusammengebissenen Zähnen: »Ich gebe zu, ich habe oft darüber nachgedacht, wie ich G'nda Ké umbringen könnte, wenn sie nicht mehr von Nutzen für mich sein würde. Aber sie beißen, damit sie stirbt? Kannst du dir in deinen kühnsten Vorstellungen ausmalen, daß ich diese Schlange mit dem Mund berühren würde? Sollte ich das jemals getan haben, wäre ich jetzt vergiftet! Ich würde leiden, ich hätte eine eiternde Wunde und würde sterben!« Ich schüttelte energisch den Kopf. »Sie ist beim Holzsammeln von einer Spinne

gebissen worden. Da kannst du alle diese Weiber fragen, die sich zuerst um sie gekümmert haben.«
Ich wollte die Hand nach der Mayo-Frau ausstrecken, die uns geholt hatte und mich jetzt unentwegt angsterfüllt anstarrte. Aber ich unterließ es, denn mir wurde klar, daß sie meine Frage weder verstehen noch beantworten konnte. Statt dessen ließ ich die Arme sinken, während Ualíztli sich beeilte, mir zu versichern: »Ja, ja, Tenamáxtzin, eine Spinne. Ich glaube Euch. Ich hätte es wissen müssen, daß die Hexe selbst auf dem Totenbett schamlos lügt.«
Ich holte mehrere Male tief Luft, um mich zu beruhigen, bevor ich erwiderte: »Sie will bestimmt, daß diese Anschuldigung den Yo'otuí zu Ohren kommen. Sie mögen alle Frauen für wertlos halten, aber G'nda Ké ist eine Mayo. Wenn sie ihrer Lüge Glauben schenken, könnten sie mir als Rache die zugesagte Unterstützung verweigern. Lassen wir sie sterben.«
Er nickte und verschwand wieder in der Hütte. Ich folgte ihm. Doch ich schauderte bei ihrem Anblick und ekelte mich vor dem Verwesungsgestank, der von ihr ausging und den ich jetzt wahrnahm.
Ualíztli kniete neben dem Lager und fragte: »War die Spinne, die dich gebissen hat, groß und behaart?«
Sie schüttelte den dicken gefleckten Kopf, wies mit dem wulstigen Finger auf mich und krächzte: »Er ...«
Sogar der Mayo-Tícitl mit der Holzmaske schüttelte ungläubig den Kopf.
»Dann sag mir, wo du Schmerzen hast«, wollte Ualíztli wissen.
»G'nda Ké hat überall Schmerzen«, murmelte sie undeutlich.
»Wo sind die Schmerzen am schlimmsten?«

»Im Bauch«, keuchte sie. In diesem Augenblick wurden die Schmerzen noch heftiger. Sie verzog das Gesicht, schrie laut auf, warf sich zur Seite und krümmte sich zusammen, so gut es ihr gelang, wobei der geblähte Bauch in dicken Wülsten an ihr hing.

Ualíztli wartete, bis der Anfall abgeklungen war, bevor er fragte: »Hast du Schmerzen an den Fußsohlen?«

Sie hatte sich noch nicht so weit erholt, daß sie sprechen konnte, doch sie nickte mit dem Kopf.

»Aha!« Der Ualíztli schien zufrieden und stand auf.

Ich fragte staunend: »Das sagt dir etwas? Die Fußsohlen?«

»Ja. Diese Art Schmerzen kommen vom Biß einer bestimmten Spinne. Bei uns im Süden begegnen wir diesem Tier selten. Wir sind mehr an die große, haarige Spinne gewöhnt, die bedrohlicher aussieht, als sie in Wahrheit ist. Doch in den nördlicheren Regionen findet man eine tödliche Spinne, die nicht groß ist und auch nicht besonders gefährlich aussieht. Sie ist schwarz und hat eine rote Zeichnung auf der Unterseite.«

»Dein Wissen erstaunt mich immer wieder, Ualíztli.«

»Man versucht, auf seinem Gebiet gut unterrichtet zu sein«, erwiderte er bescheiden, »indem man sich über seine Kenntnisse mit anderen Tícitlin austauscht. Ich habe gehört, daß das Gift dieser schwarzen Spinne das Fleisch ihres Opfers zersetzt, damit sie es leichter fressen kann. Das erklärt die klaffende Wunde am Bein. Inzwischen hat das Gift den ganzen Körper erfaßt. Das Gift verflüssigt im wahrsten Sinne des Wortes alles.« Er dachte nach und fügte dann hinzu: »Eigenartig, ich hätte eine so umfassende Zersetzung höchstens bei einem kleinen Kind oder bei einem alten, gebrechlichen Menschen erwartet.«

»Was kannst du dagegen tun?«
»Den Vorgang beschleunigen«, murmelte Ualíztli so leise, daß nur ich es hörte.
Auch G'nda Kés Augen richteten sich auf den Arzt, und ihr Blick fragte ängstlich durch die geschwollenen Lider: Gibt es Rettung?
Der Ualíztli antwortete laut: »Ich werde einige Medikamente holen.« Damit verließ er die Hütte.
Ich stand neben dem Lager und blickte auf die aufgedunsene Frau hinunter. Sie war wieder so weit zu Atem gekommen, daß sie sprechen konnte. Ihre Worte waren abgehackt, und die Stimme klang krächzend und tonlos.
»G'nda Ké darf nicht ... hier sterben.«
»Hier ist es so gut wie überall sonst«, erwiderte ich kalt. »Es sieht aus, als habe dich dein Tonáli in diesem Dorf an das Ende deines Weges und deiner Tage gebracht. Die Götter sind sehr viel einfallsreicher, als ich es sein könnte, wenn es darum geht, jemanden auf die richtige Weise zu beseitigen, der im Leben immer nur Böses getan hat.«
Sie wiederholte noch einmal und betonte dabei ein Wort besonders: »G'nda Ké darf nicht ... *hier* sterben ... bei diesen Wilden.«
Ich erwiderte achselzuckend. »Es ist dein Volk. Das ist dein Land. Eine Spinne, die in diesem Land heimisch ist, hat dich vergiftet. Ich finde es passend, daß du nicht von der Hand eines wütenden Menschen niedergestreckt wirst, sondern von einem der winzigsten Geschöpfe, das die Erde bewohnt.«
»G'nda Ké darf nicht ... hier sterben«, wiederholte sie noch einmal, obwohl sie mehr mit sich als mit mir zu sprechen schien. »Hier wird man sich nicht an G'nda Ké erinnern. G'nda Ké war dazu bestimmt, daß man sich an

sie erinnern würde. Es war G'nda Ké bestimmt, daß sie ... irgendwo ... herrschen würde. Mit dem -tzin an ihrem Namen ...«

»Du irrst dich. Du vergißt, daß ich Frauen gekannt habe, die das -tzin verdienten. Aber du hast dich bis zum Ende bemüht, dir nur dadurch einen Namen in der Welt zu machen, indem du Schaden anrichtest. Trotz all deiner großartigen und hochtrabenden Pläne, trotz all deiner Lügen, deiner Schändlichkeiten und deiner Falschheit hat dein Tonáli bestimmt, daß du nicht mehr sein würdest als das, was du warst und jetzt bist – klein und giftig wie eine Spinne.«

Endlich kam Ualíztli zurück und streute Piciétl-Krümel in die offene Wunde am Bein. »Das wird den Schmerz an dieser Stelle betäuben. Und hier, trink das.« Er hielt ihr eine ausgehöhlte Kürbisschale an die geschwollenen Lippen. »Es wird schnell dafür sorgen, daß du die anderen Schmerzen nicht spürst.«

Als er sich aufrichtete und wieder neben mir stand, knurrte ich: »Ich habe dir nicht erlaubt, ihre Qualen zu lindern. Sie hat anderen Menschen genug Leid und Schmerzen zugefügt.«

»Ich habe Euch nicht um Erlaubnis gebeten, Tenamáxtzin, und ich werde Euch nicht um Verzeihung bitten. Ich bin Arzt. Die Treue zu meinem Beruf steht selbst über meiner Ergebenheit Euch gegenüber, Herr. Kein Tícitl kann den Tod verhindern, aber er kann es aus Gewissensgründen ablehnen, ihn hinauszuzögern. Die Frau wird einschlafen und im Schlaf sterben.«

Also schwieg ich und beobachtete, wie sich G'nda Kés geschwollene Lider endgültig schlossen. Ich weiß, was als nächstes geschah, überraschte Ualíztli ebensosehr wie mich und den anderen Tícitl.

Aus der Wunde an G'nda Kés Bein begann plötzlich eine Flüssigkeit zu sickern. Es war kein Blut, sondern eine klare, wäßrige Flüssigkeit. Es folgte eine dickflüssigere Absonderung, immer noch klar, aber so übelriechend wie die Wunde. Aus dem Tropfen wurde ein Fließen, und bald darauf war der Gestank in der Hütte schlimmer als zuvor. Dann begann diese Flüssigkeit auch aus ihrem Mund, aus den Ohren und der Nase zu rinnen.
Die Schwellung ihres Leibes ging langsam, aber sichtbar zurück. Während sich die straff gespannte Haut zusammenzog, wurden die Jaguarflecken wieder zu einer Unzahl gewöhnlicher Sommersprossen. Dann schienen sie zu verschwinden, während sich die Haut in Falten und Fältchen und Runzeln legte. Die Flüssigkeit floß inzwischen aus dem ganzen Körper. Ein Teil versickerte in der Erde des Hüttenbodens. Der Rest bildete eine dicke schleimige Schicht, vor der wir drei vorsichtig und angeekelt zurückwichen.
G'nda Kés Gesichtszüge schwanden, bis nur noch formlose Haut den Schädel umhüllte, dann lösten sich alle Haare davon ab. Aus dem Fließen wurde wieder ein Sickern, und schließlich war der ganze Hautsack leer, der einmal G'nda Ké gewesen war. Der Yaki-Tícitl stieß einen Schrei nackten Entsetzens aus und verschwand mit einem Satz aus der Hütte.
Ualíztli und ich beobachteten den Vorgang, bis es nichts mehr zu sehen gab, außer G'nda Kés Skelett, einigen Haarsträhnen und verstreuten Fingernägeln und Fußnägeln.
Betroffen sahen wir uns an.
»Sie wollte, daß man sich an sie erinnert«, sagte ich und bemühte mich, meiner Stimme einen festen Klang zu geben. »Dieser maskierte Mayo wird sich ganz bestimmt

an sie erinnern. Was, im Namen Huitztlis, hast du ihr zu trinken gegeben?«
Ualíztlis Stimme klang ebenso unsicher wie meine, als er antwortete: »Das war nicht mein Werk oder das der Spinne. Es ist noch erstaunlicher als das, was dieser Pakápeti widerfahren ist. Ich wage zu behaupten, daß kein anderer Tícitl jemals etwas Ähnliches gesehen hat.«
Er beugte sich vor und berührte eine Rippe des Skeletts. Sie brach sofort ab. Er hob sie vorsichtig hoch und betrachtete sie aufmerksam. Dann kam er zurück und zeigte sie mir.
»Das hier«, sagte er, »habe ich schon einmal erlebt. Seht her.« Er zerbrach die Rippe mühelos zwischen seinen Fingern. »Vielleicht erinnert Ihr Euch. Als die Krieger und Arbeiter der Mexíca mit Eurem Onkel Mixtzin aus Tenochtítlan kamen, legten sie die großen Sümpfe um Aztlan trocken. Dabei gruben sie die Reste menschlicher und tierischer Skelette aus. Man zog den klügsten und ältesten Tícitl von Aztlan hinzu. Er untersuchte die Knochen und erklärte, sie seien alt, unglaublich alt, viele, viele Jahre alt. Er vermutete, daß es sich um die Überreste von Menschen und Tieren handelte, die vom Treibsand verschlungen worden waren, den es in längst vergessenen Zeiten an diesem Ort gegeben hatte. Ich lernte diesen Tícitl vor seinem Tod kennen. Er besaß immer noch einige der Knochen. Sie waren so spröde und mürbe wie diese Rippe.«
Wir blickten beide wieder auf G'nda Kés Skelett, das auf dem Boden lag und vor unseren Augen zerfiel. Ualíztlis Stimme klang ehrfurchtsvoll, als er flüsterte: »Weder ich noch die Spinne haben diese Frau getötet. Sie war seit vielen Jahren tot, Tenamáxtzin. Sie war schon lange gestorben, bevor wir beide, Ihr und ich, geboren wurden.«

Wir traten aus der Hütte und sahen, daß der Mayo-Tícitl laut schreiend durch das Dorf rannte. Er sah eher komisch aus mit der riesigen Maske, die würdevoll wirken sollte. Die anderen Mayo starrten ihn ungläubig an.
Mir wurde bewußt, falls das ganze Dorf wegen der ungewöhnlichen Art von G'nda Kés Auflösung in Aufregung geraten sollte, hatten die Ältesten vielleicht doch noch einen Grund, mir zu mißtrauen. Deshalb beschloß ich, alle Spuren dieser Frau zu beseitigen. Ihr Tod sollte ein noch größeres Rätsel darstellen, damit es für den unglaublichen Bericht ihres Heilers keine Beweise gab.
Ich wandte mich an Ualíztli: »Du hast gesagt, du hättest in deinem Sack eine brennbare Flüssigkeit.«
Er nickte und zog einen gefüllten Lederbeutel hervor.
»Das verteilst du überall in der Hütte.« Ich holte keinen glühenden Ast vom Kochfeuer, das ständig in der Mitte des Dorfes brannte, sondern zog verstohlen mein Brennglas hervor. Nach wenigen Augenblicken stand die Hütte aus Schilf und Rohr in Flammen.
Die Leute starrten voll Staunen auf die Hütte – ich und Ualíztli taten ebenfalls erstaunt, als die Hütte zusammen mit ihrem Inhalt zu Asche verbrannte.
Ich habe möglicherweise den Ruf des Tícitl der Mayo, ein ehrlicher Mann zu sein, für immer zerstört. Doch die Dorfältesten ließen mich nicht rufen, um von mir eine Erklärung für die merkwürdigen Ereignisse zu verlangen. Und im Laufe der nächsten Tage trafen aus allen Richtungen die Krieger anderer Dörfer einzeln oder in kleinen Gruppen ein. Sie waren gut bewaffnet und wollten offenbar nichts anderes, als möglichst schnell in meinen Krieg zu ziehen.
Schließlich gab man mir mit Gesten zu verstehen, alle verfügbaren Männer seien nun versammelt, und so

schickte ich sie mit Machíhuiz nach Süden. Acocótli ging mit einem Yaki in den Norden, um meine Botschaft unter dem Wüstenvolk zu verbreiten.

Ich hatte bereits beschlossen, daß Ualíztli und ich nicht den beschwerlichen Weg durch die Berge nach Chicomóztotl nehmen, sondern eine leichtere und schnellere Strecke suchen würden. Wir verließen Bakúm und zogen am Fluß entlang in Richtung Westen. Wir kamen durch die Dörfer Torím, Vikám, Potám und so fort – die Namen bedeuteten in der einfallslosen Art der Yaki nur Ort, also Ort im Wald, Ort der Ratte, Ort der Pfeilspitzen, Ort der Taschenratte und ähnliches, bis wir das Küstendorf Be'ene, den Ort am Hang, erreichten.

Unter anderen Umständen wäre es für zwei Fremde tödlich gewesen, diesen Weg zu nehmen, doch die Yaki wußten inzwischen natürlich alle, wer wir waren, was wir hier im Land taten und daß wir den Segen der Yo'otuí von Bakúm hatten.

Ich habe bereits erwähnt, daß die Männer der Káhita in Be'ene am Ufer des Westmeeres fischten. Die meisten Männer hatten das Dorf jedoch verlassen, um sich meinem Heer anzuschließen, und es waren gerade genug Fischer zurückgeblieben, um die Bewohner zu ernähren. Deshalb lagen eine Reihe der seetüchtigen Acáltin unbenutzt am Strand. Mit Hilfe von Gesten gelang es mir, einen dieser Einbäume und zwei Paddel auszuleihen. Ich hatte nie vor, das Gefährt zurückzugeben, und das ist auch nie geschehen. Ualíztli und ich beluden das Kanu reichlich mit Vorräten – Atóli, getrocknetes Fleisch, Fisch und Lederbeutel mit frischem Wasser. Wir verstauten sogar einen Dreizack der Fischer, damit wir unterwegs frischen Fisch fangen konnten, und einen braunen Tontopf voller Holzkohle zum Kochen unseres Fangs.

Ich beabsichtigte, nach Aztlan zu paddeln, das nach meiner Berechnung mehr als zweihundert Lange Läufe entfernt lag, wenn man auf dem Wasser von Läufen sprechen kann. Ich brannte darauf zu erfahren, wie es Améyatl ging, und Ualíztli wollte den anderen Ärzten unbedingt von dem aus medizinischer Sicht wundersamen Todesfall berichten, dessen Zeuge er in meiner Begleitung geworden war. Von Aztlan aus wollten wir landeinwärts ziehen, um in Chicomóztotl zu Ritter Nochéztli und unserem Heer zu stoßen. Ich vermutete, daß wir etwa um die gleiche Zeit dort ankommen würden wie die Krieger der Yaki und der To'ono O'otam.
Ich kannte das Westmeer so hoch im Norden an der Grenze des Yaki-Landes nicht. Ich wußte nur von Alonso de Molina, daß die Spanier es Mar de Cortés nannten, weil der Marqués del Valle das Meer, nachdem er als Herr von Neuspanien abgesetzt worden war, bei seinem müßigen Herumziehen in der EINEN WELT entdeckt hatte. Wie sich jemand zu der anmaßenden Behauptung versteigen konnte, etwas entdeckt zu haben, was es seit Anbeginn der Zeiten gab, überstieg mein Vorstellungsvermögen. Die Fischer von Be'ene erklärten mir mit unmißverständlichen Gesten, sie fischten nur in Ufernähe, weil das Meer weiter draußen wegen starker, unberechenbarer Gezeitenströmungen und launenhafter Winde gefährlich sei. Diese Mitteilung erschreckte mich nicht übermäßig, denn ich wollte mich selbstverständlich auf dem ganzen Weg nah der Brandungslinie halten. Und das taten ich und Ualíztli dann auch viele Tage und Nächte lang. Wir paddelten gemeinsam, abwechselnd schlief einer von uns, während der andere alleine weiter paddelte. Das Wetter blieb freundlich, das Meer war ruhig, und die Reise während dieser vielen Tage war mehr

als angenehm. Wir fingen regelmäßig Fische, von denen manche uns beiden unbekannt waren, aber köstlich schmeckten, wenn sie über der Holzkohle gebraten wurden, die ich mit meiner Linse entzündete. Wir sahen andere Fische, sogar diese Riesen, die Yeyemíchtin genannt werden. Aber selbst wenn es uns irgendwie gelungen wäre, einen zu erlegen, so hätten wir einen Topf von der Größe des Kraters auf dem Popocatépetl gebraucht, um ihn zu kochen.

Manchmal knoteten wir unsere Mäntel so zusammen, daß wir sie hinter uns durch das Wasser ziehen konnten, um Garnelen und Krebse zu fangen. Es gab sogar fliegende Fische, die man nicht fangen mußte, weil beinahe jeden zweiten Tag einer in unserem Acáli landete. Außerdem schwammen große und kleine Schildkröten im Wasser, deren harter Panzer sie natürlich davor bewahrte, daß wir sie mit dem Speer erlegten. Ab und zu, wenn keine Menschen am Strand zu sehen waren, denen wir hätten Erklärungen abgeben müssen, gingen wir an Land, um Früchte, Nüsse und eßbare Pflanzen zu sammeln, die es im Überfluß gab, und um unsere Wassersäcke aufzufüllen. Lange Zeit lebten wir gut und freuten uns des Lebens.

Bis zum heutigen Tag wünsche ich beinahe, die Reise wäre auch weiterhin so friedlich verlaufen. Doch wie ich an anderer Stelle gesagt habe, Ualíztli war nicht jung. Ich will dem guten alten Mann keine Schuld an dem geben, was geschah und unsere heitere Fahrt nach Süden störte. Ich erwachte mitten in der Nacht mit dem unbestimmten Gefühl, länger als die mir zustehende Zeit geschlafen zu haben. Ich überlegte, weshalb Ualíztli mich nicht geweckt hatte, damit ich das Paddeln übernahm. Dicke Wolken verbargen den Mond und die Sterne, und die

Nacht war so schwarz, daß ich nichts sehen konnte. Ich sagte etwas zu Ualíztli, dann wiederholte ich es laut und immer lauter, und da er nicht antwortete, mußte ich mich das ganze Acáli entlangtasten, nur um festzustellen, daß er und sein Paddel verschwunden waren.
Ich werde nie erfahren, was aus ihm geworden ist. Vielleicht war ein Seeungeheur aus dem nächtlichen Meer aufgetaucht und hatte ihn so leise, daß ich nicht davon erwachte, gepackt und in die Tiefe gezerrt. Vielleicht hatte er einen der Anfälle bekommen, die bei alten Männern nicht selten sind, denn selbst Tícíltin sterben, und er war über den Rand des Kanus gefallen. Doch wahrscheinlicher ist, daß Ualíztli einfach eingeschlafen war und mit dem Paddel in der Hand über Bord gegangen war. Er hatte womöglich den Mund voller Wasser, bevor er um Hilfe rufen konnte, und war ertrunken. Ich hatte keine Ahnung, wie lange vor meinem Aufwachen das gewesen sein mochte und wie weit das Kanu inzwischen von der Unglücksstelle entfernt war.
Mir blieb nichts anderes übrig, als dazusitzen und auf das erste Tageslicht zu warten. Ich konnte nicht einmal das zweite Paddel benutzen, denn ich wußte nicht, wie lange das Boot auf dem Wasser getrieben war oder in welcher Richtung das Land lag.
Üblicherweise wehte nachts ein auflandiger Wind. Bisher hatten wir unseren Kurs in der Dunkelheit gehalten, indem wir darauf achteten, daß der Wind auf der rechten Wange des Paddelnden stand. Doch der Windgott Ehécatl schien ausgerechnet in dieser Nacht, die nicht schlimmer hätte sein können, launisch zu sein. Es wehte nur eine leichte Brise, die mich zuerst auf der einen Gesichtshälfte, dann auf der anderen streifte. Bei der sanften Luftbewegung hätte ich eigentlich das Rauschen der

Brandung hören müssen. Aber ich hörte nichts. Das Kanu schaukelte stärker als üblich – vermutlich hatte mich das geweckt. Deshalb fürchtete ich, weit vom sicheren Ufer abgetrieben zu sein.

Der erste Schimmer Tageslicht zeigte mir, daß genau das geschehen war und in einem beunruhigenden Maß immer noch geschah. Nirgends war Land zu sehen. Der helle Schimmer am Himmel ermöglichte mir wenigstens festzustellen, wo Osten lag. Ich griff zum Paddel und begann, verzweifelt und wie rasend zu paddeln. Aber ich konnte das Kanu nicht auf Kurs halten. Ich war von einer der Gezeitenströmungen erfaßt worden, von denen die Fischer gesprochen hatten. Selbst wenn es mir gelang, den Bug nach Osten, in Richtung Land zu halten, trieb ich in der Strömung ab. Ich versuchte, mich damit zu trösten, daß ich nach Süden getragen wurde, nicht wieder in den Norden oder – es war zu erschreckend, darüber nachzudenken – nach Westen und noch weiter hinaus auf das Meer, von wo kein Mensch jemals zurückgekommen war.

Ich paddelte den ganzen Tag und den folgenden und den nächsten und kämpfte darum, nach Osten zu gelangen, ohne dabei nach Süden abgetrieben zu werden. Schließlich konnte ich die Tage nicht mehr zählen. Ich machte nur Pausen, um hin und wieder einen Schluck Wasser zu trinken und einen Bissen zu essen. Ich setzte nur dann längere Zeit aus, wenn ich völlig erschöpft war, Krämpfe hatte oder die Augen nicht mehr offenhalten konnte. Doch wie oft ich auch erwachte und wieder zum Paddel griff, am Horizont im Osten tauchte kein Land auf.

Schließlich gingen meine Vorräte an Wasser und Nahrung zur Neige. Ich war leichtsinnig gewesen. Ich hätte Fische fangen sollen, die ich roh hätte essen und aus denen ich trinkbare Säfte hätte pressen können. Als meine Vorräte erschöpft waren, fehlten mir bereits die Kräfte zum Fischen. Ich verwendete meine ganze verbliebene Energie auf das vergebliche Paddeln.

Meine Gedanken begannen zu wandern, und ich stellte fest, daß ich laut Selbstgespräche führte: »Die abscheuliche G'nda Ké ist nicht wirklich gestorben. Warum hätte sie gerade jetzt sterben sollen, wenn niemand sie in all diesen vielen Jahre hat töten können?«

Und: »Sie hat einmal gedroht, ich würde sie nie loswerden. Da sie nur gelebt hat, um Böses zu tun, kann sie sehr wohl so lange wie das Böse leben, und das muß bis zum Ende der Zeit sein.«

Und: »Sie hat Rache an uns genommen, weil wir zugesehen haben, wie sie scheinbar gestorben ist. Bei Ualíztli ist es schnell gegangen, an mir rächt sie sich langsam. Was sie wohl dem armen unschuldigen Tícitl dort in Bakúm Entsetzliches angetan hat ...?«

Und schließlich: »Irgendwo sitzt sie und freut sich hämisch über meine hoffnungslose Lage, über meinen jämmerlichen Versuch, am Leben zu bleiben. Sie soll in Míctlan schmachten! Ich flehe die Götter an, ich möge sie dort niemals treffen.«

Dann sagte ich, in mein Los ergeben: »Ich vertraue mein Geschick den Göttern von Wind und Wasser an, und ich hoffe, nach meinem Tod Tonatíucan würdig zu sein ...«

Damit warf ich mein Paddel beiseite und streckte mich im Acáli aus, um zu schlafen, während ich auf das unvermeidliche Ende wartete.

Ich habe gesagt, ich wünschte beinahe bis zum heutigen Tag, die Reise wäre weiterhin so ereignislos verlaufen, wie sie begonnen hatte. Ich hätte den guten Tícitl

Ualíztli nicht verloren, ich hätte bald Aztlan und die liebe Améyatl wiedergesehen, und danach wären Nochéztli, mein Heer und ich in den Krieg gezogen. Doch wenn sich alles so ereignet hätte, wäre ich nicht in das außergewöhnlichste aller Abenteuer meines Lebens getrieben worden, und ich hätte nicht die außergewöhnliche junge Frau getroffen, die ich mehr geliebt habe als alle anderen in meinem gesamten Leben.

25

Ich schlief nicht richtig. Dafür gab es mehrere Gründe – ich war unaussprechlich müde, vom Hunger geschwächt, von der Sonne verbrannt, meine Kehle war ausgedörrt, und ich war derart niedergeschlagen, daß mir alles gleichgültig war. Das versetzte mich in einen Zustand der Betäubung, die nur hin und wieder durch Wahnzustände unterbrochen wurde. Im Delirium hob ich einmal den Kopf und glaubte, in der Ferne, dort, wo Himmel und Meer zusammentrafen, verschwommen Land zu sehen. Doch ich wußte, das konnte nicht sein, denn was ich zu sehen glaubte, lag am südlichen Horizont, und in den südlichen Weiten des Westmeeres gibt es kein Land. Es mußte ein aus der Verwirrung geborenes Trugbild sein, und deshalb war ich dankbar, als ich wieder in die gnädige Betäubung zurücksank.
Das nächste Unwahrscheinliche war, daß ich spürte, wie Wasser auf mein Gesicht tropfte. Mein apathisches Bewußtsein reagierte nicht erschrocken, sondern fand sich damit ab, daß eine Welle über das Acáli hinweggegangen war und daß ich bald ganz untergehen, ertrinken und tot sein würde. Doch mir tropfte immer noch Wasser auf das Gesicht. Es rann in meine Nasenlöcher, so daß ich unwillkürlich die trockenen, aufgesprungenen und verklebten Lippen öffnete. Meine betäubten Sinne brauchten einen Augenblick, um wahrzunehmen, daß das Was-

ser frisch und nicht salzig schmeckte. Bei dieser Erkenntnis begann mein Bewußtsein sich durch die Schichten der Betäubung hindurchzukämpfen. Mit einiger Mühe schlug ich die verklebten Augenlider auf.
Mit meinen halbblinden und entzündeten Augen nahm ich zwei menschliche Hände wahr, die einen Schwamm auspreßten. Hinter den Händen befand sich das wunderschöne Gesicht einer jungen Frau. In meiner Benommenheit vermutete ich, daß ich in Tonatíucan oder Tlálocan oder in ein anderes Paradies der Götter gelangt war und daß diese Frau als dienstbarer Geist im Auftrag eines Gottes handelte, der mich aus dem Todesschlaf wecken ließ, um mich in seinem himmlischen Reich willkommen zu heißen. Ich war beglückt darüber, gestorben zu sein.
Tot oder nicht, mein Sehvermögen kehrte allmählich ebenso zurück wie die Fähigkeit, den Kopf etwas zu bewegen, damit ich den ›dienstbaren Geist‹ besser sah.
Die Frau kniete neben mir. Sie trug nichts als ihr langes schwarzes Haar und ein Máxtlatl, das Schamtuch eines Mannes. Sie war nicht allein. Andere gute Geister hatten sich eingefunden, um mich zusammen mit ihr zu begrüßen. Ich bemerkte hinter ihr noch weitere Frauen verschiedener Größe und offensichtlich unterschiedlichen Alters. Sie trugen alle die gleiche Kleidung oder vielmehr keine.
Benommen fragte ich mich: Werden sie mich tatsächlich willkommen heißen?
Die schöne junge Frau belebte und erfrischte mich zwar sanft mit Wasser, doch sie bedachte mich mit nicht gerade freundlichen Blicken und redete in einem Ton mit mir, der leichte Verärgerung verriet. Eigenartigerweise sprach sie nicht meine Muttersprache Náhuatl, wie ich

es im Paradies eines Aztéca-Gottes erwartet hätte. Sie sprach das Poré der Purémpe, allerdings einen Dialekt, den ich noch nie gehört hatte.
Mein schwerfälliger Verstand brauchte eine Weile, bis er begriff, was die Frau immer von neuem wiederholte: »Du bist zu früh gekommen. Du mußt zurückfahren.«
Ich lachte oder vielmehr wollte ich lachen. Vermutlich klang meine Stimme so schrill wie der Schrei einer Möwe und dann rauh und krächzend, als ich mich an genug Poré erinnert hatte, um zu sagen: »Du siehst doch sicher ... Ich bin nicht freiwillig hier. Aber wohin ... hat mich mein Glück ... geführt?«
»Das weißt du nicht?« fragte sie erstaunt, und es klang etwas weniger streng.
Ich schüttelte nur schwach den Kopf, doch das hätte ich nicht tun sollen, denn dadurch fiel ich erneut in Bewußtlosigkeit. Während ich in einem schmerzenden Wirbel im Dunkel des Nichts versank, hörte ich noch, wie sie sagte: »Iyá omekuácheni uarichéhuari.«
Das heißt: ›Hier sind die Inseln der Frauen.‹

Als ich zu Beginn beschrieb, wie Aztlan in meinen Kindertagen gewesen war, erwähnte ich, daß unsere Fischer dem Westmeer alle möglichen eßbaren, nützlichen und wertvollen Dinge entnahmen, mit Ausnahme jener wunderschönen Perlen, die in den Sprachen der EINEN WELT ›die Herzen der Austern‹ heißen. Nach alter Tradition und gemäß einer Übereinkunft, die im gesamten Herrschaftsbereich der Aztéca Gültigkeit hatte, werden diese Austernherzen, die Perlen des Westmeeres, ausschließlich von den Fischern aus Yakóreke gesammelt, einer Stadt am Meer, die zwölf Lange Läufe von Aztlan entfernt liegt.

Hin und wieder hatte ein Aztécatl-Fischer, der andernorts Schalentiere suchte, um sie als Nahrungsmittel zu verkaufen, das Glück, in einer seiner Austern diesen schönen kostbaren kleinen Stein zu finden. Niemand verlangte von ihm, den Fund ins Meer zurückzuwerfen, oder verbot ihm, das Herz der Auster zu behalten oder zu verkaufen, denn eine vollkommene Perle ist so kostbar wie eine massive Goldkugel gleicher Größe.
Doch die Männer aus Yakóreke wußten, wo man die Austernherzen in großen Mengen fand, und sie hüteten ihr Wissen als Geheimnis. Fischervater gab es an Fischersohn weiter, und keiner verriet es jemals einem Außenstehenden.
Trotzdem waren im Laufe der Zeit einige Dinge über das Geheimnis des Perlensammelns nach außen gedrungen.
Allgemein bekannt war, daß die Fischer von Yakóreke einmal im Jahr in ihren Acáltin hinaus auf das Meer fuhren. Jedes Kanu war schwer beladen mit einer Fracht, die durch schützende Matten und Decken den Blicken Neugieriger entzogen war. Eine naheliegende Vermutung wäre gewesen, daß die Männer eine Art Austernköder geladen hatten. Was immer es war, sie fuhren damit weit genug hinaus, bis sie den Blicken vom Land entschwunden waren. Das war an sich bereits eine so kühne Tat, daß in all den Jahren kein neidischer Fischer eines anderen Stammes es gewagt hatte, ihnen zu den geheimen Austerngründen zu folgen.
Noch etwas war bekannt: Die Fahrt der Männer von Yakóreke, wohin immer sie auch fuhren, dauerte nur neun Tage. Am neunten Tag entdeckten die wartenden Familien und die Händler, die sich inzwischen aus allen Gegenden der EINEN WELT eingefunden hatten, unfehlbar die Flotte der Acáltin am Horizont, die sich der Kü-

ste wieder näherte. Die Kanus waren nicht mehr mit ihrer verdeckten Fracht, ja nicht einmal mit Austern beladen. Jeder Fischer brachte nur einen Lederbeutel voll Austernherzen zurück. Die Händler, die sie am Ufer erwarteten, um die Perlen zu kaufen, waren nicht so unklug zu fragen, woher oder wie die Männer sie bekommen hatten. Auch die Frauen der Fischer hatten gelernt, ihre Neugier zu zähmen.
Soviel wußte man, und mehr verrieten die Fischer nie. Außenstehende konnten das übrige nur vermuten. Es ist nicht weiter verwunderlich, daß sie allerlei Geschichten erfanden, die den Umständen entsprachen. Die glaubwürdigste Vermutung war, daß es im Westen von Yakóreke Land gab, vielleicht von Untiefen umgebene Inseln, denn es wäre unmöglich gewesen, daß ein Fischer Austern aus den Tiefen des Meeres geholt hätte.
Doch warum fuhren die Männer nur einmal im Jahr dorthin? Vielleicht hielten sie Sklaven auf diesen Inseln, die das ganze Jahr über Austernherzen sammelten und horteten, bis ihre Herren zur festgesetzten Zeit kamen und Waren mitbrachten, die sie gegen die Perlen eintauschten.
Daß die Fischer das Geheimnis nur ihren Söhnen und nicht ihren Töchtern verrieten, gab den Geschichten eine andere, ich möchte sagen, eine besondere Note. Man erzählte, daß es sich bei den angeblichen Sklaven auf den vermuteten Inseln um Frauen handelte. Daher durften die Frauen von Yakóreke es niemals erfahren, damit sie nicht aus Eifersucht die Fahrt ihrer Männer zu den Austernherzen verhinderten.
So bildete sich allmählich die Legende von den Inseln der Frauen. Mein ganzes junges Leben lang hatte ich diese Legende in unterschiedlichsten Fassungen gehört.

Doch wie jeder andere vernünftige Mensch hatte ich sie als Lügengeschichte oder als Märchen abgetan. Unter anderem war es dumm zu glauben, eine in Abgeschiedenheit lebende Frauenbevölkerung hätte sich über so viele Generationen hinweg halten können.
Doch jetzt hatte ich rein zufällig herausgefunden, daß es diese Inseln tatsächlich gab und gibt. Würde es sie nicht geben, wäre ich nicht mehr am Leben.

Es sind vier in einer Reihe liegende Inseln. Doch nur auf den beiden mittleren, den größten, gibt es ausreichend Süßwasser, um eine Besiedlung zu erlauben. Diese Inseln sind ausschließlich von Frauen bevölkert. Ich zählte damals einhundertzwölf Bewohnerinnen, bei denen es sich um Säuglinge, kleine Kinder, junge Mädchen, reife und alte Frauen handelte. Die älteste Frau wurde Kukú oder Großmutter genannt. Alle gehorchten ihr, als sei sie die Verehrte Sprecherin der Gemeinschaft. Ich betrachtete mir alle Kinder genau – sie trugen nicht einmal ein Schamtuch –, und selbst die jüngsten, die Säuglinge, waren weiblichen Geschlechts.
Nachdem ich die Frauen davon überzeugt hatte, daß ich unfreiwillig zu ihren Inseln gekommen war, ohne etwas von ihrem Vorhandensein geahnt, sogar ohne daran geglaubt zu haben, erlaubte mir die Kukú, eine Weile zu bleiben, bis ich wieder zu Kräften gekommen wäre und mir ein Paddel geschnitzt hätte, denn beides würde ich auf meinem Rückweg zum Festland brauchen. Die junge Frau, die mir mit einem Schwamm voll Wasser Erste Hilfe geleistet hatte, erhielt den Auftrag, für meine Ernährung zu sorgen und darauf zu achten, daß ich mich den Sitten entsprechend benahm. Sie ließ mich in den ersten Tagen kaum aus den Augen.

Die junge Frau hieß Ixínatsi; das ist das Poré-Wort für ein winziges zirpendes Insekt, die Grille. Der Name paßte zu ihr, denn sie war so lebhaft, so munter und gutmütig wie eine kleine Grille. Auf den ersten Blick wirkte Ixínatsi wie eine der üblichen Purémpe-Frauen, wenn auch von ungewöhnlich strahlendem Aussehen und munterem Wesen. Jeder, der sie sah, konnte ihre blitzenden Augen, das glänzende Haar, das bezaubernde Gesicht, die schönen, festen Rundungen der Brüste, die wohlgeformten Beine und Arme und die zierlichen Hände bewundern. Doch nur ich und die Götter, die sie geschaffen hatten, wußten, daß sich Grille in Wahrheit sehr von allen anderen Frauen unterschied. Aber ich eile meiner Geschichte voraus.

Wie die alte Kukú befohlen hatte, bereitete Grille für mich alle möglichen Arten Fisch zu und garnierte die Gerichte mit einer gelben Blume, die Tirípetsi genannt wurde. Diese Blume, so sagte sie, besitze Heilkräfte. Zwischen den Mahlzeiten drängte sie mir rohe Austern, Muscheln und Kammuscheln auf – ganz ähnlich, wie einige unserer Völker vom Festland ihre Techíchi-Hunde mästen, bevor sie geschlachtet und gegessen werden.

Als mir dieser Vergleich aufging, beschlich mich ein gewisses Unbehagen. Ich fragte mich, ob die Frauen ohne Männer seien, weil sie die Männer aßen. Ich erkundigte mich schließlich bei Ixínatsi, und sie lachte schallend.

»Wir haben keine Männer, weder um sie zu essen, noch für etwas anderes«, sagte sie in dem Poré-Dialekt, den ich schnell zu lernen versuchte. »Ich gebe dir soviel zu essen, Tenamáxtli, um dich gesund zu machen. Je schneller du zu Kräften kommst, desto früher kannst du abfahren.«

Doch bevor ich ging, wollte ich mehr über die sagenumwobenen Inseln erfahren, außer der offensichtlichen Tatsache, daß es sich dabei nicht um eine Sage handelte, die jeder Grundlage entbehrte. Ich konnte meine eigenen Vermutungen darüber anstellen, daß die Vorfahren der Frauen Purémpe gewesen waren, die vor langer, langer Zeit das heimatliche Michihuácan verlassen haben mußten. Die abweichende Sprache der Frauen war ebenso ein Beweis dafür wie die Tatsache, daß sie den sehr alten Brauch der Purémpe nicht kannten, sich den Kopf kahl zu rasieren.

Wenn Grille mich nicht gerade mit Essen verwöhnte, hatte sie keine Bedenken, meine unzähligen Fragen zu beantworten. Meine erste Frage galt den Häusern der Frauen, die keine Häuser waren.

Die Inseln sind von Kokospalmen gesäumt und außerdem an den Hängen mit dichten Hartholzwäldern bewachsen. Doch die Frauen leben den ganzen Tag im Freien und suchen nachts zum Schlafen Schutz unter umgestürzten Bäumen. Sie graben kleine Höhlen oder verschließen, wenn ein Stamm schief liegt, die Seiten mit Palmwedeln oder Rindenstücken.

Man überließ mir einen solchen behelfsmäßigen Unterschlupf neben dem, den Ixínatsi mit ihrer vierjährigen Tochter teilte. Das Mädchen hieß Tirípetsi, so wie die gelbe Blume.

Ich fragte: »Es gibt hier so viele Bäume. Wieso zerschneidet ihr sie nicht zu Brettern und baut anständige Häuser daraus? Ihr könntet auch junge Bäume dafür verwenden, die man nicht erst zerschneiden muß.«

Sie antwortete: »Das wäre sinnlos, Tenamáxtli. In der Regenzeit gibt es oft schreckliche Stürme, die alles Bewegliche von den Inseln fegen. Jedes Jahr werden sogar viele der starken Bäume umgeworfen. Deshalb befinden sich unsere Schlafstätten unter gefallenen Bäumen, damit

wir nicht davongeweht werden. Wir bauen nichts, was sich nicht leicht ersetzen läßt. Aus diesem Grund versuchen wir auch nicht, Gärten oder Felder anzulegen. Das Meer schenkt uns Nahrung im Überfluß, wir haben Bäche mit gutem Trinkwasser und Kokosnüsse, um Süßigkeiten daraus zu bereiten. Die Kinúcha sind das einzige, was wir ernten. Wir tauschen sie gegen alle anderen Dinge ein, die wir benötigen.« Sie lächelte und fügte munter hinzu: »Wir brauchen wenig.« Wie um das Gesagte zu veranschaulichen, fuhr sie mit der Hand an ihrem Körper entlang.
Das Wort Kinúcha bedeutet natürlich Perlen. Wie sich herausstellte, gab es gute Gründe dafür, daß die Frauen der Inseln wenig von der Welt hinter dem Meer brauchten. Bis auf die kleinen Mädchen verbrachten sie alle den Tag mit harter Arbeit, die sie so sehr ermüdete, daß sie in den Nächten tief und fest schliefen. Abgesehen von den kurzen Pausen, die sie sich zum Essen und für notwendige Verrichtungen gönnten, arbeiteten oder schliefen sie. Etwas anderes konnten sie sich nicht vorstellen. Der Gedanke an Unterhaltung und Vergnügen ließ sie so gleichgültig wie das Fehlen von Männern als Gefährten und Brüder für ihre Töchter.
Ihre Arbeit ist unbestreitbar anstrengend – und, wie ich glaube, unter den weiblichen Beschäftigungen einmalig. Sobald es morgens hell genug ist, schwimmen die meisten Mädchen und Frauen oder rudern auf Flößen auf das Meer hinaus. Am Arm jeder Frau hängt ein locker, aus biegsamen Zweigen geflochtener Korb. Die Frauen tauchen bis in die späte Abenddämmerung immer wieder zum Meeresgrund hinab, um die Austern loszubrechen, die es vor den Inseln in großen Mengen gibt. Sie kommen mit dem gefüllten Korb nach oben, entleeren

ihn am Strand oder auf dem Floß und tauchen, um ihn von neuem zu füllen. Die Mädchen, die zu jung, und die Frauen, die zu alt zum Tauchen sind, übernehmen die mühsame Arbeit, die Austern zu öffnen und sie beinahe fast alle wegzuwerfen.
Die Frauen wollen nicht die Austern, wenn man von den wenigen absieht, die sie essen. Sie suchen die Kinúcha, die Herzen der Austern – die Perlen.
Während meiner Zeit auf den Inseln habe ich genug Perlen gesehen, um damit den Bau einer großen neuen Stadt in diesem Frauenparadies bezahlen zu können, falls eine Stadt gewünscht worden wäre. Die meisten Perlen waren vollkommen rund und glatt. Manche waren unregelmäßig und birnenförmig, einige hatten die Größe von Fliegenaugen, andere die meines halben Daumens. Doch am häufigsten waren Größen zwischen diesen beiden Extremen. Die Mehrzahl hatte einen sanften weißen Schimmer, doch es gab auch Rosa- und blasse Blautöne. Hin und wieder hatte eine Perle sogar die silbergraue Farbe einer Gewitterwolke. Perlen sind deshalb so wertvoll und werden so sehr geschätzt, weil sie selten und schwierig zu finden sind. Obwohl man annehmen sollte, daß wenn eine Auster ein Herz hat, auch alle anderen eins haben müßten.
»Ein Herz haben sie alle«, sagte Grille. »Aber nur sehr wenige haben die richtige Art Herz.« Sie legte den hübschen Kopf schief und sah mich an. »Dein Herz, Tenamáxtli, ist es dazu da, Gefühle zu empfinden, ja? Gefühle der Liebe?«
»Es sieht so aus«, sagte ich und lachte. »Es schlägt schneller und heftiger, wenn ich jemanden liebe.«
Sie nickte. »Wie mein Herz, wenn ich meine kleine Tirípetsi ansehe und meine Liebe für sie spüre. Aber nicht

alle Austern haben Herzen, die wie Menschenherzen Gefühle kennen. Die meisten Austern liegen einfach bewegungslos da, warten darauf, daß ihnen die Strömung Nahrung bringt, und wünschen sich nicht mehr als Ruhe. Sie tun nichts, außer zu leben, solange sie können.«

Ich wollte erwidern, daß diese Beschreibung auch auf ihre Schwestern auf den Inseln oder die Mehrheit der Menschen zutraf, die ich kennengelernt hatte, doch sie fuhr fort: »Nur eine Auster von vielen, vielleicht eine von hundertmal hundert, hat ein Herz, das fühlen kann, das fähig ist, etwas mehr sein zu wollen als Schleim in einer Muschelschale. Das fühlende Herz dieser einen Auster unter den vielen wird eine Kinú, ein sichtbares, schönes und kostbares Herz.«

Diesen Unsinn konnte man sicher nur auf den Inseln der Frauen glauben, doch es war ein so reizender Einfall, daß mein Herz keinen Widerspruch zuließ. Wenn ich jetzt zurückdenke, dann habe ich mich wohl in diesem Augenblick in Ixínatsi verliebt.

Auf jeden Fall muß ihr Glaube an die Suche nach Austern, die sich nicht wie Austern verhielten, sie an jenen Tagen getröstet haben, wenn sie zwischen dem ersten und dem letzten Schimmer Tageslicht mehrere hundert Male tauchte und ganze Austernbänke nach oben brachte, ohne eine einzige Perle zu finden. Deshalb verfluchte sie, wie ich es bestimmt getan hätte, nach einem ganzen Tag vergeblicher Arbeit, niemals die Austern oder die Götter, ja sie spuckte nicht einmal wütend ins Meer.

Und es war eine verflucht harte Arbeit. Ich weiß es, denn ich versuchte es eines Tages verstohlen an einer Stelle, wo die Frauen gerade nicht tauchten. Ich blieb gerade

lange genug unter Wasser, um eine einzige Auster vom Felsen zu lösen. Länger konnte ich es nicht aushalten. Doch die Frauen beginnen bereits als Kinder zu tauchen. Bis sie erwachsen sind, hat sich ihr Oberkörper so entwickelt, daß sie den Atem erstaunlich lange anhalten und unter Wasser bleiben können. In der Tat haben die Frauen der Inseln bemerkenswerte Oberkörper und Brüste, wie ich sie sonst nirgends gesehen habe.
»Sieh sie dir an«, sagte Grille und hielt in jeder Hand eine ihrer herrlichen Brüste. »Ihretwegen sind die Inseln das Reich der Frauen geworden. Verstehst du, wir verehren die Göttin Xarátanga mit den großen Brüsten. Ihr Name bedeutet Neumond. In der Wölbung jedes Neumondes kannst du die Rundung ihrer vollen Brust sehen.«
Die Ähnlichkeit war mir noch nie aufgefallen, aber so ist es tatsächlich.
Grille fuhr fort: »Die Göttin Neumond hat vor langer Zeit bestimmt, daß diese Inseln nur von Frauen bewohnt werden dürfen. Alle Männer halten sich an diesen Befehl, denn sie fürchten, Xarátanga könnte die Austern oder zumindest die wertvollen Kinúcha wegnehmen, wenn ein Mann versuchen würde, sie zu sammeln. Die Männer wären dazu ohnehin nicht in der Lage. Du hast mir deine eigene Unfähigkeit gestanden. Neumond hat uns so ausgestattet, daß wir besser tauchen können.« Sie ließ ihre Brüste wieder los. »Sie unterstützen unsere Lunge, damit sie in der Lage ist, sehr viel mehr Luft aufzunehmen, als es die Lunge eines Mannes kann.«
Ich konnte mir keine Verbindung zwischen milchspendenden Brüsten und Atmungsorganen vorstellen, doch ich war kein Tícitl, und deshalb ließ ich die Sache auf sich beruhen. Welche zusätzliche Aufgabe sie auch erfüllten oder nicht erfüllten, ihre prachtvolle Form und

beständige Festigkeit trugen zweifellos viel zum hübschen Aussehen der Frauen bei.
Es gibt noch etwas anderes, das die Inselbewohnerinnen von den Frauen des Festlandes unterscheidet und sie auffallend reizvoll macht. Doch um diesen Punkt zu erläutern, muß ich etwas abschweifen.
Die Frauen sind nicht die einzigen Bewohner dieser Inseln. Mehrere Arten Meeresschildkröten kriechen schwerfällig vom Strand ins Wasser und wieder zurück. Es gibt überall Krabben und natürlich eine Vielzahl Vögel, die heiser krächzen und wahllos ihren Kot fallen lassen. Das bemerkenswerteste Lebewesen ist ein Tier, das die Frauen Pukiitsí nennen. Es ist die im Meer lebende Form des Tieres, das wir Berglöwe nennen. Der Name mußte noch von den Vorfahren aus Michihuácan stammen, denn keine der Frauen der Inseln konnte jemals einen Berglöwen gesehen haben.
Der Pukiitsí gleicht in gewisser Weise dem Berglöwen, obwohl er keinen wilden, sondern eher liebenswürdigen, sanften und freundlichen Eindruck macht. Der Pukiitsí hat ähnlich wie der Berglöwe eine Art Schnurrbart, doch seine Zähne sind stumpf, die Ohren winzig, und die flossenartigen Pfoten haben keine mörderischen Krallen. In Aztlan bekamen wir diese Meeresbewohner nur selten zu Gesicht, etwa wenn ein verletztes oder totes Tier an den Strand gespült wurde, denn sie mögen keine sandigen oder sumpfigen, sondern felsige Küsten. Wir nannten sie wegen ihrer großen, freundlichen braunen Rehaugen See-Rehe.
Auf den Inseln der Frauen hielten sich Hunderte dieser Seelöwen auf, doch sie ernähren sich ausschließlich von Fischen, und man mußte sich vor ihnen nicht wie vor Berglöwen fürchten. Sie schwammen verspielt neben

den tauchenden Frauen im Wasser, sonnten sich träge auf den dem Ufer vorgelagerten Felsen oder ließen sich sogar schlafend auf dem Rücken im Wasser treiben. Die Frauen töteten die Seelöwen niemals, um sie zu essen, denn das Fleisch ist nicht sehr schmackhaft. Doch gelegentlich verendete ein Tier, und die Frauen zogen ihm die Haut ab. Der glänzende braune Pelz wird wegen seiner Schönheit und weil er wasserabweisend ist, als Kleidung geschätzt. Ixínatsi fertigte mir aus einem Fell einen warmen Umhang. Der Pelz ist so dicht, daß die Tiere im Meer leben können, ohne daß ihr Körper sich abkühlt oder daß sie bis auf die Haut durchnäßt werden. Und da der Pelz sehr glatt ist, können sie wie Fische pfeilschnell durch das Wasser gleiten.

Bei den tauchenden Frauen hat sich der Anflug eines ähnlichen Pelzes entwickelt. Ich habe an anderer Stelle darauf hingewiesen, daß die Völker der EINEN WELT üblicherweise frei von Körperbehaarung sind, doch ich muß diese Feststellung berichtigen. Der Körper eines jeden Menschen, selbst des jüngsten und scheinbar haarlosen Säuglings, ist zu einem großen Teil von beinahe unsichtbarem feinen Flaum bedeckt. Man stelle einen nackten Mann oder eine nackte Frau zwischen sich und die Sonne, und es wird sich zeigen. Der Flaum der Inselfrauen ist jedoch länger; vermutlich läßt sich das darauf zurückführen, daß sie seit so vielen Generationen Taucherinnen sind.

Ich meine nicht, daß sie einen Pelz von Haaren tragen, die so rauh wie die Barthaare der weißen Männer sind. Der Flaum ist fein, zart und farblos wie Seidenpflanzenfäden. Doch er glänzt auf ihren kupferfarbenen Körpern wie das Fell des Seelöwen und erfüllt auch den gleichen Zweck, nämlich die Frauen im Wasser wendiger zu ma-

chen. Die Umrisse einer Frau von den Inseln, in deren Rücken die Sonne scheint, sind von schimmerndem Gold gesäumt. Im Mondlicht glänzt sie silbern. Selbst wenn sie das Wasser schon lange verlassen hat und vollkommen trocken ist, wirkt sie taufrisch und geschmeidiger als andere Frauen, so als könne sie mühelos auch der Umarmung des stärksten Mannes entschlüpfen ...
Das bringt mich zu der Frage, die mich die ganze Zeit über am meisten beschäftigt hatte. Ich habe von den vielen Generationen tauchender Frauen gesprochen. Doch wie entstand die jeweils nächste Generation?
Die Antwort ist so einfach, daß es lächerlich, sogar höchst gewöhnlich ist. Aber ich brachte erst am Abend meines siebten Tages auf den Inseln den Mut auf, diese Frage zu stellen. An diesem Tag hatte die alte Kukú angeordnet, daß ich am nächsten Morgen die Inseln verlassen sollte.

26

Mein Paddel war geschnitten und geschnitzt. Ixínatsi hatte mein Acáli mit getrocknetem Fisch und Kokosnußfleisch beladen und auch an eine Leine mit einem Knochenhaken gedacht, damit ich frischen Fisch angeln konnte. Sie legte fünf oder sechs frische Kokosnüsse dazu, deren hartes Ende sie weggeschnitten hatte, so daß nur eine dünne Haut sie verschloß. Die dicke Schale würde den Inhalt selbst in der heißen Sonne kühl halten. Ich mußte nur die Haut durchstechen, um die süße, erfrischende Kokosnußmilch trinken zu können.
Sie gab mir die Anweisungen, die alle Frauen auswendig kannten, obwohl keine von ihnen jemals einen Grund oder den Wunsch hatte, die EINE WELT zu besuchen.
Die Gezeitenströmungen zwischen den Inseln und dem Festland, so sagte sie, verliefen sanft und beständig in südliche Richtung. Ich sollte jeden Tag mit gleichbleibender, aber nicht zu großer Geschwindigkeit geradewegs nach Osten paddeln. Sie setzte voraus, daß ich einen östlichen Kurs halten konnte, und sagte, in den Anweisungen sei berücksichtigt, daß das Acáli nach Süden abtreibe, während ich nachts schlafe. Am vierten Tag komme ein Dorf an der Küste in Sicht. Grille kannte den Namen nicht, aber ich zweifelte nicht daran, daß es Yakóreke sein mußte.
Am Abend, der nach dem Willen der Kukú mein letzter

sein sollte, saßen Grille und ich nebeneinander an den umgestürzten Baumstamm gelehnt, unter dem sich zwei Lager befanden, und ich fragte sie: » Ixínatsi, wer war dein Vater?«

Sie erwiderte: »Wir haben keine Väter. Wir haben nur Mütter und Töchter. Meine Mutter ist tot, und meine Tochter kennst du.«

»Aber deine Mutter kann dich nicht gezeugt haben. So wenig wie du deine Tirípetsi. Irgendwann und irgendwie muß in beiden Fällen ein Mann beteiligt gewesen sein. Ohne einen Mann kann eine Frau kein Kind empfangen.«

»Ach das«, sagte sie wegwerfend. »Akuáreni. Ja, die Männer kommen einmal im Jahr und tun das.«

Ich sagte: »Das war also mit den ersten Worten gemeint, die du an mich gerichtet hast. Du hast gesagt, ich sei zu früh gekommen.«

Sie nickte. »Ja. Die Männer stammen aus dem Dorf auf dem Festland, zu dem du fährst. Sie kommen im achtzehnten Monat des Jahres für einen einzigen Tag. Ihre Kanus sind mit Fracht vollgeladen. Wir nehmen uns alles, was wir brauchen, und tauschen es gegen Kinúcha ein. Eine Kinú für einen guten Kamm aus Schildpatt oder Knochen, zwei Kinúcha für ein Obsidianmesser oder eine geflochtene Angelschnur ...«

»Ayya!« unterbrach ich sie. »Ihr werdet schamlos betrogen! Die Männer tauschen diese Perlen für einen unzählige Male höheren Wert ein, und der nächste, der übernächste und der überübernächste Verkäufer machen ebenfalls hohe Gewinne. Wenn die Perlen durch die vielen Hände zwischen hier und den Märkten in den Städten gewandert sind, dann ...«

Grille zuckte die im Mondlicht bezaubernd und verführerisch schimmernden nackten Schultern. »Die Männer könnten die Kinúcha haben, ohne überhaupt etwas dafür zu bezahlen, wenn Xarátanga erlauben würde, daß sie tauchen lernen. Durch den Tauschhandel bekommen wir, was wir brauchen und wollen. Was können wir mehr verlangen? Nachdem alles getauscht worden ist, versammelt Kukú die Frauen, die eine Tochter haben wollen, und ruft auch jene, die sich nicht danach drängen, wenn sie entscheidet, sie seien an der Reihe. Dann wählt Kukú die kräftigeren Männer aus. Die Frauen warten am Strand, und die Männer machen dieses Akuáreni, das wir über uns ergehen lassen müssen, wenn wir Töchter haben wollen.«

»Du sagst immer Töchter. Ihr könnt doch nicht verhindern, daß auch Knaben geboren werden.«

»Ja, ein paar ...« Sie schüttelte den Kopf. »Die Göttin Neumond hat entschieden, daß dies die Inseln der Frauen sind, und es gibt nur einen Weg, um sicherzustellen, daß das auch so bleibt. Alle von der Göttin nicht geduldeten Knaben werden sofort nach der Geburt ertränkt.«

Sie mußte selbst im Dunkeln meinen Gesichtsausdruck gesehen haben. Doch sie deutete ihn falsch und fügte hastig hinzu: »Das ist keine Verschwendung, wie du vielleicht glaubst. Ihre Körper dienen den Austern als Nahrung, und damit finden sie eine sehr nützliche Verwendung.«

Als Mann konnte ich der unbarmherzigen Säuberung unter den Neugeborenen kaum Beifall zollen. Andererseits hatte diese Regel wie die meisten von den Göttern befohlenen Dinge die Reinheit und Klarheit des Schlichten.

Die Inseln bleiben das Reich der Frauen, indem man die

Austern füttert, von deren Herzen die Inselbewohnerinnen abhängig sind.
Grille fuhr fort: »Meine Tochter ist beinahe alt genug, um mit dem Tauchen anzufangen. Deswegen erwarte ich, daß Kukú mir befehlen wird, mit einem der Männer Akuáreni zu machen, wenn sie das nächste Mal kommen.«
»Das klingt, als mache es dir ungefähr soviel Spaß, wie von einem Seeungeheuer angegriffen zu werden«, bemerkte ich leicht ungehalten. »Liegt denn keine von euch jemals zum reinen Vergnügen mit einem Mann zusammen?«
»Vergnügen?« rief sie. »Was für ein Vergnügen kann das sein? Es ist ein Gefühl, als hätte man an der falschen Stelle Verstopfung.«
»Ihr Frauen ladet euch ja reizende Männer ein«, murmelte ich vor mich hin und sagte dann laut: »Meine liebe Ixínatsi, was du beschreibst, ist nicht der liebevolle Vorgang, der es sein sollte. Wenn es mit Liebe geschieht, und du hast selbst von *liebenden Herzen* gesprochen, dann kann es der höchste Genuß sein.«
»Wenn *was* mit Liebe geschieht?« fragte sie nicht uninteressiert.
»Hör zu, du weißt, daß du ein liebendes Herz hast, aber vielleicht weißt du nicht, daß du auch eine Kinú besitzt. Sie eignet sich weit besser dazu, geliebt zu werden, als die der gefühlvollsten Auster. Sie ist da.«
Ich wies auf die Stelle an ihrem Körper, und Grille schien augenblicklich das Interesse zu verlieren.
»Ach das«, sagte sie noch einmal wegwerfend. Sie band das Schamtuch ab und bewegte sich, damit ein Mondstrahl auf ihren Unterleib schien. Dann schob sie mit den Fingern die Lippen ihres Tipíli auseinander, warf einen

gleichgültigen Blick auf das perlenartige Xacapíli und sagte: »Kinderspielzeug ...«
»Was?«
»Ein Mädchen lernt sehr früh, daß dieses kleine Ding sehr empfindsam und erregbar ist, und sie benutzt es oft. Ja, so wie du es jetzt mit den Fingerspitzen machst, Tenamáxtli. Aber wenn das Mädchen reifer wird, langweilt sie diese kindliche Spielerei, und sie findet das unfraulich. Außerdem hat Kukú uns darauf aufmerksam gemacht, daß so etwas die Kräfte und die Ausdauer schwächt.« Sie seufzte leise. »O ja, eine erwachsene Frau macht es hin und wieder. Ich auch ... genau wie du gerade bei mir.« Sie lächelte versonnen. »Aber ich mache es nur, um Erleichterung zu finden, wenn ich unter Spannung stehe oder schlecht gelaunt bin. Es ist so, als kratzt man sich an einer Stelle, die juckt.« Sie lachte.
Ich seufzte. »Was für schreckliche Worte du benutzt, um ein Gefühl zu beschreiben, welches das höchste aller Gefühle sein kann. Eure Kukú hat unrecht. Das Lieben kann belebend wirken, so daß du bei allem anderen, was du tust, sehr viel mehr Kraft und Befriedigung hast. Aber lassen wir das. Sag mir nur eins. Wenn ich dich hier berühre, ist es dann so, als wenn du dich kratzt, weil es juckt?«
»N... nein«, hauchte sie. »Ich spüre ... was ich auch spüre ... es ist ganz anders ...«
Ich versuchte, meine eigene Erregung zu unterdrücken, damit ich so nüchtern klang wie ein Tícitl bei einer Untersuchung, und fragte: »Aber ist es ein schönes Gefühl?«
Sie erwiderte kaum hörbar: »Ja ...«
Ich küßte sie dort, wo sich meine Hand befand, und zog dann die Hand weg. Sie zuckte zusammen und keuchte: »Nein! Du kannst nicht ... so wird es nicht ...o doch, so!

Doch, du kannst. Und ich ... ich kann!« Es dauerte eine Weile, bis Grille sich wieder gefangen hatte. Sie atmete so schwer, als sei sie gerade vom Meeresgrund aufgetaucht, als sie stöhnte: »Uiikiiki! Nie ... wenn ich selbst ... ist es nie *so* gewesen!«

»Dann laß uns das lange Versäumte jetzt richtig und in aller Ruhe nachholen«, schlug ich vor, und ich tat Dinge, die sie noch zweimal in diese Tiefen stürzten oder Höhen katapultierten, bevor ich sie spüren ließ, daß auch ich, falls es gewünscht wurde, bereit wäre. Und als es erwünscht war, wurde ich von einem Geschöpf umarmt, umschlossen und verschlungen, das so geschmeidig und wendig, so beweglich und gelenkig war wie ein Seelöwe, der in seinem Element ist.

Als es vorüber war, kam sie mit ihrer unerschöpflichen Lunge natürlich vor mir wieder zu Atem. Ich lag immer noch kraftlos da, als Ixínatsi in ihren Unterschlupf kroch, wieder daraus hervorkam und mir etwas in die Hand drückte. Es schimmerte im silbernen Mondlicht wie ein Stück Mond.

»Eine Kinú bedeutet ein liebendes Herz«, flüsterte sie mir ins Ohr und küßte mich.

»Mit dieser Perle«, erwiderte ich schwach, »könntest du dir vieles kaufen ... zum Beispiel ein richtiges Haus. Ich meine, ein sehr gutes und stabiles, das nicht vom Sturm davongeweht wird.«

»Ich wüßte nicht, was ich mit einem Haus anfangen sollte. Aber ich weiß jetzt, wie ich Akuáreni genießen kann. Die Kinú ist mein Dank dafür, daß du es mir gezeigt hast.«

Bevor ich Luft holen konnte, um etwas zu erwidern, war sie aufgesprungen und rief über den Baumstamm hinweg: »Marúuani!«

Das war die junge Frau in dem Unterschlupf auf der anderen Seite. Ich dachte, Grille wolle sich wegen der zweifellos unvertrauten Geräusche entschuldigen, die wir von uns gegeben hatten.
Statt dessen rief sie: »Komm herüber! Ich habe etwas ganz Wunderbares entdeckt!«
Marúuani kam um die Baumwurzeln herum und kämmte sich scheinbar gelangweilt die Haare. Sie tat, als sei sie überhaupt nicht neugierig, doch als sie uns beide nackt sah, zog sie die Augenbrauen hoch.
Sie sagte zu Ixínatsi: »Es hat geklungen, als hättet ihr euch vergnügt.« Dabei sah sie jedoch mich an.
»Genauso ist es!« erwiderte Grille fröhlich. »Wir haben uns ... miteinander vergnügt. Hör zu!« Sie rückte näher und flüsterte der anderen Frau etwas zu, die mich immer noch ansah und deren Augen immer größer wurden. Ich lag da, wurde beschrieben und erörtert, und ich kam mir beinahe vor wie ein bisher unbekanntes Meereswesen, das gerade an den Strand getrieben worden war und eine Sensation hervorrief.
Ich wiederhole, ich liebte Ixínatsi von ganzem Herzen, schon bevor wir uns körperlich liebten. Ich hatte an diesem Abend bereits beschlossen, sie und ihre kleine Tochter mitzunehmen, wenn ich die Insel verließ. Ich würde sie dazu überreden, wenn das möglich war. Nun hatte ich festgestellt, daß Grille für die körperliche Liebe war, und das hatte mich in meinem Entschluß noch bestärkt.

So kam es, daß sich mein Aufenthalt auf den Inseln unbegrenzt verlängerte. Ixínatsi verbreitete die Neuigkeit, daß das Leben tatsächlich mehr bot als Arbeit, Schlaf und das gelegentliche Spielen mit sich selbst. Die ande-

ren Frauen wollten unbedingt das Geheimnis ebenfalls ergründen.
Kukú erhob empört Einwände, doch sie wurde wahrscheinlich zum ersten Mal während ihrer Herrschaft überstimmt. Und sie fand sich mit der neuen Lage ab, als sie feststellte, daß die Frauen merklich besser gelaunt waren und produktiver arbeiteten. Kukú stellte nur eine Bedingung: Das Akuáreni mußte auf die Abende und Nächte beschränkt bleiben. Dagegen hatte ich nichts einzuwenden, denn so konnte ich tagsüber schlafen und wieder zu Kräften kommen.
Ich will hier feststellen, daß ich mich nicht dazu bereit gefunden hätte, wenn Grille auch nur andeutungsweise eifersüchtig oder besitzergreifend gewesen wäre. Ich stimmte hauptsächlich zu, weil sie so glücklich schien, ihre Schwestern aufgeklärt zu haben, und stolz darauf war, daß ›ihr Mann‹ es tat. Um die Wahrheit zu sagen, ich hätte meine ganze Aufmerksamkeit lieber auf sie beschränkt, denn sie war und ist die einzige Frau in meinem Leben, die ich aufrichtig geliebt habe. Und ich wußte, daß sie mich ebenfalls liebte. Selbst Tirípetsi, die anfangs schüchtern war und die die Anwesenheit eines Mannes beunruhigt hatte, mochte mich inzwischen sehr.
Außerdem, und das ist wichtig, waren die anderen Frauen der Inseln nicht so wie Ixínatsi. Sie unterschieden sich in nichts von jeder anderen Frau, mit der ich in meinem Leben geschlafen habe. Kurz gesagt, ich war so vernarrt in Grille, daß keine Frau je den Maßstäben gerecht werden konnte, die sie gesetzt hatte. Ich ließ mich nur mit den Frauen ein, weil sie wünschte, daß ich allen zur Verfügung stehe. Das tat ich mehr aus Pflichtbewußtsein als aus heftigem Verlangen und machte sogar eine Art Plan – jede zweite Nacht stand ich für eine der Frauen

zur Verfügung, die Nächte dazwischen blieben allein Grille vorbehalten. Und das waren nicht nur Nächte der körperlichen Liebe.

Was Grille anging, so bin ich sicher, sie ahnte nicht, daß sie den anderen Frauen überlegen war. Nichts hätte jemals in ihr die Vermutung wecken können, daß Xochiquétzal sie bei ihrer Geburt gesegnet hatte. Natürlich ist es möglich, daß sie nicht als einzige Frau in der Geschichte der Menschheit von einer Göttin so bevorzugt worden war.

Von nun an würde ich nie mehr eine andere Geliebte suchen oder wollen, und sei sie auch noch so außergewöhnlich, denn ich hatte die außergewöhnlichste von allen.

Ich hätte sehr wohl die Übersicht darüber verlieren können, wie vielen Frauen ich Unterricht gab, wenn ich für meine Dienste nicht entschädigt worden wäre. Ich besaß schließlich fünfundsechzig Perlen, die größten und vollkommensten aus der Ernte des Jahres. Das hatte ich Grille zu verdanken. Sie bestand darauf, weil sie fand, daß es nur gerecht sei, wenn meine Schülerinnen mich jeweils mit einer Perle belohnten.

Nachdem ich allen in Frage kommenden Mädchen und Frauen mindestens einmal zu Diensten gewesen war und kein so dringendes Bedürfnis mehr nach mir bestand, fuhren die Frauen selbständig fort, die zahlreichen Möglichkeiten zu erforschen, mit denen sie sich Genuß verschaffen konnten.

In all dieser Zeit bemühte ich mich eifrig um Ixínatsi – nicht um ihre Liebe, denn wir wußten, daß wir uns liebten. Ich versuchte, sie zu überreden, mich in die EINE WELT zu begleiten und ihre Tochter, die ich inzwischen als meine eigene betrachtete, mitzunehmen. Ich bestürmte sie mit allen guten Gründen, die mir einfielen. Ich sagte ihr ehrlich, daß ich in meinem Reich das Gegenstück zu ihrer Kukú war und daß sie und Tirípetsi in einem richtigen Palast leben und Diener haben würden. Ich versicherte ihr, es werde ihnen an nichts fehlen, was sie brauchten oder wollten, und ich versprach ihr, sie müsse nie mehr nach Austern tauchen oder Seelöwen der Felle wegen enthäuten, sie müsse nie mehr fürchten, daß Stürme die Inseln verwüsteten, und sich auch nie mehr von Fremden am Strand vergewaltigen lassen.

»Ach, Tenamáxtli«, sagte sie mit einem bezaubernden Lächeln und einer Geste in Richtung des Lagers, »das hier genügt als Palast, solange du es mit uns teilst.«

Ich war nicht ganz so ehrlich, denn ich unterließ es zu erwähnen, daß die Spanier den größten Teil der EINEN WELT besetzt hielten. Die Frauen der Inseln wußten noch nicht, daß es Weiße gab. Offensichtlich hatten auch die Männer aus Yakóreke nicht von den Spaniern gesprochen. Möglicherweise fürchteten sie, die Frauen könnten in der Hoffnung auf neue Geschäfte mit reicheren Händlern ihre Kinúcha zurückhalten. Ich konnte nicht sicher sein, daß die Spanier Aztlan nicht bereits unterworfen hatten und mir sozusagen kein Kukúdum geblieben war, mit dem ich Grille in die EINE WELT locken konnte. Doch ich war fest davon überzeugt, daß sie und Tirípetsi und ich irgendwo ein neues Leben beginnen konnten. Ich erzählte ihr Geschichten von den vielen schönen, üppig grünen und friedlichen Orten, die ich auf meinen Reisen gesehen hatte und wo wir drei uns niederlassen könnten.

»Aber Tenamáxtli, die Inseln sind mein Zuhause. Mach sie auch zu deinem Zuhause. Großmutter ist inzwischen

an deine Anwesenheit gewöhnt. Sie wird nicht mehr verlangen, daß du gehst. Ist das nicht ein ebenso angenehmes Leben, wie wir es anderswo finden könnten? Die Stürme und die Fremden müssen wir nicht fürchten. Tirípetsi und ich haben bisher alle Unwetter überlebt, und das wirst du auch. Und die Fremden ...« Sie lachte auf ihre unbeschreibliche Art. »Ach, du weißt, ich werde nie wieder mit einem von ihnen zusammensein. Ich gehöre dir.«
Ich versuchte vergeblich, ihr das abwechslungsreichere Leben auf dem Festland vor Augen zu führen – den Überfluß an Nahrung und Getränken, die Zerstreuungen, die Reisen, die Ausbildung unserer Tochter, die Möglichkeiten, neue Menschen kennenzulernen, die sich sehr von allen unterschieden, die sie kannte.
»Grille«, sagte ich, »du und ich, wir können dort Kinder bekommen, damit die kleine Tirípetsi nicht allein ist. Sogar Brüder. Hier kann sie nie einen Bruder haben.«
Ixínatsi seufzte, als sei sie meiner beharrlichen Bitten überdrüssig, und sagte: »Sie kann nichts vermissen, was sie nie gehabt hat.«
Ich fragte ängstlich: »Bist du böse auf mich?«
»Ja, ich bin böse«, sagte sie, aber sie lachte gleich wieder fröhlich und unbekümmert. »Paß auf, ich gebe dir alle deine Küsse zurück.« Sie begann, mich zu küssen, und küßte mich immer wieder, sobald ich versuchte, etwas zu sagen.
Mit süßem Eigensinn wischte sie jedes meiner Argumente beiseite oder widerlegte es.
Eines Tages tat sie das mit dem Hinweis auf meine derzeitige beneidenswerte Lage.
»Begreifst du nicht, Tenamáxtli, daß jeder Mann vom Festland vor Freude Luftsprünge machen würde, wenn

er mit dir tauschen könnte? Hier hast du nicht nur mich, die dich liebt und mit der du schlafen kannst.«
Ich war kaum geeignet, Moral zu predigen. Ich konnte nur in aller Aufrichtigkeit beteuern: »Aber ich will nur dich!«
Jetzt muß ich etwas Beschämendes gestehen. Ich begann, ernsthaft an meiner Sache zu zweifeln. Ich war verunsichert und verlor mich immer mehr in der unerschöpflichen Liebe zu dieser einzigartigen Frau.
Als mir das eines Morgens bewußt wurde, zog ich mich den ganzen Tag in den Wald zurück, um nachzudenken. Und meine Gedanken zeigten zu meiner Schande, daß ich angesichts der Liebe, die ich gefunden hatte, zum ersten Mal in meinem Leben kapitulierte.
Ich will nur sie. Ich bin ihr Gefangener, ich bin von ihr besessen, ich bin in sie vernarrt. Wenn ich sie gegen ihren Willen mitnehme, wird sie mich nicht mehr lieben. Wohin sollte ich sie überhaupt bringen? Was erwartet mich dort? Nur ein blutiger Krieg, nur töten oder getötet werden. Warum soll ich nicht tun, was sie sagt, und auf diesen schönen Inseln bleiben?
Hier hatte ich Frieden, Liebe und Glück. Die anderen Frauen beanspruchten mich immer weniger, nachdem der Reiz des Neuen verflogen war. Ixínatsi, Tirípetsi und ich konnten eine eigenständige, unabhängige Familie bilden. Da ich mit einer der geheiligten Traditionen der Inseln gebrochen hatte und hier lebte, was noch keinem Mann zuvor gestattet worden war, glaubte ich, auch andere Regeln brechen zu können. In meinem Fall hatte niemand auf die alte Kukú gehört, und sie würde ohnehin nicht ewig leben. Ich hatte die große Hoffnung, die Frauen von ihrer männerhassenden Göttin Neumond abzubringen und sie zur Verehrung der freund-

licheren Coyolxaúqui, der Göttin des großherzigen Vollmondes, zu bekehren. Ich schwor, daß Knaben nach der Geburt nicht länger den Austern gefüttert würden. Grille und ich und all die anderen durften Söhne haben. Ich würde schließlich der Patriarch eines Inselreiches und sein gütiger Herrscher sein.
Die Spanier mochten inzwischen sehr wohl die gesamte EINE WELT überrannt haben, und ich konnte nicht hoffen, etwas zu erreichen, wenn ich dorthin zurückkehrte. Hier würde ich meine eigene EINE WELT haben, und es konnten viele Jahre vergehen, bis Spanier, die weiter ins Unbekannte vorstießen, die Inseln zufällig entdeckten. Selbst wenn die Weißen so weite Teile des Festlands unterworfen hatten oder irgendwann unterwarfen, daß es den Fischern von Yakóreke nicht mehr möglich war, zu den Inseln zu fahren, würden sie deren Lage bestimmt nicht verraten. Wenn sie nicht mehr kamen, nun, ich kannte den Weg zur Küste. Ich und später meine Söhne konnten verstohlen zur Küste paddeln, um die lebensnotwendigen Dinge wie Messer, Kämme und so weiter zu beschaffen, die mit Perlen bezahlt werden mußten ...
So schändlich dachte ich darüber nach, die Mission aufzugeben, die mich all die Jahre erfüllt hatte, seit ich Zeuge geworden war, wie man meinen Vater verbrannt hatte. Diese Mission hatte mich auf viele Straßen, in viele Gefahren und viele Abenteuer geführt.
So verräterisch versuchte ich, mich zu rechtfertigen. Ja, ich gestehe, ich wollte meinen Plan aufgeben. Ich wollte darauf verzichten, meinen Vater zu rächen und alle anderen meines Volkes, die durch die Weißen gelitten hatten. So schändlich versuchte ich, mir Entschuldigungen dafür auszudenken, daß ich bereit war, die vielen Menschen zu vergessen. Citláli und ihr Kind Ehécatl, die tap-

fere Pakápeti, den Cuachic Comitl, den Tícitl Ualíztli und die vielen anderen, die das Leben verloren hatten, als sie mich dabei unterstützten, mein Ziel zu erreichen und Rache zu nehmen.
So verabscheuenswürdig suchte ich nach guten Gründen dafür, den Ritter Nochéztli und mein unter großen Mühen, Gefahren und Schwierigkeiten zusammengestelltes Heer, ja, alle Völker der EINEN WELT im Stich zu lassen …
Ich schäme mich seit diesem Tag, daß ich auch nur daran dachte, eine solche Schande über mich zu bringen. Ich hätte auf den Inseln der Frauen das Rennen verloren, das ich nie gelaufen war.
Heute bezweifle ich, daß ich lange mit meiner Schande hätte leben können, wenn ich mich tatsächlich Ixínatsis Liebe und den Annehmlichkeiten der Inseln überlassen hätte. Ich hätte mich zuerst selbst gehaßt. Dann hätte sich mein Haß auf Grille ausgedehnt, weil sie mich so weit gebracht hatte, daß ich mich haßte.
Was ich vielleicht aus Liebe getan hätte, wäre der Tod dieser Liebe gewesen.
Zu meiner größten Schande kann ich nicht einmal voll Überzeugung behaupten, ich sei nicht bereit gewesen, auf meine Mission und auf meine Ehre zu verzichten, denn wie es das Schicksal wollte, trafen die Götter die Entscheidung an meiner Stelle.
Ich kehrte vor Einbruch der Dämmerung ans Meer zurück. Die Taucherinnen wateten gerade mit den letzten Körben des Tages an den Strand.
Ixínatsi war unter ihnen, und als sie sah, daß ich sie erwartete, rief sie fröhlich und mutwillig und mit einem vielsagenden Lächeln: »Ich glaube, mein Liebling Tenamáxtli, ich schulde dir zumindest noch eine Kinú. Ich

werde auf der Stelle tauchen und dir die Kukú aller Perlen bringen.«
Sie drehte sich um und schwamm zum nächsten Felsen, auf dem sich ein paar Seelöwen träge den glänzenden Pelz von den letzten schrägen Sonnenstrahlen wärmen ließen.
Ich rief ihr nach: »Komm zurück, Grille! Ich will mit dir reden.«
Sie hat mich nicht gehört. Golden glänzend wie die Tiere um sie herum stand sie strahlend und schön auf der Klippe, winkte mir fröhlich zu, tauchte ins Meer und kam nie wieder nach oben.
Als mir schließlich klar wurde, daß selbst die Frau mit der stärksten Lunge nicht so lange hätte unter Wasser bleiben können, stieß ich einen lauten Schrei aus. Alle anderen Taucherinnen, die noch an seichten Stellen am Ufer standen, wateten erschrocken durch das hoch aufspritzende Wasser an Land, weil sie vermutlich glaubten, ich hätte die Rückenflosse eines Hais gesehen.
Nach einigem Zögern schwammen die Mutigen von ihnen wieder zurück zu der Stelle, auf die ich wies und wo Ixínatsi ins Wasser gesprungen war. Sie tauchten bis zur Erschöpfung immer und immer wieder, ohne sie zu finden oder einen Hinweis darauf, was ihr zugestoßen war.
»Unsere Frauen«, sagte eine brüchige Stimme neben mir, »werden nicht alle so alt wie ich.«
Es war Kukú, die natürlich eilends herbeigekommen war. Sie hätte mir heftige Vorwürfe machen können, weil ich den Frieden in ihrem Reich gestört hatte und mitschuldig an Grilles Tod war. Doch die Worte der alten Frau klangen, als wollte sie mich trösten.
»Kinú-Tauchen ist mehr als harte Arbeit«, sagte sie. »Es ist sehr gefährlich. Dort unten lauern räuberische Fische

mit spitzen Zähnen oder Giftstacheln. Andere haben Tentakel, die sich um einen Menschen schlingen und ihn nicht mehr loslassen.« Sie stieß einen langen und tiefen Seufzer aus. »Ich glaube allerdings nicht, daß Ixínatsi einem solchen Fisch zum Opfer gefallen ist. Wenn sich Räuber in der Nähe befinden, warnen uns die Seelöwen durch ihr Bellen. Es ist leider wahrscheinlicher, daß sie verschlungen worden ist.«
»Verschlungen?« wiederholte ich, wie vom Donner gerührt. »Kukú, wie kann eine Frau vom Meer verschlungen werden, in dem sie ihr halbes Leben verbracht hat?«
»Nicht vom Meer ... von der Kuchúnda.«
»Was ist die Kuchúnda?«
»Eine riesige Molluske, wie eine Auster oder eine Muschel, nur sehr viel größer. Sie ist so groß wie der Felsen, auf dem die Seelöwen dösen, und groß genug, um einen Seelöwen zu verschlingen. Hier in der Nähe gibt es mehrere Kuchúndachas, und wir wissen nicht immer, wo sie sich aufhalten, denn sie können wie Schnecken kriechen. Aber sie sind sichtbar, und man kann sie erkennen. Die Kuchúnda hat die große obere Schale wie eine Falle immer weit geöffnet, um sie über einer unvorsichtigen Beute zuschnappen zu lassen. Deshalb halten unsere Frauen gebührenden Abstand zu ihnen. Ixínatsi muß ganz von ihrer Arbeit in Anspruch genommen gewesen sein. Vielleicht hat sie eine außergewöhnliche Kínu gesehen, denn das kommt manchmal vor, wenn eine Auster mit geöffneten Schalen daliegt. Deshalb war sie unvorsichtig und hat vermutlich in ihrer Wachsamkeit nachgelassen...«
Ich sagte niedergeschlagen: »Sie hat vorher versprochen, eine außergewöhnliche Perle für mich heraufzubringen.«
Die alte Frau zuckte die Schultern und seufzte: »Die Ku-

chúnda hat bestimmt ihre Schale geschlossen, als Ixínatsi sich ganz oder zum größten Teil in ihr befand. Da sie nicht kauen kann, verdaut sie das Opfer langsam mit ihren zersetzenden Säften.«
Mich schauderte bei der Vorstellung, und ich verließ unglücklich den Platz, von dem aus ich meine geliebte Grille zum letzten Mal gesehen hatte.
Auch die Frauen wirkten traurig, doch sie klagten und weinten nicht. Sie schienen den Unglücksfall hinzunehmen, als sei er nichts Ungewöhnliches, sondern eher etwas Alltägliches.
Der kleinen Tirípetsi hatte man bereits gesagt, daß ihre Mutter nicht wiederkommen werde, aber auch sie weinte nicht, so wie ich nicht weinte. Ich trauerte schweigend und verfluchte stumm die Götter, die sich wieder einmal ungebeten in mein Leben eingemischt hatten. Wenn sie in entscheidenden Augenblicken eingreifen mußten, um mich mit Nachdruck und Strenge auf den Weg und die Tage meiner Zukunft hinzuweisen, so haderte ich, denn sie hätten es tun können, ohne das Leben der unschuldigen, lebenslustigen und wundervollen Grille auf so schreckliche Weise zu beenden.
Ich nahm von Tirípetsi und Kukú Abschied, aber von keiner der anderen Frauen, damit sie nicht versuchen würden, mich zurückzuhalten. Dorthin, wo ich ging, konnte ich das Kind nicht mitnehmen, und ich wußte, alle seine Tanten und Cousinen auf den Inseln würden sich liebevoll seiner annehmen.
Im Morgengrauen legte ich den schönen Pelzmantel um, den Ixínatsi für mich gemacht hatte, nahm meinen Beutel mit Perlen und ging zur Südspitze der Insel. Dort erwartete mich mein Acalí, beladen mit den Vorräten, mit denen Ixínatsi es versehen hatte.

Ich legte bei Sonnenaufgang ab und paddelte in Richtung Osten.

Deshalb sind die Inseln der Frauen immer noch die Inseln der Frauen, obwohl ich überzeugt bin, daß es in den Nächten dort jetzt lustiger zugeht.
Keiner der Fischer aus Yakóreke, der nach mir kam, konnte Grund haben, wegen meines Aufenthalts böse zu sein. Die Männer, die kurz nach mir die Inseln besuchten, waren kaum in der Lage, Kinder zu zeugen, denn bestimmt war jede mögliche Mutter schon im Begriff, tatsächlich Mutter zu werden.
Die Frauen werden die Fischer bestimmt mit solcher Ausgelassenheit begrüßt und sie so leidenschaftlich und hingebungsvoll unterhalten haben, daß es undankbar von ihnen gewesen wäre, sich über einen geheimnisvollen Fremden zu beklagen, der vor ihnen auf den Inseln gewesen war.
Doch als ich die Inseln der Frauen verließ, dachte und hoffte ich, es werde nicht für immer sein. Irgendwann, wenn ich alles getan und überlebt haben würde, was ich tun mußte ... irgendwann, wenn sich meine Tage ihrem Ende zuneigten ...

27

Mein Herz war so schwer, und meine Gedanken waren so melancholisch, daß es mich nicht beunruhigte, ja, daß ich es kaum wahrnahm, als die Inseln meinen Blicken entschwanden und ich mich wieder allein auf dem schrecklich weiten, endlosen Meer befand.
Ich dachte: Offenbar bringe ich einen Fluch über alle Frauen, die ich liebe oder denen ich auch nur Zuneigung entgegenbringe. Die Götter nehmen sie mir auf grausame Weise, lassen mich in ihrer Gefühllosigkeit und Unerbittlichkeit allein, und ich muß mit meinen traurigen Erinnerungen, meinen Vorwürfen und meinem Leid alleine weiterleben.
In meinem stummen Zwiegespräch machten sich aber noch andere Gedanken bemerkbar: Ayya, es ist gefühllos und eigennützig, wenn ich mich über den Verlust meiner Geliebten beklage, denn Ixínatsi, Pakápeti und Citláli ist etwas sehr viel Schlimmeres widerfahren. Sie haben ihr Leben und somit die ganze Welt und jede Hoffnung und Freude auf ein Morgen verloren.
Mit meinem Schicksal und den Göttern hadernd, führte ich mir mein Unglück vor Augen: Meine Cousine Améyatl und ich haben uns von Kindheit an sehr gemocht, nicht geliebt, aber auch das genügte bereits, um den Zorn der Götter auf sie zu lenken, und beinahe wäre sie in der unmenschlichen Gefangenschaft an ihrer Erniedrigung gestorben.

Das kleine Mulattenmädchen Rebeca und ich haben uns gegenseitig viel Freude geschenkt. Aber auch dieses bescheidene Glück war uns nicht lange vergönnt. Man könnte mit Berechtigung sagen, als sie aus meinen Armen in die erstickende Gefangenschaft des Klosters gegangen ist, hat auch sie die Welt verloren und mußte jede Hoffnung auf ein Morgen in Freiheit aufgeben.
So kam es, daß ich auf dem Meer eine Entscheidung traf. Ich würde von nun an mein Leben so führen, wie es am klügsten war – und am rücksichtsvollsten gegenüber allen Frauen der EINEN WELT. Ich würde mich nie mehr dazu verführen lassen, eine Frau zu lieben oder ihre Liebe anzunehmen.
Die Erinnerungen an das Paradies mit Grille würden mir für den Rest meiner Tage Kraft geben, meinen Entschluß in die Tat umzusetzen. Den Frauen gegenüber erwies ich damit das notwendige Verantwortungsbewußtsein, denn ich gefährdete sie nicht mit dem Fluch, der auf mir lastete.
Wenn ich nach meiner Ankunft in Yakóreke in den Norden nach Aztlan ging und die Stadt unzerstört vorfand, würde ich Améyatls Vorschlag ablehnen. Ich würde sie nicht heiraten und Seite an Seite mit ihr herrschen. Ich würde mich ganz dem Krieg verschreiben, zu dem ich alle freien Stämme aufgerufen hatte, und der Vernichtung und Vertreibung der Weißen aus der EINEN WELT.
Mit dem Tod täglich vor Augen würde ich keine Frau mehr in mein Herz und in mein Leben lassen.
Ich werde nie mehr lieben, ich werde nie mehr geliebt werden ...
Und diesem Schwur, den ich im Angesicht der Unendlichkeit des Westmeers abgelegt habe, bin ich in all der Zeit treu geblieben. Das heißt, ich bin ihm treu geblie-

ben, bis ich dich fand, querida Verónica. Aber ich eile meinem Bericht wieder einmal voraus.

Während ich diesen Gedanken nachhing, war ich gleichzeitig mit etwas anderem beschäftigt. Ich schnitt in die innere Haut des Seelöwen-Mantels Schlitze, fünfundsechzig kleine Schlitze. In jedem versteckte ich eine der Perlen, die ich bei mir hatte, und vernähte die Öffnungen unsichtbar mit dem Knochenhaken und der Angelschnur, die Grille in das Acáli gelegt hatte. Da mein Bewußtsein und meine Hände von dieser Arbeit voll in Anspruch genommen waren, unterließ ich es häufig, geradeaus nach Osten zu paddeln, wie man mir eingeschärft hatte. Ich dachte nicht daran, daß die Strömungen mein Kanu weiter nach Süden abtrieben, als ich es hätte zulassen dürfen.
Schließlich tauchte am östlichen Horizont das Festland auf, doch ich sah weder Yakóreke noch ein anderes Dorf. Nun ja, das war nicht weiter wichtig. Ich befand mich zumindest wieder auf dem festen Boden der EINEN WELT, und es machte mir nichts aus, daß der Weg an der Küste entlang nach Aztlan etwas länger sein würde ...
Als ich mich dem Ufer näherte, entdeckte ich mehrere einfach gekleidete Männer meiner Hautfarbe, die am Strand hockten und mit irgend etwas beschäftigt waren. Ich paddelte auf sie zu. Aus größerer Nähe sah ich, daß es sich um Fischer handelte, die ihre Netze ausbesserten. Sie unterbrachen die Arbeit, und ihre Blicke richteten sich auf mich, als ich durch das Wasser watete und das Acáli auf den Sand zog, wo ihre Kanus lagen.
Es schien sie nicht allzusehr zu überraschen, daß ein Fremder mit einem kostbaren Mantel plötzlich buchstäblich aus dem Nichts erschien.

Ich rief ihnen zu: »Mixpantzínco!«, und als sie: »Ximopanólti« antworteten, war ich erleichtert, daß sie Naháuatl sprachen. Es bedeutete, daß ich mich immer noch im Aztéca-Land befand und nicht in eine völlig unbekannte Gegend geraten war.
Ich stellte mich ohne weitere Erklärungen als Tenamáxtli vor. Einer der Männer war ungewöhnlich scharfsinnig und für einen einfachen Fischer sehr gut unterrichtet.
Er fragte: »Bist du Tenamáxtli, der Vetter von Améyatzin, der Herrin von Aztlan, die einmal mit unserem Herrn Káuritzin aus Yakóreke verheiratet war?«
»Das bin ich«, erwiderte ich. »Ihr seid also Männer aus Yakóreke?«
»Ja. Wir haben vor langer Zeit das Gerücht gehört, daß du im Namen dieser Dame und unseres toten Herrn durch die ganze EINE WELT reist.«
»Ja, ich reise im Namen aller unserer Völker«, erwiderte ich. »Ihr werdet bald mehr als nur Gerüchte hören. Aber sagt mir, warum seid ihr hier? Ich weiß nicht genau, wo ich gelandet bin, doch ich weiß, dieser Strand muß südlich der Fischgründe von Yakóreke liegen.«
»Ayya. In den Gewässern dort drängen sich zu viele Fischer. Deshalb sind ein paar von uns hierher gezogen. Wir wollten unser Glück an diesem Küstenabschnitt versuchen. Und Ayyo! wir machen in der Tat reiche Fänge und haben einen neuen Markt dafür gefunden. Wir beliefern die weißen Bewohner der Stadt, die man Compostela nennt, und die Weißen bezahlen gut.« Als ich schwieg, fügte er erklärend hinzu: »Die Stadt liegt da drüben, ein paar Lange Läufe entfernt.« Er wies direkt nach Osten.
Mir wurde klar, daß ich weiter vom Kurs abgekommen

war, als ich angenommen hatte. Ich befand mich in bedenklicher Nähe der Spanier, denen ich entflohen war.
Aber ich sagte zu den Fischern nur: »Habt ihr keine Angst, daß sie euch in die Sklaverei verschleppen, wenn ihr in die Stadt geht?«
»Erstaunlicherweise nicht, Tenamáxtli. Die Soldaten geben sich in letzter Zeit keine allzu große Mühe mehr, Sklaven zu fangen. Der Mann, der Gobernador genannt wird, scheint sogar die Lust daran verloren zu haben, Silber aus der Erde zu graben. Er ist damit beschäftigt, seine Soldaten auszurüsten und neue aus anderen Orten zusammenzuziehen. Man sagt, er bereitet einen großen Feldzug in den Norden vor. Soweit wir feststellen können, hat er nicht vor, nach Yakóreke, Tépiz oder Aztlan zu marschieren oder an einen der anderen Orte, die noch nicht unterworfen sind. Es wird kein Feldzug sein, um ein Gebiet zu plündern, zu erobern oder zu besetzen. Aber was immer er plant, es versetzt die Stadt in fieberhafte Aufregung. Der Gobernador hat die Regierung von Compostela sogar einem sogenannten Obispo überlassen. Dieser Mann scheint uns Nichtweißen freundlich gesonnen zu sein. Wir können ungehindert kommen und gehen, unseren Fisch verkaufen und selbst die Preise dafür festsetzen.«
Das war eine interessante Neuigkeit! Der Feldzug mußte etwas mit den sagenumwobenen reichen Städten von Antilia zu tun haben. Bei dem Obispo, dem Bischof, konnte es sich nur um meinen alten Bekannten Vasco de Quiroga handeln.
Ich überlegte, wie ich diese Lage zu meinem Vorteil nutzen könnte, als der Fischer fortfuhr: »Wir werden nur ungern von hier weggehen.«
»Weggehen?« fragte ich. »Wieso wollt ihr weggehen?«

»Wir müssen zurück nach Yakóreke. Es ist bald Zeit, daß wir Fischer zur jährlichen Austernernte aufs Meer hinausfahren.«
Ich lächelte bei der Erinnerung an die Inseln und dachte wehmütig: Ayyo, ihr Glücklichen!
Aber ich wußte inzwischen, was ich zu tun hatte, und sagte: »Wenn ihr wieder nach Norden geht, Freunde, würde einer von euch mir und der Witwe eures toten Káuritzin einen Gefallen tun?«
»Aber sicher. Worum handelt es sich?«
»Geh zwölf Lange Läufe weiter in Richtung Norden nach Aztlan. Es ist sehr lange her, seit ich das letzte Mal dort war, und meine Cousine Améyatl wird vielleicht glauben, ich sei tot. Sag ihr nur, daß du mich gesehen hast. Ich bin bei guter Gesundheit und immer noch meiner Aufgabe treu. Ich hoffe, bald mein Ziel zu erreichen, und werde zu ihr nach Aztlan zurückkommen, wenn das geschehen ist.«
»Gut. Sonst noch etwas?«
»Ja. Gib ihr diesen Pelzmantel. Sag ihr, der Mantel wird ihr ein Leben lang Schutz und ein Auskommen bieten, falls meine Aufgabe irgendwie fehlschlagen sollte, und sie durch die Spanier oder einen anderen Feind in Gefahr gerät.«
Der Mann sah mich verblüfft an. »Das Fell eines einfachen Meer-Rehs?«
»Es ist ein ganz besonderes Fell. Es liegt ein Zauber darin. Améyatl wird ihn entdecken, wenn sie ihn braucht.«
Der Mann zuckte die Schultern. »Wie du meinst. Du kannst deinen Auftrag als erledigt ansehen, Tenamáxtli.«
Ich dankte ihnen allen, verabschiedete mich und schlug den Weg landeinwärts in Richtung Compostela ein.
Ich hatte keine besondere Angst, mein Leben zu gefähr-

den, wenn ich kühn in die Stadt zurückkehrte, aus der ich auf recht denkwürdige Weise geflohen war. Yeyac und G'nda Ké, zwei der Menschen, die mich hätten erkennen können, lebten nicht mehr. Coronado war offenbar zu beschäftigt, um auf Indios zu achten, die durch seine Straßen wanderten, und Bruder Marcos vermutlich ebenfalls, falls er sich in Compostela aufhielt. Trotzdem, ich erinnerte mich an den Rat, den ich vor langer Zeit erhalten hatte: Trag eine Last und gib dir den Anschein, eine Aufgabe zu erledigen.
Im Sklavenviertel vor der Stadt fand ich einen grob behauenen kurzen Holzbalken auf der Erde liegen. Ich nahm ihn auf die Schulter und tat, als sei er schwer, damit ich leicht gebeugt gehen konnte, um nicht durch meine Körpergröße aufzufallen.
Dann machte ich mich auf den Weg zur Stadtmitte, wo sich die beiden einzigen Steingebäude befinden – der Palast und die Kirche. Vor dem unbewachten Kirchenportal legte ich den Balken ab, ging hinein und sprach den ersten Spanier mit einem geschorenen Kopf an, dem ich begegnete. Ich erklärte ihm auf spanisch, ich überbringe seinem Bischof eine Botschaft des Bischofs Zumárraga. Der Mönch sah mich etwas schief an, verschwand jedoch irgendwohin, kam zurück, bedeutete mir, ihm zu folgen, und führte mich in das Gemach des Bischofs.
»Ah, Juan Británico!« rief der gute und vertrauensselige alte Mann. »Es ist lange her, aber ich hätte dich auf den ersten Blick erkannt. Nimm Platz, mein Lieber. Welche Freude, dich wiederzusehen!« Er befahl einem Diener, Erfrischungen zu bringen, und fuhr ohne jeden Anflug von Mißtrauen fort. »Leistest du unter den Ungläubigen immer noch Bekehrungsarbeit für Bischof Zumárraga? Und wie geht es meinem alten Freund und Bruder Jua-

nito? Du sagst, du hast eine Botschaft von ihm für mich?«

»Hm ... ja, es geht ihm gut, Eure Exzellenz.« Vater Vasco war der einzige Mann, dem ich diesen Ehrentitel jemals zuerkannt habe. »Und seine Botschaft ...« Ich räusperte mich. »Hm ... ja, also ...« Ich sah mich verstohlen um; ich hatte schon auf dem Weg durch die Kirche festgestellt, daß sie weit weniger schön und prächtig war als Zumárragas Kathedrale in der Stadt Mexíco. »Der Bischof gibt seiner Hoffnung Ausdruck, daß Ihr bald ein Gotteshaus haben werdet, das Eurer hohen Stellung angemessen ist.«

»Wie freundlich von Juanito! Aber seine Exzellenz weiß doch bestimmt, daß bereits eine prächtige Kathedrale für Neugalicien in der Planung ist.«

»Inzwischen vielleicht«, sagte ich ohne große Begeisterung. »Aber bei meinen ständigen Reisen ...«

»Dann freue dich mit mir, mein Sohn! Das neue Gotteshaus wird in der Provinz gebaut werden, die dein Volk Xalíscan nennt. Dort entsteht eine schöne Stadt, die im Augenblick einen Namen deiner Sprache trägt, nämlich Tonalá. Aber ich glaube, sie wird in Guadalajara umbenannt werden, zu Ehren der Stadt in Altspanien, der das Haus Mendoza entstammt ... du weißt, die Familie unseres Vizekönigs.«

Ich fragte: »Was machen Eure Siedler in Utopía am See?«

»Es geht dort besser, als ich erwartet hätte«, antwortete er. »Überall in der Gegend hat es Aufstände unzufriedener Purémpecha gegeben.« Er schüttelte den Kopf und seufzte. »Rebellische Frauen, die brennen, morden und plündern. Kannst du dir das vorstellen? Es sind tückische, rachsüchtige Amazonas. Sie haben viele Menschen getötet, großen Schaden angerichtet und die spanischen

Siedlungen ausgeraubt. Aber aus einem Grund, den ich nicht kenne, ist unser kleines Paradies verschont geblieben.«

»Wahrscheinlich wissen sie, Vater, daß Ihr ein beispielhafter Christ seid, und würdigen das auf ihre Weise.«

Ich wußte, das war natürlich gelogen, dennoch war meine Antwort nicht ironisch gemeint. Aber ich wollte etwas anderes wissen, und deshalb fragte ich: »Weshalb habt Ihr Euer Utopía verlassen?«

»Seine Exzellenz, Gouverneur Coronado, braucht mich hier. Er wird in Kürze eine abenteuerliche Reise unternehmen, die den Reichtum von ganz Neuspanien in unvorstellbarem Maß vergrößern könnte. Er hat mich gebeten, während seiner Abwesenheit die Regierungsgeschäfte in Compostela zu übernehmen.«

»Verzeiht, Herr«, sagte ich, »aber es klingt, als finde dieses Unternehmen nicht Eure volle Billigung.«

»Nun ja ... bloßer Reichtum ...«, erwiderte der Bischof sichtlich bekümmert. »Don Franciso strebt nach der Größe der ersten Konquistadoren. Er kämpft mit demselben Schlachtruf: ›Für Ruhm, Gott und Gold.‹ Ich wünschte, er würde ›Gott‹ an die erste Stelle setzen.« Der freundliche alte Mann lächelte mich an. »Er wird nicht unterwegs sein wie du, Juan Británico, um für die Heilige Mutter Kirche Heiden zu bekehren. Er sucht ein paar ferne Städte, wo angeblich unvorstellbare Schätze gehortet sind, die sie plündern wollen.«

Ich empfand einen Anflug von Scham wegen meiner Schwindelei und murmelte: »Ich bin viel und weit herumgekommen, aber ich weiß nichts von solchen Städten.«

»Trotzdem scheint es sie zu geben. Ein Morosklave, der bereits dort gewesen ist, hat einen Mönch hingeführt.

Der gute Bruder Marcos ist erst vor kurzem mit den Soldaten seiner Eskorte, aber ohne den Sklaven zurückgekommen. Bruder Marcos behauptet, die Städte gesehen zu haben. Man nennt sie die Städte von Cíbola. Er hat sie nur aus der Ferne erblickt, denn natürlich sind sie streng bewacht, um sie vor der Entdeckung zu schützen. Er mußte umkehren, nachdem die Wächter den armen treuen Sklaven erschlagen hatten. Aber der wackere und tapfere Mönch wird in Kürze den Gouverneur Coronado zu den Städten führen. Und diesmal haben sie eine unbesiegbare Truppe bei sich.«
Ich hörte zum ersten Mal, daß ein Mensch etwas Gutes über den Lügenden Mönch zu sagen hatte. Trotzdem freute ich mich, denn ich hätte wetten mögen, daß Esteban noch am Leben war und für den Rest seines Lebens in Freiheit über seine habgierigen, leichtgläubigen weißen Herren lachen würde, wenn er sich nicht gerade mit den Frauen des Wüstenvolkes vergnügte.
»Der Mönch hat, wie Ihr sagt, die Städte nur von ferne gesehen. Wie kann er da sicher sein, daß sie voller Schätze sind?«
»Oh, er hat die schimmernden Häuser gesehen, deren Wände mit Gold verkleidet und mit Edelsteinen besetzt sind. Er war sogar nahe genug, um einen Blick auf die Bewohner werfen zu können, die in Samt und Seide gingen. Er schwört es bei seiner unsterblichen Seele. Und schließlich verpflichten die strengen Regeln seines Ordens Bruder Marcos dazu, niemals die Unwahrheit zu sagen. Es scheint sicher, daß Don Francisco im Triumph und mit Schätzen beladen von Cíbola zurückkehrt und mit Ruhm, Lob und der Gunst seiner Majestät belohnt werden wird.« Er schüttelte den Kopf. »Trotzdem ...«

»Euch wäre es lieber, er brächte statt dessen Seelen«, sagte ich, »Bekehrte für Eure Kirche.«
»Nun ja ... ja! Aber ich bin kein praktischer und nüchterner Mann der Welt.« Er lachte leicht spöttisch über sich selbst. »Ich bin nur ein schlichter alter Kleriker, der fromm und altmodisch daran glaubt, daß uns die wahren Reichtümer in einer ganz anderen Welt erwarten.«
Ich erwiderte aufrichtig: »Alle die hoch gerühmten spanischen Konquistadoren zusammen wiegen einen Vasco de Quiroga nicht auf.«
Er lachte wieder und wischte das Kompliment mit einer Handbewegung beiseite. »Trotzdem bin ich nicht der einzige, der daran zweifelt, daß es klug ist, wenn sich der Gouverneur Hals über Kopf auf den Weg nach diesem Cíbola macht. Viele halten es für ein überstürztes und leichtfertiges Unterfangen und glauben, es könnte Neuspanien mehr schaden als nützen.«
»Wie das?« fragte ich neugierig.
»Er zieht alle Soldaten, die er auftreiben kann, aus den fernsten Winkeln des Landes zusammen. Er muß sie nicht einmal ausheben. Überall bitten Offiziere und Gemeine darum, vom normalen Dienst freigestellt zu werden, um sich Coronado anschließen zu dürfen. Selbst Zivilisten, Kaufleute aus den Städten und Pflanzer vom Land bewaffnen sich und kaufen Pferde, damit sie in seine Truppe aufgenommen werden. Jeder Möchtegernheld und Glücksritter hält diesen Feldzug für eine einmalige Gelegenheit, reich zu werden. Außerdem beschafft Coronado für seine Männer Reitpferde, Packpferde und Maultiere, zusätzliche Waffen und Munition, alle möglichen Vorräte, Indio- und Morosklaven als Träger und Treiber, und als Marschverpflegung sogar ganze Rinderherden. Er schwächt die Verteidigungsbereit-

schaft Neuspaniens erheblich, und die Menschen machen sich deshalb Sorgen. Die Überfälle der Purémpe-Amazonen in Neugalicien sind allgemein bekannt, ebenso die häufigen Vorstöße von Wilden an der Nordgrenze. Selbst unter den Gefangenen und Sklaven unserer Minen, Hüttenwerke und Obrajes ist es zu besorgniserregend blutigen Unruhen gekommen. Meine Landsleute fürchten mit gutem Grund, daß Coronado ganz Neuspanien anfällig für Rebellion, Plünderungen und Ausschreitungen von innen und von außen zurückläßt.«
»Das kann ich verstehen«, sagte ich und versuchte dabei, nicht allzu glücklich über diese Nachricht zu klingen, obwohl ich nichts Erfreulicheres hätte hören können. »Aber hält der Vizekönig in der Stadt Mexíco, dieser Señor Mendoza, das Vorhaben Coronados ebenfalls für eine Torheit?«
Der Bischof ließ traurig den Kopf sinken. »Wie ich gesagt habe, ich bin kein praktischer und nüchterner Mann. Aber ich kann erkennen, ob ein Unternehmen Vorteile bringt. Coronado und Don Antonio de Mendoza sind alte Freunde. Coronado ist mit einer Cousine von König Carlos verheiratet. Mendoza ist auch ein Freund des Bischofs Zumárraga, und ich fürchte, der ist immer nur allzu bereit, ein Abenteuer zu billigen, das dazu gedacht ist, König Carlos zu gefallen und ihn zu bereichern ... und den guten Bischof beim König und dem Papst beliebt zu machen. Gott möge mir verzeihen, wenn ich das sage, doch die Wahrheit liegt auf der Hand. Nimm alle diese Umstände zusammen, Juan Británico, und ich frage dich: Ist es wahrscheinlich, daß irgend jemand, hoch oder niedrig, etwas sagen wird, um Coronado von seinem Vorhaben abzubringen?«
»Bestimmt nicht«, erwiderte ich leichthin.

Da habt ihr es, dachte ich zufrieden. Ich bin in euren Augen der Niedrigste der Niederen. Aber jetzt ist es soweit. Der Wurm in der Coyacapúli-Frucht hat lange im Innern gefressen und ist endlich dabei, die überreife Frucht aufplatzen zu lassen.

»Ich danke Euch für die Güte, mich empfangen zu haben, Eure Exzellenz, und für den erfrischenden Wein und Kuchen. Ich bitte um Erlaubnis, mich jetzt entfernen zu dürfen.«

Vater Vasco, der sich einem niedrigen Indio gegenüber immer noch anständiger verhielt als jeder andere Weiße, den ich in meinem Leben getroffen habe, forderte mich freundlich auf, noch eine Weile zu bleiben, unter seinem Dach zu wohnen, am Gottesdienst teilzunehmen, die Beichte abzulegen, die Kommunion zu empfangen und mich ausführlicher mit ihm zu unterhalten. Doch ich griff zu einer weiteren Lüge und erklärte, ich sei angewiesen, mich zu beeilen, um einem weit entfernt lebenden Stamm Wilder, die noch immer in der Sünde der Ungläubigen leben, ›die frohe Botschaft zu verkünden‹.

Nun ja, es war nicht ganz gelogen. Ich hatte tatsächlich an einem entfernten Ort eine Botschaft zu überbringen ...

Als ich diesmal Compostela verließ, mußte ich mich nicht verstohlen davonschleichen, denn niemand beachtete mich. Ich ging aufrecht und mit weit ausholenden Schritten in Richtung Chicomóztotl.

»Huitzilopóchtli und allen anderen Göttern sei gedankt!« rief Nochéztli. »Endlich seid ihr da, Tenamáxtzin! Und Ihr seid keinen Augenblick zu früh gekommen. Hier lagert das größte Heer, das jemals in der EINEN WELT zusammengezogen worden ist. Die Männer sind schon ungeduldig, weil sie marschieren wollen, und ich konnte sie kaum zurückhalten. Aber ich habe auf Eure Befehle gewartet.«

»Das hast du gut gemacht, mein treuer Ritter!« Dieser Empfang war besser, als ich hätte erwarten können. »Ich bin gerade durch das spanische Gebiet gekommen. Dort hat niemand eine Ahnung von dem Sturm, der sich hier zusammenbraut.«

»Das ist gut. Aber bei unseren Völkern muß die Nachricht von Mund zu Mund gegangen sein. Wir haben inzwischen weit mehr Krieger als die vielen, die wir in den umliegenden Gebieten angeworben haben, und die vielen anderen, die in Wellen aus dem Norden kamen und sagten, Ihr hättet sie geschickt. So sind zum Beispiel auch die Kriegerinnen aus Michihuácan hier. Sie erklären, sie hätten die läppischen Überfälle auf spanische Landgüter satt. Sie wollen dabeisein, wenn unser Heer marschiert. Außerdem haben sich uns erstaunlich viele Sklaven angeschlossen, denen die Flucht aus Minen und Obrajes und von Pflanzungen gelungen ist und die den Weg hierher gefunden haben. Es sind Indios, Moros und Mischlinge. Sie warten noch ungeduldiger als wir anderen darauf, gegen ihre Herren zu kämpfen, um sie für immer zu vertreiben. Aber ich mußte sie alle erst einmal ausbilden lassen, weil kaum einer von ihnen auch nur ein einziges Mal eine Waffe in der Hand gehalten hatte.«

»Jeder Mann zählt«, sagte ich zufrieden, »und jede Frau. Kannst du mir sagen, wie viele Kämpfer wir insgesamt haben?«

»Soweit ich schätzen kann, sind es hundert Hundertschaften. Wirklich ein gewaltiges Heer!« Ich nickte. »Die sieben Höhlen waren schnell überfüllt. Die Krieger lagern inzwischen weit verstreut überall in den Bergen. Da

sie so vielen unterschiedlichen Völkern und vielleicht hundert verschiedenen Stämmen angehören, habe ich es für das Beste gehalten, ihnen je nach Herkunft getrennte Lagerplätze zuzuweisen. Ihr wißt zweifellos, daß viele von ihnen sich seit uralter Zeit feindlich gesonnen sind. Ich wollte nicht, daß hier ein Bruderkrieg ausbricht.«
»Das war sehr klug, Ritter Nochéztli.«
»Aber die Unterschiedlichkeit unserer Truppen macht es sehr schwierig, sie zu führen. Ich habe jedem meiner besten Ritter und Unteroffiziere die Verantwortung für eine Gruppe Krieger übertragen. Befehle, Anweisungen und Verweise, was auch immer einer Entscheidung bedarf, können allerdings nur den höchsten Stammeskriegern erteilt werden, die Náhuatl verstehen. Sie wiederum müssen es in ihrer Sprache an ihre Männer weitergeben. Danach muß der nächste Stamm diese Dinge erfahren, der vielleicht einen anderen Dialekt derselben Sprache spricht, dem man sie aber zumindest verständlich machen kann. Und dieser Stamm gibt die Befehle irgendwie an einen anderen weiter. Wahrscheinlich verbringt bei all den Hundertschaften ein Mann einen Großteil seiner Zeit damit, als Dolmetscher zu fungieren. Und natürlich verändern sich die Befehle auf dem langen Weg. Das hat bereits zu unglaublichen Mißverständnissen geführt. Noch ist es nicht geschehen, aber eines Tages, wenn ich eine Abteilung antreten lasse und den Männern in der ersten Reihe befehle: ›An die Waffen!‹, und der Befehl wird weitergegeben, dann bekommen die Männer in der letzten Reihe zu hören: ›Legt euch schlafen!‹ Und mit den Yaki, die Ihr geschickt habt, kann sich überhaupt niemand verständigen. Selbst wenn ich ihnen befehlen sollte, schlafen zu gehen, würden sie es nicht verstehen.«

Ich mußte angesichts von Nochéztlis verzweifeltem Ausbruch ein Lächeln unterdrücken. Aber ich war stolz und voll Bewunderung dafür, wie er das riesige Heer unter so schwierigen Umständen geführt hatte, und das sagte ich ihm.

»Bis jetzt«, erwiderte er, »habe ich verhindert, daß die Männer allzu unruhig werden und Streitigkeiten untereinander beginnen, indem ich Befehle gebe, die sogar den Yaki durch Gesten und bildhaftes Veranschaulichen anstelle von Worten verständlich zu machen sind. Dadurch waren sie alle mit irgendwelchen Arbeiten beschäftigt. Zum Beispiel habe ich Einheiten für die Jagd, das Fischen und das Sammeln von Nahrung zusammengestellt, andere zum Brennen von Holzkohle, dem Mischen des Pulvers, dem Gießen von Bleikugeln und so weiter. Die Läufer, die Ihr zum Tzebóruko und nach Aztlan geschickt hattet, sind mit großen Mengen des gelben Schwefels und des bitteren Salpeters zurückgekommen. Deshalb haben wir jetzt soviel Schießpulver und so viele Kugeln, wie wir tragen können, wenn wir von hier losziehen. Ich freue mich auch, melden zu können, daß wir noch sehr viel mehr Donnerstöcke besitzen. Die Purémpe-Frauen haben alle Waffen mitgebracht, die ihnen bei den Überfällen auf die Spanier in Neugalicien in die Hände gefallen sind. Zahlreiche Stammeskrieger aus dem Norden haben auf ihrem Weg durch das umstrittene Gebiet eine große Zahl dieser Waffen von den Vorposten des spanischen Heeres erbeutet. Wir haben jetzt beinahe hundert Donnerstöcke und ungefähr doppelt so viele Männer, die sie bedienen können. Außerdem gibt es ein großes Arsenal von Messern und Schwertern aus Stahl.«

»Das ist alles höchst erfreulich«, sagte ich. »Hast du auch etwas weniger Erfreuliches zu berichten?«

»Nur ..., daß es um die Waffen besser bestellt ist als um die Verpflegung. Bei der Zahl von Mündern, die etwas kauen wollen, könnt Ihr Euch das sicher vorstellen. Unsere Jäger und die Versorgungstrupps haben inzwischen das letzte Tier und den letzten Vogel erlegt, alle Früchte, Nüsse und alles eßbare Grün in diesen Bergen gepflückt und die Gewässer leer gefischt. Ich mußte ihre Streifzüge einschränken, versteht Ihr, damit sie sich nicht zu weit entfernten, und die Nachricht von ihrem Treiben den falschen Leuten zu Ohren kam. Aber vielleicht solltet Ihr diesen Befehl widerrufen, Tenamáxtzin, denn unsere Rationen sind inzwischen wirklich kärglich und bestehen nur aus Wurzeln, Knollen, Fröschen und Insekten. Solche Entbehrungen sind den Kriegern zunächst natürlich zuträglich. Sie werden dadurch mager und hart, und sie brennen darauf, sich in den reichen Gebieten, in die wir eindringen werden, schadlos zu halten. Allerdings sind die Purémpe-Kriegerinnen nicht die einzigen Frauen. Eine große Zahl entflohener Sklavinnen und sogar Kinder haben ebenfalls den Weg hierher gefunden. Ich mache mich nur ungern zum Sprachrohr der Frauen, aber mir tun diese Schwächeren leid, die im Vertrauen darauf, daß wir für sie sorgen würden, zu uns gekommen sind. Ich hoffe, Herr, Ihr werdet Befehl geben, daß wir alle sofort in reichere Gegenden marschieren.«
»Nein«, sagte ich entschieden. »Den Befehl werde ich noch nicht geben, und ich werde keinen deiner Befehle widerrufen, selbst wenn wir alle eine Zeitlang Sandalenleder kauen müssen, um zu überleben. Ich werde dir auch den Grund dafür sagen.«
Ich berichtete ihm, was mir Bischof Quiroga anvertraut hatte, und fügte hinzu: »Das, Nochéztli, ist mein erster Befehl. Schicke schnelle Läufer mit scharfen Augen nach

Westen. An jeder Straße, an jedem Weg, selbst an jedem Wildwechsel, der von Compostela in Richtung Norden führt, soll ein Mann gut versteckt Posten beziehen. Wenn der Gouverneur Coronado mit seinem Troß durchzieht, will ich genau wissen, wie viele Männer und Waffen, Pferde, Maultiere und Träger ihm folgen. Zählt auch die Traglasten und alles, was er mit sich nimmt. Wir werden ihn nicht angreifen, denn der Dummkopf tut uns einen unglaublich großen Gefallen. Wenn ich die Meldung habe, daß er und seine Männer abgezogen sind, und sie sich nach meiner Einschätzung weit genug im Norden befinden, dann, und erst dann, setzen wir uns in Bewegung. Stimmst du mir zu, Ritter Nochéztli?«

»Natürlich, Herr«, sagte er und schüttelte verwundert den Kopf. »Welch ein erstaunliches Glück für uns, und welch ein erstaunlicher Leichtsinn von Coronado. Er öffnet uns praktisch Tür und Tor.«

Es war unbescheiden von mir, doch ich mußte im Hochgenuß meines Erfolgs einfach erwidern: »Ich schmeichle mir, daß ich vor langer Zeit ein wenig zu diesem Glück und dem Leichtsinn beigetragen habe. Ich suchte jahrelang nach der verwundbaren Stelle der scheinbar unverwundbaren Weißen. Ich habe sie gefunden. Es ist die Habgier.«

»Das erinnert mich daran«, sagte Nochéztli, »daß ich beinahe vergessen hätte, etwas anderes Erstaunliches zu erwähnen. Unter den Flüchtlingen, die wir aufgenommen haben, befinden sich zwei weiße Männer.«

»Wie?« rief ich ungläubig. »Spanier, die vor ihresgleichen fliehen und die sich gegen ihresgleichen wenden?«

Nochéztli zuckte die Schultern. »Ich weiß es nicht. Es scheinen ziemlich merkwürdige Spanier zu sein. Selbst die wenigen Aztéca, die ein paar Worte Spanisch kön-

nen, verstehen das Spanisch nicht, in dem sie mit uns zu sprechen versuchen. Die beiden reden ständig miteinander. Dabei schnattern und zischen sie wie Gänse.« Nach einer Pause fügte er hinzu: »Ich habe gehört, daß ihre Religion den Spaniern verbietet, Kinder mit Gehirnschäden zu töten. Vielleicht sind es zwei Schwachsinnige, die erwachsen geworden sind, ohne genau zu wissen, wie ihnen geschieht.«
»Wenn es so ist, werden wir sie lieber töten, als sie durchzufüttern. Ich will sie mir später ansehen.« In diesem Augenblick knurrte mir der Magen. »Ach, da wir gerade davon reden ... kann ich etwas zu essen haben? ... ganz gleich, welche Maden und Dornen es heute geben mag.« Nochéztli lachte. »Wir wären so dumm wie die Weißen, wenn wir unseren Befehlshaber hungern lassen und auf diese Weise schwächen würden. Ich habe ein paar geräucherte Hirschkeulen beiseite gelegt.«
»Ich danke dir. Und während ich mir das Fleisch schmecken lasse, schickst du den Offizier zu mir, dem du das Kommando über die Purémpe-Kriegerinnen übertragen hast.«
»Sie haben einen eigenen ...« Nochéztli wirkte sichtlich verlegen. Er räusperte sich und sagte: »Es ist nach wie vor eine Frau. Sie hat es abgelehnt, sich von einem Mann Befehle geben zu lassen.«
Ich hätte es wissen müssen. Das mußte die Frau mit dem Kojotengesicht und dem unpassenden Namen Schmetterling sein. Gut, daß ich mich auf das Gespräch vorbereiten konnte. Um zu verhindern, daß sie erneut versuchen würde, mich einzuschüchtern, beglückwünschte ich sie dafür, daß sie noch am Leben war. Ich gratulierte ihr auch zu den vielen erfolgreichen Überfällen auf die Weißen in Neugalicien und bedankte mich dafür, daß sie

auf meinen Wunsch die Gemeinden von Utopía verschont hatte. Schmetterling nahm das große Lob stolz und schweigend entgegen.
Sie wirkte noch erfreuter, als ich sagte: »Ich will deine Abteilung tapferer Frauen mit einer besonderen Waffe ausrüsten. Es ist eine Waffe, wie die anderen Krieger sie nicht haben. Sie wird ohnehin am besten von Frauen hergestellt. Ihre Finger sind zarter und geschickter als die der Männer, und sie können damit genauer arbeiten.«
»Gebt uns nur Eure Befehle, Tenamáxtzin.«
»Die Waffe ist meine Erfindung, obwohl die Spanier etwas Ähnliches haben, was sie eine Granate nennen.«
Ich erklärte, wie man den Ton fest um das Pulver drückt, ein dünnes Poquíetl als Docht hineinsteckt und den Ball in der Sonne trocknen läßt, bis er hart ist.
»Wenn wir dann in die Schlacht ziehen, mein tapferer Schmetterling, soll jede deiner Frauen ein Poquíetl rauchen und mehrere dieser Granaten bei sich tragen. Wann immer sich eine Gelegenheit bietet, zünden sie den Docht einer Granate an und werfen sie auf den Feind – oder noch besser in seine Häuser, Wachstuben und Festungen. Du wirst sehen, daß diese kleinen Tonkugeln erstaunlichen Schaden anrichten.«
»Das klingt wunderbar, Herr! Wir werden uns sofort an die Arbeit machen.«
Nachdem ich das Fleisch von den Hirschknochen genagt, ein wenig Octli getrunken und ein Poquíetl geraucht hatte, befahl ich, die beiden sonderbaren weißen Männer zu holen.
Es stellte sich heraus, daß es sich weder um Spanier noch um Abtrünnige handelte, obwohl ich in meiner Verwirrung einige Zeit brauchte, um dahinterzukommen. Der eine Mann schien älter als ich zu sein, der andere etwas

jünger. Beide waren so weiß und behaart wie Spanier, doch wie die anderen Sklaven im Lager gingen sie barfuß und trugen zerrissene Kleidung. Offensichtlich hatte man ihnen irgendwie klargemacht, daß ich der Oberbefehlshaber aller hier versammelten Krieger war. Deshalb näherten sie sich mir ehrerbietig. Wie Nochéztli gesagt hatte, sprachen sie sehr schlecht spanisch, aber irgendwie konnten wir uns verständigen. Sie verwendeten in unserem Gespräch allerdings immer wieder Worte, von denen ich nur hoffen kann, sie annähernd richtig wiederzugeben, denn sie klangen in der Tat wie Gänsegeschnatter.

Ich stellte mich auf spanisch in so einfachen Worten vor, daß selbst sie es verstehen mußten. »Ihr Spanier nennt mich Juan Británico. Was ...?«

Der ältere Mann unterbrach mich: »John, der Brite?« Beide starrten mich mit weit aufgerissenen Augen an und redeten aufgeregt miteinander. Ich verstand nur, daß sie ständig das Wort ›Brite‹ wiederholten.

»Bitte«, sagte ich, »sprecht spanisch, wenn ihr könnt.«

Das taten sie danach auch die meiste Zeit. Doch in meiner Schilderung unserer Unterhaltung klingt es, als hätten sie Spanisch sehr viel fließender gesprochen, als es tatsächlich der Fall war. Und ich versuche mein Bestes, die ständig eingestreuten Wörter in der ›Gänsesprache‹ wiederzugeben.

»Verzeiht, John, der Brite«, erwiderte der Ältere. »Ich habe gerade zu Miles hier gesagt, daß wir, bei Gott, endlich eine Glückssträhne haben, wie wir es nennen, oder buena suerte. Das Unglück muß Euch wie uns irgendwie hierher zu diesen Wilden verschlagen haben. Aber Miles findet und, bei Gott, Käptn, ich finde es auch, Ihr seht nicht gerade sehr britisch aus.«

»Was immer ›britisch‹ sein mag oder ein ›Brite‹, ich bin es nicht.«
Ich erinnerte mich an meine Taufe und dachte: Die Kirche der Christen stiftet stets nur Verwirrung. Kein Wunder, wenn ihre Priester nicht einmal bis drei zählen können. Es muß eine besondere Strafe der Götter sein, daß sie ausgerechnet diese Christen geschickt haben, um die EINE WELT zu zerstören.
»Ich bin ein Aztécatl, ein Indio, wie Ihr sagen würdet, und mein richtiger Name ist Téotl-Tenamáxtli.«
Die beiden Männer sahen mich so verständnislos an, wie nur Weiße es können.
»Niemand außer den Spaniern nennt mich bei dem christlichen Namen Juan Británico.«
Sie schnatterten und zischten wieder miteinander, und ich verstand mehrere Male das Wort ›christlich‹.
Dann wandte sich der ältere Mann erneut an mich.
»Wenn ich Euch recht verstehe, dann seid Ihr zumindest ein christlicher Indio, Käptn. Aber sagt uns, seid Ihr einer der verdammten und verlogenen Papisten oder ein guter Anglikaner?«
»Ich bin überhaupt kein Christ«, erwiderte ich gereizt. »Und hier stelle ich die Fragen. Wer seid ihr eigentlich?«
Sie stellten sich vor, und jetzt war es an mir, verständnislos zu blicken. Ihre Namen konnten ebensogut der Sprache der Yaki wie der von Gänsen entstammen. Mit Sicherheit waren sie nicht spanisch.
»Hier«, sagte der Ältere, »ich kann schreiben.« Er blickte sich suchend nach einem scharfkantigen Stein um, während er fortfuhr: »Ich bin Steuermann. Jawohl, das bin ich. Die Spanier nennen jemanden wie mich einen Navegador. Miles gehört auf das Vorderdeck und hat von nichts eine Ahnung.«

Er kratzte mit dem Stein zwei Namen in die Erde vor meinen Füßen, und deshalb weiß ich genau, wie sie hießen.
»JOB HORTOP ... das bin ich, und MILES PHILIPS ... das ist er.«
Er hatte von Schiffen und von der See gesprochen. Deshalb fragte ich. »Steht ihr im Dienst von König Carlos?«
»König Carlos?!« riefen beide, und der Jüngere fügte empört hinzu: »Wir dienen dem guten König Heinrich von England, Gott segne ihn! Und deshalb sind wir verdammt noch mal hier!«
»Ihr müßt ihn entschuldigen, John, der Brite«, sagte der Ältere schnell. »Einfache Matrosen haben keine Manieren.«
»Ich habe von England gehört«, sagte ich, denn mir war eingefallen, was Vater Vasco mir einmal erzählt hatte. »Kennt ihr vielleicht Don Tomás Moro?« Verständnislose Gesichter. »Oder sein Buch über Utopía?«
Der Steuermann seufzte und sagte: »Ihr müßt entschuldigen, Käptn. Ich kann ein bißchen lesen und schreiben. Aber ich lese keine Bücher.«
Ich seufzte ebenfalls und sagte: »Bitte erzählt mir einfach, wie es kommt, daß ihr hier seid.«
»Jawohl, Sir. Versteht Ihr, es war so. Wir sind auf einem Hawkins-Handelsschiff unter genuesischem Patent von Bristol ausgelaufen, um eine Fracht schwarzes Elfenbein – Ihr wißt, was ich meine – von Guinea nach Hispaniola zu bringen. Wir sind bis zur Schildkröteninsel gekommen. Dort hat uns der Sturm auf ein Riff getrieben, und wir haben Schiffbruch erlitten. Ich und Miles waren die einzigen Weißen, die zusammen mit einer Menge von den Schwarzen lebend ans Ufer getrieben wurden. Die verdammten Jack Napeses, diese elenden Piraten, haben uns dann wie die Schwarzen zu Sklaven gemacht. Seit-

her sind wir von Hand zu Hand gegangen, von Hispaniola bis Kuba und haben schließlich in einem Dock in Veracruz Werg gezupft. Als ein Haufen schwarzer Sklaven ausgebrochen ist, sind wir mit ihnen abgehauen. Wir hatten kein Ziel, aber die Schwarzen haben erfahren, daß sich in diesen Bergen Rebellen sammeln. Also sind wir hier, Käptn. Wir werden hervorragende Kämpfer gegen die Spanier sein, verdammt noch mal, wenn Ihr uns nehmt. Ich und Miles, wir werden mit Freuden jeden Hurensohn Jack Napes umbringen, den Ihr uns zeigt. Gebt uns nur zwei Entermesser.«
Ich verstand nicht viel von alldem, bis auf das Letzte. »Wenn ihr meint, ihr wollt auf unserer Seite kämpfen, sehr gut, ihr werdet Waffen bekommen.«
Nach kurzem Nachdenken fügte ich hinzu: »Da ich der einzige Mensch in diesem Heer bin, der euch wenn auch mit großer Mühe versteht, und den ihr verstehen könnt...«
»Verzeiht noch einmal, John, der Brite. Eine ganze Reihe von diesen Sklaven, Schwarzen, Indios und Mischlingen sprechen besser Spanisch als wir. Ein kleines Halbblutmädchen kann sogar lesen und schreiben.«
»Danke, daß ihr mir das sagt. Sie mag nützlich sein, wenn ich einer spanischen Stadt die Belagerung erkläre oder die Übergabebedingungen festsetze. Aber da ich der einzige Offizier bin, der mit euch sprechen kann, bleibt ihr beide in meiner Nähe, wenn wir in die Schlacht ziehen.«
Sie nickten eifrig, und ich mußte unwillkürlich lachen. Es ging mir wie den Weißen mit den Indios, es fiel mir offen gestanden schwer, die beiden auseinanderzuhalten.
»Ich kann eure Namen schlecht aussprechen«, sagte ich deshalb, »und da man sich beim Kampf unter Umstän-

den blitzschnell verständigen muß, werde ich euch einfach Uno und Dos nennen.«

»Man hat uns schon schlimmere Namen gegeben«, sagte Dos. »Eine Bitte, Sir, dürfen wir Euch Käptn John nennen? Das gibt uns irgendwie das Gefühl, zu Hause zu sein.«

28

»Dieser Coronado ... ist vor ... sechs Tagen mit seinen Leuten an mir vorbeigezogen ...«, keuchte der Läufer und sank erschöpft auf Knien und Ellbogen vor mir nieder. Sein Brustkorb hob und senkte sich krampfhaft, sein Körper war schweißüberströmt.
»Wieso«, fragte ich zornig, »hast du so lange gebraucht, um dich hier zu melden?«
»Ihr wolltet ... eine Zählung ... Herr«, japste er. »Vier Tage lang ... zählen ... und zwei Tage lang laufen ...«
»Bei Huitztli!« murmelte ich mitfühlend und klopfte dem Mann auf die nasse, bebende Schulter. »Komm erst einmal zu Atem, bevor du weitersprichst. Nochéztli, laß für den Krieger Wasser und etwas zu essen bringen. Er hat sechs Tage und Nächte hart gearbeitet und seine Pflicht erfüllt.«
Der Mann trank dankbar von dem Wasser, doch als erfahrener Läufer zunächst nur wenig. Dann machte er sich gierig über das zähe Hirschfleisch her. Sobald er zusammenhängend sprechen konnte, ohne zu keuchen, fuhr er fort: »An der Spitze kam dieser Coronado und neben ihm ein Mann im schwarzen Priestergewand. Sie saßen beide auf großen Pferden. Hinter ihnen folgten viele berittene Soldaten, in Viererreihen, wenn der Weg breit genug war, zumeist aber in Zweierreihen, denn Coronado hat einen Weg gewählt, der nicht häufig be-

nutzt wird und deshalb auch nicht besonders gut von Gestrüpp freigehalten ist. Jeder Reiter, mit Ausnahme eines einzigen, der schwarze Haut hatte, trug einen Eisenhelm und eine schwere Rüstung aus Eisen und Leder. Jeder einzelne war zudem mit Donnerstöcken und Schwertern aus Stahl bewaffnet und führte ein oder zwei zusätzliche Pferde mit sich. Dann kamen ähnlich bewaffnete Soldaten zu Fuß mit Donnerstöcken und langen Speeren mit breiten Klingen. Hier, Herr, ist die Aufstellung aller Soldaten.«

Er zog drei oder vier Weinblätter aus einem Bündel hervor, das er in der Hand hielt. Darauf hatte er mit einem spitzen Zweig weiße Zeichen eingeritzt. Zu meiner Erleichterung sah ich, daß der Läufer wußte, wie man richtig zählt – Punkte für Einer, Fähnchen für Zwanziger, Bäumchen für Vierhunderter. Ich reichte die Blätter an Nochéztli weiter und sagte: »Zähl sie für mich zusammen.«

Der Läufer berichtete weiter, das Heer, das sich nur mit Schrittgeschwindigkeit vorwärts bewegte, sei so lang gewesen, daß es vier Tage gedauert habe, bis es an seinem Versteck vorübergezogen war. Abends wurde der Marsch unterbrochen und ein Lager aufgeschlagen, doch er wagte nicht zu schlafen, weil er fürchtete, es könnte ihm etwas entgehen, was auf Coronados Befehl vielleicht im Schutz der Dunkelheit transportiert wurde.

Während seines Berichts reichte mir der Läufer in Abständen immer neue Weinblätter. »Hier ist die Liste der Reitpferde, Herr, und das ist die Liste der Pferde und anderen Tiere mit Traglasten. Hier ist die Aufstellung der unbewaffneten Männer, von denen einige Weiße, andere Schwarze und Indios sind, und die Tiere treiben oder ebenfalls Lasten tragen. Und schließlich: »Das ist die Li-

ste der Tiere mit Hörnern, die Rinder genannt werden und die den Schluß bildeten.«
Ich gab diese Aufstellungen alle an Nochéztli weiter und sagte zu dem Mann: »Das hast du sehr gut gemacht. Wie heißt du, und welchen Rang hast du?«
»Ich heiße Pozonáli, Herr, und bin nur ein Yaoquízqui-Rekrut.«
»Nicht mehr, denn ab jetzt bist du ein Iyac. Geh jetzt, Iyac Pozonáli, iß und trink dich satt und schlafe dich aus. Dann nimm dir eine Frau ... eine Purémpe, eine Sklavin, welche du willst ... und sag ihr, ich habe es befohlen. Du hast die beste Stärkung verdient, die wir dir geben können.«
Nochéztli studierte die Weinblätter und murmelte dabei vor sich hin. Schließlich sagte er: »Wenn die Zählung stimmt, Tenamáxtzin, und ich bürge für Pozonális Zuverlässigkeit, dann ist das wirklich unglaublich. Hier ist, was ich zusammengezählt habe: Außer Coronado und dem Mönch zweihundertfünfzig Berittene mit sechshundertzwanzig zusätzlichen Reitpferden, vierundsiebzig Fußsoldaten, ganze zehnhundert Packtiere, zehnhundert unbewaffnete Männer ... Sklaven, Träger, Treiber, Köche, was auch immer ... und vierhundertvierzig Rinder.« Mit leichter Wehmut fügte er hinzu: »Ich beneide die Spanier um all das viele frische, lebende Fleisch.«
Ich sagte: »Nach unseren Informationen wissen wir, daß Coronado nur erfahrenste Offiziere und bestens ausgebildete Männer begleiten. Bestimmt hat er auch die besten Pferde und die stärksten und treuesten Sklaven und natürlich die neuesten und besten Arkebusen sowie Schwerter und Speere aus dem schärfsten Stahl mitgenommen. Bei vielen der Lasten handelt es sich um Schießpulver und Blei. Es bedeutet, daß er in den Garni-

sonen Neugaliciens, vielleicht im ganzen westlichen Teil Neuspaniens nur die ausgemusterten und untauglichen Soldaten zurückgelassen hat. Wahrscheinlich sind sie alle schlecht bewaffnet, haben nicht genug Munition und sind unzufrieden, weil sie unter dem Kommando unfähiger Offiziere stehen.« Mehr zu mir selbst fügte ich hinzu: »Die Frucht ist endlich reif.«
Nochéztli murmelte: »Selbst eine überreife Frucht würde jetzt gut schmecken.«
Ich lachte. »Du hast recht. Ich habe ebenso großen Hunger wie du. Wir werden nicht länger warten. Wenn sich das Ende der langen Kolonne bereits zwei Tage nördlich von uns befindet, können wir getrost nach Süden ziehen. Es ist nicht sehr wahrscheinlich, daß Coronado etwas von unserem Heer erfährt. Verbreite die Nachricht in den Lagern. Wir marschieren morgen bei Tagesanbruch. Schick unseren Versorgungstrupp sofort voraus, damit wir morgen mit einem anständigen Abendessen rechnen können. Außerdem sollen alle deine Ritter und Führungsoffiziere zur Entgegennahme von Anweisungen sofort zu mir kommen.«
Als sich diese Männer und Schmetterling, der einzige weibliche Offizier, eingefunden hatten, sagte ich zu ihnen: »Unser erstes Ziel ist eine Stadt namens Tonalá südöstlich von hier. Ich habe in Kenntnis gebracht, daß sie sehr schnell wächst und viele spanische Siedler anlockt. Es ist geplant, dort eine Kathedrale zu errichten.«
»Entschuldigt, Tenamáxtzin«, sagte ein Offizier. »Was ist eine Kathedrale?«
»Ein gewaltiger Tempel der Religion des weißen Mannes. So große Tempel werden nur an Orten errichtet, von denen man erwartet, daß sie sich zu wichtigen Städten ent-

wickeln. Deshalb glaube ich, daß Tonalá einmal Compostela als spanische Hauptstadt von Neugalicien ablösen soll. Wir werden unser Möglichstes tun, die Spanier von diesem Vorhaben abzubringen, indem wir Tonalá angreifen, zerstören und dem Erdboden gleichmachen.«
Die Offiziere nickten und sahen einander zufrieden an.
»Wenn wir uns Tonalá nähern«, fuhr ich fort, »wird das Heer haltmachen, während Späher die Lage in der Stadt erkunden. Nach ihrem Bericht werde ich über die Verteilung unserer Kräfte beim Angriff entscheiden. Ich will außerdem Kundschafter haben, die uns vorausgehen – zehn flinke Aztéca-Krieger, die in ausreichendem Abstand vor unserem Zug ausschwärmen. Jede Siedlung, jeder Ort, selbst jede Hütte, die sie auf unserem Weg entdecken, ist mir sofort zu melden. Falls sie einem Menschen begegnen, ganz gleich, welcher Hautfarbe, und sei es ein Kind, das Pilze sucht, wird mir der Betreffende sofort vorgeführt. Überzeugt euch davon, daß alle diese Befehle verstanden haben.«

Ich weiß nicht, wie viele Tage es gedauert hätte, bis unsere gesamte Kolonne, sobald sie sich in Marsch setzte, an einem bestimmten Punkt vorbeigezogen wäre. Wir waren etwa achtmal so viele Menschen wie das Heer unter Coronados Führung, aber wir hatten nicht seine Herden von Pferden, Maultieren und Rindern. Wir besaßen nur die beiden ungesattelten Pferde, die Nochéztli vor langer Zeit nach dem Überfall aus dem Hinterhalt vor Compostela erbeutet hatte. Als wir das Lager in Chicomóztotl verließen, ritten er und ich an der Spitze des Heeres auf einem kurvenreichen, nach Südosten führenden Weg und gelangten so allmählich von den Bergen hinunter in die Ebene.

Ich muß gestehen, jedesmal, wenn ich auf den langen, gewundenen und waffenstarrenden Zug blickte, der mir folgte, hatte ich voll Stolz beinahe selbst das Gefühl, ein Eroberer zu sein.

Zur allgemeinen Erleichterung und zur größten Freude aller versorgten uns die Jäger vom ersten Abend an mit ordentlichen und nahrhaften Mahlzeiten, und die Sammler steuerten in den folgenden Tagen zunehmend schmackhaftere und nahrhafte Gemüse und Früchte zur Ernährung des Heeres bei.

Erfreulicherweise dauerte es nicht lange, bis Nochéztli und ich schließlich auch in den Besitz zweier Sättel kamen. Eines Tages kehrte einer unserer Späher eilig zurück und meldete, nur einen Langen Lauf weiter befinde sich direkt am Weg ein spanischer Militärposten. Wie der Posten, den Zehenspitze und ich vor langer Zeit überfallen hatten, bestand er aus einem Schuppen mit zwei Soldaten und einem Gehege mit vier Pferden, von denen zwei gesattelt waren. Ich gab Befehl anzuhalten, und Nochéztli ließ sechs, mit Maquáhuime bewaffnete Krieger rufen.

Ich sagte zu ihnen: »Ich will für ein so belangloses Hindernis kein Pulver und Blei verschwenden. Wenn ihr sechs euch nicht an diesen Posten heranschleichen und die beiden Weißen auf der Stelle töten könnt, dann verdient ihr es nicht, ein Schwert zu tragen. Geht und erledigt sie. Aber beachtet eine Vorsichtsmaßregel: Gebt euch Mühe, die Kleider der Männer nicht zu zerreißen oder mit Blut zu beflecken.«

Die Männer verschwanden, nachdem sie die Erde geküßt hatten, blitzschnell im Gebüsch. Nach kurzer Zeit kamen sie glücklich strahlend zurück und hielten die Köpfe der beiden Spanier an den Haaren in die Luft.

»Wir haben die Sache sehr sauber erledigt, Herr«, sagte einer von ihnen. »Nur die Erde ist blutig geworden.«
Also marschierten wir bis zu dem Wachhäuschen weiter. Dort erbeuteten wir außer den vier Pferden zwei weitere Arkebusen mit Pulver und Kugeln, zwei Stahlmesser und zwei Stahlschwerter. Ich befahl ein paar Männern, den Leichen der Soldaten Rüstung und Kleidung auszuziehen, die bis auf die Krusten von Schmutz und Schweiß, mit denen man bei den ungepflegten Spaniern rechnen muß, tatsächlich sauber waren.
Ich beglückwünschte die sechs Krieger und die Kundschafter, die den Posten entdeckt hatten. Dann ließ ich Uno und Dos, unsere beiden Weißen, rufen.
»Ich habe Geschenke für euch«, sagte ich, »nicht nur bessere Kleider als die Fetzen, die ihr tragt, sondern auch Helme und Rüstungen und kräftige Stiefel.«
»Bei Gott, Käptn John, wir sind Euch sehr dankbar!« rief Uno. »Das Laufen ist für unsere alten Seemannsbeine mühsam genug, noch dazu, wenn wir barfuß sind.«
Ich verstand die Antwort als Klage darüber, daß sie zu Fuß gehen mußten, und sagte: »Ihr braucht nicht länger zu laufen, ihr könnt reiten.«
»Ich nehme an«, sagte Dos, »wenn wir es in einem Wrack über die Riffs der Schildkröteninsel geschafft haben, können wir alles reiten. Warum nicht auch ein Pferd?!«
»Darf ich fragen, Käptn«, sagte Uno, »warum wir so herausstaffiert werden und nicht zwei von Euren höheren Offizieren?«
»Weil ihr beide meine Mäuse sein sollt, sobald wir Tonalá erreicht haben.«
»›Mäuse‹, Käptn?«
»Das werde ich erklären, wenn es soweit ist. Während wir weitermarschieren, zieht ihr die Uniformen an, legt

die Schwerter um, steigt auf die beiden Pferde, die ich für euch zurücklasse. Wenn ihr soweit seid, holt ihr uns ein, so schnell ihr könnt.«
»Jawohl, Sir.«
Also hatten Nochéztli und ich wieder bequeme Sättel. Die beiden anderen Pferde benutzte ich als Packtiere und befreite damit mehrere meiner Krieger von den schweren Bleikugeln, die sie hatten schleppen müssen.
Die nächste erwähnenswerte Begebenheit ereignete sich ein paar Tage später. Diesmal hatten mich meine Späher nicht vorgewarnt.
Nochéztli und ich ritten über den Kamm eines niedrigen Hügels und blickten auf ein paar Lehmhütten hinunter, die sich um das Ufer eines großen Teichs drängten. Vier unserer Kundschafter saßen zusammen mit den Bewohnern auf der Erde, tranken Wasser und rauchten Poquíetin.
Ich hob die Hand, um den Zug hinter mir zum Stillstand zu bringen, und sagte zu Nochéztli: »Rufe deine Ritter und Führungsoffiziere zusammen und folge mir.«
Er sah meinen Gesichtsausdruck und machte wortlos kehrt, während ich zu der kleinen Siedlung hinunterritt. Dort angekommen, beugte ich mich vom Pferd und fragte einen der Kundschafter: »Wer sind diese Leute?«
Mein Blick und mein Ton brachten ihn zum Stottern. »Nur ... nur einfache Fischer, Tenamáxtzin.« Er winkte den ältesten Mann herbei.
Der Alte fürchtete sich vor meinem Pferd und kam nur ängstlich näher. Er benahm sich so ehrerbietig, als sei ich ein berittener Spanier, aber er wandte sich in der Sprache der Kuanáhuata an mich, die dem Náhuatl so ähnlich ist, daß ich ihn verstehen konnte.
»Herr, wie ich gerade dem Krieger erklärt habe, leben wir

von den Fischen in diesem Teich. Wir sind nur wenige Familien und fischen, wie unsere Vorfahren es seit urdenklichen Zeiten getan haben.«
»Wieso ihr? Und warum ausgerechnet hier?«
»In diesem Teich gibt es einen kleinen, sehr gut schmeckenden Weißfisch, den man in keinem anderen Gewässer findet. Bis vor kurzem haben wir die Fische an andere Kuanáhuata-Siedlungen verkauft.« Er machte eine unbestimmte Handbewegung in Richtung Osten. »Aber jetzt sind im Süden, in Tonalá, Weiße. Sie schätzen diesen besonderen Fisch ebenfalls sehr, und wir können dafür wertvolle Waren eintauschen, die wir nie zuvor ...«
Er verstummte und blickte an mir vorbei, denn Nochéztli und seine Offiziere nahmen mit den Schwertern in der Hand im Kreis um die Hütten Aufstellung. Die Dorfbewohner drängten sich alle ängstlich zusammen, und die Männer legten schützend die Arme um Frauen und Kinder.
Ich sagte über die Schulter: »Ritter Nochéztli, gib Befehl, die Kundschafter zu töten.«
»Tenamáxtzin, es sind vier unserer besten ...« Doch er verstummte wie zuvor der Fischer, als ich mich umdrehte. Ich sah ihn nur an, und er nickte gehorsam den Offizieren neben sich zu. Bevor die fassungslosen Kundschafter sich bewegen oder protestieren konnten, waren sie enthauptet. Der alte Mann und die Dorfbewohner starrten entsetzt auf die Körper, die zuckend im trockenen Gras lagen, und auf die abgetrennten Köpfe, in denen sich die Augenlider immer noch bewegten, als könnten sie nicht an ihr Schicksal glauben.
Zu dem alten Mann sagte ich: »Es wird keine Weißen mehr geben, mit denen ihr in Zukunft Handel treiben könnt. Wir sind auf dem Weg nach Tonalá, um dafür zu

sorgen. Jeder von euch, der mitkommen will und uns dabei hilft, die Weißen zu besiegen, ist herzlich dazu eingeladen. Alle, die das nicht wollen, werden auf der Stelle getötet.«

»Herr«, sagte der alte Mann flehend, »wir haben keinen Streit mit den Weißen. Sie verhalten sich beim Handel mit uns anständig. Seit sie hier sind, geht es uns besser als ...«

»Das habe ich schon zu oft gehört«, unterbrach ich ihn. »Ich wiederhole noch einmal. Es wird keine Weißen geben, weder anständige Händler noch andere. Du hast gesehen, was mit meinen eigenen Männern geschehen ist, die meine Befehle nicht ernst genug genommen haben. Wer von euch mitkommt, dem schenke ich das Leben.«

Der alte Mann wandte sich an die Dorfbewohner und breitete hilflos die Arme aus. Mehrere Männer und Halbwüchsige und zwei oder drei der kräftigeren Frauen, von denen eine einen kleinen Jungen an der Hand führte, traten vor und küßten symbolisch die Erde vor mir.

Der alte Mann schüttelte traurig den Kopf und sagte: »Selbst wenn ich nicht zu alt wäre, um zu marschieren und zu kämpfen, Herr, würde ich den Ort meiner Väter und der Väter meiner Väter nicht verlassen. Tut was Ihr wollt.«

Ich schlug ihm mit meinem Stahlschwert den Kopf ab. Das brachte die übrigen Männer und Jungen des Dorfes dazu, hastig vorzutreten und sich mir mit der Tlalqualíztli-Geste anzuschließen. Die meisten Frauen und Mädchen folgten ihrem Beispiel. Nur drei oder vier, die Säuglinge auf den Armen hielten oder kleine Kinder hatten, die sich an ihre Röcke klammerten, blieben zurück.

»Tenamáxtzin«, sagte Schmetterling mit dem Kojotenge-

sicht so besorgt, wie ich es nicht von ihr erwartet hätte, »das sind unschuldige Frauen und kleine Kinder.«
»Du hast schon ganz andere als diese getötet«, erwiderte ich.
»Aber das waren Spanier.«
»Die Frauen können reden. Die Kinder können mit dem Finger zeigen. Ich will keine lebenden Zeugen.«
Ich warf ihr mein zweites Schwert zu, ein obsidianbesetztes Maquáhuitl, das an einem Riemen am Sattelknauf hing, denn sie war nur mit einer Arkebuse bewaffnet. »Hier. Stell dir einfach vor, es seien Spanierinnen.«
Das tat sie, allerdings ungeschickt, denn offensichtlich widerstrebte es ihr. Deshalb litten ihre Opfer mehr, als die Männer gelitten hatten. Sie sanken unter den Hieben zusammen, und Schmetterling mußte öfter zuschlagen, als nötig gewesen wäre. Als sie ihr Werk vollbracht hatte, war das Blut vom Ufer hinunter zum Teich gelaufen und färbte das Wasser an seinem Rand rot. Die Dorfbewohner, die sich mir unterworfen hatten, jammerten und klagten, rauften sich die Haare und zerrissen ihre Mäntel. Wir trieben sie zu unseren Sklaven, und ich gab Befehl, sie gut zu bewachen, damit sie nicht zu fliehen versuchten.
Wir legten eine lange Strecke zurück, bevor Nochéztli den Mut aufbrachte, wieder mit mir zu sprechen. Er räusperte sich unruhig und sagte: »Das waren Menschen unserer Rasse, Tenamáxtzin. Die Kundschafter waren Männer aus Eurer eigenen Stadt.«
»Ich hätte sie auch getötet, wenn es meine eigenen Brüder gewesen wären. Ich gebe zu, das hat uns vier gute Krieger gekostet, aber ich verspreche dir, von diesem Tag an wird kein einziger Mann unseres Heeres meine Befehle so mißachten, wie die vier es getan haben.«

»Das ist sicher«, räumte Nochéztli ein. »Aber diese Kuanáhuata hatten sich Euch nicht widersetzt oder Euch auf irgendeine Weise erzürnt ...«
»Sie waren im Herzen ebenso im Bund mit den Spaniern und abhängig von ihnen wie Yeyac. Deshalb habe ich sie vor die gleiche Wahl gestellt wie Yeyacs Krieger. Schließt euch uns an, oder ihr werdet sterben. Sie haben ihre Entscheidung getroffen. Hör zu, Nochéztli, du gehörst nicht wie ich zu den wenigen, die in ihrer Jugend in der christlichen Lehre unterwiesen worden sind. Die Priester haben uns mit Vorliebe Geschichten aus den Annalen ihrer Religion erzählt. Besonders gern und ausführlich sprachen sie von den Taten und den Äußerungen ihres kleinen Gottes, der Jesucristo genannt wird. Ich erinnere mich gut an eines seiner Worte. ›Wer nicht für mich ist, ist gegen mich.‹«
»Ich verstehe und finde es auch richtig, daß Ihr keine Zeugen zurücklassen wolltet, die gesehen haben, wie unser Rebellenheer in Richtung Tonalá zieht, Tenamáxtzin. Aber es muß Euch bewußt sein, daß die Spanier früher oder später unvermeidlich von unserem Heer erfahren und von unserer Absicht, sie aus der EINEN WELT zu vertreiben.«
»Ayyo, das werden sie in der Tat. Und ich will es sogar so. Ich habe vor, sie damit zu bedrohen und zu verhöhnen. Aber die Weißen sollen nur eben soviel erfahren, damit sie in Ungewißheit, in Angst und Schrecken leben. Ich will nicht, daß sie unsere Zahl, die Stärke unserer Bewaffnung, unseren jeweiligen Standort oder den Weg kennen, den wir nehmen. Die Weißen sollen bei jedem unerwarteten Geräusch erschrocken zusammenzucken, vor jedem unvertrauten Anblick zurückweichen, jedem Fremden mißtrauen und steife Hälse be-

kommen, weil sie ständig über ihre Schulter zurückblicken. Sie sollen uns für zahllose böse Geister halten, die unauffindbar sind und hier und da, einfach überall, zuschlagen können. Es darf keine Zeugen geben, die ihnen etwas anderes berichten.«

Einige Tage später kam einer der Kundschafter vom südlichen Horizont zurück und meldete, Tonalá befinde sich in unserer Reichweite, etwa vier Lange Läufe entfernt. Die anderen Späher, so sagte er, seien vorsichtig dabei, die Außenbezirke der Stadt zu umgehen, um ihre Ausdehnung zu erkunden. Nach eigener kurzer Beobachtung konnte er mir nur sagen, Tonalá scheine vor allem aus neuen Gebäuden zu bestehen, und er habe an den Rändern der Stadt keine Donnerrohre zu ihrer Verteidigung entdecken können.
Ich ließ anhalten und gab Befehl, daß alle Einheiten wie in Chicomóztotl getrennte Lager aufschlugen und sich darauf einstellten, länger als eine Nacht hier zu kampieren. Außerdem ließ ich Uno und Dos rufen und sagte zu ihnen: »Noch ein Geschenk für euch, Señores. Nochéztli und ich werden euch eine Zeitlang unsere gesattelten Pferde überlassen.«
»Gott wird es Euch vergelten, Käptn«, erwiderte Dos mit einem tiefen Seufzen. »Gott bewahre uns vor der Hölle, vor Hull und vor Halifax.«
Uno sagte: »Miles hat damit angegeben, wir könnten alles reiten, aber bei Gott, wir hatten nicht damit gerechnet, den deutschen Stuhl zu reiten. Unsere Hinterbacken tun so weh, als wären wir den ganzen Weg hierher gekattet und gekielholt worden.«
Ich verlangte keine Erklärung des Gänsegeschnatters, sondern gab ihnen nur ihre Anweisungen: »Dort drüben

liegt Tonalá. Der Kundschafter wird euch hinführen. Ihr werdet meine berittenen Mäuse sein. Andere Späher umkreisen die Stadt, und ich will, daß ihr sie euch von innen genau anseht. Reitet nicht vor dem Dunkelwerden los und versucht, wie hochmütige spanische Soldaten zu wirken. Geht durch die Straßen, solange ihr könnt. Ich brauche eine möglichst genaue Beschreibung der Stadt und eine Schätzung der Einwohner, sowohl der Weißen als auch der anderer Hautfarbe. Am wichtigsten ist für mich die möglichst genaue Zahl der dort stationierten Soldaten.«
»Aber was ist, wenn wir nach der Losung gefragt werden, Käptn?« fragte Uno. »Wir können auf spanisch kaum eine normale Antwort geben, von einer Parole ganz zu schweigen. Sollen wir ihnen dann eine Kostprobe unserer Schwerter geben?«
»Nein. Wenn euch jemand anspricht, zwinkert ihr nur vielsagend und legt den Finger an die Lippen. Da es dunkel ist und ihr euch ruhig verhaltet, werden sie annehmen, daß ihr euch in ein Maátime schleicht.«
»In ein was?«
»Ein Freudenhaus für Soldaten.« Als sie mich noch immer verständnislos anstarrten, rief ich lachend: »Ein Haus mit Huren!«
»Jawohl, Sir!« sagte Dos begeistert. »Können wir ein bißchen mit den Häschen spielen, wenn wir dort sind?«
»Nein. Ihr dürft weder kämpfen noch huren. Ihr reitet nur in die Stadt, seht euch um und kommt wieder zurück. Eure Schwerter dürft ihr benutzen, wenn wir die Stadt angreifen. Und wenn wir sie eingenommen haben, werdet ihr genug Zeit für die Frauen haben.«

Aus den Nachrichten, die meine Kundschafter zurückbrachten, und aus den Aussagen von Uno und Dos, die berichteten, ihre Anwesenheit habe kein Aufsehen erregt, konnte ich mir ein Bild von Tonalá machen. Die Stadt hatte ungefähr die Größe von Compostela und auch etwa ebenso viele Einwohner. Doch im Gegensatz zu Compostela hatte sie sich nicht um eine bereits bestehende Siedlung entwickelt, sondern war von Spaniern gegründet worden. In den Außenbezirken standen die üblichen Hütten der Domestiken, doch in der Stadt selbst hatten die Weißen große Häuser aus Lehmziegeln und Holz errichtet. Wie in Compostela gab es zwei massive Steingebäude: eine kleine Kirche, die noch nicht zur Kathedrale des Bischofs erweitert worden war, und einen bescheidenen Palast mit Amtsstuben der Regierung und Unterkünften für die Soldaten.

»Es sind nur genug Bewaffnete in der Stadt, um die Ordnung aufrechtzuerhalten«, sagte Uno. »Polizisten, Büttel, Gerichtsdiener und so weiter. Sie tragen Arkebusen und Hellebarden, aber es sind keine richtigen Soldaten. Ich und Miles, wir haben nur drei Berittene gesehen. Artillerie war nirgends. Ich würde sagen, in der Stadt glaubt man, weit genug im Innern Neuspaniens zu liegen, um die Gefahr eines Angriffs auszuschließen.«

»Insgesamt sind es vielleicht viertausend Menschen«, sagte Dos. »Die Hälfte davon schmierige Spanier. Sie sind so rund wie Tonnen und sehen wie Faulenzer aus.«

»Die andere Hälfte sind ihre Sklaven und Domestiken«, sagte Uno. »Ein ziemlich bunter Haufen – Indios, Schwarze und Mischlinge.«

»Danke, Señores«, sagte ich. »Die beiden gesattelten Pferde nehme ich wieder zurück. Ich bin sicher, wenn wir die Stadt angreifen, werdet ihr euch um eigene Sättel bemühen.«

Ich saß eine Weile da und überlegte hin und her, bevor ich Nochéztli rufen ließ.

»Wir werden nur einen kleinen Teil unserer Truppen brauchen, um Tonalá einzunehmen«, sagte ich. »Ich glaube, den Anfang machen die Yaki, denn ihre Roheit und Grausamkeit wird die Weißen am meisten in Angst und Schrecken versetzen. Außerdem werden wir alle Männer mit Arkebusen einsetzen sowie die Purémpe-Frauen mit Granaten und eine Abteilung unserer besten Aztéca-Krieger. Der größere Teil des Heeres bleibt für die Stadtbewohner unsichtbar und wird hier im Lager warten.«

»Und wir, Tenamáxtzin, greifen wir denn überhaupt nicht an?«

»Hör zu! Vor dem Angriff schickst du die Frauen mit ihren Granaten zu ihren Stellungen. Sie umgehen die Stadt unauffällig in sicherer Entfernung, suchen sich auf der anderen Seite ein gutes Versteck und warten ab. Der Angriff beginnt, wenn ich den Befehl gebe. Er gilt nur für die Yaki auf dieser Seite der Stadt. Sie stürmen los und machen möglichst viel furchterregenden Lärm. Daraufhin werden sich alle spanischen Soldaten hier sammeln, weil sie glauben, nur von einem kleinen Stamm halbnackter Wilder mit Stöcken überfallen zu werden, die sie leicht zurückschlagen können. Wenn die Soldaten auftauchen, treten unsere Yaki scheinbar aus Angst und Verwirrung den Rückzug an. Inzwischen hast du alle unsere Krieger, die im Besitz eines Donnerstockes sind – ebenfalls auf dieser Seite der Stadt –, gut versteckt in einer lockeren Reihe in Stellung gebracht. Sobald die Yaki an ihnen vorbeigerannt sind und unsere Leute freien Blick auf die Spanier haben, springen sie auf, legen an und feuern ihre Waffen ab. Das müßte so viele Spanier töten,

daß die Yaki wiederum kehrtmachen können, um die Überlebenden zu erledigen. Wenn die Purémpe-Frauen das Donnern der Waffen hören, stürmen sie von der anderen Seite in die Stadt und werfen ihre Granaten in jedes Haus und jedes Gebäude. Unsere Aztéca folgen unter deiner und meiner Führung den Yaki zur endgültigen Eroberung von Tonalá nach. Wir werden die weißen Männer töten, wo wir sie finden. Was hältst du von diesem Plan, Ritter Nochéztli?«
»Er ist sehr klug, Herr. Wir können ihn ohne Schwierigkeiten durchführen. Das ist sehr erfreulich.«
»Ich möchte nur wissen, ob ihr, das heißt, du und deine Unteroffiziere, die Anweisungen so geben könnt, daß jeder begreift, was er zu tun hat, selbst die Yaki, mit denen man sich nicht verständigen kann.«
»Ich glaube schon, Tenamáxtzin. Der Plan ist nicht übermäßig kompliziert. Aber für die notwendigen Gesten und das Zeichnen der Figuren im Staub werden wir vielleicht eine Weile brauchen.«
»Es besteht keine Eile. Die Stadt scheint sich zufrieden und überheblich in Sicherheit zu wiegen. Damit du Zeit hast, die unterschiedlichen Befehle zu geben, werden wir erst übermorgen bei Tagesanbruch angreifen.«
Er wollte gerade gehen, aber da rief ich ihn noch einmal zurück.
»Zwei weitere Befehle, Nochéztli, oder vielmehr Einschränkungen. Natürlich wird es unvermeidlich sein, daß unnötig viele Leute abgeschlachtet werden. Aber ich will, daß unsere Krieger möglichst nur weiße Männer töten. Die weißen Frauen und alle Sklaven, Männer und Frauen jeder anderen Hautfarbe sind zu schonen.«
Nochéztli wirkte leicht überrascht. »Diesmal wollt Ihr

also lebende Zeugen auf dem Schlachtfeld zurücklassen, Herr?«

»Die weißen Frauen bleiben nur am Leben, damit sie sich unserer Krieger annehmen können. Das ist die übliche Belohnung für die Sieger. Alle, die dann noch nicht tot sind, werden wir aus Mitleid erschlagen. Was die Sklaven angeht, so steht es ihnen frei, sich uns anzuschließen. Die Zurückbleibenden können meinetwegen die Ruinen von Tonalá übernehmen.«

»Aber Tenamáxtzin, sobald wir wieder abgezogen sind, könnten die Sklaven, die ihren Herren immer noch treu ergeben sind, durch das ganze Land laufen und alle anderen Spanier warnen.«

»Laß sie! Sie können nichts Genaues über unsere Zahl und unsere Stärke berichten. Ich mußte diese Kuanáhuata-Fischer töten, weil sie durch die Nachlässigkeit der Kundschafter unsere ganze Streitmacht gesehen hatten. Hier in Tonalá wird niemand mehr als ein paar von uns zu Gesicht bekommen.«

»Das stimmt. Habt Ihr sonst noch Befehle, Herr?«

»Ja, noch etwas. Sag den Purémpe-Frauen, sie sollen ihre Granaten nicht an die beiden Steingebäude der Stadt, an die Kirche und den Palast, verschwenden. Dort würden Granaten keinen großen Schaden anrichten. Außerdem habe ich einen Grund, die beiden Gebäude selbst einzunehmen. Nun geh und beginne mit den Vorbereitungen.«

Der eigentliche Angriff auf Tonalá verlief wie geplant, bis auf eine kleine Überraschung, die ich hätte voraussehen und verhindern können. Ich und Nochéztli, Uno und Dos befanden uns mit unseren Pferden auf einer kleinen Erhebung, die einen guten Blick über die Stadt bot. Wir beobachteten, wie die Yaki bei Tagesanbruch im Sklavenviertel der Vorstadt ausschwärmten, wildes Kampfgeschrei ausstießen und ihre Keulen und Dreizackspeere schwangen.

Wie ich befohlen hatte, war der Lärm größer als der Schaden, den sie anrichteten. Sie töteten, wie ich später erfuhr, nur ein paar Sklaven, die aus dem Schlaf aufschreckten, tapfer, aber unklug versuchten, ihre Familien zu schützen, und sich den Yaki in den Weg stellten.

Wie erwartet rannten die spanischen Soldaten, durch den Überfall alarmiert, aus ihren Unterkünften im Palast und von ihren Posten herbei – ein paar kamen im Galopp auf Pferden – und sammelten sich am Schauplatz des mörderischen Geschehens. Manche legten noch im Laufen ihre Rüstung an, doch alle waren bewaffnet.

Die Yaki wichen, ebenfalls wie befohlen, vor ihnen auf das freie Gelände vor der Stadt zurück. Doch sie taten es tanzend und hüpfend. Sie drehten sich nach den Soldaten um, verhöhnten sie und schwangen drohend die Waffen.

Die unüberlegte Prahlerei kostete einigen von ihnen das Leben, denn die Spanier waren schließlich Soldaten, auch wenn unser Angriff überraschend kam und sie keine Zeit gehabt hatten, sich darauf vorzubereiten. Sie nahmen in Reihen Aufstellung, gingen auf die Knie, zielten sorgfältig und schossen mit ihren Arkebusen so genau, daß sie ein paar Yaki töteten, bevor die anderen mit ihren Possen aufhörten, davonrannten und sich in Sicherheit brachten.

Das Feld war jetzt frei für meine eigenen Schützen, und wir sahen, wie sie sich plötzlich alle aus ihren Verstecken erhoben, zielten und auf ein Wort ihres Offiziers gleichzeitig feuerten.

Die Salve war sehr wirkungsvoll. Eine beachtliche Zahl spanischer Fußsoldaten ging zu Boden, und ein paar Reiter fielen aus den Sätteln. Selbst aus der Ferne sah ich, daß die bestürzten Spanier, die den Bleihagel überlebt hatten, verwirrt und erschrocken durcheinanderliefen. Doch jetzt kam es zu der bösen Überraschung, die ich bereits erwähnt habe. Meine Schützen hatten ihre Arkebusen so wirkungsvoll benutzt, wie spanische Soldaten es nicht besser hätten tun können. Aber da sie alle zur gleichen Zeit gefeuert hatten, mußten sie auch alle die Waffen neu laden. Wie ich wußte, braucht selbst der geschickteste und geübteste Mann dafür einige Zeit, und das hätte ich bedenken müssen.

Die Spanier dagegen hatten ihre Waffen nicht alle gleichzeitig abgefeuert, sondern vereinzelt, je nachdem, wie sich ihnen ein Ziel oder eine Gelegenheit bot. Deshalb war die Mehrzahl ihrer Arkebusen im Augenblick unseres Angriffs noch geladen. Während meine Schützen waffenlos und gut sichtbar dastanden und das Pulver, die Stoffstückchen und Bleikugeln in die Rohre stopften, Pulver auf die Pfannen streuten, die Federn der Schlösser und die Katzenpfoten spannten, fanden die Spanier wieder zu ihrer Ruhe und Disziplin zurück und begannen von neuem vereinzelt, aber mit tödlichem Erfolg zu schießen.

Viele meiner Schützen wurden getroffen, und beinahe alle anderen kauerten sich zusammen oder warfen sich flach auf die Erde. In dieser Haltung verzögerte sich das Laden ihrer Waffen noch mehr.

Ich fluchte in mehreren Sprachen und schrie Nochéztli zu: »Schick deine Yaki wieder vor!«

Er machte eine weit ausholende Geste, und die Yaki, die auf sein Zeichen gewartet hatten, stürmten von neuem

an der Reihe unserer bedrängten Schützen vorbei. Die Yaki dürsteten nach Rache, da sie ihre Kameraden beim ersten Vorstoß hatten fallen sehen, und verschwendeten so auch keine Zeit mit Kriegsgeschrei.
Auf ihrem Weg forderten die spanischen Kugeln weitere Opfer, doch es blieben immer noch genug Yaki am Leben, die mit Hauen und Stechen über die Spanier herfielen.
Ich wollte gerade den Befehl für den Angriff der Reiter mit den Aztéca im Gefolge geben, als Uno sich auf seinem Pferd zur Seite beugte und mich an der Schulter faßte. »Verzeiht, Käptn, wenn ich mir anmaße, Euch einen kleinen Rat zu geben.«
»Bei Huitztli, Mann!« brüllte ich. »Das ist nicht der Augenblick für ...«
Er unterbrach mich unbeeindruckt. »Am besten sag ich es jetzt, Käptn, solange ich noch lebe und reden kann und Ihr mir zuhören könnt.«
»Dann sagt es!«
»Ich kann das eine Ende einer Arkebuse nicht vom anderen unterscheiden. Aber ich habe ein- oder zweimal auf Kriegsschiffen Ihrer Majestät gedient und gesehen, wie es dort gemacht wird. Was ich meine, ist, sie feuern nicht alle gleichzeitig, wie Eure Männer. Sie nehmen in drei Reihen hintereinander Aufstellung. Die erste Reihe feuert und tritt zurück, während die zweite Reihe anlegt. Die zweite Reihe feuert und tritt zurück, während die dritte Reihe anlegt. Bis die dritte Reihe feuert, hat die erste wieder geladen und ist bereit anzulegen.«
Seine Rede enthielt wieder einmal viele Gänseworte, doch ich begriff sofort ihren Sinn und sagte: »Ich bitte dich um Verzeihung, Señor Uno. Vergib mir, daß ich dich angefahren habe. Das ist ein guter und willkomme-

ner Rat. Ich werde ihn ab heute befolgen. Darauf küsse ich die Erde. Jetzt, Señores, Nochéztli ...« Ich machte eine schwungvolle Geste mit dem Schwertarm, damit die Aztéca losstürmten. »Wenn ihr fallt, dann fallt vorwärts!«

29

Das Denkwürdigste an einer Schlacht ist der schwindelerregende Tumult und die atemberaubende Verwirrung. Da ich viele Schlachten erlebt habe, kann ich das mit Fug und Recht sagen. Aber an die Schlacht um Tonalá, an mein erstes großes Gefecht, habe ich einige deutlichere Erinnerungen, die ich, so grausam alles auch scheinen mag, der Wahrheit zuliebe in meinen Bericht aufnehmen möchte.

Während wir vier Berittene über das offene Gelände galoppierten und uns in das Getümmel stürzten, flogen uns nur ein paar verirrte Bleikugeln um die Ohren. Sie richteten keinen Schaden an, denn die spanischen Soldaten waren vollauf mit den Yaki beschäftigt. Ich erinnere mich noch genau an die sehr einprägsamen Geräusche des Zusammenpralls mit dem Feind, als wir, die neuen Angreifer, auf ihn eindrangen. Ich denke dabei weniger an das Klirren der Waffen als an den Lärm der Stimmen. Ich und Nochéztli und alle Aztéca, die uns folgten, stießen die traditionellen Schreie der verschiedensten wilden Tiere aus. Doch die Spanier riefen den Namen ihres Kriegsheiligen: »Por Santiago!« Zu meiner Überraschung hatten Uno und Dos, unsere beiden Weißen, ebenfalls einen Schlachtruf. Sie brüllten etwas, das für mich klang wie: »For Harry and Saint George!« obwohl ich selbst in den Tagen meiner christlichen Unterwei-

sung nie etwas von Heiligen mit den Namen ›Harry‹ und ›George‹ gehört hatte.
Von ferne, aus der Stadt, drangen andere Geräusche herüber. Manche klangen trocken wie Donnerschläge, andere nur wie ein gedämpftes Grollen. Es waren die Explosionen der Granaten unserer Kriegerinnen. Die spanischen Offiziere hätten in diesem Augenblick bestimmt gerne ein paar Männer vom Kampf auf dieser Seite der Stadt abgezogen und ihnen befohlen, die Ursache für das unerklärliche Donnern herauszufinden. Aber dazu blieb ihnen keine Zeit, denn ihre Männer waren inzwischen in der Minderheit und kämpften um ihr Leben. Mein Plan funktionierte, denn beides, die Schlacht und ihr Leben, war bald zu Ende.
Wenn es Heilige mit den Namen Harry und George gibt, dann verliehen sie ihren Anhängern größere Stärke als Santiago den seinen. Uno und Dos schwankten zwar unsicher in den Sätteln und Steigbügeln, doch sie teilten auf ihren Pferden so unermüdlich, gnadenlos und tödlich Hiebe nach rechts und links aus wie ich und Nochéztli. Wir zielten alle vier auf die Hälse und Gesichter der Soldaten, die einzigen verwundbaren Stellen zwischen den Helmen und Brustplatten aus Stahl, und unsere Aztéca-Krieger mit ihren Obsidianschwertern taten das gleiche. Die Yaki brauchten allerdings nicht so genau zu zielen. Sie hatten die unhandlichen langen Speere für den Nahkampf weggeworfen und schwangen beinahe wahllos ihre Keulen aus eisenhartem Holz. Ein Schlag auf den Kopf eines Gegners beulte den Helm tief genug ein, um den Schädel darunter zu spalten. Ein Schlag auf den Körper verbog die Brustplatte, so daß der Getroffene entweder starb, weil Knochen und Organe zerschmettert waren, oder er erstickte qualvoll, weil seine

Brust sich nicht mehr weiten konnte, um Luft aufzunehmen.

Während uns die spanischen Soldaten einer nach dem anderen zum Opfer fielen, sprangen und rannten andere Bewohner der Stadt in panischer Angst über das Schlachtfeld. Sie versuchten, ihr Leben zu retten und zu fliehen.

Von ferne konnte ich sehen, daß viele Menschen in ihrer Verzweiflung auf das offene Gelände vor der Stadt eilten. Keiner von ihnen trug eine Rüstung oder eine Uniform, und in der Mehrzahl waren sie spärlich bekleidet, weil sie geradewegs aus den Betten kamen. Bei den meisten handelte es sich um die Sklaven des Viertels, das wir für unseren Angriff ausgewählt hatten. Das Kampfgetümmel hatte natürlich inzwischen ganz Tonalá geweckt. Deshalb befanden sich unter den Flüchtlingen auch viele, ebenfalls kaum bekleidete spanische Männer und Frauen, die hofften, für Sklaven gehalten zu werden und mit dem Leben davonzukommen. Aber das gelang den wenigsten. Wir ließen alle Menschen unserer oder dunklerer Hautfarbe vorbei, aber jeder Weiße, der in Reichweite unserer Waffen kam, wurde unabhängig von Geschlecht und Alter sofort mit der Keule erschlagen.

Zu meinem Bedauern wurden versehentlich auch zwei Pferde der Spanier getötet. Vier oder fünf andere liefen reiterlos mit wilden Augen und geblähten Nüstern herum und schnaubten, weil sie der Blutgeruch und der Pulverdampf in Panik versetzte.

Als auch der letzte spanische Offizier, Soldat und angebliche Sklave tot oder sterbend im Gras lag, ritten meine drei bewaffneten Begleiter mit den schreienden und brüllenden Aztéca-Kriegern im Gefolge durch die Straßen der Stadt.

Ich blieb noch kurze Zeit am Schauplatz des ersten Kampfes, weil ich unter anderem unsere Gefallenen zählen wollte. Verglichen mit den Verlusten der Spanier waren es wenige. Und die Sklaven unseres Heeres, die als Wickler und Garausmacher eingeteilt waren, würden bald eintreffen, um die Wunden der Krieger zu verbinden, die gerettet werden konnten, und allen, die nicht mehr auf die Hilfe eines Tíciltin hoffen konnten, mit dem Messer einen leichten Tod zu geben.

Doch ich blieb hauptsächlich zurück, weil keiner der Yaki mit den anderen Kriegern in die Stadt gelaufen war. Sie schnitten alle wild an den Köpfen der spanischen Leichen herum und benutzten dabei meistens die Dolche, welche die Soldaten am Gürtel trugen. Nachdem sie die Kopfhaut der Gefallenen quer über den Augenbrauen und Ohren bis hinunter zum Nacken und Hals eingeschnitten hatten, bedurfte es nur eines heftigen Rucks, und die Haare lösten sich mit der Haut von Kopf und Stirn. Zurück blieb die Leiche mit dem gehäuteten Kopf. Dann suchte sich der Yaki das nächste Opfer.

Einige der gefallenen Spanier waren allerdings noch nicht ganz tot. Sie konnten schreien und stöhnen oder sich winden, wenn ihnen die Haut abgezogen wurde. Das taten sie auch, aber es half ihnen wenig. Die Yaki waren dem Rausch des Skalpierens verfallen.

Ich fluchte wütend und ritt mit meinem Pferd zu ihnen, um das Blutbad zu beenden. Ich schlug den Yaki mit der Breitseite meiner Schwertklinge auf den Rücken, wies stadteinwärts und brüllte Befehle. Sie wichen zurück, murrten in ihrer unschönen Sprache und gestikulierten heftig. Ich schloß aus ihren Gesten, daß sie gewohnt waren, die Skalps zu nehmen, solange die Leichen noch frisch waren und sich die Haut leicht vom Schädel löste. Ich tat mein Bestes, um ihnen mit Gesten begreiflich zu machen, daß es sehr viel mehr Skalps geben würde, mehr als genug, um die Hüfte jedes Yaki zu schmücken, und drängte sie mit heftigen Gesten und Flüchen, mir zu folgen. Sie gehorchten meinen Befehlen anfangs widerwillig und immer noch murrend, doch dann fingen sie an zu laufen, als sei ihnen plötzlich der Gedanke gekommen, unsere Truppen könnten bereits die besten Skalps der Stadtbewohner nehmen.

Es war nicht schwierig, meinen Männern zu folgen, denn sie schienen überall unübersehbare Verwüstungen angerichtet zu haben. Ganz gleich, durch welche Straße ich ritt, in welche Gasse ich einbog, überall lagen Leichen – halb bekleidet, blutend, durchbohrt, aufgeschlitzt oder zermalmt – auf dem Pflaster oder auf den Schwellen der Häuser. Den Bewohnern war in den meisten Fällen keine Zeit zur Flucht geblieben. Ich konnte erkennen, daß Leichen in den Räumen lagen, denn das Blut war durch die offenen Türen ins Freie geflossen.

Nur einmal traf ich in den verwüsteten Straßen auf einen lebenden Weißen, einen Mann, der nur seine Unterkleidung trug und aus einer Halswunde blutete, die ihn nicht getötet hatte. Er rannte laut schreiend auf mich zu. In den Händen hielt er drei abgetrennte Köpfe an den Haaren – einen Frauenkopf und zwei kleinere.

Er konnte nicht wissen, daß ich Spanisch sprach, doch er schrie immer und immer wieder: »Das waren einmal meine Frau und meine Söhne!«

Ich gab keine Antwort, sondern schickte ihn gnädig mit meinem Schwert in die christliche Totenwelt, in der sich seine Familie bereits befand.

Schließlich erreichte ich meine Krieger. Ich sah, wie die

Aztéca und Yaki gleichermaßen in den Häusern verschwanden, eilig daraus hervorkamen und Flüchtende durch die Straßen und Gassen verfolgten. Es freute mich festzustellen, daß sie sich an meine Befehle hielten oder zumindest so gut, wie ich es erwarten konnte. Die Bewohner Tonalás unserer oder dunklerer Hautfarbe blieben unbelästigt. Die Yaki verschwendeten ihre Zeit nicht mehr mit Skalpieren, sondern ließen die Leichen liegen und stürzten sich sofort auf neue Opfer.

Nur in einem Punkt, der mir allerdings nicht sehr wichtig war, wurden meine Anweisungen nicht beachtet. Ich hatte befohlen, die weißen Frauen eine Weile am Leben zu lassen, doch die Krieger trieben nur die hübscheren Frauen und Mädchen vor sich her.

Meine Männer waren inzwischen zu sehr außer Atem, um noch Kriegsgeheul auszustoßen. Deshalb blieben sie stumm, während sie die Frauen auswählten. Ihre Opfer blieben natürlich nicht stumm. Die weißen Frauen flehten oder beteten laut, schrien und weinten. Manche fluchten ebenso wie die Männer. Die alten Frauen und die Kinder jammerten und weinten, solange sie konnten.

Die Schreie der Verzweiflung vermischten sich mit den anderen Geräuschen, die aus allen Richtungen kamen, zu einem infernalischen Lärm – das Splittern von Haustüren, die eingeschlagen wurden, hin und wieder der Knall einer Arkebuse, mit der ein Weißer vergeblich seine einzige Kugel abschoß, das ständige Donnern und Dröhnen der Granaten unserer Purémpe-Frauen, die sich irgendwo in der Nähe aufhielten, ja sogar das stürmische Läuten einer Kirchenglocke, mit der jemand viel zu spät und mit heldenhafter Dummheit die Stadt alarmierte.

Ich ritt in die Richtung des Geläuts, denn ich wußte, es mußte aus der Mitte der Stadt kommen. Unterwegs sah ich neben meinen unermüdlich wirkenden Kriegern und ihren Opfern viele Häuser, Ladengeschäfte und Werkstätten von Handwerkern, die einmal gut gebaute und vielleicht sogar hübsche Gebäude gewesen waren, inzwischen aber in Trümmern lagen oder sogar völlig dem Erdboden gleichgemacht worden waren. Dabei handelte es sich eindeutig um das Werk unserer Frauen mit ihren Granaten. Im Schutt der Ruinen lagen ebenfalls Leichen.
Ich betrachtete ein besonders prächtiges Haus vor mir, das bestimmt einem hohen spanischen Würdenträger gehört hatte, und überlegte, weshalb es wohl nicht zerstört worden war, als ich einen lauten Warnruf auf poré hörte: »Nehmt Euch in acht, Herr!« Ich riß an den Zügeln und brachte mein Pferd zum Stehen.
Im nächsten Augenblick blähte sich das Haus vor mir auf, wie es die Wangen eines Musikanten tun, der eine der Krugflöten spielt, die man ›die trillernden Wasser‹ nennt. Doch das Geräusch, das dabei entstand, ähnelte eher dem der Trommel mit dem Namen ›die das Herz herausreißt‹.
Ich zuckte heftig zusammen, mein Pferd scheute wiehernd, und ich wäre beinahe aus dem Sattel gefallen. Das Haus verschwand in einer Rauchwolke, und obwohl es zu fest gebaut war, um zu bersten, wurden Bruchstücke von Türen und Fensterläden, Teile von Möbelstücken und nicht erkennbare andere Dinge wie Blitze aus dieser Donnerwolke heraus durch die Luft geschleudert.
Der Zufall wollte es, daß ich und mein Pferd nur jeweils von einem winzigen dieser Geschosse getroffen wurden, die keinen Schaden anrichteten. Als schließlich nichts

mehr vom Himmel fiel, tauchte eine Frau aus der nahen Gasse auf, in der sie Schutz gesucht hatte. Es war Schmetterling. Sie trug einen leeren Lederbeutel und rauchte ein Poquíetl.
»Du leistest hervorragende Arbeit«, sagte ich. »Danke für die Warnung!«
»Das waren meine letzten beiden Granaten«, sagte sie und schüttelte den leeren Beutel. Nur eine Handvoll dünner, gerollter Poquíetin fiel heraus. Sie gab mir eines, ich zündete es an ihrem an, und wir rauchten kameradschaftlich, während sie neben meinem Pferd herging.
Sie sagte: »Wir haben uns an Euren Befehl gehalten, Tenamáxtzin. Wir haben unsere Granaten für die wichtigen Gebäude verwendet und versucht, die größten und prächtigsten zu zerstören. Wir brauchten nur eine oder zwei an Menschen zu verschwenden. Es waren zwei berittene Soldaten. Es ist nicht viel von ihnen übriggeblieben.«
»Schade«, sagte ich. »Ich will so viele Pferde wie möglich mitnehmen.«
»Dann tut es mir leid, Tenamáxtzin. Aber es war unvermeidlich. Sie sind plötzlich aufgetaucht, als zwei meiner Kriegerinnen gerade ihre gezündeten Granaten durch ein Hausfenster werfen wollten. Sie haben Schwerter geschwungen und laut geschrien ... vermutlich sollten wir uns ergeben. Natürlich haben wir das nicht getan.«
»Natürlich nicht«, sagte ich. »Ihr habt getan, was ihr tun mußtet. Das sollte kein Tadel sein, Schmetterling.«
Die Kirchenglocke läutete weiter sinnlos, bis wir beide den Platz vor der Kirche und dem daneben stehenden Palast erreichten. Dann brach das Läuten unvermittelt ab. Meine Männer mit den Arkebusen waren uns in die Stadt gefolgt, um Flüchtende zu erschießen, die mög-

licherweise schneller rannten als unsere Krieger. Einer dieser Krieger traf den Mann, der die Glocke in dem kleinen Turm auf dem Dach der Kirche läutete, mit einem sauberen Schuß. Der Spanier, ein schwarz gekleideter Priester oder Mönch, kippte aus dem Glockenturm, stürzte über das schräge Dach nach unten und war bereits tot, als er auf dem Pflaster des Platzes aufschlug.

»Soweit ich erkennen kann«, sagte Ritter Nochéztli, der sein blutbespritztes Pferd neben meines lenkte, »werden in Tonalá bald nur noch drei weiße Männer am Leben sein. Sie verstecken sich in der Kirche dort drüben – drei Unbewaffnete. Ich habe einen Blick hinein geworfen und sie gesehen. Aber ich wollte sie Euch überlassen, Herr, wie Ihr befohlen habt.«

Seine Ritter und Offiziere sammelten sich um uns und warteten auf weitere Befehle. Der Platz füllte sich allmählich. Alle Krieger, die nicht anderswo beschäftigt waren, trieben die gefangenen weißen Frauen und Mädchen herbei und beeilten sich, die Gunstbezeigungen einzufordern, mit denen gemeine Soldaten traditionell einen Sieg feiern.

Ich muß nicht erwähnen, daß die Frauen und Mädchen, die schreien und flehen oder aufbegehren konnten, das lautstark taten. Doch ich bin sicher, die Schreie dieser Opfer waren entsetzter und entsetzlicher, als man sie jemals bei einer anderen derartigen Siegesfeier gehört hat. Das lag daran, daß die weißen Frauen mit ihren dichten, langen und glänzenden Haaren die Yaki weit mehr reizten, in den Besitz ihrer Skalps zu kommen.

»Ich danke dem Kriegsgott Cuticáuri«, sagte Schmetterling, die neben meinem Steigbügel stand, »daß wir Purémpecha unsere Haare nicht wachsen lassen.«

»Ich wünschte, ihr tätet es«, knurrte Nochéztli, »damit ich euch blöden Weibern auch die Haut vom Kopf ziehen könnte.«

»Was ist los?« fragte ich erstaunt, denn er hatte normalerweise ein liebenswürdiges Wesen. »Wieso beschimpfst du unsere Kriegerinnen, die doch nur Anerkennung verdienen?«

»Hat es Euch niemand gesagt, Tenamáxtzin? Sie haben die beiden eigenmächtig getötet.«

Schmetterling und ich sahen ihn verwundert an, und ich erwiderte: »Ja, ich weiß, die zwei weißen Soldaten, von denen sie angegriffen wurden, als sie überaus gewissenhaft ihre Pflicht erfüllt haben.«

»Es waren *unsere* beiden weißen Soldaten, Tenamáxtzin. Die Männer, die Ihr Señor Uno und Señor Dos genannt habt.«

»Yya, Ayya«, murmelte ich traurig.

»Sie haben zu uns gehört?« fragte Schmetterling. »Woher sollten wir das wissen? Sie saßen auf Pferden. Sie hatten Rüstungen und Bärte. Sie haben Schwerter geschwungen und in einer fremden Sprache geschrien.«

»Um euch anzufeuern, du dummes Weib!« schimpfte Nochéztli. »Hast du nicht gesehen, daß ihre Pferde keine Sättel trugen?«

Schmetterling wirkte gekränkt, zuckte aber nur die Schultern. »Es war ein Angriff im Morgengrauen. Da waren die wenigsten richtig bekleidet.«

Nochéztli sagte trübsinnig: »Sie sind vor mir geritten, und deshalb habe ich ihre Überreste gesehen, nachdem sie von der Explosion in Stücke gerissen worden waren. Ich konnte nicht einmal sagen, wer von den beiden wer war. Es wäre sogar schwierig gewesen, ihre Überbleibsel von denen der Pferde zu unterscheiden.«

»Nimm es nicht so schwer, Nochéztli«, sagte ich seufzend. »Wir werden sie vermissen. Wir wollen nur hoffen, daß Uno und Dos jetzt in ihrem christlichen Himmel bei Harry und George sind, wenn sie dorthin wollten. Gib Befehl, daß die Männer alle ausschwärmen und die Stadt plündern. Nehmt mit, was immer für uns von Wert sein könnte – Waffen, Pulver, Blei, Rüstungen, Pferde, Kleider, Decken und alle Nahrungsvorräte. Wenn die Ruinen und die noch stehenden Häuser leer sind, werden sie angezündet. Von Tonalá soll nichts außer der Kirche und dem Palast übrigbleiben.«
Nochéztli stieg vom Pferd, gab seinen Unteroffizieren die entsprechenden Befehle und kam zu mir zurück.
»Weshalb, Herr, verschont Ihr diese beiden Gebäude?«
»Zum einen wäre es nicht leicht, sie in Brand zu setzen«, erwiderte ich und stieg ebenfalls ab. »Wir könnten unmöglich genug Granaten anfertigen, um sie zum Einsturz zu bringen. Aber hauptsächlich lasse ich sie wegen eines spanischen Freundes stehen, eines wahrhaft guten weißen Christen. Wenn er diesen Krieg überlebt, findet er einen Kern, um den herum er die Siedlung neu aufbauen kann. Er hat mir bereits gesagt, daß die Stadt einen anderen Namen bekommen soll. Wenn ich alle Spanier aus der EINEN WELT vertrieben habe, werde ich diesem guten alten Mann erlauben, sein Utopía hier bei uns zu verwirklichen.« Als Nochéztli mich völlig verständnislos anstarrte, mußte ich lachen und rief: »Komm mit, wir wollen uns den Palast der Weißen von innen ansehen.«
Im Erdgeschoß des Gebäudes waren die Soldaten untergebracht gewesen, und wie es zu erwarten war, herrschte dort wilde Unordnung, denn die Männer hatten ihre Quartiere überstürzt verlassen. Wir stiegen die Treppe

hinauf. Oben befand sich eine Vielzahl kleiner Räume, die alle Tische und Stühle enthielten. In einigen stapelten sich Bücher, in anderen sah ich Regale voller Landkarten oder Stapel von Dokumenten. In einem Raum fand ich einen Tisch mit einem dicken Stoß feinen spanischen Papiers, einem Tintenfaß aus Horn, einem Federmesser und einem Becher, in dem Gänsefedern steckten. Daneben lagen ein mit Tinte verschmierter Federkiel und ein Blatt, das nur halb beschrieben war. Offenbar hatte der Schreiber am Tag zuvor daran gearbeitet. Ich stand vor dem Tisch und betrachtete diese Dinge nachdenklich.
Nach einem Augenblick sagte ich zu Nochéztli: »Ich habe gehört, daß es unter unseren Sklaven ein Mädchen gibt, das spanisch lesen und schreiben kann. Ich kann mich nicht mehr erinnern, ob es ein Moro- oder ein Mischlingsmädchen ist. Reite sofort im Galopp zum Lager zurück, such das Mädchen und bring es, so schnell du kannst, hierher. Schick auch ein paar Männer herein, damit sie aus den Quartieren der Soldaten im Erdgeschoß alles Brauchbare herausholen. Ich werde hier auf dich und auf das Mädchen warten, nachdem ich nebenan in der Kirche gewesen bin.«
Die Kirche von Tonalá war von ebenso bescheidener Größe und Ausstattung wie Bischof Quirogas derzeitige Kirche in Compostela. Einer der drei Männer war ein ordentlich in Schwarz gekleideter Priester, die beiden anderen waren klein und dick und sahen wie Händler aus. Sie wirkten lächerlich in ihren Nachtgewändern und den wenigen Kleidungsstücken, die sie sich vor der Flucht hatten überziehen können. Die beiden wichen vor mir bis zum Altargitter zurück, doch der Priester trat mutig vor, hob mir ein geschnitztes Holzkreuz entgegen und

redete etwas in jener Kirchensprache, die ich schon früher bei meinen wenigen Besuchen der Messe gehört hatte.
»Nicht einmal Spanier verstehen dieses unsinnige Guirigay, Vater«, sagte ich barsch. »Redet in einer vernünftigen Sprache mit mir.«
»Also gut, du heidnischer Verräter!« rief er. »Ich habe dich im Namen und in der Sprache des HERRN beschworen, diesen heiligen Ort zu verlassen.«
»Verräter? Ihr scheint anzunehmen, ich sei der entlaufene Sklave eines Weißen. Das bin ich nicht. Und dieser Ort gehört mir. Er ist auf dem Land meines Volkes erbaut. Ich bin hier, um ihn wieder in Besitz zu nehmen.«
»Das ist Besitz der Heiligen Mutter Kirche! Für wen hältst du dich?«
»Ich weiß, wer ich bin. Aber Eure Heilige Mutter Kirche hat mir den Namen Juan Británico gegeben.«
»Großer Gott!« rief er entsetzt. »Dann bist du ein Abtrünniger, ein Ketzer! Du bist noch schlimmer als ein Heide.«
»Weit schlimmer«, sagte ich freundlich. »Wer sind die beiden Männer?«
»Der Alcalde von Tonalá, Don José Algarve de Sierra. Und der Corregidor, Don Manuel Adolfo del Monte.«
»Die beiden vornehmsten Bürger der Stadt also. Was tun sie hier?«
»Das Haus Gottes ist eine Freistätte. Eine Kirche ist ein heiliger, unverletzlicher Zufluchtsort. Es wäre Gotteslästerung, wenn ihnen hier etwas geschehen würde.«
»Deshalb verstecken sie sich feige hinter Euren Röcken, Vater, und überlassen die Bewohner der Stadt ihrem Schicksal und den Fremden? Vielleicht haben sie aus Feigheit noch nicht einmal versucht, ihre eigenen Lieben

zu schützen. Wie auch immer, ich halte nichts von Eurem Aberglauben.«

Ich ging um ihn herum und stieß beiden Männern die Schwertspitze ins Herz.

Der Priester rief: »Diese Herren waren hohe und geschätzte Würdenträger Seiner Majestät, des Königs Carlos!«

»Das glaube ich nicht. Keine Majestät hätte stolz auf sie sein können.«

»Ich beschwöre dich noch einmal, du Ungeheuer! Weiche aus dieser Kirche Gottes! Im Namen des HERRN, hebe dich mit all deinen Wilden aus dieser Gemeinde Gottes hinweg!«

»Das werde ich tun«, sagte ich ruhig, drehte mich um und blickte durch das Tor. »Kommt mit, Vater, ich möchte, daß Ihr etwas anderes seht, das vielleicht nicht so betrüblich ist wie dieser Anblick.«

Ich führte ihn vor die Kirche. Dort entdeckte ich zwischen anderen meiner Männer den zuverlässigen Iyac Pozonáli, zu dem ich sagte: »Ich unterstelle diesen weißen Priester deiner Verantwortung, Iyac. Ich glaube, du mußt nicht damit rechnen, daß er Dummheiten macht. Bleib nur bei ihm, um zu verhindern, daß ihm einer unserer Leute etwas antut.«

Ich nickte beiden zu und ging ihnen voraus in den Palast und die Treppe hinauf in das Zimmer des Schreibers. Ich wies auf das halbfertige Dokument und befahl dem Priester: »Lest mir das vor, wenn Ihr könnt.«

»Natürlich kann ich das. Es ist nur eine ehrerbietige Anrede. Dort steht: ›An den Allerdurchlauchtigsten Señor Don Antonio Mendoza, Vizekönig und Gouverneur Seiner Majestät in Neuspanien, Präsident der Audienca und des Königlichen Gerichtshofes ...‹ Das ist alles. Offen-

sichtlich war der Alkalde dabei, dem Schreiber einen Bericht oder eine Anfrage an den Vizekönig zu diktieren.«
»Danke. Das genügt.«
»Jetzt bringst du mich auch um?«
»Nein. Ich werde Euer Leben schonen. Dafür könnt Ihr einem anderen Pater dankbar sein, den ich einmal gekannt habe. Ich habe diesen Krieger bereits zu Eurem Begleiter und Beschützer ernannt.«
»Dann darf ich gehen? Meinen vielen unglücklichen Pfarrkindern müssen die Sterbesakramente erteilt werden, und ich kann es nur kurz machen.«
»Vaya con Dios, Pater«, sagte ich, und das meinte ich nicht ironisch. Ich bedeutete Pozonáli mit einer Geste, ihn zu begleiten. Dann trat ich an das Fenster und blickte auf das Geschehen unten auf dem Platz und auf die Brände, die an weiter entfernten Stellen der Stadt aufzuflammen begannen, während ich darauf wartete, daß Nochéztli mit dem Sklavenmädchen zurückkommen würde, das lesen und schreiben konnte.

Sie war noch ein Kind und ganz gewiß kein Moro, denn ihre Haut hatte nur einen etwas dunkleren Kupferton als meine eigene. Und die Kleine war zu hübsch, als daß viel schwarzes Blut in ihren Adern hätte fließen können. Doch offensichtlich war sie eine Art Mischling, denn die Körper der Mischlingsmädchen sind in sehr frühem Alter bereits voll entwickelt. Das war bei ihr der Fall. Ich vermutete, daß es sich bei ihr um eine mehrfache Mischung handelte, von der Alonso de Molina mir einmal erzählt hatte – Pardo, Cuarterón oder was auch immer. Das schien auch zu erklären, daß sie ein gewisses Maß an Bildung besaß.
Meine erste Prüfung bestand darin, daß ich sie auf spa-

nisch ansprach: »Ich habe gehört, daß du Spanisch lesen kannst.«
Sie verstand mich und antwortete ehrerbietig: »Jawohl, Herr.«
»Dann lies mir das vor.« Ich wies auf das Dokument. Ohne es lange studieren oder es mühsam entziffern zu müssen, begann sie sofort und ohne Stockungen zu lesen: »›Al muy ilustrísimo Señor Don Antonio de Mendoza, visorrey é gobernador por Su Majestad en esta Nueva España, presidente de la Audiencia y la Chancellería Real …‹ Hier hört der Text auf, Herr. Der Schreiber ist nicht sehr gut, was die Rechtschreibung betrifft, wenn ich das sagen darf.«
»Ich habe gehört, daß du diese Sprache auch schreiben kannst.«
»Jawohl, Herr.«
»Ich will, daß du etwas für mich schreibst. Nimm einen anderen Bogen Papier.«
»Natürlich, Herr. Laßt mir nur einen Augenblick Zeit, um alles vorzubereiten. Die Zutaten sind zu trocken.«
»Während wir warten, Nochéztli«, sagte ich, »geh und suche diesen Priester. Er ist zusammen mit unserem Iyac Pozonáli draußen in der Menge. Bring ihn zu mir.«
Das Mädchen hatte in der Zwischenzeit die tintenbeschmierte Feder zur Seite gelegt, aus dem Becher eine neue genommen und sie geschickt mit dem Federmesser angespitzt. Sie spuckte ein wenig in das Tintenfaß, rührte mit der neuen Feder die Tinte um und sagte schließlich: »Ich bin soweit, Herr. Was soll ich schreiben?«
Ich blickte aus dem Fenster und überlegte kurz. Es wurde dunkler, die Zahl der Brände hatte zugenommen. Die Flammen loderten höher. Bald würde ganz Tonalá in Flammen stehen.

Ich wandte mich dem Mädchen zu und sprach so langsam ein paar Worte, daß sie mit dem Schreiben beinahe fertig war, als ich aufhörte zu sprechen. Ich trat an den Tisch, griff über ihre Schulter und legte das Blatt des Schreibers neben das ihre. Natürlich konnte ich mit keinem von beiden etwas anfangen, doch ich erkannte, daß die Schrift des Mädchens kühner und gerader war als die krakeligen Linien des Schreibers.
Das Mädchen fragte schüchtern: »Soll ich es Euch noch einmal vorlesen, Herr?«
»Nein. Hier ist der Priester. Er soll es tun.« Ich wies auf das Blatt Papier. »Vater, könnt Ihr auch das lesen?«
»Natürlich«, erwiderte er ungeduldig. »Aber es macht wenig Sinn. Hier steht nur: ›Ich kann immer noch sehen, wie er brennt.‹«
»Danke, Vater. Genau das soll dort auch stehen. Sehr gut, Mädchen. Jetzt nimm das unfertige Dokument und füge folgende Worte hinzu: ›Ich stehe erst am Anfang.‹ Dann schreibst du meinen Namen, Juan Británico, und danach meinen richtigen Namen darunter. Kannst du auch Wortbilder in Náhuatl schreiben?«
»Leider nicht, Herr.«
»Dann schreibe meinen Namen so gut du kannst auf spanisch: Tenamáxtzin.«
Sie tat es, wenn auch nicht so schnell, denn sie bemühte sich sehr um Genauigkeit und Verständlichkeit. Nachdem sie fertig war, hauchte sie auf das Papier, um die Tinte zu trocknen, bevor sie es mir reichte. Ich gab das Blatt dem Priester und fragte: »Könnt Ihr es immer noch lesen?« Das Papier in seinen Fingern zitterte, und seine Stimme klang unsicher: »An den Allerdurchlauchtigsten ... und so weiter. Ich habe erst angefangen. Gezeichnet Juan Británico.‹ Dann dieser schreckliche andere

Name. Ich kann ihn lesen, das schon, aber ich kann ihn nicht richtig aussprechen.«
Er wollte mir das Blatt zurückgeben, doch ich sagte: »Behaltet es, Pater. Es war für den Vizekönig bestimmt. Das ist es immer noch. Wenn Ihr einen lebenden weißen Mann findet, der Euch als Bote dienen kann, laßt es diesem allerdurchlauchtigsten Mendoza in der Stadt México überbringen. Bis dahin zeigt es einfach jedem Spanier, der hier vorbeikommt.«
Beim Hinausgehen zitterte das Papier immer noch in seiner Hand. Pozonáli begleitete ihn.
Ich sagte zu Nochéztli: »Hilf dem Mädchen, das Papier und das Schreibmaterial zusammenzupacken. Ich habe noch Verwendung dafür und für dich auch, mein Kind. Du bist aufgeweckt und gehorsam, und du hast deine Sache heute sehr gut gemacht. Wie heißt du?«
»Verónica«, hast du damals geantwortet.

30

Wir verließen Tonalá, eine rauchende, glimmende Trümmerwüste, die bis auf den Priester und die wenigen Sklaven, die sich zum Bleiben entschlossen hatten, unbevölkert war. Nur die beiden Steingebäude standen noch unversehrt. Als wir gingen, boten unsere Krieger einen merkwürdigen, um nicht zu sagen lächerlichen Anblick. Die Yaki waren so sehr mit Skalps geschmückt, daß es aussah, als wateten die Männer bis zu den Hüften durch eine Flut blutiger Menschenhaare. Die Purémpe-Frauen hatten die schönsten Gewänder der spanischen Damen aus Seide, Samt und Brokat angelegt und leuchteten in der Sonne wie Riesenschmetterlinge – manche hatten in ihrer Unkenntnis die Kleider mit dem Rücken nach vorne angezogen. Viele der Arkebusen-Schützen und Aztéca-Krieger trugen stählerne Brustpanzer über der gesteppten Baumwollrüstung. Sie verschmähten die hohen Stiefel und die Helme der Feinde, aber auch sie hatten in den Schränken der spanischen Damen gewühlt und trugen auf den Köpfen Hauben mit Federn und prächtige Spitzenmantillas. Außerdem schleppten Männer und Frauen Packen und Bündel – sie hatten alles Erdenkliche mitgenommen, Schinken und Käse, pralle Beutel mit Münzen und natürlich jede Menge Waffen. Viele davon waren jene, die Uno als Hellebarden bezeichnet hatte, und die Speer, Haken und Axt in sich vereinen. Unsere Wickler und Garausmacher stützten die weniger schwer verwundeten Männer. Zwölf oder vierzehn von ihnen führten die erbeuteten Pferde mit Zaumzeug und Sätteln. Darauf saßen oder lagen die Verwundeten, die nicht zu Fuß gehen konnten.

Im Lager wurden die verwundeten Krieger den Tíciltin übergeben, denn die meisten Stämme hatten zumindest einen ihrer eigenen Ärzte mitgebracht. Das galt selbst für die Yaki, doch da ihr Tícitl wenig mehr hätte tun können, als eine Maske aufzusetzen, zu tanzen und zu singen, ordnete ich an, daß auch die Yaki von den aufgeklärteren Ärzten anderer Stämme behandelt werden sollten. Wie sie es zuvor getan hatten – und daran würde sich auch in Zukunft nichts ändern –, murrten die Yaki, weil ich ihre geheiligten Traditionen mißachtete, doch ich bestand darauf, und sie mußten sich meinen Befehlen fügen.

Das war nicht die einzige Uneinigkeit im Lager, die ich bemerkte, als sich meine Truppen wieder gesammelt hatten. Die Männer und Frauen, die an der Einnahme von Tonalá beteiligt gewesen waren, wollten die dort gemachte Beute für sich behalten und waren sehr verstimmt, als ich befahl, alles möglichst gleichmäßig unter dem gesamten Heer und den Sklaven zu verteilen. Die erzwungene Teilung stellte jedoch viele der zurückgebliebenen Krieger bei weitem nicht zufrieden. Sie hatten zwar von Anfang an meine Gründe dafür gekannt, bei diesem Kampf nur einen Bruchteil der verfügbaren Kräfte einzusetzen, doch der Ausgang schien ihren Neid auf unseren Erfolg geweckt zu haben. Sie brummten mißmutig, es sei ungerecht gewesen, sie im Lager zurückzulassen, und ich hätte wohl meine Lieblinge bevorzugt. Ich schwöre, sie waren selbst auf die Wunden neidisch, mit denen die sogenannten Lieblingskrieger zurückkamen. Aber ich sah keine Möglichkeit, auch die Wunden gleichmäßig zu verteilen. Ich tat jedoch mein Bestes, die Unzufriedenen zu besänftigen, indem ich versprach, es werde noch viele solcher Schlachten und Siege geben, und jeder Krieger werde irgendwann die Möglichkeit erhalten, Ruhm, Beute und Wunden zu erwerben – und sogar einen den Göttern gefälligen Tod. Doch so wie ich vor langer Zeit gelernt hatte, daß es nicht leicht ist, ein Uey-Tecútli zu sein, mußte ich jetzt feststellen, daß es nicht leichter war, als Führer eines großen, bunt zusammengewürfelten Heeres es allen recht zu machen.

Ich ordnete an, daß wir im Lager blieben, während ich darüber nachdachte, wohin ich meine Armee zum nächsten Einsatz führen würde. Ich hatte mehrere Gründe, einige Zeit hierzubleiben. Zum einen konnten die Purémpe-Frauen wieder einen größeren Vorrat an Granaten anfertigen, die sich in Tonalá als sehr wirkungsvoll erwiesen hatten. Außerdem besaßen wir nun eine beachtliche Zahl von Pferden. Deshalb wollte ich, daß mehrere meiner Männer reiten lernten. Da wir zum Teil durch meine Schuld viele unserer besten Arkebusen-Schützen verloren hatten, sollten andere Gelegenheit haben, mit den zahlreichen erbeuteten Waffen zu üben. Und die Schützen sollten für die nächste Schlacht den Einsatz auf die von Uno empfohlene Weise lernen.

Ich übertrug dem Ritter Nochéztli die Verantwortung für die meisten alltäglichen Angelegenheiten und befreite mich so von der unangenehmen, aber notwendigen Beschäftigung mit belanglosen Beschwerden, Bittgesuchen, Streitigkeiten und anderen Ärgernissen. Dadurch konnte ich meine Zeit und Aufmerksamkeit

ausschließlich auf Dinge verwenden, die nur ich zu entscheiden und zu beaufsichtigen hatte.
An erster Stelle stand dabei ein Vorhaben, das ich beginnen wollte, solange wir noch im bequemen Lager waren. Deshalb ließ ich dich eines Tages rufen, Verónica.
Als du aufmerksam, aber zurückhaltend, mit den Händen auf dem Rücken vor mir standest, sagte ich, was ich zuvor schon vielen anderen gesagte hatte: »Ich beabsichtige, die EINE WELT von ihren lästigen spanischen Eroberern, Besatzern und Unterdrückern zu befreien.«
Du hast genickt, und ich fuhr fort: »Ganz gleich, ob wir bei diesem Unternehmen Erfolg haben oder versagen werden, es ist möglich, daß die Historiker der EINEN WELT in Zukunft einmal froh sein werden, einen wahrheitsgemäßen Bericht über die Ereignisse in Tenamáxtzins Krieg lesen zu können. Du kannst schreiben und du hast alles, was dazu nötig ist. Ich möchte, daß du den einzigen Bericht über diese Rebellion aufzeichnest, den es vielleicht jemals geben wird. Glaubst du, daß du das kannst?«
»Ich werde mein Bestes tun, Herr.«
»Nun, du hast nur den Ausgang der Schlacht um Tonalá erlebt. Ich werde dir jetzt von den Ereignissen und Umständen berichten, die dazu geführt haben. Ich werde das in aller Ruhe tun, während wir hier lagern. Das ermöglicht es mir, die Folge der Vorfälle in meinen Gedanken zu ordnen. Du kannst dich daran gewöhnen, nach meinem Diktat zu schreiben, und wir beide können alle möglicherweise auftretenden Fehler sofort erkennen und verbessern.«
»Ich habe zum Glück ein gutes Gedächtnis, Herr. Ich glaube, wir werden nicht viele Fehler machen.«
»Wir wollen es hoffen. Doch wir werden nicht immer die

Annehmlichkeit haben, zusammenzusitzen, während ich rede und du zuhörst. Das Heer muß viele Lange Läufe marschieren, sich zahllosen Gegnern stellen und unzählige Schlachten schlagen. Ich möchte alles aufgezeichnet haben – das Marschieren, die Feinde, die Schlachten und ihre Ergebnisse. Da ich die Märsche anführen, die Gegner auffinden und beim Kampf in vorderster Linie sein muß, kann ich dir verständlicherweise nicht immer schildern, was geschieht. Du wirst vieles davon selbst sehen müssen.«
»Ich habe auch gute Augen, Herr.«
»Ich werde ein Pferd für dich aussuchen und dich immer in meiner Nähe behalten, außer auf dem Schlachtfeld. Dann beziehst du einen Platz in sicherer Entfernung. Deshalb wirst du vieles nur von weitem sehen. Du mußt versuchen, dir selbst zu erklären, was du siehst, und dich bemühen, es in klaren und verständlichen Worten festzuhalten. Du wirst selten lange Ruhepausen haben, in denen du dich mit Feder und Papier hinsetzen kannst. Vielleicht findest du nicht einmal immer einen Platz, um dich zu setzen. Du mußt dir also etwas einfallen lassen, um dir am Ort des Geschehens oder unterwegs schnell Notizen machen zu können, die du später ausarbeiten wirst, wenn wir wie jetzt eine Zeitlang irgendwo lagern.«
»Das kann ich, Herr. Tatsächlich ist es so, daß ...«
»Laß mich ausreden, Mädchen. Ich wollte gerade empfehlen, daß du dazu ein Verfahren benutzt, das bei den reisenden Händlern seit langem beliebt ist, um geschäftliche Unterlagen zu führen. Du nimmst die Blätter von wildem Wein und ...«
»Und ich ritze mit einem spitzen Zweig alles ein. Die Markierungen sind so dauerhaft wie Tinte auf Papier.

Verzeiht, Herr. Das wußte ich schon. Ich habe es sogar gerade eben beim Zuhören ein paarmal gemacht.«

Du hast die Hände vom Rücken genommen, in denen du Weinblätter und einen Zweig hieltest. Auf den Blättern befanden sich winzige Kratzer, die du gemacht hattest, ohne dabei auch nur hinzusehen.

Ich war nicht wenig überrascht und fragte: »Du kannst mit diesen Zeichen etwas anfangen? Du kannst manche meiner Worte wiederholen?«

»Die Zeichen, Herr, sind nur Gedächtnisstützen. Niemand außer mir könnte sie verstehen. Und ich behaupte nicht, jedes Eurer Worte aufgezeichnet zu haben, aber ...«

»Beweise es, Mädchen. Lies mir etwas von diesem Gespräch vor.« Ich wies auf ein Weinblatt. »Was ist da gesagt worden?«

Du hast nur kurz auf das Blatt geblickt. »Irgendwann in der Zukunft werden die Geschichtsschreiber der EINEN WELT froh sein, einen ...«

»Bei Huitztli!« rief ich. »Das ist höchst erstaunlich! Du besitzt einzigartige Fähigkeiten. Ich habe im Leben nur einen einzigen anderen Schreiber gekannt, einen spanischen Kirchenmann. Aber er war nicht annähernd so geschickt wie du, und er war kein ganz junger Mann mehr. Sag mir, wie alt bist du, Verónica?«

»Ich glaube, zehn oder elf, Herr. Ich bin nicht sicher.«

»Wirklich? Nach deinem beinahe reifen Körper zu urteilen und noch mehr nach der Bildung, die an deiner Sprache erkennbar ist, hätte ich dich für drei oder vier Jahre älter gehalten. Wie kommt es, daß du in so jungen Jahren schon so gebildet und klug bist?«

»Meine Mutter hatte eine Kirchenschule besucht und ist in einem Kloster aufgewachsen. Sie hat mich von früh-

ster Kindheit an unterrichtet. Kurz vor ihrem Tod hat sie mich in demselben Nonnenkloster untergebracht.«
»Das erklärt deinen Namen. Aber wenn deine Mutter eine Sklavin war, kann sie keine gewöhnliche Moro-Sklavin gewesen sein.«
»Sie war eine Mulattin, Herr«, hast du ohne jede Verlegenheit erwidert. »Meine Mutter sprach nicht gerne über ihre Eltern oder über meinen Vater. Aber Kinder ahnen natürlich vieles, was ungesagt bleibt. Ich vermute, daß ihre Mutter eine Schwarze gewesen sein muß, aber ihr Vater ein wohlhabender Spanier von hohem Stand, denn er bezahlte die Schulbildung seiner Mischlingstochter. In Hinblick auf meinen Vater war sie jedoch so verschwiegen, daß ich nicht einmal eine Vermutung anstellen konnte.«
»Ich habe nur dein Gesicht gesehen«, sagte ich. »Laß mich das übrige sehen. Entkleide dich für mich, Verónica.«
Das dauerte nur einen Augenblick, denn du hast ein dünnes, beinahe fadenscheiniges Gewand getragen, das nach spanischer Art bis zu den Füßen reichte.
Ich sagte: »Man hat mir einmal die Abstufungen und Grade gemischter Herkunft beschrieben. Aber ich habe keine Erfahrung darin, sie selbst zu erkennen, wenn man davon absieht, daß ich auch einmal ein Mädchen kannte, das, wie ich glaube, das Kind einer weißen Mutter und eines schwarzen Vaters war. Bei dir, Verónica, würde ich sagen, daß sich das Moro-Blut deiner Großmutter nur in deinen bereits entwickelten Brüsten und dem vorhandenen Ymáxtli-Flaum zeigt. Ich nehme an, deine zarten Gliedmaßen und dein hübsches Gesicht sind auf das Blut deines spanischen Großvaters zurückzuführen. Doch du hast keine behaarten Achselhöhlen oder Beine,

also muß sein Blut später verdünnt worden sein. Außerdem bist du so sauber und duftest so gut wie eine Frau meiner eigenen Rasse. Es ist leicht zu erkennen, daß dein unbekannter Vater ebenfalls zur Verbesserung deiner Anlagen beigetragen hat.«
»Falls das für Euch von Bedeutung ist zu wissen, Herr«, hast du kühn gesagt, »so bin ich, abgesehen von allem anderen, auch noch Jungfrau.«
An dieser Stelle will ich etwas gestehen. Selbst damals, Verónica, in diesem zarten Alter warst du nicht nur intelligent und über die Maßen gebildet, sondern auch so fraulich, körperlich so schön und reizvoll, daß du eine echte Versuchung für mich bedeutet hast. Ich hätte dich vielleicht gebeten, mehr als nur meine Gefährtin und meine Schreiberin zu werden. Doch dieser Gedanke ging mir nur flüchtig durch den Kopf, denn ich hielt mich immer noch an das Versprechen, das ich mir im Gedenken an Ixínatsi gegeben hatte. Tatsächlich hätte ich mich über körperliche Nähe und Vertrautheit gefreut. Doch ich wagte weder dich in Versuchung zu führen noch dich zu einer intimen Beziehung zu überreden, denn ich wäre dadurch Gefahr gelaufen, mich in dich zu verlieben. Und ich hatte geschworen, nie wieder eine Frau wirklich zu lieben.
In Hinblick auf das, was sich später herausstellte, war es gut, daß ich es nicht tat. Trotzdem kam es unvermeidlich und unabwendbar dazu, daß ich dich sehr liebgewann.
Doch damals sagte ich nur: »Zieh dich wieder an und komm mit. Wir werden die Purémpe-Frauen um einige der Gewänder erleichtern, die sie in den Kleiderschränken von Tonalá gefunden haben. Du verdienst die schönsten Kleider, kleine Verónica.« Leise lachend fügte ich

hinzu: »Und du wirst mit Sicherheit auch etwas brauchen, das du darunter tragen kannst, wenn du auf einem Pferd neben mir reiten willst.«

Nicht alle unserer folgenden Siege waren so leicht zu erringen wie die Eroberung von Tonalá. Von unserem Lager schickte ich Kundschafter und Boten nach allen Richtungen in die Umgebung aus. Als ihre Berichte eintrafen, beschloß ich, den nächsten Überfall auf die Spanier zu einem doppelten Angriff zu machen – zur gleichen Zeit an zwei weit voneinander entfernten Orten. Das würde sicherlich dazu beitragen, die Befürchtungen der Spanier zu vergrößern, wir seien zahlreich, zu allem entschlossen, schlagkräftig und in der Lage, überall anzugreifen. Es würde sie davon überzeugen, daß es sich nicht nur um den Aufstand einiger weniger unzufriedener Stammeskrieger handelte, sondern um eine wirkliche, landesweite Rebellion gegen alle weißen Eroberer.
Mehrere Kundschafter meldeten, in einiger Entfernung südöstlich unseres Lagers befinde sich ein ausgedehntes Gebiet mit reichen Estancias und Landgütern, deren Besitzer ihre Häuser aus Gründen der Bequemlichkeit, der nachbarschaftlichen Beziehungen und des gegenseitigen Schutzes alle in der Mitte dieser Gegend errichtet hätten.
Andere Späher berichteten, daß sich im Südwesten an einem Kreuzweg ein spanischer Handelsposten befinde, dessen Geschäfte mit reisenden Kaufleuten und ansässigen Landbesitzern blühten. Allerdings sei er stark befestigt und werde von einem großen Trupp spanischer Fußsoldaten geschützt.
Ich beschloß, als nächstes an diesen beiden Plätzen gleichzeitig zuzuschlagen. Ritter Nochéztli sollte den

Überfall auf die Güter der Landbesitzer anführen und ich den Angriff auf den Handelsposten. Jetzt würde ich einem Teil unserer Krieger, die bis jetzt nicht zum Zuge gekommen und daher neidisch waren, Gelegenheit bieten, Beute zu machen, Ruhm zu erringen und einen den Göttern gefälligen Tod zu finden. Deshalb teilte ich Nochéztli die Krieger der Cora und Huichol zu sowie alle Berittenen, darunter auch Verónica als Chronistin der Schlacht. Ich nahm außer den Kriegern der Rarámuri und Otomí die besten Arkebusen-Schützen mit mir.
Alle, die bei der Einnahme von Tonalá dabeigewesen waren, mußten zurückbleiben. Das führte dazu, daß die Yaki in ihrer gewohnten widerspenstigen Art murrten. Ich ließ mich jedoch nicht davon beeindrucken. Nochéztli und ich berechneten sorgfältig die Zeit, die wir für den Marsch brauchen würden. Dann bestimmten wir den Tag für unsere getrennten, aber gleichzeitigen Angriffe und einigten uns auf einen späteren Tag, an dem wir uns siegreich wieder im Lager treffen würden. Danach setzten wir uns in unterschiedliche Richtungen in Bewegung.
Wie ich bereits gesagt habe, ging bei meinem Krieg nicht immer alles glatt. Bei dem Überfall auf den Handelsposten schien ein Ergebnis, das man als Sieg hätte bezeichnen können, zunächst unwahrscheinlich.
Der Ort bestand hauptsächlich aus den Hütten und Schuppen der Arbeiter und Sklaven. Doch sie umgaben den eigentlichen Handelsposten, der sich gesichert innerhalb eine Palisade aus dicken, dicht beieinander stehenden Baumstämmen befand, die am oberen Ende angespitzt waren. Das gleichermaßen schwere Tor war fest verschlossen und von innen verriegelt. Aus schmalen Schlitzen im Holz ragten die Rüssel von Donnerrohren

hervor. Als unsere Krieger beim Angriff schreiend und brüllend über das freie Gelände vor der Befestigungsanlage rannten, vermutete ich, wir müßten den schweren Eisenkugeln ausweichen, die ich früher aus spanischen Donnerrohren hatte herausfliegen sehen. Doch diesmal hatten die Soldaten diese Kugeln mit Metallstückchen, Feuersteinsplittern, Nägeln, Glasscherben und ähnlichem gefüllt. Wenn sie donnernd auf uns zuflogen, konnte man ihrem tödlichen Schauer nicht ausweichen. Sehr viele meiner Krieger in vorderster Linie sanken schrecklich verstümmelt, zerrissen und zerfetzt zu Boden.
Zu unserem Glück dauert es noch länger, ein Donnerrohr zu laden als einen Donnerstock. Bevor die spanischen Soldaten es geschafft hatten, waren wir überlebenden Krieger dicht vor den Palisaden angelangt, und dorthin ließen sich die Donnerrohre nicht richten. Meine Rarámuri machten ihrem Namen ›Schnellfüße‹ alle Ehre. Sie erkletterten die ungeschälten Stämme und sprangen auf der anderen Seite hinunter. Einige warfen sich sofort auf die spanischen Verteidiger, während andere zum Tor eilten und die Riegel zurückschoben, um uns einzulassen.
Die Soldaten waren allerdings keine Feiglinge und auch nicht genügend geschwächt, um sich sofort zu ergeben. Ein Trupp nahm in einiger Entfernung Aufstellung und beschoß uns mit Arkebusen. Doch meine Schützen, die inzwischen den richtigen Umgang mit ihren Waffen beherrschten, erwiderten das Feuer mit gleicher Treffsicherheit und erzielten die gleiche tödliche Wirkung. Wir anderen fielen derweil mit Speeren, Schwertern und Maquáhuime über die Spanier her und kämpften schließlich Mann gegen Mann.

Es war kein kurzer Kampf. Die tapferen Soldaten waren bereit, sich bis in den Tod zur Wehr zu setzen. Und den fanden sie schließlich alle.

Auch eine bedauerlich hohe Zahl meiner Krieger verlor vor und hinter den Palisaden das Leben. Wir hatten auf unserem Marsch keine Wickler mitgenommen, die sich der Verwundeten hätten annehmen können, und da wir keine Pferde vorfanden, um sie zu transportieren, konnte ich die Garausmacher nur anweisen, allen Schwerverletzten, die den Rückmarsch nicht geschafft hätten, einen schnellen, gnädigen Tod zu gewähren.

Es war ein teurer, aber trotzdem einträglicher Sieg. Der Handelsposten erwies sich als eine wahre Schatzkammer voller nützlicher und wertvoller Waren – Pulver und Bleikugeln, Arkebusen, Schwerter und Messer, Decken und Kleider, geräucherte und gesalzene Vorräte, sogar Krüge voll Octli und Chápari und spanischen Weins. Die Überlebenden feierten mit meiner Erlaubnis so ausgiebig, daß wir uns am nächsten Morgen alle ziemlich betrunken und mit unsicheren Beinen auf den Rückweg machten. Wie zuvor forderte ich die Familien der Sklaven auf, sich uns anzuschließen. Die meisten taten es und trugen unsere Ballen, Beutel und Krüge mit der Beute.

Bei der Rückkehr in unser Lager hinter den Ruinen von Tonalá hörte ich mit Freuden von Nochéztli, daß sich sein Unternehmen als sehr viel weniger schwierig erwiesen hatte als das meine. Der Ort war nicht von ausgebildeten Soldaten geschützt worden, sondern von den Sklaven der Besitzer, die natürlich nicht mit Arkebusen bewaffnet gewesen und keineswegs darauf versessen gewesen waren, einen Angriff zurückzuschlagen. Deshalb verlor Nochéztli keinen einzigen Mann. Auch sein

Trupp kam mit großen Nahrungsvorräten, mit Säcken voll Mais, warmen Stoffen und verwendbaren spanischen Kleidern zurück. Das Beste von allem waren die vielen Pferde und eine Rinderherde mit beinahe ebenso vielen Tieren, wie Coronado sie bei seinem Zug in den Norden mitgenommen hatte. Wir würden nicht mehr viel auf Nahrungssuche gehen oder jagen müssen. Wir hatten genug, um unser ganzes Heer lange Zeit zu verpflegen.

»Und hier, Herr«, sagte Nochéztli, »ein Geschenk von mir an Euch. Sie stammen vom Bett eines spanischen Edelmannes.« Er gab mir zwei ordentlich gefaltete wundervoll glänzende Seidentücher, die kaum Blutflecken hatten. »Ich finde, der Uey-Tecútli der Aztéca sollte nicht auf der nackten Erde oder auf einem Strohlager schlafen müssen wie ein gewöhnlicher Krieger.«

»Ich danke dir, mein Freund«, sagte ich und lachte. »Allerdings fürchte ich, du weckst damit in mir auch die Neigungen der spanischen Edelmänner zu Genußsucht und Trägheit.«

Im Lager erwartete mich noch eine andere gute Nachricht. Einer meiner Boten war in der Tat sehr weit gelaufen und berichtete bei seiner Rückkehr, daß mein Krieg inzwischen nicht nur von unseren Truppen, sondern auch von anderen geführt wurde.

»Tenamáxtzin, die Nachricht von Eurer Rebellion hat sich von Volk zu Volk, von Stamm zu Stamm verbreitet. Viele brennen darauf, Eure Taten für die EINE WELT nachzuahmen. Von hier bis zur Küste des Ostmeeres verüben Trupps von Kriegern Überfälle auf spanische Siedlungen, Landgüter und Bauernhöfe. Das Hundevolk der Chichiméca, das Wildhundevolk der Téochichiméca, selbst das Räudige Hundevolk der Zácachichiméca, sie alle unternehmen Raubzüge gegen die Weißen, bei denen sie blitzschnell zuschlagen und sich ebenso schnell wieder zurückziehen. Selbst die Huaxtéca an der Küste, die lange für ihre Gleichgültigkeit bekannt waren, haben die Hafenstadt angegriffen, die von den Spaniern Santa Cruz genannt wird. Natürlich konnten die Huaxtéca mit ihren primitiven Waffen dort keinen großen Schaden anrichten, aber sie haben die Bewohner in Angst und Schrecken versetzt.«

Ich war sehr erfreut über die Nachrichten. Diese Völker waren mit Sicherheit schlecht bewaffnet, und mit Sicherheit waren ihre Aufstände und Angriffe schlecht organisiert. Aber sie halfen mir dabei, die Weißen in einem Zustand der Beunruhigung und Angst zu halten, so daß sie nachts vermutlich nicht mehr schlafen konnten. Überall in Neuspanien würde man inzwischen von diesen vereinzelten Raubzügen und meinen zerstörerischen Überfällen wissen. Ich hoffte und glaubte, daß das ganze Land zunehmend in Unruhe geriet und sich alle Weißen zunehmend größere Sorgen um den Fortbestand von Neuspanien machten.

Die Huaxtéca und andere konnten ihre Blitzüberfälle so planen, daß sie beinahe ungestraft davonkamen. Doch ich war inzwischen praktisch der Befehlshaber einer wandernden Stadt von Kriegern, Sklaven, ganzen Familien, vielen Pferden und einer Rinderherde. Es war gelinde gesagt beschwerlich, sie von einem Kampfplatz zum anderen zu verlegen. Ich kam zu dem Schluß, daß wir einen Platz brauchten, um uns auf Dauer niederzulassen. Er mußte gut zu verteidigen sein, und ich mußte von dort entweder kleine Trupps oder eine große Streitmacht in alle Richtungen führen oder aussenden können. Außerdem sollte der Stützpunkt ein sicherer Zu-

fluchtsort sein, an den die Krieger jederzeit zurückkehren konnten.
Ich rief also mehrere meiner Ritter zusammen, die, wie ich wußte, in diesem Teil der EINEN WELT viel gereist waren, und fragte sie um Rat.
Ein Ritter namens Pixqui sagte: »Ich kenne genau den richtigen Platz, Herr. Unsere Absicht ist letztlich ein Angriff auf die Stadt Mexíco, die südöstlich von hier liegt. Der Platz, an den ich denke, befindet sich ungefähr auf halbem Weg dorthin. Es sind die Berge, die man Miztóapan, ›Wo die Berglöwen lauern‹, nennt. Die wenigen Weißen, die sie jemals gesehen haben, nennen sie die Mixton-Berge. Sie sind schroff, zerklüftet und von engen Schluchten durchzogen. Dort finden wir ein Tal, das groß genug ist, um unser ganzes riesiges Heer aufzunehmen. Selbst wenn die Spanier erfahren, daß wir dort sind – und das werden sie zweifellos –, würde es ihnen schwerfallen, an uns heranzukommen, es sei denn, sie lernen fliegen. Beobachtungsposten auf den Gipfeln, die das Tal umgeben, könnten jede aufmarschierende feindliche Streitmacht schon von weitem erkennen. Da angreifende Truppen beinahe im Gänsemarsch durch die engen Schluchten ziehen müßten, würde eine Handvoll Männer mit Arkebusen genügen, um sie aufzuhalten, während unsere Krieger von oben einen Hagel von Pfeilen, Speeren und Steinen auf sie niedergehen lassen.«
»Ausgezeichnet«, sagte ich. »Es klingt, als sei der Platz uneinnehmbar. Ich danke dir, Ritter Pixqui. Geh durch das Lager und gib Befehl, daß sich alle auf den Abmarsch vorbereiten. Wir brechen im Morgengrauen in Richtung der Miztóatlan-Berge auf. Einer von euch sucht das Sklavenmädchen Verónica, meine Schreiberin, und schickt sie zu mir.«

Der Iyac Pozonáli brachte dich an jenem schicksalhaften Tag zu mir. Ich hatte schon lange bemerkt, daß er oft mit dir zusammen war und dich mit sehnsüchtigen Blicken bedachte. Ich bin nicht blind für solche Dinge, denn ich habe mich selbst immer wieder verliebt. Ich kannte den Iyac als einen bewundernswerten jungen Mann, und auch ohne die überraschende Entdeckung, die wir an diesem Tag machten, hätte ich kaum eifersüchtig sein können, wenn sich herausgestellt hätte, liebe Verónica, daß Pozonáli Gnade in deinen Augen fand.
Dein Bericht über Nochétzlis Angriff auf die Estancias, an dem du teilgenommen hattest, war bereits verfaßt. Deshalb diktierte ich dir die Beschreibung meines sehr viel schwierigeren Überfalls auf die Handelsstation. Du hast alles aufgeschrieben. Ich endete den Bericht mit dem Beschluß, in die Miztóatlan-Berge zu ziehen.
Als ich schwieg, hast du leise gesagt: »Ich bin froh, Herr, daß Ihr plant, die Stadt México so bald anzugreifen. Ich hoffe, Ihr werdet sie genauso zerstören wie Tonalá.«
»Das hoffe ich auch. Aber wieso bist du an der Zerstörung von der Stadt México interessiert?«
»Weil dabei auch das Nonnenkloster zerstört wird, in dem ich nach dem Tod meiner Mutter gelebt habe.«
»Es war ein Kloster in der Stadt México? Davon hast du noch nie etwas gesagt. Ich kenne dort nur ein Nonnenkloster. Es befand sich nahe der Mesón de San José, wo ich einmal gelebt habe.«
»Das ist es, Herr.«
Mir kam zum ersten Mal ein etwas beunruhigender, aber nicht von der Hand zu weisender Verdacht.
»Bist du den Nonnen aus irgendeinem Grund böse, mein Kind?« sagte ich vorsichtig. »Ich wollte dich schon oft fragen, wieso du aus dem Kloster geflohen und heimat-

los herumgeirrt bist, bevor du bei unseren Sklaven Zuflucht gefunden hast.«
»Die Nonnen waren sehr grausam ... zuerst zu meiner Mutter und dann zu mir.«
»Das mußt du mir etwas genauer erklären.«
»Nachdem meine Mutter alt genug war, wurde sie nach dem Besuch der Kirchenschule, wo sie ausreichende Unterweisung in dieser Religion erhalten hatte, gefirmt und nahm sofort den Schleier, wie man das nennt. Das heißt, sie wurde eine Braut Christi und lebte als Novizin im Kloster. Wenige Monate später entdeckte man jedoch, daß sie ein Kind erwartete. Sie mußte die Nonnentracht ablegen, dann wurde sie ausgepeitscht und in Schande aus dem Kloster getrieben.« Wie ich sah, mußtest du bei dieser Erinnerung mit den Tränen kämpfen. Mir tat es weh, dein Leid mit anzusehen, aber ich schwieg. Du hast dann stockend weitergesprochen. »Wie ich schon früher einmal gesagt habe, hat sie mir nie verraten, durch wen sie geschwängert wurde.« Du hast mit unüberhörbarer Bitterkeit hinzugefügt: »Ich bezweifle, daß es Christus, ihr Ehemann, war.«
Ich überlegte eine Weile, bevor ich schließlich fragte: »Könnte deine Mutter Rebeca geheißen haben?«
»Ja!« Jetzt warst du erstaunt. »Wie könnt Ihr das wissen, Herr?«
»Ich habe diese kirchliche Schule auch für kurze Zeit besucht, deshalb kenne ich einen kleinen Teil der Geschichte deiner Mutter. Aber ich habe die Stadt verlassen und deshalb nie die ganze Geschichte gehört. Was ist aus Rebeca geworden, nachdem man sie aus dem Kloster gejagt hatte?«
»Ich bin sicher, mit einem unehelichen, vaterlosen Kind im Leib schämte sie sich, zu ihrer Mutter und ihrem Va-

ter, ihrem weißen Patrón, zurückzugehen. Eine Zeitlang schlug sie sich mit niederen Arbeiten auf dem Markt durch und lebte im wahrsten Sinne des Wortes auf der Straße. Ich bin auf einem Lager aus Lumpen in irgendeiner Gasse zur Welt gekommen. Ich vermute, ich hatte Glück, daß ich das überlebte.«

»Und dann?«

»Danach hatte sie für zwei zu sorgen. Ich erröte, wenn ich das sage, Herr, aber sie tat, was Ihr in Eurer Sprache ›rittlings auf die Straße gehen‹ nennt. Als Mulattin, das könnt Ihr Euch denken, konnte sie reiche spanische Edelmänner oder auch nur wohlhabende Fernhändler schwerlich reizen. Es waren nur Träger vom Markt, Moro-Sklaven und ähnliche Männer, die sich mit ihr in schäbigen kleinen Gasthäusern, in Hütten oder sogar unter freiem Himmel vergnügten. Ich weiß noch, gegen Ende, und damals kann ich nicht älter als vier Jahre gewesen sein, mußte ich zusehen, wie sie diese Dinge tat.«

»Gegen Ende? Wie war das Ende?«

»Ich erröte schon wieder, Herr. Beim Beinespreizen hat sie sich die Nanáua geholt, die abscheulichste und schmachvollste aller Krankheiten. Als meine Mutter wußte, daß sie sterben würde, ging sie mit mir an der Hand zum Kloster zurück. Nach den Regeln dieses christlichen Ordens konnten die Nonnen sich nicht weigern, mich aufzunehmen. Aber natürlich kannten sie meine Geschichte, und deshalb verachteten mich alle. Ich durfte nicht hoffen, als Novizin im Kloster bleiben zu können. Sie benutzten mich einfach als Dienstboten, als Sklavin, als Arbeitstier. Ich mußte die niedrigsten Arbeiten verrichten. Aber wenigstens hat man mir dafür ein Bett und etwas zu essen gegeben.«

»Und deine Ausbildung?«

»Ich habe Euch schon gesagt, daß meine Mutter mich vieles von dem gelehrt hat, was sie früher gelernt hatte. Und ich habe einiges Geschick darin, aufmerksam zu sein und zu beobachten. Also beobachtete ich, hörte zu und nahm alles in mich auf, was die Nonnen den Novizinnen und anderen ehrbaren Mädchen, die im Kloster lebten, beibrachten, selbst während ich arbeitete. Schließlich bin ich davongelaufen. Ich war der Meinung, ich hätte, wenn auch auf entwürdigende Weise, alles gelernt, was ich von den Nonnen lernen konnte. Hinzu kam, daß die schwere Arbeit und die Schläge tagtäglich unerträglicher für mich wurden.«
»Du bist ein höchst bemerkenswertes Mädchen, Verónica. Ich bin unermeßlich glücklich, daß du dein Umherwandern überlebt hast und schließlich zu ... zu uns gekommen bist.«
Ich überlegte wieder. Wie sollte ich es am besten sagen?
»Nach dem wenigen, was ich von Rebeca weiß, glaube ich, daß das weiße Blut in dir von ihrer Mutter, deiner Großmutter, stammt, und daß ihr Vater ein Moro, nicht ein spanischer Patrón gewesen sein muß. Aber das ist unwichtig. Wichtig ist, daß ich glaube, bei deinem Vater, wer immer es war, handelte es sich um einen Indio, einen Mexícatl oder Aztécatl. Deshalb fließen drei Arten Blut in deinen Adern, Verónica. Wahrscheinlich erklärt diese Mischung dein ungewöhnlich hübsches Aussehen. Das übrige kann ich nach den wenigen Andeutungen, die Rebeca gemacht hat, nur vermuten. Aber wenn ich recht habe«, fuhr ich fort, »war dein Großvater väterlicherseits ein hoher Adliger der Mexíca, ein in jeder Hinsicht tapferer, weiser und wirklich edler Mann. Er war ein Mann, der den spanischen Eroberern bis zum Ende seines Lebens die Stirn geboten hat. Sein Beitrag zu deinem We-

sen würde deine ungewöhnliche Intelligenz erklären und besonders dein erstaunliches Geschick mit Worten und beim Schreiben. Wenn ich recht habe, war dein Großvater ein Mexícatl namens Mixtli oder richtiger Mixtzin – Herr Mixtli.«

31

Unser Heer kam auf seinem Weg durch das Land noch langsamer voran als zuvor, da wir die dummen, störrischen und widerspenstigen Rinder treiben mußten, die immer wieder durcheinanderliefen. Meine Männer wurden verständlicherweise unwillig, denn ich machte einige der Krieger praktisch zu einer Eskorte und zu Viehhütern. Deshalb legte ich unterwegs eine Marschpause ein, um ihnen Gelegenheit zum Blutvergießen, zum Plündern und Vergewaltigen zu geben.
Das war im ehemals größten Dorf der Otomí. Inzwischen war es zu einer Stadt von beachtlicher Größe geworden, in der beinahe ausschließlich Spanier und ihr üblicher Anhang von Dienstboten und Sklaven lebten. Den alten Namen N't Tahí hatte man durch Zelalla ersetzt.
Als wir abzogen, war der Ort verbrannt, zerstört und dem Erdboden gleichgemacht wie zuvor Tonalá. Auch das war hauptsächlich das Werk der Granaten unserer Purémpe-Frauen. Wir hinterließen den Ort abgesehen von den Leichen – dank der Yaki waren es haarlose Leichen – völlig entvölkert.
Ich kann mit Genugtuung berichten, daß meine Krieger Zelalla sehr viel würdevoller und sehr viel weniger herausgeputzt verließen als Tonalá. Das heißt, sie hatten sich nicht mit spanischen Röcken, Hauben, Mantillas

und ähnlichem bekleidet und geschmückt. In Wirklichkeit schämten sich seit einiger Zeit selbst die Frauen und die dummen Moros all dieser unnützen Dinge. Sie machten sich lustig über den geschmacklosen Schmuck und sogar über die stählernen Brustharnische. Abgesehen davon, daß ihnen diese unkriegerische Aufmachung zunehmend peinlich war, stellten sie fest, daß die Kleidungsstücke sie beim Kampf gefährlich behinderten und besonders wenn es regnete, auf dem Marsch unangenehm schwer waren. Daher hatten sie die Kleidung und den Schmuck der Weißen Stück für Stück wieder abgelegt. Inzwischen sahen alle wieder aus wie wirkliche Indio-Krieger, die wir ja auch waren. Nur die warmen Wollsachen, die sich als Decken und Mäntel verwenden ließen, hatten wir behalten.

Nach einiger Zeit, einer qualvoll langen Zeit, erreichten wir die Berge ›Wo die Berglöwen lauern‹. Das Land war genau so, wie Ritter Pixqui es beschrieben hatte. Mit ihm als Führer wanderten wir durch ein Labyrinth enger Schluchten, von denen manche gerade breit genug waren, um einem Reiter – oder einem Rind – das Durchkommen zu ermöglichen. Schließlich gelangten wir in ein nicht breites, aber ziemlich langgestrecktes Tal. Es bot genug Platz, damit wir alle bequem lagern konnten. Es gab reichlich Wasser und Weidegras für unsere Tiere. Nachdem wir uns niedergelassen und zwei oder drei Tage ausgeruht hatten, ließ ich den Iyac Pozonáli und meine reizende Schreiberin Verónica zu mir rufen und sagte zu ihnen: »Ich habe einen Auftrag für euch beide. Ich glaube nicht, daß er gefährlich ist, aber er verlangt eine mühsame Reise. Allerdings habe ich das Gefühl«, ich lächelte, »daß ihr nichts gegen eine lange gemeinsame Reise einzuwenden habt.«

Du bist rot geworden, Verónica, und Pozónali ebenfalls. Ich fuhr fort: »Es besteht kein Zweifel daran, daß in der Stadt Mexíco, vom Vizekönig Mendoza bis hinunter zum niedrigsten Marktsklaven, jeder von unserer Rebellion und unseren Überfällen weiß. Aber ich möchte in Erfahrung bringen, wieviel die Spanier über uns wissen, welche Maßnahmen sie möglicherweise ergreifen, um die Stadt gegen uns zu verteidigen, oder ob sie ausziehen, uns aufspüren und in einer offenen Schlacht gegen uns kämpfen wollen. Ihr sollt folgendes tun: Reitet so schnell und so weit ihr könnt in Richtung Südosten. Haltet erst an, wenn ihr feststellt, daß ihr euch in gefährlicher Nähe spanischer Vorposten befindet. Meines Wissens wird das vermutlich irgendwo im Osten von Michihuácan sein, wo es an das Land der Mexíca grenzt. Dort laßt ihr die Pferde bei einem gastfreundlichen Mann zurück, der sie versorgen kann. Ihr zieht einfache und unauffällige Bauernkleider an und setzt euren Weg zu Fuß fort. Nehmt Säcke mit irgendwelchen verkäuflichen Dingen mit – Früchte, Gemüse, was immer ihr auftreiben könnt. Ihr werdet vielleicht feststellen, daß die Stadt von einem Ring stählerner Waffen umgeben ist, aber man muß Lebensmittel und Waren hinein- und herauslassen. Und ich glaube, die Wachposten werden bei einem jungen Bauern und seiner ...«, ich lächelte wieder, »sollen wir sagen seiner kleinen Cousine ...?« Da hast du bezaubernd und verschämt die Augen niedergeschlagen, liebste Verónica. »Also, bei einem jungen Bauern und seiner Cousine, die auf dem Weg zum Markt sind, kaum Verdacht schöpfen.«
Ihr seid beide sehr verlegen geworden, aber ich tat, als bemerke ich es nicht, und fuhr fort: »Du darfst auf keinen Fall Spanisch sprechen, Verónica. Sprich überhaupt

nicht. Pozonáli, ich bin sicher, dir gelingt es mit Náhuatl, mit den wenigen spanischen Worten, die du kennst, und mit unbeholfenen Gesten, wie sie ein Bauer machen würde, an allen Wachposten und jedem, der euch anruft, vorbeizukommen.«

»Wir kommen in die Stadt hinein, Tenamáxtzin. Darauf küsse ich die Erde«, erwiderte er. »Habt Ihr bestimmte Befehle für uns, wenn wir dort sind?«

»Ihr sollt beide vor allem Augen und Ohren offenhalten. Iyac, du hast dich als fähiger Soldat erwiesen. Es dürfte dir nicht schwerfallen zu erkennen, welche Verteidigungsmaßnahmen die Stadt trifft oder welche Vorbereitungen für einen Angriff auf uns getroffen werden. Geht durch die Straßen und über die Märkte und verwickelt die einfachen Leute in Gespräche. Ich will mehr über ihre Stimmung, ihre Gefühle und ihre Meinung von unserer Rebellion erfahren, denn ich weiß aus Erfahrung, daß manche, vielleicht sogar viele mit den Spaniern gemeinsame Sache machen werden, von denen sie inzwischen abhängig sind.«

Ihr wolltet es beide nicht glauben, aber später seid ihr eines Besseren belehrt worden. Es gab unter den Menschen unseres Volkes viele Verräter.

Ich gab euch noch einen Auftrag. »Hört zu«, sagte ich ernst. »Es gibt einen Aztécatl, einen älteren Mann, den ihr besuchen sollt. Er ist Goldschmied.« Ich erklärte dem Iyac, wo Pochotl zu finden sein würde. »Er war mein erster Verbündeter auf diesem Feldzug, deshalb möchte ich ihn wissen lassen, daß wir kommen. Er wird vielleicht sein Gold verstecken oder sogar die Stadt damit verlassen wollen. Richte ihm viele liebe Grüße von mir aus.«

»Es wird alles geschehen, wie Ihr es wollt, Tenamáxtzin«,

antwortete Pozonáli und fragte dann beinahe schüchtern: »Und Verónica? Soll ich bei ihr bleiben, um sie zu beschützen?«

»Ich glaube, das wird nicht nötig sein. Verónica, du bist ein äußerst intelligentes Mädchen. Ich möchte nur, daß du dich in Hörweite möglichst vieler Spanier begibst, die sich auf der Straße, auf den Märkten oder wo auch immer, zu zweit oder zu mehreren unterhalten. Belausche sie, besonders dann, wenn sie in Uniform sind oder wie bedeutende Persönlichkeiten aussehen. Sie werden kaum vermuten, daß du sie verstehst. Möglicherweise erfährst du auf diese Weise sogar mehr über die beabsichtigten Reaktionen der Spanier auf unsere Überfälle als der Iyac Pozonáli.«

»Ja, Herr.«

»Ich habe auch für dich eine besondere Aufgabe. In der Stadt gibt es einen Weißen, dem ich die gleiche Warnung schulde, die Pozonáli dem Goldschmied überbringt. Er heißt Alonso de Molina. Vergiß den Namen nicht! Er ist ein hoher Würdenträger der Kathedrale.«

»Ich weiß, wo das ist, Herr.«

»Geh nicht direkt zu ihm, um ihn zu warnen. Er ist schließlich ein Spanier. Er könnte dich möglicherweise als Geisel festhalten.« Ich lachte, und es war mir bewußt, daß es bitter klang. »Er würde es mit Sicherheit tun, wenn er auch nur den leisesten Verdacht hätte, daß du meine ... meine persönliche Schreiberin bist. Also übermittelst du ihm die Warnung auf einem Blatt Papier. Du faltest es, versiehst es mit Alonsos Namen und gibst es einem niedrigen Kirchenmann, der sich in der Kathedrale aufhält. Sag kein Wort, sondern benutze nur Gesten. Dann verschwindest du so schnell du kannst. Danach wagst du dich nicht mehr in die Nähe der Kathedrale.«

»Jawohl, Herr. Sonst noch etwas?«
»Nur das eine, aber es ist die wichtigste Anweisung, die ich euch beiden geben kann. Sobald ihr glaubt, alles in Erfahrung gebracht zu haben, was euch möglich war, verlaßt ihr so schnell wie möglich die Stadt, holt eure Pferde ab und kommt heil und gesund hierher zurück – und zwar zusammen. Wenn du, Iyac, es wagen solltest, ohne Verónica ... dann ...«
»Wir werden heil und gesund zurückkommen, Tenamáxtzin. Ich küsse die Erde darauf. Falls uns etwas Unvorhergesehenes zustößt und nur einer wiederkommt, dann wird es Verónica sein. Darauf küsse ich die Erde vierhundertmal!«

Nachdem sie sich auf den Weg gemacht hatten, erfreuten wir anderen uns alle an der neuen Umgebung und genossen das Leben in vollen Zügen. Wir lebten unbestreitbar sehr gut. Natürlich gab es mehr als genug Rindfleisch, doch unsere Jäger streiften trotzdem durch das Tal, um mit Hirschen und Kaninchen, Wachteln, Enten und anderem Wild für Abwechslung bei den Mahlzeiten zu sorgen. Sie erlegten sogar zwei oder drei der Berglöwen, nach denen die Berge benannt waren, obwohl das Berglöwenfleisch zäh und nicht besonders schmackhaft ist.
Unsere Fischer stellten fest, daß in den Bergbächen große Mengen eines Fischs lebten, dessen Namen ich nicht kenne. Diese Fische waren eine Köstlichkeit und eine willkommene Ergänzung zu den vielen Fleischmahlzeiten. Die Sammler fanden alle möglichen Früchte, Gemüse, Wurzeln und eine Vielzahl uns unbekannter, aber wohlschmeckender Pflanzen.
Die erbeuteten Krüge mit Octli, Chápari und spani-

schem Wein blieben mir und meinen Rittern vorbehalten, doch wir tranken nur wenig davon. Es fehlte eigentlich nur etwas wirklich Süßes wie die Kokosnüsse meiner Heimat.

Ich glaube, viele der Menschen, vor allem die zahlreichen Sklavenfamilien, die wir befreit und mitgebracht hatten, wären zufrieden gewesen, den Rest ihres Lebens in diesem Tal zu verbringen. Wahrscheinlich hätten sie das auch unbelästigt, ja sogar ohne Kenntnis der Weißen bis in alle Ewigkeit tun können.

Ich will damit nicht sagen, daß wir die Zeit nur mit Nichtstun verbrachten und gedankenlos in den Tag hinein lebten. Obwohl ich nachts zwischen den seidenen spanischen Laken unter einer warmen spanischen Wolldecke schlief und mir wie ein spanischer Marqués oder Vizekönig vorkam, war ich den ganzen Tag beschäftigt. Ich schickte meine Kundschafter in das Land hinter den Bergen und nahm ihre Berichte entgegen. Ich ging als eine Art Oberaufseher durch das Tal, denn ich hatte Nochéztli und den anderen Rittern befohlen, eine möglichst große Zahl unserer Männer im Reiten der vielen erbeuteten Pferde und im richtigen Gebrauch der vielen neuen Arkebusen zu unterrichten.

Als einer meiner Späher zurückkam und meldete, nicht weit im Westen von uns befinde sich an einem Kreuzweg eine ähnliche spanische Handelsstation wie die, welche wir früher überfallen hatten, entschloß ich mich zu einem Überfall. Ich stellte einen mittelgroßen Trupp Krieger der Sobáipuri zusammen. Sie hatten noch nicht das Vergnügen gehabt, an einer unserer Schlachten teilzunehmen, aber sie waren inzwischen sehr geschickte Reiter und Arkebusen-Schützen. Zusammen mit Ritter Pixqui ritten wir nach Westen.

Ich hatte keinen wirklichen Überfall im Sinn, sondern nur einen Scheinangriff. Wir galoppierten unter Geschrei und Gebrüll aus dem Wald und über das offene Gelände vor den mit Palisaden befestigten Ort und feuerten unsere Arkebusen ab. Wie zuvor spien Donnerrohre aus den Öffnungen in der Palisade einen Schauer tödlicher Splitter und Scherben, doch ich achtete darauf, daß wir uns außerhalb ihrer Reichweite hielten. Deshalb wurde nur einer unserer Männer leicht an der Schulter verletzt. Wir ritten in gebührendem Abstand hin und her, stießen unser markerschütterndes Kriegsgeschrei aus und gestikulierten wild, bis sich das Tor öffnete, und ein Trupp berittener Soldaten auftauchte.

Wir verhielten uns, als bekämen wir es mit der Angst zu tun, wendeten und galoppierten auf dem Weg zurück, den wir gekommen waren. Die Soldaten verfolgten uns. Ich stellte sicher, daß wir in ausreichender Entfernung vor ihnen, aber immer in Sichtweite blieben. Auf diese Weise brachten wir sie dazu, uns bis zu der Schlucht zu folgen, durch die wir unser Tal verlassen hatten.

Ich achtete darauf, daß uns die Soldaten auch in dem Felslabyrinth nicht aus den Augen verloren. So lockten wir sie durch die enge Stelle, wo auf meinen Befehl bereits Männer mit Arkebusen auf den Felsen warteten. Wie Ritter Pixqui vorausgesagt hatte, fielen unter der ersten Salve genug Soldaten und Pferde, um den Nachfolgenden den Durchgang zu versperren. Sie ritten in ihrer Aufregung ziellos hin und her und starben sehr bald im Hagel der Speere, Pfeile und Steine anderer Krieger, die auf beiden Seiten der Schlucht postiert waren. Meine Sobáipuri nahmen natürlich mit Freuden die Waffen und die überlebenden Pferde der Spanier an sich.

Ich freute mich hauptsächlich über den erbrachten Beweis, daß unser Versteck uneinnehmbar war. Notfalls konnten wir uns bis in alle Ewigkeit gegen jede Streitmacht behaupten, die versuchen sollte, uns hier in den Bergen anzugreifen.

Eines Tages berichteten mir mehrere Späher glücklich, sie hätten ein neues und lohnendes Angriffsziel entdeckt.

»Etwa drei Tage im Osten von hier, Tenamáxtzin, liegt eine Stadt. Es ist beinahe eine Großstadt. Wir hätten nie etwas davon gemerkt, wenn wir nicht einem berittenen spanischen Soldaten gefolgt wären. Einer von uns, der ein wenig Spanisch spricht, hat sich in die Stadt geschlichen und festgestellt, daß sie schön gebaut und reich ist. Die Weißen nennen sie Aguascalientes.«

»Heiße Quellen ...«, sagte ich und nickte.

»Ja, Herr. Es ist offenbar ein Ort, an den die spanischen Männer und Frauen kommen, um Heilbäder zu nehmen und sich zu erholen. Reiche Spanier, meine ich. Ihr könnt Euch vorstellen, welche Beute wir machen werden, ganz abgesehen davon, daß die weißen Frauen dort zur Abwechslung einmal sauber sind. Ich muß allerdings melden, daß die Stadt stark befestigt, bemannt und schwer bewaffnet ist. Wir können sie unmöglich einnehmen, ohne alle unsere Krieger einzusetzen.«

Ich ließ Nochéztli rufen und wiederholte den Bericht.

»Bereite alles vor. Wir werden in zwei Tagen losmarschieren. Ich will, daß diesmal alle dabei sind. Auch die Tíciltin, Wickler und Garausmacher sollen mitkommen. Wir werden sie bestimmt brauchen. Das wird der ehrgeizigste, tollkühnste Angriff, den wir bislang unternommen haben. Er ist die ideale Vorbereitung für den späteren Sturm auf die Stadt Mexíco.«

Glücklicherweise kehrten Iyac Pozonáli und Verónica schon am nächsten Tag gesund und wohlbehalten wieder zurück. Obwohl sie von dem langen, beschwerlichen Ritt sehr erschöpft waren, kamen sie sofort, um Bericht zu erstatten.

Sie waren so aufgeregt, daß sie gleichzeitig in ihren verschiedenen Sprachen – Náhuatl und Spanisch – zu reden anfingen.

»Der Goldschmied bedankt sich für Eure Warnung, Tenamáxtzin, und läßt Euch herzlich grüßen ...«

»Ihr seid in der Stadt México bereits berühmt, Herr. Ich sollte sagen berühmt und berüchtigt ...«

»Wartet, wartet«, unterbrach ich sie lachend. »Verónica, du zuerst.«

»Ich bringe die guten Neuigkeiten, Herr. Ich will meinen Bericht damit beginnen, daß ich mit Eurer Nachricht zur Kathedrale ging. Eure Vermutung war richtig. Bald nachdem Euer Freund Alonso die Warnung bekommen hatte, durchkämmten Trupps von Soldaten die ganze Stadt auf der Suche nach der Überbringerin. Aber die konnten sie natürlich nicht finden, da ich von den vielen anderen Mädchen meiner Art nicht zu unterscheiden bin. Wie Ihr mir aufgetragen hattet, habe ich viele Gespräche belauscht. Ich weiß nicht wieso, aber den Spaniern ist bereits bekannt, daß unser gesamtes Heer hier in den Mixtóapan-Bergen Stellung bezogen hat. Sie nennen unsere Rebellion aus diesem Grund den ›Mixton-Krieg‹. Ich freue mich, melden zu können, daß er einen großen Teil von Neuspanien in Angst und Schrecken versetzt. Ganze Familien aus den verschiedensten Städten und Siedlungen der Weißen drängen sich in Vera Cruz, Tampico, Campeche und anderen Häfen. Sie wollen um jeden Preis auf den auslaufenden Schiffen, auf Galeonen,

Karavellen, ja sogar auf Versorgungsschiffen nach Spanien zurückkehren. Viele sagen voll Angst, die Rückeroberung der EINEN WELT stehe bevor. Es sieht so aus, Herr, als würdet Ihr Euer Ziel erreichen und zumindest die weißen Eindringlinge aus unserem Land vertreiben.«
»Aber nicht alle«, erklärte Iyac Pozónali finster. »Obwohl Coronado auf seinem Zug nach Norden so viele Soldaten mitgenommen hat, ist dem Vizekönig Mendoza in der Stadt Mexíco eine beachtliche Streitmacht geblieben. Es sind einige hundert Fußsoldaten und Berittene. Mendoza hat selbst den Oberbefehl übernommen. Und wir Ihr erwartet hattet, Tenamáxtzin, haben sich seine gezähmten Mexíca in großer Zahl anwerben lassen, um für ihn zu kämpfen. Das gilt auch für viele der anderen verräterischen Völker, wie die Totonáca, die Tezcaltéca und die Acólhua, die vor langer Zeit dem Eroberer Cortés geholfen haben, Motecuzóma, den Verehrten Sprecher der EINEN WELT, zu stürzen. Zum allerersten Mal hat Mendoza diesen ihm treu ergebenen Indios Pferde gegeben und sie mit Donnerstöcken bewaffnet. Er ist gerade dabei, sie auszubilden.«
»Menschen unseres Volkes«, sagte ich traurig, »treten gegen uns an.«
»Die Stadt unterhält ausreichend starke, mit Donnerrohren ausgerüstete Verteidigungskräfte«, fuhr Pozónali fort. »Aber nach allem, was ich erfahren habe, vermute ich, daß der Vizekönig Mendoza einen Angriff plant, um uns aus unserem Versteck zu vertreiben und zu vernichten, bevor wir auch nur in die Nähe der Stadt Mexíco kommen.«
»Dann wünsche ich Mendoza viel Glück«, sagte ich abschätzig. »Wie viele Männer er auch schickt und wie gut bewaffnet sie auch sein mögen, sie werden tot sein, bevor

sie unser Lager erreichen. Ich habe einen Versuch unternommen und mich davon überzeugt, daß der Ritter Pixqui recht hatte, als er sagte, diese Berge seien uneinnehmbar.« In der Überzeugung unserer Unbesiegbarkeit rief ich: »Aber bevor die Spanier kommen, werde ich dem Vizekönig einen weiteren Beweis unserer Stärke und Entschlossenheit liefern. Wir marschieren morgen nach Osten ... jeder Krieger, jeder Reiter, jeder Arkebusenschütze, jede Granatenwerferin, jeder, der eine Waffe benutzen kann, wird dabeisein. Wir marschieren gegen eine Stadt, die ›Heiße Quellen‹ heißt. Nachdem wir sie eingenommen haben werden, mag der Vizekönig Mendoza vielleicht beschließen, sich in der Stadt Mexíco zu verstecken. Ihr beiden geht jetzt, besorgt euch etwas zu essen und ruht euch aus. Ich weiß, du, Iyac, willst dort sein, wo der Kampf am heißesten tobt. Und dich möchte ich in meiner Nähe haben, Verónica, damit du den Bericht über unsere bislang heldenhafteste Schlacht niederschreibst.«

32

Über die letzte Schlacht im ›Mixton-Krieg‹, über unsere Niederlage und das Ende dieses Krieges will ich nur kurz sprechen. Es kam dazu durch meinen eigenen schrecklichen Fehler, und ich schäme mich dessen.
Ich unterschätzte wieder einmal, wie ich es bereits bei anderen Feinden und sogar bei einigen Frauen in meinem Leben getan hatte, die Verschlagenheit des Gegners. Und ich bezahle diesen Fehler damit, daß ich hier liege und entweder langsam sterbe oder langsam wieder gesund werde. Ich weiß nicht, ob ich leben oder bald tot sein werde. Es ist mir auch ziemlich gleichgültig.
Mein Heer könnte immer noch vollzählig und sicher, gesund, stark und bereit für die nächste Schlacht in den Miztóapan-Bergen liegen, hätte ich es nicht aus diesem Tal herausgeführt.
So, wie wir vorher die Soldaten der spanischen Handelsniederlassung in den Hinterhalt gelockt hatten, so wurden wir dazu gebracht, unseren sicheren Zufluchtsort zu verlassen. Es war das Werk des Vizekönigs Mendoza. Er wußte, daß wir in den Bergen unbesiegbar, ja beinahe unangreifbar waren, und er dachte sich eine List aus, um uns herauszulocken, indem er uns Aguascalientes sozusagen als fette Beute anbot.
Ich gebe meinen Kundschaftern, die diese Stadt entdeckt hatten, keine Schuld. Sie sind inzwischen tot wie so viele

andere auch. Aber ich zweifle nicht daran, daß der spanische Reiter, dem sie in die Stadt folgten, eine Rolle in Mendozas Plan spielte.

An jenem schicksalhaften Tag nahm ich mein ganzes Heer mit mir und ließ nur die Sklaven und Männer im Tal zurück, die zu alt oder zu jung waren, um zu kämpfen. Die Stadt lag drei Tagesmärsche entfernt. Aber bereits bevor wir sie zu Gesicht bekamen, hatte ich den Verdacht, daß etwas ungewöhnlich war. Wir kamen an militärischen Vorposten vorüber, doch sie waren nicht besetzt. Als wir uns der Stadt näherten, wurden wir nicht vom Dröhnen der Donnerrohre begrüßt. Ich schickte meine Späher aus, die sich vorsichtig in der Stadt umsahen, aber sie hörten keine Soldaten, keine klappernden Pferdehufe, nichts. Sie kamen zurück, zuckten ratlos die Schultern und meldeten, es befinde sich offenbar kein Mensch in der Stadt.

Es war eine Falle!

Ich drehte mich im Sattel um und rief: »Zurück!«

Doch es war zu spät. Jetzt hörten wir die Arkebusen überall um uns herum. Wir waren bereits von Mendozas Soldaten und ihren Verbündeten, den Indios, eingekreist. Natürlich schlugen wir zurück und ergaben uns nicht einfach. Die Schlacht tobte den ganzen Tag, und auf beiden Seiten starben viele Hunderte.

Ich habe an anderer Stelle gesagt, daß jede Schlacht ein gewaltiger Aufruhr, ein Blutrausch und ein Durcheinander ist. So kann es nicht verwundern, daß manche Krieger auf eigenartige Weise starben.

Meine Ritter Nochéztli und Pixqui wurden von Kugeln unserer eigenen Arkebusen-Schützen getroffen, die ihre Waffen zu sorglos gebrauchten. Auf der anderen Seite verlor Pedro de Alvarado, einer der ersten Eroberer der

EINEN WELT und der einzige, der immer noch an Kämpfen teilnahm, das Leben, als er vom Pferd stürzte und das Schlachtroß eines anderen Spaniers ihn zertrampelte.

Mendozas Streitmacht und mein Heer waren in Hinblick auf Männer und Bewaffnung ziemlich gleich stark. Deshalb hätte es eigentlich zu einer regelrechten Feldschlacht kommen müssen, aus der die Tapfersten, die Stärksten und Geschicktesten als Sieger hervorgingen.

Doch wir verloren aus einem bestimmten Grund. Meine Männer griffen mutig jeden weißen Soldaten an, der ihnen über den Weg lief. Aber mit Ausnahme der Yaki brachten sie es nicht über sich, Männer ihrer Rasse – die Mexíca, Texcaltéca und andere, die auf Mendozas Seite kämpften, zu erschlagen. Im Gegensatz dazu zögerten diese Verräter unserer Rasse, die sich natürlich um die Gunst ihrer spanischen Herren bemühten, keinen Augenblick, uns abzuschlachten.

Mich traf ein Pfeil in die rechte Seite. Er stammte mit Sicherheit nicht von einem Spanier. Soweit ich weiß, kam er von einem meiner unbekannten Verwandten.

Einer unserer Wundärzte riß den Pfeil heraus – das war schmerzhaft genug – und bestrich die offene Wunde mit ätzendem Xocóyatl. Das verursachte mir noch sehr viel stärkere Schmerzen, so daß ich tatsächlich nicht gerade heldenhaft laut aufschrie. Der Wundarzt konnte nicht mehr für mich tun, denn im nächsten Augenblick stürzte er, von der Kugel einer Arkebuse getroffen, tot zu Boden. Als es schließlich Nacht wurde, trennten sich unsere Heere oder was davon übriggeblieben war. Die Krieger unseres zersprengten Haufens, die Pferde hatten, zogen sich überstürzt in westlicher Richtung zurück.

Ponzonáli, einer der wenigen Überlebenden, dessen Namen ich kannte, fand Verónica auf dem Hügel, von dem aus sie das brutale Gemetzel beobachtet hatte, und nahm sie mit, als wir uns eilig auf den Rückweg zu unserer Zuflucht in den Bergen machten.

Die Schmerzen in meiner Seite waren so qualvoll, daß ich mich kaum im Sattel halten konnte. Deshalb hatte ich an diesem Abend nicht die Kraft, mir Sorgen darüber zu machen, ob wir verfolgt wurden oder nicht.

Falls Verfolger hinter uns her waren, so holten sie uns nicht ein. Drei Tage später, für mich drei Tage schrecklicher Schmerzen – und meine Verwundung war durchaus nicht die schlimmste –, erreichten wir die Berge und suchten uns einen Weg durch die Schluchten. Dabei verirrten wir uns häufig, denn uns fehlte der erfahrene Ritter Pixqui als Führer. Von Hunger und Durst, von Erschöpfung und Blutverlust geschwächt, fanden wir schließlich unser Tal.

Ich habe nicht einmal versucht, die Überlebenden der Schlacht von Aguascalientes zu zählen, obwohl ich das vermutlich ohne die Fähnchen und Bäumchen und Punkte hätte tun können, die Zahlen bezeichnen. Mehrere, die es hierher geschafft haben, sind inzwischen ihren Verletzungen erlegen, denn es gibt keine Wundärzte, die uns behandeln könnten. Sie liegen alle wie die vielen Hunderte unserer Krieger tot vor der Stadt der Heißen Quellen.

Ein Yaki-Tícitl ist noch am Leben. Er hat freundlicherweise angeboten, für mich zu tanzen und zu singen, doch ich wäre lieber nach Míctlan verdammt, als mich dieser Art Behandlung zu unterziehen. Es ist nicht weiter verwunderlich, daß sich meine Wunde allmählich entzündet. Sie ist grün geworden und eitert. Ich glühe vor Fie-

ber, dann wieder zittere ich vor Kälte und falle im nächsten Augenblick in ein Delirium, so wie damals im offenen Acáli auf dem Westmeer.
Verónica pflegt mich aufopfernd und liebevoll, so gut sie kann. Sie legt heiße Kompressen auf die Wunde und behandelt sie mit den Säften verschiedener Bäume und Kakteen, die ihr von den Alten im Lager empfohlen wurden. Doch das alles hat keinen sichtbaren Erfolg.
In einem Augenblick der Klarheit hast du gefragt, Verónica: »Was tun wir jetzt, Herr?«
Ich versuchte, unerschütterlich und zuversichtlich zu klingen, als ich erwiderte: »Wir bleiben hier und lecken unsere Wunden. Etwas anderes können wir kaum tun. Hier sind wir wenigstens vor Angriffen sicher. Ich kann keine weiteren Pläne machen, solange diese verwünschte Wunde nicht verheilt ist. Dann werden wir sehen.« Sie nickte stumm, und um sie zu trösten, sagte ich leise: »Inzwischen habe ich nachgedacht. Deine Chronik des Mixton-Krieges, wie die Spanier ihn nennen, beginnt mit der Zerstörung von Tonalá. Mir ist eingefallen, daß es für künftige Geschichtsschreiber der EINEN WELT vielleicht von Nutzen sein könnte, wenn ich von früheren Ereignissen berichte, davon, wie alles angefangen hat. Würde es deine Geduld auf eine harte Probe stellen, Verónica, wenn ich dir mehr oder weniger mein ganzes Leben erzähle, damit du es aufzeichnest?«
»Selbstverständlich nicht, Herr. Ich bin nicht nur da, um Euch zu dienen, sondern ich wäre ... sehr daran interessiert, die Geschichte Eures Lebens zu hören.«
Ich dachte eine Weile nach. Wo sollte ich beginnen? Dann lächelte ich, so gut ich konnte, und flüsterte: »Ich glaube, Verónica, ich habe dir den Anfangssatz der Chronik schon vor langer Zeit gesagt.«

»Das glaube ich auch, Herr. Ich habe diesen Satz aufbewahrt, und er ist immer noch hier.«
Du hast in deinen Papieren gesucht, ein Blatt herausgezogen und laut vorgelesen: »›Ich kann immer noch sehen, wie er brennt.‹«
»Ja«, sagte ich und seufzte. »Kluges, liebes Mädchen. Fangen wir damit an.«
Ich weiß nicht, über wie viele Tage hinweg ich all das berichtet habe, was du bisher aufgeschrieben hast, auch wenn ich manchmal im Delirium unverständlich rede oder vor Qual verstumme.
Schließlich sagte ich: »Ich habe dir alles erzählt, woran ich mich erinnern kann, selbst wenn es sich um belanglose Unterhaltungen und Vorfälle handelte. Vermutlich ist es trotzdem nur ein trockener Bericht.«
»Nein, lieber Herr. Seit wir zusammen sind, habe ich ohne Euer Wissen Aufzeichnungen über Eure beiläufigsten Bemerkungen und meine Beobachtungen über Euch, Eurer Wesen und Euren Charakter gemacht. Denn um die Wahrheit zu sagen, ich habe Euch bereits geliebt, Herr, als ich noch nicht wußte, daß Ihr mein Vater seid. Mit Eurer Erlaubnis werde ich meine Beobachtungen in die Chronik einflechten. Das wird dem nackten Gerippe etwas Fleisch geben.«
»Tu das, mein Kind. Du bist die Chronistin, und du weißt es am besten. Wie dem auch sei, du weißt jetzt alles, was es zu wissen gibt, und alles, was irgendein Geschichtsschreiber wissen muß.«
Nach einer Pause fuhr ich fort: »Du weißt jetzt auch, daß du in Aztlan eine Verwandte hast. Wenn ich mich jemals von diesem fürchterlichen Fieber und der Schwäche erhole, werde ich mit dir dorthin gehen. Ich zweifele nicht daran, daß Améyatzin dich und Ponzonáli herzlich will-

kommen heißen wird. Ich hoffe, mein Kind, du wirst den jungen Mann heiraten. Die Götter haben ihn in der letzten Schlacht beschützt, und ich glaube wirklich, sie haben ihn nur deinetwegen gerettet.«
Meine Gedanken begannen wieder zu wandern, doch ich fügte mit letzter Kraft hinzu: »Von Aztlan könnten wir vielleicht weitergehen ... zu den Inseln der Frauen. Ich war dort glücklich ... sehr glücklich ...«
»Ihr seid müde, mein Herr und Vater. Und Ihr habt durch das viele Reden in diesen Tagen Eure Kräfte verausgabt. Ich finde, Ihr solltet Euch jetzt ausruhen.«
»Ja ...«, erwiderte ich mühsam. »Aber ich will doch noch etwas sagen, und das schreibst du bitte an das Ende deiner Chronik.«
Es lag mir sehr am Herzen, diesen Bericht nicht nur mit dem Tod und dem Sterben enden zu lassen. Im Delirium hatte ich oft die Vision des Paradieses vor mir, das, wenn es nach meinem Willen gegangen wäre, hier in der EINEN WELT hätte entstehen können. Meine Schmerzen riefen mich meist schnell wieder ins Bewußtsein zurück, und da erkannte ich, daß die Welt kein Paradies sein konnte. In dieser Hinsicht schien ich noch immer wie ein kleiner Junge zu sein, der nicht alt und erwachsen werden wollte. Ich überlasse es den Geschichtsschreibern und den Lesern, darüber nachzudenken. Das eine weiß ich jedoch, die Stärke des Feindes, und selbst seine Verschlagenheit, entspricht der eigenen Schwäche. Wer sie nicht überwindet, wird so leiden müssen wie ich. Bei diesem Gedanken mußte ich lächeln, und ich fand plötzlich die Kraft, meiner Tochter Verónica das zu sagen, was meinem Wunsch für die Zukunft entsprach, auch wenn es die EINE WELT dann nicht mehr geben sollte.

»Unser Mixton-Krieg ist verloren, und das mit Recht. Ich hätte ihn nie beginnen sollen.«
Du wolltest etwas sagen, aber ich bat dich, zuzuhören und zu schweigen.
»Seit dem Tag der Hinrichtung deines Großvaters Mixtli habe ich die Fremden unter uns gehaßt und mich ihnen widersetzt. Doch im Laufe der Zeit habe ich viele dieser Fremden kennengelernt und bewundert ... den weißen Alonso, den schwarzen Esteban, den Pater Quiroga, deine Mulattenmutter Rebeca und schließlich dich, meine liebe Tochter, in der sich das Blut so vieler verschiedener Völker mischt. Jetzt erkenne ich, daß dein hübsches Gesicht, Verónica, das neue Gesicht der EINEN WELT ist. Und ich finde mich damit ab, ja, ich bin sogar stolz darauf. Ich wünsche dir, deinen Söhnen und Töchtern und der EINEN WELT ein Leben, das uns Menschen, die wir die Auserwählten der Götter sind, Würde, Ehre und Glück schenkt.«

33

Mein Vater ist in jener Nacht im Schlaf gestorben. Ich saß an seinem Lager und habe das seidene Laken über sein Gesicht gezogen. Er hat Frieden, wie ich hoffe, und Glückseligkeit in der Kriegerwelt einer seiner Götter gefunden.
Was aus uns werden soll, weiß ich nicht.

Verónica Tenamáxtzin de Pozonáli

Danksagung des Autors

Dieses Buch wäre wie so vieles im Leben des Autors kaum ohne die Ratschläge, die Unterstützung, die Ermutigung, die Geduld und Nachsicht vieler guter Freunde entstanden, die sie mir über viele Jahre hinweg haben zuteil werden lassen.

Der verstorbene Edward Amos, Radford, Virginia
Alex und Patti Apostolides, El Paso, Texas
Victor Avers, Canoga Park, California
Herman und Fran Begega, Pompton Lakes, New Jersey
Jo Bertone, Dallas, Texas
Der verstorbene L.R. Boyd Jr., Teague, Texas
Der verstorbene Col. James G. Chesnutt, The Presidio, San Francisco, California
Grant Chorley, Wien, Österreich

Eva Clegg, Greensboro, North Carolina
Copycat, Feather and Ditto
Angelita Correa, San Miguel de Allende, Gto., Mexiko
Dino und Martha De Laurentiis, Beverly Hills, California
Henry P. Dickerson III, Staunton, Virginia
Robert M. Elkins, Cincinnati, Ohio
Hugo und Lorraine Gerstl, Carmel, California
Robert Gleason, New York, New York
Steve de las Heras, New York, New York